나의 살인자에게

나의
살인자에게

아스트리드 홀레이더르 지음
김지원 옮김

다산
책방

이 책을 나의 어머니께 바친다.

나는 내 딸과 아이들과 손주들을 위해서 이 책을 썼다.

차례

코르를 노린 첫 번째 살해 시도

1996

1996년 3월 27일, 나의 언니 소냐 홀레이더르와 언니의 남편 코르 판 하우트는 유치원에서 아들 리히를 데려왔다. 코르는 차를 되를로 거리에 있는 집 앞에 세웠고, 두 사람은 리히가 뒷좌석에서 둘 사이로 몸을 기울이고 가장 좋아하는 노래인 안드레아 보첼리의 〈푸니쿨리 푸니쿨라〉를 따라 부르는 걸 들으며 차에 앉아 웃고 있었다.

우리 엄마는 우연히 부엌 창문 앞에 서 있다가 어두운 색의 코트를 입은 한 남자가 코르의 차 쪽으로 걸어가는 걸 보았다. 동시에 소냐도 코르를 보고 있다가 그의 뒤에서 누군가가 차로 다가오는 것을 알아챘다. 처음에는 길을 물어보려고 오는가 싶었는데 그 남자의 단호한 표정을 보고 소냐는 어쩐지 불안해졌다. 남자가 코르 쪽 창문으로 다가왔다.

소냐는 창문 너머로 남자의 얼굴을 똑바로 보았고, 그 얼굴은 아직까지도 그녀의 기억 속에 박혀 있다. 주름이 가득하고 노르스름한 갈색 얼굴.

"코르, 저 사람 뭘 원하는 거야?"

소녀가 소리쳤다. 코르는 왼쪽을 보았다.

그가 대답을 하기도 전에 남자는 코르에게 총을 겨누고서 쏘기 시작했다. 그 순간 코르는 옆으로 몸을 날려 숨었다.

소녀는 비명을 질렀다. 리히가 차 뒷좌석에 있었다. 아이가 총에 맞은 건 아닐까? 소녀는 문을 열고 차 밖으로 구르듯이 나와서 총을 피해 무릎으로 기어 뒷문으로 갔고, 문을 열고 리히를 꺼냈다. 아이를 품에 안은 소녀는 집 안으로 달려갔다. 엄마가 딸을 도우러 달려 나오느라 문은 이미 열려 있었다.

코르는 총을 여러 방 맞았다. 그는 범인을 쫓아가려고 차에서 내렸지만, 부상으로 정신이 오락가락해서 잘못된 방향으로 걸어갔다. 2백 미터쯤 갔을 때 이웃 사람들이 그를 집으로 데려왔다.

피를 철철 흘리는 상태로 그는 구급차가 올 때까지 22번지 계단참에 그저 멍하게 앉아 있었다.

나는 빌럼 페이퍼르 거리에 있는 사무실에서 휴대전화로 연락을 받았다. 엄마는 전화기에 대고 소리를 질렀다.

"다들 아직 살아 있어요?"

내가 외쳤다.

"그래, 다들 살아 있지만 코르가 총에 맞았어. 당장 여기로 좀 오렴!"

"상태가 심각해요, 엄마?"

"나도 모르겠다. 코르는 구급차에 실려 갔어."

심하게 충격을 받은 나는 사무실 문을 닫고 되를로 거리로 갔다. 소냐 언니가 나를 기다리고 있다가 문을 열어주고는 내 품에 쓰러지며 울부짖었다.

"코르가 온몸에 총을 맞았어!"

"어디? 어딜 맞은 거야? 살 수는 있대?"

내가 물었다.

"응, VU 병원으로 실려갔어. 팔이랑 어깨, 등에 맞았고 총알 하나가 그이의 턱을 부쉈어. 하지만 살 수 있을 거야. 지금 수술 중이야."

"리히는? 리히는 괜찮아?"

내가 물었다.

"응. 위층에 있어. 리히는 안 맞았어. 아직 무슨 일이 일어난 건지 잘 몰라서 천만다행이야. 너도 가능한 한 태연하게 행동해줘."

"당연히 그래야지."

언니는 심각하게 떨며 숨을 헐떡이고 있었다.

우리는 리히와 엄마가 있는 위층으로 올라갔다. 리히는 바닥에서 놀고 있었다. 다행히 리히는 코르의 피투성이 상처를 보지 못했다. 소냐 언니가 재빨리 차에서 끌어내 곧장 집 안으로 데려왔기 때문이었다.

"안녕, 우리 예쁜이. 재미있게 놀고 있어?"

내가 말했다. 리히가 고개를 들어 나를 보고 외쳤다.

"아시, 아시, 불! 불!"

나는 리히를 무릎 위에 앉히고 물었다.

"불이 왜? 이모한테 얘기해봐."

겨우 두 살 반인 리히는 나름의 방식으로 무슨 일이 있었는지 이야기했다. 정말로 나쁜 사람이 차에 돌을 던졌고 불꽃이 튀었다고 말이다.

그게 아이 나름의 해석이었고 우리는 그대로 놔둘 생각이었다.

"정말 나쁜 사람이구나! 하지만 그 사람은 이제 갔어, 아가. 네 아빠가 쫓아버렸단다."

"프란시스를 학교에서 데려와줄 수 있니? 프란시스는 아직 모르고 있거든. 내가 데리고 있고 싶어. 무슨 말도 안 되는 일이 또 벌어질지 모르니까."

소냐가 물었다.

"알았어. 지금 곧장 갈게."

나는 프란시스의 학교로 가서 관리인에게 내가 그 애의 이모고 아이를 병원에 데려가려고 왔다고 말했다.

교실에 있던 프란시스는 내가 복도에 서 있는 걸 발견하고 깜짝 놀랐다. 관리인이 들어가 선생님과 이야기를 나눈 뒤, 프란시스가 교실에서 나왔다.

"이리 오렴, 애야."

내가 말했다. 나는 복도를 따라 걸어가는 동안 차분한 태도를 애써 유지하며 무슨 일이 있었는지 이야기했다.

프란시스는 우뚝 멈춰서 내 손을 꽉 잡았다. 얼굴이 창백해졌다.

"아빠가 돌아가셨어요, 이모?"

프란시스가 떨리는 목소리로 물었다.

"아니, 하지만 굉장히 심하게 다치셨어. 지금 병원에 계셔. 엄마와 리히는 괜찮아. 자, 얼른 집에 가자."

얼마 지나지 않아 소냐는 병원에서 연락을 받았다. 코르가 수술실에서 나왔단다.

"코르 보러 나랑 같이 갈래? 애들은 엄마한테 맡기고. 지금은 운전하고 싶지 않아. 아직도 몸이 너무 떨려."

언니가 말했다.

"내가 운전할게. 나도 형부를 보고 싶어."

우리가 차로 걸어가는 도중에 소냐가 몸을 떨기 시작했다. 나는 내 차에 올라탔지만 언니는 그 자리에 그냥 서 있었다.

"얼른 타."

내가 말했다.

"못 타겠어."

나는 내려서 언니에게로 다가갔다.

"왜 그러는 건데?"

"무서워. 자꾸만 그 남자가 우리한테로 걸어오던 게 보이고, 유리가 부서지고, 총을 쏘던 소리가 들려. 피투성이가 된 코르가 보이고. 못 타겠어."

언니가 말했다.

"얼른 와, 언니. 와야 돼. 지금은 언니가 직접 운전하는 편이 좋겠어. 그러지 않으면 다시는 못 할 거야. 얼른. 언니는 할 수 있어."

나는 차 문을 열고 언니에게 타라고 명령조로 말했다.

"네 말이 맞아. 나한텐 선택권이 없어."

언니가 말했다.

병원에서 우리는 곧장 코르의 병동으로 향했다. 경찰이 형부의 병실로 들어가는 문을 지키고 서 있었다. 코르는 막 수술에서 깨어난 상태였다. 몸에서 총알을 제거했고 아래턱은 꿰매서 고정시켜 놓았다.

"괜찮아요?"

내가 물었다.

형부는 살짝 미소를 짓고 엄지손가락을 들어 올렸다. 턱 수술 직후라서 말하는 게 금지되어 있기도 했지만, 문 바로 앞에 경찰이 있는 상태에서는 어차피 아무 말도 할 수 없었을 것이다.

그가 손짓으로 리히에 대해 물었다.

"리히는 괜찮아. 그 애가 총을 맞지 않은 건 정말 기적이야. 자기도 정말 아슬아슬했어."

코르의 눈에서 분노가 솟구치더니 그가 총을 쏘는 시늉을 했다. 형부는 복수를 원했다.

우리는 왜 이런 일이 일어났는지, 그 이유를 코르는 아는지 묻고 싶었다. 그래야 우리가 어떤 입장에 처했고 필요에 따라 어떻게 대처해야 하는지 알 수 있으니까. 소냐와 나는 그의 침대 양옆에 서서 대답을 기다리며 그를 쳐다보았다.

코르는 우리 둘의 눈을 보고는 계속해서 고개를 저었다. 그는 이유를 전혀 알지 못했다.

"당분간 잠은 집에서 자지 않는 게 좋을 것 같아."

소냐가 말했다. 코르도 고개를 한 번 끄덕였다.

"알았어."

소냐가 대답했다.

우리가 잠깐 코르의 침대 옆에 앉아 있는 동안 그는 피곤한지 연신 눈을 감았다.

"자긴 좀 자. 나중에 다시 올게."

나의 살인자에게

언니가 말했다.

밖으로 나온 우리는 경찰과 거리를 두고 은밀하게 이야기하기 위해 산책을 했다.

"형부가 정말 누가 이런 일을 꾸민 건지 모른다고 생각해? 아니면 그냥 우리한테 말을 안 하는 것 같아?"

우리 같은 입장에 처한 여자들한테는 절대로 아무 얘기도 해주지 않는다는 걸 잘 알기에 내가 언니에게 물었다.

"그건 아니야. 이번 경우에는 그건 너무 위험한 짓이야. 그이는 정말 아무것도 모르는 거야. 아니라면 어떤 식으로 위험한 일이 닥칠지 말해줬을 거야."

소냐가 대답했다.

"언니도 아무것도 몰라?"

"응, 하지만 감은 잡혀."

"뭔데?"

"신경 쓰지 마. 확실히 알지도 못하는 걸 너한테 말할 순 없어."

"나한텐 뭐든 말해도 된다는 거 알지?"

나는 약간 화가 나서 물었다.

"그런 거 아니야. 그냥 잊어버려. 그냥 막 누군가를 지목하는 건 마음이 불편해서 그래. 얘기 주제 좀 바꾸면 안 될까?"

"좋아."

내가 대답했다.

"그래도 집에는 안 갈 거야. 너무 무서워. 그 사람들이 돌아올지 누가 알겠어? 나 애들 데리고 너희 집에 좀 있어도 돼?"

소냐가 말했다.

"당연하지. 지금 가서 짐을 챙겨오자."

집에 온 뒤에 언니와 나란히 소파에 앉고서야 나는 언니를 제대로 보았다. 코트에 난 구멍에서 빠져나온 조그만 깃털들이 떨어지고 있었다. 나는 구멍으로 손가락을 넣어 딱딱한 것을 끄집어냈다. 손바닥 위에 놓인 것은 총알이었다.

"언니도 총알을 맞았던 모양이네."

내가 말했다.

"진짜? 봐봐, 내가 등이 쑤신다고 그랬잖아!"

"내가 좀 볼게."

나는 언니의 스웨터를 들어 올렸다. 총알이 스치고 가며 남긴 찰과상이 등 전체를 가로지르고 있었다.

"언니가 왜 아픈지 알겠어. 언니도 총알을 맞았네. 그래도 긁히기만 했어."

소냐는 엄청나게 운이 좋았다. 코르가 그녀를 막아준 덕택에 총알의 방향이 바뀌었던 것이다. 총알은 코르의 몸을 먼저 통과했고, 그다음 소냐 언니의 등을 스쳤다. 코르의 몸을 통과하면서 총알의 속도가 느려져서 언니의 코트 소매 안쪽에서 멈출 수 있었던 것이다.

코르는 말 그대로 언니를 대신해서 총에 맞았다.

"나 죽을 수도 있었어, 아스트리드."

소냐가 말했다.

"언니네 식구 전부 다 죽을 수도 있었어."

내가 대답했다.

우리 가족을 둘러싼 위험을 생각하자 분노가 치밀어 올랐다. 어떤 쓰레기 같은 놈이 이런 짓을 한 거야? 어떤 겁쟁이 개자식이 여자와 어린애를 쏜 걸까?

코르는 복도를 지키는 경찰들의 감시 속에서 차츰 회복되었다. 모든 시민을 지키는 것이 경찰의 임무지만, 그들은 이런 일을 당할 만한 짓을 했을 게 뻔한 이 악명 높은 범죄자를 그다지 열심히 지킬 생각이 없었다. 코르 역시 한때 자신을 뒤쫓던 사람들에게 딱히 보호받고 싶은 마음이 없었다.

"이 망할 놈들은 자기네가 공이치기를 당길 때마다 내가 질겁하는 걸 되게 재미있어한다니까."

그가 미소를 지으며 말했다.

어느 정도 회복되자 그는 병원을 나와서 소냐와 리히, 프란시스를 데리고 프랑스로 사라졌다. 코르의 가장 친한 친구이자 흔히 빔이라 불리는 우리 오빠 빌럼도 여자친구 마이커를 데리고 함께 갔다.

코르는 자신들을 보호하기 위해 교도소에서 알게 된 아프간인 모를 그쪽으로 불러들였다. 둘은 계속 연락을 하고 지냈고, 모는 고국의 전쟁 탓에 폭력적인 상황에 익숙했다. 모는 필요할 때 코르와 그의 가족을 보호할 수 있도록 무장을 하고 왔다.

그들은 파리의 노르망디 호텔에 제일 먼저 들렀다. 거기서 계속해서 남쪽으로 내려가 코트다쥐르에 있는 작은 마을 라방두의 호텔 레로쉐로 갔다.

코르와 빔은 습격을 당할 만한 여러 가지 이유에 대해 계속해서 의논했다. 분위기가 점점 고조되었고 두 사람은 여러 번 말다툼을 했다.

몇 주 뒤 빔과 마이커는 상황이 어떻게 되어가고 있는지 알아보러 암스테르담으로 돌아왔다.

얼마 후 빔은 범죄 집단에서 알게 된 중범죄자 삼 클레퍼르와 욘 미레멋이 살해 지시를 내렸다는 메시지를 받았다.

코르는 그 사실이 영 이해가 가지 않았다. 그들이 왜 코르를 뒤쫓는 거지? 코르는 그들과 어떤 문제도 일으킨 적이 없었다.

하지만 빔은 그게 일리가 있다고 생각했다. 그는 클레퍼르와 미레멋이 코르와 빔에게 네덜란드 돈으로 백만 길더를 내놓으라고 요구했다고 알려주었다. 이 문제를 해결하는 유일한 방법은 그 돈을 지불하는 것뿐이었다.

공격은 지나갔지만, 위험은 아직 사라지지 않았다. 앞으로도 사라지지 않을 것이다. 코르가 빔에게 즉시 자신은 한 푼도 낼 마음이 없다고 말했으니까. 코르는 그들에게 갈취당할 마음이 없었다. 빔은 격분해서 자신이 암스테르담에서 엄청난 압박을 받고 있다고 성토했다. 코르가 돈을 내놓게 하지 못하면 코르에게 일어났던 일이 자신에게도 일어날 거라고 했다. 돈을 내놓지 않으면 전쟁으로 결국에 피바다가 될 것이며, 코르가 돈을 낼 마음이 없어서, 그가 전쟁을 원해서, 그 바람에 우리 가족들까지도 당장에 살해될 거라고 했다.

그래도 코르는 돈을 내놓기를 거부했다. 빔은 돈을 주는 것 외에는 달리 선택권이 없다고 생각했다.

이 일이 벌어지고 있는 와중에, 나는 프란시스를 홀란트에 있는 학교로 다시 데려오기 위해 비행기를 타고 소냐와 코르를 만나러 갔다.

소냐는 공항으로 나를 마중 나왔다.

나의 살인자에게

"피곤해?"

내가 언니에게 물었다.

"왜? 나 안 좋아 보여?"

"약간."

내가 신중하게 말했다.

"그럴 만도 하지."

언니는 클레퍼르와 미레멋, 그리고 돈을 지불하는 것을 둘러싼 의견 충돌에 관해 나에게 이야기해주었다.

"이제 코르랑 빔 오빠는 말다툼을 멈출 생각을 안 해. 그 탓에 난 한숨도 못 잤고."

"형부는 돈을 안 내면 무슨 일이 벌어질지 두렵지 않대?"

내가 물었다.

"응. 차라리 겁이라도 내면 좋겠어. 그이는 그 작자들에게 돈을 내봤자 아무 소용 없다고, 어차피 이미 전쟁은 벌어진 거라고 그래. 내 아내와 아이한테 그 따위 총질을 하도록 놔두지 않을 거래. 오빠는 코르가 하도 자주 술을 마시니 그때 분명 누군가를 모욕해서 이 모든 일이 일어난 거라고, 코르 탓을 해."

"형부는 뭐라고 그러는데?"

내가 물었다.

"그이는 빔 오빠가 겁쟁이처럼 그 둘에게 항복하는 대신에 자기 편을 들어줘야 한다고 생각해. 그래서 둘이 이번엔 진짜로 싸우는 중이야."

"그럼 이 난장판은 이제 겨우 시작인 거야?"

"그런 것 같아."

언니가 말했다.

"언니네가 돈을 내놓고 끝을 내면 참 좋겠지만, 나도 형부 말이 맞는다고 생각해. 정말로 돈만 내면 끝날 거 같아? 클레퍼와 미레멋은 형부가 자기들 짓인지 안다는 걸 알잖아. 그쪽에서는 분명히 형부가 보복할 기회만 노린다고 생각할 거야. 그러니 무슨 수를 써서라도 형부보다 앞서서 움직이고 싶을 테지."

"코르도 계속 그렇게 얘기해. 그이는 왜 오빠가 돈을 내놓으라고 그렇게 몰아붙이는지 이해를 못 해."

나는 이유를 떠올릴 수 있었지만, 입 밖으로는 내지 않았다.

우리는 르 라방두 항구 쪽으로 갔다. 코르와 모는 거기서 음료를 마시고 있었다.

"만나서 반가워요, 형부. 턱 상태는 그리 나빠 보이지 않는데요."

내가 말했다.

"우리랑 같이 앉아, 처제. 뭐 좀 먹어. 우리는 이미 시켰거든."

상처에 대해서 농담을 좀 주고받은 뒤에 코르는 다른 사람들에게 말했다.

"가서 산책들 좀 하지그래. 처제, 여기 잠깐 좀 있고."

형부는 걱정스러운 표정이었다.

"소냐가 다 얘기해줬어?"

"네, 그 사람들이 누구고 형부가 오빠랑 다투고 있다는 이야기까지요."

"처제는 이걸 다 어떻게 생각해?"

"난 형부한테 동의해요. 형부가 총까지 맞았는데 왜 거기에 돈까지 내야 돼요? 그게 말이 돼요? 빔 오빠가 이해가 안 돼요. 뭐…… 아무도 오빠한테 이래라저래라는 못 하겠지만."

"그러게. 그 친구가 영 마음에 안 들게 반대편으로 너무 빨리 치우치고 있어. 집에 돌아가면 프란시스를 잘 좀 살펴봐줘. 가능하면 빔 곁에 못 가게 해주고."

나는 빔 오빠가 코르를 우리 집에 데려온 그날부터 친오빠처럼 사랑했다. 코르는 우리와 주변 사람들을 빔과는 전혀 다른 방식으로 대했다. 코르는 상냥하고 다정했다. 빔은 차갑고 냉정했다.

나도 왜 빔 오빠가 이렇게 쉽게 적에게 항복하려고 드는지, 수많은 일을 함께 겪었으면서 왜 코르의 편을 들지 않는 건지 이해할 수가 없었다. 코르가 뭔가 잘못된 일을 저질렀다 해도 그게 무슨 상관이지? 우리는 오빠가 아무리 많은 괴로움을 안겨주었어도 오빠를 저버리지 않았지, 그렇잖아? 그런데 왜 지금 와서 코르에게 그런 짓을 하려고 하지? 물론 코르의 편에 섰다가 심각한 결과가 초래될 수도 있다는 건 알지만, 원칙은 어쩌고? 배우자가, 심지어는 여동생이 총에 맞았는데 아무 일도 없었던 것처럼 행동할 수는 없는 법이지, 안 그래?

빔이 그렇게 느끼지 못하는 것 같다는 사실에 나는 충격을 받았다.

다음 날, 나는 프란시스를 데리고 네덜란드로 돌아와서 그 애가 빔 오빠 곁에 가지 못하도록 최선을 다했다. 코르는 숲 안쪽에 숨겨진 조그만 프랑스식 농가로 거처를 옮겼다. 휴가용 별장으로 빌려주는 곳이었다. 실내는 '진짜 프랑스식'이라고 했지만, 알고 보니 시대에 뒤떨어지고 지저분하다는 뜻이었다. 야외 수영장이 휴가용 별장이라는 묘사에 유일하게 들어맞는 시설이었다. 코르가 보통 휴가를 즐기는 그런 장소는 아니었지만, 지금은 오히려 그게 중요했다. 그는 평소에 가던 곳에 갈 마음이 없었다. 아무도 그가 어디 있는지 몰라야 했다.

"아무도"라는 건 빔을 뜻했다.

소냐와 리히는 그곳에 종종 들렀다. 어느 날 저녁, 소냐와 테라스에 앉아 있던 코르가 말했다.

"만약에 나한테 무슨 일이 생기면 우리랑 우리 아이들이 가족 무덤에 함께 묻히면 좋겠어. 그리고 운구는 말이 끄는 마차로 하고."

어쩌면 빔이 옳을 수도 있다고, 돈을 지불하는 게 나을 수도 있다고 소냐는 소심하게 말했다.

코르가 버럭 화를 냈다. 그는 소냐의 말을 배신으로 여겼다.

"당신도 그 녀석처럼 나를 저버리려는 거야? 그 유다 같은 놈! 정말 그렇게 생각하면 당신 오빠한테 가지그래. 그럼 다시는 당신을 안 봐도 될 테니까!"

그가 소리를 질렀다.

소냐는 코르의 격렬한 반응에 충격을 받았다. 그런 뜻으로 말한 게 아니었다고, 그저 그와 아이들의 안전이 걱정되었을 뿐이라고 소냐는 말했다. 그들의 목숨에 비하면 돈이 뭐가 중요하겠는가?

하지만 코르는 돈을 내봤자 아무것도 해결되지 않을 거라는 입장을 고수했다.

소냐는 남편과 오빠의 의지력 사이에서 사면초가였다. 그녀가 내릴 수 있는 결론은 그냥 빠져 있는 것뿐이었다. 언제나 뭐가 최선인지 결정하는 사람은 코르였고, 이번에도 소냐는 그에게 맡겨두기로 했다.

코르는 벨기에 젠발의 마틴스 샤토 뒤 락으로 떠났다. 소냐는 집과 그곳을 계속 오갔지만 아이들이 학교에 가면서부터는 그게 쉽지 않아졌다.

나의 살인자에게

소냐가 집에 올 때마다 빔은 소냐의 집에 찾아가 똑같은 질문을 던졌다.

오빠는 코르가 어디에 머무는지 알고 싶어 했다.

아무한테도 말하지 말라는 코르의 지시를 받은 소냐는 모르는 척했다.

1부

가족 사업

1970 - 1983

엄마

2013/1970

아침 7시에 엄마에게서 전화가 왔다. 엄마한테는 꽤 이른 시간이었다. 엄마는 대체로 8시 정각에 일어나서 고양이 밥을 주고, 아침 식사를 만들고, 심장약과 혈압약을 먹고, 딸들에게 전화를 걸며 하루 일과를 시작하기 때문이다. 엄마가 이렇게 일찍 전화를 했다는 건 뭔가가 잘못되었다는 뜻이었다.

"여보세요. 엄마, 일찍 일어나셨나 봐요?"

내가 물었다.

"그래, 6시 반부터 일어나 있었어. 네 상냥한 오빠가 오늘 아침에 들렀다."

겉보기에 단조롭기 짝이 없는 이 말은 다시금 빔과 문제가 생겼음을 알리는 엄마의 방식이었다.

"참 다정하네요."

내가 대답했다. 이 방문이 다정한 것과는 거리가 멀다는 걸 이해했다는 의미였다.

"오늘 올 수 있니? 말린 파인애플 좀 줄게."

엄마의 진짜 말뜻은 당장 와라, 너한테 할 말이 있는데 미룰 수 없다는 것이었다.

"알았어요. 오늘 들를게요."

내 진짜 말뜻은 엄마한테 내가 필요하다는 걸 아니까 당장 가겠다는 것이었다.

"이따가 봐요, 엄마."

"그래. 이따 보자."

우리는 1983년부터 이런 식으로 의사소통을 해왔다. 모든 대화는 다층적이었고, 모든 '평범한' 대화에는 오로지 우리 가족만이 아는 전혀 다른 의미가 내포되어 있었다.

이런 대화 방식은 코르와 빔이 프레디 하이네켄의 납치범이라는 사실이 밝혀지면서부터 시작되었다.

그 순간부터 법무부는 우리 가족을 현미경 아래 놓고 도청 장치로 모든 전화 통화를 녹음했다. 안전하게, 우리가 무슨 이야기를 하는지 법무부가 알지 못하게 대화를 나누기 위해서 우리는 우리 가족만이 이해할 수 있는 대화 방식을 개발했다.

빔과 이야기할 때 사용하는 의미심장한 언어 외에도 빔에 관련된 이야기를 하기 위해 우리만의 버전을 따로 개발했다. 당국이 빔에게 위협이듯이 빔은 우리에게 위협이었다.

나는 엄마 집으로 차를 몰았다. 암스테르담 남쪽 지역에서 몇 년간

살던 엄마는, 우리가 가족으로 살았고 형제들과 내가 자란 옛날 동네인 요르단으로 다시 이사했다. 우리는 내가 태어난 1965년부터 내가 열다섯 살이 될 때까지 그 동네에서 살다가 스타츠리던 지역으로 이사를 했다. 나는 팔름 운하부터 베스터르 탑까지, 이 동네의 보도블록 하나하나를 전부 알았다.

요르단은 예전에 노동 계층 지역으로, 사실상 궁핍한 동네였다. 거주자들은 자신들을 요르단인이라고 불렀다. 솔직한 성격이지만 서로를 존중하고, 각자 알아서 살도록 놔두는 고집 센 사람들이었다. 1970년 대에 들어서면서 동네의 오랜 분위기와 그림 같은 풍광이 젊고 고등 교육을 받은 사람들을 끌어들이기 시작했고, 동네는 엄청나게 인기가 높아졌다. 많은 요르단인들이 사라지고 '외부인'들이 들어왔지만, 엄마는 거기 사는 것을 즐기며 옛날부터 알던 사람들 중 몇몇 친구들을 찾아다녔다.

나는 베스터르 거리에 차를 대고 엄마 집으로 걸어갔다. 엄마는 이미 문가에 서서 나를 기다리고 있었다. 나는 이 상냥하고 나이 든 여인을 보고 가슴이 뭉클해졌다. 엄마는 이제 일흔여덟 살이고, 부서질 듯 연약했다.

"안녕, 엄마."

나는 엄마의 부드럽고 주름진 뺨에 입을 맞췄다.

"어서 오렴, 아가."

언제나처럼 우리는 부엌에 앉았다.

"차 한잔 줄까?"

"네, 주세요."

엄마는 부엌을 이리저리 뒤져서 머그컵 두 개를 식탁 위에 내려놓왔다.

"그래서, 무슨 일이에요? 엄마 우신 거 알아요. 또 오빠가 엄마를 괴롭혔어요?"

내가 물었다.

"대충 그래. 우리 집 주소에 제 이름을 올려놓고 싶어 하는데 난 그러고 싶지 않아. 그럴 수도 없고. 여기는 노인을 위한 공동 주택이라서 아이들은 등록이 안 되잖니. 그렇게 했다가는 나한테 문제가 생길 수도 있고, 어쩌면 이 집에서 나가야 할 수도 있어. 그럼 난 길거리에 나앉겠지. 내가 그건 안 된다고 했더니 아주 머리끝까지 화가 나서 또 펄펄 뛰더구나. 내가 쓸모없는 엄마고, 어린 자식을 위해서 아무것도 해주지 않는다고. 어린 자식?! 쉰여섯 살이나 먹어놓고!

아들을 도와주려고조차 하지 않는 걸 부끄럽게 여겨야 한다면서 계속 시끄럽게 소리를 질러대서 이웃 사람들이 다 들을까 겁이 나더구나. 그 애는 꼭 제 아빠 같아. 딱 제 아빠야."

엄마는 두 번은 들어야 그 말을 믿을 수 있을 것처럼 다시 한 번 말했다.

엄마는 남편에게서 아들로 대물림된 공포에 완전히 지쳤다. 빔은 어린 소년일 때부터 엄마에게 폭군처럼 굴었고 엄마는 늘 그걸 형편없는 아빠 탓으로 돌리곤 했다. 그래서 이렇게 나이가 들어서도 오빠가 엄마를 쓰레기 취급하는 걸 그냥 두었다. 그래서 중범죄를 저질렀는데도 아들을 절대로 버리지 못했다. 그래서 첫 번째 유죄 판결을 받은 뒤에도 아들이 바뀌기를 바라면서 교도소에 계속 면회를 갔다. 심지어는 부동산 거물들에게 돈을 갈취한 죄로 두 번째 유죄 판결을 받은 뒤에도 마찬가지였다. 어쨌든 빔은 여전히 엄마의 어린 자식이니까.

엄마는 교도소에 있는 오빠를 총 780번 방문했다. 780번이나 줄을 서서 기다리고, 780번이나 보안을 통과하고, 신발을 벗고, 물건을 컨베이어 벨트에 올리고서 검색을 받았다. 1983년부터 1992년까지, 빔이 하이네켄 납치 죄로 파리의 라 상테 교도소에 갇혀 있는 동안 매주 프랑스까지 천 킬로미터를 왔다 갔다 했다. 오빠가 네덜란드로 이송된 후에는 여기서 오빠를 면회하러 갔다. 총 9년 동안, 그리고 여러 번의 갈취죄로 다시 교도소에 수감된 이후 6년 동안에도.

"좀 조용하고 평화롭게 쉬고 싶지 않으세요, 엄마?"

나는 엄마의 손을 잡고 물었다.

"평생 그럴 일은 없을 것 같구나."

엄마가 한숨을 쉬었다.

"그건 모를 일이죠. 누가 알겠어요? 오빠가 다시 교도소에 들어가서 영영 못 나오게 될 수도 있잖아요."

"그러면 그 애를 보러 가지 않을 거야. 난 그러기엔 너무 늙었어. 더이상은 못 하겠다. 너무 힘들어."

엄마가 즉시 말했다. 면회를 갈 때마다 오빠는 엄마를 수치스럽게 하고 *자신의 모든 잘못을 엄마 탓으로 돌렸다.*

나는 내 배신으로 오빠가 교도소 가게 되면, 오빠가 엄마를 이용해서 나를 찾아내 죽일 테니. 엄마는 아예 면회하러 갈 수 *없을* 거라는 사실을 문득 깨달았다.

아니, 내 계획대로 된다면 엄마는 다시는 아들을 볼 수 없을 거고, 그래야만 진짜 평화를 얻을 수 있을 것이다.

마침내 오빠에게 맞서려는 내 계획을 엄마에게 말하고 싶었지만,

엄마가 실수로 말을 흘릴 위험을 무릅쓸 수는 없었다. 나도 아직 마음을 정하지 못한 상황이니 엄마한테 아무 말도 해서는 안 된다. 평범하게 행동하면서 한편으로는 가족 내에서 내가 늘 하던 일을 해야 한다. 바로 빔의 분노에 찬 요구를 따르지 않는 사람들을 지키는 것이다.

그래서 나는 엄마를 다독였다.

"제 말 잘 들으세요, 엄마. 오빠를 이 집 주소로 등록해주시면 안 돼요. 오빤 다른 주소를 찾을 거예요. 제가 오빠랑 얘기를 할게요. 다 괜찮을 거예요, 걱정하지 마세요."

나는 차를 비우고 일어나서 엄마에게 작별 키스를 했다.

"제가 오빠를 찾아볼게요. 다 괜찮을 거예요."

"고맙구나, 얘야."

엄마가 안도한 어조로 대답했다.

나는 차로 걸어갔지만, 차에 타는 대신 초등학교 때 집에 돌아가던 길을 따라 내가 자란 집으로 향했다. 집 전면부에 초록색 등불이 달려 있어서 그 집의 음울함이 더 두드러졌다. 나는 집에 가까워질수록 점점 더 온몸이 차가워지는 걸 느꼈다. 그 집을 지배하던 냉기가 여전히 내 몸을 얼어붙게 만들었다.

나는 맞은편 길에 멈췄다. 집을 보자 수많은 추억들이, 내 어린 시절이, 우리 가족이 거기 살던 때가 되살아났다. 엄마, 아빠, 빔 오빠, 소냐 언니, 헤라르트 오빠와 나. 빔 오빠가 맏이였기 때문에 항상 그냥 '오빠'였고, 헤라르트는 나보다 나이가 많았음에도 불구하고 '작은' 오빠로 강등되었다.

나의 살인자에게

엄마와 아빠는 아빠가 참가한 자전거 경주가 열린 스포츠 행사에서 처음 만났다. 아빠는 엄마보다 두 살 연상으로 잘생기고 굉장히 매력적이었다. 상냥하고, 친근하고, 주변 사람들을 배려하고, 열심히 일하는 노동자였다. 두 분은 잠시 데이트를 하다가 약혼을 했고, 엄마의 부모님 집으로 들어왔다.

아빠가 요르단의 호퍼 공장 근처에 일자리와 집을 찾으면서 두 사람은 결혼을 하고 그 집으로 이사했다. 엄마는 자신의 둥지가 생기고 유부녀 신분이 되었다는 사실에 뛸 듯이 기뻐했다.

하지만 얼마 지나지 않아 사려 깊던 약혼자는 지킬 박사에서 하이드 씨로 변했다. 거미줄에 완전히 사로잡혀 도망칠 수 없게 된 다음에야 아빠가 보여주기 시작한 건, 엄마가 그 전까지 한 번도 본 적 없는 변덕스럽고 예측 불가능한 폭군의 모습이었다.

아빠는 자전거 타는 것을 그만두고 술을 진탕 마시기 시작했다. 그리고 엄마를 때리고 일을 관두게 하고 친구들과의 연락을 전부 다 끊게 만들었다.

외할머니는 언젠가 "네 남편은 아마 커피를 마시고 싶지 않을 거야"라고 말하는 바람에 아빠를 분노하게 했다. 아빠는 이 말을 외할머니가 커피를 주고 싶어 하지 않는다고 해석했고, 엄마가 더 이상 부모님과 연락하지 못하게 했다. 그 후 엄마는 외할아버지와 외할머니를 15년 동안 만나지 못했다.

아빠는 엄마를 완전히 고립시켜 놓았다. 엄마를 결혼 생활 속에 가두고 따라야만 하는 규칙을 정했다. 아빠의 입장에서 아빠는 '보스'였다. 엄마의 보스고, 집안의 보스고, 길거리의 보스고, 직장의 보스였다.

아빠는 과대망상증 환자였다. 매일같이 "누가 보스지?" 하고 소리를 질렀고, 엄마는 "당신이 보스예요"라고 대답해야 했다.

엄마를 고립시킨 다음 아빠는 엄마를 세뇌시켰다. 엄마는 "그저" 여자일 뿐이고, 여자들은 열등한 존재이자 남편의 소유물이며, 본질적으로 창녀였다. 엄마가 "창녀 짓을" 하지 못하도록 다른 남자와 만나는 것조차 금지되었다. 엄마는 하루 종일 집에 있어야 하고 밖으로 나갈 수 없었다. 식료품을 사러 갈 때면 정확하게 어디에 가는지 알리는 쪽지를 써놔야 했다.

아빠는 병적으로 질투심이 강했다. 점심시간에 집에 돌아왔는데 만약 엄마가 외출하고 없으면 복도 벽장에 숨어서 엄마를 감시했다. 엄마는 아빠가 거기 있는지 절대로 알지 못했고, 감히 벽장을 열어볼 수도 없었다. 그랬다가는 엄마가 아빠 뒤에서 딴짓을 할 계획이었다는 결론이 날 터였다. 엄마가 딴짓을 할 계획이 아니라면 벽장에 아빠가 있는지 없는지를 확인할 필요도 없지 않겠는가? 필수적인 병원 진료를 받고 와도 반대 심문이 뒤따랐고, 엄마가 의사와 "놀아난 게" 아닌지 확인하기 위한 고문이 이어졌다. 아빠는 엄마의 평생을 지배하고 통제했다.

그리고 아빠는 엄마를 죽도록 두렵게 만들었다. 엄마는 절대로 "보스"에게 말대답을 해서는 안 됐다. 그랬다가는 두들겨 맞았다.

처음 그런 일이 일어났을 때 엄마는 너무나도 놀랐다. 항상 상냥하고 동정심 넘치던 남자가 어떻게 갑자기 이렇게 잔인하게 변할 수 있지? 그녀가 뭔가를 잘못한 게 분명했다. 그래야만 했다. 기나긴 혼잣말로 남편은 이 사실을 입증해주었다. 그녀가 얼마나 형편없는 주부인지, 그가 그녀를 여전히 아내로 원하는 것에 얼마나 기뻐해야 하는지, 그리고 그녀가 아무 쓸모도 없으므로 이런 대우를 받을 자격조차도 없다는 걸 알아야 한다고 말했다. 아빠는 엄마가 형편없는 아내고 남편의 인생을 비참하게 만들기 위해서 일부러 모든 걸 망쳐놓기 때문에 이런 학대를 받아 마땅하다고 믿게 만들었다.

엄마는 아빠가 원하는 기준에 맞추기 위해서 더 열심히 노력하기 시작했다. 더 잘하면 아빠가 학대를 멈출 거라고 생각했기 때문이다. 가장 끔찍한 것은 구타가 아니었다. 엄마를 두렵고 복종하게 만든 것은 계속되는 협박이었고, 엄마는 너무 겁을 먹어서 떠날 수도 없었다. 끊임없는 공포는 엄마의 정체성과 의지력마저 무너뜨렸다.

첫 아이를 임신했을 때 엄마는 아빠가 된다는 사실이 남편을 변하게 할 거라고 기대했지만, 그렇지 않았다. 임신 기간 동안 아빠의 학대는 계속되었고, 이후의 임신과 출산 때도 마찬가지였다. 엄마는 이 남자와의 사이에서 네 아이를 낳았다.

요르단 동네에서는 이웃 사람들을 전부 "이모"나 "삼촌"이라고 불렀기 때문에, 우리는 옆집 아주머니를 늘 코르 이모라고 불렀다. 이모는 엄마의 상황을 진심으로 걱정했다. 엄마는 한 번도 그런 이야기를 한 적이 없지만, 이 동네의 집들은 벽이 굉장히 얇아서 같은 블록에 사는 사람들 모두가 아빠가 밤마다 엄마를 때리는 걸 알았다.

코르 이모는 엄마에게 피임약에 대해서 말했다.

"애를 그만 가져."

이모가 엄마에게 말했다. 하지만 아빠는 약 먹는 걸 허락하지 않았다. 아빠 말에 따르면 피임약은 임신하지 않고 아무하고나 섹스하길 바라는 창녀들과 여자들을 위한 것이었다. 그러나 네 번째 아기가 태어난 다음 코르 이모는 더 이상 두고 볼 수가 없어서 직접 가서 약 처방을 받아왔다.

"이제는 정말로 됐어."

이모는 집에 와서 그렇게 말하고 약 상자를 건넸다. 그때부터 엄마는 은밀하게 피임약을 복용하기 시작했다.

그 덕택에 나는 형제 중 마지막이 되었다.

아빠는 자식들도 아내를 다루는 것과 똑같은 방식으로 대했다. 우리가 아무리 작고 무방비했어도 우리를 때렸다. 엄마의 경우와 마찬가지로 이유는 필요치 않았다. 그 자리에서 그냥 만들어냈다. 그게 아빠가 소리를 지르고 때리는 것을 정당화하는 방식이었다. 항상 "우리 잘못"이었고, 우리 때문에 아빠가 때리게 되는 거였다. 엄마는 가능한 한 우리를 보호해줬다. 아빠가 우리를 때리기 시작하면 뛰어들어 대신 맞았다. 그다음 날 아침이면 엄마는 종종 걷거나 팔을 움직이기 힘든 상태가 되었다.

어릴 때부터 우리는 모두 아빠의 관심을 끌지 않기 위해서 최대한으로 노력했다. 아빠의 관심에는 혼내고, 소리치고, 때릴 위험이 포함되어 있었기 때문이다. 우리는 우리 중 누구도 학교 선생님이나 이웃 사람이 아빠에게 우리 행동에 대해서 불평할 만한 짓을 해서는 안 된다는 사실을 잘 알았다. 그랬다가는 완전히 난리가 날 것이다. 우리뿐만 아니라 엄마와 가족 내의 다른 형제들까지 아빠의 분노로 고통을 받게 될 것이다. 집에서 우리 행동은 모범 그 자체였다. 학교에서 우리는 순종적이고, 수업에 집중하고, 열심히 공부했다. 길거리에서도 절대로 까불거나 못되게 굴지 않았다. 우리들 모두는 절대로 규칙을 어기는 일이 없는 얌전하고 착한 아이들이었다.

맥주 제조사 하이네켄이 호퍼 공장을 인수한 후 아빠는 라위스다엘 부두에 있는 회사의 광고홍보팀에서 일하게 되었다. 아빠는 상사에게

나의 살인자에게

굉장히 헌신적이었고 토요일에도 일을 했다. 가끔은 우리를 함께 데려가기도 했다. 우리는 주차된 하이네켄 씨의 차들 사이에서 놀았다.

어느 날 공장에서 놀다가 방수포로 덮인 커다란 나무통이 있는 것을 발견했다. 겨우 네 살이었던 나는 거기 앉을 수 있을 거라고 생각했다. 하지만 거기 앉았다가 그대로 안에 빠졌다. 통에는 액체 같은 것이 가득 차 있었고 내 바지는 흠뻑 젖었다.

조금 뒤부터 다리가 점점 더 아파지기 시작했지만 내가 걱정한 것은 내가 나쁜 짓을 한 게 아닐까 하는 것뿐이었고, 그래서 절대로 아빠에게 말하지 않았다. 고통은 시간이 갈수록 더욱 심해졌지만 나는 드러내지 않았다. 하루가 지나가며 바지는 말랐다. 내 실수는 더 이상 티가 나지 않았다. 그날 저녁 엄마는 나를 씻길 때면 항상 그러듯이 싱크대에 나를 앉혔다. 우리에게는 샤워실이 없었다. 엄마가 바지를 벗기자 다리의 피부 일부가 떨어져 나왔고 여기저기서 피부 조각들이 떨어졌다. 나는 가성소다 통에 빠지고도 우는 게 금지되어 있어서 하루 종일 소리 한 번 내지 않았던 것이다.

낮에는 학교로 도망치거나 밖에서 놀 수 있었다. 하지만 저녁에는 도망칠 곳이 없었다.

매일 밤 아빠는 술에 취해 집에 와서 오래된 안락의자에 앉아 밤늦은 시간까지 술을 마셨다. 엄마는 아빠에게 차가운 맥주를 계속 날라야 했다.

"스틴! 맥주!"

아빠는 계속 소리를 질렀다. 아빠는 매일 밤 반 리터들이 맥주 한 상자 정도는 쉽게 해치웠다.

각자 거실에서 최대한 눈에 띄지 않으려고 애를 썼고, 모두가 아빠

앞에 있는 시간을 가능한 한 줄이고 빨리 침대로 갈 수 있기만을 바랐다.

잠자리에 들면 시야에서는 빠져나가지만 그렇다고 안전한 건 아니었다. 매일 밤 우리는 누워서 아빠가 소리치고 화내는 걸 들었다. 우리는 아빠의 목소리 톤이나 말투로 그날 저녁과 밤에 상황이 얼마나 험악해질지 파악하는 데 선수였다. 우리는 우리 중 한 명이 아빠의 장황한 비난에 언급될 경우에 대비해서 신중하게 귀를 기울였다. 아빠가 침실로 들어올까 봐 두려웠다.

아빠가 침실로 들어오면 우리가 할 수 있는 최선의 행동은 아빠가 나가길 바라며 자는 척하는 것뿐이었다. 저녁과 밤은 그런 식으로 흘러 갔다. 고함을 다 지르고 아빠가 침실로 가기를 기다리는 동안 30분마다 베스터르 탑의 종이 울렸다.

그 탓에 나는 종소리에 엄청난 혐오감을 갖게 되었다.

저녁 시간도 나빴지만, 일요일이야말로 정말 끔찍했다. 일요일에는 아빠가 집에 있었다. 하루 온종일.

술 냄새와 아빠의 예측할 수 없는 행동으로 가득한 일요일은 끝이 없는 것처럼 느껴졌다. 한 가지 사실만이 확실했다. 고함 소리와 구타가 있을 거라는 사실이었다. 가끔은 오후 일찍 시작되었지만, 약간 운이 따르면 그보다 좀 더 늦게 시작되기도 했다.

무엇보다도 나는 저녁 식사 시간이 가장 두려웠다. 일요일이면 아빠가 음식을 담아주었기 때문이다. 아빠가 접시에 담아준 음식은 전부 다 먹어야만 했다. 접시를 깨끗이 비우지 않으면 고마운 줄 모르는 망할 녀석이 되어 얻어맞을 가능성이 높았다. 나는 두려움에 떨면서 아빠가 내 접시를 채우는 것을 보아야 했다. 언제나 어린 여자아이한테는 지나치게 많은 양이었고, 나는 종종 접시의 음식을 다 먹지 못했다.

어느 시점에 나는 음식더미를 보이지 않게 없애는 여러 가지 방법을 개발하게 되었다. 입은 옷과 음식의 종류에 따라서 주머니에 넣거나 뺨 안쪽에 밀어 넣은 다음에 화장실에 가도 되느냐고 묻는 식이었다. 거기서 음식을 버리거나 뱉고 왔다.

뭘 좋아하는지 물어보는 일은 절대로 없었다. 받은 대로 먹어야 했다. 내가 정말로 싫어하는 게 두 가지 있었는데, 바로 시금치와 음식에 그레이비소스를 올려주는 거였다. 어느 날 밤, 손에 온통 다 묻고 주머니에서 물이 줄줄 흘러내려 절대로 숨길 수 없는 끈적끈적한 시금치를 먹게 되었다. 언제나처럼 그레이비도 있었는데, 아빠가 내 접시에 소스를 넘치게 부어서 음식이 그 안에서 둥둥 떠다닐 지경이었다. 이건 가망이 없었다. 나는 절대로 이걸 다 먹지 못할 것이다. 배가 부르기 시작하자 나는 점점 더 천천히 먹었다.

아빠는 그걸 알아채고 소리를 질렀다.

"다 먹어! 펑펑 맞아보고 싶어?"

물론 맞고 싶지 않았지만, 이 엄청난 양의 음식과 느끼한 그레이비소스를 어떻게 다 먹어치울 수 있을지 알 수가 없었다.

"먹어!"

아빠가 소리치며 수프라도 되는 듯이 그레이비를 떠먹으라고 나에게 숟가락을 주었다. 나는 속이 울렁거리는 걸 느끼고 구역질을 감추려고 노력했다. 아빠가 그걸 봤다가는 정말로 곤란해질 것이다. 하지만 도저히 삼킬 수가 없었고, 내 위는 끔찍한 시금치와 혐오스럽고 기름진 그레이비를 도로 목으로 밀어 올렸다. 억누르려고 애를 써보았지만 음식이 곧장 내 접시 위로 다시 쏟아져 나왔다.

아빠는 이성을 잃었다. 어떻게 감히 음식을 뱉을 수가 있지? 그런 극적인 행동거지로 이 상황을 모면할 수 있을 거라고 생각했다면 멍청이일 것이다. 나는 이제 토한 것을 다시 먹어야만 했다. 온몸이 굳은 채로 접시 위의 혐오스러운 내용물을 쳐다보았다. 아빠의 명령에 나는 머뭇머뭇 한 숟가락을 떴다.

"먹어, 이 못된 것 같으니. 먹으라고!"

나는 눈을 감고 숟가락을 입으로 넣었다. 주변 세상이 사라지고 모든 것이 시커멓게 변했다. 위를 쳐다보았더니 아빠가 엄마를 때리고 있었다. 엄마는 내 코 아래에서 접시를 빼냈고 그것 때문에 맞고 있었다. 엄마가 바닥에 쓰러진 채 꼼짝하지 않자 아빠가 나를 불렀다.

"네가 무슨 짓을 했는지 봐라! 이건 다 네 잘못이야!"

아빠가 나한테 한 일뿐만 아니라 다른 사람들에게 한 일까지도 전부 다 내 잘못이었다.

아빠 잘못은 절대로 없었다.

나는 우리 집 상황이 일반적인 거고 모든 아빠가 우리 아빠 같다고 생각했다. 여덟 살이 되어서야 그렇지 않다는 사실을 알게 되었다.

어느 날 초등학교 내내 가장 친한 친구였던 하나의 집에 놀러갔다. 하나는 반에서 키가 가장 작았고, 나는 가장 컸다. 나는 매일 하나를 만나서 함께 베스터르 거리의 테오 테이선 학교까지 걸어갔다. 우리는 늘 바깥에서 놀았지만 그날은 그 애가 집에 들어가서 놀자고 했다. 하나의 엄마, 할머니, 여동생도 집에 있었다.

우리가 놀이방에서 으쓱거리며 춤 연습을 하고 있을 때 현관 벨이 울렸다. 네 명이 전부 합창했다.

"아빠 오셨다!"

나는 창백해져서 숨을 곳을 둘러보았으나 하나도 찾을 수가 없었다. 그들은 내가 왜 방 여기저기로 뛰어다니는지 이해하지 못하고 이상한 짓 그만하라고 말했다.

"앉아 있어."

하나는 그렇게 말하고 나를 소파로 밀었다.

"아빠 오셨다니까."

그래. 아빠가 왔다. 그게 문제였다.

하나의 할머니는 나에게 팔을 두르며 말했다.

"근사하지 않니?"

근사해? 전혀! 계단을 올라오는 발소리가 들리고, 문이 벌컥 열리고, 행복한 얼굴을 한 남자가 거기 서 있는 게 보였다.

"안녕, 우리 아가씨들."

남자는 아내와 아이들에게 키스했다. 그들은 진심으로 그걸 즐기는 것 같았다. 이게 어떻게 된 거지? 더욱 끔찍하게도 남자가 내 쪽으로 똑바로 걸어왔다.

"안녕, 얘야. 재미있게 놀고 있니?"

나는 아무 말도 할 수 없었고 하나가 말했다.

"네, 아빠. 보세요, 우리 춤출 줄 알아요!"

하나는 춤을 추고서 아빠에게 대단히 신이 난 어조로 말을 했고, 남자도 굉장히 행복하게 대답했다. 나는 우리 아빠에게 직접 말을 붙여본 적이 한 번도 없었다. 아빠와 대화라는 걸 단 한 번도 해본 기억이 나지 않는다. 언제나 분노에 찬 혼잣말뿐이었다.

그 순간 나는 상황이 다를 수도 있다는 것을 깨달았다. 그리고 내 두 눈으로 아빠들도 상냥할 수 있다는 사실을 목격했다. 그날부터 나는 우리 아빠가 아빠다운 사람이 아니라는 걸 알게 되었고, 매일 밤 하느님께 아빠를 제발 좀 죽게 해달라고 기도했다.

하지만 내 기도는 응답을 받지 못했다.

우리 모두 아빠가 치명적인 사고나 잘못된 사람과의 위험한 만남 같은 걸로 죽기를 바랐지만, 그런 일은 일어나지 않았다. 우리 모두 아빠의 광기를 부르는 죄수들이었다.

우리는 아빠가 엄마와 우리를 대하는 것과 똑같은 방식으로 서로를 대했다. 우리 중 누군가가 아빠의 분노를 북돋우면 절대로 동정심을 바라서는 안 된다. 그 사람 때문에 우리까지 함께 비참해지는 거니까.

"네 잘못이야!"

아빠의 행동이 완전히 무작위적이라는 걸 잘 알면서도 우리는 그렇게 소리를 지르곤 했다.

아빠의 폭력은 우리 가족의 구석구석까지 스며들어 우리를 완전히 적셨다. 아빠에게 화를 낸다는 건 선택지에 없었기 때문에 절망적인 상황을 서로의 탓으로 돌리고 서로 싸워댔다. 우리는 신경이 날카로운 아이들이었고, 집에서 겪는 계속된 위협 탓에 관용이나 상호 이해 같은 걸 베풀 여지가 남아 있지 않았다. 공격성과 폭력성이 의사소통 전략이 되었다.

그럴 수밖에 없었다.

우리는 다른 방법을 몰랐다.

그래서 폭력은 세대에서 세대로 이어졌다.

아빠는 엄마를 때렸다. 아빠의 예를 따라서 빔 오빠는 소냐 언니를 때렸다. 나의 '작은오빠' 헤라르트는 나를 때렸다. 나는 절대로 이길 수 없다는 걸 알기 때문에 먼저 싸움을 걸지 않았다. 아빠를 상대로도, 오빠들을 상대로도 마찬가지였다. 나는 가장 어렸고, 거기다가 여자아이였다. 아무리 남자아이처럼 행동하려고 노력해도 나에게는 늘 힘이 부족했다.

부모님이 저녁 식사 후에 매일 산책을 나가면 헤라르트 오빠는 나에게 싸움을 걸기 시작했다. 매일 반복되는 의식이었다. 우리는 매일 밤 소꿉놀이를 했다. 오빠는 무의식중에 아빠 흉내를 냈고, 나는 아빠가 엄마에게 아빠를 보스라고 부르도록 시키듯이 오빠를 보스라고 불러야 했다. 그러지 않으면 엄마처럼 나도 맞았다. 하지만 나는 오빠에게 절대로 오빠가 보스라고 말하지 않았다. 그럴 수는 없었다. 나는 얻어맞았지만, 오빠에게 복수를 했다. 힘은 오빠가 더 셀지 몰라도 내가 더 영리했다.

헤라르트는 수줍음 많은 아이였다. 오빠는 거의 말을 하지 않았다. 눈이 마주치는 순간 오빠는 입을 다물었다. 나는 두 살 어렸지만 훨씬 뻔뻔했고, 내가 항상 주도했다. 나는 오빠를 위해서 모든 것을 처리했고, 내 육체적인 불리함을 정신적인 지배로 바꿔갔다. 나는 오빠의 약점을 이용했다. 오빠가 짝사랑하는 여자애의 정보를 주는 대신에 매일 오빠의 용돈 50센트를 요구했다. 오빠는 그 여자애한테 말을 붙이는 게 무서워서 돈을 주었다. 50센트를 손에 쥐고 나는 오빠를 휘두르는 권력을 즐겼다.

나는 희생양이 되기보다는 가해자가 되는 쪽을 택하겠다.

나는 옛날 동네를 가로질러 우리 블록으로 돌아 에헬란티르스 운하 쪽으로 걸었다. 그리고 빔을, 어떻게 모든 일이 여기까지 이어지게 되었는지를 생각했다. 모퉁이에는 그 시절 요르단의 많은 집들이 그랬듯이 우리 집도 기념물로 등록되어 보수되는 바람에 잠시 나와 살았던 집이 있었다. 암스테르담의 운하 옆에 있는 널따란 맨션이었다. 넓은 방과 높은 천장에 빛이 잘 드는 집이었고, 성인 한 명이 겨우 일어설 수 있는 작고 좁은 방이 있는 노동자 주택이었던 에이르스터 에헬란티르스드바르 거리의 집과는 전혀 달랐다. 우리 세 명이 한 방을 썼고, 나는 운하가 내다보이는 창가에서 잠을 잤다. 빔이 작은 방을 혼자 쓰는 유일한 사람이었다.

가족으로서 우리에게는 사교 생활이라는 게 없었다. 아빠에게는 친구가 없었고, 엄마는 친구를 사귈 허락을 받지 못했다. 우리에게는 어떤 방문객도 없고, 파티도 없고, 생일이나 휴일은 지옥이었고, 기다릴 만한 날은 하나도 없었다. 우리 집에는 웃음소리도 나지 않았고, 재미있는 일은 금지였다. 우리가 즐거울 때면 아빠가 그 분위기를 망쳤다.

빔은 고등학교에 갈 나이가 되었다. 오빠는 커다랗고 아름다운 파란 눈을 더욱 돋보이게 하는 짙은 갈색 머리에 키 크고 잘생긴 남자로 자랐다. 오빠는 운동을 다니면서 근육을 키우고 성인 남자로 변하기 시작했다. 오빠의 세상은 우리 블록 너머로 넓어졌고, 온갖 종류의 사람들을 만나기 시작하면서 아빠를 보는 시각도 바뀌었다.

오빠는 아빠의 규칙에 반항하기 시작했다. 우리 가족 바깥의 세상에서 실제로 존재하는 재미와 즐거운 시간을 알게 되면서 오빠는 거기에 엄청난 매력을 느꼈다. 오빠는 사생활을 가질 권리를 주장하며 자기 방식대로 행동했고, 종종 집에 늦게 들어와서 내 창문을 두드

나의 살인자에게

렸다.

"아시, 너 자?"

오빠가 내 귓가에 대고 나직하게 속삭였다.

"아니."

내가 마주 속삭였다.

나는 고함 소리가 멈추고 아빠가 위층으로 올라갈 때까지 밤새 깨어 있었다. 아빠가 위층으로 간 뒤에도 잠을 잘 수가 없었다.

"아빠는 자러 가셨어?"

오빠가 속삭였다.

"응."

"또 날뛰었어? 나 때문이었어?"

"응, 오빠가 늦는다고 소리를 지르셨어. 하지만 오빠가 들키지 않게 엄마가 시계를 돌려놓으셨어."

"다행이네."

엄마가 시계를 돌려놓았던 건 그때가 처음도, 마지막도 아니었다. 엄마 덕택에 빔 오빠는 또다시 운이 좋았다. 오빠는 거의 학교에 가지 않았지만 어떻게든 돈을 벌었다.

"봐봐, 아스, 이게 내가 돈을 버는 방법이야."

오빠는 이렇게 말하면서 갈색이 도는 미끌미끌한 덩어리를 내 손에 쥐어주었다. 나는 그게 뭔지 몰랐지만, 오빠가 그걸로 돈을 번다면 좋은 것일 거라고 생각했다. 오빠 덕분에 기뻤다. 돈을 벌면서 오빠의 독립성이 더 커지자 아빠는 더욱 화가 나서 빔 오빠를 계속해서 때렸다.

엄마는 아빠의 규칙에 저항하면서도 점점 더 아빠를 닮아가기 시작하는 아들 때문에 힘든 시간을 보냈다. 이제 엄마는 양쪽에서 공격을 받았지만 어떻게 해야 할지 전혀 몰랐다.

중학교에 다니기 시작한 이래로 아들은 변했다. 성격이 난폭해지고 옆에 있기 힘들어졌으며 아빠처럼 예측 불가능하고 공격적이 되었다. 엄마는 아들의 행동을 고칠 수가 없었다. 빔은 엄마 생각에 전혀 신경을 쓰지 않았으니까.

오빠는 엄마가 절대로 아빠의 도움을 구하지 않을 거라는 걸 잘 알았다. 엄마는 절대로 그 미치광이에게 아들을 내놓지 않을 것이다. 아빠의 구타에서 아들을 보호하기 위해서 엄마는 오빠의 모든 나쁜 행동들을 감추어주었다.

빔은 엄마가 둘 사이에서 꼼짝달싹 못 한다는 걸 알면서도 그걸 자신에게 유리하게 이용했다. 자신이 하고 싶은 일을 하고 항상 돈을 요구했다. 돈은 언제나 부족했다. 엄마가 거절하면 오빠는 난폭해져서 문과 벽을 주먹으로 쳐서 구멍을 냈다. 아빠처럼 오빠도 병적으로 질투심이 강해지고 여자친구들을 때리기 시작했다. 엄마가 이 문제를 꺼내면 오빠는 더욱 공격적이 되어서 더욱 심하게 구타했다. 엄마는 그냥 입을 다물게 되었다. 오빠의 분노가 나도 두려웠고, 나는 아빠와 마찬가지로 오빠도 피하려고 노력했다.

중학교와 고등학교를 다니는 동안 빔은 아빠가 안 계시는 낮에 학교 친구 코르를 집으로 데려오곤 했다. 둘은 점심으로 헤마 소시지를 먹었다. 나는 코르가 오는 게 항상 좋았다. 코르는 농담을 잘하고, 천성적으로 밝았다. 코르가 있을 때면 긴장감이 덜해지고 집안 분위기가 정말로 즐거워졌다.

코르는 빔 오빠와 인생을 완전히 다른 시각으로 보았다. 모든 걸 가볍게 받아들이고 항상 해결책을 생각해냈다. 그는 인생을 즐길 줄 알았다. 빔 오빠는 그를 따라 했고, 그 덕택에 좀 더 행복한 사람이 되었다. 빔이 혼자 있을 때면 나는 오빠를 피했지만, 코르와 함께 있을 때에는 곁에 있어도 괜찮았다.

코르는 애정 넘치는 태도로 우리의 약점을 놀리고 우리 모두에게 별명을 지어주었다. 빔은 커다란 코 때문에 "코쟁이"라고 불렸다. 우리 아빠는 머리에 사실상 머리카락이 전혀 없기 때문에 "대머리"라고 불렀는데, 곧 아빠의 끔찍한 행동거지 때문에 "미친 대머리"가 되었다. 건방지게도 그는 엄마를 이름인 스틴티어로 불렀다. 소냐는 킥복싱을 배우고 그가 때리려고 하면 맞서 싸우곤 했기 때문에 "복서"라는 별명을 얻었다. 헤라르트는 수두로 코에 흉터가 남아서 "곰보"라고 불렸다. 나는 착한 학생이었기 때문에 "교수"가 되었다.

아빠는 자신의 앞에서도 위압당하지 않고 고함과 비난에 웃어대는 코르를 증오했다. 대머리는 코르에게 영향을 미칠 수 없었고, 그래서 빔에게 미치는 영향력도 점점 줄어들기 시작했다. 아빠는 이런 상황을 감당할 수가 없어서 빔 오빠를 집에서 쫓아냈다.

오빠가 떠난 뒤 우리는 오빠와 코르를 엄마 집에서 점심때에만 볼 수 있었다. 나는 오빠가 잘 해냈다고 생각했다. 오빠는 아빠에게서 탈출했다. 나도 그러고 싶었다.

초등학교를 거의 마치고 중학교에 갈 나이가 되었다. 나는 빨리 배우는 편이고 책을 게걸스럽게 읽었다. 우리 집에서 이건 특이한 경우였다. 학교에서 나는 "영리하다"를 평가를 받았지만 집에서 이것은 끊임없는 놀림거리였다. 오빠들과 언니에 따르면 나는 "괴상하고" 항상

"똑똑한" 척하는 애였다. 내가 예리한 반박을 할 때마다 형제들은 "쟤 또 저런다!"라며 나를 책벌레라고 무시했다.

내 상처를 달래기 위해서 엄마는 내가 괴상하지 않고 "태어나자마자 대학생이 안아주었기 때문에 이렇게 똑똑해졌다"라고 설명했다. 그 사람이 나에게 자신의 공부법을 전수한 것이다. 그러니까 놀리는 말에 귀를 기울여서는 안 된다고 했다. 그건 도움이 되지 않으니까.

물론 오빠들과 언니는 나의 행동을 다르게 설명했다. 그들은 내가 주워온 아이라고 생각했다. 부모님의 아이도, 자기들의 동생도 아니라는 거였다.

그들은 내가 실제로 이 가족의 일원이 아니라고 말했다.

그 말에 더 깊은 상처를 받았어야 했는지도 모르지만, 오히려 내게는 완벽하게 일리가 있는 말로 여겨졌다. 당연히 나는 이 집 사람이 아니겠지. 저 바깥에 나와 똑같이 영리하고 책 읽는 걸 좋아하고 나를 받아들이는 다른 가족이 있을 것이다. 그래서 어린 시절에 나는 진짜 부모님이 나를 찾으러 오기를 기다렸다. 물론 허사였지만. 그동안에 나는 이 가족을 감당해야만 했다. 여자는 가정주부가 되고 교육을 받을 필요가 없다고 생각하는 가족을.

우리 학교 교장 선생님이었던 욜리 선생님은 나를 암스테르담 중심부에 있는 특수 학교인 과학진흥학교에 등록시키고 엄마에게 나를 동네 과학 학교에 보내는 건 낭비라고 말했다.

교장 선생님은 과학진흥학교를 나오면 일자리를 찾기가 더 쉬울 거라고 장담했고, 엄마는 나를 가정주부로 만드는 게 불가능하다는 걸 알았기 때문에 동의했다. 아빠에게는 비밀이었다. 아빠는 여자아이들이 교육을 받을 필요가 전혀 없다고 생각했기 때문이다. 엄마는 아빠가 "진짜 안 좋던" 밤 이후에야 아빠에게 이야기를 했다.

"진짜 안 좋다"는 건 엄마가 하도 심하게 맞아서 아침에 아빠조차 자신의 행동을 부인할 수 없는 날을 의미했다. 상처는 엄마의 팔, 다리, 등, 어깨, 얼굴에 전부 드러났다.

아빠는 엄마를 마구잡이로 두들겨 패는 것에 신경을 쓰는 것이 아니라 이웃 사람들 모두가 그 증거를 볼 수도 있다는 사실에 신경 쓰는 것뿐이었다. 아빠는 좋은 아빠이자 헌신적인 남편이라는 이미지를 유지하기를 좋아했다. 그래서 "진짜 안 좋은" 밤 이후의 아침에는 약간 덜 폭력적이 되었다.

이런 아침 중 어느 날에 엄마는 아빠에게 내가 과학진흥학교에 간다고 스치듯이 말했다. 아빠가 귓등으로도 듣지 않을 걸 알았지만, 나중에 아빠가 그 문제로 소란을 부리려고 하면 최소한 말을 했다고 솔직하게 주장할 수 있을 것이기 때문이었다.

나는 열두 살이 되었고, 과학진흥학교에 가기 전에 율리 교장 선생님이 나를 교장실로 불러서 말하기 연습을 해야 한다고 알려주었다. 나는 백 퍼센트 요르단 사투리로 말했는데, 새 학교에서는 잘 먹히지 않을 터였다. 그러니까 점잖게 말하는 법을 배워야 했다.

누군가가 내 말하는 습관을 지적한 것은 생전 처음이었다. 하지만 어디 가서 그렇게 말하는 방법을 배우지? 내 주변의 모든 사람들은 이런 식으로 말을 했고, 나는 이 동네를 떠나본 적이 없었다. 내 세상은 팔름 운하부터 베스터르 탑까지로 이루어져 있었다. 거기가 우리가 갈 수 있는 최대한이었다.

그해 여름에 이웃집의 페피가 자신의 여름 별장에 함께 가자고 나를 초대했다. 그곳은 노르트 지구의 해변 근처 사구 위에 있는 커다란 빌라였는데, 얄궂게도 하이네켄 씨의 집들 중 한 채의 길 바로 건너편이었다. 페피는 진짜 요르단인은 아니고 이사해온 외부인이었다. 원래는 바세나르 출신으로 억양 없는 네덜란드어를 썼다. 그녀는 이모나 페피 이모가 아니라 그냥 페피였다.

페피라는 이름만 해도 굉장히 근사했다. 페피는 차를 몰 수 있었고, 남편은 없지만 아이는 있었고, 직장도 있고 돈도 꽤 많았다. 이 모든 것이 우리 요르단 동네에서 그녀를 눈에 띄게 만들었다. 집에서 나가 일하는 싱글맘, 이것만으로도 소문거리였다. 하지만 그녀는 내가 되고 싶은 모든 것이었다. 그녀는 나의 롤모델이 되었다.

나는 그해 여름에 그녀의 품에서 2주를 보냈고, 방학이 끝날 무렵 하나에게 전화를 걸었을 땐 하나가 누가 자기를 속이려고 한다고 생각하고 거의 전화를 끊으려고 했다. 진짜 나라고 간신히 설득시키고 나자 하나는 완전히 충격을 받았다.

"무슨 일이 있었던 거야? 너 무슨 일을 당했어? 완전 웃기게 말해! 그만둬! 네가 누구라고 생각하는 거야, 여왕?! 윗입술이 마비라도 됐어?"

알아채지 못한 사이에 나는 억양 없이 말하는 법을 익혔고, 그 덕에 과학진흥학교에서 눈에 띄지 않았다.

나는 이 학교에 있는 게 정말 좋았다. 학교에서는 집에서 매일 보는 것과 반대로 삶을 이성적인 관점으로 보는 사람들을 만났다. 어떤 것도 독단적이지 않고, 원인과 결과가 모든 것을 지배했다. 자신에게 일어나는 일을 자신이 통제할 수 있으며 자신에게 일어나는 일은 자신이 한 행동의 결과였다. 이런 환경에 있으니 엄청나게 마음이 편안해졌다. 여기서는 인간의 모든 근육을 외우고 싶어 하고, 사전을 공부하는 것을 즐기고, 새와 나무, 약초의 종류를 배우고 싶은 것을 부끄러워할 필요가 없었다. 이 학교에서는 지식에 대한 굶주림이 대단히 정상적인 거였다. 모두가 똑같은 '비정상'적인 태도를 가졌다. 자기 의견을 갖는 것이 장려되며, 사람들이 거기에 귀를 기울였다. 심지어 주장의 근거만 확실하다면 어른과 논쟁을 하는 것도 가능했다. 집에서 내가 놀림받았던 모든 것들이 여기서는 인정받았다.

낮에는 학교에서 멋진 시간을 보냈지만, 저녁에는 여전히 우리끼리 몰래 부르는 이름인 미친 대머리에게 지배당했다.

아빠는 커다랗고 오래된 안락의자에 앉았고, 아내와 아이들은 앞에 있는 소파에 나란히 앉았다. 그러면 아빠가 그날의 희생양을 골랐다. 어느 날은 언니의 차례였다. 빔 오빠처럼 소냐 언니도 아빠가 통제력을 잃을까 두려워할 만한 나이가 되었다. 나와 다르게 언니는 매니큐어, 화장, 머리 손질 덕택에 파라 포셋과도 경쟁할 수 있을 만한 '진짜 여자아이'로 자라났다.

나는 언니의 외모를 좋아했고, 언니가 거울 앞에서 생머리를 보기 좋은 곱슬로 만드는 모습을 경탄하며 보곤 했다. 아빠에게는 불쾌하게도 언니는 아름다운 여자로 자랐다. 언니는 칼버트 거리의 신발 가게에서 일했고, 그날 언니의 상사가 일을 잘한 보상으로 꽃다발을 주었다. 그래서 언니는 뿌듯해했다.

아빠는 언니가 이런 긍정적인 기분을 느끼게 놔두지 않았다. 꽃다발을 받았다는 건 언니가 상사와 섹스를 했다는 뜻이라고 억측했다. 언니는 모든 여자가 그렇듯이 창녀였다. 언니는 물론 상사와 관계를 갖지 않았지만, 아빠의 엉뚱한 주장에 반박하는 건 아무 소용 없는 일이었다.

소냐 언니는 소파에 앉아 있었다. 아빠는 언니에게로 걸어가서 머리카락을 잡고 말했다.

"넌 추잡한 창녀야!"

아빠는 언니의 팔을 잡고 얼굴을 때렸지만, 언니는 간신히 빠져나와서 위층의 방으로 도망치려고 했다. 아빠는 언니를 쫓아가서 다시 붙잡았다. 소냐 언니가 비명을 지르며 애원하는 소리가 들렸다.

"안 돼요, 아빠, 안 돼! 그러지 마요!"

나는 그들을 쫓아 언니 방으로 들어갔다.

침실에는 상판이 대리석으로 된 오래된 화장대가 있었다. 아빠가 언니의 머리카락을 잡고 거기에 언니 머리를 갖다 박았다. 나는 언니의 두개골에 금이 갔을 거라고 확신했다. 언니의 눈이 뒤집혔고, 그 순간 엄마와 내가 달려들어 아빠를 떼어냈다.

우리가 간신히 그러고 나자 갑자기 아빠가 내 앞에 섰다.

나는 아빠의 눈을 똑바로 쳐다보고 물었다.

"왜 이런 짓을 하는 거예요? 우린 아빠가 말하는 대로 다 했잖아요?"

아빠는 내 질문에 내 얼굴을 좌우로 후려치는 걸로 답했다.

그래, 때려보시지, 이 개자식. 나는 그렇게 생각했다. 나는 그에게 맞섰고, 그 결과를 감당해야 한다는 걸 잘 알았다.

너무너무 무서워서 아픈 것조차 느껴지지 않았다. 그게 구타의 효력을 무너뜨렸다. 아빠는 더욱 화를 냈다.

"나가! 나가서 다시는 들어오지 마!"

아빠가 결국 소리를 질렀다.

나의 살인자에게

나는 열세 살이었고 갑자기 살 집이 없어졌다.

아빠에게 반항한 탓에 나는 엄마를 굉장히 힘든 입장으로 몰아넣었다. 내가 집에 들어올 수 없었기 때문에 엄마는 아빠의 결정에 따라 아이를 버리는 존재가 되든지, 아니면 자기 운명을 되찾고 돈 한 푼 없이 남편 곁에서 떠나든지 둘 중 하나를 택해야만 했다.

엄마는 후자를 택했다.

하늘이, 아니면 그저 좋은 타이밍이 엄마의 선택을 도왔다. 길 건너편에 살던 이웃인 빔 이모가 헤릿 삼촌과 사랑에 빠져서 삼촌이 이모 집으로 옮겨오게 되었다. 덕택에 엄마는 린던 운하에 있는 삼촌의 집으로 들어갈 수 있었다.

"이렇게 될 운이었던 거야."

엄마는 그렇게 말했다. 엄마는 노인 간병인으로 일을 시작했고, 나는 시장에서 일자리를 구해서 모든 수입을 엄마한테 주었다. 우리는 그렇게 살아가게 되었다.

소냐, 헤라르트, 엄마, 나, 이렇게 우리 네 명이 아빠에게서 1.5킬로미터도 떨어지지 않은 집에서 살게 되었다. 그리 멀지는 않지만, 안전한 거리였다. 엄마는 거실에 있는 접이식 침대에서 잤고, 우리는 우리를 불쌍하게 여긴 아빠의 지인인 폐품 수집가 라우이스가 준 병원용 침대에서 잤다. 철거 회사를 운영하던 그는 병원에서 철거한 침대를 가져왔다.

샤워실은 발코니에 있었다. 좁고 끔찍하게 추웠지만, 나한테는 천국이었다. 더 이상 두려워할 필요도, 고함 소리를 들을 필요도, 폭력을 감수할 필요도 없었다.

나는 매 순간을 사랑했다. 하지만 그건 오래가지 못했다.

아빠는 이웃 사람들을 이용해 엄마에게 돌아올 것을 종용하기 시작했다. 이웃 사람들은 아빠가 하도 힘이 없고 구질구질하게 보이자 불쌍하게 여겼다. 아빠는 사람들에게 아내 없이는 살 수가 없다고, 아내가 돌아오기만 한다면 뭐든 하겠다고 말하고 다녔다.

이웃 사람들이 이 소식을 엄마에게 전했다. 엄마는 아내로서의 의무에 책임감을 느끼고 아빠와 이야기를 하러 갔다. 아빠는 변하겠다고, 더 이상 술도 안 마시고 소리도 안 지르고 때리지도 않을 거라고 엄마를 설득했다. 엄마는 지나치게 이걸 믿고 싶어 했다. 게다가 우리는 린던 운하의 집을 떠나야 했다. 헤릿 삼촌과 빔 이모 사이에 문제가 생겨서 삼촌이 집으로 돌아오게 되었고, 우리는 나가야 했던 것이다.

엄마는 아빠에게로 돌아갔다. 나도 억지로 다시 거기에 살 수밖에 없었다. 이 일로 나는 엄마를 증오했다. 엄마는 돈도 없고, 살 곳도 없고, 보살펴야 하는 어린아이들이 있었지만, 당시에 나는 엄마에게 전혀 동정심을 느끼지 않았다. 나 자신이 싱글맘이 된 뒤에야 엄마를 이해할 수 있게 되었다.

엄마가 문지방을 넘자마자 공포가 다시 시작되었다. 나의 '반항' 이후로 나는 아빠의 주된 목표물이 되었다. 나는 가능한 한 집에서 나가 있으려고 노력했지만, 내가 집에서 자지 않으면 아빠는 엄마한테 분풀이를 했다. 빔은 몇 년 전에 집에서 나갔고, 소냐 언니는 우리와 함께 돌아오지 않고 판 할 거리에서 살기로 했고, 헤라르트 오빠는 대부분의 시간을 여자친구 데비의 집에서 보냈다. 나는 엄마를 미친 대머리와 단둘이 놔둘 수가 없었다. 아빠가 엄마를 때려죽일까 봐 겁이 나서 나는 집에서 잤다.

예전처럼 공포는 종종 밤새 계속되었다. 아빠는 내 침실을 들락날락하면서 소리를 지르고 비난을 해댔다. 나는 잠을 거의 잘 수 없었지만, 그래도 학교와 농구팀에서 좋은 성적을 내야 했다. 나는 전국 리그에서 뛰었다(음, 벤치 신세이긴 했지만, 열네 살에 나는 꽤나 유망했었다). 엄마는 아빠가 정말로 변하기를 바랐기 때문에 내가 혼자 힘으로 이뤄낸 모든 것이 위태로워졌다.

나는 너무 지쳐서 더 이상 두렵지도 않고 오로지 증오만 느꼈다. 나는 이 상황에서 벗어날 방법을 찾다가 크고 날카로운 부엌칼을 침대 아래쪽에 숨겨놓는 걸로 낙찰을 봤다. 그를 죽일 생각이었다.

"그건 그냥 자기방어야."

아빠 배에 칼을 박겠다는 내 계획을 이야기하자 친구 일서는 그렇게 말했다. 일서는 우리 아빠가 얼마나 끔찍한지 잘 알았다.

"그렇게 생각해?"

내가 물었다.

"물론이지. 그냥 해치워버려."

일서는 심장에 곧장 칼을 꽂는 게 더 나을 거라고 말했다. 하지만 내가 보기에는 배를 겨냥하는 편이 더 쉬울 것 같았다. 농구공만 한 크기에 불룩 튀어나와 있으니까. 문제는 내가 그렇게 해서 정말 치명상을 입힐 수 있느냐는 거였다. 심장에 칼을 박는 게 더 효과적이라는 건 나도 알지만, 그러려면 겨냥이 더 정확해야 했다. 빗나가면 어쩌지? 정확하게 찔러야 했다. 아빠가 내 칼을 빼앗으면 어쩌지? 아빠가 나를 죽일 수도 있었다. 나는 아빠를 죽일 최선의 방법을 고민하면서 많은 밤을 보냈다. 심지어는 꿈속에서 연습도 했다. 하지만 행동을 취할 적당한 때를 찾을 수가 없었다. 아빠가 덜 취했거나, 너무 멀리 서 있거나, 혹은 너무 빠르게 움직였다. 나는 아빠를 죽이지 못했다. 내가 원하지 않았기 때문이 아니라 운명이 다른 길을 선택했기 때문이었다.

열세 살 때부터 열다섯 살이 될 때까지, 아빠는 라허 뷔르스허 마을에서 일을 하도록 배정되었다. 아빠는 같이 일할 수 없는 사람이 되어 있었다. 업무 시간에도 항상 술을 마시고, 늘 취한 상태로 모두와 싸움을 벌였다. 과대망상증으로 인해 회사 전체를 자신이 좌지우지해야 한다고 믿었기 때문이다.

수년 동안 비참한 상태를 감내한 끝에 회사는 마침내 아빠한테 질렸다. 아빠는 광고홍보팀을 떠나야 했다. 엄마와 오빠, 나는 아빠가 직장이 없고 엄마가 청구서를 지불할 수 없게 되면 상황이 얼마나 끔찍해질까 생각했다.

하이네켄 사는 직장에서의 불량한 태도로 아빠를 그 자리에서 그냥 해고할 수도 있었지만, 그보다 더 우아한 해결책을 찾았다. 아빠는 사람을 거의 만날 일이 없고 끔찍한 행동을 해도 별다른 문제를 일으키지 못할 만한 위치로 이전 배치되었다. 아빠는 아름다운 숲 지역에서, 봉급을 백 퍼센트 받으면서, 또 다른 일을 할 수 있는 두 번째 기회를 얻었다.

대머리가 이 인사이동에 엄청난 마음의 상처를 입었다는 건 말할 필요도 없을 것이다. 아빠는 자신이 회사가 바랄 수 있는 가장 헌신적인 직원이라는 망상을 갖고 있었고, 존중받고 승진하는 걸로 보상을 받아야 한다고 생각했다. 하지만 현실에서 아빠는 오래전에 잘리지 않은 것을 다행으로 여겨야 하는 주정뱅이에 난폭하고 걸핏하면 싸워

나의 살인자에게

대는 직원이었다. 우리는 아빠가 수많은 문제 기록을 갖고서도 아직까지 하이네켄에서 잘리지 않았다는 사실을 행운의 별에 감사해야 한다는 걸 잘 알았다.

한편, 아빠의 직책이 바뀐 것에 빔 오빠는 전혀 관심을 갖지 않았고, 알아채지도 못했다. 오빠는 남겨진 우리들에게 신경 쓰지 않았다. 한때는 *오빠의* 비참함이기도 했던 우리의 비참한 상황에 맞서려는 생각조차 없었다. 오빠는 대머리에 대해서 절대로 이야기하지 않았고, 빨래를 하거나 다림질을 할 필요가 있을 때에만 집에 들렀다.

새로운 일자리에서 아빠는 다시금 빠르게 과대망상증적인 영역의식을 드러내기 시작했다. 새로운 지역에서 일을 시작하면서 아빠는 거위 두 마리를 회사에 데려갔고, 녀석들은 새끼를 낳아 성가시고 커다란 군집을 이루었다.

그곳의 모든 사람이 녀석들이 내는 소음과 배설물에 짜증을 냈다. 경영진은 아빠에게 거위를 없애라고 지시했지만 아빠는 말을 듣지 않았다.

격분한 아빠는 거위들의 목을 전부 비틀어서는 사체 몇 구를 직속 매니저의 문 앞에 던져놓았다. 용납되지 않는 일이었다. 그래서 아빠는 나를 비난한다는 새로운 방법을 강구해냈다.

매일 집에 오면 나는 아빠 앞에 앉아야 했고, 아빠는 왜 매니저 사무실 앞에 거위를 던져놓았냐고 나에게 물었다. 내가 안 했다고 대답하면 아빠는 거짓말하지 말라고, 내가 거기서 *아빠의* 긴 검은 코트를 입고 죽은 거위를 나르고 있는 걸 자신의 눈으로 봤다고 주장했다. 아빠는 절대로 그런 짓을 할 사람이 아닌데, 이제 모두가 자신을 비난한다는 거였다.

내가 '고등' 교육을 받았을지 몰라도 나는 여전히 멍청하고 못된 것이고, 내가 한 짓 때문에 아빠가 대가를 치를 수는 없다고 말했다. 아빠는 나를 세뇌시키기 위해서 그 이야기를 반복하고 또 반복했다. 엄마까지 끌어들여 엄마도 그걸 봤다고 말하게 만들었다.

아빠가 하도 설득력 있게 이야기를 꾸며서 이 세뇌가 끝날 무렵에는 나 자신도 그 이야기를 거의 믿을 뻔했다.

열다섯 살이 된 어느 날, 훈련 캠프에서 집에 돌아왔다가 현관문이 판자로 막혀 있는 것을 발견했다. 그걸 멍하니 보고 있는데 빔 이모가 나를 불렀다.

"네 아빠가 널 보기 전에 얼른 이리 와!"

이모가 나를 안으로 끌고 들어갔다.

이모는 아빠가 문을 걸어차서 부쉈고, 또다시 완전히 정신이 나가서 헤라르트 오빠와 엄마는 도망쳤다고 알려주었다. 엄마와 작은오빠는 벤틴크 거리에 있는 집으로 피신했다고 했다.

이모의 집에서 나는 무슨 일이 있었는지 들었다. 대머리가 다시 술에 취해 집에 왔는데, 내가 없었기 때문에 청결 검사를 하면서 엄마를 괴롭히기 시작했다. 우리 집은 지상층에 그 위로 2층이 더 있고, 다락이 있었다. 각 층마다 아빠는 모든 탁자 표면과 찬장, 먼지가 있을 만한 구석구석을 두 손가락으로 쓸어보며 엄마가 제대로 청소를 했는지 확인했다.

물론 헌신적인 가정주부인 엄마는 언제나 제대로 청소를 했다.

먼지를 찾지 못하자 아빠는 계속해서 엄마의 삶을 비참하게 만들

만한 방법을 찾았다. 벽장에서 침대 시트를 끄집어내서는 왜 이렇게 엉망진창이냐고 하는 짓도 서슴지 않았다. 엄마는 이 게임에서 절대로 이길 수가 없었다.

"재떨이 안에 뭐가 있는 거야?"

아빠가 엄마에게 날카롭게 물었다.

우리 집에서는 아무도 담배를 피우지 않았기 때문에 재떨이를 쓰는 사람이 없었다. 엄마는 그 안에 쿠폰을 모아두었다. 아빠는 재떨이는 그런 걸 놔두는 용도가 아니라고 소리를 지르고 찬장을 죄다 열어 내용물을 2층부터 1층 바닥까지 이어지는 계단에 내던졌다. 집을 제대로 깔끔하게 청소해놓지 않았으니 이제 모든 걸 다시 해야 한다며, 그릇, 날붙이, 작은 탁자, 의자, 손에 닿는 건 전부 다 집어던졌다.

헤라르트는 위층 침대에 있다가 아빠의 고함 소리와 엄마의 비명, 식기가 깨지는 소음에 달려 내려왔다. 아빠가 엄마를 계단 밑으로 내던지려고 하는 것을 보는 순간 오빠의 안에서 뭔가가 뚝 끊어졌다. 오빠는 아빠에게로 달려들었다. 대머리도 헤라르트에게 달려들려고 했지만, 작은오빠가 아빠의 턱을 정통으로 후려쳤다.

뒤로 넘어가 뒤통수를 부딪힌 아빠는 몇 초 동안 꼼짝 않고 누워 있었다.

헤라르트는 한 방으로 아빠의 독재를 끝냈고, 충격적이게도 대머리도 그걸 받아들인 것 같았다. 우리 가족 중 누구도 감히 육체적으로 아빠에게 덤빈 적이 없었기 때문이다. 엄마도, 빔도, 소냐도, 나도 그런 적이 없었다.

조용하고 소심한 소년 헤라르트가 아빠에게 맞섰다.

솔직히 나는 작은오빠가 이럴 거라고는 상상조차 하지 못했다. 어떻게 대머리에게 교훈을 가르쳐줬는지 세세한 것까지 다 듣고 싶어 안달이 났지만 항상 조용하던 오빠는 그냥 이렇게만 말했다.

"하나 좋을 거 없는 이야기야."

그게 내가 들은 전부였고, 내게 필요한 전부였다. 헤라르트는 나의 영웅이었고, 내가 그날 밤에 집에 없었던 것이 정말 기뻤다. 내가 결국 침대 아래에서 부엌칼을 꺼내왔을 수도 있고, 그랬다면 결말이 어떻게 되었을지 누가 알겠는가.

그러니까 헤라르트는 아빠에게서 엄마만 구한 게 아니라 나 자신에게서 나까지 구한 거였다.

그 뒤로 작은오빠 헤라르트와 엄마, 나는 다시금 아빠에게서 도망쳤다. 엄마는 두 번 다시 아빠에게 돌아가지 않을 것이다. 나는 마침내 아빠에게서 탈출했다. 드디어 평화다! 그때는 그렇게 보였다. 하지만 오랫동안 기다려온 평화와 고요는 그 나름의 문제를 가져왔다.

나는 폭압에 익숙해졌다. 집에서의 학대가 일상생활이었다. 그래서 다른 것을 몰랐다. 계속해서 경계하는 것이 나의 일반적인 행동이 되었고, 미친 소리 같지만 이런 상황이 편안해졌던 것이다. 이렇게 계속된 스트레스가 내 정신과 감각, 감정의 형태를 다듬었다. 이 가족 내에서 살아남기 위해서 어릴 때부터 사용한 대응 기제가 내가 아는 전부가 되었다. 그게 나 자신이 되었다. 그래서 가족 내 체계가 사라지자 어떻게 행동해야 할지 알 수가 없게 되었다.

가족을 떠난 후 빔 오빠는 지하세계에서 새로운 집을 찾았다. 그곳은 오빠에게 익숙한 긴장감과 공격성, 폭력이 반복되는 따스한 둥지였다. 생존과 자기 보존이라는 오빠의 충동을 불러일으키는 세계였다.

소냐 언니 역시 옛날 방식으로 삶을 지속했다. 언니는 대머리에게서 남편이 아내의 존재를 완벽하게 통제한다는 사실을 배웠고, 발전해가는 코르와의 관계에서 이 교훈이 입증되는 것을 확인했다. 언니의 삶은 그를 중심으로 돌아갔다. 하루 온종일 그의 손짓에 따라 움직였다. 헤라르트 오빠는 자신만의 신중한 방식으로 대응했다. 작은오빠는 여자친구 데비의 애정 넘치는 가족 품에 받아들여졌다.

나는 빔처럼 범죄에 어울리지 않았다. 사회의 변방이 나에게 제안할 수 있는 것은 매춘부나 폭력배의 정부 역할뿐이었다. 그리고 소냐 언니가 맡은 순종적인 여자 역할은 나한테는 전혀 매력적으로 느껴지지 않았다.

나는 어떻게 해야 할지 알 수가 없어서 공격적이 되었다. 별것 아닌 일에 분노를 터뜨렸다. 겁에 질려서 순간적으로 엄마를 복도 벽장에 가두는 짓을 하고 나서 나는 이런 식으로 계속 살 수는 없다는 걸 깨달았다. 나는 아빠처럼 되어가고 있었다.

나는 열여섯 살이 되었고, 집에서 도망쳤다. 나의 최악의 면을 끌어내는 상황에서 달아났다. 결국 위기센터*에 들어갔고, 심각한 사고를 당하고, 집으로 돌아왔다가 1983년에 집단 농장에서 일하기 위해서 이스라엘로 떠났다. 돈 한 푼 없이 해외에 머물 수 있는 유일한 방법이었기 때문이다.

집에서 멀리 떨어진 이스라엘에서 나는 편안함을 느꼈다. 계속되는 전쟁의 위협은 나에게 익숙하고 기분 좋은 긴장감과 경계심을 불러왔다. 나는 일을 하고 농구를 했지만, 내가 유대인이 아닌 이상 경기에

---

* 정신적, 신체적 학대를 받은 사람들을 보호해주는 시설.

나갈 수 없다는 걸 깨닫고서 새로운 농구 시즌을 시작하기 위해 여름이 끝날 무렵 집으로 돌아왔다.

이제 아빠가 우리 삶에서 사라지자 빔이 체제를 휘어잡고 통제하기 시작했다. 우리 모두 다시 '집'으로 돌아왔다.

우리 가족 중 누구도 과거로부터 탈출하지 못했다.

에이르스터 에헬란티르스드바르 거리의 집으로 돌아간 나는 안에 뭔가 바뀐 게 있을까 싶어 창문으로 살펴보았지만, 내가 기억하는 그대로인 것 같았다. 문이 열렸다.

"누구 찾으세요? 굉장히 열심히 보시던데."

상냥한 젊은 남자가 물었다.

"아, 아뇨. 그냥 둘러보고 있었어요. 제가 이 집에서 자랐거든요."

"그거 멋지네요. 잠깐 들어와서 보실래요?"

남자가 굉장히 친절하게 권했다.

들어오라고? 그 공포의 산실에 다시는 한 발도 들여놓고 싶지 않았다.

"아뇨, 고마워요. 정말로 친절한 말씀이지만, 가봐야 해서요. 그럼 이만!"

나는 황급히 차로 돌아왔다.

제일 먼저 해야 할 일은 엄마의 문제를 처리하는 거였다. 나는 휴대전화를 꺼내 빔에게 문자를 보냈다.

"차 한잔할래?"

"좋아, 30분만."

오빠가 답했다.

우리는 전화로 장소를 의논하는 걸 좋아하지 않았다. 감시팀이 우리를 따라와서 감시하기가 쉬워지기 때문이다. 우리는 특정한 약속 장소에 대해 암호를 썼다. '차 한잔'이라고 하면 내 사무실 근처의 커피숍인 휨므바르였다.

빔은 스쿠터를 타고 언제나처럼 시커먼 옷을 입은 채 부루퉁하고 기분 나쁜 얼굴로 도착했다.

"웃기지도 않아! 자기 자식도 등록해주지 않다니. 부끄러운 줄 알아야지! 이제 나는 어떡하라고?"

오빠는 즉시 화를 터뜨렸다.

"오빠, 내 말 들어봐. 진정하고. 엄마는 여든 살이 다 되셨어. 오빠를 엄마 집에 등록하면 또다시 불시 단속을 당하거나 주택 조합이랑 문제가 생길 수도 있어. 엄마는 그런 스트레스를 감당하실 수가 없어."

"아, 그러든가 말든가. 그럼 나는 어떻게 하라고? 망할 이기주의자 같으니. 뭔가 해결책을 찾지 않으면……."

"우리가 뭔가 찾을 수 있을 거야."

나는 오빠를 달래려고 노력했고, 우리는 오빠 이름을 올려두기에 엄마 집보다 더 적합한 주소를 찾을 때까지 이야기를 나눴다. 상황이 자기에게 유리한 쪽으로 돌아가는 걸 깨달으면 빔 오빠는 대체로 금방 진정했다.

오빠와 이야기를 나눈 다음에 나는 차에 타서 즉시 엄마에게 전화를 했다.

"여보세요, 엄마."

"그래, 얘야."

"다 괜찮으세요?"

"그래."

"이쪽도 그래요. 금방 식사하실 거예요?"

"조금 이따가. 고맙구나, 아가."

"잘 계세요, 엄마."

이것은 엄마에게 상황을 해결했다고 알리는 말이었다. 오빠는 엄마 집에 이름을 올리지 않을 것이다.

이제 마침내 나의 업무를 시작할 수 있게 되었다.

소냐와 코르

1977

소냐 언니가 우리 집에서 코르를 만났을 때 언니는 열여섯 살이었다. 코르는 스무 살이었다. 잠시 친구로 지내던 둘은 연애를 시작했다. 물론 아빠가 허락하지 않을 테니 대머리가 일하러 갔거나 집에서 나갔을 때 우리 집에서 은밀하게 만났다.

언니는 엄마처럼 가정주부가 되고 싶어 했다. 요르단의 모든 여자들은 가정주부가 되었다. 직업이 있는 여자는 불쌍하거나 그들을 먹여 살리지도 못하는 쓸모없는 남자와 결혼한 거였다. 남편의 등급은 아내에게 제공할 수 있는 부의 정도로 측정되었다. 소냐는 어릴 때부터 누군가의 아내가 되기 위한 연습을 했다. 언니는 어린 나이에 침대를 정리하고, 집 청소를 하고, 세탁을 하는 등 집안일을 익혔다. 나는 언니가 부엌 조리대의 칙칙하고 더러운 표면을 반짝이는 검은 대리석으로 마술처럼 바꿔놓는 것을 볼 때마다 여전히 경탄한다. 아니면 우리 집 거실을 쓰레기장에서 인테리어 디자인 잡지에 나올 만한 공간으로 바꿔놓을 때에도. 이 일은 하나의 전문직이고, 소냐는 이 일을 사랑했다. 언니의 삶은 코르를 보살피는 일 위주로 돌아갔다. 언니는 하루 종일 그에게 헌신했다.

반면에 나는 어린 나이부터 모든 집안일을 거부했고 그 방법조차 절대로 배우지 않았다. 어른이 되어서도 꽉 찬 빨래 바구니, 엉망인 부엌, 먼지투성이 거실만 보면 공황발작을 일으켰다. 나는 엄마가 이런 일을 매일 처리하는 것을 보았다. 우리에게 이것은 여성성의 일부였다. 하지만 여성성은 또한 얻어맞는 것을 의미했다. 집 안을 꾸리는 것은 가치 있는 기술이지만, 내가 절대로 익힐 마음이 없는 기술이기도 하다.

소냐와 코르가 사귀기 시작했을 때 코르에게는 이미 여자친구가 있었지만, 소냐 언니가 임신하자 그는 여자친구와 헤어졌고 두 사람은 함께 살기 시작했다.

연애하는 내내 코르가 자기 마음대로 하고 언니에게는 아무 말도 해주지 않는 것은 당연한 일이었다. 코르는 언니가 묻는 모든 질문에 웃음을 터뜨리고서 "네가 모르면 다칠 일도 없지!"라고 말하곤 했다. 이 말에 언니는 종종 의심을 품었다. 언니는 코르가 범죄자들과 연루되는 데에는 상관하지 않았다. 그저 코르가 바람을 피우는지 아닌지만 알고 싶을 뿐이었다. 그래서 사냥개처럼 그가 가는 곳마다 따라다녔다.

언니는 종종 나를 데리고 갔고, 때때로 코르를 시내의 온갖 매춘굴에서 찾아내 끌어내기도 했다. 그는 그 일을 웃어넘겼다. 당연히 그는 바람을 피운 게 아니었다. 하기 전에 매춘부에게 자신이 결혼했다고 솔직하게 말했으니까.

나의 살인자에게

코르는 아내가 일을 하게 허락하는 남자가 아니었다. 아내는 그를 보살피기 위해 존재하고, 그게 그가 요구하는 전부였다. 일에 대해 의논하는 건 어차피 아무것도 모르는 여자들이 아니라 남자들의 일이었다. 모든 면에서 그게 최선이었다. 아는 게 없으면 남에게 말할 수도 없으니까. 여자들은 옆에 두는 게 항상 위태롭고, 특히 애가 있으면 더하다. 경찰이 그들의 약점을 이용해서 아는 걸 다 털어놓게 할 수 있으니까. 경찰들은 남편에게 다른 여자가 있다고 말하곤 했고, 그 말에 여자들은 쉽게 무너졌다. 아니, 여자들에게는 아무것도 말해주면 안 된다. 그래서 소냐 언니는 코르가 뭘 꾸미고 있는지 전혀 몰랐다.

1983년 11월이었다. 나는 이스라엘에서 막 돌아와서 대부분의 시간을 소냐 언니네서 보냈다. 그 전해에 코르의 아이를 임신한 언니는 그와 함께 살기 위해 판 할 거리에서 스탈메이스테르스 길로 이사했다. 거기서 1983년 2월에 예쁜 딸 프란시스를 낳았다.

코르는 딸을 사랑했지만 많은 시간을 함께 보내긴 힘들 정도로 바빴다. 그와 빔 오빠는 밤낮으로 일을 했고, 사이사이에 언니의 집으로 와서 식사를 하고 프란시스를 안아주었다. 언니는 거기에 익숙했다. 코르는 빔과 함께 나가면 식사하고 잠을 잘 때만 집에 돌아왔다. 나는 언니 집에서 매일 저녁을 먹었고, 거기서 코르와 빔을 만났다.

어느 날, 우리 모두 식탁 앞에 앉아 있는데 빔이 말했다.

"자, 이건 네 거야."

그리고 나에게 식탁 너머로 백 길더짜리 지폐를 내밀었다. 이게 뭐지? 빔 오빠가 나한테 뭔가를 준 거야? 오빠는 장터에서 건진 봉제인형을 딱 한 번 준 것 말고는 내게 뭔가를 준 적이 한 번도 없었다. 빔은 관대한 사람이 아니었다. 오빠의 주머니에는 항상 현금이 가득했지만, 절대로 우리를 위한 건 아니었다. 엄마가 다른 사람의 집에서 힘들게 일하고 있어도 엄마에게 돈 한 푼 주려고 한 적이 없었다. 그런데 지금 나에게 돈을 주다니. 그것도 백 길더나? 왜 나한테 이 돈을 주는 거지?

"오빠 어디 아픈 거 아니지?"

내가 물었다.

"건방지게 입 털 거면 도로 내놔."

오빠가 날카롭게 쏘아붙였다.

"절대 안 돼. 이제 내 거야."

아무래도 이상하게 느껴졌다. 오빠가 내 앞에 대고 수표를 흔들며 "갖고 싶어?"라고 묻고서 내가 "응"이라고 대답하면 돈을 뒤로 홱 빼면서 "그럼 일을 해!"라고 말하는 게 보통이었는데.

뭔가가 잘못되었다. 오빠의 뭔가가 잘못되었다. 갑자기 나한테 친절하게 대하는 이유가 분명히 있을 것이다.

뭔가 잘못된 게 맞았고, 나는 곧 무슨 일인지 알게 된다. 나는 순종적인 아내는 아니었을지 몰라도 남자들이 꾸미는 일에 관해서는 소냐 언니와 똑같이 아는 바가 전혀 없었다. 그래서 이후에 일어난 일에 우리 둘 다 너무나 깜짝 놀랐다.

하이네켄 납치 사건

1983

프레디 하이네켄과 그의 운전사 아프 도데러르가 납치된 것은 그날의 특종 뉴스였다. 아빠의 삶의 중심이었던 남자 하이네켄. 25년이 넘도록 아빠는 하이네켄 사에서 일했고, 매일 밤마다 아빠가 '양조회사'에 자신만의 그 정신 나간 방식으로 어떻게 공헌을 하고 싶은지 그 계획에 대해서 떠드는 걸 들었다. 나는 늘 회사에 대한 아빠의 그 기괴한 헌신이 부끄러웠으나 하이네켄 씨에 대한 존경심에는 공감했다. 그런데 이제 그 남자가 암스테르담의 하이네켄 본사 앞에서, 길거리에서 그대로 납치를 당했다.

며칠 후 저녁에 빔 오빠가 코르와 언니네 집에 저녁 식사를 하러 들렀고 나도 거기에 있었다. 텔레비전에서 납치에 관한 최신 소식이 흘러나왔다.

"넌 저거 어떻게 생각해?"

빔이 물었다.

"완전히 멍청한 짓이야. 누가 하이네켄을 납치해? 그 사람은 여왕보다 더한 권력을 가졌다고. 누가 그런 짓을 했든 절대로 빠져나가지 못할 거야. 남은 평생 쫓겨 다닐걸."

내가 대답했다.

"그렇게 생각해?"

"확실하게 장담해."

"어떻게 그렇게 장담하는데?"

오빠가 날카롭게 물었다.

"오빠, 그 사람은 수십 억을 가졌고, 거의 왕족이나 다름없고, 전 세계의 지도자들을 알고, 여왕이랑 친한 친구야. 내 말 믿어. 범인들은 완전히 자기 무덤을 판 거야. 온 세상이 이 사건을 쫓고 있을 거라고."

"입만 살아가지고."

오빠가 쏘아붙였다.

언제나처럼 내 의견은 오빠를 짜증나게 만들었다. 새로운 일도 아니었다. 오빠는 주제를 바꿨다.

"타자기용 리본 좀 사와. 어디서 파는지 알지?"

"응."

"내일 필요해. 돈 여기 있어. 넌 항상 다 잊어버리지만, 이건 잊어버리면 안 돼. 진짜 중요한 거야!"

빔의 말이 맞았다. 나는 잘 잊어버렸다. 하지만 그의 목소리와 눈에서 진짜 중요한 일이라는 것을 알아챘다.

"엄마 집에 놔둬."

"알겠어."

내가 대답했다.

다음 날 나는 학교가 끝난 뒤 자전거를 타고 서점에 가서 리본을 사고 엄마 집으로 향했다. 오빠는 이미 거기서 나를 기다리고 있었다.

"여기 있어."

나는 오빠가 어디다 쓰려는 건지 전혀 모른 채 리본 한 상자를 건넸다.

"잘했어, 아시."

오빠는 즉시 떠났다.

그날 밤, 나는 또다시 소냐 언니네 집에서 잤다. 프란시스는 아기 방 요람에서 자고 있었다. 나는 안방에서 언니와 함께 누워 있었다.

갑자기 빠르고 요란한 발소리가 가까워지는 바람에 나는 잠에서 깼다. 소리가 어디서 나는 건지 보려고 눈을 뜨자 얼굴에 스키 마스크를 쓴 채 침대 주위에 서 있는 건장한 남자 여섯 명이 보였다. 모두가 커다란 소총을 우리에게 겨누고 있었다. 언니와 나는 도망칠 곳이 없었다.

우리는 서로를 껴안고 공포에 비명을 질렀다. 내가 생각할 수 있는 거라고는 곧 죽는다는 것뿐이었다. 다음 순간, 더욱 요란한 소리가 나면서 두 번째 무리가 들이닥쳤다. 시끄럽게 소리를 지르며 쳐들어와 모든 문과 벽장들을 열어젖혔다.

무슨 일이지? 왜 우리를 죽이고 싶어 하는 거야? 그들은 나를 소냐에게서 떼어내 침대 아래로 끌어내리고는 바닥에 내던졌다.

"엎드려! 배 깔고! 엎드리라고! 머리 뒤로 손 올려!"

그들이 소리쳤다. 나는 배를 깔고 엎드려서 머리 뒤로 손을 올렸다. 뒤에서 무슨 일이 일어나고 있는지 보려고 애를 쓰자 눈가로 남자 한 명이 내 머리에 총을 겨누고 서 있는 게 보였다. 내 앞쪽엔 프란시스의 방이 있었다. 아기가 우는 소리가 들리고 무기를 든 커다란 남자가 아기 방으로 들어가는 게 보였다.

언니가 비명을 지르는 소리가 들렸다.

"내 아기! 내 아기!"

언니는 자신을 붙잡고 있는 커다란 남자에게서 빠져나오려고 애를 썼다. 다급한 마음에 나는 아기를 보호하려고, 뭐든 하려고 아기 방 쪽으로 기어가려 했지만 내 위에 서 있던 남자가 소리를 질렀다.

"가만히 있어!"

그리고 내 다리를 잡고 당기더니 내 목 위에 한 발을 올리고 내 머리를 바닥으로 눌렀다. 뺨이 카펫에 긁혔다.

내가 아마도 상황을 더 악화시켰던 것 같다. 나는 그의 눈을 보려고, 그가 뭘 하려는 건지 알아내려고 애를 썼다. 총이 보였고 나는 그가 나를 쏘아죽일 생각이라고 확신했다. 그에게서 빠져나갈 수 없어서 그저 눈을 감고 총알이 날아오기만을 기다렸다.

동시에 고함 소리가 더 들렸다. 평범한 옷을 입은 남자들이 들어오면서 소리를 질렀다.

"경찰이다! 경찰이다!"

경찰? 그래, 경찰이겠지! 그들은 강도나 살인범이 아니었다. 경찰이었다. 그러니까 우리를 쏘지 않을 것이다. 우리는 살 수 있었다! 경찰의 발에 목이 밟힌 채 여전히 바닥에 엎드린 상태로 나는 그들이 집 안 전체를 수색하는 소리를 들었다. 그들은 언니에게 고함을 질렀다.

그들은 나에게도 코르의 행방에 대해서 물었다. 하지만 나는 형부가 어디에 있는지 몰랐다. 코르는 언니나 나에게 어디에 가는지 절대로 말해주지 않았다. 그들이 나를 일으켜서 거실로 끌고 갔다. 무슨 일이냐고 물었지만 아무 말도 해주지 않았다. 언니는 다른 방에 갇혀 있었다. 우리는 서로 이야기도 할 수 없었다. 형사 한 명이 옷을 갈아입을 수 있게 나를 침실로 데려갔다.

그때 전화가 울렸다.

언니와 나는 서로를 쳐다보며 똑같은 생각을 했다. 코르가 분명했다.

언니는 받으려 하지 않았지만, 형사가 강제로 받게 했다.

"여보세요."

언니가 말했고, 코르의 목소리가 들렸다. 언니가 뭔가 말을 하기도 전에 형사가 전화기를 빼앗았다.

"나는 피트 형사다."

코르는 이게 무슨 뜻인지 알았다. 그의 집에서, 낯선 사람이 전화기를 들고 있는 것이다. 우리는 여전히 무슨 일이 벌어지고 있는 건지 전혀 알지 못했다.

우리 둘 다 옷을 입자 각기 다른 차에 태워져 경찰서로 이송되었다. 프란시스는 언니와 함께 갔다.

경찰서에서 우리는 한방에 함께 갇혔다.

"무슨 일일 것 같아?"

언니가 다시 물었다.

"난 진짜 감도 안 잡혀. 형부가 뭔가 나쁜 일을 했다고 생각해?"

내가 물었다.

"모르겠어. 아무것도 생각이 안 나는데, 저 사람들이 그이를 쫓고 있다는 것만은 확실해."

언니가 대답했다.

그래, 그것만은 확실했다. 언니와 내가 왜 그들이 우리를 잡아왔을까 이유를 떠올리고 있는데 문이 열렸다. 나는 콘크리트 침대와 그 바로 옆에 변기가 있는 유치장으로 옮겨졌다. 거기는 추웠고, 벽에는 온갖 종류의 글자들이 가득 새겨져 있었다.

얼마 지나지 않아서 나는 벽의 글을 다 읽었다. 시간이 흘러갔다. 바깥이 밝아지기 시작했다. 학교에 갈 시간이었다. 아침에 학교에서 가장 엄격한 선생님인 얀센 선생님의 독일어 시험을 봐야 하는데. 그 시험에 절대로 결석할 수는 없었다. 나는 인터폰 버튼을 눌렀다.

"네."

딱딱한 목소리가 들렸다.

"저기요, 저 독일어 시험을 봐야 하는데요. 여기서 나가고 싶어요."

침묵.

나는 다시 버튼을 눌렀다.

"네."

"저기요, 여기서 좀 나가면 안 될까요? 저 학교에 가야 돼요."

"안 됩니다."

목소리는 음울했다.

그 후로는 얼굴에서 핏기가 가실 때까지 버튼을 눌러도 아무 답도 없었다. 나는 시험을 보러 가지 못할 것이다. 이걸 선생님한테 어떻게 설명해야 되지? 경찰서 유치장에 갇혔다고 말해? 선생님은 믿지 않을 것이다. 나는 항상 진지하고 신중하고 절대로 문제를 일으키는 학생이 아니었는데. 내가 왜 경찰서 유치장에 있어야 되는 거지? 나는 시험에 낙제할 것이다.

몇 시간 동안 내 생각은 제자리를 맴돌았다. 코르가 뭔가 정말로 나쁜 짓을 한 게 분명했지만, 그게 뭔지 전혀 떠오르지 않았다. 형부는 언제나 나를 상냥하게 대해줬고, 형부의 엄마와 여동생, 이복남동생, 모두에게 잘했다. 형부는 재미있고 함께 있으면 즐거운 사람이었다. 그런 사람이 무슨 범죄를 저지를 수 있을까? 이제는 어떻게 되는 거지? 내가 여기에 무슨 이유로, 얼마나 더 있어야 하는 거지? 코르가 뭔가 죄를 저질렀다면 왜 나를 끌고 온 걸까?

나는 소냐 언니와 프란시스를 떠올렸다. 둘이 아직까지 함께 있는지, 아니면 우리가 아직 언니 집에 있을 때 경찰이 위협했던 것처럼 프란시스가 아동보호국으로 넘어갔는지 궁금했다. 그리고 빔 오빠가 이모든 일에 관련되어 있는지도 궁금했다. 어쨌든 코르와 오빠는 모든 시간을 함께 보냈으니까…….

두어 시간 뒤에 문이 휙 열리고 덩치가 커다란 남자가 불쑥 들어왔다.

"서명해!"

그가 서류를 내밀며 소리를 질렀다.

"서명요?"

나는 놀라서 물었다.

"그래, 서명하라고!"

남자가 다시 소리를 질렀고, 나는 서류를 읽어보았다. 거기에는 내가 하이네켄 납치 사건과 관련해 체포되었다고 쓰여 있었다.

하이네켄 납치 사건? 이게 대체 뭐지? 어제 본 영화가 머릿속에 문득 떠올랐다. 프란츠 카프카 재판에 관한 영화였다. 나 자신도 카프카의 이야기 같은 상황에 처해 있었다. 나는 서명을 하면 다시는 풀려나지 못할까 봐 무서워서 서명을 거부했다.

그러나 커다란 남자는 내 거부를 받아들이지 않았다. 그가 내 코앞에 대고서 고함을 질렀다.

"서명해! 당장 서명하라고!"

나는 내가 뭐에 서명하는 건지도 모른 채 서명을 했다. 그런 다음 다른 방으로 옮겨졌다. 그들은 내 손을 검사하고 손톱을 잘랐다. 나는 겁이 났다. 그들이 경찰이라는 사실도 더 이상은 위안이 되지 않았다. 나한테 또 무슨 짓을 하려는 걸까? 손톱은 왜 잘라가는 거지?

25년 후, 나는 파일을 열어볼 수 있었고 거기서 이유를 알아냈다. 그들은 하이네켄 사에서 지불한 몸값에 뿌려두었던 화학물질의 흔적을 찾고 있었던 것이다. 경찰은 내가 그 돈을 한 장이라도 만졌는지 알아내려고 했었다.

손톱을 자른 뒤에 그들은 나를 다른 방으로 옮기고 신문을 했다. 나는 열일곱 살의 미성년자였고, 아직까지 변호사도 만나지 못했다. 당시에 나는 나에게 그런 권리가 있는 줄도 몰랐다. 그런데도 그들은 나에게 질문을 했다. 로프 호리프호르스트, 프란스 메이예르, 얀 불라르드, 코르, 그의 이복동생 마르틴 에르캄프스의 사진도 보여주었다. 내가 무슨 이야기를 했는지 기억이 나지 않지만, 아무것도 몰랐으니까 별다른 이야기를 하지 못했을 것이다.

수사관들도 금세 똑같은 결론을 내린 모양이었다. 다음 날 아침에 유치장 문이 열리고 그들은 아무 설명도 없이 나를 길거리로 내보냈다. 나는 텅 빈 집으로 돌아왔다. 다들 어디에 있는 걸까? 그때 문 두드리는 소리가 들렸다. 위층에 사는 이웃 여자가 프란시스를 품에 안고 있었다. 최소한 프란시스는 찾았다. 그게 제일 중요한 일이었다. 다른 사람들은 자기 몸을 돌볼 수 있으니까. 이웃 여자는 소냐 언니가 잠시라도 이웃에 아이를 맡기게 해달라고 경찰에 부탁했다고 말해주었다. 나는 그녀에게 다른 사람들은 어디 있는지 혹시 아느냐고 물었다.

"경찰이 헤라르트도 데려갔어. 계단에서 굉장히 시끄러운 소리가 나더니 온 건물에 전투복을 입은 경찰들이 꽉 들어찼어. 꼭 영화 같았다니까. 창문으로 헤라르트가 차에 타고 가는 걸 봤어. 너희 어머니는 오늘 아침에 소냐네 가셨는데 아직 안 돌아오셨고. 뉴스 보니까 경찰서에 계신 것 같던데."

"소냐 언니도 거기 있어요. 나랑 같이 끌려갔어요."

내가 말해주었다.

"엄청나게 끔찍한 일이네, 안 그러니?"

이웃 여자가 말했다.

그 따뜻한 말투가 내가 조금 전까지 겪었던 냉혹한 대우와는 완전히 반대여서 나는 잠깐 울고 말았다.

"어떻게 된 거죠? 무슨 일이에요? 엄마가 돌아오셨으면 좋겠는데, 뭘 해야 될지 모르겠어요. 내가 뭘 할 수 있죠?"

내가 울면서 말했다.

"이런, 진정해. 다 괜찮을 거야. 나한테 가족 모두에 관해서 이것저것 물어봤던 형사의 명함이 위층에 있는데, 그 사람한테 전화를 걸어보면 어떠니?"

나는 열일곱 살이고, 대단히 순진했고, 아무 죄도 저지르지 않았는데 어떤 일이 생길 수도 있는지 막 겪었다. 경찰에 전화하는 것은 내가 내미는 손을 잘라버릴 수도 있는 사형 집행인에게 손을 내미는 것처럼 느껴졌다. 나를 그렇게 부당하게 대한 사람들에게는 절대로 연락하지 않을 것이다.

"아뇨, 그 사람들이 다시 나를 잡으러 올지도 몰라요. 그냥 기다릴래요. 언니가 돌아올 때까지 내가 프란시스를 보살필 수 있어요."

"그렇게 하렴, 애야. 필요한 거 있으면 내가 위층에 있을 테니까 오고."

10분 후에 현관 벨이 울렸다. 나는 여전히 프란시스를 안은 채로 문을 열었다. 계단 아래쪽에 어떤 잘 차려입은 남자가 서 있었다.

"아동보호국입니다. 프란시스 판 하우트를 데리러 왔어요!"

프란시스를 데려가?

"그럴 거 없어요. 프란시스는 저랑 있어요."

나는 소리를 지르고서 프란시스를 품에 안은 채 위층 이웃집으로 달려갔다. 아동보호국 사람이 나를 쫓아왔다.

"문 열어주세요!"

내가 이웃집에 외쳤다. 끔찍한 작자가 내 다리를 잡았고 나는 남자를 걷어차고 남은 계단을 올라가 이웃집으로 들어간 다음 등 뒤로 문을 쾅 닫았다. 아슬아슬했다.

"문 열어요."

남자가 말했다.

"싫어요. 프란시스는 여기 있을 거예요."

"그럼 경찰을 불러올 겁니다."

그가 말했다.

"그러시든지!"

나는 소리를 지르고서 경찰이 올 동안에 프란시스를 데리고 나가야겠다고 생각했다.

그때 이웃 여자가 말했다.

"진정하렴. 이렇게 해서는 해결이 안 돼."

이웃 여자가 나지막하게 말한 다음 남자와 이야기를 시작했다. 남자는 내가 범죄자 집안에 속해 있기 때문에 프란시스를 돌볼 수 없다고 말했다. 세상이 완전히 미쳤나? 이웃 여자는 자신이 아이를 돌볼 거라고 남자를 설득했고, 남자는 동의했다.

안도감이 느껴졌다. 내가 낯선 사람들에게 프란시스를 내쳤다가는 언니가 분노로 길길이 날뛸 것이다. 나는 프란시스를 달랠 수가 없었지만 이웃 여자는 굉장히 모성애가 넘쳤고, 아기를 어떻게 달래야 하는지 잘 알았다.

프란시스는 위층에서 잠이 들었다. 나는 아래층에 앉아 있는데 문에서 무슨 소리가 들렸다. 나는 두려움으로 꼼짝할 수가 없었다. 아직도 다 안 끝났나? 또 나를 잡으러 온 건가? 나는 소파 뒤에 숨었다. 누군가가 문을 열고 있었다. 누구지? 사람이 들어오는 소리가 나자 나는 최대한 몸을 웅크리고 숨을 죽였다.

"누구 없어요?"

헤라르트였다! 나는 소파 뒤에서 벌떡 일어나서 소리쳤다.

"나 있어!"

헤라르트가 놀라서 펄쩍 뛰었다.

"뭐 하는 거야, 이 바보야?! 너 때문에 놀라 죽을 뻔했잖아!"

이번만큼은 오빠의 무시하는 투의 말이 내 귀에 음악 소리처럼 들렸다. 작은오빠가 돌아왔다!

"뭐가 어떻게 된 거야, 헤르 오빠?"

나는 오빠가 답을 알고 있기를 바라며 물었다.

"나도 모르겠지만, 꽤 심각한 것 같아."

오빠가 떨리는 목소리로 말했다.

오빠는 무장한 남자들이 우리 아파트로 들어오는 것을 보고 발코니에 숨으려 했다고 말해주었다. 얼마 안 돼서 그들이 오빠를 찾아내 총으로 겨누고 차에 태웠다.

차에 탄 다음에야 오빠는 그 사람들이 경찰이라는 말을 들었다. 오빠는 겁에 질렸고, 자신이 납치되는 거라고 생각했었다고 했다.

"그래서 이제 어떻게 해? 엄마는 어디 계셔? 소냐 언니랑 코르랑 빔 오빠는 어디 있고?"

내가 물었다.

"나도 몰라, 아스. 정말로 몰라."

우리 둘 다 충격을 받은 상태였다.

그날 밤 우리는 집에서 아무것도 하지 않고 그저 기다렸다.

나는 정말로 엄마가 보고 싶었다.

이웃집에서 우리를 저녁 식사에 초대했다. TV가 켜 있고 계속해서 납치범들에 관한 뉴스가 나왔다. 내가 아는 사람들의 이름을 듣고 있으니 기분이 이상했다. 코르, 빔, 코르의 이복동생 마르틴. 그들이 어떻게 이런 일을 할 수 있는 거야? 상상이 가지 않았다.

"우리 어떻게 해야 되지?"

내가 묻고 있는데 엄마가 부르는 소리가 들렸다.

"집에 누구 있니?"

"엄마, 우리 여기 위에 있어요!"

마침내 엄마가 왔다! 엄마는 우리가 잡혀간 직후에 소냐 언니 집에 도착했고, 엄마도 체포됐다고 말했다.

집에는 스와트(SWAT) 팀원들이 가득했고, 그중 한 명이 문을 지키고 있었다. 엄마가 문이 열려 있는 것을 보고 안으로 들어가려고 하자, 스와트 팀원 한 명이 엄마 머리에 총을 겨눴다.

"꼼짝 마."

엄마는 겁먹지 않았다.

"좀 물러서 줄래요?"

엄마는 그렇게 쏘아붙이고 그의 총을 밀어내고 계속 걸어갔다.

"여기서 뭘 하는 거예요? 이보다 더 나은 일을 해야 하는 거 아니에요? 가서 하이네켄 납치범들을 뒤쫓아야 하는 거 아니냐고요!"

엄마는 그들이 하는 일이 바로 그거라는 걸 모른 채 진심으로 그렇게 말했다.

"그 멍청한 코르 녀석, 도대체 왜 이런 짓을 한 거지? 미쳤다니? 그러고는 우리 집에 와? 이제 끝이야! 소냐는 더 이상 그 애를 보지 않을 거야. 쓰레기 같은 녀석. 내가 왜 진작 그걸 몰랐을까? 범죄자 같으니라고!"

엄마가 말했다.

"무슨 말씀 하시는 거예요, 엄마?"

내가 물었다.

"코르가 하이네켄을 납치했어!"

엄마가 외쳤다.

"빔 오빠도 거기 가담했잖아요. 안 그래요?"

내가 그 말을 하는 순간, 엄마는 소파에 무너지듯이 주저앉았다.

"빔이? 빔도 거기에 가담했다고?"

엄마는 당혹한 얼굴로 물었다.

"엄마, 경찰서에서 그 사람들이 말 안 해줬어요?"

"아니. 뭘 말해줘?"

"빔 오빠도 한패라는 거요."

"아니."

엄마는 말을 더듬으며 먼 곳을 바라보았다.

"아니, 그 말은 안 했어. 오로지 코르 이야기만 했어."

엄마의 세상이 지금 막 무너졌다. 엄마는 울기 시작했다.

"내 아들, 내 아기, 어떻게 내 자식이 그런 짓을 할 수가 있지? 이렇게 끔찍할 데가. 이렇게 끔찍할 수가. 그 애는 어디 있는 거야? 그 애도 경찰서에 있니?"

"모르겠어요."

내가 대답했다. 바로 그 순간에 TV 뉴스에서 하이네켄 납치범 일부가 붙잡혔으나 두 명은 아직까지 도주 중이라는 발표가 나왔다.

나는 엄마를 보았고 엄마의 눈에 고통이 어린 것을 발견했다. 엄마의 아들은 도망자였다.

"다시는 그 애를 볼 수 없을지도 몰라. 그 애들은 도망치는 중이고 우리만 난장판 속에 남겨놨어."

엄마가 중얼거렸다.

소냐 언니는 다음 날 풀려났다. 집에 오자마자 언니는 곧장 프란시스에게 가서 아이를 꼭 껴안았다. 형사들은 언니가 납치에 관해 아는 걸 모두 다 털어놓지 않으면 아이를 영원히 위탁 시설에 보내겠다고 협박했다.

나의 살인자에게

하지만 소냐 언니는 아무것도 몰랐고, 이 사실을 백 퍼센트 납득하고 나서야 그들은 언니를 풀어주었다. 언니는 완전히 엉망이었다. 코르에게 화가 나고, 빔에게 화가 난 상태였다. 어떻게 그들이 모두에게 이런 짓을 할 수가 있지? 우리 모두 화가 났지만 또한 걱정도 됐다. 그들이 어디로 갈 수 있을까? 발견되면 무슨 일이 벌어질까? 체포되는 중에 죽을 수도 있을까? 뉴스로 보건대 그들을 찾기 위한 대대적인 수색이 진행 중이었고, 몸값의 일부는 아직까지 회수되지 않았다.

그때부터 경찰은 우리가 코르나 빔, 사라진 돈에게로 자신들을 이끌어주길 바라고 우리 뒤를 따라다녔다. 우리가 가게에서 뭔가 사면 우리가 몸값으로 받은 돈을 쓰지 않나 확인했다.

우리는 풀려났지만 자유는 아니었다. 감시받고 도청당했다. 사생활이 하나도 남지 않았다. 우리는 대중적으로 범죄자 가족으로 묘사되었다. 모든 사람이 우리에게서 등을 돌리거나 그렇게 하는 것이 당연하다는 식으로 행동했다. 농구협회 협회장은 이사회에서 내가 오빠의 범죄에 대해서 책임져서는 안 되고, 계속 협회에서 농구를 할 수 있도록 허락하기로 했다고 나에게 알려주었다.

내가 오빠의 범죄에 책임이 없다? 계속 농구를 할 수 있도록 허락한다? 내가 애초에 왜 농구를 계속하면 안 되는 건데?

알고 보니 상식을 찾아볼 수 없는 곳은 농구협회만이 아니었다. 그런 일은 사방에서 일어났다.

갑자기 나는 '하이네켄 납치범들과 관계가 있는 사람'이기 때문에 그 일과 연루된 것으로 여겨졌다. 우리는 평생 아빠의 압제 속에 살면서 아빠의 분노가 너무 두려워서 빨간불 신호 한번 위반해본 적이 없는데, 갑자기 여론이라는 법정에서 모두 범죄자가 되었다. 전부 빔 덕택이었다.

미디어도 열렬하게 동의했다. 부인해봤자 아무 소용이 없었다. 우리는 '사악하다'고 낙인찍혔고 구원 가능성은 전혀 없었다. 어디를 가든 우리는 독립적인 개인이 아니라 누군가의 '가족'이었다.

우리의 성이 우리가 가진 전부였다. 홀레이더르라는 이름이 우리를 규정했다.

나는 이름에 대해서 거짓말을 하고 나중에 내 출신에 대해서 더 많은 거짓말을 해야 하는 상황에 처하고 싶지 않았다. 그래서 항상 솔직하게 내 성을 대었고 사람들이 "가족"이냐고 물으면 맞는다고 대답했다. 그러면 사람들은 내가 무슨 끔찍한 질병에라도 감염된 것처럼 쳐다보았다.

이런 일은 우리 모두에게 일어났다. 우리의 공통된 경험은 우리의 연대를 더욱 단단하게 만들어주었다. 이 연대 속에는 안전함이 존재했고, 그래서 엄마와 소냐 언니, 헤라르트 오빠, 나는 더더욱 서로에게 달라붙었다.

예전에 나를 괴짜로 취급했던 우리 가족이 나를 이상한 사람으로 여기지 않는 유일한 장소가 되었다.

나의 마음속
세 가지 좋은 추억들

에이르스터 에헬란티르스드바르 거리에 있던 우리 집이 보호 건물로 등록되면서 암스테르담 시의회가 대대적인 집수리를 하게 되었다. 우리는 잠깐 동안 에헬란티르스 운하로 이사를 했다. '잠깐 동안'은 4년이 되었다.

소냐와 헤라르트, 나는 1층에 있는 방에서 함께 잤다. 내 침대는 창문 아래 있었다. 창밖으로 운하와 베스터르 탑이 보였다. 그 무렵 빔은 십 대라서 작은 방을 혼자 썼다. 거실은 한 층 위에 있었고, 부모님은 다락에서 주무셨다.

"아시, 일어나. 내가 뭘 가져왔는지 봐."

다른 사람들을 깨우지 않기 위해서 빔이 나직하게 속삭였다. 나는 열 살을 그리 많이 넘기지 않았을 것이다. 종종 오빠는 한밤중에 나를 깨우고는 내 옆에 눕곤 했다. 가끔은 나에게 초콜릿이나 캔디 같은 것도 갖다주었다.

이번에 오빠는 두툼한 초콜릿 바와 꼭두각시 인형을 가져왔다. 오렌지색 부리와 깃털이 있는 노란 새였다.

"네 거야. 장터에서 경품으로 땄어."

오빠가 속삭였다.

"정말 예쁘다."

나는 신이 나서 속삭였다.

"움직여 봐."

오빠가 그렇게 말하며 내 옆에 누웠다. 오빠는 나에게 항상 등을 긁으라고 했고, 내가 등을 긁는 동안 우리는 함께 초콜릿을 먹었다.

"마음에 들어?"

오빠는 나를 행복하게 한 게 자랑스러운 어조로 물었다.

"정말로 좋아!"

이 은밀한 순간들은 굉장히 짜릿했다. 아빠가 우리 소리를 들었다가는 난리가 나겠지만, 그래도 빔은 했다. 오빠는 아빠 말을 따르지 않았고, 나를 깨워 내 옆에 누워 있었기 때문에 나도 아빠 말을 따르지 않는 셈이었다. 나는 그럴 만한 배짱이 절대로 없었지만, 빔이 너무나 상냥해서 안전한 기분을 느꼈다.

사춘기가 되자 나도 아빠의 전능함을 받아들이기가 점점 어려워졌다. 이로 인해서 충돌이 일어났고, 그러다 나는 열세 살의 나이로 집을 나와야 했다. 그러고 나서 엄마와 소냐 언니, 헤라르트 오빠, 나는 린던 운하에서 살게 되었다. 열네 살 때 엄마가 다시 아빠에게로 돌아가자 나는 최대한 집에서 나와 있으려고 노력했다. 나는 농구에서 피신처를 찾았고 체육관이 내 집이 되었다. 나는 일주일 내내 밤 11시까지 거기 있을 수 있었다. 그게 내 구세주였다.

농구를 할 때면 다른 건 아무것도 생각하지 않았다. 내 공격성은 광신으로, 예전에는 굉장히 거슬렸던 감정의 긍정적인 변주로 해석되었다.

초등학교 때 체육 선생님은 나의 '황금 손'에 감탄했다. 나는 어떤 종류의 공이든, 얼마만큼의 거리든 그물을 통과하도록 공을 던질 수 있었다. 선생님은 이 재능을 키우라고 강력하게 조언했지만, 우리 집 안에서 이것은 선택지가 아니었다. 우리 아빠에게 집 밖에서의 모든 활동은 자신의 독재를 위협하는 것이었다. 모든 형태의 자기 개발은 자신에 대한 개인적 공격이었다.

나는 집에서 이 문제를 꺼낸다는 생각조차 해본 적이 없었다. 스포츠 클럽에 가입하고 체육관에 차로 오갈 만한 돈이나 기회가 전혀 없다는 걸 묻지 않아도 알았기 때문이다.

고등학교에 들어가고 대중교통을 이용하는 법을 익힌 다음에야 내 세상이 요르단 지역 너머까지 넓어졌고, 아빠 모르게 탐험을 시작할 수 있었다. 아빠도 모르는 건 금지할 수 없으니까.

학교에서 나는 처음으로 우연히 외사촌을 만나게 되었다. 그는 나보다 최소한 네 살이 많았고 "우리가 친척이기 때문에" 나를 조금 보살펴주었다. 나는 이 친척을 만나서 굉장히 행복했다. 그는 열한 살 때 처음으로 만난 외할아버지, 외할머니처럼 친절하고 상냥했기 때문이다. 그는 내가 학교에서 농구하는 것을 보고 자신의 농구 클럽에 가입하지 않겠느냐고 물었다.

"너 잘하는데. 너희 엄마의 재능을 물려받았구나."

"엄마의 재능?"

내가 물었다. 나는 엄마한테 어떤 재능이 있다는 것조차 몰랐다. 내가 아는 엄마는 아빠의 바닥깔개일 뿐이었다.

"응. 너희 엄마는 뛰어난 코프볼* 선수였어. 할머니처럼."

나는 놀라서 입이 바닥까지 떡 벌어졌다. 엄마와 외할머니는 알고 보니 최상급 레벨에서 플레이를 했었다. 나는 그 사실을 전혀 몰랐고, 엄마에 대해서 아는 게 거의 없다는 사실을 깨달았다. 하지만 그 사실을 알게 되어서 기뻤다. 그게 내가 왜 공을 잘 다루는지를 설명해주었다.

나는 엄마한테 학교에서 내 외사촌이라고 주장하는 사람을 만났다고 이야기했다. 그리고 그 오빠의 이름을 말했다.

"맞아, 네 외사촌이란다. 엄마 오빠의 아들이야. 둘이 같은 학교에 다닌다니 참 잘됐구나."

"그 오빠가 나한테 자기 농구 클럽에 들래요."

나는 아빠가 허락하지 않을 게 뻔한 일을 부탁하는 게 엄마에게 엄청난 짐이 될 걸 알면서도 주저주저 말을 이었다.

"오빠 말이 엄마도 예전에 코프볼을 했었고 나는 엄마 재능을 물려받은 거래요."

엄마는 미소를 지었다.

"엄마도 정말로 그렇게 잘하셨어요?"

내가 물었다.

"그래, 그리고 네 외할머니도 그랬어. 우린 전국 챔피언십에서 우승을 했었단다."

---

* 농구와 비슷한 네덜란드 스포츠.

나의 살인자에게

엄마는 자부심 넘치는 어조로 말하고서 그 근사했던 시절에 대해서 얘기를 시작했다. 나는 엄마의 이런 면을 본 적이 없었고, 경탄하며 이야기를 들었다. 엄마가 추억을 회상하면서 환하게 빛나는 모습을 보는 건 즐거운 일이었다.

"그럼 저 해도 돼요?"

엄마가 이야기를 끝냈을 때 내가 묻자, 엄마의 미소가 고통스러운 찡그림으로 변했다.

"네 아빠가 절대로 허락하지 않을 걸 알지 않니."

엄마가 나지막하게 중얼거렸다. 그러다가 갑자기, 대담하게 말했다.

"하지만 어쨌든 해보자꾸나!"

엄마는 자신이 어릴 때 누렸던 즐거움을 딸에게도 누리게 해주고 싶었고, 그래서 처음으로 대담하게 혼자 결정을 내렸다.

우리는 아빠에게 아무 얘기도 하지 않았다. 꽤 오랫동안 아빠는 거기에 대해서 전혀 몰랐다.

나는 체육관에서 밤낮으로 연습을 하며 계속해서 공을 다뤘다. 그 덕택에 나는 금세 팀에서 주요 선수가 되었다. 나는 인정을 받았고, 그 사실에 더 열심히 연습했다. 더 많은 인정에 굶주렸고, 아무리 인정을 받아도 모자란 기분이었다.

얼마 못 가서 매일매일이 스포츠 위주로 돌아갔다. 나는 최고가 되고 싶었고, 노르드-홀란트 카데트 특별팀과 함께 훈련을 받겠느냐는 제안을 받았다. 어느 날 협회 이사회가 훈련이 시작되기 전에 나타나서 이 소식을 전하며, 나에게 초청장이 첨부된 편지를 건네고 어디에 제출해야 하는지 알려주었다. 이럴 줄 알았어! 열심히 연습을 하면 언젠가는 성공할 줄 알았다니까. 이것이 내 디딤돌이, 전국 선발전에 들어갈 수 있는 기회가 될 수도 있었다.

편지에는 일요일 정오까지 호프트 마을에 있는 체육관에서 열리는 첫 번째 훈련 과정에 참석해야 한다고 되어 있었다. 일요일은 아빠가 일을 하러 가지 않는 유일한 날이고, 우리는 나를 거기까지 데려다줄 만한 다른 사람을 한 명도 알지 못했기 때문에 엄마가 아빠를 설득해서 나를 데려다주기로 했다.

일요일 아침에 나는 긴장해서 일찍 일어났다. 아침 8시쯤 엄마가 위층으로 소리치는 게 들렸다.

"우리 금방 나갔다 올게!"

문 닫히는 소리가 들리고 나는 아래층으로 내려왔다. 부모님은 나갔다. 이때만 해도 나는 두 분이 오래 걸리지 않을 거라고 생각하고 있었다. 늦어도 11시에는 출발하고 싶었다. 도착한 다음 훈련복으로 갈아입어야 하니까.

시계가 9시가 되었지만 부모님은 아직 돌아오지 않았다. 10시에도 마찬가지였다. 흔한 일이었지만, 설마 잊어버린 건 아니겠지? 그럴 수는 없었다. 금방이라도 돌아올 거고, 아직은 출발해야 할 때까지 시간이 많이 있었다. 하지만 10시 반이 되도록 부모님은 돌아오지 않았다. 이제 슬슬 걱정이 되기 시작했다.

나는 거기 도착하자마자 곧장 농구장으로 갈 수 있도록 훈련복으로 미리 갈아입기로 했다. 싸놓은 가방과 초청장을 손에 들고 복도에 서서, 문이 열리고 아빠가 나를 데려다주러 오기를 바라며 문을 하염없이 바라보았다. 하지만 11시가 되도록 여전히 아무도 오지 않았다.

아직 가망이 없는 건 아니었다. 아직은 제시간에 갈 수 있을 것이다. 그저 훈련이 시작되기 전에 농구장에 익숙해질 여유가 없을 뿐이다.

11시 15분이 되도록 아빠는 오지 않았다. 이제는 여유가 거의 없었고 나는 울기 직전이었다. 온갖 스트레스로 몸이 굳었고, 이것은 내 능력을 심각하게 저해할 것이다. 11시 20분. 여전히 아빠는 오지 않았다. 11시 반. 관두자, 나는 훈련에 참석할 수 없었다. 아빠가 내 기회를 망쳐놓았다.

내 평생 딱 한 번, 나한테 도움을 줄 기회가 생겼는데 아빠는 나타나지 않았다. 나는 아빠에게 어디 데려다달라거나 데리러 와달라고 부탁한 적이 한 번도 없었다. 언제나 팀의 다른 여자애들에게 얹혀서 가곤 했다. 하지만 이번에는 그럴 수가 없었다. 우리 팀에서 선발 훈련에 뽑힌 사람이 나 혼자뿐이었으니까. 나 혼자!

나는 나를 바람맞힌 아빠를 증오했고, 나를 위해서 이 문제를 해결해주겠다고 약속했던 엄마를 증오했다. 내 인생에서 가장 중요한 순간에 그 두 사람을 믿다니, 내가 바보지. 이 목표에 도달하기 위해서 수년 동안 훈련을 했는데, 이제 아무 소용도 없게 되었다.

나는 협회에 전화해서 취소하기로, 거기까지 갈 방법이 없어서 못 간다고 말하기로 했다. 전화기가 있는 부엌으로 가고 있는데 바깥에서 차가 서는 소리가 들렸다. 결국에는 온 건가? 나는 달려가서 현관문을 열었지만, 거기 있는 건 아빠의 비틀이 아니라 큰오빠의 새 메르세데스였다. 오빠가 차에서 내렸고, 나는 눈이 빠지게 울면서 오빠에게 걸어갔다.

"뭐 때문에 그러는 거야? 왜 우는 건데?"

오빠가 짜증난 투로 물었다. 나는 노르드-홀란트 카데트 팀과 훈련하기 위해서 호프트 마을에 가야 하는데 대머리가 나를 데려다주기로 하고서 오지 않았다고 설명했다.

"그 망할 개자식. 차에 타. 내가 데려다줄게."

오빠가 말했다.

나는 가방을 들고 오빠 차에 탔다. 빔 오빠는 머리가 찌찔해질 정도로 속도를 높여 호프트 마을 체육관 쪽으로 차를 몰았다. 나는 오빠가 포뮬라 I 드라이버처럼 차를 모는 것을 보았다. 그 순간에는 정말이지 오빠에게 너무너무 고마웠다.

정오가 되기 5분 전에 우리는 체육관에 도착했다. 빔 덕택에 나는 훈련에 참석할 수 있었다. 대머리는 전혀 필요가 없었다. 빔이 있으니까.

"정말로 고마워, 오빠."

내가 말했다.

"그러든가 말든가. 빨리 차에서 내려, 골칫덩이. 안 그러면 너 때문에 내가 늦겠어."

오빠가 말했다.

나는 차에서 내렸고 오빠는 다시 달려가버렸다. 반짝거리는 비싼 차를 타고서, 그렇게 사라졌다.

두 번의 스포츠 시즌이 지나고, 나는 훈련 중에 불운한 사고를 당했다. 옆으로 한 발 딛다가 발목을 삔 것이다. 팀의 물리치료사는 신발끈을 꽉 조이고, 근육이 따뜻해지고 붓지 않도록 할 수 있는 한 계속해서 움직이라고 조언을 했다. 그래서 나는 계속 경기를 했지만, 고통이 점점 심해졌다. 집에 돌아와서 신발을 벗었더니 금세 발목이 계란만 한 크기로 부어올랐다. 고통 때문에 밤새 잠도 잘 수 없었다.

다음 날 내 발목은 더욱 끔찍해졌고, 나는 걸을 수조차 없었다. 안 좋은 상황이었다. 그날 빔이 가장 최근에 사귄 여자친구와 우연히 집에 들렀다. 여자친구는 마르티너라고 했고, 일종의 모델인 모양이었다. 마르티너는 빔이 나를 당장 응급실에 데려가야 한다고 생각했고, 우리와 함께 갔다. 응급실에 도착해서 나는 진료실 한곳에 앉아 있으라는 지시를 받았다. 빔이 주차를 하는 동안 마르티너가 나와 함께 있었다.

잠시 후 의사가 와서 나를 검진했다. 그는 내 발을 보고서 말했다.

"이건 오늘 입은 상처가 아닌데, 그렇지? 언제 발목을 삐었지?"

"어젯밤에요."

내가 대답했다.

"그럼 내가 어떻게 해줄 수 없어. 여긴 응급실이야. 어제 왔어야지. 동네 병원에 가봐라."

"뭐라고요?"

마르티너는 자신의 공격성을 드러내는 것을 전혀 두려워하지 않는 태도로 말했다.

"지금 이 상태로 이 애를 그냥 돌려보내겠다는 거예요?"

바로 그 순간에 빔이 진료실에 들어왔다.

"무슨 일이야?"

오빠가 단호하게 물었다.

"의사가 애를 그냥 보내려고 하잖아. 애가 걷지도 못하는데! 이건 말도 안 되는 일이야!"

마르티너가 말했다. 195센티미터의 키에 어깨 너비가 90센티미터에 이르는 빔이 의사의 바로 앞에 서서는 그의 얼굴에 대고 소리를 질렀다.

"당신은 당신 직무에 맞게 이 애를 도와줘야 할 거야. 안 그러면 내가 이 병원을 산산조각 내버릴 테니까."

내 인생의 중대한 순간에 빔은 아빠가 해야 하는 방식으로 내 일에 나서 주었다. 물론 이런 순간은 아주 드물었지만, 그 때문에 빔은 아빠와는 다른 사람으로 보였다.

얍 비첸하우선

1983

나는 열다섯 살 때 농구 경기에서 얍을 만났다. 그는 서른다섯 살이었다. 내가 열여덟 살이 되자마자 우리는 함께 살기 시작했다. 얍은 우리 가족과는 정반대였다. 그는 지적이었다. 예술가로서 그는 자신이 문화의 수호자이자 창조자라고 생각했다. 그는 항상 주류 견해를 비판하고 자유로운 생활 방식으로 살았다. 그는 유형의 물건보다 영적 가치를 중요하게 여겼다. 얍의 기준에서 부는 비싼 차가 아니라 사람의 지식으로 측정하는 거였다.

얍은 술을 마시거나 사람을 때리지 않았다. 사실 그에게는 공격성이라고는 1그램도 없었다. 사람들은 그가 연약하고 여성스럽다고 생각했지만, 나는 그보다 더 나은 상대를 찾을 수 없을 거라는 걸 알았다. 얍은 나를 위해 꼭 맞춘 사람 같았다.

우리는 가난했지만 얍은 매일 밤 식탁에 만찬을 차려놓았다. 그는 무일푼이면서 뭔가를 만들어냈다. 하루가 끝날 무렵이면 우리는 문

닫을 시간이 다 된 시장에 가서 생선 가게에서 어차피 버려야 할 생선을 할인가에 사 오곤 했다. 처음에는 이게 가난을 광고하는 것처럼 느껴져서 창피했지만, 얍은 다르게 생각했다.

"그 사람은 그걸 팔아서 기쁘고, 우리는 그 사람에게 호의를 베푸는 거야. 우리는 이런 식으로 작은 업체들이 살아남는 걸 돕는 거라고."

우리는 더 큰 목적을 위해 행동하고 있는 것이다!

가끔씩 그가 저울에 올리기 전에 대파 겉껍질을 벗기는 동안 그의 옆에 서 있어야 했다. 그럴 때면 나는 정말로 부끄러웠다. 이건 도둑질이나 다름없는데, 들키면 어떡하지? 하지만 다시금, 얍은 전혀 그런 식으로 생각하지 않았다.

"난 껍데기가 아니라 대파 값을 내는 거야. 파는 쪽이 사기꾼이고, 사람들이 속지 않을 거라는 걸 그쪽도 알아야 돼."

나는 안도했다. 그는 도둑이 아니라 사회운동가였다.

우리는 케르크 거리에 살았고, 매일 프린선 운하와 위트레흐체 거리 모퉁이에 있는 서점에 가서 세일 중인 책들을 뒤졌다. 예술, 문학, 철학, 우리가 살 만하고 재미있어 보이는 건 뭐든지 골랐다. 음식 살 돈은 거의 없었지만, 책에는 언제나 돈을 썼다.

나는 행복했다. 우리는 저녁마다 대체로 나이가 어린 그의 친구들과 함께 성장 배경이 미치는 영향과 부모-자식 관계의 범위를 어디까지로 설정해야 하는지뿐만 아니라 최근의 온갖 사건들과 이것들에 대해서 우리가 어떻게 해야 하는지에 관해 논의했다. 얍은 많은 논쟁을 했고 종종 내가 잘 이해하지 못하는 수준까지 얘기하곤 했지만, 모든 사람에게 자신의 아이디어를 납득시키는 드문 재능을 갖고 있었다.

나는 이런 위대한 철학자와 함께 산다는 것이 엄청난 축복이라고 생각했다.

얍과 내가 함께 살기 직전에 코르와 빔이 파리에서 체포되었다. 라상테 교도소에서 엄마는 오빠에게 내가 스무 살이나 연상인 남자와 함께 산다고 얘기했고, 언니는 코르에게 얘기했다. 그들은 내가 갑자기 집을 나가서는 일주일 후에 전화로 얍과 함께 살기로 했다고 전했다고 이야기했고, 사실 정말로 그랬다. 나는 가족에게 얘기하지 않고 나만의 삶을 살고 있었다.

두 사람이 파리에서 돌아온 후 나는 그들의 반응을 전해 들었다.

"그 변태는 그 애 아빠여도 될 정도잖아."

빔은 그렇게 말했고, 코르는 웃음을 터뜨렸다.

"딱 빔 같네. 빔도 항상 나이 많은 노처녀들을 쫓아다니잖아."

"걱정하지 마라. 금방 끝날 거야. 아시가 청소기를 돌리는 모습이 상상이 가니? 내 말 믿어. 오래 가지 않을 거야."

엄마는 그렇게 말했다.

하지만 모두의 예측은 현실로 이루어지지 않았다. 얍과 나는 계속 함께 살았다.

낮에 나는 학교에 가고 그는 집을 보고 식료품을 사고 빨래를 했다. 밤이면 나와 여덟 살 난 그의 아들을 위해서 근사한 저녁 식사를 차렸다. 이 귀여운 꼬마는 엄마를 잃었고 이제 갑자기 나를 새로운 가족의 일원으로 맞이하게 되었다. 나는 이 꼬마와, 아이를 키우는 일이 포함된 새 삶에 애착을 느끼게 되었다.

얍은 나와 아이를 갖고 싶다고 말했다. 나는 기다릴 게 뭐 있겠느냐고 생각했다. 이미 아이 하나를 키우고 있는데, 둘을 못 볼 건 뭐 있겠어? 나와 달리 내 아기는 진짜로 애정 넘치는 아빠가 있는 따스하고 사랑 가득한 가족 안에서 자라게 될 것이다.

나는 열아홉 살이 되었고, 과학진흥학교를 졸업할 무렵에는 임신 7개월이었다. 졸업식 때 우리 가족이 강당에 앉아 있었다. 얍과 당시 열 살이 된 내 양아들. 두 달 후에 우리 딸이 태어났다. 우리는 그 애한테 밀류스카라는 이름을 붙여주었다.

밀류스카가 태어나고 2년 후에 우리의 경제 상황은 위태로운 수준에서 완전히 바닥을 찍었다. 자기 작품을 팔아서 가족을 부양할 수 없었던 얍은 정부가 예술가들의 작품을 사들이는 프로그램을 이용해서 살았다. 하지만 이 제도의 예산이 깎이면서 우리는 한 푼도 받지 못하게 됐다. 얍은 작업실에서 은둔하던 생활을 그만두어야만 했고 환상을 팔기 시작했다.

이후 몇 년 동안 그는 자신이 만들어낸 이런저런 문화 프로젝트를 오갔다. 가끔은 그걸로 돈이 벌리기도 했지만 대체로는 전혀 벌리지 않았다.

하지만 그는 항상 아무 때나 부릴 수 있는 '조수'를 데리고 있었고, 스스로에게 중요한 직함을 붙였다. 그는 언제나 바빴다.

얍에게 더 이상 시간이 없었기 때문에 나는 그동안 가정부 일을 했다. 아이들을 돌보고, 우리를 먹여 살리기 위해서 청소부 일을 했다.

그럼에도 불구하고 나는 우리가 사는 방식에 굉장히 행복해했다. 물질적 재산보다 개인적 성장이 여전히 우리에게는 더 중요했다. 나는 철학을 공부하고 싶었고 얍은 그런 나를 응원했다. 우리 가족은 이것을 전혀 좋아하지 않았다. 내가 계속 교육을 받는 걸 허락하는 얍은

나의 살인자에게

계집애처럼 나약하고, 겨우 세 살 된 딸을 보육원에 맡기는 나는 나쁜 엄마였다. 나는 그들의 말도 안 되는 전통적인 생각에 격분했다.

"네, 그러는 엄마가 했던 방식은 참도 좋은 결과를 낳았네요!"

나는 엄마에게 고함을 질렀다.

"엄마는 평생 동안 자기 집에서 내내 맞고 살았잖아요. 감정적으로 장애가 있는 자식들 넷을 키웠고요. 그러고는 이제 나한테 내 자식을 어떻게 키워야 하는지 훈수를 두려고요?"

나는 철학을 공부하기 시작했지만, 2년간의 비참한 경제 상황과 그 뒤의 자동차 사고 때문에 다른 미래를 선택하게 되었다. 나는 법학으로 전공을 바꾸었다. 얍은 질겁했다. 그는 내가 변할까 봐 두려워했지만, 나는 미래에 대한 우리의 걱정을 끝내기 위해서라고 그를 간신히 설득했다.

1992년, 코르와 빔은 교도소에서 나와서 성공한 사업가이자 오랫동안 하이네켄 납치 사건과 관련이 있다고 의심을 받던 친구 로프 흐리프호르스트와 사업을 시작했다. 흐리프호르스트는 작고한 요프 데 프리스가 암스테르담의 홍등가에 세운 매춘 도박장을 데 프리스의 딸 에딧에게서 사들였다. 그녀는 흐리프호르스트에게 잔트보르트 해변 클럽도 팔았다. 우리 가족과 로비의 가족 중에서 많은 사람들이 사업에 동참하게 되었다. 가족은 가족에게서 돈을 훔치지 않기 때문이었다.

로비는 자신의 인맥 내에서 해변 클럽을 운영할 적당한 후보자를 찾았다. 코르와 빔과 의논한 끝에 얍이 가장 적당한 인물로 결정되었다.

나는 심각하게 고민했다. 이렇게 되면 내 가족의 영향력 안으로 우리 가족이 끌려들어가게 되는 거고, 이게 내가 지난 수년 동안 피하려고 애를 써왔던 일이기 때문이었다. 하지만 우리에게는 돈이 한 푼도 없었고, 이렇게 살 수는 없었다. 빔은 얍을 '가족 사업'에 끌어들인다는 생각에 반대했지만 코르는 내 배우자가 돈을 벌 수 있도록 기회를 주어야 한다고 생각했다. 내가 아니라 내 배우자에게. 나는 여자고 여자는 일을 해서는 안 되는 존재니까.

얍이 바닷가에서 일한다는 계획을 마음에 들어 했기 때문에 우리는 잔트보르트로 이사해 해변 레스토랑 옆의 오두막에서 살게 되었다.

해변 클럽에는 커다란 테라스와 손님들이 바람을 막아주는 유리 뒤에서 일광욕을 하면서 다양한 메뉴 중에서 음식과 음료를 주문할 수 있는 이른바 유닛이 딸려 있었다. 화창한 날에는 주방과 홀에 40명이 넘는 직원들이 있었고 우리는 20시간씩 일을 했다.

얍은 전에 서비스업을 해본 적이 없었고, 일이 굉장히 많음에도 불구하고 잘 해냈다. 인력을 고용하고, 일광욕 베드 대여와 집기들을 관리하고, 매상을 맞추고, 이 모든 일들을 처리했다.

빔은 얍을 엄중하게 감시하며 이틀에 한 번씩 들러서 얍에게 총매출, 경비, 이윤을 계산하도록 시켰다. 빔은 한 푼도 도둑맞을 마음이 없으므로 얍은 직원들을 세세하게 감시해야 했다.

어느 날 빔이 얍과 대화를 나눈 뒤에 나에게 왔다.

"잠깐 이리 좀 와 봐."

오빠 말에 우리는 파빌리온에서 걸어 나왔다.

"어제 총매출이 얼마야?"

"얍이 이미 말하지 않았어?"

내가 물었다.

"그래, 얍이 이미 말했지. 하지만 너한테서 듣고 싶어."

오빠가 단호하게 말했다.

"난 몰라. 괜찮지 않았어? 꽤 붐볐었는데."

나는 조금 놀라서 그렇게 대답했다.

"꽤 붐벼?"

오빠는 퉁명스럽게 그 말을 되풀이하고서 고함을 지르기 시작했다.

"그게 무슨 헛소리야, 아시! 난 숫자를 원해! 숫자! 이 얍이라는 놈이 나한테서 돈을 훔치고 있는 거 아냐? 그러니까 네가 나한테 말을 안 하지."

그 말에 나는 소스라치게 놀랐다.

"아니야. 그이가 오빠한테서 돈을 훔칠 리가 없잖아."

"그걸 네가 어떻게 아는데? 숫자도 모르는 주제에!"

오빠는 더욱 크게 소리를 지르며 내 가슴을 손가락으로 찔렀다.

오빠의 논리는 확고했지만, 완전히 불신을 기반으로 한 논리일 뿐이었다.

"어떻게 얍이 오빠한테서 돈을 훔친다고 생각할 수가 있어? 정말로 그이가 그런 짓을 할 거라고 생각하는 건 아니지?"

내가 말했다.

"그래, 아시? 너는 그렇게 생각하겠지. 하지만 그놈은 가난뱅이고, 평생에 돈 한 푼 가져본 적이 없다가 갑자기 이 모든 돈을 만지고 있다고. 그런 식으로 사람들이 도둑이 되는 거야, 알겠어?"

오빠는 학교 선생님 같은 투로 나에게 설명을 늘어놓았다.

나는 반박하려고 했지만 내가 하는 모든 말이 빔의 분노만 돋울 뿐이었다.

"너도 알다시피 난 널 위해서 많은 일을 했어, 아시. 네 남자가 돈을 벌게 만들어줬지. 널 위해서 그런 거야. 넌 내 동생이니까. 그런데 넌 고마운 줄도 모르는 망할 쓰레기야! 내 말 잘 들어. 딱 한 번만 말할 거니까. 난 그놈이 돈을 훔치게 놔두지 않을 거야. 난 머저리가 아니야! 그놈 도대체 무슨 생각을 하는 거야?!"

얍은 도둑이 아니고, 나는 입 다물고 그 말을 얌전히 받아들이지 않을 것이다. 나도 소리를 질렀다.

"얍은 오빠한테서 돈을 훔치지 *않아!* 어떻게 그런 소리를 할 수가 있어!"

오빠의 눈이 검게 변하는 게 보였다. 오빠가 내 바로 앞으로 다가왔다.

"지금 뭐라고 그랬어?"

오빠가 사나운 어조로 묻고서 내 바로 코앞에 섰다.

"지금 나한테 말대꾸를 하는 거야? 응? 경고하는데, 한 번만 더 건방지게 대답했다가는……."

그리고 오빠가 손을 올렸다. 나는 오빠가 나를 때릴까 봐 겁이 나서 피하려고 움찔했다.

"바로 그거야. 난 분명히 경고했어. 나한테 한 번 더 말대꾸를 하면 대가를 치를 줄 알아."

오빠가 씩 웃었다.

얍이 직원들을 감시해야 하는 것과 마찬가지로 빔은 얍이 알아채지 못하게 내가 그를 감시하도록 했다. 그것은 나와 내 배우자 사이에 쐐기를 박았다.

그 순간부터 나는 빔을 보면 항상 긴장했다. 오빠의 기분은 예측 불가능했다. 어느 순간에는 대단히 상냥하다가 다음 순간 공격적으로 변했다. 오빠한테 뭘 기대해야 할지 절대로 알 수가 없었다.

오빠를 내 삶에 다시 받아들인 걸 깊이 후회했지만, 나 자신을 비난할 수도 없었다. 내가 오빠에 대해서 뭘 알아서? 빔이 9년 전 교도소에 갇힐 무렵에 나는 열일곱 살이었고, 그가 출소할 무렵에는 두 아이가 딸린 엄마였다. 그 사이의 세월 동안 나는 그가 나를 위해 옆에 있어주었던 드물게 좋았던 순간들을 바탕으로 그를 장밋빛으로 그렸었다. 이제 와서야 우리가 서로를 정말로 알기 시작한 셈이었다.

같은 해, 여름 시즌이 끝나고 암스테르담으로 돌아온 직후에 현관벨이 울렸다.

아, 안 돼, 또 오빠잖아, 나는 그렇게 생각했다.

"날 떼어버렸다고 생각했어, 동생아?"

문을 열자 오빠가 유쾌한 어조로 말했다. 오빠가 불퉁하지 않아서 그나마 다행이었다.

"날 위해 뭘 좀 해줘야겠어. 나랑 같이 좀 걷자."

나는 열쇠를 챙겼고 오빠는 나와 함께 복도로 들어왔다.

"날 위해서 여자 한 사람을 좀 봐줘야겠어."

오빠가 말했다.

"무슨 여자? 무슨 뜻이야?"

내가 물었다.

"이 여자한테 좀 곤란한 문제가 있어서 이틀쯤 집에만 있어야 돼."

"무슨 곤란한 문제?"

오빠의 기분이 바뀌었다.

"나한테 꼬치꼬치 좀 캐묻지 마. 너는 그냥 하라는 대로 하면 돼. 아니면 날 도와달라는 게 너무 과한 부탁이야?"

"내가 뭘 하기를 바라는데?"

"그냥 이틀 동안 그 여자랑 같이 있으면서 쓸데없는 짓 못 하게 해. 짐 챙겨서 빨리 와!"

"하지만 오빠, 그냥 나갈 순 없어. 나한텐 가족이 있어! 얍한테는 뭐라고 말해?"

"얍! 얍! 항상 그 망할 얍 이야기지! 얍이 네가 생각하는 전부야! 내 말 잘 들어. 시키는 대로 하지 않으면, 내가 곤란해져. 그리고 내가 곤란해지면 얍도 곤란해지는 거고. 내가 그 자식을 곤죽이 되도록 두들겨 팰 거니까!"

빔의 말에 나는 겁을 먹었다.

"알았어, 할게, 진정해. 밀류스카를 봐줄 사람을 찾을 시간만 좀 줘."

자기가 원하는 대로 일이 흘러가자 오빠는 진정했다.

"한 시간 있다가 데리러 올게."

'이 여자'에게 가는 길에 차에서 빔은 다시 쾌활해졌다. 지나치게 쾌활했다.

"넌 정말 착한 동생이라니까."

오빠가 조롱조로 말했다.

"됐어. 내가 이걸 즐긴다고 생각하지는 마."

"뭐, 나도 좋아하지 않는 일을 해야 돼. 그건 전혀 잘못된 게 아니지. 네 사랑하는 오빠한테 호의를 베풀 수 있다는 사실을 기뻐해야지!"

나는 전혀 기쁘지 않았다. 오빠가 이런 식으로 나를 협박하는 데 넘어가고, 오빠에게 겁을 먹어 오빠 말을 듣는 내가 멍청하게 느껴졌다. 나 자신이 싫었다. 오빠에게 나를 좌지우지할 힘이 있으니까. 오빠가 교도소에 있는 수년 동안 나만의 삶과 정체성을 쌓아올렸는데, 이제 오빠가 나와서 그 두 가지를 모두 부숴버렸다.

아파트 문 앞에서 빔 오빠가 재빨리 덧붙였다.

"이 여자는 심각한 코카인 중독자라 디톡스를 해야 돼. 지금은 자살하고 싶어 하니까 네가 잘 지켜봐. 아무 데도 못 가게 하고!"

오빠가 열쇠로 문을 열었다. 여자는 거실에 앉아 있었다. 나는 즉시 여자를 알아보았다. 여자는 언제나 해변에 있었고, 오빠의 아내와 딸 베피와 에비가 해변에서 일광욕을 하는 동안 오빠와 화장실에서 몰래 키스를 하곤 했던 빨간 머리였다.

도대체 뭐야? 이제는 나더러 자기 여자친구를 보살피라고? 이런 것 때문에 내 딸을 두고 와야 했던 거야? 침실에서 조그맣고 통통하고 금발이 삐죽삐죽 솟구친 어린아이가 걸어 나왔다.

빔이 나를 앞으로 밀었다.

"들어가. 왜 그러고 서 있는 거야?"

오빠가 빨간 머리에게 키스하고서 말했다.

"이쪽은 내 동생이야. 얘가 당신이랑 잠깐 동안 있어줄 거야."

그래서 나는 빨간 머리와 함께 머물렀다. 여자는 나에게 남편이 최근에 총에 맞아 죽었지만, 운 좋게 빔을 만났다고 말했다. 빔이 자신의 평생의 사랑이고, 그가 아내를 떠날 거라고 했다.

빔은 정기적으로 들렀다. 그들은 한 쌍의 원앙처럼 굴다가 다음 순간 빔이 그녀에게 소리를 지르고 여자가 자살해버릴 거라고 마주 소리를 쳐댔다. 어린 여자아이는 매번 제 엄마와 함께 울었다.

내가 방에서 아이와 놀아주고 있는 동안에 빔이 또다시 들렀다. 고함 소리가 들리고 문이 쾅 닫혔다. 평소처럼 빨간 머리가 격하게 울기 시작했고 아이가 그녀에게 달려갔다. 나는 아이를 뒤따라갔다. 그때 문이 다시 열리고 빔이 빨간 머리를 향해 성큼성큼 들어왔다. 아이는 거실 한가운데 서서 울었다.

빔이 아이 앞에서 몸을 곧추세우고는 고함을 질렀다.

"입 다물지 못해, 이 쓸모없는 것아! 그만 울라고. 또 그러고 있잖아. 또 낑낑거려, 이 망할 머저리! 늘 징징거리기나 하지!"

나는 그 순간 오빠의 눈을 똑바로 쳐다보고서 오빠가 어떤 사람인지 깨달았다.

나는 오빠에게 다가가 흐느끼는 아이한테서 오빠를 밀어냈다.

"그런 짓은 안 돼, 오빠. 지금 당장 나가."

내가 그렇게 말하자 오빠는 순순히 문 밖으로 밀려났다. 그날 밤, 나는 몇 년 만에 처음으로 하느님께 기도를 했다.

"하늘에 계신 아버지, 저희 엄마, 언니, 작은오빠, 얍, 제 아이들을 주셔서 감사합니다. 이제 부탁드리건대 빔을 다시 교도소에 넣어주세요. 아멘."

여름 시즌이 끝날 무렵 집안 남자들은 해변 클럽을 팔았다. 얍은 다시 직장을 잃었다. 하지만 그들은 그를 위한 다른 자리를 마련해놓았다.

그들은 얍을 시험하기 위해 스페인으로 데려가 유혹을 견딜 수 있는지 보려고 창녀 두 명을 붙여주었다.

나의 살인자에게

그는 유혹에 버텼다. 얍은 나에게 충실했고 몸 파는 여자들을 거부했다. 그는 시험에 통과했다. 그는 집안 남자들의 섹스 클럽을 운영하기에 적합했다.

얍은 사회의 변두리에 있는 사람들에게 늘 애정을 갖고 있었다. 그는 창문 뒤에 있는 매춘부들의 사진을 찍으려고 할 때마다 그렇게 말했다. 나는 이게 우리 관계의 끝일까 봐, 그가 이런 생활 방식에 사로잡힐까 봐 겁이 났다.

그리고 그는 변했다. 갑자기 얍은 우리 가족이 늘 그에게서 찾아볼 수 없다고 불평하던 '남자'로 변했다.

섹스 클럽에서의 생활은 주로 저녁과 밤에 이루어졌다. 얍은 긴 시간을 일했고 '남자로서' 나에게 자신의 일정을 설명하지 않았다.

나는 한동안 일이 그를 집어삼키고 있다는 걸 감지했다. 그는 더 이상 내가 알던 얍이 아닌 다른 사람이 되었다. 그는 자신이 받는 월급에 만족하지 못했고, 빔은 얍이 창의적인 방식으로 회계 장부를 조작하고 있다고 의심했다. 오빠가 우리 집에 와서 숫자를 확인하라고 했을 때 나도 알게 되었다. 이 일은 큰 싸움으로 번졌고, 오빠는 격분해서 우리 집을 떠났다. 나는 오빠를 따라가야만 했다.

"그놈이 도둑질을 하고 있어, 망할 개자식. 정말로 나한테서 돈을 훔치고 있다고!"

"그런 건 아닐 거야. 그이는 절대로 그러지 않아."

증명할 방법은 없었지만, 오빠는 수만 유로가 매달 사라지고 있다는 것을 알아챘다. 얍은 가족 내에서 나의 평판을 떨어뜨리고 있었다.

"왜 그런 짓을 하는 거야? 오빠네가 자기한테 돈 벌 기회를 줬는데, 자긴 오빠들한테서 돈을 강탈하고 있어. 앞으로 무슨 일이 생길지 알긴 하는 거야? 빔 오빠는 도둑맞는 걸 용납하지 않을 거라고."

얍은 내가 항상 지성이라고 생각했던 평소의 그 반쯤 냉정한 태도로 대답했다.

"난 아무것도 훔치지 않았고, 게다가 사유재산 같은 건 없어."

얍은 지성인에서 범죄자로 변했다. 하지만 계속 그러지는 못할 것이다. 나는 우리 오빠를 알았다.

"그만 둬. 끔찍하게 끝이 날 거야."

내가 말했다.

나는 2주 휴가로 스페인에 있는 소냐 언니의 집에 갔다. 수치심에, 거기다가 빔 오빠가 의심을 입증하면 무슨 일이 생길까 하는 두려움에 언니에게 뭔가 얘기하기가 힘들었다.

얍은 이틀 후에 도착했고, 그때쯤 언니는 떠나야 했기 때문에 나는 그와 밀류스카와 함께 우리끼리 언니의 맨션에서 머물렀다. 나는 우리 관계에 의심을 갖기 시작했다. 얍은 변했다. 그 거리감이 느껴졌다. 이 휴가를 통해서 다시 가까워지고 싶었다. 얍은 오후에 도착해서는 전화를 좀 걸어야 한다고 했다.

"전화기는 저쪽에 있어."

내가 말했다. 하지만 그는 집에서는 안 되고 꼭 공중전화로 걸어야 한다고 주장했다. 나는 동네에 있는 공중전화를 가리켰다. 좀 이상하다고 생각은 했지만, 어쨌든 그냥 이렇게 말했다.

"난 두통이 있어서 좀 누워 있을게."

얍은 전화를 걸러 갔다. 밀류스카는 이미 잠이 들었고, 나는 몇 분 동안 그 애를 혼자 두는 위험을 감수하기로 했다. 나는 몰래 그를 쫓아

나의 살인자에게

갔다. 다른 길로 가서 그가 전화에 대고 말하는 동안 알아채지 못하게 뒤에 서 있었다.

"사랑해, 버터컵."

그가 전화기에 대고 말했다.

그가 지금 "사랑해"라고 말하는 걸 들은 건가? 나는 몸을 앞으로 기울여 그의 손에서 전화기를 낚아채고 물었다.

"나도 이 여자한테 뭔가 말해도 될까?"

얍은 내가 전화기를 빼앗는 순간 소스라치게 놀랐다.

"여보세요, 그쪽은 누구예요?"

내가 말하자 전화가 끊겼다. 얍은 과자 병에서 과자를 훔치다가 들킨 어린 남자애 같은 얼굴로 나를 쳐다보았다.

이건 내가 정말 상상조차 못 했던 일이었다. 나는 집으로 달려왔고, 얍이 나를 쫓아왔다. 그가 애원했다.

"내가 설명할게. 자기가 생각하는 그런 게 아니야."

그의 행동에 혐오감이 치민 나는 그에게 다가가 그를 수영장으로 밀었다. 그리고 그가 가장자리로 헤엄쳐 와 나오려고 손을 올릴 때마다 손가락을 밟아버렸다.

"계속 헤엄이나 치시지!"

내가 소리쳤다. 이제 얍은 나에게 두려움을 느꼈다.

"나 좀 나가면 안 될까? 추워지고 있어!"

그가 애원했다.

"나오고 싶다고? 잠깐만 기다려."

나는 부엌의 칼 보관대로 가서 가장 크고 날카로운 칼을 들고 나왔다.

"아직도 나오고 싶어?"

나는 그를 향해 칼을 흔들면서 물었다. 나는 제정신이 아니었다. 얍은 위험을 감수하지 않고 그냥 수영장 안에 있었다.

"당신은 *난잡한 쓰레기야*."

내가 말했고 거의 동시에 나지막한 목소리가 들렸다.

"엄마, 뭐 하시는 거예요?"

나는 고개를 들었고 밀류스카가 수영장이 내려다보이는 발코니에 서 있는 것을 발견했다. 잠에서 깬 밖에서 나는 시끄러운 소리를 들은 모양이었다. 나는 깜짝 놀라면서 그 애가 내가 이러는 걸 본 적이 없다는 사실을 깨달았다. 그 애는 내가 언제나 평정을 유지한 채 대하는 유일한 사람이었다. 내 안의 학대받은 어린애가 깨어나면 어떤 일이 일어나는지 그 애는 본 적이 없었고, 나 역시 그것만은 절대로 바라지 않았다.

"아무것도 아니란다, 아가. 엄마가 좀 혼란스러워서 그런 거야."

내가 말했다.

"이제 나와. 다치게 하지 않을 테니까."

내가 얍에게 말했다. 얍은 그 뚱뚱한 엉덩이를 수영장 밖으로 들어올렸다. 나는 밀류스카에게로 올라가서 아이를 달랬다.

"미안하구나, 아가. 엄마랑 아빠랑 싸워서 엄마가 좀 이성을 잃었어. 하지만 이제는 진정했단다."

"알았어요, 엄마."

아이가 대답했다. 엄마는 항상 말한 대로 하니까 의심할 이유가 없었다. 나는 내가 지킬 수 없는 약속은 절대로 하지 않았다. 이번에도 마찬가지였다. 얍을 다치게 하지는 않겠지만, 우리 관계는 산산조각

나의 살인자에게

났다.

얍은 딱 한 번일 뿐이고 상대는 그의 밑에서 일하던 여자였으며 고객이 그녀를 때리는 바람에 딱 한 번 집에 데려다준 거라고 말했다. 키스를 조금 했을 뿐 그 이상은 없었고, 아무 해도 없는 일이었으며, 내가 없이는 살지 못한다면서.

나는 그 말에 넘어가지 않았지만, 밀류스카가 나처럼 아빠 없이 자라게 하고 싶지 않았고 게다가 이렇게 엄격하게 굴어서는 안 된다는 결론을 내렸다. 이런 일은 커플 사이에서 종종 일어나고, 나한테도 얼마든지 일어날 수 있는 일이었다.

암스테르담으로 돌아온 후 그는 볼일을 보러 갔다가 등에 손톱자국을 달고 집에 돌아왔다.

"또 그 여자한테 갔어?"

내가 물었다.

"물론 아니지. 왜 그런 생각을 하는데?"

그는 어린애처럼 놀란 어조로 말했다.

그는 어쩌다 등에 그런 긁힌 자국이 생긴 건지 전혀 몰랐지만, 내가 그를 믿지 못하면 우리 관계는 끝난 거라고 말했다.

그리고 그때부터 그는 공격적으로 변했다.

매번 내가 바람을 피운다고 의심할 때마다 내가 오빠처럼 병적으로 질투를 한다고 비난했다. 정신과 의사를 만나봐야 한다고, 편집증이라고 말했다. 나 자신도 그가 옳을지 모른다고 생각하기 시작했다. 오빠는 병적으로 질투를 했고, 유전적일 수도 있으니까. 그리고 최근의 사건들 때문에 실제로 나는 편집증이 생겼다.

두 달 후에도 나는 불편한 기분을 떨칠 수가 없었다. 그가 여전히 '딱 한 번 상대'를 만나고 있다고 확신했다. 스페인에서 돌아온 직후에 나는 우리 전화기 메모리에 로테르담 번호가 있는 것을 발견했다. 그를 믿어야 한다고 생각했기 때문에 걸어보지는 않았지만, 번호를 적어서 보관해두었다.

나는 그가 아직 그 여자를 만나고 있는지 확인하기 위해서 전화를 걸어보기로 했다. 번호를 누르자 여자가 전화를 받았다.

"록산나입니다."

록산나. 그러니까 이 여자 이름이 록산나고, 그래서 얍이 우리가 사랑을 나눌 때 나를 산이라고 불렀던 거구나.

"여보세요. 난 얍의 부인이에요. 뭐 좀 물어봐도 될까요?"

"그럼요. 물어봐요."

여자는 뚜렷한 폴란드 억양으로 말했다.

"아직도 얍과 만나고 있어요?"

내가 직설적으로 물었다.

"아뇨, 그 사람 지금은 다른 여자를 만나고 있어요. 그 여자 남편이 칼에 찔려 죽었다나 봐요."

여자가 대답했다.

"그렇군요."

나는 이 말이 얼마나 내 심장을 날카롭게 저미는지 드러내지 않으려고 애를 쓰며 최대한 냉정하게 말했다.

"다른 것도 물어봐도 될까요?"

"그래요."

"얍과 얼마나 오래 만났어요?"

"18개월 만났어요."

여자는 마치 여자 친구와 평범한 대화를 하는 것처럼 두 사람의 관계에 대해서 이야기하기 시작했다.

"그 사람 내가 되게 특별하다고 생각하더라고요. 내가 클럽에서 일하는 걸 바라지 않았어요. 돈은 중요하지 않으니까 학교에 가라고, 난 굉장히 똑똑하다고 하더군요. 나랑 아기를 가지려고 했어요. 내가 아기를 가졌으면 당신을 떠났을 거예요. 하지만 그런 운은 없었고, 난 행복해요. 그 사람, 말만 주절주절해서. 사방에서 애를 만들고 다니는 걸 좋아해요. 징그러워."

그녀는 우리 대화를 그렇게 끝냈다.

나는 어안이 벙벙했다. 그녀가 한 말 때문이 아니라 그녀가 그를 명확하게 보았기 때문이었다. 나는 속으로 우리 관계를 망가뜨린 이 여자에게 존경심을 느꼈다. 그녀는 내가 절대로 직면하려 하지 않았지만 늘 알고 있던 것을 말했다.

나는 록산나가 그에게 새로운 여자친구가 생겼다고 말한 것을 갖고 얍에게 따졌다. 그에게 제발 솔직해지라고 애원했다. 아니, 그는 솔직하게 다 말했고, 내가 미친 거다, 내가 병적으로 질투하는 거였다.

그 직후에 얍이 다른 여자를 임신시켰다는 사실이 드러났다. 남편이 칼에 찔려 죽었다는 그 여자였다.

그가 늘 나에게 거짓말을 했기 때문에, 나는 얍이 그녀에게 임신한 사실을 나에게 비밀로 하라고 말하는 내용을 몰래 녹음해두었다. 나는 그가 단 한 번만이라도 솔직하기를 바랐다. 그래서 억지로라도 말을 하게 만들기로 결심했다. 나는 그를 만나서 녹음을 틀어주었다. 이제는 그가 진실을 말해야만 할 거라고 생각했다.

그는 커다랗고 순진한 눈으로 나를 쳐다보며 소리를 질렀다.

"당신 완전히 미쳤군. 그런 녹음을 만든 거야? 정말로 돌았어!"

그의 무가치한 변명이 너무나도 황당무계해서 나는 웃음을 터뜨리고 말았다. 이 일로 내가 지난 수년 동안 환상의 세계에 살았다는 사실이 확실하게 입증되었다.

동시에 나는 이 관계가 지금의 내가 되는 자유를 주었다는 사실도 깨달았다. 나는 한 명의 인간으로 자라날 수 있었고, 법대생이 되었고, 근사한 딸이 있었다.

새로운 삶을 시작하기에 완벽한 토대였다.

관계를 극복하는 데에는 관계가 지속되었던 햇수와 똑같은 숫자의 달만큼이 걸린다는 말을 들은 적이 있다. 그렇다면 13개월이 걸릴 것이다. 하지만 나는 그렇게까지 오랜 시간을 들일 마음이 없었다. 나는 이 관계를 극복하는 데 스스로에게 석 달을 주었고, 그걸로 충분했다. 나는 많은 것을 잃었지만 많은 것을 얻기도 했고, 그걸 기뻐해야 했다.

인생은 똑같이 반복되는 법이다. 내가 얍의 전 여자친구에게 했던 일을 폴란드 억양의 여자가 나에게 했고, 그녀가 나에게 한 일을 임신한 여자가 우리 둘 모두에게 했다.

임신.

그 말은 밀류스카에게 이복 남동생이나 여동생이 생긴다는 뜻이고, 나는 이 임신을 내 고통이라는 렌즈를 통해서 볼 것이 아니라 그 애의 관점에서 봐야 한다는 결론을 내렸다. 나는 밀류스카가 제 아빠와 가능한 한 자연스러운 관계를 유지하기를 바랐다. 그러니까 임신한 여자친구도 밀류스카가 언젠가는 만나게 될 거라는 뜻이었다. 그래서 나는 얍의 새로운 예비 가족과 인사를 나누기 위해 '근사한' 커피 약속을 잡았다.

우리 넷은 미텐버흐에 있는 카페에 조금 긴장한 채 앉았다. 밀류스카는 그 애한테 "어린 남동생이나 여동생"이 생길 거라고 신나게 말하는 이 낯선 여자를 어떻게 대해야 할지 전혀 몰랐다.

"엄마, 이분은 누구세요?"

아이가 내 귀에 속삭였다.

"아빠의 새 여자친구고, 곧 아이를 낳으실 거야. 기억하지?"

아이가 새 여자친구 앞에서 속삭였기 때문에 나는 조금 창피한 기분으로 말했다.

"아, 네."

아이는 딱히 기억하지 못하는 투로 대답했다. 30분 후 우리 모두는 각자의 길로 떠날 수 있어서 안도했다. 밀류스카와 나는 차로 걸어갔고, 나는 가벼운 어조로 이 만남을 마무리 짓기 위해서 노력했다.

"흥분되지 않니? 아기 동생이 생긴다니 말이야. 정말로 재미있을 거야!"

"아마도요."

아이는 무심하게 대답했다.

하지만 밀류스카가 그 여자에 대해서 잘 알게 되기도 전에, 여자는 다른 여자로 대체되었다. 얍이 너무 빨리 떠나서 여자는 생물학적 아빠에게 아이에 대해서 알릴 필요성조차 느끼지 못했다.

그동안 나는 근사한 중산층 동네인 리비렌부르트에 있는 집으로 이사했고, 밀류스카와 나는 그곳 생활을 정말로 즐겼다. 그 애는 제 아빠와 정기적으로 만났고, 그래서 나도 기뻤다.

얍은 매주 수요일마다 아이를 학교에서 데려와 오후 시간을 함께 보내고 저녁 시간쯤에 집에 데려다주었다.

어느 날 밤 그가 들렀을 때 내가 말했다.

"우리 저녁으로 엔다이브를 먹을 건데. 당신도 좀 먹고 갈래?"

"아니, 됐어. 우리 얘기 좀 해."

그가 엄숙하게 말했다.

"좋아. 뭔데?"

"클럽에서 내 일이 곧 끝나는 거 알지?"

그래, 알고 있었다. 빔이 나한테 와서 말했기 때문이다. 얍이 재무를 엉망으로 만들어놔서 오빠는 화를 펄펄 냈다.

"그 자식이, 그 변태 놈이 계속 돈을 훔치고 있어. 그러니까 끝이야. 그 자식이 사업을 완전히 망쳐놨어. 그 자식이 신경 쓰는 건 제 물건 박을 곳뿐이야. 망할 개자식!"

"응, 알아."

내가 얍에게 말했다.

"그 말은 내가 더 이상 당신한테 돈을 못 준다는 뜻이야."

그가 냉담하게 말했다.

"무슨 말이야?"

"방금 말한 대로야. 조만간 수입이 없어질 테니까."

"그럼 밀류스카와 나는 어떻게 살라고? 내가 먹고 살 수 있을 정도는 돈을 못 번다는 거 알잖아. 여기 월세도 못 낼 거야."

나는 당황하기 시작했다.

"그건 당신 문제지. 난 이사도 갈 거야."

그는 자신의 책임에서 벗어날 준비가 된 자세로 문가에 서서 말했다.

나의 살인자에게

막 나가려다가 그가 뭔가를 기억해냈다.

"아, 당신 앞으로 편지 왔어."

그가 안주머니에서 봉투를 꺼내서 바닥깔개 위에 던졌다. 그러고는 떠나버렸다.

나는 봉투를 집어서 열어보았다. 우리가 가족으로 살던 때 받은 대출 1만 7천 유로에 대한 지불 독촉장이었고, 대출이 내 이름으로 되어 있었기 때문에 갑자기 '내 편지'가 된 거였다.

나는 한 푼도 없을 뿐만 아니라 이제는 빚까지 있었다.

나는 얍을 뒤쫓아 갔다.

"잠깐 기다려! 얍, 정말로 한 푼도 주지 않고 우릴 떠나려는 건 아니지?"

내가 계단통에서 아래쪽을 향해 소리쳤다.

"그래, 그럴 거야."

그는 감정 하나 없는 어조로 말했다.

"그리고 양육비는 꿈도 꾸지 마. 그랬다가는 당신이 코카인 딜러라고 법정에서 말할 거야. 부인해봤자 사실인지 아닌지가 중요한 게 아니라는 걸 당신도 나만큼 잘 알 테지. 사람들이 어떻게 생각하느냐의 문제야. 사람들이 홀레이더르를 믿을 거라고 생각하지는 않겠지? 그리고 당신은 애도 잃겠지."

그는 승리의 표정으로 나를 쳐다보았다.

그의 말이 옳았다. 아무도 나를 믿어주지 않을 것이다.

나는 양육비 소송을 걸지 않았다. 그런 위험을 감수할 수는 없었다.

2부

하이네켄의 저주

1990~2007

암스텔베인

1997

코르의 목숨을 노린 첫 번째 시도가 있고 몇 주 후에 빔 오빠는 부동산 재벌이자 친구인 빌럼 엔드스트라를 통해서 안톤 스트라위크 거리에 소냐를 위한 임시 거처를 마련했다. 그래서 이제 뭘 할 건지 생각할 동안 언니와 아이들에게는 최소한 집이 생겼다. 언니는 오빠의 도움에 고마워했다. 형부를 죽이려고 한 장본인이라고 오빠가 주장하는 인물인 미레멋과 클레퍼르와의 문제를 해결하는 방식에 형부와 오빠의 의견이 일치하지 않는다 해도 오빠는 언니를, 그리고 형부를 완전히 저버리지는 않았다. 언니는 오빠가 여전히 자신들의 편이라고, 유다는 아니라고 믿고 싶어 했다.

이제 그들의 미래를 결정할 때였다. 소냐 언니는 해외로 가자고 했지만, 코르는 그럴 마음이 없었다.

"난 도망치지 않을 거야."

형부는 그렇게 말했다.

안톤 스트라위크 거리의 집은 장기적으로 머물 만한 곳이 아니었다.

"정원에서 쥐가 돌아다니는 게 보인다니까."

언니가 말했다. 그래서 언니는 다른 집을 찾아 나섰다.

프란시스는 이미 암스텔베인의 초등학교에 다니고 있었고, 언니는 리히가 네 살이 되자 낯익은 얼굴과 함께 있을 수 있도록 사촌들, 즉 헤라르트 오빠네 아이들과 함께 같은 학교에 입학시켰다. 그러니까 암스텔베인으로 가는 게 합리적으로 보였다.

언니가 원하면 카타리나 판 레네슬란에 집을 구할 수 있었다. 빔 오빠가 이전 집을 구하는 걸 도와줬기 때문에 언니는 오빠에게 좀 봐달라고 했다. 오빠는 창고로 올라가서 안을 한 번 살펴본 다음 괜찮아 보인다는 결론을 내렸다. 그리고 언니에게 빌리라고 말했다.

유일한 문제는 전 세입자가 설치한 가구 일부에 대해 돈을 내라고 요구하는 거였다. 언니는 오빠에게 형부한테서 몰래 빼내 오빠에게 맡아달라고 했던 돈의 일부를 달라고 말했다.

오빠는 굉장히 격하게 반응했다.

"이제는 돈 갖고 징징거리는 거야? 나한텐 한 푼도 없으니까 날 괴롭히지 마, 복서. 난 빨간 건물을 팔려고 하는 중이라고. 그리고 나야 현금이 좀 생길 거야. 네 남자가 나한테 문제만 일으켰으니까 날 더 이상 압박하려고 들지 마!"

오빠의 폭발에 깜짝 놀란 언니는 무서워서 더 이상 돈을 요구하지 못했다.

"그래서 집은 마음에 들어?"

그날 저녁에 들러서 내가 언니에게 물었다.

"집은 괜찮아. 하지만 빔 오빠가 또 미친 듯이 날뛰고 있어. 돈이 하나도 없어서 내 돈을 못 주겠다고 그러더라."

"돈이 '하나도 없다'는 게 무슨 뜻이야?"

"파산했대. 뭘 좀 파는 중이래. 빨간 건물인지 뭔지. 그러고 나면 일부를 주겠대."

하지만 소냐 언니는 한 푼도 받지 못했다. 돈 이야기를 한 순간부터 빔 오빠는 자주 들르기 시작했다. 오빠는 코르가 클레퍼르와 미레멋이 요구하는 백만 길더를 내지 않은 것은 안 좋은 행동이라고 말했다. 문제가 해결되지 않았기 때문이다. 핵심은 여전히 형부가 돈을 내는 편이 좋다는 거였다.

언니는 코르에게 가서 말하라고 했지만, 오빠는 그러지 않았다. 오빠와 코르는 더 이상 서로 말을 하지 않는 사이였다. 언니가 가서 말을 해야 했다. 언니 남편이고, 언니 문제니까. 그게 오빠의 주장이었다.

하지만 언니는 두려웠다. 마지막으로 형부에게 그냥 돈을 내는 게 좋지 않겠느냐고 했을 때 형부는 엄청나게 화를 냈다. 언니는 형부가 절대로 돈을 내지 않을 거라는 걸 잘 알았다.

나중에, 빔이 문제에 대한 해결책을 갖고 소냐 언니네 집 문 앞에 나타났다. 코르가 돈을 내지 않을 거라면 언니가 그의 몫의 돈을 내야 한다는 거였다. 그리고 언니가 맡아달라고 했던 돈으로 오빠가 그 문제를 처리하겠다는 거였다. 오빠는 마치 언니에게 큰 호의라도 베푼다는 식으로 메시지를 전달했다.

언니는 자기 몫의 현금 비축분을 잃었다. 잠깐 동안 언니는 말도 안 돼, 난 이러고 싶지 않아, 라고 생각했지만 그러다 금세 남편과 아이들의 목숨을 보호할 수 있다는 사실에 기쁨을 느꼈다.

그건 그냥 돈일 뿐이었다.

그 사이에 미레멋과 클레퍼르와의 문제는 코르와 빔 사이의 다툼으로 변했다. 빔은 코르를 경제적으로, 그리고 다른 면에서도 잘라내고 싶어 했다. 그들의 지분을 나누어야 했다. 오빠는 코르의 과도한 술 문제로 일어나는 문제에 질렸고, 혼자서 활동하고 싶어 했다.

"그 자식은 그냥 날 떨궈내려는 거야, 아시. 쓰레기 같은 자식. 우린 모든 걸 함께 거쳤는데, 이제 와서 그런 식으로 나를 잘라내다니. 내가 그 자식을 만들었어. 내가 그 자식을 이 모든 일에 함께 끼워줬던 거라고. 그 자식이 가진 건 전부 다 내 덕택인데, 상황이 조금 힘들어지자 훌쩍 달아나? 빌어먹을 농담을 하는 거겠지, 안 그래?"

하지만 빔은 농담이 아니었고, 오빠와 코르가 하이네켄의 몸값에서 사라진 6백만 길더와 로비 흐리프호르스트의 도움을 받아서 쌓아올린 자본을 계속해서 가르고 나누었다. 결국에는 코르도 동의했다.

"네가 원하는 대로 해."

그는 빔에게 그렇게 말했다. 빔은 롬포트 거리의 도박장과 섹스 클럽을 가졌다. 그는 빌럼 엔드스트라를 이용해 자신의 불법 소유물을 감추었다. 코르는 알크마르 시 근처 홍등가 지역에 있는 아흐테르담을 '받았다'.

1996년 10월, 결별은 공식화되었다.

그 순간부터 빔과 미레멋 집단과의 관계는 점점 더 공개적이 되었다. 빔은 코르와의 충돌에서 살아남기 위해서 미레멋과 클레퍼르에게 억지로 가담하게 된 거라고 주장했다.

나의 살인자에게

코르는 말했다.

"그 자식은 배신자 유다야. 이제 미레멋과 클레퍼르에게 붙어서 알랑대고 있지."

당시에 나는 빔 오빠가 매제와 여동생, 조카를 죽이려고 했던 집단에 가담했다는 걸 믿을 수가 없었다.

"잘 들어, 아스, 아무도 자기 가족을 죽이려고 하는 사람들의 편에 억지로 설 수는 없는 법이야."

코르는 그렇게 말했고, 형부가 옳았다.

빔은 억지로 미레멋의 곁에 있는 게 아니었다.

그건 오빠의 선택이었다.

나는 빔의 배반이 부끄러웠고 오빠가 약하다고 생각했지만, 그래도 여전히 그가 피바다에서 우리를 구하기 위해서 그런 것뿐이라고 믿고 싶었다.

그 믿음은 사실의 압박 속에서 차츰 무너졌다.

1997년 초 어느 날, 빔과 미레멋이 보스 엔 로머르 동네의 테일 월렌스피헐 거리에 있던 내 법률 사무소에 들어왔다. 일요일 아침이었고, 나는 거기 혼자 있었다.

"거기 있어."

빔이 사무실 전화 하나를 가리켰다. 미레멋은 자신을 소개하는 기본예절조차 보이지 않고 걸어가서 전화를 걸기 시작했다.

"뭐 하는 거야, 오빠? 물어라도 볼 순 없어?"

오빠는 내 말에 답하지 않았다. 그와 미레멋은 내가 거기 없는 것처럼 웃고 떠들어대다가 다시 나갔다. 그들은 굉장히 친밀해 보였다.

나는 내가 이용당했다는 것을 알고서 분노로 식식거렸다. 오빠는 나의 비밀 유지 책임을 악용했다. 미레멋에게 꽤나 깊은 인상을 주고 싶었던 모양이다. 두려워서가 아니라 유혹에 넘어가 오빠를 받아들이길 바라는 것이다. 그 이후 어느 날, 오빠가 나에게 일거리가 있다면서 미레멋이 기다리고 있는 모퉁이 카페로 데려갔을 때처럼 말이다.

미레멋에게는 자신을 위해 일을 처리해줄 변호사가 필요했고, 빔은 자기가 변호사를 안다고 말했다. 그의 여동생이 변호사였다! 미레멋은 흥미를 갖고 나를 불렀다.

그는 변호사들이 어떤 일을 해주기를 바라는지 나에게 설명하기 시작했다. 그가 필요로 하는 것들을 교도소로 갖다주고, 메시지를 전달하고, 다른 고객들에게 정보를 넘기고, 그에게 파일을 보여주는 등의 일이었다. 그러고는 나에게 자신을 위해서 일해도 좋다고 말했다.

오빠는 나를 곤란한 입장으로 밀어 넣었다. 그는 나에게 범죄 세계와 평범한 세계 중 하나를 고르라고 강요하고 있었다. 하지만 나한테 선택권이 있기는 한가?

나는 거절하고 싶었지만, 두려웠다. 이 제안을 받아들이면 내 인생은 끝나는 거였다. 나는 그들의 자산이 될 거고, 협박당하기 쉬워질 것이다. 그리고 그들은 나를 자기네 일에 포함시킬 거고, 그러면 의지할 곳도 없어진다. 내가 수년 동안 그렇게 바라왔던 독립성에는 작별을 고해야 할 거고.

그건 내가 절대로 원치 않는 일이었다.

아무리 겁을 먹었어도 이 제안을 거부할 용기를 내야 했다. 카페로 가는 길에 빔은 나에게 제대로 된 인상을 심어주라고 말했었다. 그게 바로 내가 절대 해서는 안 되는 일이라는 생각이 떠올랐다. 미레멋이

나의 살인자에게

나를 거부할 정도로 연약하게 보여야 했다. 나는 사팔뜨기 눈으로 그를 쳐다보고, 사소한 사건들을 맡은 이야기를 늘어놓고, 오빠를 보러 간 것 말고는 교도소에 가본 적이 없다고 말했다. 그리고 변호사가 깨뜨려서는 안 되는 기나긴 규칙 목록을 말하고, 법무부가 이미 나를 매처럼 감시하고 있음에도 나는 한 번도 규칙을 깨뜨린 적이 없으며, 나는 결과를 내기보다는 오히려 위험 요인이 될 거라고 명확하게 지적했다.

미레멋은 빔에게 실망스럽다는 시선을 던졌다. 이렇게 징징거리는 계집은 그가 찾는 종류의 변호사가 전혀 아니었다.

나는 간신히 총알을 피했다.

빔은 나를 사무실까지 다시 데려다주었다. 그는 나에게 화가 났다. 내가 장단만 잘 맞췄으면 그는 미레멋이 하는 사업의 내부를 속속들이 알 수 있었을 것이다. 나는 멍청하게 굴면서 그에게 도전적으로 행동하지 않았다. 그랬다가는 그의 분노에 기름만 끼얹을 테니까. 오빠가 나를 이 미치광이에게 넘기려고 했다는 사실에 화가 났지만, 정말로 나를 분개하게 만든 건 오빠가 매제와 여동생, 조카에게 총을 쏘았던 범죄자와 손을 잡기로 한 게 분명하다는 사실이었다. 나는 나 역시 그런 사람과 관계를 맺을 거라는 오빠의 그 뻔뻔한 가정에 감탄할 지경이었다.

오빠는 그게 완벽하게 정상적인 일인 것처럼 행동했다.

얼마 후에 오빠가 우리 집 현관 벨을 눌렀다.

"차까지 나랑 좀 걷자."

오빠는 해외에서 막 돌아왔고, 시계를 두어 개 샀다고 말했다. 오빠가 트렁크를 열고 아름다운 상자를 꺼냈다.

"이거 가져."

그러고는 백금으로 된 쇼파드 시계를 나에게 주었다. 나는 깜짝 놀랐다. 꼭두각시 인형과 하이네켄을 납치했을 때 준 백 길더 말고 오빠는 나에게 비참함밖에 준 적이 없는데.

오빠는 나를 위해서 그 시계를 산 게 아니라 여자친구에게 주려고 샀지만, 여자친구가 시계를 좋아하지 않았고 해외에서 산 거라 환불할 수가 없어서 내게 준 거였다. 트렁크에는 다른 상자가 두 개 더 있었다. 상자 안으로 시계가 들어 있는 것이 보였다. 오빠는 내가 그것을 보는 것을 알아챘다.

"클레퍼르와 미레멋 거야."

오빠가 말했다. 클레퍼르와 미레멋. 오빠가 전혀 관계가 없어야 마땅한 남자들.

혐오감에 배 속이 울렁거렸다. 이건 오빠가 미레멋의 갱단에 들어갔다는 사실을 입증했다. 내가 정말로 그 사실을 아무렇지 않게 받아들일 거라고 생각하는 걸까?

나는 오빠가 정말로 굉장히 부끄러웠다. 하지만 빔은 전혀 신경 쓰지 않았다. 오빠에게 코르와 함께하는 화려한 디너파티는 더 이상 없었다. 오빠는 이제 레 하라허에서 엔드스트라와 미레멋과 함께 저녁을 먹었다. 프란시스의 생일 파티에는 오지 않았지만 미레멋의 딸 켈리의 생일 파티에는 갔고, 심지어 여자친구 마이커도 데려갔다. 리히 대신 이제 오빠는 리히의 나이 또래인 미레멋의 아들 바리와 놀았다. 소냐 언니의 생일 파티에도 오지 않고 미레멋의 아내 리아의 생일을 축하했다. 그 여자의 서른다섯 번째 생일에 보트 여행이 계획되어 있었고, 빔 오빠는 엔드스트라를 손님으로 데려갔다.

범은 새로운 가족을 찾았다. 우리는 오빠에게 쓸모가 있을 경우에만 오빠를 볼 수 있었다.

공격 이후의 삶

1996/1997

코르는 벨기에에서 네덜란드로 돌아와 페이프하위전에 있는 빌라로 이사를 했다. 빌라에는 테니스 코트, 야외 자쿠지, 클럽하우스로 개조한 창고가 딸려 있었다. 이 클럽하우스를 코르는 주류밀매점이라고 불렀다. 거기에는 당구대와 경마를 비롯해 그가 도박을 할 만한 온갖 스포츠를 보여주는 커다란 스크린, 술로 가득한 냉장고 여러 대가 있었다.

가족, 친구, 사업 파트너들이 매일 들러서 코르와 함께 시간을 보냈다. 다시금 매일 파티가 열렸다. 코르는 아침에는 테니스를 치고, 오후에는 당구를 하고, 그 사이에 사업을 좀 했다. 형부는 나머지 시간은 도박과 술로 보냈다. 나갈 필요가 전혀 없었다. 자신만의 개인 클럽이 있었으니까.

공격 이후로 그는 정기적으로 방문한다고 알려졌던 암스테르담이나 다른 지역에 가는 것을 피했다. 그는 뒤를로 거리에서의 그 끔찍한 날에 멈춰버렸던 지점에서 삶을 다시 시작하려고 애를 썼다.

하지만 삶은 똑같지 않았다.

이전 공격은 실패했지만, 언제라도 누군가가 일을 끝내기 위해서 찾아올 수 있었다.

형부는 계속해서 총을 든 사람이 언제, 어디서, 어떻게 나타날지 계산하고, 특별한 조치를 취했다. 필요 이상으로 오래 길거리에 나와 있지 않도록 그를 특정 지역에 내려주고 데리러 오는 운전사 딸린 장갑차를 이용하고, 고정된 패턴을 피하고, 절대로 한 장소에 오래 머물지 않고, 미리 약속을 잡지 않고, 가능한 한 아이들과 따로 여행을 하고, 폭탄을 찾기 위해서 차 바닥을 확인했다. 이 모든 것이 공격 이후로 그의 삶의 일부가 되었다.

소냐 언니와 아이들과 함께 있는 것도 더 이상 당연한 일이 아니게 되었다. 코르의 존재는 그들에게 위험 요인이었다. 소냐 언니는 형부와 한 집에 사는 것조차 너무 위험하다고 생각했다. 그래서 언니는 암스텔베인에 살고 코르는 믿을 만한 친구들 무리와 함께 페이프하위전에서 대부분의 시간을 보냈다. 그중 한 명은 운전사고, 또 한 명은 식료품을 사와 요리를 하고, 또 한 명은 정원 일을 했고, 그동안에 코르는 주류밀매점에 앉아 술을 마시고, 도박을 하고, 사업을 했다.

언니와 아이들은 종종 낮 시간을 형부와 함께 보내고, 형부는 정기적으로 밤에 그들과 함께 있었지만, 그들은 절대로 패턴을 만들지 않으려고 조심했다.

1997년 10월 6일 밤에 소냐와 코르는 암스텔베인의 집에서 잠을 자고 있었다. 언제나처럼 네 살배기 리히가 두 사람 사이에 있었다. 새벽

5시에 그들은 커다란 쾅 소리에 잠을 깼다. 현관문을 박차고 들어오는 소리였다.

"경찰이다! 경찰이다!"

순식간에 스와트 팀이 코르를 침대 밖으로 끌어내 그의 머리에 부대자루를 씌웠다.

소냐는 최근에 어린 리히에게 설령 놀이라고 해도 절대로 머리에 자루를 뒤집어쓰지 말라고 가르쳤다.

"안 돼, 안 돼, 안 돼, 아빠가 숨 막힐 거예요! 엄마, 아빠가 숨이 막혀요!"

아이가 소리를 질렀다.

"너희들은 아래층으로 내려가서 소파에 앉아 꼼짝도 하지 마."

경찰이 소냐에게 지시했다.

언니는 프란시스와 리히를 아래층으로 데려와서 소파에 앉았다. 아무 물건도 건드려서는 안 되고 전화도 걸 수 없었다.

"집 안에 돈이나 무기가 있나?"

수사관 한 명이 물었다.

"아뇨."

소냐가 말했다.

"네, 있어요!"

리히가 외쳤다. 아이는 소파에서 일어나 벽장으로 가서 옷 아래쪽에서 돈주머니를 꺼냈다.

"이건 아빠 거예요!"

수사관이 돈을 가져가는 동안 아이가 말했다.

소냐 언니네 집 문이 강제로 열리던 바로 그 시간쯤 내 전화벨이 울렸다.

"지도 판사 J. M.입니다. 그쪽의 형제 빔럼을 지금 데리고 있는데 그를 대변할 그의 변호사 브람 모스코비치와 연락이 닿지 않더군요. 그가 당신에게 연락해달라고 요청했습니다."

"네? 지금요?"

내가 깜짝 놀라서 물었다.

"네, 가능한 한 빨리요. 오래 기다릴 수가 없습니다."

그가 말했다.

"네, 지금 갈게요."

나는 화가 난 채로 말했다. 멋지군. 나는 오빠와 연관되는 것을 피하려고 내내 노력했다. 그런데 이제 법원의 모든 사람이 내가 오빠의 법률 *자문*이라고 여기게 될 것이다.

이렇게 망신스러울 데가.

더 나쁜 건 내가 지도 판사 J. M.과 아는 사이라는 거였다. 나는 얼마 전 기소 때문에 그의 법정에 섰다. 변호사로서 내 평판이 엉망이 되겠지만, 그렇다고 빔의 말에 거역할 수는 없었다. 내 삶, 내 세계를 이번 한 번만 좀 존중해줄 수 없나?

나는 판 레이엔베르 길에 있는 빔의 아파트로 갔다. 거기서 내가 누군지 밝히고 안으로 들어갔다. 지도 판사는 거실에서 일을 하고 있다가 내가 들어오자 시선을 들었다. 그래, 홀레이더르의 여동생이 오빠가 전화를 하자마자 달려온 것이다.

빔은 방 한가운데 서 있었고, 마이커도 그와 함께 있었다. 어색한 상황이었다. 나는 언제나 내 직업 생활을 사생활과 분리하고 싶었는데,

이제는 내 직업을 사적인 상황에서 이용해야 되게 생겼다. 어쨌든 지도 판사는 아무것도 모르는 척 프로답게 행동했다.

"오빠분은 돈세탁과 마리화나를 다루는 범죄 조직에 협력한 혐의를 받고 있고—"

"코르 이야기야!"

빔이 끼어들었고 나는 오빠가 법무부 사람이 바로 앞에 있는데 어떻게 저런 말을 할 수 있는 걸까 생각했다. 코르와 결별했다고 해서 법무부에 더 충성해야 한다는 뜻은 아니잖아?

"보고 듣는 건 괜찮지만, 어떤 식으로든 끼어들어서는 안 됩니다."

지도 판사는 빔 오빠의 말을 전혀 듣지 못한 것처럼 나에게 말했다.

"물론이죠."

내가 대답했다. 코르도 용의자라면 소냐의 집에도 들이닥쳤을 것이다. 언니가 어떻게 견디고 있을까? 아이들은? 코르는?

지도 판사가 빔에게 질문했다.

"차가 있습니까?"

"그래요, 아래층에."

오빠가 대답했다.

"우리한테 열쇠를 넘길 수 있을까요? 차를 수색하고 싶은데요."

빔은 열쇠를 넘기고서 나에게 말했다.

"같이 아래층으로 가서 잘 지켜봐."

나는 길거리에 주차된 차로 걸어갔다. 경관들이 트렁크를 열고서 묶여 있는 서류 뭉치를 꺼냈다. 그것은 홍등가에 대한 시의회의 계획 보고서였다.

나는 깜짝 놀랐다. 이미 퍼져 있는 오빠의 홍등가 활동을 둘러싼 소

나의 살인자에게

문을 고려할 때 이걸 발견한 건 굉장히 곤란한 일이었다. 이게 확증이 될 수도 있었다. 위층으로 돌아와서 수색은 끝이 났다. 모두가 떠난 후에 나는 빔과 마이커와 함께 남았다.

"전부 다 그 뚱뚱한 개자식 때문이야. 당연히 마리화나에 손을 댔겠지."

빔이 짜증난 어조로 말했다.

"내가 그 자식한테 받은 거라고는 고통뿐이야. 그 자식을 떼어낸 줄 알았는데, 아직까지 나한테 이렇게 문제를 일으키고 있다고."

나는 마이커가 있는 곳에서 오빠가 코르를 그렇게 깎아내리는 것에 굉장히 짜증이 났다. 오빠도 딱히 성자도 아니면서. 오빠와 부동산 중개인들과의 관계를 볼 때 오빠도 딱히 법을 준수하는 시민은 아니었다. 그리고 오빠는 여전히 네덜란드의 주요 마약왕들과 어울렸다. 그게 코르 판 하우트든 미레멋과 클레퍼르든 뭐가 다르단 말인가?

나는 오빠를 놔두고 곧장 소냐 언니의 집으로 갔다. 벨을 누를 필요도 없었다. 현관문이 아예 없었으니까.

안은 난장판이었고, 언니는 엉망이 된 집을 청소하느라 바빴다. 리히가 나에게 달려왔다.

"아시 이모, 아시 이모, 경찰이 아빠를 데려갔어요!"

"그랬니, 아가?"

나는 언니 쪽에 대고 말했다.

"빔 오빠 집에서 오는 길이야. 경찰이 그쪽에도 갔어."

"빔 오빤 지금 어디 있는데?"

소냐가 물었다.

"집에. 오빠는 끌려가지는 않았어."

프란시스가 방으로 들어왔고 우리는 서로 껴안았다.

"기분은 좀 어떠니?"

내가 물었다. 아이의 얼굴은 창백하고 뺨은 눈물로 얼룩져 있었다.

"아시 이모, 너무너무 무서웠어요. 쾅 소리가 나고 아래층에서 시끄러운 소리가 들렸어요. 그리고 지붕에서도 사람들 소리가 났고요. 그 사람들이 사방에서 우리를 공격하고 우릴 죽이러 오는 거라고 생각했어요. 난 옷장에 숨으려고 했는데, 이미 마스크를 쓴 남자 두 명이 나한테 총을 겨누고 있었어요. 그때서야 그 사람들이 경찰인 줄 알았어요. 나한테 침대에 가만히 있으라고 했는데, 난 우는 것밖에 할 수가 없었어요. 엄마랑 아빠한테 가고 싶다고 소리를 지르고, 엄마 아빠 침실로 달려갔어요. 경찰이 아빠 머리에 자루를 씌웠고, 엄마는 비명을 지르고 계셨어요. 리히가 침대 옆에 서서 울고 있었어요. 리히는 부들부들 떨고 있었어요."

나는 그 애를 꼭 껴안고 진정시켰다. 그 애는 경찰 습격에 정신적 충격을 받은 두 번째 세대였다. 그때부터 그 애는 밤마다 항상 경계를 하게 되었다.

"이런 일이 생겨서 아빠한테 화가 나니?"

"아뇨. 아빠 머리에 자루를 씌워서 아빠가 불쌍했어요. 아빤 티셔츠만 입고 계셨는데 속옷 차림으로 그 사람들이 그냥 끌고 갔거든요. 아빠를 막 밀치고 소리를 질렀어요. 아빠는 그냥 '좀 진정해요, 협조하고 있잖아요!'라고만 하셨고요. 정말 끔찍했어요."

아이는 낙관적으로 말을 이었다.

"하지만 그래도 전 되게 운이 좋았어요. 친구가 원래 자고 갈 예정이었는데, 마지막 순간에 취소했거든요. 걔가 여기 있었으면 얼마나 무서워했을지 상상해보세요."

"그거 참 운이 좋았구나. 그 애는 아마 평생 잊지 못할 충격을 받았을 거야."

내가 대답했다.

"전 어쩌면 퇴학당할지도 몰라요."

프란시스가 말했다.

불쌍한 프란시스. 열네 살인 그 애는 아빠가 집으로 온갖 미친 일을 끌어들이는 와중에 학교에서 눈에 띄길 바라지 않고 가능한 한 평범한 삶을 살려고 애를 썼다. 사실 제 아빠를 비난할 수도 없었다.

"브람 모스코비치한테 아직 연락 안 했어?"

내가 언니에게 물었다.

"했어. 가능한 한 빨리 경찰서로 간대."

코르는 사라진 하이네켄 몸값을 찾는 일로 시작해서 마약과 무기 소지로 방향이 바뀐 시티 피크(City Peak)라는 조사를 받는 동안 구금되었다. 소냐와 아이들은 다시금 교도소로 면회를 가는 시절을 맞이했다.

또다시 코르는 안 좋은 상황을 최선으로 만들었다. 매번 면회를 가기 전에 소냐 언니는 조그만 통에 든 아기용 샴푸 두 개를 사서 안을 씻어내고 바카디를 부은 다음 겨드랑이 안쪽에 끼고서 몰래 안으로 가져갔다. 그녀는 형부가 이전에 수감되어 있는 동안에도 똑같은 일을 했다. 다만 그때는 우유 통을 이용해 술을 가져갔고, 간수들에게 건넸지만 말이다.

코르는 형기를 잘 마쳤다.

조사가 진행되는 동안 형부의 목숨을 노린 첫 번째 공격을 비디오로 녹화해뒀다는 사실이 드러났다. 법무부가 직접 찍었지만 비디오를 비밀로 하고 있었던 것이다.

"정말이지 믿을 수가 없어. 범인의 몽타주를 그린다고 나를 계속 불러댔으면서, 내내 범인의 이미지를 갖고 있었던 거잖아."

소냐가 말했다.

법무부는 그 비디오를 공개하면 코르 판 하우트에 대한 조사가 위태로워진다고 했다. 형부가 마리화나 밀매에 관련되었는지 조사하는 게 코르와 그 가족에 대한 살해 문제를 해결하는 것보다 더 중요하다고 결론을 내린 것이다. 코르와 소냐는 테이프를 공개하라는 예비 명령을 제출했고, 코르는 공개적으로 범인에 대한 정보에 상금을 걸었다.

하지만 법원은 그 명령을 통과시키지 않았다. 이미지를 보여주면 집에 경찰 카메라를 설치하는 데 동의한 사람들의 사생활이 침해된다는 거였다.

"난 카메라가 어디에 있었는지는 상관 안 해. 그놈의 얼굴을 보고 싶을 뿐이라고. 아주 작은 사진이라도 괜찮으니까 그놈이 누군지를 알아내고 싶어."

코르가 항의했다.

하지만 형부와 언니는 누가 자신들을 쐈는지 보지 못했다.

"다 이런 식이야, 아시. 저놈들은 우리가 서로를 쏴 죽이기를 바라는 거야."

형부는 나에게 연락해, 예비 소송에 참석해 정신적 지지를 보내주어 고맙다면서 그렇게 말했다.

나의 살인자에게

결국에 코르는 4년 반의 징역형을 선고받았지만 1999년 말에 석방되었다. 그는 검사 프레드 테이번과 거래를 했다.

"코르가 너한테 면회를 한번 와달래."

언니가 말했다.

"알았어. 다음번에 언니랑 같이 갈게."

"아니, 자기 변호사로서 와달라는 거야. 그이가 너하고 의논하고 싶은 게 있대."

나는 변호사로서 코르를 보러간 적이 한 번도 없었다. 빔이 가택수색과 압류를 당할 때 나를 부르는 바람에 일과 사생활을 분리하려던 나의 시도는 실패했다. 나는 가족에게서 분리된 개인으로 여겨지기를 바라는 환상을 포기해야 했다. 엄격하게 변호 규정을 지켰고, 그 외에 관해서는 사람들이 자기 마음대로 생각하게 놔뒀다. 코르는 나에게 아무것도 부탁한 적이 없었으니까 이건 중요한 일이 분명했다. 그래서 나는 형부를 보러 갔다.

당시에 형부는 즈바흐 지역에 수감되어 있었다. 나는 변호사실에서 형부를 만났다. 우리는 서로를 마주 보고 앉아서 속삭였다.

"난 거래를 했어. 여러 가지 방식으로 함정에 빠진 거야, 아시. 그리고 어떻게 이렇게 된 건지 알아. 처제가 거기에 대해서 알아두면 좋겠어. 하지만 아무한테도 말해서는 안 돼. 변호사로서 처제는 비밀 유지 의무에 묶여 있잖아."

형부가 말했다.

"말도 안 되는 소리 마세요. 아무한테도 절대로 말 안 해요."

"알아. 하지만 그런 이야기가 아니야. 처제가 법무부를 상대로도 비밀 유지 의무를 들먹일 수 있다는 얘기야."

코르가 말했다.

"알겠어요."

나는 그렇게 대답했고, 코르가 이야기를 시작했다. 대화를 마치고, 나는 그에게 작별 키스를 했다.

"난 곧 집으로 돌아갈 거야, 아시. 조만간 봐."

"그래서? 그이가 너한테 뭘 보여주려고 했던 거야?"

언니가 물었다.

"말할 수 없어, 언니. 난 비밀 유지 의무가 있어."

내가 대답했다.

"그러시겠지. 그래도 나한테는 얘기할 수 있잖아, 그렇지?"

"안 돼."

"아, 이러지 말고, 아스. 우린 지금 내 남편 이야기를 하는 거야."

"알아. 하지만 난 어떤 경우에든 내 비밀 유지 의무를 지켜야만 돼."

코르가 교도소에 들어간 뒤에 그간 들르지 않던 빔 오빠가 다시 소냐 언니네 집에 나타나기 시작했다.

공격이 실패한 뒤 코르 형부가 복수를 원할 거라는 건 당연한 예측이었다. 형부는 총을 사고 상당량의 무기를 쌓아놓았고, 선택된 사람들과 사격 연습을 할 방음 지하실을 만들었다.

빔 오빠는 그것을 알아내고서 무슨 수를 쓰든 이 위험을 해소해야 한다는 결론을 내렸다. 그래서 오빠와 그 일당들은 경찰에 총에 대해서 알렸다. 그리고 코르의 친구들 중 누군가를 통해서 형부가 마약을 거래한다는 사실을 알아내고 그 정보도 흘렸던 것이다.

나의 살인자에게

빔은 돌 하나로 두 마리 새를 잡았다. 하이네켄 몸값으로 자신이 투자하고 있는 데에서 당국의 주의를 돌리고, 적을 무장해제시킨 것이다.

전형적인 빔의 행동이었다. 상대를 총알로 없애지 못하면 법무부를 통해서 없애버린다.

소냐 언니는 더 이상 빔 오빠를 보고 싶어 하지 않았다. 오랫동안 언니는 빔이 편을 바꿨다는 코르의 주장이 틀렸기를 바랐다. 하지만 이제는 더 이상 부인할 수가 없었다. 언니는 다른 사람들을 통해서 오빠가 클레퍼르와 미레멋과 파티를 하고 다니는 이야기를 종종 들었다. 빔은 자신이 적과 가까운 관계라는 걸 여전히 부인했지만, 동시에 언니에게 미레멋의 아들 바리의 비디오테이프를 좀 보관해달라고 부탁할 정도로 친했다. 코르는 언니에게 빔이 오면 이야기를 들어보라고 말했다.

형부가 수감되고 꽤 시간이 지난 다음 언니가 면회를 다녀왔다. 그 직후에 언니가 나를 보러 왔다.

"너 그거 아니?"

나를 보자마자 언니가 말했다.

"뭘?"

"그이가 아흐테르담을 팔 계획인데, 구매자가 물러나라는 경고를 받았대. 미레멋과 클레퍼르가 그 사람을 방문했고…… 또 누가 있었는지 알아?"

"전혀 모르겠는데."

내가 대답했다.

"빔! 빔 오빠가 클레퍼르를 시켜서 구매자에게 아흐테르담이 자기들 거니까 손 떼라고 그런 거야. 클레퍼르를 전면에 내세웠지만, 구매자가 빔이 재빨리 나무 뒤로 숨는 걸 봤대. 하지만 너무 늦었지. 이미봤으니까. 넌 어떻게 생각하니?"

"그거 참 괴상하네. 그래서 이제 어떻게 되는 거야?"

내가 물었다.

"이제 구매자는 물러났어. 하지만 코르는 그게 핵심이 아니래. 빔이어떤 사람인지가 다 드러났어. 오빠 코르가 가진 걸 죄다 원해."

"형부는 절대로 그런 일이 벌어지게 놔두지 않을 거야, 그렇지?"

"아마 그렇겠지. 지금은 그이가 갇혀 있어서 기뻐. 이건 절대로 좋게끝나지 않을 거야."

하지만 그게 코르의 석방을 마음 졸이며 기다리는 유일한 이유는아니었다……

나의 살인자에게

두 번째 살해 시도

2000

코르의 목숨을 노린 첫 번째 살해 시도는 실패했다. 그리고 그게 실패했기 때문에 두 번째 시도가 있을 게 분명했다. 코르는 미레멋이 자신을 제거하거나 혹은 암살하려고 했다는 걸 알았고, 미레멋은 코르 쪽에서 복수를 할 거라고 당연히 예상했을 것이다. 특히 아내와 아이가 코르와 함께 있었으니까. 그게 유일하게 논리적인 결론이었고 그래서 미레멋은 이제 코르를 앞질러야 했다.

문제는 누가 먼저 행동하느냐였다.

어쨌든 시간은 흘러가고 아무 일도 일어나지 않았다. 코르는 1999년 말에 석방되었다.

그 무렵 빔 오빠는 엔드스트라, 미레멋, 클레퍼르 쪽에 완전히 합류했다. 나는 오빠를 거의 보지 못했다.

그러다가 어느 날 갑자기 오빠가 우리 집 앞에 다시 나타났다.

한밤중에 현관 벨이 울리는 바람에 나는 깜짝 놀라서 깼다. 문을 열기가 겁이 났지만 짧게 두 번, 길게 한 번 누르는 가족만의 방식이라는 걸 문득 깨닫고서 문을 열었다. 빔 오빠가 거기 서 있었다.

"신발 신어. 밖으로 나갈 거니까."

"뭐? 한밤중이잖아. 난 열이 있어. 밖에 나가면 안 돼. 아프단 말이야."

"나와. 급한 일이야. 내가 이웃 사람들을 다 깨우길 원해?"

"나가고 있어, 이런 세상에."

"잘 들어. 너 코르가 어디 사는지 알아?"

오빠가 친근한 어조로 말했다. 나는 즉시 경계조로 대답했다.

"난 잘 몰라."

"내 말 들어. 그 녀석이 어디 사는지 알아야 돼. 굉장히 중요한 일이야. 미레멋은 물러나지 않을 거야. 네가 말을 해줘야 내가 소냐를 지킬 수 있어. 안 그러면 그들이 그 애 집에 로켓포를 쏴서 전부 다 죽일 거라고. 아이들까지 말이야."

"하지만 난 모른다니까."

"넌 늘 소냐랑 함께 있잖아. 그러니까 이제 내가 시키는 대로 해. 농담 아니야. 미레멋 쪽 사람들은 무시무시하다고. 수십 명을 살해했어. 재미 삼아서도 그렇게 할 거야. 그리고 그 자식은 그쪽을 완전히 열 받게 만들었고."

오빠가 고집스럽게 말했다.

"내 말 좀 들어. 난 이 일에 전혀 상관하고 싶지 않아."

"말 좀 들으라고?"

오빠가 내 귀에 대고 분개한 어조로 말했다.

"나한테 '말 좀 들어'라고 하지 마. 도대체 네가 누구라고 생각하는 거야? 나한테 이래라저래라 할 수 있다고 생각하는 거야? 내가 시키는 대로 하지 않으면 죄다 나가 뒈질 거야. 로켓포가 날아가서 네 언니의 산산조각 난 시체를 짜 맞춰야 할 거라고. 결정을 해. 그러지 않으면 네가 걔네들을 다 죽이는 거야! 내 말 알겠어? 네가 죽이는 거라고. 네 탓이야!"

오빠는 나를 구석으로 몰았다.

나는 미레멋이 화가 났다는 걸 잘 알았고, 미레멋이 이 일을 그냥 두지 않을 거라는 것도 알았다. 미레멋과 클레퍼르가 사용하는 폭력적인 방법이 무엇인지 그걸 얼마나 쉽게 사용하는지에 대해서도 들었다.

우리가 칸에 있을 때 미레멋의 제수도 거기에 있었다. 코르는 미레멋이 그녀에게 상처를 주기 위해서 그녀의 남편을 없앴다고 말해주었다.

코르 주변에는 미레멋과 문제가 있었던 다른 사람들도 있었다.

그중 한 명은 이유도 없이 아들이 구타를 당했고, 그 일로 해외로 도망쳤다.

그리고 물론 나도 되를로 거리 공격을 통해서 그들의 폭력적인 면을 잘 알게 되었다. 그 일은 그들이 부인이나 아이들이라고 해서 봐주지 않는다는 것을 입증했다. 우리 모두 그 첫 번째 공격에서 끝나지 않을 거라는 걸 알았기 때문에 나는 이 위협을 진지하게 받아들였다.

그러니까 또 다른 살해 시도가 있을 거라고는 예상했지만, 수많은 사람들 중에서 오빠가 나에게 그걸 알려주러 올 줄은 몰랐다. 미레멋 편으로 넘어가서 친구를 배신한 건 그렇다 쳐도, 자신의 제일 친한 친구를 제거하는 데 손을 빌려준다는 건 도저히 믿을 수가 없었다.

그리고 이제 오빠는 나까지 끌어들이려고 했다! 내가 오빠에게 충성스럽다고 생각해서가 아니라(오빠는 내가 코르와 소냐와 많은 시간을 보낸다는 걸 알았다) 내가 그 아이들을 죽도록 사랑한다는 걸 알기 때문이었다.

만약 내가 "꺼져, 난 이 일에 전혀 상관하고 싶지 않아"라고 말했는데 코르와 소냐, 아이들에게 무슨 일이 생긴다면 나는 남은 평생 후회하게 될 것이다. 그리고 실제로 그들에게 생긴 일에 대해서 책임을 느낄 것이다.

그게 바로 오빠가 의도한 거였다.

"네 탓이야"라는 말로 오빠는 문자 그대로 그 책임을 나에게 떠넘겼다. 물론 그건 말이 되지 않는다고 나는 스스로에게 말했지만, 그들이 다 죽는다면 그 사실이 무슨 도움이 되겠는가?

아무것도 하지 않는 것은 선택지가 아니었다.

이제 내가 뭘 해야 할지 알 수가 없었다. 해결책이 저절로 나타날 때까지 시간을 끄는 게 내가 떠올릴 수 있는 유일한 방법이었다.

"내가 뭘 할 수 있을지 알아볼게."

내가 대답했다.

"좋아."

다음 날 아침, 나는 일찌감치 소냐 언니네로 갔다. 밤새도록 이 일에서 빠져나올 방법을 찾느라 침대에서 뒤척거렸다.

우선은 언니에게 그들 모두가 얼마나 위험한 상황에 처했는지, 그리고 어느 쪽에서 위험을 예상해야 하는지를 알려줘야 했다.

전과 다르게 이제는 관계가 명확했다. 빔은 미레멋의 진영이었고 자신의 의형제나 다름없는 코르에게서 등을 돌렸다.

소냐 언니는 내가 어젯밤 일에 대해서 말하자마자 가쁘게 숨을 헐떡이기 시작했다.

"뭐? 오빠가 우리 애들을 위협했다고? 처음에는 리히를 쏴 죽일 뻔하더니 이제 또 우리 애들을 위협해? 절대로 오빠한테 주소를 알려주지 않을 거야. 정신이 나갔다니? 내가 어떻게 해야 되지, 아스?"

"나도 모르겠어. 형부는 여기 못 오게 해. 오빠한테는 언니가 주소를 모르고, 설령 안다고 해도 말하지 않을 거라고 할게. 미레멋이 언니 애들을 위협해서는 안 되는 거였다고 말할게. 그래도 이제 그쪽 계획이 뭔지 알았으니까 차라리 다행이지. 최소한 이번에는 그런 일이 일어날 거라고 예상은 할 수 있잖아."

바로 그날 저녁, 오빠가 다시 우리 집 앞에 나타났다.

"그래서?"

나는 오빠에게 소냐 언니는 모르고, 안다 해도 말해주지 않을 거라고 전했다.

"아, 그러니까 코리 편을 들겠다는 거야? 그거 별로 영리하지 않은 짓인데. 걔한테 그렇게 전해."

"오빠가 직접 말해."

"아니, 난 이제 그 근처에도 안 갈 거야. 무슨 일이 생길 경우에 대비해서 멀리 떨어져 있을 거야."

그 사이에 소냐 언니는 코르에게 클레퍼르와 미레멋이 다시 공격할 생각이고 빔 오빠를 전령으로 이용했다고 말했다. 형부는 나와 언니에게 빔과 계속 이야기를 나누고 뭐라고 하는지 듣고 오라고 했다. 적을 가까이 두기 위해서였다. 나는 그 이점을 이해하고 동의했지만, 불안한 부분도 있었다. 형부가 술에 취해서 누군가에게 이야기를 흘리고, 그래서 미레멋이나 클레퍼르, 아니면 빔 오빠가 그걸 들으면 어떡하지?

코르는 그런 일은 절대로 없을 거라고 맹세했다. 하지만 나는 확신이 가지 않았다. 코르는 종종 전날 뭘 했었는지 기억조차 하지 못했다. 빔과 미레멋이 내가 코르에게 알려줬다는 사실을 알아내면 그들은 나까지 죽일지 모른다. 그래서 나는 코르가 어쩌다가 이야기를 흘리는 경우에도 대비해야 했다. 나는 빔 오빠에게 오빠가 시킨 대로 소냐 언니에게만 메시지를 전했다고 얼버무렸다. 언니가 코르에게 이야기를 전하는 건 내가 어떻게 할 수 없는 일이니까.

그 마지막 방문 이후에도 오빠는 그리 오래 물러나 있지 않았다.

"잘 들어, 아스. 더 이상은 나도 이걸 막을 수가 없어, 알겠어? 걔가 하는 짓은 아주 짜증스럽다고."

오빠는 계속해서 똑같은 메시지를 전달했다. 코르가 방문하는 장소들에 대한 정보가 필요하다는 거였다. 내가 아무것도 모른다는 사실이 오빠를 화나게 만들기 시작했다. 오빠는 점점 더 나를 압박했다.

어느 날 빔과 내가 엄마 집에 들렀다. 엄마는 소냐 언니 대신 리히를 돌봐주고 있었다. 엄마는 부엌에, 빔 오빠는 거실에 서 있었고, 리히는 의자에 앉아 있었다. 나는 리히를 마주 보는 소파에 앉아 있었다.

갑자기 오빠가 리히의 의자 뒤로 가서 아이 목에 팔을 감고 주머니에서 총을 꺼내 리히의 머리에 겨눴다.

나의 살인자에게

"이봐, 꼬맹이 리히!"

오빠가 소리를 치고서 나를 보고 날카롭게 말했다.

"그놈이 어디 있는지 말해!"

그러고서 오빠는 리히를 놓아주고 검은 눈으로 나를 쏘아본 다음 부엌 쪽으로 유쾌하게 소리쳤다.

"스틴, 난 가요. 만나서 반가웠어요. 이제 가야 돼서!"

그러고는 집을 나갔다.

나는 리히에게 달려가서 그 애를 품에 안았다.

나는 경악했다. 자기 조카를, 내 조카를, 겨우 일곱 살 난 어린애인 리히를 위협하다니. 소냐와 리히, 프란시스가 클레퍼르와 미레멋의 부수적 피해자가 되는 것을 막아주려고 한다면 왜 이런 짓을 하는 거지?

"난 걔네들을 위해서 이러는 거야. 그러니까 너도 그래야지. 그 애들이 다치지 않도록 내가 막아줄 수 있게 말이야."

오빠는 계속해서 그렇게 주장하지 않았던가?

그러다 갑자기 깨달았다. 오빠의 의도는 그들을 미레멋과 클레퍼르에게서 보호하는 게 절대로 아니었다. 정말로 그들을 보호하고 싶고 그들이 코르와 함께 죽는 것을 막고 싶었다면 절대로 리히에게 그런 짓을 하지는 않았을 것이다. 오빠는 소냐나 프란시스, 리히를 걱정하지 않았다. 코르에게 접근하기 위해서 그들을 이용하려는 거였다.

코르를 살해하고 싶은 사람은 *오빠*였고, 이제 초조해져서 이렇게까지 하는 거였다. 상황이 오빠가 원하는 만큼 빠르게 움직이지 않아서. 코르는 죽어야 하고, 그걸 위해서라면 오빠는 리히를 이용하는 짓도 서슴지 않을 것이다.

오빠가 범인이었다!

나는 소냐 언니가 리히를 데리러 오는 중이라는 걸 알았다. 방금 일어난 일 때문에 당장 언니를 봐야만 했다. 나는 언니 번호로 전화를 걸었다.

"거의 다 왔어?"

언니가 전화를 받자마자 내가 물었다. 그 말은 우리 사이에서 "빨리 와, 문제가 생겼어"라는 암호였다.

"금방 도착해."

언니가 즉시 대답했다.

"그렇게 계속 서성거리지 말고 자리에 좀 앉으렴."

엄마가 말했다.

엄마는 빔이 리히에게 무슨 짓을 했는지 보지 못했고, 나도 말할 수가 없었다. 그건 엄마에게 너무 큰 충격을 줄 것이다.

소냐 언니가 들어와서 의문 어린 얼굴로 나를 보았다. 나는 엄마와 리히가 우리 이야기를 듣지 못하게 화장실로 갔고, 언니도 따라왔다. 내가 불을 켜자, 언니는 문을 잠갔다. 그리고 내 앞에 섰다.

"말해봐."

언니가 부드럽게 말했다.

나는 언니에게 무슨 일이 있었는지 말했다. 소냐 언니의 눈이 커지고 몸이 굳었고 다음 순간 온몸이 떨리기 시작했다. 언니는 말조차 하지 못했다.

"언니, 어떻게 생각해?"

대답이 없었다.

"언니! 내가 방금 한 말 듣긴 한 거야?"

나는 언니를 놀라게 해서 대담하게 만들려고 목소리를 높였다.

언니는 여전히 대답하지 않고서 먼 곳만 멍하니 쳐다보았다. 나는 언니 어깨를 잡고 흔들었다.

"언니! 그만해!"

"무슨 일이니? 너희들 뭐 하고 있는 거야?"

엄마가 거실에서 소리를 질렀다.

"아무것도 아니에요!"

나는 마주 소리치고서 언니에게 말했다.

"언니, 정신 차려."

언니는 여전히 침묵을 지켰으나 화장실에서 나와 리히에게 가서 아이를 무릎 위로 끌어당기고 울기 시작했다.

"왜 그래요, 엄마?"

아이가 물었다. 우리 엄마는 나에게 의아한 눈길을 던졌다.

"아무것도 아니에요. 엄마, 그냥 빠져 계세요."

나는 그렇게 말했다. 여전히 언니가 무슨 생각을 하는지 궁금했다.

"언니?"

"난 생각하는 데 질렸어, 아스."

상황이 그녀를 압도할 때마다 늘 그러듯이 언니가 대답했다.

언니는 첫 번째 공격 이후에 그랬던 것처럼 완전히 겁에 질렸다. 언니는 잠깐이라도 리히를 눈 밖에 내놓지 않으려고 했다. 리히를 위협함으로써 자신이 범인과 한 패임을 드러낸 빔 오빠는 이제 클레퍼르와 미레멋 뒤에 숨던 것을 그만두고 더더욱 압박을 가했다. 오빠는 유고슬라비아인들이 이미 오고 있다고 말했다. 움직일 준비가 끝난 사람들이 대기하고 있다고. 지금쯤이면 그들이 코르가 어디 있는지 다

파악했을 거고, 이제는 멈출 수 없다고 했다.

빔 오빠는 나를 통해서 메시지를 보내며 점점 더 분명한 방식으로 소냐 언니를 위협했다.

살아남고 싶으면 언니는 "이 사소한 일을 해야만" 했다. 코르가 집에 있을 때면 블라인드를 열어놔야 한다는 것이다.

"그러지 않으면 너도 무슨 일이 생길지 알지? 가서 말해."

오빠는 손으로 총질하는 시늉을 하면서 말했다.

언니에게 뭔가를 전하는 것은 점점 더 어려워졌다.

"언니, 또 약 먹기 시작했어?"

내가 물었다.

"응."

언니는 옥사제팜 복용량을 늘렸다.

"왜 그런 짓을 해? 언니 또 좀비같이 보이잖아! 그만 먹어."

"아니, 아스, 계속 먹을 거야. 안 그러면 머리가 터져버릴 것 같아. 약이 없으면 이 일을 감당할 수가 없어. 약이 모든 일을 잊게 만들어줘."

나는 언니에게 빔 오빠가 뭘 하라고 시켰는지 전했다.

"그런 짓은 안 할 거야. 우리 모두 그냥 죽을 거야."

언니가 멍하니 대답했다.

약은 제 역할을 다했다. 빔 오빠는 호적수를 만났다. 소냐 언니는 오빠처럼 냉정해졌고, 겁도 없어졌다.

리히와 프란시스와 함께 집에 있는데 오빠가 현관 벨을 눌렀다.

"내려와!"

오빠가 소리를 질렀다.

나의 살인자에게

"리히, 넌 프란이랑 같이 있어."

내가 말했다.

"싫어요!"

리히는 겁에 질려서 나를 붙잡고 소리를 질렀다.

되를로 거리 공격 이래로 아이는 혼자 놔두면 완전히 겁에 질리곤
했다. 하지만 나는 아이를 아래층이나 빔 오빠 근처로 절대로 데려가
고 싶지 않았다.

"프란, 애 좀 여기 데리고 있어."

나는 프란시스에게 말하고서 아이를 떼어놓았다.

"이리 와, 리히."

프란시스가 말하며 그 애를 잡아당겼다. 하지만 리히는 몸을 빼내
고서 나를 따라왔다.

"저 꼬마는 여기서 뭘 하는 거야?"

빔이 투덜거렸다.

"애를 나한테서 떼어놓을 수가 없어. 완전히 겁을 먹었단 말이야."

"흠."

오빠는 그 말을 무시했다.

우리 셋은 계단 아래쪽 복도에 서 있었다. 오빠와 내가 마주 보고 있
고, 리히는 우리 사이에 있었다. 오빠가 몸을 앞으로 기울이고 나를 잡
아당겼다.

"그래서?"

오빠가 속삭였다.

"언니는 안 할 거야."

내가 대답했다.

"안 한다고?"

오빠가 분노로 부풀어 올라 눈이 거의 튀어나오려고 하는 게 보였다.

리히는 여전히 우리 사이에 서 있었다. 오빠는 오른손으로 주머니에서 총을 꺼내 왼손으로 나를 잡아당기고서 리히의 머리에 총을 겨눴다.

"아직도 코리 편을 드는 거야? 걘 자기가 어떤 일에 끼어들고 있는지 몰라. 그건 걔의 선택이지. 너도 이제 무슨 일이 생길지 잘 알 테지."

오빠가 나를 놔주었다. 나는 리히를 최대한 빨리 빔에게서 떼어내기 위해서 계단 위로 밀었다. 오빠는 화가 나 홱 돌아서서 계단을 내려가더니 등 뒤로 문을 쾅 닫았다.

리히는 우리 사이에 서 있었기 때문에 무슨 일이 있었는지 전혀 알지 못했지만, 계단 위쪽에 서 있던 아이는 모든 것을 다 보았다.

나는 언니에게 언니가 빔을 돕는 것을 거부했기 때문에 무슨 일이 생겼는지 전부 말했다.

그때부터 언니는 블라인드를 닫거나 활짝 열어놓으면 잘못된 신호를 줄까 봐 두려워서 반만 열어놓았다.

언니는 코르에게 위협이 다시 시작됐다고 말했지만, 형부는 아무 일도 하지 않았다. 우리는 전쟁이 벌어져서 우리와 아이들까지 다 죽을까 봐 겁이 나서 점점 강해지는 위협에 대해 전부 다 말하지는 않았다. 하지만 코르는 빔과 미레멋이 그만두지 않을 거라는 걸 알고 있었다.

나는 왜 코르가 직접 대응을 하지 않는 건지 이해할 수가 없었다.

그동안 빔은 소냐 언니를 통해서는 코르에게 접근할 수 없을 거라는 사실을 깨달았다. 오빠는 리히를 이용해 최대한 압박을 주었지만, 정반대의 결과를 얻었다. 언니는 얼어붙어서 어떤 것에도 움직이지도, 반응하지도 않게 된 것이다. 당시에는 오빠도 포기하기로 한 것 같았다.

오빠는 한동안 집에 들르지 않았고, 2000년 12월 21일에 코르가 자신과 소냐의 집 바깥에 차를 세우고 내리는데 총알이 날아왔다. 소냐 언니가 재빨리 문을 열어주었기 때문에 형부는 총알을 피해 안전한 장소로 들어올 수 있었다.

다음 날 아침 언니는 총알이 문에서 50센티미터도 떨어지지 않은 벽에 박혀 있는 것을 발견했다.

형부는 즉시 빔이 꾸민 짓이라고 말했다.

사람들 앞에서 빔 오빠는 항상 그 일에 연관되었다는 추측을 부인했다. 오빠는 첫 번째 공격 때와 마찬가지로 미레멋이 한 일이라고 주장했다. 당시에 나는 오빠를 믿었다.

하지만 2002년 9월 22일 이후 모든 것이 분명해졌다.

2002년 2월 26일, 욘 미레멋이 변호사인 에베르트 힝스트를 만나고 오는 길에 케이저르스 운하에서 총에 맞았다. 빔과 그 동료들이 공격을 꾸몄다는 사실을 깨닫는 데에는 그리 오래 걸리지 않았다. 그들은 그가 빌럼 엔드스트라와 함께 투자한 돈을 돌려주고 싶지 않았던 것이다.

미레멋이 목숨을 노린 공격에서 살아남지 못했다면 코르에 대한 공격의 진실은 절대 밝혀지지 않았을지도 모른다. 미레멋은 자신이 살아남을 수 있는 유일한 기회는 2002년 9월 22일에 〈텔레흐라프〉의 범죄 전문 기자 욘 판 덴 회벌과 한 인터뷰를 발표하는 것뿐이라는 결론을 내렸다. 거기서 미레멋은 범죄 세계의 은행가로서 빌럼 엔드스트라의 역할과 그 은행의 경비로서 우리 오빠의 역할을 전부 말했다.

인터뷰가 공개된 직후에 판 덴 회벌은 강도를 당하고 그의 컴퓨터는 사라졌다. 엔드스트라와 빔은 유고슬라비아 갱단을 고용해서 그의 집에 침입했다. 빔은 판 덴 회벌이 미레멋과 나눈 대화를 기록한 메모 출력본을 나에게 가져왔다.

오빠는 메모를 읽고서 내가 어떻게 생각하는지 말해주기를 바랐다. 메모의 내용에 나는 충격을 받았다. 메모에는 첫 번째 공격 이전에 되를로 거리에 있는 코르와 소냐의 집을 미레멋과 클레퍼르에게 가르쳐준 사람이 빔이었다고 적혀 있었다.

모든 것이 제자리를 찾았다. 첫 번째 공격 이후 빔의 행동, 오빠가 미레멋 진영으로 억지로 들어갔다는 주장, 나를 그들에게 소개한 것, 오빠가 그들에게 사준 시계, 소냐 언니가 오빠에게 지불한 돈까지.

오빠는 그동안 내내 그들과 손을 잡고 있었던 것이다.

세 번째 살해 시도

2003

2003년 1월 24일, 나는 법정에서 곧 공판에 들어가려던 참이었다. 재판에 참석해보고 싶어 했던 친구 한 명이 나와 함께 있었다. 전화를 받았을 때 내가 정확히 어디에 서 있었는지도 기억이 난다. 판 오번 홀 바로 앞이었다.

나는 전화를 받았고, 발작하는 것 같은 비명 소리가 들렸다. 언니의 목소리였다. 언니는 아무 말도 하지 않고 그저 비명만 질렀다.

"무슨 일이야! 무슨 일이 있는 거야? 왜 그러는 거야?"

내가 물었다. 낯선 남자의 목소리가 전화를 넘겨받았다.

"소냐가 여기 있어요."

"누구세요? 언니가 어디 있는 거고, 언니한테 무슨 짓을 한 거예요?"

나는 전화를 받은 이 낯선 남자가 언니를 납치한 거라고 생각했다.

"언니랑 얘기하게 해줘요."

내가 소리쳤다.

"아스."

언니는 그렇게 말하고서 다시 비명을 지르기 시작했다. 언니 때문에 겁이 났다.

"무슨 일이야, 언니? 무슨 일인지 말을 해줘!"

"코르가 죽었어! 코르가 죽었어!"

언니가 소리쳤다.

남자가 다시 전화를 받아서 코르가 총에 맞았다고 말했다. 친구 로베르트 터르 하크와 중국 음식점 앞에 서 있는데 오토바이를 탄 남자 두 명이 달려와서 코르에게 기관총을 쏘았다.

"안 돼, 안 돼, 안 돼! 소냐 언니, 언니 어디 있어?"

내가 소리를 질렀다.

"제가 그에게 갈 겁니다."

낯선 남자가 말했다.

나는 친구에게 소냐 언니의 집까지 좀 태워다달라고 부탁했다. 완전히 제정신이 아니라서 운전을 할 상황이 아니었다.

소냐 언니가 차에 있는 나에게 전화를 했다.

"그들이 틀렸어, 아스!"

언니의 목소리에는 희망이 담겨 있었다.

코르의 옆에 서 있던 남자 로베르트가 죽었고, 코르는 살아서 병원으로 실려 갔다고 경찰이 말해줬다는 것이다.

형부는 아직 살아 있었다!

나도 병원으로 가고 싶었지만 어느 병원인지 몰랐고, 소냐 언니는 전화를 받지 않았다. 결국에 나는 친구에게 암스텔베인에 있는 언니 집에 내려달라고 말했다. 그 직후에 경찰관 두 명이 와서 집 안을 수색했다.

나는 엄마에게 전화해서 언니의 집으로 와달라고 했다. 경찰 두 명만 거기 놔두고 가고 싶지 않았고, 병원까지 가려면 차가 필요하기 때문이었다. 엄마는 소냐 언니의 집으로 왔고, 헤라르트 오빠가 나를 태우고 함께 병원으로 갔다.

한편 나는 형부의 상태가 어떤지 알아보려고 언니에게 계속해서 전화를 걸었다. 남자가 다시 전화를 받아서는 쉰 소리로 말했다.

"언니분을 바꿔드리죠. 언니분이 말씀하셔야 할 겁니다."

남자의 말투로 보아 나는 뭔가가 잘못되었음을 깨달았다. 소냐 언니는 전화를 받아서 아무 말도 하지 않았다. 언니가 나직하게, 하지만 억누를 수 없이 우는 소리만이 들렸다.

"언니, 전화 받고 있어?"

내가 물었다.

"응."

언니가 한숨을 쉬었다.

"상황이 나빠?"

나는 언니의 대답이 두려웠다.

"그래, 아스."

언니는 말을 할 기운조차 없는 투로 말했다.

"형부는……?"

언니가 확인을 해주는 것이 두려워서 말을 꺼낼 수가 없었다. 침묵이 흘렀다.

"언니."

내가 다시 불렀다.

"그래, 그이는……."

죽었어, 나는 스스로에게 되뇌었다. 그럴 리 없다, 형부가 죽을 리가 없다. 형부는 두 번의 살해 시도에서 살아남았다. 두 번이나 죽음이라는 결과를 피했고, 또다시 할 수 있을 거라고 나는 생각했다.

우리는 병원에 도착했다. 나는 최대한 빨리 계단을 올라가서 입구를 지나 형부가 실려 간 병동으로 달려갔다. 너무 늦었을까 봐, 형부의 영혼이 내 말을 듣지 못할까 봐 두려운 상태로 나는 그에게 말했다.

"형부, 아직 가면 안 돼요. 그럴 순 없어요. 우리랑 함께 있어야죠. 떠나면 안 돼요."

복도 끝에 소냐 언니가 보였다. 나는 언니에게 달려가서 몸을 던졌다.

"언니, 사실이 아니라고 말해줘. 형부가 아직 살아 있다고 말해줘."

언니는 고개를 저었다.

"그이는 죽었어, 아스."

의사가 우리를 보러 왔다. 그와 이야기하는 동안 프란시스가 들어오는 게 보였다. 그 애도 코르가 심각한 부상을 입었지만 아직 살아 있다고 생각하면서 병원으로 왔다. 병원 입구에서 코르의 친구 한 명이 기다리고 있었고, 그것만으로도 그 애는 다 알았다.

"아빠 죽은 거죠, 그렇죠?"

그 애의 말에 친구가 고개를 끄덕였다.

"어떻게 이럴 수가 있죠? 나한테는 아직 살아 계신다고 그랬잖아요."

나의 살인자에게

그 애가 의사에게 말했다.

"죄송합니다. 의사소통에서 약간 실수가 있었어요. 그분 옆에 있던 남자분이 아슬아슬하게 살아남았고, 아버님께서는 돌아가셨습니다."

의사가 말했다. 이것은 그 애한테 아빠를 다시 볼 수 있다는 희망을 전부 앗아가는 실수였다.

"아빠를 봐도 되나요?"

프란시스가 물었다.

"아뇨, 여기 안 계십니다. 시신은 아직 암스텔베인에 있어요."

"암스텔베인? 그럼 거기로 가야지. 낯선 사람이 아빠한테 무슨 일이 생겼는지 말하기 전에 학교에 가서 리히 좀 데려와줄래?"

소냐 언니가 헤라르트 오빠와 나에게 부탁했다.

"물론이야. 내가 그 애한테 말할까, 아니면 언니가 직접 말할래?"

내가 물었다.

"나 대신 좀 해줘, 아스. 난 지금 감당이 안 돼."

"내가 할게. 지금 곧장 출발할게."

리히는 우리를 보고 놀랐지만, 무슨 일이 있었는지에 대해서는 전혀 모르는 얼굴이었다. 아무 이야기도 하지 않고서 우리는 우리 엄마가 기다리는 헤라르트의 집으로 향했다. 리히는 학교에서 뭘 했는지에 관해서 즐겁게 이야기를 늘어놓았다.

내 머리가 핑핑 돌았다. 이걸 어떻게 해야 되지? 이 애한테 제 아빠가 방금 돌아가셨다고 어떻게 말해야 되지?

"우린 할머니를 보러 갈 거야."

내가 말했다.

리히는 할머니를 사랑했고, 아이가 소식을 들을 때 엄마가 함께 있을 거라는 사실에 나도 안도했다.

엄마는 이미 위층 침실에 있었고, 리히가 할머니를 향해 달려갔다.

"할머니!"

나는 아이를 따라갔다.

"안녕, 얘들아."

엄마가 말하고는 리히를 보고 울음을 터뜨렸다.

"왜 그러세요, 할머니? 어디 아프세요?"

아이가 엄마의 손을 잡으며 물었다.

"아니, 얘야. 아픈 게 아니야."

나도 울기 시작했고, 리히가 당황하는 게 보였다. 아이는 뭔가 나쁜 일이 생겼다는 것을 알아챘다. 아이에게 말을 해야 했다. 나는 모든 용기를 끌어모아서 말했다.

"이리 와서 옆에 앉으렴. 너한테 할 얘기가 있단다, 아가."

"엄마가 돌아가셨어요?"

리히가 갑자기 우리가 왜 우는지 깨달은 것처럼 겁먹은 어조로 물었다.

"아니, 아가, 네 엄마가 아니야. 아빠가 돌아가셨어."

내가 간신히 말했다.

그 말을 하는 순간, 심장을 비트는 것같이 끔찍하게 그르렁거리는 소리가 조그만 몸에서 흘러나왔다. 리히가 소리를 지르기 시작했다.

"엄마. 엄마를 보고 싶어요. 엄마는 어디 계세요?"

리히가 울부짖었다.

"엄마는 금방 여기로 오실 거야, 아가. 할머니랑 내가 지금 너랑 같이 있잖니. 날 껴안으렴."

리히는 조그만 팔을 나한테 두르고, 너무 울어 지친 채로 내 품에서 늘어졌다.

"여기요, 엄마, 리히 좀 받아주세요. 전 소냐 언니한테 달리 할 일이 뭐가 있는지 물어볼게요."

소냐 언니와 프란시스는 코르가 총에 맞은 장소로 갔다. 소냐 언니는 형부와 함께 있고 싶고 그 보도 위에서 그를 껴안고 싶었지만, 허가를 받지 못했다. 그들은 법의학적 조사를 하는 중이었고, 언니가 범죄 현장을 훼손하면 안 되기 때문이었다. 형부는 범죄 현장이 되었다. 형부는 거기, 차가운 바닥에, 형부를 사랑하는 누구도 손댈 수 없는 상태로 놓여 있었다.

거기에 더 이상 머무는 것은 의미 없는 일이었다. 프란시스는 우리에게 와서 제 외삼촌과 외숙모, 할머니, 리히와 함께 머물렀다. 소냐 언니는 자기 집으로 갔고, 나는 언니를 따라갔다.

우리는 슬픔에 짓눌린 채로 거기 앉아 있었다. 현관 벨이 울렸다. 빔이었다.

나는 문을 열고 소파로 돌아와서 언니 옆에 앉았다. 우리는 울었다. 빔이 우리 사이에 앉아서 우리에게 팔을 두르고 우리와 함께 울었다.

잠시 후 오빠는 일어나서 떠났다. 우리가 함께 겪은 모든 일을 고려할 때, 그건 옳지 않게 느껴졌다.

우리는 여전히 코르를 보지 못했고, 프란시스는 제 아빠를 보기 위해서 모든 일을 다 했다. 경찰은 까다롭게 굴었지만, 어리고 슬픔에 잠긴 채로 그 애는 경찰을 압박해서 그날 밤 우리가 형부를 볼 수 있도록 허가를 받는 데 성공했다.

소냐 언니와 프란시스, 내가 거기로 갔다. 리히는 집에 남겨놓았다. 소냐 언니는 리히가 오는 걸 바라지 않았다.

우리는 병원에 도착해서 뒷문으로 들어가야 했다. 경찰 두 명이 우리를 기다리고 있었다.

그들은 코르를 보러 가기 전에 충격을 받을 수도 있다고, 폭행을 당해서 원래 모습이 아니라고 경고했다.

프란시스가 아빠를 봐도 괜찮을지 확인하기 위해서 언니와 내가 먼저 들어갔다.

거기, 탁자 위에, 하얀 가운을 입은 형부가 있었다. 탁자 양쪽 끝에는 두 개의 초가 켜져 있었다. 나는 코르의 얼굴과 손을 보았다.

그들은 문자 그대로 그를 갈가리 찢어놓았다.

소냐가 비명을 지르며 코르에게 달려갔다.

"안 돼, 안 돼, 안 돼!"

언니는 양손으로 형부의 머리를 잡고 입술에 키스를 했다.

"일어나, 코르, 제발, 일어나!"

언니는 형부를 깨우기라도 할 것처럼 울면서 그의 머리를 흔들었다.

프란시스가 아빠의 이런 모습을 보지 않는 게 좋을 것 같았지만, 우리의 조언에도 불구하고 그 애는 우리를 따라 시체실로 들어왔다.

"난 봐야 돼요. 안 그러면 아빠가 돌아가셨다는 걸 믿을 수 없을 거예요."

그 애가 말했다.

"그럼 들어오렴."

내가 말했다.

프란시스는 머뭇머뭇 코르에게로 걸어가서 그의 상처 입은 손을 잡아 자신의 뺨에 올렸다.

"아빠, 아빠! 안 돼요, 아빠, 돌아가실 순 없어요!"

눈물을 흘리면서 그 애는 제 아빠의 부러진 손가락에 입을 맞췄다.

나는 형부의 팔에 손을 올리고 그의 얼굴에서 생명의 징후를 찾아보려고 노력했다.

"날 좀 봐요, 형부."

나는 그가 눈을 뜨기를 바라며 속삭였다.

"날 좀 봐요."

더 크게 말했지만, 아무 일도 일어나지 않았다.

코르는 눈을 뜨지 않았다. 다시는 뜨지 못할 것이다.

잠시 후 우리는 나가달라는 요청을 받았다. 우리는 다시 그를 두고 가야만 했다. 한 명씩 차례로 그에게 작별의 키스를 했다.

"내일 봐, 자기."

언니가 말했다.

프란시스와 나는 서로를 쳐다보았다. 언니는 여전히 그가 떠났다는 걸 믿지 못하는 것 같았다.

우리는 집으로 돌아갔다.

그날 밤늦게 현관 벨이 울렸고, 나는 깜짝 놀랐다.

"누구세요?"

내가 물었다.

"나야."

빔 오빠였다.

"소냐, 잠깐 나와 봐."

오빠가 내 머리 위로 소냐 언니를 불렀다. 여전히 충격을 받은 상태로 언니는 좀비처럼 오빠를 따라 나갔다.

30분 후에 언니가 돌아왔다.

"오빠가 뭘 원한대?"

언니가 돌아오자 내가 물었다. 언니는 빔 오빠에 대해 말할 때면 항상 그랬듯이 화장실로 따라오라고 손짓했다. 언니는 우리 대화를 감추기 위해서 헤어드라이어를 켰다. 경찰이 오늘 집 안 전체를 수색했고, 도청 장치를 설치했는지 어떤지 우리는 몰랐다.

"아흐테르담의 지분을 요구했어. 너도 나랑 같은 생각 하니?"

"그런 것 같아."

내가 대답했다.

아흐테르담의 지분. 그걸 가진 사람이 알크마르 시 홍등가의 매춘업소 두 개의 소유주가 된다. 그것은 코르와 빔, 로비가 암스테르담의 홍등가에 하이네켄 몸값을 투자한 이후 함께했던 합동 프로젝트였다. 1996년에 그들이 각자의 길로 헤어진 다음 코르가 아흐테르담의 지분을 가졌다.

"복서, 난 그 매춘업소의 지분이 필요해."

오빠는 소냐 언니에게 그렇게 말했고, 언니는 이제 오빠가 코르의 죽음을 꾸민 거라고밖에는 생각할 수가 없었다.

언니는 오빠에게 지분이 없다고 말했다. 오빠는 펄펄 뛰며 찾아내라고 명령하고는 화가 나서 차에 타고 떠나버렸다.

다음 날 오빠는 다시 왔다. 또다시 언니를 밖으로 데려가서 '위로해'

나의 살인자에게

주었다. 코르는 어차피 쓰레기 개자식이었고, 석 달 정도만 슬퍼하면 슬픔도 끝날 거라면서. 코르는 심각한 알코올 중독자였기 때문에 그가 죽은 게 아이들을 위해서 차라리 축복이라고 말했다. 그리고 그의 지분을 아직 못 찾았는지 물었다. 그리고 아 참, 코르에게 금이 있지 않았나? 그것도 이제 오빠에게 넘겨줘야 한다는 거였다.

언니는 거부할 수 없었지만, 빔 오빠가 코르의 죽음으로 이득을 보도록 놔두지 않겠다고 결심하고는 임기응변으로 꾸며냈다. 코르가 금을 전부 다 팔았고, 금괴가 딱 하나 남았는데 오빠만 괜찮다면 아이들을 위해서 그냥 갖고 있으면 좋겠다고 대답했다.

오빠는 완전히 이성을 잃었다.

"한 개 남았다고?!"

코르만 없어지면 소냐 언니는 쉬운 먹잇감일 거라고 오빠는 생각했지만, 언니는 단호하게 버텼다.

며칠 후, 빔이 전화해서 나에게 좀 만나자고 말했다.

"잘 들어, 아스, 소냐가 필요해. 가서 개를 암스테르담 포레스트 파크로 데리고 와. 스탄리 힐리스에게 스페인에 있는 개 집을 줘야 돼. 청부업자한테는 돈을 지불해야 되니까. 그러니까 가서 개를 데려와. 한 시간 있다가 공원에서 보자."

나는 어이가 없었다. 지금 오빠 말을 제대로 들은 건가? 암살자한테 돈을 지불해야 한다고? 지금 코르 형부의 암살자 이야기를 하는 거야? 소냐 언니가 자신의 남편, 아이들의 아빠를 죽인 자들에게 자기 집까지 살해금으로 내놔야 한다고? 코르가 자기 딸 이름을 따서 빌라 프란시스라고 이름 붙인 그 집을?

나는 서둘러 언니 집으로 가서 오빠가 한 말을 전했다. 언니는 백지장처럼 하얘졌다.

"너도 오빠가 이 모든 일을 꾸몄다는 거 알겠니, 아스?"

"응."

"이제 어쩌지?"

"나랑 같이 포레스트 파크로 가야 돼. 오빠가 우릴 기다리고 있을 거야."

"싫어!"

우리는 공원에 갔다가 무슨 일이 생길까 두려웠다. 우리는 차를 세우고서 오빠에게로 걸어갔다.

"어이, 소냐."

오빠는 나에게 했던 말을 그대로 언니에게 했다.

"스페인에 있는 네 집을 스탄리 힐리스에게 줘야 돼. 청부업자한테는 돈을 지불해야 하니까."

소냐 언니는 이전에 두 번이나 오빠에게 줄 게 아무것도 없다고 말했지만 빔 오빠는 받아들이려 하지 않았다. 오빠는 초조해졌다. 그리고 우리는 오빠의 초조함이 얼마나 금방 폭력으로 변할 수 있는지를 두 눈으로 이미 보았다.

소냐의 슬픔

코르를 묻던 날이었다. 소냐 언니와 나는 굉장히 지쳤고, 언니 침대에 누워서 장례식에 대해 이야기를 나눴다.

"딱 코르가 바랐을 모습 그대로였어."

언니가 말했다.

"응, 나도 그렇게 생각해. 형부는 굉장히 좋아했을 거야."

내가 전등 스위치를 껐다.

"이제 자자."

5분도 지나지 않아서 어둠 속에서 소냐 언니의 목소리가 들렸다.

"네가 그랬어, 아스?"

"뭐를, 언니?"

"아니, 아니라고 생각은 하지만 확실히 하고 싶었어."

"무슨 말이야?"

내가 물었다.

"코르가 나한테 키스했어. 그이의 입술이 내 입술에 느껴졌어."

"언니 괜찮아? 정신이 약간 이상해진 건 아니지?"

나는 걱정이 됐다.

"전혀 아니야. 정말로 그이가 아직 여기 있어. 그이는 우리만 놔두고 떠나지 않을 거야. 내가 기적 같은 건 믿지 않는다는 거 너도 알잖아. 하지만 이건 진짜야. 그이가 나한테 와서 키스를 했어."

나는 언니가 하는 말을 이해했다. 나도 방 안에서 형부의 존재를 느꼈다. 이성적인 사람으로서 나는 그것을 인정하고 싶지 않았지만, 언니가 말을 하고 나니까 나도 확신할 수 있었다. 형부는 아직 여기 있었다.

"좋은 꿈 꿔, 코르."

소냐 언니가 말했다. 나는 잠깐 조용히 있다가 따라 말했다.

"좋은 꿈 꿔요, 형부."

코르가 살해당한 후 거의 즉시 나는 소냐 언니네 집으로 들어갔다. 언니와 함께 살면서, 이제 형부가 없으니 빔 오빠가 언니의 삶을 어떻게 좌지우지하는지를 직접 보았다. 언니의 집이 오빠 집이었다. 오빠는 아무 때나 들락날락하며 클레퍼르와 미레멋 일당에게서 받은 선물을 데려왔다. 산드라였다.

언니는 오빠가 다른 여자들과 있는 시간을 방해받지 않도록 그녀를 돌봐야 했다. 소냐 언니가 못 할 때에는 프란시스가 대신 해야 했다.

언니가 돌봐줘야 하는 여자는 산드라 하나가 아니었지만, 언니는 산드라를 가장 격하게 싫어했다.

그리고 오빠의 여러 여자들을 접대하는 것만이 언니의 유일한 임무가 아니었다. 오빠의 목숨이 위험해지면 오빠가 원하는 때마다 언니가 오빠의 방탄 차량을 몰고 오빠를 여기저기 데려다줘야 했다. 언니는 도청 장치나 폭탄을 아래에 설치할 수 없도록 길거리가 아니라 암스텔베인의 차고에 주차해놓은 차를 가지러 가야 했다.

"정말로 얄궂은 일 아니야, 언니? 수많은 사람들 중에서 언니가 오빠가 살아남는 걸 도와주고 있다니."

오빠가 어디에 가야 해서 언니가 갑자기 저녁 식사를 못 하게 된 날 내가 말했다.

"가끔은 미칠 것 같아."

언니가 대답했다.

"어떻게 버티고 있어?"

"아이들을 위해서 하는 거야. 아이들 덕택에 살아가는 거지. 애들이 없었으면 오래전에 자살했을 거야. 코르 옆으로 기어들어가서 그냥 죽었겠지."

언니가 식탁에서 일어났다.

"오빠가 나한테 어디 있느냐고 하기 전에 가야겠어."

장례식 직후에 빔 오빠가 나한테 말했다.

"있잖아, 아스, 이게 최선이야. 걔네는 두 달쯤 울겠지만, 그러고 나면 잊을 거야. 그 돼지 같은 놈은 어차피 망할 개자식이었어."

오빠는 언니한테도 똑같은 말을 했고, 나중에 엔드스트라의 뒷좌석 대화를 담은 기록에서도 나는 똑같은 문장을 읽었다.

그러면서도 장례식 날에 오빠는 우리와 함께 소파에 앉아서 모든 사람에게 자신의 슬픔을 보여주었다. 엄청난 배우였다.

그리고 '기부'도 했다. 소냐 언니와 장의사가 그때까지 언니가 아직 내지 못했던 금액 약간을 놓고서 이야기하는 것을 엿듣고 빔은 즉시 자신의 알리바이를 강화할 기회를 잡았다. 그래서 나에게 자기 계좌에서 돈을 가져가라고 시켰고, 나중에 모든 사람에게 자신이 장례식 경비를 댔다고 말했다.

그 직후에 오빠는 나를 스탓하우데르스 부두로 불러냈다.

"나랑 좀 걷자. 새로운 소식은 없어?"

오빠가 물었다.

"아니, 없어."

"좋아, 알았어. 있잖아, 아스, 내가 장례식 때 내준 돈 말이지, 난 그게 돈 낭비라고 생각한단 말이야. 그건 깨끗한 돈이니까, 도로 내 계좌에 넣어줘야 될 거 같아."

나는 배 속이 뭉치는 걸 느꼈다. 지금 오빠가 낭비라고 말한 건가? 그래, 물론 이제 와서는 "낭비"겠지. 오빠는 이미 목적을 달성했다. 사방에 자신이 돈을 냈다고 광고했고, 범죄 세계에서는 아주 편리하게도 자신이 모든 경비를 다 댔다고 선언하고 다녔다.

"난 사실상 걔한테 돈을 빌려준 거야, 안 그래? 걔가 돈이 모자라서 말이지."

갑자기 이제는 그게 대출이 되었다. 그래, 그러라지. 어차피 언니는 오빠한테서 돈을 받을 마음이 없었다.

그 돈을 안 받았다가는 우리가 오빠를 범인이라고 생각한다는 걸 오빠가 알아챌까 봐 두려워서 나는 언니에게 그 돈을 받으라고 설득했다.

바로 그날 오빠 계좌로 돈이 들어갔다. 소냐 언니는 그 돈을 오빠에게 돌려줄 수 있어서 안도했다.

코르의 목숨을 노린 공격으로 형부와 언니, 아이들은 평범한 가족처럼 살 수가 없었다. 1996년 첫 번째 살해 시도 이후로 가족이 함께 모이는 건 더 이상 쉽지도, 평범하지도 않은 일이 되었다.

오랫동안 소냐 언니와 아이들은 여러 은밀한 장소에서 형부를 아주 잠깐만 만났다. 코르는 매번 살해 시도가 지나갈 때마다 점점 더 술을 많이 마시기 시작했다. 온갖 힘든 일들에도 불구하고 그들은 사랑과 믿음, 아이들, 그들이 함께 겪은 모든 일들을 통해서 25년 동안 하나로 뭉쳐서 함께 지냈다.

코르의 죽음이 그 시기를 끝냈다. 언니는 이보다 더 큰 상실감이 없을 거라고 생각했다.

하지만 언니가 틀렸다.

장례식을 치르고 며칠 후에 홀란트에서 가장 유명한 탐사 보도 기자 중 한 명이자 코르의 친구였던 페터르 R. 데 프리스가 언니를 보러 왔다. 우리는 언니의 식탁에 앉아서 이야기를 나누었고, 그는 코르에 대해서 할 이야기가 있는데 그걸 말해주는 게 옳은 일인지 잘 모르겠다고 말했다. 그는 언니에게 아무것도 감추고 싶지 않지만, 언니가 알고 싶어 하지 않을 수도 있다고 덧붙였다.

"당연히 나도 알고 싶죠."

언니가 말했다.

"음, 좋아요. 코르가 내 사무실의 누구하고 바람을 피우고 있었어요."

소냐 언니의 얼굴이 새빨갛게 변했지만, 언니는 차분한 태도를 유지했다. 언니는 어떻게 된 거냐고 물었고, 페터르의 대답을 들은 다음에 말했다.

"나한테 솔직하게 말해줘서 고마워요. 이제 왜 장례식에서 몇몇 사람들이 그렇게 수상쩍게 행동했는지 이해가 가네요."

페터르가 떠나고 문이 닫히자마자 언니는 걷잡을 수 없이 울기 시작했다.

"그 개자식! 어떻게 나한테 그런 짓을 할 수가 있어? 2년 동안이나 바람을 피우고 있었다니!"

코르가 성자가 아니라는 건 언니도 잘 알았다. 몇 번이나 매춘굴에서 끌고나온 적이 있으니까. 하지만 이건 달랐다. 이건 오래된 관계였고, 형부는 언니에게 그런 짓을 한 적이 한 번도 없었다. 형부는 이 여자를 니흐테베흐트에 있는 형부 집과 스페인에 있는 언니의 집으로 데려갔고, 언니 침대에서 함께 시간을 보냈다.

이 관계에 대해서 알고 나서 언니는 그 여자가 어떻게 생겼는지 보고 싶어 했다.

코르의 바람을 알게 된 언니의 슬픔은 프란시스에게도 분명하게 보였다. 그 애 역시 이 여자가 어떻게 생겼는지 알고 싶어 했다.

우리는 페터르에게 가서 그 여자의 사진이 있는지 물었다.

"네, 아마 있을 거예요."

페터르가 대답했다.

"볼 수 있을까요?"

언니가 물었다. 그는 사진을 찾아서 소냐 언니에게 주었다.

돌아오는 길에 언니는 조용했다.

"기분 어때, 언니?"

내가 물었다.

"마음이 너무 아파. 난 바보 노릇을 하고 살았어. 2년 동안이나. 나만 빼고 모두가 알았어. 등에 칼을 맞은 기분이야."

"그래, 이해해."

내가 말했다.

"아니, 아스, 넌 이해 못 해. 넌 얍이 바람을 피웠을 때 정면으로 맞설 수 있었잖아. 그에게 소리를 지르고, 때릴 수 있었어. 난 그렇게 할 수가 없어. 코르는 떠났고, 난 이 엄청난 분노와 이해가 안 되는 것들을 안은 채 남겨졌어. 그게 그이에게 가장 화가 나. 넌 이게 어떤 기분인지 전혀 몰라."

집으로 돌아가서 언니는 곧장 침대로 갔다. 우리는 밤새 언니가 우는 소리를 들었다.

다음 날 아침, 언니는 토스트와 잼을 가져와서 내 침대에 앉았다.

"아스, 나 신중하게 생각을 해봤어. 25년 동안의 추억을 그런 일로 망가뜨리지는 않을 거야. 다 지나간 일이고, 그런다고 내가 그이를 덜 사랑할 것도 아니니까."

3부

숨겨진 의도

2011 - 2013

계획을 세우다

2011

1983년 맥주업계의 거물 프레디 하이네켄과 그의 운전사 아프 도데러르의 납치는 무자비한 범죄자로서 빔의 명성을 확고하게 만들었다. 그들의 무지막지한 행동에 대한 이야기는 전 세계를 충격에 빠뜨렸다. 1992년에 석방된 뒤 오빠는 부동산 재벌들에게 위협이 되었다. 이후 수년 동안 암스테르담의 부동산 업계와 범죄 세계에서는 수많은 청부 살인 사건이 이어졌다. 그리고 매번 살인을 지시한 사람으로 오빠 이름이 언급되었다. 모두가 오빠를 두려워했다. 그리고 우리는 그 사람들 전부보다 더욱 두려웠다. 우리가 오빠를 제일 잘 아니까.

2003년 1월 24일, 암스텔베인 길거리의 차가운 돌바닥 위에서 코르의 삶이 끝났다. 형부는 중국 음식점에서 친구 로베르트 터르 하크와 약속이 있었고, 잠깐 이야기를 하느라 서 있다가 오토바이를 탄 두 남자가 우르르 쏜 총알에 맞았다.

소냐 언니와 나는 누가 코르에게 그 총을 쐈는지는 모르지만, 살인자가 누군지는 알았다. 우리도 똑같은 운명을, 빔 오빠가 계속해서 상기시키는 그런 운명을 맞이하지 않을 거라는 보장은 전혀 없었다.

"내가 어떻게 할지 너희도 알지, 응?"

오빠는 우리가 우리 인생의 방향을 결정하려고 할 때마다 그렇게 협박했다.

그래, 우리가 오빠 말을 무조건 따르지 않으면 오빠가 어떻게 할지 잘 알았다. 빔과 우리 관계의 모든 것은 폭력에 대한 두려움에 의해 통제되었고, 그래서 우리는 오빠의 지배하에 살았다. 우리는 늘 살얼음판 위에 있었고, 오빠의 다음 희생양이 되지 않기 위해서 모든 걸 했고, 오빠와의 삶에서 살아남기 위해서, 그리고 무엇보다도 입을 다물기 위해서 애를 썼다.

하지만 우리는 매일같이 코르를 배신하는 기분을 느꼈다. 그의 살인범과 함께 시간을 보내는 게 더러운 짓처럼 느껴졌다. 우리는 빔이 코르와 우리에게 한 일에 대한 대가를 치르기를 절실하게 바랐으나 그에게 맞서서 행동을 취할 용기는 없었다. 계속되는 살인에 우리는 점점 더 겁을 먹었다. 코르처럼 자신들이 오빠와 친구라고 생각했던 많은 사람들이 살해되었다.

경찰에 간다는 건 선택 가능한 일이 아니었다. 우리가 경찰에 이야기했다는 걸 빔이 알게 되면, '즉시 문제를 처리할' 게 분명했다. 그리고 오빠가 알게 될 가능성은 엄청나게 컸다. 오빠는 종종 우리에게 자신과 관련된 조사에 대해 알려주는 경찰 조직 내의 부패한 연락책, 밀고자에 대해서 말하곤 했다. 아니, 오빠는 1초도 주저하지 않고 우리를 죽일 것이다.

오빠에 관해서 경찰에 이야기한 사람은 아무도 살아남지 못했다.

부동산 거물이었던 빔 오빠의 친구 빌럼 엔드스트라는 경찰차 뒷좌석에서 비밀리에 열네 번이나 진술을 했다. 그 진술로 딱히 결과가 나오지 않았음에도 오빠는 그것을 알아냈다.

엔드스트라는 살해당했다.

범죄자 케이스 하우트만은 경찰에 비밀 진술을 했다. 그는 자기 집 문 앞에서 살해되었다.

어떤 식으로 상황을 봐도 우리는 늘 같은 결론에 도달했다. 오빠를 상대로 행동을 취했다가는 우리 인생이 끝장날 것이다. 우리가 바랄 수 있는 거라고는 법무부에서 언젠가 오빠를 기소하는 것뿐이었다. 하지만 빔 오빠는 계속 자유인으로 살았고, 더 나쁘게도 언론이 "홀레이더르 스쿠터"라고 부르기 시작한 베스파를 타고 돌아다녔다. 오빠는 손댈 수 없는 사람 같았다.

오빠가 체포된 것은 2006년이 되어서였다. 빌럼 엔드스트라, 케이스 하우트만, 오빠의 또 다른 오랜 친구인 토마스 판 데르 베일의 살해가 아니라 '겨우' 갈취, 폭행, 협박 혐의였다.

빔은 코르를 안 것만큼 오래 토마스를 알고 지냈다. 토마스는 코르에게 친구 이상이었다. 그는 형제와도 같았고, 그러므로 가족의 일원이었다. 그는 모든 중요한 가족 모임에, 모든 중대한 행사 뒤에 코르와 함께 있었다. 하이네켄 납치 뒤에 도주용 차로 쓰라고 코르와 빔에게 자기 차를 내주었던 순간부터 코르의 장례식에서 관을 나르던 때까지.

토마스는 빔과 코르가 저지른 모든 범죄의 목격자였다. 그는 지하세계에서 코르와 항상 같이 있었고 많은 사건에서 그를 도왔다. 그와 코르의 가족 중 한 명이 파리에서 하이네켄 몸값을 파냈고 추적 표시

된 돈을 세탁해서 투자할 수 있도록 만들었다. 그는 아흐테르담의 가게들을 운영하고 암스테르담 홍등가의 회사들을 청소하는 일을 맡았다.

토마스는 전적으로 믿을 수 있었다. 그는 무덤만큼이나 조용했다.

코르가 죽기 전 마지막 2년 동안 그들의 관계는 점점 더 큰 압박을 받았다. 코르는 언제나 술을 많이 마셨고, 두 번의 살해 시도와 빔의 배신 이후로는 심각한 알코올 중독이 되었다. 형부의 밝은 성격이 음울한 면에 밀려났다.

예를 들어 오랜 친구였던 토마스는 코르가 돈 한 푼 없던 시절부터 알던 사이였다. 하지만 새 친구들은 술에 취하면 계산서를 집어 들고 사람들에게 돈을 뿌리는 코르만을 알았다. 코르는 사람들에게 돈을 주거나 돈을 벌어줄 방법을 찾았고, 특정한 부류의 사람들이 그런 부분에 달라붙었다. 그리고 코르는 그러게 놔두었다. 돈을 받는 친구들은 술에 취해 불쾌하게 군다고 해서 떠나지 않기 때문이다. 이로 인해 코르는 참아주기 힘든 사람이 되었다. 그에게는 천 길더에 그의 발치에 키스하는 '친구들'이 있었다. 그런 사람들이 줄을 섰다.

토마스는 그런 행동을 참아주지 못했지만, 코르는 나아지지 않았다. 형부도 나아지고 싶어 했지만 그러지 못했고, 형부가 죽기 직전에 토마스는 이제 됐다는 결론을 내렸다. 그들의 20년 우정이 식었다.

그 우정의 기간 내내 토마스는 코르뿐만 아니라 소냐 언니를 위해서도 옆에 있어주었다. 코르와 빔이 체포되었을 때 언니에게는 돈이 한 푼도 없었다. 언니는 파리의 라 상테 교도소로 코르를 보러 가기 위해서 있는 돈 없는 돈을 전부 끌어 모아야 했고, 토마스가 돈을 보태주었다. 차에 기름을 넣을 돈도 없는 언니를 위해 토마스가 언니 차를 다른 차 옆에 대고서 그 차에서 기름을 빼내 언니 차에 넣어주었다.

코르의 목숨이 위험해지고 가족들이 더욱 조심해야 하는 상황이 되자 토마스는 형부가 원하는 곳으로 언니를 데려다주었고, 코르와 소원해진 이후에도 충실하게 그 일을 계속했다. 형부가 대체로 교도소에 가 있거나 숨어 있었기 때문에 소냐 언니의 집에는 남자가 있는 경우가 거의 없었다. 설령 형부가 있어도 손재주가 어지간히 없어서 전구 하나도 갈지 못했다. 그래서 집 안의 소소한 일을 처리하는 것도 토마스가 도와주었다. 그는 언제나 언니를 위해서 옆에 있었다.

토마스는 빔 오빠를 좋아하지 않았다. 빔이 늘 말하듯이 코르가 열여섯 살 때 토마스의 여동생 아네커와 만나다가 빔의 여동생인 소냐 때문에 헤어져서는 아니었다. 코르가 소냐와 만나며 아네커를 배신했고 아네커를 만나며 소냐를 배신한 건 사실이었다. 하지만 소냐 언니가 임신을 하면서 그 상황에 종지부가 찍혔다.

그러나 이 모든 잡다한 일들은 세 명 모두 아직 어릴 때 일어났다. 소냐와 아네커는 나중에 학교 운동장에서 학부모로 함께 시간을 보냈다. 프란시스가 아네커의 딸 멜라니와 학교에서 점심시간에 놀 때면 아네커가 팬케이크를 만들어주었다. 여자들은 오래전에 관계를 정상적으로 되돌렸다. 오랜 상처 같은 건 전혀 없었고, 토마스가 빔 오빠를 좋아하지 않을 만한 이유도 없었다. 토마스는 빔 오빠의 성격 때문에 오빠를 좋아하지 않았던 거였다.

마찬가지로 빔 오빠도 토마스를 한 번도 좋아한 적이 없었다. 왜냐고? 토마스가 예전에 빔의 당시 여자친구였던 베피를 암스테르담에서 호텔 보베까지 데려다줬기 때문일 수도 있다. 빔을 만나러 가던 베피는 몇 시간 동안 토마스와 한 차에 있었고, 빔은 나중에 자기 딸 에

비가 자신의 핏줄이 아니라 토마스의 딸일지도 모른다고 이야기했다. 나는 오빠가 아무도 좋아하지 않기 때문에 그저 토마스도 좋아하지 않은 게 아닐까 생각한다.

하지만 토마스는 마지막까지도 코르와의 우정에 충실했다. 술을 마시고, 파티를 하고, 사람들에게 돈을 뜯고 사는 경박한 코르에게는 관심이 없었다 해도 그는 그들의 우정을 지켰다. 그래서 코르가 살해당한 후 토마스는 그를 지지하고 그의 죽음에 책임이 있는 사람들에게서 등을 돌렸다. 그리고 노골적으로 빔이 코르를 살해했다고 비난했다.

친구를 위해 정의를 바로 세우겠다는 일념으로, 절대로 말하지 않던 토마스가 말을 하기 시작했다. 토마스는 이에 따른 위험을 잘 알고 있었지만 자신은 안전하다고 생각했다. 이 무렵에 빔은 갈취죄로 유죄 판결을 받고 갇혀 있었기 때문이다. 그가 몰랐던 건 빔이 들어가기 전에 이미 토마스에 대한 제거 명령을 내려놓았다는 거였다. 그래서 2006년 4월 20일에 토마스가 살해된 것이다. 프레드 로스라는 남자가 토마스의 암살 혐의로 기소되어 유죄 판결을 받았다.

빔의 희생자 중 두 사람, 토마스 판 데르 베일과 빌럼 엔드스트라를 비롯해 더 많은 사람이 경찰에 자신들이 살해당할 수 있다고 이야기했다. 두 사람 다 살아생전에 범인을 지목했다.

그래도 경찰은 단 한 건의 살인도 기소할 만한 증거를 찾아내지 못했다.

빔은 가볍게 풀려났다. 그는 갈취죄로만 형을 받고 9년이라는 짧은 시간을 복역했다.

우리에게는 오빠가 구금되었다고 달라지는 게 전혀 없었다.

오빠는 철창 뒤에 있었지만, 여전히 우리가 두려워할 만한 엄청난 연줄을 쥐고 있었다. 우리는 교도소의 벽도 오빠에겐 장애가 되지 않는다는 걸 알았다. 토마스 판 데르 베일의 죽음이 그 증거였다.

국내에서 가장 삼엄한 교도소에 갇혀 있는 와중에 누군가를 죽인다는 것은 우리에게는 절대적인 힘의 표명이었다. 그래서 우리는 오빠가 원하는 대로 살았다. 오빠의 통제에 따라 산 것이다. 우리는 하루 24시간 오빠를 위해 대기했다. 침묵을 지켰다. 그리고 매일 코르를 배반하는 것 같은 기분을 느꼈다.

2006년부터 2011년까지 우리는 법무부가 코르의 죽음과 다른 살인들에 대해 빔을 기소할 만큼 많은 증거를 찾을 수 있기만을 필사적으로 바랐다. 이 무렵 청부업자 몇 명이 기소되었지만, 빔은 아니었다. 아무도 오빠를 상대로 증언할 용기가 없었다.

청부업자 중 한 명이었던 페터르 라 세르퍼는 예시 레머르스와 함께 케이스 하우트만을 죽였다는 것을 인정했다. 자백의 대가로 법무부는 그에게 새 신분과 필요한 모든 보호를 해주는 데 동의했지만, 그조차도 공개적으로 빌럼 홀레이더르에 대해 진술하지는 못했다. 라세르퍼는 은밀하게 케이스 하우트만 살해를 지시한 사람으로 빌럼을 지목했지만, 이 진술은 공식적인 증언에서 제외해 달라고 요청했다. 자신과 가족들의 목숨이 위태로워질 것이 두려워서였다. 다시금 빔은 살인에서 빠져나갔다.

그러다 2011년 2월에 스탄리 힐리스가 살해되었다. 그는 2006년 오빠가 교도소에 갇히기 전까지 오빠의 범죄 파트너였다. 빔은 항상 그를 노인네라고 부르며 존경하는 어조로 말했다. 오빠는 자기보다 더 무자비한 사람에게만 경탄하곤 했다. 힐리스는 전 세계적인 연줄을 가진 영향력 있는 범죄자였다. 빔은 다른 사람들에게 자랑스럽게 그 이야기를 했다. 유고슬라비아에서 그는 거물이었고, 유고슬라비아인 일개 군단을 불러올 수도 있으며, 심지어 탱크도 두 대나 갖고 있었다.

빔 오빠는 우리에게 엔드스트라를 갈취하고 제거하는 데에 힐리스가 어떻게 관련되었는지 이야기해주었다. 오빠 말에 따르면 힐리스가 엔드스트라와의 마지막 만남에서 "그는(엔드스트라) 더 이상 돈을 낼 수 없다"라고 결정한 인물이었다. 그 말은 돈을 낸다고 해서 더 이상 엔드스트라의 목숨을 살려주지는 않을 거라는 뜻이었다. 그는 살해될 것이다. 힐리스가 자유롭게 빔 오빠의 더러운 일들을 처리해주는 동안 나는 빔을 상대로 증언하고 살아남는다는 건 불가능한 일이라는 사실을 받아들였다.

하지만 힐리스가 죽어서 오빠에게는 강력한 아군이, 교도소에 있는 동안에도 의지할 수 있는 사람이 없어졌다.

이때 처음으로 소냐 언니와 나는 빌럼 오빠를 상대로 증언하는 것을 진지하게 고려하게 되었다.

행동을 하고 싶다면 빔 오빠가 석방되는 2012년 1월 이전에 해야만 한다고 나는 생각했다. 최소한 지금은 오빠가 아직 교도소에 있고, 범죄자 집단을 통해 알아낸 정보와 오빠를 면회 가서 알아낸 정보에 따르면 범죄 세계에서 오빠의 입지는 상당히 약화되어 있었다. 하지만 교도소에서 나오자마자 오빠는 순식간에 꼭대기 자리를 되찾을 거고, 그러면 증언은 불가능해질 것이다.

소냐 언니도 내 주장을 받아들였다.

우리는 페터르 데 프리스에게 조언을 구하기로 했다.

언니와 나는 페터르가 다른 누구보다도 우리가 생각하고 있는 조치를 잘 평가해줄 거라는 데 동의했다. 범죄 기자로서 그는 법무부가 증거를 모으지 못했던 수많은 사건들을 해결했다. 그는 우리 가족 전부를 알았고, 빔 오빠의 성격을 알았고, 코르가 죽기 전까지 코르와 굉장히 친한 친구였다.

2003년 코르가 죽은 이후 페터르는 코르의 다른 친구라는 작자들과 달리 코르의 아이들에게 지속적으로, 무조건적인 관심을 기울인 유일한 사람이었다. 페터르는 빔과의 우정에는 관심이 없었다. 그래서 우리는 그가 빔에게 우리 대화에 대해 말할 걱정을 할 필요가 없었다.

언니와 나는 우리가 아는 것을 페터르와 공유할 경우 발생할 모든 위험 요소에 대해서 의논했다. 나의 유일한 의문은 그가 어쨌든 기자라는 거였다. 그는 코르와의 우정에도 불구하고 공동 납치범이었던 프란스 메이예르를 추적하지 않았던가? 어쩌면 우리 이야기의 기사로서의 가치가 우리의 우정을 능가할 수도 있었다. 그러면 우리 목숨이 위험해질 것이다. 하지만 언니는 페터르를 조금도 의심하지 않았다.

"그 사람은 절대로 그러지 않을 거야, 아스. 절대로 우리를 배신하지 않아. 그 사람은 빔 오빠가 어떤 사람인지 알고, 우리가 얼마나 위험한 입장인지도 알아. 내 말 믿어, 그 사람은 안 그럴 거야."

"하지만 무심코 뭔가 얘기를 흘리면 어떡해? 해를 입힐 뜻은 아닐 테지만, 언니도 오빠가 어떤지 알잖아. 이웃 사람이든, 빵집 주인이든, 제일 친한 친구든, 아니면 최악의 적이든, 오빠는 모든 사람을 자기편으로 끌어들여서 그들이 알아채지 못하는 사이에 가장 깊은 비밀까지 모든 정보를 다 알아낸다고. 그런 위험을 감수할 수는 없어."

"아스, 페터르는 바보가 아니야. 그 사람은 25년이 넘게 빔 오빠를 알았고, 오빠가 어떤 사람인지 알아. 이제는 누군가를 좀 믿어봐야 할 때야. 그리고 난 페터르를 백 퍼센트 믿어."

언니가 말했다.

"좋아. 나도 믿어볼게. 언니가 괜찮다고 하면 해보지, 뭐."

그래도 여전히 나는 가족의 일원이 아닌 사람에게 이야기를 털어놓는 것이 두려웠다. 언니와 나는 우리가 아는 것을 외부인에게 한 번도 말한 적이 없었다.

언니는 페터르에게 언니 집으로 와달라고 했다. 우리는 도청 장치에 녹음되는 걸 피하기 위해 같이 산책을 하자고 말했다.

"페터르, 우리가 무슨 얘기를 해주면 그걸 다른 데 가서 말하지 않을 수 있겠어요? 출간해서도 안 되고요. 그렇게 하면 우리가 위험해질 테니까요."

소냐 언니가 말했다.

"물론이죠. 두 사람이 원치 않는다면 그건 우리 사이의 비밀로 남을 거예요."

페터르가 말했다.

언니가 나를 보고 말했다.

"네가 말해."

내가 입을 열었다.

"페터르, 우린 빔 오빠가 코르의 살해를 지시했다는 사실을 꽤 오랫동안 알고 있었고, 더 이상은 그 사실을 안고 살아갈 수 없다는 이야기를 하려고 해요. 오빠가 자신이 저지른 짓에 대한 대가를 치르길 원해요. 우린 오빠가 석방되기 전에 법무부에 갈 계획이에요. 그런 명령을 내린 죄로 체포되길 바라거든요. 오빠가 영원히 교도소에 갇혀야 한다고 생각해요. 코르 형부만이 오빠의 유일한 희생자가 아니에요. 오빠는 사회의 위협이에요. 오빠가 석방되고 나면 또다시 사람들을 죽이기 시작할까 봐 겁이 나요. 그래서 우리가 아는 모든 것에 대해서 진술을 하고 싶은데, 우선은 당신의 의견을 듣고 싶어요."

페터르는 놀라지 않았다. 오히려 슬퍼 보였다. 그는 우리 이야기가 사실이 아니기를 바라는 것처럼, 우리가 이런 일을 겪으며 살아온 게 아니기를 바라는 것처럼 세세한 것들을 물었다. 하지만 우리의 대답과 설명은 이게 우리의 현실이었음을 분명하게 보여주었고, 그는 침묵에 잠겼다.

페터르는 법무부에 간다는 우리 계획이 너무 위험하다고 생각했다. 그는 우리와 프란시스, 리히를 걱정했다.

"엔드스트라와 토마스를 봐요. 그들도 법무부와 이야기를 하고서 살아남지 못했어요."

페터르가 말했다.

"하지만 그때는 오빠가 게임의 꼭대기에 있었을 때고, 오빠랑 스탄리가 아직 바깥에 있던 때잖아요. 지금 오빠는 교도소에 있고 오빠의 연줄은 전부 다 사라졌어요. 행동을 취하길 원한다면 지금뿐이에요."

내가 페터르에게 말했다. 하지만 그는 여전히 납득하지 못했다.

"당신들은 빔이 여전히 어떤 일을 할 수 있는지 몰라요. 이건 엄청난 도박이고, 당신들은 위험 정도를 제대로 파악할 수가 없어요."

나는 실망했지만, 그 말이 사실이라는 것도 알았다. 우리 이야기를 한다는 건 자살행위일 것이다. 마침내 진실을 말한다는 데에서 오는 안도감은 곧 우리가 안고 살아야 하는 두려움과 위험에 짓눌릴 것이다.

나는 이 주제가 끝났다고 생각했지만, 그때 페터르가 질문을 했다.

"빔이 이 정보를 당신들에게 알려줬다는 사실을 어떻게 입증할 수 있어요?"

어떻게 입증하느냐고? 그게 도대체 무슨 종류의 질문이지? 내가 그걸 그냥 만들어냈다는 건가? 왜 사람들이 내 말을 안 믿겠어? 내가 쓸데없이 내 목숨을 위태롭게 만들고 싶을 것 같은가?

하지만 페터르가 옳았다. 내가 아는 모든 걸 다 말했다고 해보자. 그걸로 빔이 정말 유죄 판결을 받는다는 보장은 없었다. 연기의 달인인 빔은 나에게 말했던 모든 것을 그냥 부인할 거고, 나에게는 그걸 증명할 근거가 없었다. 내가 오빠를 그렇게 두려워한다면 왜 오빠와 그렇게 많은 시간을 함께 보냈는가? 왜 오빠가 여동생에게, 한낱 여자에게 범죄 활동을 고백했겠는가? 빔 오빠는 사실을 왜곡하고 오빠가 부당하게 교도소에 들어가면 내가 이득을 얻을 것처럼 보이게 하기 위해 무슨 짓이든 할 것이다.

페터르가 다시금 옳았다. 나는 빔이 자신의 범죄 사실에 대해 나에게 고백했다는 것도, 오빠가 수많은 살인을 지시했다고 말한 것도 입증할 수가 없었다. 그 증거가 없으면, 오빠의 거부할 수 없는 매력 때문에 아무도 내 말을 믿지 않을 것이다. 설령 그들이 내 말을 믿는다 해도 내 주장을 뒷받침하는 확고한 증거가 있어야 한다는 문제는 여전히 남았다.

소냐 언니는 페터르의 주장을 즉시 받아들였다.

"페터르가 그렇게 말하면 우린 하지 말아야 해. 페터르가 전문가잖아. 이 사람은 빔 오빠를 잘 알고 종종 경찰에 협조하기도 했어. 페터르한테 조언을 구해서 다행이야. 하지 말자."

"법무부에서 처리하게 그냥 놔둬요."

페터르가 말했다.

하지만 더 많은 증거가 없이는 그들끼리만 그걸 "처리할" 수가 없었다. 나는 이 문제를 내 손으로 직접 처리하기로 했다.

빔 오빠는 몇 년 동안 나를 자문으로 이용했다. 나는 범죄 업계의 생리를 알았고, 내가 형사 변호사가 되자 오빠는 내 가치를 인지하기 시작했다. 나는 완벽한 조합이었다. 사업적 지식을 갖고 있으면서 범죄자처럼 생각하는 사람. 거기다가 가족이라는 관계 덕택에 오빠는 나의 무조건적인 충성심과 침묵을 확신할 수 있었다.

몇 년 동안 나는 오빠의 짜증나는 여동생에서 확고한 의논 상대로 발전했다. 오빠는 나와 점점 더 많은 것들을 나누기 시작했다.

나는 이게 딱히 기쁘지 않았지만, 내가 선택할 수 있는 일도 아니었다. 우리 관계를 결정하는 것은 내가 아니었다. 빔은 자기 내키는 대로 나를 찾아왔고 그것은 나를 써먹을 수 있는 경우만이었다. 내가 뭘 필요로 하는지는 중요하지 않고, 오빠의 요구만이 중요했다. 그래서 오빠를 삶에서 밀어낼 수가 없는 거였다. 언제 만날지는 오빠가 결정하고, 그러면 시간을 비워야만 했다. 안 그러면 오빠가 찾아와서 사교 생활이나 직장 생활을 엉망으로 만들어놓을 것이다. 그러면 다음에는 시간을 무조건 내야 한다는 걸 깨닫게 된다. 저항하면 오빠는 공격할 것이다.

"내 편이 아니면 내 적이야."

그러면 안 좋은 결말을 맞게 될 것이다.

그래서 나는 오빠와의 연락을 피할 수가 없었다. 가능한 한 오래 오빠에게 도움되는 사람으로 여겨지고, 오빠의 적이 되지 않기 위해서 나는 신뢰받는 자문이라는 지위를 받아들였다. 오빠는 나에게 의지할 수 있었다. 최소한 오빠가 그렇게 생각하는 것이 중요했다.

빔 오빠가 곧 교도소에서 나올 것이다. 오빠의 석방이 눈앞이니 오빠를 철창 뒤에 넣어둘 만큼 많은 증거를 얻을 수 있도록 나는 그 입지를 더 넓히도록 노력해보기로 했다. 그리고 코르가 나를 돕기라도 한 것처럼 나는 곧 내 계획을 시작할 기회를 얻게 되었다.

2011년 말, 빔 오빠가 석방될 준비를 하던 와중에 오빠와 마찬가지로 빌럼 엔드스트라를 갈취한 혐의로 투옥된 디노 수럴과 오빠 사이에 사건이 터졌다. 수럴은 자신은 아무 일도 하지 않았음에도 빌럼이 엔드스트라에게 가짜로 수럴의 이름을 팔고서 그를 갈취하는 식으로 자신을 이용했다고 주장했다. 그는 빌럼을 증인으로 부르고 싶어 했고, 변호사를 통해서 이에 응할 용의가 있는지 물었다.

빔은 엔드스트라를 갈취했다는 걸 인정하지 않았고 앞으로도 그럴 마음이 없기 때문에 거절했다. 빔이 자신을 부당하게 연루시켰다고 주장하는 수럴의 진술의 신빙성을 떨어뜨리기 위해 빔은 사건을 자기 나름대로 왜곡시켜 이야기했다. 수럴이 빔을 협박해서 '가짜 진술'을 하게 했다는 거였다. 오빠는 일부러 자신의 변호사와 나에게 교도소 전화로 전화해 이 이야기를 요란하게 떠들었다. 법무부가 자신의 이

나의 살인자에게

야기를 듣게 해, 수럴이 빔을 상대로 증언할 경우에 자신의 알리바이로 삼기 위해서였다. 오빠는 이렇게 하면 지하세계에서 그리 좋게 보이지 않을 거라는 걸 알았고, 실제로 오빠의 범죄 동료 몇 명은 오빠가 배신자라고 생각했다.

빔은 더 이상 오랜 친구들을 믿을 수 없었고, 나는 자문이라는 내 역할을 강화할 기회를 잡았다. 친구들은 왔다가 떠난다. 가족은 영원하다. 오빠에게는 내가 필요했다. 그리고 코르와 가장 친한 친구들에게 오빠가 그랬듯이 이번에는 나에게 나만의 숨겨진 의도가 있었다.

석방

2012

2012년 1월 27일 금요일, 나는 빔이 교도소에서 석방되기 전에 합의했던 장소인 아른헝 출구의 대중교통 환승 주차장에서 오빠를 기다렸다. 오빠의 변호사이자 여기까지 오빠를 태우고 오기로 한 스테인 프란컨을 제외하면 아무도 이 만남에 대해서 몰랐다. 스테인은 빔이 언론의 습격을 받거나 더 안 좋은 상황이 되는 것을 막기 위해서 하루 일찍 교도소를 나오도록 지방 검사실과 조율을 했다. 수감 기간과 재판 과정 동안 오빠는 책과 기사, TV 쇼를 통해서 엄청난 유명세를 얻어 유명인사가 되었기 때문에 추가적인 보안 조치가 필요했다.

내가 한 시간을 기다렸을 때 그들이 왔다. 빔은 차에서 내려서 에너지가 넘치는 상태로 나에게 다가왔다. 오빠는 어린애처럼 행복해 보였다.

"안녕, 착한 내 동생."

오빠가 신이 나서 외쳤다. 우리는 스테인에게 작별인사를 했고, 나는 오빠에게 타라고 말했다.

"이 차 깨끗해?"

오빠가 물었다.

"당연하지."

나는 오빠가 시킨 대로 어떤 도청 장치나 추적 장치도 없는 게 확실한 차를 구해왔다.

나는 암스테르담에서 80킬로미터쯤 떨어져 있고 엄마 이름으로 빌린 휴가용 리조트 샬레로 오빠를 데려다주기로 계획해두었다.

2006년부터 시작된 두 번째 교도소 생활 기간에 오빠는 심각한 심장병을 일으켰다. 심장 판막 누출이었다. 오빠는 심장병에서 간신히 살아남았지만, 엄마가 종종 말하듯이 잡초는 죽지 않는 법이다. 솔직히 나는 오빠한테 심장이 있다는 사실에 놀랐다.

오빠는 의사들이 2년도 못 살 거라고 말했다고 주장했다. 인생의 끝이 눈앞이었고, 오빠는 교도소 생활이 끝나는 날까지 연약한 심장병 환자 노릇을 했다. 엄격한 지침에 따라서 모든 것을 거부했다. 소금도 쓰지 않고, 액체를 최대한으로 섭취하고, 하루에 다이어트 콜라를 여섯 캔 마셨다.

오빠는 그 연기력으로 상을 받아 마땅했다.

석방되고 한 시간 만에 오빠는 식이 조절을 때려치웠다. 오빠 이야기나 교도소에서 오빠가 누리던 특권에 더 이상 아무 영향도 미치지 못하기 때문이었다.

가는 길에 우리는 맥도날드를 지났다. 나는 오빠가 햄버거를 먹도록 잠깐 세웠다.

"아, 정말 멋지구나, 아시. 이게 진짜 그리웠어."

오빠가 낄낄 웃으며 말했다.

짐을 넣어두고 오빠가 위치를 확인하고 나서 괜찮다고 인정한 다음에 우리는 범죄 기자인 페터르 R. 데 프리스와 약속을 잡았다. 빔은 석방된 다음 오빠의 말과 첫 번째 사진을 얻기 위해서 모두가 자신을 찾을 거라는 걸 잘 알았다. 오빠는 이런 일을 피하기 위해서 지금 언론에 성명을 내고 사진을 주기로 했다. 페터르가 선택된 인물이었다. 이렇게 하면 다른 사람들이 오빠를 뒤쫓는 걸 그만둘 거고, 오빠가 메시지를 통제할 수 있다. 나는 오빠가 뭘 꾸미고 있는지 궁금했다.

우리는 숲 입구, 호이 어디쯤에서 페터르를 만날 예정이었다. 그가 오기를 기다리는 동안 빔은 지난 2년 동안 무슨 일이 있었는지 듣고 싶어 했다. 숲에서 우리는 우리가 말하는 모든 것을 거울 뒤에서 녹음하는 경비 없이 처음으로 자유롭게 이야기할 수 있었다. 하지만 여전히 지향성 마이크가 걱정되어서 나지막하게 말했다. 우리는 범죄 세계에서 오빠의 현재 위치와 오빠와 관계된 모든 조사, 오빠의 여자들과 돈을 벌 필요성에 대해서 의논했다.

1분 1초가 흘러갈수록 오빠는 점점 더 까탈스러워졌다. 오빠의 본래 모습이 표면으로 떠오르기까지는 그리 오래 걸리지 않았다.

"페터르에게 전화해 봐! 이 망할 놈의 자식은 어디 있는 거야? 제가 뭐라고 나를 여기서 기다리게 하는 거야? 난 특종을 줬다고!"

오빠가 소리쳤다.

나는 페터르에게 전화를 했고, 그는 오는 중이라고 말했다. 그는 몇 분 안에 도착해서 나와 인사를 나눴다. 나는 굉장히 불안했다. 얼마 전

나의 살인자에게

에 나는 페터르에게 빔이 석방되기를 바라지 않는다고 말했었다. 그런데 이제는 빔의 믿음직스러운 자문으로 여기에 있다. 페터르는 아무것도 드러내지 않았다. 내가 실제로 어떻게 느끼는지 빔이 알면 내가 얼마나 위험해질지 그도 잘 알기 때문이었다.

페터르와의 대화에서 빔은 자신의 안 좋은 건강에 초점을 맞췄다. 심장이 겨우 25퍼센트만 기능하고 있다고 오빠는 말했다. 예상 수명도 짧고, 의사들은 5년 전에 그에게 2년밖에 살 수 없다고 말했다. 오빠의 심장은 이제 언제라도 멈출 수 있었다. 오빠는 페터르에게 자신의 약 더미들을 보여주며 자신의 엄격한 식이 조절에 대해 이야기하고 스스로 조리한 것만 먹을 수 있다고 설명했다.

이거 하나는 인정해줘야 한다. 그것은 굉장히 영리한 행동이었다. 오빠는 적들이 오빠를 과소평가하기를 바랐다. 사법적 조사나 제거에 돈을 쓸 가치가 없는 늙고 병든 남자로 말이다.

빔은 특기대로 페터르를 훌륭하게 속였고 페터르는 빔이 온 언론에 발표하고 싶어 하는 메시지를 가지고 떠났다. 자신이 전혀 위험하지 않고 병으로 죽어가고 있다는 내용이었다.

페터르와의 만남이 끝나고 우리는 나르던에서 샬레에 가져갈 물건들을 쇼핑했다. 오빠의 위치를 드러내지 않기 위해서 일부러 외진 다른 동네를 골랐다.

오빠의 사진은 우상화되었다. 어딜 가도 사람들이 알아보고 말을 붙였다. 오빠는 관심을 즐겼고, 모든 사람이 왜 오빠가 그렇게 유명해졌는지를 잊어버린 것처럼 보였다.

하지만 나는 아니었다.

샬레로 돌아오는 길에 나는 차에 도청 장치가 있을 경우에 대비해 스탄리 힐리스의 제거, 혹은 살해에 관해서 에둘러 이야기를 꺼냈다. 빔은 나를 보고 입술에 손가락을 올렸다. 나는 이야기를 멈췄다. 우리는 뒷길을 따라 달리고 있었고, 그가 말했다.

"여기다가 세워."

나는 갓길에 차를 세웠다.

"내려."

오빠가 말했다.

우리는 길을 따라 조금 걸어갔고, 차에서 안전한 거리만큼 떨어진 후에야 오빠가 나를 세웠다. 차에 설치된 도청 장치는 최대 백 미터 거리까지 소리를 잡아낼 수 있다. 이건 오빠가 가르쳐준 거였다.

오빠는 사나운 표정으로 내 앞에 섰다.

"우리가 놈들을 전부, 전부 다 죽여버렸지!"

그런 다음 오빠는 돌아서서 차로 다시 걸어갔다.

샬레로 돌아와서 우리는 TV 쇼를 두어 편 보았다. 오빠는 페터르 R. 데 프리스가 오빠의 건강에 대해서 이야기하는 〈데 베럴트 드라이트 도르〉에 특히 관심을 가졌다. 오빠는 목표를 달성했다. 자신이 무해하다고 암시한 것이다.

"이제 다시 박차를 좀 가할 수 있겠어."

오빠가 말했다.

시간이 늦었고 오빠가 물었다.

"너 자고 갈 거야?"

"고맙지만 됐어. 집에 갈 거야."

"아니, 여기 머물러. 알겠지? 날 여기 혼자 남겨두고 가면 안 되지."

오빠는 상대에게 선택의 여지를 주지 않는 특유의 강압적인 어조로 말했다.

"너 나랑 같이 있는 게 싫지, 안 그래? 참 안됐네. 나는 좋거든. 그러니까 넌 갈 수 없어."

그 첫날밤에 나는 마지못해 거기서 묵었다. 나는 미닫이식 유리문 옆의 소파에서 잠을 잤다. 내가 취해놓은 모든 보안 조치에도 불구하고 여전히 누가 우리를 따라왔을까 봐, 오빠의 예전 범죄자 친구들이 샬레에 총을 쏴서 벌집처럼 만들까 봐 겁이 났다. 나무로 둘러싸인 이 평화로운 풍경 속에서, 나는 사방에 깔린 위험을 보았다. 나는 죽는 게 두려운 게 아니라 오빠 때문에 죽고 싶지 않았다.

예전에는 달랐다.

오빠를 위해서 내 목숨을 던질 수 있던 시절도 있었다.

하이네켄 납치 사건 이후 우리 모두가 따돌림을 당하던 때, 나는 오빠가 우리에게 가르친 '우리 대 나머지 세상'이라는 가족의 충성심에 대한 신화를 믿었다.

하지만 오빠가 자신의 가족을 죽일 수 있다는 사실을 알게 된 순간, 깨달았다. 우리의 적은 바깥세상이 아니었다. 오빠가 우리 적이었다.

그날 밤 샬레에서 나는 밤새 깨어 있었다. 아무도 우리가 여기 있는 줄 모른다는 생각이 나를 사로잡았다. 오빠는 이미 잠이 들어서 저항하지 못할 거고, 집에 불을 질러서 모든 DNA 흔적을 없애버릴 수 있을 거라는 생각에서 헤어날 수 없었다.

지금 나에게 오빠를 죽일 기회가 있다는 생각이 머리에서 떠나지 않았다.

잠 못 드는 밤을 보내고 나는 집으로 돌아왔다. 소냐 언니가 나를 기다리고 있었다.

나는 언니에게 오빠를 죽일 기회가 있었지만 너무 겁쟁이라서 하지 못했다고 털어놓았다.

"네가 그러지 않아서 기뻐, 아스. 오빠가 그렇게 가볍게 벗어나는 건 원치 않아. 그런 벌로는 고통이 부족해."

언니는 오빠가 남은 평생을 교도소에서 보내길 바랐다. 그렇게 되면 오빠가 언니의 남편이자 자신의 친구였던 코르 판 하우트를 배반한 것처럼 배반당한 기분이 어떤지 매일매일 되새기게 될 테니까.

언니 말이 옳았고, 나도 빔 오빠가 똑같은 운명을 겪길 바랐다.

"하지만 우리가 오빠에게 맞서서 증언을 할 때에만 가능한 일이야."

내가 말했다.

"맞아."

언니도 동의했다.

"그렇게 하면 무슨 일이 벌어질지 언니도 알잖아."

"그래, 알아. 하지만 어쩌면 그런 위험을 감수해야만 할지도 모르지."

소냐 언니가 대답했다.

나의 살인자에게

죽음 I

2013

"그들이 당신과 얘기하고 싶어 해요. 이 번호로 연락하면 돼요."

페터르가 그렇게 말하고 나에게 범죄정보부서(Criminal Intelligence Unit, CIU)의 명함을 건넸다.

이런 일이 생길 줄 알고는 있었다. 페터르에게 소냐 언니와 나를 대신해 법무부에 연락해서 우리가 그들과 얘기할 용의가 있다고 전해달라고 부탁했으니까. 하지만 전화번호를 보니까 더럭 겁이 났다. 이제야 법무부 대리인과의 만남이라는 게 어떤 의미인지 현실로 와닿았다. 나는 숨을 들이켜고 페터르의 앞에서 차분하게 보이려고 노력했다.

"고마워요. 연락해볼게요."

나는 그렇게 말하고 명함을 주머니에 집어넣었다.

차에 탄 다음에 나는 다른 이름으로 개통한 휴대전화에 번호를 입력하고 명함은 먹어버렸다. 어떤 위험 요인도 감수할 수 없었다.

집으로 돌아오는 길에 이 번호로 전화하는 생각만으로도 두려움이 내 배 속을 움켜쥐었다. 그것은 깊게 뿌리박히고 모든 것을 사로잡는 두려움이었다. 빔, 빌럼 프레데릭 홀레이더르, 혹은 코쟁이에 대한 두려움. 우리 오빠에 대한 두려움.

빔이 석방된 후 어느 날, 오빠와 나는 스헬더 거리부터 페르디난트 볼 거리까지 걸어갔다. 어떤 남자가 우리에게 다가왔고, 우리를 쳐다보면서 어깨에 멘 작은 가방에 한 손을 넣었다.
　본능적으로, 말 한 마디 하지 않고서 우리는 갈라졌다. 빔 오빠는 길 한쪽 편으로 갔고 나는 반대편으로 갔다. 총격이 있을 거라면 함께 있지 않는 편이 낫다. 두 명보다는 한 명만 총에 맞는 게 나으니까.
　우리의 눈이 그 가방에 고정되었다. 우리 둘 다 가방을 든 남자를 살폈다. 청부업자일까, 아닐까? 그의 외모와 움직임으로 봐서는 그럴 수도 있었다. 청부업자의 특징을 모두 가지고 있었다.
　몇 년 동안 이런 종류의 일에 대해서는 육감이 발달한다. 외모뿐만 아니라 쳐다보는 방향, 걸음걸이의 단호한 정도로 사람을 판단하는 법을 익히게 된다.
　남자가 가방에서 손을 꺼냈다. 아무것도 없었다. 나는 빔 오빠 옆으로 다시 걸어갔다.
　"아무 일도 아니었어."
　오빠가 말했다.
　"그래도 후회하는 것보다는 안전한 게 낫지."
　내가 말했다.

　　　　　　　　　　　　　　　　　나의 살인자에게

오빠에게 관상 동맥 질병이 생겼을 때, 우리는 오빠의 죽음에 대해서 의논한 적이 있다. 만약 오빠가 식물인간이 된다면 언니와 나, 오빠의 여자친구 산드라가 안락사를 시킬 건지 함께 결정을 내리기로 합의를 했다.

"그 문제는 처리했어?"

내가 스헤베닝언 교도소로 오빠를 면회 갔을 때 오빠가 유리 뒤에서 물었다.

"셋이서 하는 걸로, 응? 네가 어떤 앤지 잘 알아, 아시. 넌 필요하면 내 생명 유지 장치를 제거할 수 있을 거야. 소냐는 아무것도 결정을 못 내릴 테니까, 산드라가 단호해져야 돼. 그 사람이 나를 가장 사랑해."

오빠는 식물인간이 되고 싶지 않다고 우리에게 반복해서 말했지만, 살해당할 가능성에 대해서는 한 번도 언급하지 않았다. 오빠의 평생 동안, 그리고 우리 역시도 살인에 대비를 하며 살았지만, 그 문제를 의논해본 적은 한 번도 없었다. 엔드스트라의 갈취 이후, 그리고 오빠가 체포되기 전에 내가 마침내 그 문제를 꺼냈다.

"너 내 돈을 노리는 거야? 그런 거야? 날 죽이려고 하는 거야?"

오빠는 그 낯익은 검게 번뜩이는 눈으로 나를 보았고, 나는 오빠가 진심이라는 걸 깨달았다. 오빠가 정말로 그렇게 생각하는 건 바라지 않아서 나는 이야기를 거기서 끝냈다.

스헬더 거리를 걷던 그날, 나는 다시 이야기해보았다. 다른 사람의 생명에 대해서는 그렇게 쉽게 결정을 내리는 사람이 자신의 죽음에 대해서는 어떻게 생각하는지 알고 싶었다.

"죽는 게 무섭지 않아?"

내가 물었다.

"아니. 내 심장이 멈췄을 때 이미 죽어봤어. 좀 어지럽더니 갑자기 하얀 빛이 보이는 길을 따라 걸어가고 있었지. 굉장히 편안하고, 사실 꽤 근사했어. 기분이 괜찮았는데 소냐가 '빔, 돌아와, 돌아와, 빔, 이리로 와!' 하고 외치는 소리가 들리더라. 그 애가 나한테 윙크를 하고 손짓을 하며 불렀어. 난 소냐에게로 걸어갔고, 살아남았지."

오빠가 말을 이었다.

"그러니까 아니, 난 죽는 게 무섭지 않아. 진짜 죽게 되면 깨닫지도 못하고, 실제로 아무 느낌도 안 들어."

오빠가 한 말은 교도소에서 죽는 게 두렵다고 인정했던 심리 정신 보고서의 내용과는 정반대였다. 보고서에서는 자신의 짧은 예상 수명을 받아들이기 위해서 정말로 가족과 함께 있고 싶다고 했으면서.

내가 오빠에게 이 문제를 꺼내자 오빠가 대답했다.

"안에서 좀 더 편안하게 지내려고 그렇게 말한 거지. 그 보고서들은 그런 면에서 굉장히 유용했어."

그러니까 오빠는 죽는다는 생각이 두렵지 않은 거였다.

"교도소에 갇히는 게 더 나빠."

오빠가 말했다.

흠, 그렇다면 그렇게 하는 수밖에, 나는 생각했다. 약해질 수 없었다. 프란시스를, 리히를, 코르를 위해서 '어둠 속에서 먼저 공격'을 해야 했다.

정말로 빔에게 벌을 주려면 오빠를 철창 안에 가둬야 했다. 영원히. 범죄 세계의 해결책인 제거는 논의할 필요도 없는 선택지였다. 소냐 언니는 그걸 벌이라고 생각하지 않았고, 오빠가 그렇게 쉽게 빠져나

나의 살인자에게

가서도 안 된다고 했다. 나도 언니의 마음을 이해했다.

"우리가 수년 동안 힘들었던 것처럼 오빠도 힘들어야 돼."

언니는 그렇게 말했다.

오빠가 모든 것에서 빠져나갈 수도 있다는 생각만 해도, 허공에 양 팔을 벌리고 유감스러운 표정을 지으며 "하지만 늘 내가 비난을 받는다고! 살인 사건이 일어날 때마다 항상 내가 했다고들 그러지!"라고 외치는 모습을 상상만 해도 끔찍했다.

"오빤 그런 데 능숙해. 불쌍한 척하는 데. 불쌍한 게 뭔지 알아? 코르가 마지막 몇 초 동안 차가운 돌바닥에 누워 있었던 거. 그게 불쌍한 거야. 오빠가 불쌍한 척하면서 코르에 관한 일에서 빠져나가는 건 절대 안 돼. 모두에게 오빠가 실제로 어떤 사람인지 알려주자. 난 이제는 진실을 말하고 싶어."

몇 년 동안 오빠는 경건한 척하는 행동으로 모두의 눈을 속였다. 전부 다 오빠의 자만심을 위한 거였다.

대부처럼 죽는 것은 빔 오빠의 전설만 더 띄워줄 것이다. 나도 언니에게 동의했지만, 오빠가 교도소에서 하루하루를 보내고 있다고 생각하면 굉장히 불안했다. 오빠가 코르처럼 차가운 돌바닥에서 피를 흘리며 죽는다면 다시는 우리 어깨 너머를 돌아보지 않아도 될 텐데.

"오빠는 항상 종신형을 받게 되면 자살하겠다고 그랬어. 그렇게 하게 놔두자. 우리가 코르의 죽음에 대해 복수했다는 걸 아는 상태로 죽기만 하면 돼."

언니가 말했다.

간단한 일이었다. 언니가 원하는 방식으로 오빠와 싸우려면 우리에게는 법무부가 필요했다. 내 감정은 제쳐두고 더 현실적으로 상황을 봐야 했다.

그래서 내가 처음에 우리에게 CIU와 이야기하지 말라고 조언했던 페터르 R. 데 프리스에게 이야기할 길을 좀 열어달라고 부탁하게 되었던 것이다.

나는 페터르가 준 전화번호를 응시했다.

전화를 해서 약속을 잡는다는 건 그가 사전 인터뷰에서 CIU에 소냐와 나에 대해서 이야기한 내용을 입증하는 거였다. 전화를 건다는 건 내가 빔을 상대로 증언할 용의가 있다는 뜻이었다. 전화를 건다는 건 최소한 형사 한 명이 알아내고 오빠에게 말할 수도 있다는 뜻이었다.

내가 법무부와 이야기했다는 사실을 오빠가 알아내는 걸 막을 방법은 없었다. 그렇게 될 거라고 가정하고 왜 그들에게 연락했는지 그럴듯한 이유를 오빠에게 말하는 게 최선이었다. 그래서 오빠에게 미리 내가 CIU 직원 한 명과 좋은 관계를 맺고 있다고 말했다. 이것은 오빠의 석방 직후에 내가 만들어낸 알리바이였다. 나는 오빠를 위해서 이 직원과 이야기를 해보겠다고 했다.

"쓸모 있지, 안 그래?"

나는 오빠가 딱 듣고 싶어 할 만한 말을 했다.

"늘 그렇지, 아시."

오빠가 대답했다.

형사 사건 변호사라는 내 직업 덕택에 이런 연락책을 갖고 있는 게 그럴듯하게 보였고, 그래서 오빠는 내 이야기에 넘어갔다. 법무부에서 내가 연락했다는 사실을 흘린다 해도 이게 내 알리바이가 되어줄 것이다.

"내가 CIU랑 이야기하고 있다는 거 알잖아. 오빠를 위해서 그러는 거야."

그게 부패한 형사들을 상대로 나 자신을 보호할 수 있는 최선의 방법이었지만, 그래도 여전히 위험하긴 했다.

다음 날 나는 약속을 잡았다.

만남

2013년 1월 21일, 나는 긴장한 채 전화를 걸었다. 여자 목소리가 전화를 받았다.

"미헬러입니다."

"안녕하세요. 페터르 R. 데 프리스가 이 번호를 알려줬어요. 약속을 잡고 싶은데요."

내가 말했다. 여자는 즉시 내가 누군지 알아채고 내일 만날 수 있겠느냐고 물었다.

"네, 가능해요."

여자는 정확한 시간에 대해서 다시 연락해주겠다고 말했다. 내가 물었다.

"문자로 보내주실 수 있을까요? 전화로 이야기하지 않는 편이 좋을 것 같아서요."

그들은 정오쯤에 시간과 장소를 문자로 보냈다. 오후 6시, 암스텔베인의 뉴포트 호텔.

약속이 정해졌다.

같은 날 오후에 나는 소냐 언니네로 가서 이 사실을 이야기했다.

"정말로 약속을 잡은 거야?"

"응, 더 이상 다른 선택지가 없어 보여서. 가서 어떻게 흘러가는지 보고 올게."

내가 말했다.

"나도 같이 가야 되니?"

"아니, 그냥 좀 기다려보자. 그 사람들도 결국에는 경찰이잖아. 언니를 아직 보지 못하는 편이 나을 거야. 그러면 언니가 이 일에 관련이 있다고 절대로 말할 수 없을 테니까. 게다가 언니는 어디에 있었는지 설명할 방법이 없잖아. 만약 오빠가 전화를 했는데 언니가 받지 않으면 오빠는 또 온갖 미친 생각을 해댈 거야. 내가 그러는 데에는 익숙하지만, 오빠는 언니 말은 믿지 않을 거야. 그러니까 나 혼자 갈게."

CIU를 만나러 가는 길에 나는 거울로 계속해서 누가 따라오지 않는지 확인했다. 빔 오빠가 내 차를 보면 내가 왜 그 호텔에 있었는지 의아해할 것이기 때문에 다른 차를 타고 갔다.

긴장이 됐다. 오빠는 약속 장소로 호텔을 자주 이용했다. 오빠도 거기 있을 가능성이 있고, 오빠와 마주칠 수도 있었다. 아니면 종종 그러듯이 갑자기 나에게로 슬쩍 다가올 수도 있었다. 오빠가 어떻게 나를 따라왔는지 나는 절대로 알지 못했고, 그래서 늘 소름이 끼쳤다.

전화기로 메시지가 들어왔다.

"안녕하세요. 도착하면 알려주세요. 로비에서 만나서 이동하죠."

나는 코르 형부가 죽은 장소에서 얼마 떨어지지 않은 커다랗고 웅장한 호텔에 도착했다. 주차장으로 들어가서 차를 세웠다. 입구의 계단을 올라가기 위해서 모든 용기를 다 끌어모아야 했지만, 코르를 위한 일이라는 생각에 힘이 났다.

나는 안으로 들어갔다가 깜짝 놀랐다. 사방에 벽감이 있고 출입구가 수두룩한 끔찍하게 복잡한 공간이었다. 오빠가 여기 있다면, 혹시라도 여기로 들어온다 해도, 나는 전혀 눈치채지 못할 수도 있었다. 형편없는 장소고 안 좋은 시작이었다. 나는 이 만남을 잡은 것을 즉시 후회했다. 이게 이 사람들이 내 익명성을 보장하는 방법이라면 별로 좋은 결과는 기대할 수 없을 것 같았다.

나는 로비에 앉았다. 1분 1초가 지날수록 불안감이 더 커졌다. 여기 온 것만으로도 엄청난 위험을 감수한 거였다. 여기서 그 사람들을 기다리고 있을 수는 없었다. 떠나려고 막 일어서는데 금발 여자가 나에게 다가왔다.

"아스트리드? 난 미헬러예요. 전화로 이야기를 했었죠."

나는 고개를 끄덕였다. 여자는 경찰이라는 게 분명해 보였다. 활기가 넘쳐 보이고, 눈길이 또렷했다. 그 눈길로 보아서 밀고자는 아니었다. 나는 즉시 그녀와 함께 가기로 결심했다. 우리는 말없이 엘리베이터로 걸어가서 안에 탔다. 문이 닫혔다. 벽이 나를 향해 다가오기 시작했다. 숨이 가쁘고 진땀이 났다.

우리는 불편하게 거기 서 있었다.

"여기 와준 거 정말로 잘하신 거예요."

미헬러가 긴장된 분위기를 깨기 위해 말했다.

나는 정중하게 고개를 끄덕였지만, 별로 잘한 것처럼 느껴지지 않았다. 우리 가족 내에서 법무부와 이야기하는 건 수치스러운 일로 여겨졌다. 이것은 우리의 모든 원칙에 반하는 행동이었다. 우리는 '배신자'가 아니었다.

이건 엄마가 우리에게 주입한 내용이었다. 전쟁 때 독일인들이 외할아버지를 잡아갔다. 친할아버지는 "더러운 협조자"였다고 엄마는 아빠가 들을 수 없을 때면 속삭이곤 했다.

동시에 나는 빔이 나를 이런 입장으로 몰아넣지 않았다면 여기 오지 않았을 거라는 걸 잘 알았기에 그 이유에 단단히 매달렸다.

"당신은 굉장히 연락하기 힘든 사람이더군요, 안 그런가요?"

미헬러가 대화를 계속 이어나가려고 노력했다.

"우리가 개인적으로, 그리고 직장으로도 연락을 해보려고 했었는데 연락이 닿지를 않더라고요."

"그럴 수 있어요. 난 모르는 사람이랑은 잘 이야기하지 않거든요."

내가 무뚝뚝하게 대답했다.

사실이었다. 나 같은 가족이 있는 경우에는 낯선 사람과 쉽게 연락하고 살 수가 없다. 그들이 연락하는 동기를 알 수가 없으니까. 흥미진진한 이야깃거리를 찾는 언론일 수도 있고, 가족 내에 침투하려는 경찰의 끄나풀일 수도 있고, 오빠를 찾는 오빠의 동료일 수도 있고, 심지어는 나를 통해 오빠에게 접근하려는 적일 수도 있었다. 나는 이런 사람들이 쉽게 다가오지 못하게 하기 위해서 최선을 다했다. 왜냐하면 절대로 나에게 관심이 있는 게 아니기 때문이다.

"내 비서가 나에게 연락하길 바라는 모든 요청을 가져와요. 난 절대로 모르는 사람을 만나지 않고, 내 사생활은 우리 가족한테만으로 한 정되어 있죠."

조금 더 마음을 터놓기 위해서 내가 덧붙였다. 그녀의 첫 번째 질문 이래로 내가 그동안 진짜 접촉을 피해왔다는 사실을 깨달았다.

하지만 난 여기 게임을 하러 온 게 아니었다. 나는 이유가 있어서 이 엘리베이터에 타고 있는 거라고 스스로에게 상기시켰다. 지금 와서 망치지 마. 코르를 위해서 이 침묵을 깨야만 했다.

엘리베이터가 2층에서 멈추고 문이 열렸다. 나는 그녀와 함께 걸어 갔고, 미헬러는 호텔방 문을 두드렸다. 다시금 나는 낯익은 얼굴을 보게 될까 봐 두려웠다. 빔이 정보를 얻고 있는 밀고자와 만나게 되면 어떡하지? 이 사람이 저녁 식사 자리나 바에서 '당신 여동생'과 만났다고 얘기하고 싶은 충동을 느끼면 어떡하지?

문이 열리기 직전에 이 모든 생각들이 내 머릿속을 스쳐갔다.

키가 크고 젊은 빨간 머리 여자가 나에게 들어오라고 말했다. 다행 스럽게도 그녀의 얼굴은 낯이 익지 않았고, 억양은 다른 동네 출신임을 알려주었다. 여자는 빔과 연락을 하고 지낼 만한 사람이 아니었다. 너무 평범했다.

여자가 손을 내밀었다.

"난 마논이에요. 와줘서 고마워요."

여자는 그렇게 말했지만, 나를 안심시켜주지는 않았다. 맙소사, 내가 여기서 뭘 하고 있는 거지? 나는 완전히 얼어붙었고, 내가 경찰과 이야기해서는 안 된다는 빔의 규칙을 깨고 있다는 생각이 내 목을 조였다. 숨이 막히는 기분이었다.

"뭐 좀 마실래요?"

나의 살인자에게

여자가 물었다.

"물 좀 주세요."

내가 대답했다.

긴장해서 입 안이 바싹 마르는 게 느껴졌고, 호흡은 불규칙적이고 얕았다. 생각을 다 털어버리고 싶었지만, 법무부와의 온갖 안 좋은 경험들이 머릿속을 가득 채우며 그들에 대한 의심을 키웠다. 이들과 이야기를 한다는 내 결정에 우리 가족이 보일 반응 역시 머릿속을 스쳤다.

"정말로 법무부가 우리 가족의 관계가 실제로 어떤지 믿을 거라고 생각해? 그들은 전혀 다른 시각을 갖고 있어. 우리를 은둔하는 폭력배 가족으로 여긴다고. 빔이 게임을 하려고 너를 보냈다고 생각할 수도 있어. 그리고 설령 그들이 너를 믿는다고 해도, 넌 그들에게 이용당할 뿐이야. 그들이 토마스 판 데르 베일을 어떻게 이용했는지 봐. 그 친구는 빔을 상대로 증언을 했는데 그 작자들은 보호 수단을 하나도 제공하지 않았고, 결국에 그 친구는 얼마 못 가서 살해됐어. 설령 네가 성공해서 빔이 평생 교도소에 들어가게 됐다고 해보자. 그다음엔? 네가 무슨 말을 하든 간에 입을 열었다는 이유로 네 살인을 지시할 거라는 걸 알잖아. 그들이 너를 보호해줄까? 법무부는 빔만큼 나빠. 왜 그런 일을 하려는 거야? 그 작자들한테 우리는 쓰레기야. 그 작자들은 널 위해 아무 일도 해주지 않을 거야. 토마스의 부인 카롤리너 판 데르 베일이랑 똑같은 방식으로 널 생각하겠지. 남편이 목숨을 걸고 빔에 대해 증언했다가 죽었는데, 그 작자들 중 한 명인 지방 검사는 그녀를 '헬데르서 부두의 창녀'라고 불렀어. 네가 변호사라고 그들이 너를 다르게 볼 것 같아? 넌 홀레이더르야!"

그들이 옳았다. 하이네켄 납치 사건 이후로 홀레이더르라는 성은 자동적으로 모든 사람에게 빔을 떠올리게 만들었고, 더 나쁜 건 나도 오빠랑 똑같을 거라고 생각하는 거였다.

법무부는 나와 나머지 가족들까지 전부 오빠의 일당이자 범죄 세계의 일원이라고 생각했다. 나는 빔이나 코르에 대한 조사마다 함께 끌려들어갔다. 그들은 내 전화를 도청하고, 우리 집을 불시단속하고, 내 물건들을 압수해 갔다.

"와줘서 고마워요."

마논이 내 생각을 끊으며 다시 말했다.

"협박이 있었다는 이야기를 들었는데, 맞나요?"

"네, 그래요. 협박이 있었죠."

나는 마음을 가라앉혔다.

"하지만 그것 때문에 여기 온 건 아니에요. 문제는 협박이 아니에요. 그 원인이 문제죠."

나는 속으로 웃었다. 이 사람들은 우리 삶이 어떤지 정말로 몰랐다. 우리는 아주 오랫동안 협박 속에 살았고, 그 이상의 것은 몰랐다. 우리는 거기에 대해서 불평하지 않았다.

"원인요?"

미헬러가 물었다.

"네, 원인요. 우리 오빠요."

"오빠요? 어느 쪽요? 두 명이 있잖아요, 안 그런가요?"

"빔 말이에요. 내가 누구 이야기를 하는 건지 알잖아요, 안 그래요?"

나의 살인자에게

그래, 그들도 알았다. 드디어 우리가 여기 모인 주제에 대한 이야기가 나왔다. 나는 우리 가족에 대한 왜곡된 이미지를 바로잡고 싶었다.

"오빠가 항상 이런 고통을 일으키지 않았더라면 우리한테는 아무 문제도 없었을 거예요. 하지만 오빠는 계속해서 그러죠. 그리고 이제 보복이 일어날 게 당연하고요."

"당신들에겐 정말로 힘든 일이겠군요."

미헬러가 말했지만, 그녀의 얼굴에서 실제로 어떻게 생각하는지 읽을 수 있었다. 항상 당신 오빠 편에 섰으면서 이제 오빠가 좀 귀찮게 한다고 여기 와서 불평을 늘어놓는 거야?

하지만 그녀가 틀렸다. 빔은 내가 기억하는 한 언제나 문제였으나 우리는 감당할 수 있었다. 우리는 항상 우리 방식으로 문제를 해결했고, 법무부가 우리를 위해 해결해줄 필요가 전혀 없었다. 사실 그들이 끼어드는 건 상황을 더욱 악화시킬 뿐이었다. 나는 그들에게 어떤 것도 바라지 않았다. 그 반대로 내가 법무부에 뭔가 해주러 온 거였다. 그들이 할 일은 그저 수사라는 그들의 임무뿐이었다.

"우린 거기에 익숙하지만, 이제는 그만둘 때가 됐어요. 오빠는 공공질서에 대한 끝없는 재앙이에요."

말을 잇기 전에 나는 나에 대한 그들의 책임을 상기시켰다.

"난 엄청난 위험을 감수하고 당신들과 이야기를 하러 온 거예요. 오빠가 알게 된다면 그건 오로지 당신들에게서 이야기가 샜기 때문이라는 거 알아둬요. 이 대화가 어떤 식으로든 새어 나간다면 난 살아남지 못할 거예요. 오빠는 내가 오빠에 대해서, 오빠 일에 대해서 뭘 아는지 잘 알고, 날 죽이는 걸 서슴지 않을 거예요."

그들이 내 말을 별로 진지하게 여기지 않는다는 것을 알 수 있었다.

나는 그의 여동생이었다, 안 그런가? 그들이 지하세계의 삶에 대해 갖고 있는 유일한 이미지는 〈대부〉 같은 조직폭력배 영화에서 본 것을 바탕으로 하고 있었다. 가장이 오로지 자신의 가족에게만 사랑이나 연민을 드러내는 그런 영화들.

하지만 우리 삶은 대부 영화가 아니고, 낭만적인 범죄자 가족의 초상도 아니었다. 이것은 한 명이 나머지 모두의 삶을 비참하게 만드는 냉혹한 현실이었다. 그들이 그걸 모른다면, 계속 이야기할 이유가 없다. 대화는 여기서 끝이었다.

"아뇨, 우리도 백 프로 이해해요. 정말로 걱정할 거 없어요. 지방 검사 베티 빈트를 제외하면 아무도 이 만남에 대해서 모르고, 알 일도 없을 거예요."

"정말로 그러기를 바라요. 내 삶은 굉장히 위태로우니까요. 모든 게 당신들이 생각하는 것과는 달라요. 우리뿐만 아니라 다른 모든 사람들의 경우에도, 오빠에게 도움되는 쪽에 있지 않다는 건 오빠의 적이라는 이야기예요. 그리고 오빠의 적이 되면 어떤 일이 벌어질지 뻔하고요. 빔 오빠는 우리가 가족이라고 해서 예외를 두지 않아요. 그 반대로 가족이기 때문에 무조건적인 충성을 기대하죠. 하지만 우리의 소위 충성심이라는 건 애정을 바탕으로 한 게 아니에요. 순수한 두려움에서 억지로 나오는 거죠. 이런 충성심은 항상 오빠를 향하는 거지, 그 반대는 절대로 없어요. 오빠는 필요하면 언제든 우리를 배신하죠."

나는 사람들이 항상 우리를 빔을 중심으로 하는 행복한 대가족이라고 생각하고 우리가 공통의 가치와 원칙을 공유할 거라고 예상하지만, 실제로는 전혀 다르고 다른 모든 가족들은 똑같은 생각을 하고 있다고 설명했다. 바로 빔이 괴물이라는 생각이다.

나의 살인자에게

여자들은 깜짝 놀랐다. 그들은 우리의 '친밀한 가족'을 이런 식으로 생각하지 않았었다. 하지만 그들은 대화를 계속하길 원했다. 그들은 오빠가 저지른 범죄에 관해 내가 증언할 수 있다는 걸 알았고, 그 범죄들에 대해 이야기해줄 수 있겠느냐고 물었다. 물론 할 수는 있지만, 나는 할 마음이 없었다. 최소한 지금은. 우선은 내가 어떤 사람들을 상대하고 있는지부터 알고 싶었다.

나는 이 첫 번째 만남에서 그들에게 우리 가족의 관계를 이해시키되 범죄 활동에 대해서 확실한 이야기는 하지 않겠다는 계획을 세웠다. 만에 하나 이야기가 샌다면 내가 오빠를 사이코패스이자 개자식이라고 생각한다는 것밖에는 말할 수 없을 것이다. 그리고 그런 이야기에 대해서는 우리를 서로 적대하게 만들려는 거짓말이라고 언제든지 반박할 수 있다. 하지만 살인에 관한 정보를 주게 되면, 나한테서 나온 이야기라는 걸 오빠가 알게 될 것이다.

그래도 내가 어떤 정보에 대해서 이야기할 수 있을지 운이라도 조금 띄워달라고 그들이 고집했다.

"우리가 굉장히 심각한 문제에 대해서 이야기하게 될 거라는 정도는 말할게요."

내가 대답했다.

그러면 다음번에는 그 문제들에 대해서 이야기할 수 있겠느냐고 그들이 물었다.

"어쩌면요. 우선은 우리 언니랑 이야기를 해야 돼요. 언니가 증언하지 않는다면 나도 안 해요."

그들은 나를 다시 만나고 싶다고 말했고, 그 사이에 자신들의 상관과 이야기해보겠다고 했다.

만남이 끝날 무렵 나는 안도했다. 마침내 우리 가족에 관한 진실을, 우리가 빔의 연장선상에 있는 게 아니고 우리 나름대로 생각하고 판단할 수 있다는 사실을 공개적으로는 아니라 해도 다른 사람에게 밝혔다. 하지만 그 안도감은 방 밖으로 한 걸음 내딛고 현실이 다시 나를 조이는 순간에 싹 사라졌다. 오빠에게 지배되는 현실. 내가 방금 한 일에 대한 두려움이 나를 짓눌렀다. 나는 오빠의 엄격한 법을 깨뜨렸다. 배 속이 울렁거렸다. 나는 계단을 뛰어내려가서 여자 화장실에서 토했다.

다시는 이 일을 하지 않을 것이다. 다시는 밀고하지 않을 것이다.

나는 내가 나눈 대화에 대해서 이야기하기 위해 곧장 소냐 언니의 집으로 갔다. 언니는 문가에서 나를 기다리고 있었다.

"맙소사, 네 꼴 좀 봐! 백지장처럼 하얗잖니! 어떻게 된 거야? 그렇게 나빴어? 밀고자가 있었어?"

"아니, 나쁘지 않았어, 괜찮았어. 그냥 속이 메스꺼워서. 토했어. 몸이 좋지 않아. 하지만 금방 지나갈 거야."

내가 말했다.

"말을 해서 그런 거지."

"응. 그게 제일 힘들었어."

"그 사람들이 밀고자일 거 같아?"

"그렇진 않은 거 같았어. 하지만 모를 일이지. 그래도 중요한 것들, 내가 오빠에 대해서 말했다고 오빠가 알아챌 만한 것들은 하나도 말하지 않았어."

"잘했어. 그 사람들에게 뭘 말했어?"

언니가 물었다.

"우리는 더 이상 오빠가 일으키는 고통에 대한 대가를 치르고 싶지 않다고. 그리고 오빠가 어떤 사람인지, 우리가 행복한 대가족이 아니라는 거 약간."

"반응은 어땠어?"

"깜짝 놀라는 거 같더라."

"이젠 어떻게 되는 거야?"

"이젠 오빠가 알게 될까 봐 죽도록 무서워."

내가 대답했다.

"내 말뜻은 그게 아니잖아."

"그 사람들은 다시 만나고 싶어 해. 내가 무슨 얘기를 하는지 들어야 그걸 쓸 수 있을지 없을지 아는 모양이야. 하지만 난 언니가 한다고 해야만 할 거야. 안 그러면 아무 소용도 없는 일이야."

"알아. 나도 정말로 하고 싶어, 아스. 하지만 아이들 때문에……."

"애들은 이미 위험한 상황이야. 나도 잘 모르겠어. 나도 좀 생각할 시간이 필요해."

"좀 누워 있어."

소냐 언니가 말했다.

"아니, 오빠가 들를 경우에 대비해서 돌아가야 돼. 내가 없으면 오빠가 나를 찾기 시작할 거야. 내가 가 있는 편이 나아."

"알았어. 사랑해."

"나도 사랑해, 언니."

나는 차에 타고 집으로 돌아가서 침대에 누웠다.

그날 밤, 현관 벨이 울렸다. 밤이었다. 오빠가 아래 있다는 건 나도 아래로 내려가야 한다는 뜻이었다. 우리는 절대로 안에서 이야기하지 않으니까. 아, 안 돼. 이미 알게 되어서 여기 온 건가? 그게 분명하다!

"서둘러!"

오빠가 말했다. 다시금, 상황이 오빠가 원하는 만큼 빠르게 움직이지 않는 모양이다. 상황은 언제나 그랬다.

"바로 내려갈게."

내가 외쳤다.

나는 붙잡힌 기분이고, 불안했다. 오빠가 알아낸 게 분명했다. 설령 아직 알아내지 못했다고 해도 내가 무슨 짓을 했는지 나 스스로 드러낼까 봐 두려웠다. 연약해진 기분이었다. 하지만 오빠의 의심을 불러일으키지 않기 위해서 아무 일도 없는 척해야만 한다는 걸 잘 알았다. 약점을 드러낼 여유는 없었다.

내려가기 전에 나는 거울로 오빠가 내 얼굴에서 내가 무슨 짓을 했는지 알아낼 수 있지 않을까 재빨리 확인했다. 긴장을 억눌러야 했다. 안 그러면 오빠가 뭔가 일이 있다는 걸 알아채고 내가 왜 이상하게 행동하는지 알아내기 위해서 날뛸 테니까. 오빠는 나를 속속들이 알았다. 좋아, 마지막 계단이다. 태연한 얼굴로, 가자!

"안녕, 사랑하는 우리 오빠."

나는 최대한 자연스럽게 말했다.

우리는 오빠가 이야기해도 안전하다고 여기는 곳까지 되를로 거리 쪽으로 걸어갔다.

나의 살인자에게

"새로운 소식은?"

오빠가 물었다.

새로운 소식은? 그게 실제로 우리의 모든 대화를 시작하는 대사였다. 오빠는 항상 쓸 만한 정보를 찾았다. 동료들, 법무부, 오빠의 희생자들에 대한 정보를 갖는 건 오빠에게 힘이 되니까. 오빠는 알아야 하는 모든 것, 특히 적에 대해서 아는 것을 자신의 일로 삼았다.

나는 그 질문에 익숙했다.

하지만 이번에는 그 말이 내 귀에 좀 다르게 들렸다. 마치 오빠가 너 경찰이랑 이야기했다는 거 나한테 말해야 되지 않아? 라고 묻는 것 같았다.

순간적으로 온몸의 피가 다 빠져나가는 느낌이었다. 현기증이 나고 쓰러질 것만 같았다. 이건 불안증이야. 내가 뭘 했는지 깨닫는 데에서 오는 불안증. 하지만 오빠는 아무것도 몰라. 알 수가 없지. 자, 아스, 정신 차려. 나는 계속해서 그렇게 생각해야 했다.

"아니, 새로운 소식은 없어. 오빠 쪽도 다 조용해?"

내가 대답했다.

"응, 하지만 늘 갑자기 변하곤 하지, 안 그래?"

오빠는 나에게 예전의 적과 저녁 시간을 같이 보냈다고 말했다. 그 말은 그 적이 오빠에게 비밀을 털어놓기 시작했으니 더 이상 두려워할 게 없다는 뜻이었다.

오빠는 여전히 자신의 입장에 관해 나를 믿었다. 하느님 감사합니다. 그 말은 오빠가 내가 한 짓을 모른다는 뜻이었다. 오빠의 생활을 나에게 얘기하는 한, 나는 오빠의 편에 있는 셈이었다. 우리는 오빠의 밤에 대해서 조금 더 이야기를 했고, 오빠가 다른 갈 데가 있다고 해서 작별 인사를 나눴다.

집에 돌아오자 엄청난 죄책감이 나를 짓눌렀다. 나는 내 친오빠를 배반하고 있었다. 나에게 비밀을 털어놓고 나와 함께 자신의 몰락을 향해 걷고 있는 줄 전혀 모르는 오빠를.

거울 속으로 뺨을 따라 눈물이 흐르는 게 보였다.

"난 네가 싫어!"

나는 내 모습을 향해서 소리쳤다.

"넌 빔 오빠만큼 나빠!"

오빠가 한 일 때문에 오빠를 미워하는 것과 그런 오빠를 법무부에 갖다 바치려고 하는 나를 미워하는 것, 둘 중에서 뭐가 더 나쁜지 모르 겠다.

뇌의 혈관이 꽉 눌리면서 엄청난 편두통이 일어나는 바람에 내 생각은 거기서 끝이 났다.

다음 날 아침까지. 모든 것이 다시 시작될 때까지.

현관 벨이 울렸다. 또다시 빔 오빠였다.

"아시, 나와서 놀지 않을래?"

오빠가 소리를 질렀다. 안 돼, 이제 오빠는 우스꽝스럽게 행동하려 고 했다. 도대체 무슨 일이지? 오빠는 절대로 유쾌한 사람이 아닌데. 내가 한 일을 알아낸 거다. 그게 분명했다.

"쉿, 이웃 사람들을 생각해. 아침 7시라고!"

내가 날카롭게 말했다.

제대로 된 옷을 입을 겨를이 없어서 어제 입은 옷을 주워 입고 아래

나의 살인자에게

로 내려갔다. 오빠를 기다리게 하고 싶지 않았고, 왜 오빠가 이렇게 쾌활한 건지 알고 싶었다.

그 만남은 정말로 끔찍한 아이디어였다. 나는 깊이 후회했다. 지금부터는 오빠가 언젠가 알아낼까 봐 두려움 속에 살아야 했다.

도대체 나는 왜 그 사람들이 오빠가 정말로 어떤 사람인지 알기를 바랐던 걸까? 그걸로 뭘 얻겠다고? 그 사람들이 우릴 도와줄 수 있다는 듯이. 나는 그들에게 재미난 쇼를 보여주었고, 그들은 잠깐 동안 우리의 비참함을 즐겼을 것이다.

기분이 끔찍했다.

"가서 소냐 좀 만나고 와."

오빠가 말했다.

"알겠어."

"헬데르란트 광장으로 오전 11시까지 오라고 해. 거기서 걔가 잠깐 필요해."

"알았어, 내가 처리할게."

내가 대답했다. 그리고 하느님 감사합니다, 오빠한텐 아직 내가 필요해, 라고 생각했다. 오빠는 아무것도 모른다.

"난 이 동네를 잠깐 떠나야 돼. 잘 처리해. 걔가 꼭 거기로 와야 돼. 그리고 전화하지 마."

"알았어, 걱정하지 마."

내가 말했다.

나는 차에 타고 소냐 언니네로 갔다. 안으로 들어가서 킥복싱을 하던 언니에게 코르가 붙여주었던 별명으로 언니를 불렀다.

"복서, 어디 있어?"

"아직 침대에 있어."

언니가 외쳤다. 나는 언니에게 갔다.

"오빠를 위해서 할 일이 좀 있어."

"싫어. 더 이상 오빠를 위해서 아무것도 하지 않을 거야. 좋은 꼴 볼 일이 전혀 없다고."

언니가 대답했다.

"그거 오빠한테 직접 말할 거야, 복서? 난 안 해줄 거거든. 자, 전화해."

나는 언니 침대에 휴대전화를 던졌다. 아침 7시 반이고, 막 엄청난 편두통을 겪었고, 복서도 나만큼이나 11시까지 헬데르란트 광장에 가지 않으면 난리법석이 일어날 거라는 걸 잘 알았다. 언니가 패턴을 깨뜨리면 오빠는 의심할 것이다. 내가 처리하겠다고 말했으니까 오빠의 분노는 당연히 나에게로 향할 거고, 지금은 그런 일을 감수할 수 없었다.

"복서, 난 조금 전에 경찰이랑 이야기를 하고 왔어. 지금은 오빠를 상대로 건방지게 굴 때가 아니야. 일반적인 패턴에서 벗어나지 말자. 그런 건 할 만큼 했잖아. 난 더 이상은 감당할 수가 없어. 그러니까 언니가 평소에 하던 대로 해."

언니는 내가 굉장히 긴장했다는 걸 깨달았다.

"알았어, 갈게. 어제 일 얘기 좀 해봐. 어땠어?"

"음, 아주 무서웠어. 오빠가 그 후에 우리 집에 두 번이나 왔었어. 오빠가 알았을까 봐 겁이 나."

"바보야, 오빠가 어떻게 알겠어?"

"오빠에 관해서는 아무것도 단언할 수 없지, 안 그래? 경찰은 젊고 예쁜 여자 두 명이었어. 내가 아는 한, 그 여자들이 밀고자일 수도 있어. 오빠가 바에서 만난 여자들일 수도 있지. 모르겠어. 나 그냥 되는대로 떠들고 있는 것 같아. 무서워. 어제 집에 가자마자 편두통이 오더라. 유령을 보는 기분이야."

언니는 나를 진정시키려고 노력했다.

"오빠는 최소한 아직은 절대로 모를 거야. 정말 오빠가 벌써 그 여자들 중 한 명이랑 잤을 거라고 생각하니?"

"음, 그럴 수도 있잖아. 오빤 이용할 수 있는 모든 사람을 침대로 끌어들이는데, 뭐. 안 그래?"

"아니, 오빠는 아직은 절대로 모를 거야."

언니가 말했다.

"언니가 그렇게 말한다면. 하지만 약속은 하루 전에 잡은 거고, 이 여자들이 모두가 볼 수 있게 일정표에다가 적어놨으면 어떡하지? 언니, 내가 맹세하는데, 난 후회해. 언닌 알고 싶지도 않을 거야. 내가 무슨 짓을 한 거지? 오빠가 날 죽일 거야!"

"진정해, 아스. 아무 일도 없을 거야. 오빠는 아직 너한테 일을 시키고 있잖아. 그러니까 걱정하지 마."

"오빠가 알게 되면 난 죽을 거야. 다시는 이런 짓 하지 않을 거야. 더이상 그 사람들하고 얘기하지 않을 거야."

변호사

1995

법무부와 나의 관계는 수십 년 전으로 거슬러 올라가고, 굉장히 복잡했다. 나에게는 이 사람들을 믿지 못하고 이들의 손에 내 목숨을 맡기는 걸 두려워할 만한 타당한 이유가 있었다.

1988년, 나는 대학으로 돌아갔다. 처음에는 철학을 공부했지만, 그건 별 쓸모가 없었다. 나는 대학 체계를 이해하지 못했고 대학에 다녀본 사람도 알지 못했다. 심지어는 강의실도 찾을 수가 없었고, 마침내 강의실에 들어가면 수업을 이해하지 못했다. 이 사람들이 무슨 이야기를 하고 있는 거지? 나는 내가 이런 수준의 사고를 따라잡을 만한 지적 능력이 부족하다고 느꼈다. 그래서 그만두고 법을 공부하기 시작했다.

나는 이게 우리 가족과 하이네켄 납치 사건을 둘러싼 사건들과 아무 관계도 없고 내가 고등학교 때 공부했던 과목들과 관계가 있다고 스스로에게 말했다. 청구서를 지불할 수만 있다면 언어나 역사 쪽에서 학위를 땄을 거라고 생각하려고 했다. 얍이 꾸준하게 생활비를 벌어오지 못했기 때문에 내가 돈을 벌 수 있는 것이 나에게는 굉장히 중요했다.

나는 1995년에 졸업했다. 그 무렵 나의 배경에 조금 문제가 있다는 것이 밝혀졌다. 내 가족 배경 탓에 내가 처음에 바라던 자리, 즉 검사나 판사는 절대로 될 수 없었기 때문에 나는 변호사가 되기로 했다.

빔의 중개로 브람 모스코비치가 나의 보증인으로 나서서 기회를 주고자 했고, 근사한 보브 메이예르는 다행스럽게도 편견 없이 나에게 사무실 공간을 제공해주었다. 덕택에 나는 최종 조건을 충족하고 변호사로서 맹세를 할 수 있게 되었다.

나는 변호사 선서식에 소냐 언니와 헤라르트 오빠, 엄마를 초대했다. 엄마는 딸을 아주 자랑스러워했다. 나는 아들이 중범죄를 저지른 것이 엄마의 잘못이 아니라는 사실을 입증한 셈이었다. 엄마는 법의 올바른 쪽에 또 다른 자식을 두게 되었다. 내가 우리 가족 내에서 선과 악의 균형을 복구해준 것 같았고, 엄마가 그런 기분을 느끼게 돼서 나도 기뻤다.

순진하게도 나는 코르와 빔도 선서식에 오라고 초대했다. 그들은 복역을 끝냈고, 나는 과거 때문에 그들과의 관계를 단절하고 싶지 않았다. 식이 끝나고 우리는 나의 새 사무실에서 음료와 스낵으로 축하를 할 예정이었다.

선서식 전날, 나는 아직까지 장소와 시간에 대해 어떤 이야기도 듣지 못했다. 불안해져서 어떻게 된 건지 알아보기 위해 전화를 걸기 시작했다.

암스테르담 검찰청의 여자와 연결이 되었다.

"내일 선서를 할 수 없으실 겁니다. 법무부에서 그쪽이 법조계에 들어오는 것을 막았어요."

"왜요?"

내가 물었다.

"그쪽이 하이네켄 씨 납치 사건의 용의자였기 때문이죠."

나는 어안이 벙벙했다. 나는 그들이 나를 오빠와 착각한 게 아닌지 물어보았다.

"저는 A. A. 홀레이더르예요. 저를 W. F. 홀레이더르와 착각을 하신 것 같은데요."

내가 말했다.

"아뇨, 그쪽도 이 사건의 용의자였고, 테이번 검사님이 그쪽이 선서를 하기 전에 사건 전체를 다시 살펴보고 싶어 하세요. 그러니까 내일은 선서할 수 없으실 겁니다."

여자가 전화를 끊었다. 머리가 핑 도는 느낌이었다. 이게 뭐지? 내 평생 벌금 이상의 일을 저질러본 적이 없었다. 나는 두 아이의 엄마고, 죽어라 열심히 일했고, 더 나은 삶을 위해서 교육을 받았는데 이제 법무부가 내가 하이네켄 납치범 중 한 명과 혈연관계라고 해서 변호사로 일하는 걸 막으려는 건가?

이건 12년 전 내 침실을 박차고 들어와서 총을 내 머리에 겨누고, 나를 침대에서 끌어내 바닥에 내던지고, 내 목을 발로 밟고, 나를 유치장에 가뒀던 바로 그 사법부였다. 내 사생활을 빼앗아가고, 나를 미행하고 감시한 그 사법부였다. 나하고는 아무 관계도 없는 범죄 때문에 또다시 모든 게 시작되는 건가? 내가 빔과 코르를 저버리지 않았다는 데

대한 그들의 복수인가? 대학 교육을 받은 소위 깨어 있는 사람들이 이끄는 바로 그 사법부의 꼭대기가 나를 이런 식으로 규탄할 거라고는 상상조차 해본 적이 없었다.

나는 더 이상 그들과 연결된 기분을 느끼지 못했지만, 내 모든 돈을 사무실을 만드는 데 투자했다. 사무 공간을 빌리는 것 같은 일에 돈을 들였고, 이제 막 얍에게 또 다른 여자가 있다는 사실을 알게 된 상황이었다.

나는 앞으로 나아가야 했다.

나는 브람에게 전화를 했고, 그는 학장인 하밍 씨에게 연락해보라고 조언했다. 하지만 하밍은 외출 중이었고 그의 대리인은 이 성을 가진 사람과 관련된 문제에 끼고 싶어 하지 않았다. 대리인은 하밍 씨가 돌아올 때까지 기다리라고 말했다.

그날이 지나가고, 아무 일도 일어나지 않았다. 나는 선서를 하지 못할 거라고 예상했다. 미리 알게 되어서 스무 명의 후보 중에서 유일하게 선서를 하지 못하는 사람이 되는 바보짓을 면할 수 있었다는 걸 그나마 기쁘게 여겼다.

내가 이미 포기하고 있는데 전화가 울렸다.

"홀레이더르 씨?"

목소리가 들렸다.

"네."

"하밍입니다. 홀레이더르 씨의 선서가 진행될 겁니다."

그가 전화를 끊었다.

선서식에서 그는 악수를 하면서 말했다.

"행운을 빌어요!"

그리고 노골적인 윙크를 던졌다.

이것은 나에게 부정적인 편견을 뛰어넘을 수 있는 사람이, 나를 오빠와 형부가 한 일이 아니라 그저 나로서 판단하는 사람이 있다는 희망을 약간 안겨주었다. 하지만 법무부에는 그럴 마음이 전혀 없는 사람들이 있다는 사실 역시 분명하게 알려주었다.

1996년 여름, 직장에 있는 내게 베이비시터가 전화해서 열 명의 형사와 검사, 지도 판사가 우리 집 전체를 뒤지고 밀류스카의 디즈니 비디오테이프 모음을 가져갔다고 말했다. 베이비시터는 겨우 열여섯 살 여자아이였고 당시에 열한 살 난 내 딸과 함께 있었다. 그들은 그 애가 나에게 연락하는 것을 금지시켰다.

두 어린애들이 초대도 받지 않고 강제로 집에 들어올 수 있는 권력자들에게 고스란히 노출된 채로, 그들이 집안 전체를 뒤집어놓을 동안 붙잡혀 있었다. 그런데 그들은 내가 집에 가서 겁먹은 아이들을 달랠 수 있도록 나에게 알리는 기본 예의조차 없었다. 나는 무엇 때문이냐고 물었지만 이 수색을 왜 한 거고 어떤 조사와 관련이 있는 건지 아무 설명도 듣지 못했다.

나중에야 그들이 얍이 운영하고 있었던 코르, 로비, 빔의 섹스 클럽에서 녹화되었다는 검사의 비디오테이프를 찾고 있었다는 걸 알게 되었다.

우리 집에 왔던 검사 테이번은 내 선서를 가로막았던 바로 그 사람으로 에마라는 창녀에게서 이 비디오 이야기를 들었다. 에마는 상당량의 돈과 그녀와 남자친구가 저지른 여러 번의 차량 강도 사건에 대해서 기소 면책권을 받기로 하고 이야기를 했다. 테이프는 코르가 녹화해서 우리 집에 숨겨놨다고 추정되었다.

테이번은 성욕 과잉 검사의 행동을 감춰주려고 안달이 나서 창녀의 이 말도 안 되는 이야기를 고스란히 믿었다가 벽에 부딪혔다. 이건 전부 다 거짓말로 판명되었지만, 그동안에 내 사생활은 부당하게 침해되었고 내 베이비시터와 아이는 정의라는 이름 아래 정신적인 충격을 받았다.

나는 어떤 사과도 받지 못했다.

이건 내가 법무부에 괴롭힘을 당한 세 번째 사건이었다.

그리고 여기서 끝나지 않았다.

2005년, 그해를 시작으로 많은 사람들이 내게 와서 법무부에서 나에 관한 정보를 요청했다고 알려주었다. 법무부는 나를 변호사 업계에서 쫓아낼 마음이었다. "그런 사람은 절대로 변호사가 되어서는 안 되기 때문"이었다. *그런 사람?* 변호사로서 나는 전적으로 배당된 사건만 맡았다. 오빠와 조금이라도 관계가 있는 사건은 절대로 맡지 않았다. 나는 완벽하게 깨끗했다.

이 마녀사냥을 누가 주도했던 걸까?

하지만 사건은 계속해서 더 일어났다. 2007년 7월 3일에 내 비서가 연락했다.

"지도 판사 P. M.의 전화예요. 지금 좀 오시라는데요."

오라고? 이해할 수가 없었다. 오늘 증인 공판이 있는 걸 빠뜨린 건 아니겠지?

"연결해줘요."

내가 말했다.

"안녕하신가요, 홀레이더르 씨. 지금 홀레이더르 씨 집에 있습니다."

P. M.이 말했다.

"우리 집에요?"

"여기로 좀 오실 수 있을까요? 집을 수색해야 해서요."

그가 말했다.

이번에는 또 무슨 일이지? 빔은 교도소에 있으니까 오빠에 관한 건 아닐 것이다. 나는 사무실에서 일을 정리하고 집으로 갔고, 지도 판사를 포함해서 남자 여섯 명이 바깥에서 기다리고 있었다.

"안으로 좀 들어가도 될까요?"

그가 물었다.

"무슨 일이죠?"

"홀레이더르 씨가 하이네켄 몸값을 세탁해준 용의자로 지목됐습니다."

이거 무슨 농담인가? 또 하이네켄 납치다! 사건이 일어났을 때 나는 열일곱 살이었고 아무 관련이 없었는데, 12년이 지나서 그들은 내가 선서하는 것을 가로막더니 이제 25년이 지나서 우리 집 문 앞에서 내가 몸값을 세탁했다고 비난하는 건가?

"다른 가족들도 수색하고 있나요?"

내가 물었다. 그들이 우리 중 한 명을 괴롭힐 때면 대체로 다른 사람에게도 똑같이 하기 때문이었다. 엄마가 불쌍해졌다. 엄마는 이런 판사가 허락한 가택 침입을 대단히 자주 당했다.

"아뇨, 어머니와 언니분은 아닙니다."

"그럼 또 우리 오빠 때문인가요?"

내가 물었다.

"아뇨, 오빠분은 용의자가 아닙니다."

지도 판사가 대답했다.

이제 나는 정말로 의아했다.

"뭔가 하고 싶은 말이 있나요?"

P.M.이 물었다.

"묵비권을 행사하겠어요."

내가 대답했다. 알 게 뭐람, 나는 그렇게 생각했다. 내가 뭐라도 말해줄 것 같아? 뭐에 관해서? 여섯 명의 남자들이 내 속옷을 뒤지고, 내 물건을 만지고, 내 사생활을 침해하는 것에 대해서? 아니, 아무 말도 하지 않을 것이다.

법무부가 나에게 해준 거라고는 문제를 일으키고 고통을 안겨준 것뿐이었다. 내가 왜 그들이 망가뜨리려고 그렇게 애를 쓴 사생활에, 내 사생활에 그들을 받아들이겠는가? 그들이 나를 상대로 음모를 꾸미고 있지 않다고 어떻게 확신하지? 지금까지 그들은 내가 그들을 믿을 만한 이유를 단 하나도 주지 않았다. 오히려 그 반대로 나는 우리 오빠를 믿지 않는 것만큼이나 그들을 믿지 않았다.

프란시스와 빔

2013

아침 일찍부터 빔이 나에게 전화를 했지만, 나는 직장 일로 바빴다. 그날 밤 집에 왔더니 오빠가 현관문 앞에 서 있었다.

"잠깐 좀 내려와."

오빠가 명령했다.

이번엔 또 뭐지? 나는 내려갔다. 오빠는 스쿠터 옆에서 기다리고 있었다. 음울한 표정을 짓고 있다가 내가 다가가자마자 쏟아붓기 시작했다.

"소냐랑 같이 있다가 내가 '프라니는 어때?'라고 물었단 말이야. 프라니의 아기가 태어났다는 걸 이미 알고 있어서 걔가 뭐라고 말하는지 보고 싶었거든. 걔가 '여자아이를 낳았어' 그러고는 나더러 다음 주에 그 애가 쉬고 있을 때 들르라고 하더라. 아시, '다음 주에 들러'라니, 이건 대단히 무례한 행동이야. 너도 알잖아, 아스, 존경심이라고는 없어. 자기들이 도대체 뭐라고 생각하는 거야!"

오빠는 화가 났다. 소냐 언니에게, 그리고 한때 자신과 대단히 가까 웠다고 생각하는 조카 프란시스에게. 이제 프란시스는 어른이고, 자기 아이를 가졌고, 빔은 그 애를 거의 모르는 것 같은 기분을 느꼈다.

빔 오빠가 체포된 이후, 프란시스가 아직 아기였을 때, 그 애는 매일 오빠의 사진에 키스하고, 매주 파리의 라 상테 교도소로 엄마와 할머 니와 함께 오빠를 보러 갔었다. 그들은 아침 8시에 교도소 한쪽 벽을 따라 늘어서는 면회객 줄에 설 타이밍에 맞추기 위해서 새벽 2시 반에 출발했다. 줄은 밖에서 서야 했다. 비, 바람, 눈, 열기나 추위를 피할 곳 이라고는 없었다.

경비들은 정오에 문을 열었고 제일 앞에 있는 사람부터 들여보냈 다. 문은 오후 1시에 닫히고, 그 시간까지 들어가지 못하면 면회를 못 하고 떠나야 했다. 줄 앞쪽에 서는 것이 필수였다. 문에 들어서면 중세 식 계단이 면회실까지 이어졌다. 0.4제곱미터도 되지 않는 춥고 좁은 공간에 면회객과 죄수를 갈라놓는 유리창이 있었고, 손을 대는 것은 금지였다.

소냐와 프란시스는 코르를, 엄마는 빔을 보러 갔다. 면회 도중 자리 를 바꾸는 것도 금지였다. 하지만 가끔 빔과 코르의 면회 칸이 나란히 있고 경비가 잠깐 신경을 쓰지 않으면 소냐와 프란시스는 재빨리 엄 마와 자리를 바꿔서 빔을 보았다.

나중에, 코르와 빔이 범인 인도 절차를 기다리느라 호텔에 머물 때 부인이 함께 머물 수 있었고, 프란시스도 함께 갔다. 네덜란드에서 그 애는 '삼초니'를 보러 가곤 했다. 그 애는 빔을 그렇게 부르곤 했었다. 열 달 때부터 아홉 살이 되던 때까지 그 애는 항상 빔을 보러 함께 갔 고, 오빠가 석방된 후에는 제 아빠의 집에서 삼촌을 만났다.

하지만 세월이 흐르면서 빔은 더 이상 오지 않았다.

빔은 아이들을 어른들의 약점으로 이용할 수 있을 때만 아이들에게 관심을 가졌다. 누군가에게서 뭔가를 원할 때면 빔은 그 집 아이들에게 굉장히 잘했다. 그렇게 받아들여지고 나면, 자기가 원하는 바를 이루기 위한 도구로 아이를 이용했다. 잠깐 동안 사람들은 오빠가 아이들과 놀아주는 모습에 감탄하지만, 다음 순간 오빠는 아빠나 엄마가 자신이 원하는 대로 하지 않으면 아이들을 죽이겠다고 협박했다.

우리는 최대한 아이들을 오빠에게서 떼어놓으려고 노력했고, 대체로 효과가 있었다. 개인적으로 오빠는 아이들에게 눈곱만큼도 신경 쓰지 않았기 때문이다. 오빠가 아이에게 관심을 갖자마자 우리는 문제가 생길 거라는 걸 알았다.

빔은 나에게 가족이 아닌 누군가가 프란시스가 아이를 낳았다고 전해줬다고 말했고, 왜 우리가 얘기하지 않았으며 왜 아이를 보러 오라는 초대를 받지 못한 건지 알고 싶어 했다. 오빠도 물론 이 질문에 대한 답을 알았다. 프란시스는 빔을 무서워했다.

소냐 언니와 나는 프란시스와 리히에게 빔이 그들의 아빠를 어떻게 했는지 절대로 말해주지 않았다. 그것은 목숨이 위태로울 만한 사실이었다. 빔은 "그 일"에 대해서 아는 아이들은 "복수를 할 수 있기 때문에" 자라서 어른이 되게 놔둘 수 없다고 생각하기 때문이다.

하지만 프란시스는 알았다. 그 애는 코르가 죽을 때 열아홉 살이었고, 형부가 죽기 전후에 정신적 상처가 될 만한 수많은 사건들을 목격했기 때문이다.

제 아빠와 수영장에 있으면서 그 애는 형부의 첫 번째 살해 시도 때 남은 총상 흉터를 세곤 했고, 그럴 때면 형부는 언제나 그 애한테 이렇게 말했다.

"네 삼촌이 이런 거야. 네 삼촌이는 유다야."

두 번째 살해 시도 이후에 그 애는 코르가 빔이 꾸민 짓이라고 소리치는 것을 들었다.

제 아빠가 죽자마자 우리는 그 애한테 빔을 절대로 믿지 말라고, 그를 조심하라고, 무슨 일이 있어도 그에게 가지 말고 리히 역시 못 가게 하라고 경고했다. 이유는 말하지 않았지만 그 애는 우리 말뜻이 뭔지 백 퍼센트 이해했다.

한동안 빔은 프란시스를 코르의 돈을 얻을 방편으로 여겼다. 그게 실패하자 오빠는 즉시 그 애와의 관계를 끊었다.

그런데 이제 갑자기 오빠가 다시 그 애한테 관심을 보이고 있었다.

빔의 말에 따르면 프란시스가 오빠의 여자친구 중 한 명에게 오빠가 "자기 아빠를 없앴다"라고 말했다는 것이다.

나는 오빠의 마음을 바꾸기 위해서 애를 썼다. 오빠도 우리가 너무 겁을 먹어서 오빠에 대해서 아무 말도 못 한다는 걸 잘 알지 않느냐, 그래서 프란시스가 실제로 그런 말을 했다는 걸 믿을 수가 없다, 그렇게 말했다.

하지만 오빠는 확신했다.

"아시, 내 말 잘 들어. 그 애한테 얘기 좀 해. 백만 퍼센트 확실하게, 나한테 그 얘기를 한 사람은 거짓말하는 사람이 아니야."

"오빠, 그 애는 그날 밤에 술을 몇 잔 마시고 감정적이 되었을 거야."

그 말이 오빠의 생각을 딱히 바꿔놓지는 못했다.

"그러니까 술에 취해서 그런 소리를 했다는 거지. 그리고 난 그 난장판을 감당해야 되고? 그럴 수는 없어, 아시."

프란시스가 어떻게 이렇게 멍청할 수 있지? 우리는 늘 우리 아이들에게 경고했다. 술은 마시지 말라고. 술을 마시면 사람이 느슨해지고, 무슨 말을 하는지 모르게 된다. 빔을 아는 사람들과 이야기하지 마라. 그 사람들이 모든 걸 다 전달할 테니까. 그 애한테 이런 원칙을 그렇게 주입시켜놨는데, 이제 최악의 일이 일어나버렸다.

프란시스가 한 발언 때문에 빔은 그 애를 통제해야 하는 위협으로 생각하게 되었다. 당국에서 이 이야기를 전해 듣는다면 오빠에 대해 증언하도록 이용할 수도 있으니까.

오빠는 나에게 프란시스에게 가서 만약에 "그에 관해 나불거리면" 그 역시 "그 애 엄마에 대해서 말하겠다"라고 전하라고 시켰다. 프란시스가 떠들어서 그가 코르의 살인범으로 판결을 받으면, 소냐가 시켜서 한 거라고 말할 거고 그러면 프란시스는 제 엄마를 잃게 될 거라는 얘기였다.

"가서 그 애한테 말해! 그 애도 제가 무슨 짓을 하고 있는지 알아야지!"

하지만 당연하게도 오빠의 얘기는 아직 끝나지 않았다. 프란시스가 한 말에 대해서 소냐 언니도 책임이 있고, 언니도 대가를 치러야 한다는 거였다.

"난 아기를 보는 것 따위엔 신경도 안 쓰지만, 나한테 그런 식으로 말하면 안 되지. 내가 무슨 머저리 등신인 줄 알아? 그리고 너도 무슨 일이 생길지 알잖아, 아스. 난 화가 날 거야. 그리고 내가 화가 나면 더 이상은 상냥하게 대할 수 없고, 그러면 다들 대가를 치르게 될 거야."

오빠가 그들을 에둘러 협박하는 방식에 내 배 속이 울렁거렸다. 난 화가 날 거야. 그리고 내가 화가 나면 상냥하게 대할 수 없어.

나의 살인자에게

이것은 마치 어린애처럼 유치하게, 오빠가 기본적인 감정에 따라 행동하는 무해한 네 살배기라도 되는 것처럼 들린다. 네 살배기는 화가 나면 더 이상 상냥하게 행동할 수 없다고 생각할 것이다. 빔 오빠는 유치원생의 감정적 발달을 흉내 내서 자신을 작고 무해해 보이게 만들곤 했다. 하지만 오빠는 무해한 것과는 거리가 멀었다.

오빠도 그걸 알고, 우리도 그걸 알고, 오빠가 무슨 짓을 했는지에 관한 배경지식이 오빠의 말에 치명적인 의미를 덧붙였다. 그러니까 우리는 오빠가 말로 하지 않아도 오빠 말에 따르지 않으면 결과가 어떨지 잘 알았다.

협박에 이어지는 것은 갈취일 것이다. 오빠는 경험 많은 성인 남자가 어린 여동생에게 해주는 선의의 조언으로 그것을 포장했다.

"너도 어떤 건지 알지, 아스? 전부 다 호의에 대한 거야. 호의가 없으면 그 애한테 남는 건 아무것도 없어. 그 애는 그냥 희생자가 될 거고, 어떤 권리도 갖지 못하게 될 거야. 이건 그냥 호의의 문제야. 그걸 존중해야지. 그 애는 그러지 않았고, 그러니까 이제 어떤 권리도 없는 거야."

오빠가 언어의 마술사라는 건 인정해야 한다. 오빠는 이 모든 것을 실제로 노골적인 말 한마디 없이 표현했다. 오빠의 과거를 알아야만 오빠의 말을 이해하고 해석할 수 있다. 오빠가 지금 한 말은 소냐 언니가 코르의 재산이나 페터르 데 프리스가 (코르와의 인터뷰를 바탕으로) 쓴 책 『알프레드 하이네켄 납치 사건』을 바탕으로 한 영화의 수익금 같은 것들을 받을 수 있을지 말지는 오빠가 결정하는 일이라는 거였다.

언니는 남편의 재산을 오빠가 허락해주어야만 가질 수 있는 것이다. 언니가 오빠가 원하는 것을 오빠가 원하는 대로 하는 한, 오빠는 호의의 화신일 것이다.

"하지만 말이야, 아스, 걔네가 영리하다고 생각하면 안 되는 거야. 걔네가 나를 모욕해도 된다고 생각해서는 안 되는 거지. 난 조치를 취할 거고, 그러면 걔네도 다른 사람들처럼 끝나게 될 거야. 내가 걔네한테 보여줄 거야."

내가 조치를 취할 거야. 걔네도 다른 사람들처럼 끝나게 될 거야. 그 말이 내 영혼을 칼로 찌르는 것 같았다. 그 말은 오빠가 전에 한 일, 우리가 공유하는 과거를 가리키는 거였다. 코르에게 한 일을.

그 말의 진짜 의미는, 난 그 애들을 가만두지 않을 거고, 그 애들이 가족이고 평생 옆에 있어줬다는 사실 따위에 털끝만큼도 신경 쓰지 않아, 나한테 걔네들은 다른 사람들과 똑같고, 내 다른 희생자들처럼, 코르처럼, 그 애들도 제거될 줄 알아, 라는 거였다.

그게 내가 프란시스에게 전해야 하는 메시지였다. 그 애 아빠의 살인에 대한 자백이 담긴 동시에 그 애와 그 애 엄마에 대한 살해 위협이 담겨 있는 메시지. 이걸로도 충격이 부족하다고 생각한 것처럼 오빠는 이 메시지를 젊은 여자의 삶에서 가장 취약한 시점에, 아이를 낳은 때에 보내기로 한 거였다.

오빠의 체스 게임에서 모든 수는 잘 계획되어 있었다.

오빠가 프란시스의 주소를 물어서 직접 가는 것을 막기 위해 내가 말했다.

"내가 지금 당장 그 애한테 갈게. 걱정하지 마."

우리는 오빠에게 프란시스가 어디 사는지 절대로 말하지 않았고 오빠가 절대로 알지 못하게 할 생각이었다. 어디 사는지 알게 되면 오빠는 아무 때나 그 집 앞에 나타나서 직접 겁을 줄 테니까.

나는 차에서 프란시스에게 전화해서 "들르겠다"라고 말했다.

이 말만으로도 그 애는 겁에 질린 눈으로 복도에서 나를 맞이했다. 무슨 일이 있을 때에만 내가 들른다는 걸 그 애도 잘 알았다. 그리고 무슨 일이 있다면 그건 늘 빔에 관한 거였다.

"무슨 일이에요?"

그 애가 창백한 얼굴로 물었다. 그 애를 방문하던 중이었던 소냐 언니도 밖으로 나왔다.

"네가 코르에 대해서 뭔가 말을 했다면서 오빠가 골치 아프게 굴고 있어."

그 애는 내 말뜻을 즉시 알아들었다. 전에도 이 이야기를 나눴으니까.

"너한테 다시는 그 얘기 하지 말라고 전하래."

프란시스는 겁에 질려 허둥거리기 시작했다.

"하지만 이모, 정말로 아무한테도 한 마디도 안 할 거예요. 내가 삼촌 얘기를 한 마디도 하지 않을 거라고 전해줄 수 있어요? 이제 또 무슨 일을 꾸미고 있는 거예요? 나랑 노라를 노리는 건가요, 이모?"

그 애는 죽을 만큼 겁을 먹었고, 아이 때문에 겁을 먹었다. 소냐 언니는 질린 듯이 그 자리에 그저 서 있었다.

"너무 걱정하지 마. 곧 지나갈 거야."

나는 프란시스에게 최대한 태연한 어조로 말했다.

그 애는 내 눈을 똑바로 쳐다보았고, 나는 그 애가 내가 거짓말한다는 걸 안다는 사실을 알아챘다.

"그러지 않을 거라는 거 이모도 알잖아요. 날 속이려고 하지 마세요. 난 삼촌을 알아요. 그냥 지나가지 않을 거라는 거 이모도 알잖아요."

"프란, 네 말이 맞아. 내가 약속할 수 있는 건 괜찮을 거라는 것뿐이야. 난 너희를 돌봐주겠다고 약속했어. 네 아빠한테 너를 돌봐주겠다고 약속했어. 내가 안 그런 적 있니?"

"없어요."

그 애가 흐느꼈다.

"난 늘 약속을 지키잖아, 그렇지?"

"네."

그 애가 나직하게 대답했다.

"좋아, 그러니까 네가 괜찮을 거라고 내가 말을 하면, 정말로 그럴거야. 나 믿지?"

"믿어요."

그 애가 조용히 말했다. 나는 언니를 보았다.

"이런 일이 일어나도록 놔둘 순 없어."

나는 언니에게 말했고, 언니는 내가 법무부와의 면담을 암시하는 것임을 즉시 알아챘다.

"다. 괜찮을 거야."

나는 프란시스의 마음을 달래기 위해서 다시 말했지만, 그 애를 집 앞에 두고 떠날 때 그 애의 눈에 여전히 두려움이 어려 있는 걸 보았다.

나는 빔에게로 돌아가서 프란시스가 아무 말도 안 할 거라고 안심시켰다.

나의 살인자에게

"나도 그러길 바란다. 그 애랑 그 애 엄마를 위해서."

오빠는 자신이 그들에게 가하는 공포를 여전히 즐기고 있었다.

지금으로서는, 문제는 해결이 됐다.

하지만 오빠는 다시 그 문제를 끄집어낼 것이다. 오빠는 자꾸 물어 대서 아이들에게서 떼어놔야만 하는 나쁜 개 같은 존재였다.

죽이거나 남은 평생 우리에 가둬놔야 하는 그런 나쁜 개 같은 존재. 법적으로 빔을 죽일 수는 없지만, 우리에 가둘 가능성은 있었다. 하지만 그렇게 하려면 법무부의 도움이 필요했다. 어제까지는 법무부에 협조하는 게 여전히 혐오스러운 생각처럼 느껴졌는데, 오늘 나는 다른 선택지가 없다는 걸 깨달았다. 프란시스를 위해서, 우리 자신을 위해서, 우리 모두를 위해서 해야만 했다.

다음 날 나는 CIU의 연락책에게 문자를 보냈다.

"수요일, 같은 시간, 같은 장소, 같은 조사관들?"

그들이 답을 보냈다.

"좋아요. 같은 시간, 같은 사람들. 좋은 저녁 보내요."

면담은 전과 같은 장소에서 이루어졌고, 나는 빔의 눈에 띄지 않고 가기 위해서 똑같이 긴장 가득한 시련을 거쳐야만 했다.

도착하자 미헬러가 나를 기다리고 있는 게 보였다. 나는 그쪽으로 똑바로 걸어갔다. 위층 호텔방에서 우리를 기다리고 있던 마논이 합류했다.

"여기 와줘서 정말 기뻐요."

그녀가 말했다. 이 무렵에 나는 면담을 하기로 한 것이 행복할 지경이었다. 프란시스의 눈에 떠올랐던 겁에 질린 표정이 머릿속에 선명했기 때문이다.

나는 특수 증언 절차의 세부 사항에 관해서 CIU 담당관과 이야기를 해볼 의향이 있느냐는 질문을 받았다. 나는 어떤 내용에 대해서 증언할 수 있는지 정확하게 밝혀야 했다.

그때까지 나는 그들에게 내가 어떤 특정 사건에 관해서 아는지는 이야기하지 않았었다. 여러 가지 살인에서 빔의 역할에 관해 수수께끼 같은 실마리를 몇 개 던졌지만, 어떤 것인지, 내가 정확하게 뭘 아는지는 말하지 않았다. 나는 이 문제를 그들의 상사인 CIU 검사에게 이야기하고 싶었다. 나는 내 정보를 털어놓는 것에 극도로 신중했다.

여자들은 담당관에게 내가 한 말을 전하고 약속을 잡아주기로 했다.

"언제인지 나한테 연락 주세요."

나는 그렇게 말하고 그들과 헤어졌다.

그날 저녁, 나는 빔이 집 앞에 나타날 거라고 예상했지만 아무 일도 없이 조용했다.

다음 날 아침 6시 반에 나는 매일 아침 그랬던 것처럼 옷을 차려입고 나갈 준비를 하고 앉아서 빔을 기다렸다. 불시단속의 계속적인 위협 때문에 빔은 늘 새벽 5시에 일어나서 길을 나섰다. 오빠는 자다가 놀라는 것을 싫어해서 굉장히 일찍 집을 나오는 걸 좋아했다. 그 시간에 오빠가 갈 만한 곳은 별로 많지 않았다.

내가 그 소수 중 하나였다.

나는 잠옷을 입은 상태에서 오빠를 맞이하지 않도록 늘 주의를 기울였다. 옷을 입기까지 최소한 한 시간은 걸리는데 그동안 오빠를 혼자 두면 내 개인 물건을 다 뒤질 게 뻔하기 때문이다. 오빠는 실제로 잘 아는 모든 사람에게 그런 짓을 했다.

나의 살인자에게

"괜찮지? 별 문제 없지? 숨길 게 있는 것도 아니잖아, 안 그래?"

오빠는 놀란 척 그렇게 물을 것이다.

하지만 그날 아침에는 아무 일도 생기지 않았다. 다음 날에도 오빠는 나타나지 않았고, 그다음 날에도 여전히 연락조차 오지 않았다. 이제는 정말로 걱정이 되기 시작했다.

역설적이게도 오빠를 보지 못하는 건 보는 것보다도 더 두려웠다. 오빠가 매일 아침 6시 반에 우리 집 앞에 나타나는 편이 전혀 연락이 없는 것보다 차라리 나았다. 오빠를 보면 최소한 반응을 가늠하고 오빠가 뭔가 알아챘는지, 아니면 여전히 나를 믿는지를 확인할 수 있기 때문이다. 오빠를 보지 못하면 그 판단 기준이 사라지고 오빠가 무슨 생각이나 계획을 하는지 전혀 알 수 없다. 어쩌면 내가 법무부랑 이야기한 걸 이미 알아서 오지 않는 걸지도 모른다. 어쩌면 전에 나한테 예언한 것처럼 "무슨 일이 벌어질 경우에 대비해서" 옆에 있고 싶지 않은 걸 수도 있었다.

그러다가 그다음 날 6시 반에 현관 벨이 울렸다. 그래, 오빠가 돌아왔다! 나는 황급히 아래층으로 내려갔다.

"안녕, 오빠!"

나는 유쾌하게 말했다. 며칠 동안의 긴장된 기다림 끝에 오빠를 보게 되어 잠깐은 정말로 기뻤기 때문이다. 나는 오빠의 눈을 똑바로 보며 불신의 빛이 있는지 살폈다. 하지만 그런 건 전혀 없다는 인상을 받았다.

"안녕, 동생아. 산책할래?"

오빠가 물었다.

"좋아. 한참 못 봤네."

"그래. 할 일이 좀 있었어."

산책을 하는 동안 나는 신중하게 오빠를 관찰했다. 오빠의 목소리 톤, 표정, 손짓, 반응, 이야기하는 주제를 분석하고 오빠가 내가 한 일을 알고 있지는 않은지 파악하려고 노력했다. 오빠는 편안해 보였고 아무 의심도 하지 않는 것 같았다.

그 말은 나와 이야기한 여자들이 아직 아무것도 흘리지 않았다는 뜻이었다. 나는 법무부와의 두 번째 면담에서 살아남았다. 성급히 결론을 내리고 싶진 않지만, 그들이 약속을 지킨 것 같았다.

집으로 돌아와 나는 CIU 사람들과 연락하기 위해서 산 선불 휴대전화를 꺼냈다. 내 개인 휴대전화는 내 이름으로 번호가 등록되어 있기 때문에 그걸로는 절대로 연락을 하지 않았다. 나는 흔적을 최소한으로 남기고 싶었다. 그들은 어쨌든 경찰이었고, 그래서 나는 신중하게 행동했다.

그들이 나에게 날짜와 시간을 보냈다.

그들의 담당관과 약속이 잡혔다.

밀고자들

지방 검사 빈트 씨와의 약속은 이번 주에 잡혀 있고, 날짜가 잡힌 이래로 계속 내 머리에 떠오르는 것은 빔 오빠가 석방된 후에 암스테르담서 숲을 거닐며 나에게 했던 어떤 말이었다. 오빠의 밀고자들은 비장의 무기이자 꼭 필요할 때까지 아껴두는 비밀 무기라는 거였다.

마치 높은 자리에 있는 누군가를 아는 듯한 말투였고, 나는 즉시 이것 때문에 오빠가 모든 살인 재판에서 제외된 게 아닐까 의문을 가졌다.

나는 이미 그게 누군지 알아내기 위해서 여러 번 은근하게 찔러보았다. 하지만 노골적으로 물어보는 것은 불가능했다. 빔 오빠에게 직접적인 질문을 한다는 건 경찰 밑에서 일한다는 증거였다. 나는 평생 오빠에게 질문을 해본 적이 딱 한 번밖에 없다. 오빠는 밀고자에 대해서 절대로 나에게 말해주지 않을 것이다.

나는 계속해서 그들의 정체에 대해 걱정했고, 약속 날짜가 가까워질수록 불안감이 점점 심해졌다. 누가 알겠는가. 내가 만나게 될 지방 검사가 그 밀고자일지!

빔 오빠가 나에게 헬데르란트 광장 쇼핑센터로 오라고 문자를 보냈고, 나는 마지막으로 밀고자가 누군지 알아낼 기회를 얻었다.

내가 오빠에게 유용하다는 것을 더 많이 입증할수록 오빠가 나에게 말해줄 가능성이 더 높아질 것이다.

"가는 중이야."

나는 답장을 보냈고, 오빠 말을 녹음할 수 있을까 해서 찾아낸 조그만 기계를 가져갔다. 그것은 눈에 띄지 않을 정도로 작았다. 오빠가 항상 내 물건들을 뒤지기 때문에 나는 그것을 천장 안쪽에 숨겼고 다시 꺼내기가 힘들었다.

이 새로운 장치가 녹음을 제대로 할 수 있기를 진심으로 바랐다. 어디에 설치하는 게 가장 좋을까 알아내기 위해서 여러 번 연습을 했다. 이제 장치는 내가 생각할 수 있는 가장 안전한 곳인 내 브라 끈 뒤쪽에 부착되어 있었다. 오빠가 갑자기 동생의 브라를 잡아당기지 않는 한은 괜찮을 것이다. 나는 장치가 보이지 않도록 속옷, 스웨터, 재킷을 껴입었다. 그리고 확실히 하기 위해서 커다란 스카프도 둘렀다.

서둘러야 했다. 오빠를 기다리게 할 수는 없으니까. 오빠는 화를 낼 거고, 그러면 나는 대화를 불리한 입장에서 시작할 것이다.

빔 오빠는 우리가 정기적으로 만나는 커피숍 안에 앉아 있었다. 나는 안으로 들어가서 오빠 자리에 함께 앉았다. 두 남자가 가게 안으로 들어왔다. 오빠와 나는 서로를 바라보았고, 말없이 일어서서 밖으로

나의 살인자에게

나왔다. 비밀 요원들이다. 우리는 모퉁이로 걸어가서 서로 맞은편에 섰다.

빔: "그 자식들, 되게 즐겁게 엿듣는 거 같더라."

아스: "응. 그런데 거기도 문신에 피어싱에 경찰처럼 안 보이는 사람들이 몇 명 있기는 하네."

빔: "맞아. 하지만 어떻게 알 수 있는지 알아? 돈을 낼 때 알 수 있어. 영수증을 받아가지 않으면 경비를 상사한테 요청할 수가 없거든. 하!"

오빠의 눈이 내 가슴 쪽으로 움직였다.

빔: "스카프 벗어. 멍청이처럼 보이잖아. 지독하게 덥다고."

오빠가 스카프를 잡아당기고 내 브라 끈을 움켜잡았다. 나는 겁에 질렸고 장치가 미끄러져 떨어지는 게 느껴졌다. 어디로 간 거지? 오빠가 발견할지도 모른다!

오빠는 계속 당겼다.

빔: "멍청이처럼 보인다니까. 빌어먹게 덥잖아. 그거 벗으라고!"

사실이긴 했다. 올해 중에서 가장 따뜻한 날이었고, 나는 열대 지방에 온 이누이트처럼 보였다. 하지만 오빠가 스웨터 아래 장치가 있는 걸 알아챌까 봐 겁이 나서 스카프를 벗고 싶지 않았다.

미리 일기 예보를 확인하지 않은 내가 얼마나 멍청했는지 믿을 수가 없었다. 다음번에는 그걸 꼭 염두에 둘 것이다. 이건 오빠의 의심을 불러일으키는 행동이니까. 나에게는 절대로 필요치 않은 거였다.

나는 기온 때문이 아니라 순수한 스트레스 때문에 진땀을 흘렸다. 이 상황에서 어떻게 그럴듯한 방법으로 빠져나가지?

아스: "그냥 놔둬. 난 별로 따뜻하지 않다고. 아프고 뼛속까지 춥단 말이야. 아무래도 감기가 오려나 봐."

나는 공격적으로 나가기로 했다. 오빠를 상대할 때 최상의 방어법이다. 나는 계속 주장했다.

아스: "나 때문에 창피하면 그냥 집에 갈게. 내가 여기 온 걸 다행으로 여겨야지."

빔: "아, 됐어. 꼭 나까지 그렇게 멍청하게 보이게 해야 속이 시원하지. 그냥 좀 걷자."

아스: "잠깐 기다려. 우선 화장실 좀 가야겠어. 금방 올게."

나는 대답을 기다리지 않고 장치를 찾기 위해 커피숍의 화장실로 걸어갔다. 떨리는 손으로 내 상체를 더듬었다. 하느님 감사합니다, 거기에 있었다! 내 바지 허리와 속옷 사이에 끼어 있었다. 속옷을 허리 안쪽으로 넣어 입어서 정말 다행이었다. 안 그랬으면 바닥에 떨어졌을 것이다.

나는 브라 끈을 조이고 장치를 다시 고정시켰다. 계속 녹음을 하고

　　　　　　　　　　　　　　　　　　　　나의 살인자에게

싶으니 지금으로서는 그게 최선의 방법이었다. 다음번에는 장치를 내 피부에 접착제로 붙여버릴 것이다. 나는 서둘러 돌아갔고 우리는 걷기 시작했다.

빔: "새로운 소식은?"

나는 전에 오빠에게 운을 띄웠던 CIU 연줄에 대해서 이야기하기 시작했다. 우리는 그를 '그 친구'라고 불렀다. 이것은 나중에 쓸모가 있을 수도 있기 때문에 언제나 오빠의 흥미를 끄는 주제였다.

아스: "내가 연수회에 참석을 했는데, 거기서 가끔 이야기를 나누던 남자를 만났어."

나는 거짓말을 해서 대화를 경찰을 상대하는 방법에 관한 쪽으로 돌렸다. 이 주제로 오빠가 밀고자에 대해서 이야기해주기를 바랐다.

아스: "그 사람이 나한테 그러더라고. '언제 나한테 전화해요. 거래 조건에 대해서 논의해볼 수도 있으니까.' 난 그냥 '두고 보죠'라고 만 했어. 하지만 그 사람이 나한테 뭔가 말을 하고 싶어 한다는 느낌이 들더라고. 오빠도 알지?"
빔: "그 사람이 이야기를 하고 싶어 하면 당연히 가서 들어봐야지. 너도 알잖아, 그렇지?"

의도했던 대로 나는 오빠의 관심을 불러일으켰다.

아스: "물론이지."

빔: "가서 그 사람이 뭐라고 하는지 들어봐."

그게 오빠가 나에게 가르친 거였다. 언제나 듣기만 하고, 절대로 말하지 말 것.

아스: "응, 사실 뭔가 할 말이 없나 떠보는 거에 더 가까운 것 같다고
　　　생각해."

나는 이 문제를 오빠에 관한 걸로 돌렸다. 오빠가 관심을 갖는 유일한 주제는 자기 자신밖에 없다는 걸 잘 알기 때문이었다.

빔: "어느 쪽이든, 가서 무슨 얘기를 하는지 들어봐. '잘 지내요?' 같은
　　말을 해. 상냥하게 행동하라고. '잘 지내요? 어쩌고저쩌고, 날 만나
　　고 싶다고요? 뭘 해드릴까요?' 그렇게 말이야. 그런 식으로 하는 거
　　야. 내가 항상 하는 말도 '뭘 해줄까요?'잖아."

오빠는 나에게 소위 "정보를 뽑아내기 위해서" '그 친구'에게 어떤 식으로 다가가야 하는지도 지시했다.

빔: "그렇게 하면 그들은 너한테 뭔가 빚을 졌다고 생각하게 될 거야."

이것은 오빠에게 굉장히 유용성이 입증된 속임수였다. 오빠는 늘

"다른 사람을 도와주었다". 그게 오빠가 사람들을 자신에게 구속시키는 방법이었고, 확실하게 그들을 옭아매고 나면 그들을 이용했다.

우리는 대화를 계속했고, 내가 바라던 일이 일어났다. 오빠가 밀고자에 대해서 말하기 시작한 것이다.

빔: "그러니까 넌 아무 말도 하지 말고, 그냥 듣기만 해. 분명히 밀고자에 대해서 물어볼 거야."

아스: "그렇겠지."

빔: "내 말뜻 알겠어? 분명히 거기에 대해서 물어볼 거라고."

아스: "그래, 그럴 거야. 물론 그건 여전히 엄청난 미스터리지."

빔: "하지만 말이야, 그쪽에서 그 이야기를 꺼내거든 이렇게 말해. '우리 오빠는 그 사람들을 두려워해요. 이런 사람들은 절대로 확실하게 믿을 수가 없으니까요.'"

제기랄, 오빠는 그들이 누군지 나에게 말해주지 않았다. 그저 그들이 누군지 왜 "말할 수 없는지" 그 이유만 말해줬을 뿐이다. 나는 오빠가 시키는 대로 이야기를 전해야 했다. 그런 다음 오빠는 소위 두려움에 대해서 설명했다.

빔: "그들이 정보를 줄 수 있다면, 정보를 가짜로 만들어낼 수도 있는 거니까 말이야."

아스: "그렇지."

빔: "이해하겠어? 이건 게임 같은 거야."

아스: "그래, 그렇지. 절대로 진실은 알 수 없으니까, 그렇지?"

빔: "봐봐, 아시, 정보를 내놓는 걸로 대가를 지불하는 대신에, 정보를 가짜로 만들어낼 수도 있어."

아스: "물론이지."

빔: "알겠어?"

아스: "다시 말해서 밀고자가 협력하는 척한다 해도 완전히 믿을 수는 없다는 얘기잖아."

빔: "더러운 밀고자 놈들은 정보를 팔 수도 있고, 돈을 벌기 위해서 그 걸 만들어낼 수도 있어. '그냥 그놈이 이것도 하고 저것도 한 범인 이라고 써'라고 할 수 있는 거야."

아스: "아, 오빠 말뜻이 그거구나. 이쪽 편에서 말이지."

빔: "그래, 모두가 그렇게 할 수 있다고."

오빠는 모든 범죄자가 의심이 향하기를 바라는 방향으로 정보의 방향을 바꿀 수 있다고 말하는 거였다. 하지만 분명히 모든 밀고자가 똑같이 유연한 것은 아니고, 빔 오빠는 그 둘을 구분했다.

빔: "비열한 밀고자 놈들은 이걸 진짜 극한까지 끌고 갈 수도 있어. 내 말뜻 알겠어?"

아스: "응."

나는 '그 친구'에게 가라는 명령을 받고 싶지 않다는 걸 깨달았다. 더 이상 연락조차 하고 있지 않으니까. 그래서 물러났다.

아스: "뭔가 들고 올 만한 게 있는지 한번 볼게. 그 사람한테 연락

나의 살인자에게

해봐?"

내가 바란 건 약간일 뿐이었는데 이제 되로 받고 말로 내놔야 하게 생겼다.

빔: "그래, 연락 좀 해봐. '어떻게 지내요, 내가 뭐 해줄 게 있나요?'라 고 물어봐."

지나치게 어려운 상황이 되었기 때문에 나는 변명거리를 끄집어 냈다.

아스: "있지, 난 절대로 진실을 말해서는 안 되는 일종의 게임에 끼어 있는 기분이야."

오빠도 똑같이 느꼈다.

빔: "그럼 하지 말고 그냥 둬. 그쪽에서 너에 대해 알아내게 되면 별로 좋지 않으니까. 너도 내 말뜻 알지? 그냥 하지 마, 동생아. 그놈들이 알아서 해결하게 놔둬. 그쪽에서 뭔가 할 말이 있으면 어차피 너를 찾아올 테니까."

여기서 교훈은 놈들에게 가지 마라, 그들이 너한테 올 테니까, 라는 것이다. 경찰은 자신들이 관심이 있을 때에만 찾아온다.

빔: "그쪽은 나에 대해 경고하러 오지 않을 거야. 와서 '당신 오빠가 이 거랑 저거에 대해서 주의해야 할 겁니다'라고 말해주지 않을 거라 고. 알겠어? 그러지는 않을 거야."

나는 오빠가 제거에 대해서 이야기한다는 걸 알아챘다.

아스: "왜? 그렇게 해줘야 하는 거 아니야? 뭔가 일이 생길 것 같으 면 어떻게 해서든 그쪽에서 오빠한테 경고를 해줘야 하는 거 아 니야?"
빔: "아니, 그쪽에선 CIU를 통해서 할 거야. 직접 하지는 않을 거야."
아스: "그렇구나."

빔 오빠는 그 사람이 별로 유용하지 않다고 생각하는 거였다.

빔: "조사에 관해서도 얘기해주지 않을 거야. 그냥 이것저것 정보를 듣고 싶은 거지. 그걸로는 소용이 없어. 지금까지 그놈들은 나한테 쓰레기만 줬어. 전부 다 갖고 싶어만 하고, 그쪽에서 뭐라고 할지 난 이미 알아. '그놈이 말하지 않을 거라고?'"

나도 오빠에게 동의했고, 우리는 주제를 바꿨다.
우리는 밀고자에 대해서 이야기했지만, 나는 그들이 누군지 오빠에 게서 전혀 알아내지 못했다.
그날 밤, 나는 잠을 잘 수가 없었다. 어둠은 이런저런 유령들을 차례 로 불러냈다. 경찰과 이야기하는 것, 내가 대체 무슨 일에 뛰어든 거고

나의 살인자에게

이제 어디로 흘러가게 될까? 다행스럽게도 아침이 되자 대부분의 유령들은 사라졌다. 햇살 속에서는 모든 것이 다르게 보인다. 나는 그냥 되는대로 몸을 맡기고 흘러오는 대로 받아들이기로 결심했다. 직감에 의지하고 뭔가 이상한 느낌이 들면 CIU와의 관계를 끊을 것이다.

시간이 됐다.

미헬러는 다시 나를 엘리베이터에 태웠다. 그녀의 존재가 나에게 차분해지는 효과를 주었다. 그녀는 진실해 보였다. 마논이 방 안에서 기다리고 있다가 예전처럼 진지하게 나를 맞이했다. 여자 지방 검사가 일어나서 나와 악수를 나눴다.

"반가워요. 난 베티 빈트예요. 우리 가끔 본 적 있죠, 안 그래요?"

사실 나는 전에 그녀를 본 적이 있지만 이야기를 해본 적은 한 번도 없었다. 나는 법무부에서 나를 통해 우리 가족에 침투시키려고 '보낸' 사람이 아닐까 확실치 않아서 검사들과는 늘 거리를 두었다.

"맞아요. 법원에서 본 적이 있죠."

내가 대답했다.

어제 빔의 말이 여전히 머릿속을 맴도는 상태로 나는 즉시 오빠의 '비장의 카드'가 누굴까 생각했다. 그러다가 이 여자가 딱 오빠 타입이라는 생각이 떠올랐다. 예쁘고, 말랐고, 옷을 잘 차려입은 여자. 동시에 그게 아무 의미도 없다는 것 역시 알았다. 빔 오빠는 자신에게 유용하다면 괴물하고도 섹스를 할 것이다. 베티 빈트는 무슨 얘기를 해줄 수 있느냐고 나에게 물었다.

"진실요. 하지만 오빠랑 한 시간만 같이 있으면 오빠가 당신에게 내보이는 현실이 진짜 사실이라고 납득하게 될 거예요. 이 불쌍한 남자는 아무 짓도 하지 않았는데 여동생 둘이 정신이 나갔구나, 그렇게 생각하게 될걸요."

베티가 차분하게 말했다.

"나도 그 사람을 알아요. 법원에서 굉장히 매력적으로 행동하더군요. 나도 그걸 알아챘어요."

베티는 법정에서 빔 오빠의 불량소년 같은 연기를 꿰뚫어 보고 그게 오빠의 평판에 걸맞지 않는다는 걸 알아챈 것 같았다. 마침내 오빠를 꿰뚫어 보는 검사를 찾은 것 같았다. 이건 필수 조건이었다. 다른 사람들은 오빠가 꾸민 음모의 미궁 속에 빠져서 절대로 진실을 알아내지 못할 것이다.

미헬러와 마논은 베티에게 내가 이야기한 빔의 성격에 대해서 전했고, 이것 역시 그녀에게는 익숙한 이야기인 것 같았다. 하지만 오빠가 희생자들을 대하는 것과 똑같은 방식으로 자기 가족들도 대할 거라고는 예상하지 못했던 모양이었다.

"나도 이해해요. 하지만 그건 우리 가족이 아주 오랫동안 오빠에게 희생당하고 살았다는 걸 아무도 모르기 때문이에요. 우린 오빠에 대해서 나쁜 이야기는 절대로 할 수 없어요. 오빠가 용인하지 않을 테니까요."

내가 말했다.

"당신이 우리에게 정확히 무슨 이야기를 해줄 수 있는지 알고 싶군요."

그녀가 말했다.

의심 때문에 지난번 면담 때에는 별로 많은 이야기를 하지 않았고 내가 살인에 대해서 아는 것 몇 가지만 수수께끼처럼 이야기했다.

나의 살인자에게

"충분히요."

내가 대답했다.

"예를 들면?"

그녀가 물었다.

오빠 이름은 이야기하지 않고 내가 말했다.

"누구를 없앴는지요."

말을 하는 동안 두려움이 스멀스멀 기어올라왔다.

"내가 당신에게 이야기했다는 사실을 들키면, 그날이 내 제삿날이 될 거예요. 내가 뭔가 얘기하기 전에 우선 이 정보로 뭘 거고 누가 관련되어 있는지부터 알아야겠어요."

"걱정하지 말아요. 당신이 우리에게 말한 건 지금은 우리 셋만 알 거고, 정말로 우릴 믿어도 돼요."

베티는 나를 안심시키려고 애를 썼다.

"미안하지만, 난 오빠를 믿지 않고, 당신들도 믿지 않아요. 언니와 나 자신만 믿죠. 내 경험상 모든 사람은 돈으로 살 수 있고, 돈으로 살 수 없는 사람은 자신의 안전이나 사랑하는 사람들의 안전이 두려워서 굴복해요. 누군가의 자식이 다니는 학교에 방문하는 건 아주 쉬운 일이에요. 오빠는 그런 일을 많이 해봤어요. 그래서 뭔가 얘기하기 전에 내 정보로 어떤 결과가 나올지 알아야겠다는 거예요."

"그걸 설명해주려고 내가 여기 있는 거예요."

베티가 말했다.

요점은 내가 먼저 그들에게 내가 아는 걸 이야기해야 한다는 거였다. 그들은 그걸 서면으로 된 진술서로 작성하고, 이 진술서를 바탕으로 '일급 기밀'의 가치가 있는지 결정할 것이다. 만약 결정이 나면 나의 명시적 동의가 있을 경우에만 내 진술이 빔 오빠를 기소하는 자료로 이용될 것이다. 만약 언제든지 내가 포기한다면 진술서는 절대로 공개되지 않을 것이다. 하지만 내가 그 모든 일을 다 한다고 해도, 법무부가 자동적으로 그것을 이용하는 것은 아니었다. 그것은 국가의 주의 의무가 내 진술서를 이용해도 된다고 허용하느냐 마느냐에 달렸다. 다시 말해서 법무부가 이게 나한테 너무 위험하다고 결론을 내리면, 내 진술서를 이용하지 않기로 결정할 수도 있었다.

나는 이 내용이 마음에 들지 않았다. 내가 그들 앞에 내 인생 전부를 서면으로 작성해서 제출해야만 그게 쓸모가 있을지 결정할 수 있다고?

법무부와 정보를 구두로 공유하는 것도 나한테는 위험한 일인데, 서면 진술서라는 존재는 상황을 훨씬 더 위험하게 만들 것이다. 빔 오빠가 그걸 손에 넣으면 어떡하지? 게다가 그들이 실제로 내 정보를 갖고 오빠를 기소할지 어떨지도 모르는 상황에서 진술서를 작성하는 게 무슨 차이를 만들지 전혀 알 수 없을 것이다.

그들이 설명한 시나리오에서 나는 내 개인적 안전을 전혀 통제할 수 없는 상황이 된다. 내가 한 말을 서면으로 쓰는 게 왜 그렇게 중요한 일인데? 폐쇄된 방에서 이야기를 하면 그런 일이 있었다는 걸 부인하고, 사람들이 주장하는 것을 부인할 수 있다. 그런데 이야기를 글로 적어서 당신의 힘과 영향력이 미치지 못하는 곳으로 가져가버리는 건 전혀 다른 문제였다.

그걸 과연 누가 읽게 될까?

이 여자들 중 한 명이 머리 위로 내 진술서를 흔들며 검사실로 걸어 들어가 이렇게 말하는 장면이 머릿속에 생생하게 떠올랐다.

나의 살인자에게

"모두들, 내가 뭘 가져왔는지 봐요! 홀레이더르의 여동생의 진술서예요. 이 가족이 얼마나 개판인지 아마 못 믿을걸! 이 여자들은 공개적으로 자기네의 더러운 치부를 드러냈다니까. 다들 이걸 읽어봐야 돼요!"

부서 전체가 이 진술서를 놓고 파티를 벌이고 한편으로 밀고자가 재빨리 사본을 만들어 내 사랑하는 오빠에게 재미난 읽을거리로 가져가는 모습이 눈앞에 그려졌다.

"네, 그렇군요. 서면 진술을 하느니 차라리 내 혀를 깨물고 피 흘리며 죽겠어요."

오빠의 방법을 쓰는 게 훨씬 더 나았다. 망할 정보를 전부 다 그들의 귀에 속삭여주고, 그들과 이야기했다는 증거를 하나도 남기지 않는 것이다. 하지만 베티는 그것을 받아들이지 않았다. 서면 진술이 의무고, 안 그러면 그들은 아무것도 해줄 수 없다는 것이다.

"당신들이 종이에 적힌 내 진술을 받았다고 쳐요. 당신들은 그걸 쓰게 될지조차 모르잖아요. 그냥 내 이야기를 들어보는 게 어때요? 검사로서 진술이 도움이 될지 당신이 바로 결정할 수 있지 않아요?"

내가 말했다.

"아뇨, 그건 평화롭고 조용한 곳에서 결정되어야 해요. 이 진술이 다른 증거들을 뒷받침하는지, 전부 다 합치면 기소와 유죄 판결, 형 선고까지 받아내는 데 충분한지를 고려해야 하고요."

이 말은 꽤 합리적으로 들렸지만, 그들의 전략이 내 불안감을 덜어주지는 못했다.

"이 진술서를 어디에 보관할 건데요?"

내가 물었다.

"금고 안에요."

베티가 대답했다.

"금고 안에……."

금고는 나에게 딱히 대단하게 여겨지지 않았다. 열쇠를 누가 갖고 있는지 모르면 금고는 전혀 보호 조치가 되지 못한다. 그리고 그게 내가 확신할 수 없는 부분이었다.

"이 금고에 누가 손댈 수 있죠?"

"나랑 내 상관뿐이에요."

"좋아요. 그러니까 당신 상관한테도 열쇠가 있는 거군요. 하지만 난 당신 상관을 몰라요. 그리고 그 사람이 이 열쇠로 뭘 할지도 전혀 모르니까, 나한테는 전혀 안심되는 얘기가 아니군요. 예를 들어 CIU 직원으로서 당신이 사건 담당자한테 밀려나거나, 아니면 혹시라도 국장이나 본부장이 들러서 당신 금고를 뜯어볼 수도 있는 거 아니에요? 당신 상관들이 당신 모르게 따로 열쇠를 갖고 있지 않다는 걸 내가 어떻게 알죠? 몰래 그걸 읽어보고 그걸 누설해서 내가 꼼짝달싹 못하도록 만들면요? 나도 당신을 믿고 싶지만, 다른 사람들이 뭘 할지는 모를 일이에요. 당신이 그게 신빙성이 떨어진다고 생각하거나 내가 그만두기로 한다면요? 그럼 어떻게 되는 건데요?"

"우린 이 진술서를 오로지 당신의 동의가 있는 경우에만 사용할 거라고 미리 동의서에 서명할 거예요. 그리고 당신의 동의가 없으면 즉시 폐기할 거고요."

베티가 대답했다.

"어떻게 폐기하는데요?"

"서류 절단기로요."

"음성 녹음은요?"

"그것도 폐기해요."

"절차가 어떤 식이죠? 내가 거기서 실제로 폐기하는 걸 볼 수 있나요? 내 두 눈으로 확실하게 보고 싶어요."

"아뇨, 그냥 우리 말을 믿어야 돼요."

또다시 그녀 쪽에 마이너스 점수다.

"하지만 얼마나 많은 사람들이 내 신분에 대해 알게 되는 거죠? 나 모르게 몇 명이나 연관이 되는 건데요?"

통제력을 잃는다는 생각만으로도 나는 죽도록 무서웠다. 더 많은 사람들이 알수록 정보가 새어나갈 가능성이 더 커진다.

"우선은 우리 셋뿐이에요. 절차상 나중에나 다른 사람들을 관련시킬 거고요."

나는 내 증언에 관련되는 모든 형식적인 절차나 거치게 될 모든 부서에 대해서 전혀 아는 바가 없었다. 이렇게 많은 조건이 따라붙게 될 거라고는 상상도 하지 못했다. 나는 일어날 수 있는 모든 상황을 베티에게 지적했고, 그녀는 최대한으로 거기에 대해서 변호하려 했다.

결국에 그녀는 이렇게 의심을 품고 살아가야 하다니 참 안됐다고 생각하는 듯 불쌍한 눈으로 나를 쳐다보며 말했다.

"우리가 당신의 사건을 책임감 있게 다룰 거라고 조금은 믿어줘야 할 거예요."

믿으라고? 현실이 당신의 신뢰성을 입증해주겠지, 나는 그렇게 생각했다. 상황이 안 좋게 끝나면 믿음도 깨지겠지만, 그때가 되면 나한테는 너무 늦었을 것이다.

양쪽 모두에게 굉장히 힘든 대화였다.

그녀의 말을 듣고 나서도 나는 여전히 너무 불안해서 그 자리를 떠났다.

"어떻게 됐어?"

집에서 나를 기다리고 있던 소냐 언니가 물었다.

"밀고자였어?"

"아니, 그 여자는 밀고자가 아니야. 오빠를 쫓고 있어."

내가 대답했다.

"이제 어떻게 되는 거야?"

언니가 물었다.

"이게 우리에게 도움이 될지 잘 모르겠어."

"왜?"

"전부 다 단계 단계로 이루어져. 우선은 이야기를 하고 싶다더니, 그다음에는 서면 진술서를 원한대. 그다음에 그게 자기네한테 쓸모가 있을지, 우리랑 계속 이야기를 할지 결정하겠대."

"아, 난 그런 건 안 할 거야. 오빠가 아직 자유롭게 돌아다니고 있는 한은 안 돼. 그건 너무 위험해, 아스."

"그 사람들은 우리더러 자기네를 믿으래."

"참도 그러겠다. 오빠의 밀고자들은 어쩌고? 난 안 할 거야. 아무것도 글로 쓰지 않을 거야. 그건 너무 위험해. 넌 그 사람들 믿어?"

"난 아무도 안 믿지만, 이 세 여자들은 괜찮은 것 같아. 일부러 우리에게 해를 입히려고 할 것 같진 않아. 그저 꼭대기가 걱정될 뿐이야. 그게 제일 무서워. 오빠가 상층부에 밀고자를 두고 있으면 어떡하지? 그러면 그 셋은 아무런 권한도 없고, 상관이 시키는 대로 해야 되는 거

나의 살인자에게

잖아. 아직은 정말로 잘 모르겠어. 하지만 이걸 해내려면 나 혼자서는 절대로 안 돼, 복서. 그래서 말이야, 언니는 어떻게 할 거야?"

언니는 1분쯤 침묵을 지키고 있다가 말했다.

"어려운 일이지만, 그게 올바른 행동인지 어떤지 잘 모르겠어. 지금 당장은 우리 모두 살아 있잖아. 대단한 삶은 아니지만, 최소한 살아는 있다고. 우리가 증언을 하면 아예 살아남지 못할 수도 있어. 그게 우리 아이들에게 공정한 일일까? 우리 없이 이 아이들이 어떻게 살아남겠어? 누가 오빠로부터 지켜주겠어? 그게 나를 가장 괴롭히는 거야. 난 왜 오빠가 아직까지 총에 맞지 않은 건지 정말 이해가 안 돼. 오빠 주변의 모든 사람이 파리처럼 죽어나가는데 오빠만 멀쩡해. 오빠한텐 적도 그렇게나 많은데."

"그럼 언니는 그냥 앉아서 다른 사람이 뭔가 할 때까지 기다리고 있어. 다른 사람에게 넘기는 건 쉬운 일이지. 하지만 지금까지 그렇게 해서 아무 결과도 안 나왔잖아. 우린 운명에 의존하고 있어. 난 내 운명을 내 손으로 만들고 싶고, 무슨 일이 일어나든 상관 안 해."

나는 정말이지 질렸다. 수십 년 동안 우리는 우리가 아는 모든 것에 대해 침묵을 지켜야 했다. 그 세월 동안 오빠는 끔찍한 정보들, 오빠가 한 일들을 우리 어깨에 짊어지게 했다. 수십 년 동안 오빠는 우리가 소중하게 여기는 모든 것을 이용해서 우리를 압박했다. 오빠는 우리가 사랑한 것들을 파괴했고, 모든 방법으로 우리의 입지를 훼손시키며 자신에게 가장 유리하도록 우리를 이용했다.

우리는 오빠의 보안 시스템이 되었고, 오빠의 비밀을 안전하게 지키는 금고가 되었다. 오빠가 우리를 소유했다. 오빠는 가족의 왕으로 등극했고, 우리는 오빠의 신하였다. 우리가 뭔가 잘못 말할까 봐 끊임없이 두려워하며 살게 만들었고, 경찰에 말하지 못하게 계속 협박했다.

나는 이런 체제에서 더는 살아갈 수 없었다. 이건 나를 갉아먹었다. 빠져나와야만 했다.

내가 아는 걸 말하면, 내 진술서는 즉시 일급기밀이 될 거라고 나는 확신했다. 도박을 해야 했다. 그들이 그 내용을 다른 사람들이나 빔 오빠에게 이야기하지 않을 거라고 믿어야만 했다. 최소한 그 세 여자들만큼은 안 그럴 거라고 믿어야 했다.

"난 첫 번째 단계를 밟을 거야."

내가 마침내 말했다.

"나 증언할래. 일급기밀 진술서로 간주될 거라고 확신하니까 그다음에 어떻게 되는지 한번 보지, 뭐. 그 사이에 우리한테 무슨 일이 생기면, 법무부에서 최소한 계속할 만한 뭐라도 갖게 되는 셈이겠지. 난 위험을 감수하겠어."

"좋아, 네가 한다면 나도 할게. 너랑 같이 뛰어들 거야. 이건 내 남편과 내 아이들의 목숨이 달린 정의에 관한 거니까."

임무에 전념하기로 한 이후로도 나는 여전히 가끔 마음이 흔들렸다.

"우리는 똑같아, 아시."

빔 오빠는 일주일에 최소한 한 번은 나에게 그렇게 말했다. 그건 사실이었다. 엄마의 네 자식 중에서 중간의 둘인 소냐 언니와 헤라르트 오빠, 그리고 첫째와 막내인 빔 오빠와 나는 성격과 행동이 굉장히 비슷했다.

그 성격 때문에 우리는 희생자가 되지 않았다. 작고 힘이 없던 시절에도 우리는 아빠의 예측 불가능한 행동을 완화시키려고 애를 쓰며 우리 손으로 우리 운명을 통제하길 바랐었다.

어릴 때 나는 모든 행동을 반복하는 강박장애가 생겼다. 문을 두 번씩 열고 닫고, 신발을 두 번씩 신고, 문손잡이를 두 번씩 만졌다. 그 덕택에 상당히 바빴다. 모든 걸 두 번씩 만지는 걸로 아빠의 고의적인 행동을 통제할 수 있고, 그래서 아빠가 우리를 때리지 않을 거라고 생각했던 것 같다.

나는 일곱 살이고 빔 오빠는 열네 살이었던 어느 날 밤에 나는 오빠가 냉장고를 두 번 닫는 것을 보았다.

"오빠도 그러네."

내가 말했다.

"뭘?"

"모든 걸 두 번씩 하잖아."

오빠는 그 말을 이해하고 나를 쳐다보았고, 그 순간에 나는 강력한 연결 관계를 느꼈다.

내가 남자아이였으면 딱 오빠처럼 자라났을지도 모른다. 어쩌면 내가 폭력과 허세에 빠지는 걸 막아주었던 건 내가 여자아이라는 사실이었는지도 모른다. 아니면 그 대신에 내가 내 지적 능력을 사용해서 비슷한 삶을 걷는 것을 막았는지도 모르겠다.

남자로 태어났다는 우연을 갖고 내가 어떻게 오빠를 비난할 수 있을까? 수많은 사람 중에서 내가 과연 오빠한테 이런 일을 할 수 있을까? 오빠가 주장하는 것처럼 우리는 꽤나 "똑같은" 사람들인데.

"둘 다 몇 가지 행동을 반복한다고 해서 네가 오빠랑 똑같다는 거야?"

소냐 언니는 냉담하게 말했다.

"말도 안 되는 소리야, 아스. 어떻게 그렇게 생각할 수가 있어? 넌 오빠하고 완전히 달라. 그런 소리 좀 그만할래? 오빠 사악한 사람이고 넌 아니야!"

"아니지. 하지만 내가 오빠 입장이었다면, 나도 똑같은 방식으로 행동했을 수도 있어. 나한테 가까운 사람이라고 해도 내 목숨을 위협하면 살해했을 수도 있다고."

"하지만 오빠는 정말로 그렇게 했지. 그리고 이런 상황에 대해 오빠가 비난할 수 있는 사람은 오빠 자신뿐이야! 평생 모든 사람을 다 팔았기 때문에 결국에 사람들을 제거해야겠다는 결정을 내려야 하는 상황에 처하게 된 거라고. 하지만 꼭 그럴 필요는 없었어! 오빠가 고의로 그런 선택을 한 거야. 넌 그런 식으로 행동한 적이 없어. 그러니까 네가 오빠랑 같다는 소리는 그만해. 네가 그렇게 믿기를 오빠가 바라는 거야. 그래야 너를 조종할 수 있으니까. 그리고 효과가 있잖아. 오빤 네가 규칙에 대한 예외라고 믿도록 만들려고 하지만, 그렇지 않아."

언니 말이 옳았다. 나도 알았다. 나는 오빠에게 예외가 아니었다. 오빠는 나를 어떻게 이용할 수 있는지를 기반으로 나를 본다. 하지만 오빠는 상대가 고통의 바다에서 자신을 간신히 떠 있게 해주는 구명 판이라고 믿게 만드는 법을 잘 알았다. 어쩌면 나는 오래전 그 연결의 순간이라는 망루에서 그런 구명 판이 되고 싶은 걸지도 모르겠다. 그 빔은 오래전에 사라졌다는 걸 잘 알면서, 그가 어떤 사람이 되었는지 잘 알면서 말이다.

나의 살인자에게

다시금 나는 오빠가 진짜 감정을 갖고 있기를 바라는 실수를 저질렀다. 오빠와의 싸움 한가운데에서 오빠의 가짜 애정에 나 자신의 무장을 해제했다. 정말로 이럴 여력이 없는데. 방어막을 올리고, 공격이 날아오는 것을 못 보게 할 만한 상황에 끌려들어 가지 말아야 한다.

베티와의 만남

베티와의 다음번 만남을 앞두고, 나는 그녀에게 무슨 이야기를 할지 생각하는데 완전히 사로잡혔다. 나는 많이 울고, 잠도 제대로 못 자고, 시간이 지날수록 점점 더 예민해졌다. 덕분에 주위 모든 사람을 미치게 만들었지만 소냐 언니를 제외하면 아무도 뭐가 문제인지 알지 못했다. 아무도 내가 뭘 할 계획인지 알지 못했다. 모르면 다른 사람에게 전할 수도 없으니까.

그러다가 마침내 그날이 되었다. 미헬러가 문자를 보냈다.

"안녕하세요. 오후 4시 30분, 두 번째 엘리베이터. 나중에 봐요."

4시 15분에 내가 합의한 장소로 가고 있는데 또 다른 문자가 날아왔다.

"베티가 아파서 나올 수가 없어요. 하지만 우리는 와 있어요. 그래도 괜찮겠어요? 이번 주 후반에 다시 나올 거예요."

나는 즉시 의심을 품었다. 처음에는 여기까지 오게 하더니, 약속 시

나의 살인자에게

간이 15분도 남지 않은 상황에 CIU 담당자가 약속을 취소해? 나는 머릿속으로 이 면담에 대해 계속 연습했는데, 이제 검사가 나오지 않을 것이다. 정말 아픈 거 맞아? 아니면 내가 미헬러와 마논에게 그렇게 쉽게 진술할 거라고 생각한 건가? 나는 오로지 담당자하고만, 그녀하고만 이야기를 하겠다고 분명하게 말했었다.

미헬러가 나를 기다리고 있었다.

"지금 날 갖고 노는 거예요?"

나는 약간 공격적으로 물었다.

그녀는 깜짝 놀랐지만 곧 평정을 되찾았다.

"물론 아니에요. 베티는 그냥 좀 아픈 거예요."

그녀가 하도 진심 어린 어조라서 나는 부끄러워졌다. 이 순간이 나에게 워낙 무거운 부담이라서 내 상식까지 망가뜨려놓았다. 긴장을 풀어야 했다.

"베티도 마지막 순간까지 여기 올 수 있기를 바랐어요. 이 약속은 그녀에게도 굉장히 중요해요. 하지만 도저히 버틸 수가 없어서 못 온 거예요. 우린 당신을 갖고 노는 게 아니에요, 정말로요."

미헬러가 차분하게 말했고 그녀의 어조로 보아 사실을 말한다는 걸 알 수 있었다.

"좋아요. 방금 그렇게 행동해서 미안해요. 하지만 이 일 때문에 정말로 불안해서 그런 거예요."

나는 조금 안심한 기분으로 말했다.

"이해해요. 어쨌든 다음번 약속을 잡겠어요?"

미헬러가 물었다.

"좋아요."

"벌써 왔어? 빠르네."

소냐 언니가 말했다.

"그 사람이 안 왔어. 아프대."

내가 말했다.

"아, 저런. 개떡 같은 일도 생기는 법이지."

언니는 편집증을 일으키지 않았다. 하지만 언니는 아직 이 지옥 같은 면담을 하고 있지 않으니까. 모든 걸 다시 떠올려야 할 필요가 없으니까.

"나 약간 미쳐가고 있는 거 같아."

내가 말했다.

"그럼 그만둬, 아스. 감당이 안 되면 빠져나와야 돼."

"아니, 괜찮을 거야. 그냥 너무 힘들어서. 모든 걸 다 떠올리고, 그 모든 감정을 다시 겪는 게 말이야."

나는 울기 시작했다. 소냐 언니가 나를 껴안았다.

"그만둬, 아스트리드. 너 때문에 나까지 울게 되잖아."

언니가 눈물을 글썽이며 말했다.

"잘 들어. 우리가 어떤 일을 헤쳐 나가든 코르는 우리를 자랑스러워할 거야."

일주일 후, 베티와 다시 만나게 되었다.

그녀는 만나자마자 이렇게 말했다.

"지난주에는 약속을 취소해서 미안했어요. 하지만 정말 아팠어요."

나의 살인자에게

"그렇군요."

내가 대답했다. "괜찮아요"라는 말은 도저히 나오지 않았다. 다른 두 사람에게 내가 전혀 괜찮지 않았다는 사실이 분명했을 테니까. 아직도 그 일이 약간 부끄러웠다. 지난 한 주 동안 나는 좀 더 자려고 노력했고, 모든 끔찍한 기억에 조금 익숙해질 수 있었다. 덕택에 옆에 있기에 약간 나은 사람이 되었다.

베티가 말을 시작했다.

"우리에게 무슨 이야기를 해줄 건가요?"

아, 안 돼. 나는 울지 않으려고 애를 썼지만, 그 첫 번째 질문에 곧장 눈물이 치솟았다. 상처가 너무 커서 10년이 지났지만 눈물 없이는 그 이야기를 도저히 할 수가 없었다.

"오빠는 코르에게 했어요."

나는 그렇게 말하며 자동적으로 빔의 습관적인 총 쏘는 동작을 해보였다.

"했다"라는 말은 여러 가지 의미가 있을 수 있지만, 그 동작이 의미하는 것은 백 퍼센트 분명했다.

"오빠가 코르를 살해했어요. 자기 매제를요."

내가 말했다. 드디어 말했다. 10년 동안의 침묵 끝에 드디어 소리 내서 말했다!

나는 마침내 이 말을 하니 얼마나 기분이 좋은지 깜짝 놀랐다.

더 이상 양쪽으로 나뉜 기분이 들지 않았고, 무엇보다도 중요한 건 더 이상 코르를 배반하고 있다는 기분이 안 든다는 거였다. 갑자기 나는 빔이 책임이 있는 다른 살인에 대해서 이야기를 하고 있었다. 나는 어마어마한 평화로움에 사로잡혔다. 마침내 *내가 원하던 일, 내가 공*

정하고 올바르다고 생각하는 일, *나의* 기준과 가치에 맞는 일을 하고 있다. 마침내 오빠에 관한 진실을 말하고 있다. 더 이상 오빠를 위해 거짓말을 하지 않아도 된다.

정말로 환상적인 기분이었다.

하지만 내가 오빠를 포함해서 온 세상에 진술을 할 준비가 되었는지 어떤지는 다른 문제였다. 소냐 언니가 하는 경우에만 나도 할 것이다.

누설과 복수에 대한 두려움도 여전히 남아 있었다. 하지만 이제 첫 번째 진술을 했으니까 돌이킬 수는 없었다. 지금으로서는 내 목숨이 이 사람들 손에 달려 있었다. 이들이 나를 배신하면, 또는 부주의해서 다른 사람이 배신하도록 놔둔다면 나는 죽은 목숨이었다.

이 생각으로 인한 긴장감을 떨치기 위해서 나는 내일 버스에 치여 죽을 수도 있는 거니까 삶과 죽음을 지금부터는 그렇게 심각하게 생각하지 말자고 스스로에게 말했다. 게다가 실제로 사실을 말하는 기분이 너무 좋아서 더 이상 불안하지도 않았다.

집으로 돌아와서 나는 언니에게 모든 것을 말했다.

"언니가 증언하면 나도 증언하겠다고 그 사람들한테 말했어. 언니 증언할 거야?"

"응, 나도 할 거야."

소냐 언니가 대답했다.

"그럼 내가 먼저 할게. 긴장하지 마. 우린 번갈아 할 거야. 상황이 어떻게 흘러가는지, 그 사람들이 진짜 믿을 만한지부터 보자."

다음 진술 약속이 이미 잡힌 상태에서 우리는 헤라르트 오빠에게 우리가 빔 오빠를 상대로 증언할 거라고 알렸다.

헤라르트는 격렬하게 반대했다. 일급기밀 진술이라고 해서 증인의 바람처럼 항상 비밀로 유지되는 게 아니라는 것을 보여주는 사건이 언론에 나왔기 때문이다.

이것은 소냐 언니의 마음을 완전히 바꾸었다. 헤라르트 오빠는 언니에게 법무부와 법 기관에 대한 불신을 엄청나게 부추겼고, 언니는 이 일을 할 용기를 내지 못했다.

이 상황은 내 입장도 바꿔놓았다. 나 혼자 남았기 때문에 나도 모든 걸 철저하게 다시 생각해야 했다. 나는 일급기밀 진술서를 작성하기로 했던 약속을 취소했다.

하지만 그냥 포기할 수는 없었다. 물러나야 할 이유는 수두룩했지만, 매번 빔 오빠를 만나서 오빠가 다른 사람들을 대하고 그들에 대해 말하는 것을 들을 때마다, 오빠가 얼마나 뻔뻔하게 예전 범죄들에 관해 이야기하는지를 볼 때마다 내 안의 무언가가 폭발하려고 했다.

이제 세 여자는 내 신뢰를 얻었다. 베티는 의욕적인 것 같지만 우리의 입장을 신중하게 고려했다. 나는 소냐 언니가 직접 그걸 판단해야한다는 결론을 내리고서 언니에게 베티와 이야기를 해보라고 했다. 언니는 동의했다.

3월 29일, 소냐 언니가 나와 함께 왔다. 나는 베티에게 진술서를 서면으로 작성하고 나면 우리의 바람과는 상관없이 쓰이게 될까 봐 굉장히 무섭다고 이야기했다.

"그런 식으로 일이 진행되진 않아요. 우리가 이 진술서의 사용에 관해 상호 합의를 이루지 못하면, 진술서는 폐기될 거예요. 그런 일은 비일비재해요. 합의만 됐으면 오래전에 정리가 되었을 사건들이 굉장히 많이 있어요. 우리에게 모든 정보가 있는데, 결국에는 증인이 끝까지 나서지 않아서 그 진술서를 없애야만 했죠. 그런 진술서들은 절대로 밖으로 누출되지 않아요. 마지막 순간까지 그만둘 수 있는 기회는 항상 있을 거예요."

하지만 우리가 언론에서 본 그 사건의 경우는 어떻게 된 걸까?

"그건 전혀 다른 상황이에요. 기밀진술서가 사용되고 말고를 결정하는 건 전적으로 여러분들에게 달렸어요."

베티가 말했다.

"좋아요, 생각해볼게요."

내가 그렇게 말하고 대화를 끝냈다.

우리는 집으로 돌아왔다. 법무부나 빔 오빠가 차에 도청 장치를 달아놨을까 봐 두려워서 차 안에서는 아무 이야기도 하지 않았다.

차에서 내린 다음에야 소냐 언니가 말했다.

"난 잘 모르겠어, 아스. 난 약간 의심스러워. 그 여자 설명만으로는 좀 납득이 안 돼. 다른 사건에서도 일어났던 일이잖아. 우리라고 다를까?"

"그 사람이 우리한테 무언가를 완벽하게 보장해줄 수 있을 것 같지는 않아. 그 사람은 다른 사람들도 상대해야 되잖아. 위험 요소는 남아 있어. 사실 우린 이미 위험을 감수한 상태고, 모든 걸 고려할 때 언니도 계속하는 편이 더 나을 거 같아. 아이들이 자기들끼리만 남게 되는 상황을 막고 싶어서 언니는 증언을 안 하려고 하지만, 이제는 그게 언니 운명이야. 오빤 이미 언니를 끌어들이기 시작했고, 언니도 어떻게 될지 알잖아. 오빠는 한번 물면 절대로 놔주지 않아. 과거를 돌이켜보면 난 이게 어떻게 끝날지 알아. 그러니까 아이들을 위해서 반드시 할 거야. 하지만 언니 일은 언니가 결정해야 돼."

우리는 침묵 속에 언니 집으로 걸어갔다. 위층에 올라갔을 때 언니가 말했다.

"네 말이 맞아. 나도 알아. 나 증언할게. 우린 위험을 감수해야 돼."

그 순간 집 안의 불빛이 깜박거리기 시작했다.

"봐. 코르가 또 여기 있어. 그이도 이게 잘 결정한 거라고 생각해."

언니가 말했다.

방법

법무부에 협조하기로 한 내 결정이 내 운명을 자발적으로 그들 손에 맡긴다는 의미는 아니었다. 그들에 대한 내 인상은 바뀌지 않았고, 그들에게 백 퍼센트 의존할 수 있을 거라는 기대도 하지 않았다. 부패한 관료들이 조사 체계를 엉망으로 만들고 있다는 걸 뻔히 아는데 어떻게 내가 사법부를 믿겠는가?

그들이 '빔 사건'을 나에게서 완전히 가져갈 거라고 생각할 만큼 멍청하지는 않았기 때문에 기대도 하지 않았다. 나는 나 자신의 앞길을 닦기 위해서, 양다리를 걸치기 위해서 법무부에 협조하기로 한 거였다. 이렇게 하면 법무부가 나를 빔 오빠와 한 패거리로 여기는 위험을 무릅쓰지 않고 오빠와 정기적으로 계속 만날 수 있기 때문이다. 법무부와 빔 오빠 양쪽 모두와 만나면서 내 나름의 증거를 모으고, 그러면서 법무부에 협조하는 게 나에게 어떤 이득이 되는지를 두고 볼 것이다.

나의 살인자에게

물론 나는 빔 오빠가 교도소에 갇혀 있는 동안에 기소되어 형을 받기를 바랐다. 오빠가 바깥세상에 있는 상태로 기소되는 건 우리에게 굉장히 위험할 것이기 때문이다. 그래도 그런 식으로 상황이 흘러갈 거라고 기대하지는 않았다. 아니, 내가 결국에 나에게 불리한 조사 체계를 마주하게 될 경우에 대비해서 제2안을 만들어두고 싶었다. 그러니까 판사가 기소를 하도록 하거나 언론의 지지를 받기 위해서 내가 직접 충분한 증거를 모을 생각이었다.

어느 쪽이 되든 기소가 유죄 판결을 백 프로 보장하지 않는다는 사실도 유념해야 했다. 빔은 절대로 싸워보지도 않고 항복하지는 않을 것이다. 16년 동안 미친 아버지 밑에서 자라고 40년 동안 조직범죄의 꼭대기에 있었던 덕택에 오빠는 프로 생존가이자 자기보호의 달인이 되었다.

그게 우리가 상대해야 하는 존재였다.

오빠는 유죄 판결을 피하기 위해서 모든 힘을 다 동원할 것이다. 남들을 조종하고, 속이고, 자유인으로 남기 위해서 증인들에게 압박을 가할 것이다. 마지막 부분이 가장 끔찍할 것이다. 밖에 나오기만 하면 오빠에게는 우리를 죽일 기회와 방법이 수두룩하니까. 그래서 오빠의 수비를 예상하고 오빠가 어떤 일을 할지를 고려해둬야 했다.

우리의 이점은 오빠를 알고, 어떤 일이 닥칠지 안다는 거였다. 오빠의 범죄 경력 전체에서 우리는 오빠의 교활한 '적극적 방어' 방법을 목격했고, 가끔은 거기에 연관되기도 했다.

하이네켄 납치 사건은 빔 오빠에게 부유한 사람을 갈취하면 엄청난 현금을 얻을 수 있다는 사실을 알려주는 한편, 납치하고 인질을 잡고 몸값을 챙기는 건 잡힐 위험이 굉장히 높다는 사실도 가르쳐주었다. 그래서 오빠는 납치를 그만두고 더욱 계산적인 갈취법으로 전향했다. 그 사람의 개인적 자유를 빼앗지 않으면서 갈취하는 방법이었다.

빔 오빠는 여전히 경제적 지위를 바탕으로 희생자를 골랐지만, 하이네켄과 도데러르에게 쓴 방법과는 달리 길거리에서 잡아서 차에 억지로 밀어넣고 가두지 않았다. 오빠는 이미 새로운 희생자들을 잘 알았다.

희생자들은 오빠가 집으로 방문하고, 아이들과 함께 놀아주고, 그들의 부인이 만든 식사를 그들의 식탁에서 함께 먹었던 오빠의 친구들과 가족들이었다. 모두들 오빠가 친구라고 생각했고, 아무도 오빠가 갑자기 적으로 변할 거라고는 예상하지 못했다. 그 반대로 그들은 오빠가 어떤 무시무시한 범죄자들이 그들의 돈이나 생명, 또는 배우자의 생명을 노리는 사악한 계획을 꾸민다고 '친구로서' 경고를 해주러 오면 오빠 말을 믿고 신뢰했다.

"문제가 일어날 거야!"

오빠는 그들에게 그렇게 말했다.

하지만 걱정할 건 없다. 오빠는 누가 그런 계획을 꾸몄는지 아니까. 그리고 친구로서, 오빠가 도와줄 것이다.

진심으로 상대방이 잘되기를 바라는 마음으로 오빠는 당신이 존재하는 줄도 몰랐던 이 분쟁의 중재자 역할을 기꺼이 맡을 것이다.

그러고 나서 '지불'이 시작된다.

오빠가 전령이기 때문에 이쪽과 저쪽에 전달하는 내용을 완벽하게 통제했다.

"넌 네 제일 친한 친구에게 배신당했어. 나를 믿는 게 좋을 거야. 돈

　　　　　　　　　　　　나의 살인자에게

을 내지 않으면 그들이 널 죽일 거야."

이 방법으로 오빠는 모든 사람이 서로 적대하게 만들고 양쪽 모두를 조종했다. 그래서 어느 쪽도 오빠가 그들을 전부 이용하고 있으며 그들 모두가 오빠의 희생자라는 것을 알아채지 못했다. 아무도 오빠가 이 분쟁의 유일한 원인이라는 걸 알지 못했다.

그걸 알아채고 나면, 그들의 가장 친한 친구가 그들을 최악의 적에게 넘겼다는 사실을 깨닫고 나면, 그때는 이미 늦었다. 그들은 오빠를 법무부에 고발할 수 없었다. 그들에게도 빔과 협력했던 범죄를 포함해서 숨겨야 하는 일들이 많으니까. 오빠가 갈취죄로 교도소에 가면, 오빠도 경찰에 그들에 관해 말해서 그들 역시 교도소에 가도록 만들 것이다. 이걸로도 그들이 물러나지 않는다면, 경찰에 말을 했다가는 죽음으로 대가를 치르게 될 것임을 분명하게 알렸다. 오빠는 밀고자들을 통해서 언제나 알아내니까. 오빠가 가하는 공포로 삶이 너무나 비참해져서 그들이 그런 위험까지 감수하려고 한다면, 오빠는 그들이 사랑하는 사람들을 협박하기 시작했고 그들의 아이들 학교에 나타나는 식으로 협박을 점점 더 가중했다.

이런 식으로 오빠는 전형적인 납치에서 더 나아갔다. 물리적인 납치라는 위험을 무릅쓰지 않고서 두려움으로 사람들을 사로잡았던 것이다.

하지만 이 갈취 방법의 가장 뛰어난 면은 중재자로서 오빠의 역할이 알리바이가 된다는 거였다. 오빠는 어떤 싸움도 일으키지 않았다. 그들이 싸운 거였다. 오빠는 그저 메시지를 전달하고 도와주었을 뿐이다.

오빠는 자신의 갈취 사업에 홍보 전략을 연결시켜 수년 동안 자신의 갈취를 감추었다. 오빠는 자신의 '중재자 역할' 이야기가 법무부와 범죄 세계, 언론에까지 알려지도록 만들었다. 오빠는 모든 사람에게 분쟁이 해결되길 바란다는 메시지를 뿌렸다. 그게 어떻게 범죄일 수 있겠는가? 오빠는 용의자와 희생자 들을 상대하는 것을 전부 다 "그냥 도와주려는 것뿐"이라고 설명했다. 법무부는 그에게 고마워해야 한다!

빔은 오빠가 '중재한' 일부 사람들이 죽었고, 일부 사람들이 죽기 전에 자신들의 갈취자뿐만 아니라 자신들의 미래 살해자로 오빠를 지목했다는 사실에 전혀 신경 쓰지 않았다. 갈취와 달리 살인은 오빠가 희생자의 근처에 있을 필요가 없는 범죄였다. 오빠는 그저 명령만 내리고 안전한 거리에서, 대체로는 해외에서 머물 수 있었다.

오빠는 자신의 암살자들이 명령을 내린 사람으로 자신을 지목하지 못하도록 만전을 기했다. 절대로 자신을 지목하지 않을 만한 중개자들을 이용했다. 그 중개자들 역시 "그 일에 목까지 푹 잠겨 있으니까". 빔은 자신의 계획에 끌어들인 누구도 다수의 살인은 고사하고 단 한 건의 살인도 고백하지 않을 거라는 걸 잘 알았다. 그랬다가는 종신형을 받게 될 테니까.

이게 오빠의 평상시 전략이었다. 필요하면 억지로라도 모든 사람을 끌어들였고 그들은 영원히 침묵을 지켜야만 한다.

빌럼 홀레이더르가 명령을 내렸다는 걸 안다고 주장할 수 있는 증인은 오로지 중개인에게서나 풍문으로 이 이야기를 들었을 뿐이었다. 절대로 빔에게 직접 들은 사람은 없었다.

이 소문이 하도 자주 들리니까 빔은 "모든 살인에 내 이름이 붙어 있는 것 같아!"라고 주장했고, 오빠의 변호는 이 증인들이 언론에서

나의 살인자에게

그 이야기를 들었다는 거였다.

"이런 비난 때문에 정말이지 지친다니까."

오빠는 범인이 아니라 언론의 희생자라는 거였다.

범죄를 저지르기 전, 중간, 후에 오빠는 항상 범죄 업계와 법무부 양쪽 모두의 정보를 모으고 변형시켰다. 오빠가 말하듯이 "정보는 살 수 있고 만들어낼 수 있기 때문"이었다. 오빠는 자신의 밀고자들을 이용해서 두 가지를 모두 해냈다.

이런 식으로 오빠는 자신이 무엇을 방어해야 하는지에 대해서 미리 정보를 듣고, 허위 정보를 유포해서 방어막을 치고, 법무부를 엉뚱한 방향으로 보냈다.

그러면서 범죄 업계에도 자신의 이야기를 퍼뜨려서 법무부 내에 퍼뜨린 허위 정보에 대한 증거를 꾸미고, 거꾸로 자신의 이야기를 더욱 신빙성 있게 만들었다.

오빠는 법무부가 사용하는 조사 방법에 굉장히 빠삭했고, 이것을 자신에게 유리하게 이용했다. 오빠는 어떤 추적 가능한 만남이나 관찰, 눈에 띄는 접촉, 대화, 전화로 증거를 남기지 않도록 확실하게 처리했다. 가짜 이야기를 퍼뜨리고 싶을 때면 그걸 전화나 어딘가 도청당할 게 확실한 곳에서 떠들었다. 오빠는 그것을 "도청시키기"라고 불렀다. 법무부가 듣기를 바라지 않는 내용은 속삭이거나 손짓으로 전달했다.

오빠는 확실히 성공한 것처럼 보였다. 지금까지 단 한 건의 살인으로도 기소되지 않았으니까. 그리고 자신을 방어하는 데 도움이 될 만한 대체 시나리오도 여러 가지 퍼뜨렸다.

이런 면에서 우리는 굉장히 불리했고, 우리의 비난에 대해서 오빠가 평소의 주장을 내세울 거라는 사실도 잘 알았다. 우리가 언론에서 모든 이야기를 들었다고 하겠지.

동시에 오빠는 우리를 온갖 것들로 비난하고, 오빠를 없앰으로써 이득을 얻는 거짓말쟁이들이라고 깎아내려 우리의 신뢰도를 떨어뜨리기 위해 애를 쓸 것이다. 오빠는 의심을 불러일으키기 위해서 뭐든 할 것이다. 판사가 합법적인 동시에 설득력 있는 증거를 찾을 수 없을 걸 잘 아니까.

빔 오빠에게 부족하지 않은 거라면 바로 설득력이었다. 30분만 주면 오빠는 당신의 동정심을 살 것이다.

45분이 지나면 자신의 음모론으로 당신을 세뇌할 것이다.

한 시간이 지나면 당신은 내가 방금 이야기한 모든 것을 의심할 것이다. 한 시간 15분이 지나면 이 상냥하고 매력적인 신사가 어떻게 그런 일을 할 수 있겠어? 라고 생각할 것이다. 한 시간 반이 지나면 오빠는 당신을 조종해서 여동생들에게 이런 식으로 괴롭힘을 당하는 그를 불쌍하게 여기도록 만들 것이다.

아니, 빔 오빠가 싸워보지도 않고 항복할 거라고 기대할 수는 없었다. 그래서 우리는 온 세상에 오빠의 '신뢰성'이라는 게 신중하게 만들어진 가면이자 오빠가 자신의 행동을 감추기 위해 자신의 주위에 둘러친 성벽일 뿐이라는 것을 보여줄 만한 방법을 찾아야 했다.

오빠는 나에게 살인에 대해서 한 마디라도 말했다는 사실을 전부 다 부인할 거고, 그렇게 주장하기도 쉬울 것이다. 대체로는 우리 둘밖에 없을 때였으니까. 사실을 아는 다른 사람이 있다면 소냐 언니뿐일 것이다. 하지만 오빠는 언니가 내 편을 들어 자신을 상대로 한 음모에

나의 살인자에게

가담했다고 주장하겠지.

"우리가 우리 이야기를 하고 나면 다른 증인들도 나설지 몰라."

소냐 언니는 그렇게 말했지만, 나는 그에 의지할 수 없다는 걸 알았다. 오빠는 이미 오빠에 관해 뭐라도 아는 모든 사람을 궁지에 몰아넣었다. 오빠의 동료 범죄자들은 오빠가 자신들의 불법 행위에 대해 말할까 봐 두려워서 침묵을 지킬 거고, 오빠는 선량한 사람들과 접촉해서 그들을 협박에 취약하게 타락시켰다. 오빠의 매력 덕택에 오빠는 가장 부유하고, 영리하고, 유능한 사람들과 알고 지낼 수 있었다. 오빠는 자신의 사교 기술을 사용해서 그들이 오빠의 끔찍한 범죄를 잊게 만들고, 그다음 단계를 밟았다. 자신의 불리한 범죄 이력을 이점으로 만드는 것이다. 불쌍하기도 하지, 그렇게나 많은 해를 입었다니. 그 친구는 항상 부당한 취급을 받았고, 부당하게 유죄 판결을 받았고, 법무부가 그 친구 인생을 망쳐놨어.

오빠는 사악한 범죄자가 아니라 불쌍한 사람일 뿐이었고, 오빠가 관련된 갈취나 살인에 대한 과거를 알면서 놀랍게도 어떤 사람들은 오빠를 사랑하게 되었다. 아무것도 모른 채 그들은 오빠의 거미줄 안으로 오빠를 구하기 위해서 걸어 들어왔다. 오빠를 위해서 자신들의 이름으로 스쿠터, 차, 또는 창고를 등록해주고, 집을 빌려주었다. 법무부가 부당하게도 아무것도 할 수 없게 만들었기 때문에 도와주는 사람이 없다면 오빠에게는 이 모든 일이 불가능했기 때문이다.

빔 오빠에게 1센티미터를 내주면 오빠는 1킬로미터를 차지하는 정도가 아니라 길 전체를 장악한다. 그리고 마음 내키면 당신이 가진 모든 것을 빼앗는다. 한번 오빠를 도와줬으면 계속해서 도와주는 것이 오빠에게는 당연하다. 오빠가 바라는 대로 따르지 않으면 오빠는 당신의 친구가 되었던 것만큼이나 빠르게 당신의 적으로 돌변할 것이다. 매력의 단계는 끝나고 오빠는 강압적인 방법을 사용하는 한편 당신이 사랑하는 사람들을 협박할 것이다. 경찰에 간다는 선택은 불가능하다. 오빠가 그들에게 당신이 오빠를 위해서 뭘 해줬고 이게 당신을 오빠의 불법 행위에 어떻게 연결시키는지 전부 말할 테니까. 당신이 오빠가 쥐고 악용할 만한 일을 아무것도 해주지 않았다면, 오빠는 뭔가 지어낼 것이다. 오빠와 어울렸다는 사실만으로도 당신은 용의자가 되고, 오빠는 거기에 거짓말을 보태겠다고 협박할 것이다.

"경찰에 말했다가는 너도 함께 끌고 들어갈 거야."

이제 오빠의 말 대 당신의 말이다.

아무도, 특히 사회적 계단의 높은 곳에 있는 사람들이라면 더더욱 이런 위험을 지지 않으려 하고, 오빠도 그걸 잘 알았다. 지위가 높으면 높을수록 그걸 잃는 두려움도 크니까. 평판은 쉽게 망가질 수 있다.

우리가 증언대에 서면 아무도 우리를 도와주러 오지 않을 것이다. 목숨이 달린 일이기 때문에 우리는 아무한테도 고백할 수가 없었다. 이 일을 한다면 첫 번째에 성공해야만 했다. 두 번째 기회는 없을 테니까.

증언을 한다는 건 오빠의 방어를 예상해야 한다는 뜻이었다. 우리는 오빠가 1990년대 이래로 해온 방식대로 하는 수밖에 없었다. 바로 나와 오빠의 대화를 녹음하는 거였다. 그게 내 진술을 뒷받침해서 오빠가 나를 믿고 비밀을 털어놓는다는 걸 보여줄 유일한 방법이었다. 우리가 이 비밀을 공유한다는 사실을.

"사람들은 오빠가 직접 말하는 걸 듣기 전까지 우리 말을 안 믿을 거야."

나의 살인자에게

나는 소냐 언니에게 말했다.

우리 계획의 문제는 빔 오빠가 우리에게 녹음이 거의 불가능한 방식으로 대화하는 법을 가르쳤다는 점이었다.

하이네켄 납치 사건 이래로 우리는 가족 외에는 아무도 믿지 못했고, 그래서 모르는 사람과는 이야기를 하지 않았다. 우리는 항상, 문자 그대로 항상 법무부나 정보원들이 우리를 감시할지도 모른다는 사실을 염두에 두었다.

그래서 의사소통이 우리에게는 단순히 말을 하는 것 이상이었다. 우리는 손짓, 억양, 휴지, 침묵으로 의사소통을 했다.

우리는 법무부가 녹음 장치를 설치했을 만한 장소에서는 절대로 이야기하지 않았다. 그러니까 집이나 우리 차나 오토바이 안, 또는 근처에서도 이야기하지 않고, 나가면 절대로 같은 자리에 앉지 않았다. 이야기를 할 때면 근처에 있는 사람들이 비밀 요원일지도 모르기 때문에 그들을 피했다. 지향성 마이크를 설치해놨을까 봐 절대로 한자리에서 이야기하지 않고 항상 움직였다. 우리는 오로지 길거리에서만 이야기를 했고, 법무부에서 대화를 감시하기 위해서 독순술사를 이용했다는 사실을 알게 된 후에는 가끔 손으로 입을 가리고 말하기도 했다.

우리는 법무부가 감시할 수 없도록 서로에게 뭔가를 알릴 때 비언어적인 의사소통 방법을 썼다. 손짓과 눈짓을 이용했다. 이것은 특정한 사람을 지칭하는 동작과 동사의 동작으로 이루어졌다. 하지만 지금까지 불법적인 주제를 의논할 때 가장 중요한 방법은 서로의 귀에 속삭이는 거였다. 우리는 법무부가 우리가 하는 얘기를 엿듣도록 만들어서 엉뚱한 방향으로 유인하려는 경우가 아니면 절대로 큰 소리로 말하지 않았다. 전화 통화의 경우도 마찬가지였다. 도청을 당하고 있을 가능성이 높다는 걸 잘 알기 때문에, 우리는 법무부가 우리가 뭔가를 부인하거나 사건과 관련이 없다는 사실을 기록하도록 일부러 이야기를 듣게 했다. 그들은 절대로 전화 통화로 우리의 범죄에 관해서 어떤 것도 알아내지 못할 것이다. 우리는 수수께끼처럼 말했다.

"너도 알지."

"너도 아는 그거."

"너도 아는 그 일."

"내가 해야만 하는 그 일 있잖아?"

협박 역시 그런 식으로 감추어졌다.

"내가 뭘 할지 알잖아, 안 그래?"

"내가 어떤 사람인지 알지?"

"난 아무도 모를 때 한 방 먹일 거야."

사람들의 이름을 직접 언급할 필요가 없도록 별명을 붙였다. 뚱돼지, 기린, 사시. 그리고 빔은 자신의 화를 돋우는 사람은 누구든지 다용도 별명인 개자식이라고 불렀다.

이 모든 언어적, 비언어적, 비밀 의사소통 방법은 시간이 흐르며 더욱 발전했고 우리의 공통된 과거를 바탕으로 했다. 우리가 함께 거치고 공유했던 모든 것 덕택에 우리는 서로의 메시지를 언제나 이해할 수 있었다.

대화 상대 모두를 못 믿는 빔은 누군가가 자신의 말을 녹음할지도 모른다는 가능성을 항상 염두에 두고서 모든 대화의 방향을 통제했다. 오빠는 자신이 고른 주제에 대해서만 이야기를 했다. 대화의 내용과 방향을 결정하고, 다른 이야기가 끼어들 여지를 차단했다. 그게 오빠가 우리 모두가 자기 말대로 따를 거라고 생각하면서 우리한테 하는 행동이었다. 말을 따르지 않으면 오빠는 즉시 의심을 품었다.

우리의 모든 접촉은 돌에 새겨놓은 것 같은 규칙으로 통제되었다. 그게 우리가 배운 거였고, 우리가 30년 동안 해온 방식이었다. 체계가 하도 복잡해서 오빠가 자신의 범죄에 대해 뭔가 말을 하게 만드는 건 거의 불가능하게 느껴졌다. 내가 오빠에게 다른 방식으로 말을 붙였다가는 즉시 오빠의 의심을 살 것이다.

오빠의 관찰력은 대단히 예리했다. 내 행동을 통해서 내가 우리 대화를 녹음하고 있다는 걸 오빠가 알아채는 게 아닐까 두려웠다. 내 스스로도 통제할 수가 없고, 아무리 노력해도 나도 모르게 약간 달라진 부분이 드러날 수 있기 때문이다. 오빠는 아주 작은 변화까지도 알아채고 즉시 그걸 배신의 증거로 여길 것이다.

오빠의 눈에는 평소 행동에서 조금만 벗어난 행위도 뭔가를 숨기고 있거나 경찰과 말했다는 증거였다. 오빠는 아주 작은 변화까지도 의심했다. 잘못된 질문 하나만 던지면 끝장이었다. 아니면 단어를 틀리게 사용하거나 이름을 언급하거나, 속삭이는 대신에 크게 말을 하는 것도 마찬가지였다.

아무 주제나 꺼내는 것 역시 해서는 안 되는 일이었다. 예를 들어 내가 갑자기 코르 이야기를 하기 시작하면 곧장 경고의 깃발이 올라갈 것이다. 그 주제는 언급 금지였다. 오빠가 예민하게 여기는 많은 주제들, 오빠를 유죄로 만들 만한 것들은 이야기해서는 안 된다.

이 사실은 성공적인 녹음의 가능성을 한정시켰다.

그리고 기술적인 문제도 있었다. 내게 도청 장치가 있는지 확인하기 위해서 오빠가 몸수색을 할 수도 있었다. 설령 나를 믿는다고 해도 나를 살펴볼 수 있었다. 빔 오빠 말에 따르면 "확인하는 것은 안 믿는다는 게 아니었다". 하지만 수색을 못 하게 하는 순간 오빠는 불신을 품을 것이다.

내가 우리 대화를 녹음하고 있다는 사실을 알아내면 오빠는 그 즉시 나를 패죽일 거라고 확신했다. 오빠는 즉각 내가 왜 그런 일을 했는지 알아챌 거고, 우리가 무슨 이야기를 했는지 깨닫고 내가 당국의 편에 섰음을 알게 될 것이다. 오빠는 어떤 위험 요인도 감수하지 않을 테고, 내가 빠져나가게 두지도 않을 것이다.

나는 페터르 데 프리스에게 조언을 구했다. 그는 전에도 비밀 카메라와 마이크를 갖고서 작업한 적이 있었다. 그는 빔 오빠가 길거리를 걸으면서만 이야기한다는 걸 잘 알기 때문에 코트 안에 달고 마이크는 소매를 통해서 코트 옷깃 아래에 부착할 수 있는 녹음 장치를 구해주었다.

나는 집에서 시험해보았다. 하지만 별로 잘 되지 않았다. 녹음 장치가 너무 커서 빔 오빠가 나를 수색하지 않고서도 그걸 찾아낼 수 있을 것 같았다. 내가 움직일 때마다 장치와 마이크가 보였다. 이걸로는 소용이 없을 것이다. 나에게는 보이지 않고, 오빠가 더듬어도 찾을 수 없고, 내가 자유롭게 움직이고 정상적으로 행동할 수 있게 해주는 장치가 필요했다.

소녀를 갈취하다

2012년에 석방된 이후 빔 오빠는 범죄 세계에서 자신의 입지를 되찾기 위해서 애를 썼고, 그해 말쯤에는 이전의 통제력을 거의 다 되찾아가고 있었다.

오빠는 놀라운 카리스마와 대담함을 이용해서 적들을 다시 친구로 돌려놓았다. 그리고 믿을 수 있다고 생각되는 전직 살인자들로 자신의 주위에 '무장세력'을 조직했다.

오빠에게 유일하게 부족한 건 돈이었다.

돈이 없는 건 아니었지만, 예전에 비하면 별것 아니었다. 오빠는 한때 4천만 유로를 갖고 있었다고 우리에게 말했지만, 정부가 오빠에게서 1천 7백만 유로를 압류한 이후로 거의 한 푼도 없는 상태로 교도소를 나왔다. 그리고 이전 친구들이 자신에게서 돈을 훔쳐갔다고 주장했다. 현금을 구하고 상황을 '되돌리기' 위해서 오빠는 대마초 농장과 코카인 무역에 투자했다.

하지만 오빠에게는 다른 계획이 있었다.

석방되고 얼마 지나지 않아 오빠가 소냐 언니네 집에 나타났다. 동생 대신 오빠 눈에 보인 건 돈 자루 두 개였다. 코르의 돈과 우리 친구 페터르 R. 데 프리스가 1985년에 쓴 『하이네켄 납치 사건』의 미국 영화 판권으로 들어온 돈이었다. 페터르는 코르와의 인터뷰를 바탕으로 책을 썼고, 저작권을 그 자신과 코르 앞으로 나누어놓았다. 책은 아주 잘 팔렸고, 2011년에 네덜란드 영화로 만들어졌다. 빔 오빠는 영화 개봉을 막으려고 소송을 걸었지만 패소했다. 오빠가 영화감독을 협박했다는 이야기도 있었다. 이제 미국에서 리메이크 영화가 만들어지는 중이고 빔 오빠는 제작을 막거나 이윤을 빼앗겠다고 단호하게 결심했다. 소냐 언니는 코르의 돈은 한 푼도 없다고 말했으나 빔 오빠는 그 말을 믿지 않았다. 오빠 말에 따르면 형부는 상당한 재산을 갖고 있었고, 그걸 언니가 물려받았을 테니까 언니에게는 돈이 있고 그건 언니 게 아니라는 거였다. 오빠 자신이 부담을 견뎠고(총 쏘는 시늉을 하면서) 여전히 기소될 위험을 안고 있으니까 자기 거라고 했다. 왜 소냐 언니가 이득을 누려야 하는가?

빔 오빠는 계속해서 소냐 언니네 집을 찾아가 같은 질문을 던졌다.

"돈 어디 있어?"

언니의 대답은 늘 같았다.

"난 한 푼도 없어."

하지만 2013년 초에 언론에서 소냐 언니가 코르의 유산을 놓고 소송을 했고, 마침내 120만 유로를 받게 되었다는 기사를 내자 오빠는 증거를 찾았다.

나의 살인자에게

"120만 유로를 받게 되었으면 당연히 돈이 있는 거잖아."

오빠는 언니에게 분명히 돈이 있고, 많이 있을 거라고 결론을 내렸다. 언니의 부인은 오빠의 열의에 기름만 부을 뿐이었다. 오빠는 절대로 "속지" 않을 것이다. 언니는 오빠에게 돈을 내놓든지 "아니면 무슨 일이 벌어지는지를 봐야 할" 것이다(평소의 그 총 쏘는 시늉을 하면서).

소냐 언니에 대한 오빠의 갈취가 시작되었다.

오빠는 나에게 언니가 더러운 창녀고 이기적인 망할 년이라고 '털어놓기' 시작했다.

"걔는 한 푼도 없다고 계속 그러지만, 난 안 믿어. 족제비 같은 년. 혼자 모든 걸 다 가지려는 거야. 하지만 내가 당연히 다 알아낼 거야."

정보를 얻어내고 정보를 전달하는 것, 그게 오빠가 나를 이용하려는 방법이었다. 언니가 나를 믿고, 내가 언제나 언니와 연락한다는 걸 알기 때문이었다. 나에게 이 역할을 맡기려면 나를 소냐 팀에서 빔 팀으로 넘어오게 할 필요가 있었다. 우선 오빠는 나를 내 현실에서 끄집어내 자신이 보여주는 현실을 보게 만들어야 했다.

매일같이 오빠는 내 집 앞에 나타나 자신의 현실을 들이대며 나를 세뇌하려고 했다. 가끔은 하루에 세 번씩 내가 "사실"을 알아야 하고, 언니가 실제로 "얼마나 교활한 년인지" 알아야 한다고 말했다.

오빠는 말도 안 되는 종류의 증거를 들이밀었다.

"아스, 걔네는 차를 몬다고. 걔네 집 옷장에는 구찌 물건이 꽉꽉 들어차 있고. 너 구찌가 얼마나 비싼지 알기는 해?"

나는 그 차들의 돈을 어떻게 지불했는지 알고, 언니네 옷장을 열어보면 가짜 구찌 벨트 한 개와 가짜 구찌 스웨터 두 벌밖에 없다는 것도 잘 알았지만 그런 사실은 오빠에게는 아무런 상관도 없었다.

오빠는 반복의 힘을 사용해서 같은 메시지를 매일매일 주입했다.

"걔한테는 돈이 있고, 그건 내 거야. 그년이 나한테서 훔쳐간 거야."

내가 자신의 현실을 받아들이기 시작했다고 생각하자 오빠는 나를 확실하게 자기편으로 끌어들이기 위한 다음 단계를 밟았다. 이제 내가 소냐 언니가 오빠를 어떻게 속였는지 마침내 "알게" 되었으니까, 오빠만이 유일한 희생자가 아니라는 걸 알아야 했다. 언니는 나까지 이용하고 있다고 했다.

"아시, 너 걔 대신 청구서를 지불해주지 말아야 돼. 걘 널 이용하고 있는 거야. 우리 둘 모두를 이용하고 있다고. 돈이 뻔히 있는 주제에 말이야."

오빠는 언니가 오빠에게 거짓말을 하고 나에게도 거짓말을 하고 있다고 주장했다.

"왜 걔가 너한테 거짓말을 하는 걸까?"

오빠는 마치 나를 걱정해주는 것 같은 투로 물었다.

"걔가 얼마나 더러운 창녀인지 알겠어? 걘 자길 위해서 모든 걸 다하는 너한테까지 거짓말을 하고 있다고!"

그리고 오빠는 나를 대단히 아껴서 언니에 대해서 경고를 해주고 있는 것이다. 오빠는 언니의 행동을 알아챘고, 오빠 역시 언니에게 이용당하고 있으니까! 우리 둘 다 이용당했다! 우리 둘은 동병상련의 입장이었다. 하나로 이어져 있었다. 그러니까 함께 언니를 상대로 맞서야 했다.

하지만 나는 오빠가 원하는 대로 반응하지 않았다. 언니에 대한 오빠의 음모론에 끌려들어 갈 수는 없었다. 이게 어떻게 끝날지 아니까.

오빠를 상대할 때에는 오빠의 전략에 휘말리지 말고 최대한 오랫동안 중립을 지키는 게 중요했다. 오빠의 전략이란 언니가 먼저 돈을 훔쳐 갔기 때문에 빼앗아도 된다고 정당화해서, 나와 언니 사이에 싸움을 일으킨 다음 돈을 갈취하려는 것이다.

오빠는 이런 정당화 방법을 이용해서 왜 상대가 오빠를 위해서 헌신적으로 행동해야 하는지 설명할 것이다. 오빠 자신의 손은 절대로 더럽힐 생각이 없기 때문이다. 오빠는 자신의 부하들을 내보낼 것이다. 보통 병사들, 총알받이들을.

오빠는 전리품을 얻는 시점이 되어서야 그 자리에 나타날 것이다.

소냐 언니에 대해 중립을 지키면서 여전히 내가 오빠 편이라고 믿게 만들기 위해서는 약간의 핑계와 변명이 필요했다. 이런 중립적인 태도는 오빠를 짜증나게 했고, 내 충성심이 실제로 어느 쪽에 있는지 오빠가 알아챌까 봐 나는 굉장히 긴장했다. 하지만 그런 식으로 오빠 편에 선다는 선택은 불가능했다. 소냐 언니나 나 자신에게 불리하게 작용할 만한 일을 오빠 대신 처리해야 하는 위험한 상황이 될 수도 있기 때문이다.

나는 여러 개의 공을 허공에 던지는 저글링 곡예사가 된 기분이었다. 소냐 언니와 '자신의 돈'에 대한 불만을 나에게 한참 토로한 다음 오빠는 프란시스에 대한 공격을 재개했다. 그 애가 오빠에 대해서 "이야기"를 한다는 거였다. 그 애가 오빠가 코르를 "없앴다"고 자기 여자 친구 중 한 명에게 말했고, 언니가 그 경솔한 행동에 대한 대가를 치러야 한다고 주장했다.

결국에 오빠는 프란시스의 "이야기"를 갈취의 근거로 쓸 수 없다는 사실을 깨달았다. 그것은 코르의 살인을 너무 확실하게 가리키고 있어서 기소될까 봐 두려웠기 때문이다.

오빠는 공격을 멈추고 대신 다른 사람을 찾아냈다.

하지만 그렇다고 소냐 언니가 안전해진 건 아니었다. 빔 오빠는 언니를 괴롭힐 새로운 이유를 찾아내는 대로 돌아올 것이다. 그리고 거기까지는 그리 오래 걸리지 않았다.

리히

2013/2003

1993년, 소냐 언니가 아들을 낳았을 때 형부는 달까지 뛰어오를 듯이 기뻐했다. 형부는 아들에게 자신이 항상 바라던 것, 부자(rich)의 철자를 따서 아들의 이름을 지었다. 제 아빠의 목숨을 노린 첫 번째 살해 시도에서 살아남았을 때 리히는 두 살 정도였다. 빔이 코르를 없애기 위해서 그 애 머리에 총을 겨누고 나와 소냐 언니에게 코르가 어디에 숨어 있는지 말하라고 다그쳤을 때에는 일곱 살이었다. 제 아빠가 죽었을 때에는 아홉 살이었다.

코르가 죽은 후 빔 오빠는 자신이 지시해서 살해한 애들 아빠의 역할을 떠맡았다. 코르의 가족에게 자신에게 존경심을 보이라고 요구했다. 아빠의 죽음으로 극심한 고통을 겪던 리히는 빔이 제 아빠를 실제로 "뚱뚱한 개자식"이라고 불러대는 것을 들어야만 했다. 그 애는 빔 오빠가 자신이 얼마나 대단한지 자랑하는 한편 제 아빠를 욕하고, 비하하고, 무시해대는 것을 참고 들어야만 했다. 빔은 언제나 자신의 위에 서 있던 남자를 깔아뭉개는 데에서 굉장한 기쁨을 느꼈다.

리히는 아빠에 대한 추억을 망가뜨리는 외삼촌을 본능적으로 혐오했다. 외삼촌을 좋아하거나, 존경하거나, 따르는 척하지도 못할 만큼 그 애는 분개했다. 그리고 위험을 알아채기에는 너무 어렸다.

열 살쯤 되자 그 애는 빔에게 냉정하고 무감정하게 행동했다. 이미 빔은 그 애가 귀찮은 골칫거리라고 생각했다.

"그 조그만 망할 놈은 제가 뭐라고 생각하는 거야?"

오빠는 코웃음을 쳤다.

"제가 제 아비 같다고 생각하는 거야? 그럼 조심하는 게 좋을걸. 내가 뭘 할지 넌 알잖아, 안 그래?"

그래, 우리는 알았다. 하지만 리히 본인의 안전을 위해서 그 애한테 제 아빠의 죽음을 지시한 사람이 빔이라는 말은 절대로 하지 않았다. 리히가 입을 놀려서 보복을 당할까 봐 두려워서 언론이 수없이 제시하는 혐의를 모두 부인했다.

하지만 리히는 우리에게 그에 대해서 절대로 묻지 않았다. 그럴 필요도 없는 것 같았다. 그 애는 내내 알고 있었으니까. 그 애는 나름의 방식으로 행동하고 빔을 피했다. 그게 제일 빔의 비위를 거슬렀다.

빔이 교도소에 있는 6년 동안 리히는 외모와 성격 면에서 제 아빠를 쏙 빼닮게 자랐다. 그 애와 형부는 얼굴이 똑같았고, 덩치도 똑같고 태도, 특히 유머 감각이 아주 똑같았다. 그 애는 사교에 능숙했고 어딜 가든 환영받는 손님이었다. 그 애는 코르가 그랬던 것처럼, 인생에 전혀 열의를 느끼지 못했던 빔은 절대 할 수 없었던 방식으로 삶을 파티로 만들었다.

나의 살인자에게

리히는 교도소에 갇힌 외삼촌에게 전혀 신경 쓰지 않았다. 빔이 정기적으로 자신이 악명 높은 빌럼 홀레이더르라는 것을 상기시켜줘도 마찬가지였다. 빔은 리히가 "존경심을 보이지" 않는다고 생각했고 이것은 그 애에 대한 증오를 더 가중시켰다.

리히는 범죄에는 조금도 관심이 없었다. 그 애는 뛰어난 테니스 선수였고 맹연습을 했다. 우리도 그 애가 범죄와 거리를 두는 방편으로 그것을 응원했다.

우리는 어느 시점에 빔이 리히에게 작업을 걸 기회를 찾을 가능성이 높다는 걸 잘 알았다. 특히 아이가 자라서 복수하도록 놔두지 않을 거라는 오빠의 말이 머릿속에서 사라지지 않아서 빔이 석방된 후 리히의 안전을 걱정했다.

그래서 리히가 미국에 가서 테니스를 할 수 있는 기회가 생기자 우리는 그 애를 당장 거기로 보냈다. 마침내 그 애는 안전한 거리에 있게 되었다.

그 애는 자신의 자부심이자 기쁨인 소형차 VW 폴로를 놔두고 갔다. 이제 리히가 미국에 있으니 빔 오빠는 그 차에 눈독을 들였다.

오후 9시에 현관 벨이 울렸다.

"좀 내려올래?"

당연히 나는 내려갔다.

아스: "무슨 일이야?"

빔: "솔직히 말이야, 아시, 난 질려가고 있어. 난 내 바이크를 타고서 돌아다니고 있단 말이야. 비가 오고, 날은 춥고, 잘 안 보이고, 대단

히 위험해. 그런데 소냐는 그 꼬마의 차를 그냥 거기 놔두고 있잖아. 왜 내가 그걸 쓰면 안 되는 건데? 왜 나한테 그걸 쓰라고 말하지 않는 거야? 난 내 이름으로 차를 등록할 수가 없어. 왜 나한테 그 차를 주지 않는 거야? 걔네는 차를 타고 돌아다니는데 나는 이 추위 속에 스쿠터를 타고 돌아다녀야 해? 그 차 값은 도대체 어떻게 내고 있는 건데?"

아스: "하지만 오빠, 오빠한텐 이미 차가 있잖아, 안 그래? 하를럼의 차고로 등록되어 있는 그거 말이야."

빔: "그래서? 그게 뭐?"

아스: "그냥 그 차 타고 다니면 안 돼? 그러면 춥지 않을 거 아냐."

빔: "아니, 아시, 그런 식으로 되는 게 아니야. 그 애가 그 차를 나한테 빌려줬어야지! 그게 당연한 거 아니야? 우린 가족이잖아, 안 그래? 나한테 다른 곳에 다른 차가 있든 말든 그건 중요한 게 아니야. 그 차를 당장에 나한테 줬어야지."

아스: "언니한테 차를 빌려달라고 하면 안 돼?"

빔: "아니, 아시. 내 말 잘 들어, 아시. 내가 뭔가 부탁을 해야 하는 게 아니야. 걔가 나한테 제안을 했어야지. 날씨가 안 좋고 내가 추위와 빗속에서 스쿠터를 타고 다녀야 한다는 거 걔도 알잖아, 안 그래? 왜 나한테 그냥 차를 주지 못하는 건데? 자기는 차를 몰고 다니면서 나는 스쿠터를 타라고? 내가 그 스쿠터에서 떨어지기라도 하면 내가 그년을 어떻게 할지 너도 알게 될 거야. 그년의 턱을 박살내 버릴 거야. 이를 다 뽑아버릴 거고. 걔한테 돈이 있다는 거 너도 알지, 안 그래?"

오빠에게 이미 차가 있다는 사실은 소냐 언니를 비난하는 데에 도움이 되지 않기 때문에 오빠는 그 부분을 쏙 빼놓았다. 상관없었다. 논쟁이 꼭 말이 되어야 할 필요는 없었다. 그저 오빠의 목적만 달성하면 된다. 바로 소냐 언니를 갈취하는 걸 정당화하기 위한 분쟁을 일으킬 이유를 찾는 것이다.

리히의 소형차는 진짜 문제, 즉 돈 문제로 가는 디딤돌일 뿐이었다.

그날 저녁에 나는 서둘러 소냐 언니 집으로 가서 이야기를 하고, 오빠가 이걸 언니를 괴롭히는 이유로 삼지 못하게 그냥 차를 주는 편이 더 낫지 않겠느냐고 물었다.

하지만 언니는 오빠에게 차를 빌려줄 마음이 전혀 없었다.

"난 오빠가 리히 차를 모는 걸 바라지 않아, 아스. 오빠는 마약이랑 수상한 사업에 관련되어 있어. 리히의 차가 그런 일에 연루되는 건 원치 않아. 오빤 마약 고객들을 만날 거고, 법무부에서 리히 차를 보게 되면 그 애도 연루되었다고 생각할 거야. 아니면 차를 압수할 거고 리히가 돌아오면 차가 없겠지. 그렇게 놔둘 순 없어."

다음 날, 오빠가 다시 우리 집에 나타났다.

빔: "아시, 이건 빌어먹게 부끄러운 일이야! 걔네는 차를 타고 돌아다니는데 나는 바이크를 타고 온갖 날씨를 견디며 다녀야 돼. 걔네는 살 집도 있잖아. 난 내 이름으로 등록된 집 한 채도 없어. 그러니까 걔한테는 돈이 있는 거라고. 왜 나한테 말하지 않는 거야? 돈이 없으면 집도, 차도 가질 수가 없다고. 걔한텐 돈이 있어. 하지만 그 돈

을 가질 자격이 없지. 자기가 뭐라고 생각하는 거야?"

나는 최대한 소냐 언니의 재앙을 미뤄보기 위해서 노력했다.

"차를 빌릴 수 있을지 없을지 오빠가 어떻게 알아? 언니한테 아직 물어보지도 않았잖아. 언니가 빌려줄지 어떨지도 모르면서 그냥 언니한테 화를 내는 거잖아."

나는 계속해서 그렇게 말했다.

물론 오빠가 언니에게 물어볼 마음이 없다는 것도 잘 알았다. 언니가 좋다고 대답하면 이 문제는 해결될 거고, 그러면 싸움을 일으키기 위한 또 다른 이유를 찾아야 하니까.

나는 이해하지 못하는 척했고, 오빠는 실제로 언니에게 물어보지 않고서는 자신의 논리를 나에게 납득시킬 수 없다는 걸 깨달았다.

이틀 후에 오빠가 다시 찾아왔다.

빔: "오늘 개한테 가서 그 차를 빌려달라고 했어. 개가 뭐라고 하나 보려고. 그런데 나한테 안 주겠대. 더러운 창녀 같으니. 그냥 안 된다는 거야. 내가 그걸 몰기를 바라지 않아서 말이야. 법무부가 그걸 압수할 테니까. 난 빌어먹을 차에는 신경도 안 써. 그냥 바이크를 타고 다니면 돼. 그냥 개가 그걸 주는지 안 주는지 보고 싶었던 거야. 하지만 난 아직 안 끝났어. 이건 그냥 시작일 뿐이야. 그 꼬마도 그걸 가질 수 없게 그 깜찍한 차에다가 불을 질러버릴 거야. 내가 못 가지면, 그 녀석도 못 가져."

아스: "하지만 언니한테 말하면 분명히 오빠한테 차를 줄 거야."

빔: "아니, 개하고 얘기는 끝났어."

아스: "그럼 내가 가서 언니한테 그 차를 주라고 할게."

빔: "그럴 필요 없어. 더 이상 걔가 그 차를 나한테 주는 걸 허락하지
않을 거야."

오빠는 분쟁을 해결할 마음이 전혀 없었다. 분쟁이 있고 언니를 탓
할 만한 게 있는 한, 오빠는 원하는 대로 복수하는 걸 정당화할 수 있
었다. 배신, 조작, 협박, 갈취, 결국에는 살인까지도. 소냐 언니는 오빠
의 평생 동안 요구를 들어주었다. 오빠와 평생 기쁨과 고통을 함께 나
눴고, 오빠를 위해 모든 일을 감수했다. 하이네켄 납치 사건 이후에,
일주일에 최소한 한 번, 때로는 두 번씩 파리에 가서 늘 빨래와 다림질
을 해주고, 식료품을 사다주고, 저녁 식사를 만들어주었다.

하지만 그런 건 전혀 중요하지 않았다. 모든 게 아무 의미도 없었다.
40년 동안의 충실한 서비스가 언니가 "오빠에게 한 일" 때문에 지워져
버렸다. 이제부터는 도로의 사소한 구멍조차 언니 탓이 될 것이다. 오
빠가 스스로 판 무덤 전부가 소냐 언니가 한 일이 될 것이다. 언니가
"오빠의 관에 못을 박았고" 이제 그 대가를 치러야 할 것이다.

그게 당연한 일이지, 안 그런가?

소냐 언니는 공식적으로 친구에서 적이 되었다. 이게 우리 모두가
두려워하던 순간이었고, 우리가 최대한 오빠의 요구에 따르려고 애를
썼던 이유였다. 그날부터 오빠는 매일같이 우리 집에 들러서 언니를
향한 자신의 분노를 과시하듯이 보여줬다. 갈취가 시작된 것이다.

언니와 나는 최대한 오래 오빠보다 한발 앞서기 위해 노력하면서
한편으로는 적시에 우리의 목표에 도달하기 위해서 오빠에 대한 증거
를 모아야 했다. 오빠가 코르에 대한 대가를 치르도록.

어떤 면에서 이 고통에는 긍정적인 부분도 있었다. 이건 법무부에 오빠가 코르를 죽일 분명한 동기가 있었음을 보여줄 기회가 될 것이다. 안 그러면 왜 오빠가 그 유산에 대한 소유권을 주장할까? 왜 언니가 "이득을 보는" 와중에 오빠가 "부담을 견뎠다"라고 말을 할까?

우리 둘 다 오빠와의 대화를 녹음한다면, 소냐 언니에 대한 갈취가 아무리 견디기 끔찍하다고 해도 과거와 현재를 연결하고 빔 오빠의 과거 범죄를 현재의 진술로 만들 수 있는 훌륭한 기회가 될 수 있었다.

나는 언니에게 녹음 장치를 사주었다.

"난 대체로 브라 앞쪽에, 내 가슴 사이에다가 부착해. 그런 다음에 고정시키기 위해서 그 위에다가 테이프를 붙여."

내가 말했다.

"이렇게?"

언니가 물었고, 순식간에 언니도 도청 장치를 차게 되었다.

언니는 사실을 파헤칠 준비가 됐다.

　　　　　　　　　　　　　나의 살인자에게

비밀 진술을 하다

"이제 어쩌지?"

소냐 언니가 물었다.

"주말 내내는 긴 시간이야. 오빠가 알아채지 못하게 그렇게 오랫동안 떠나 있을 수는 없어."

베티 빈트는 우리 진술을 적는 데 최소한 이틀은 족히 걸릴 거라고 추정했다. 이틀 내내 눈에 띄지 않게 떠나 있는 것은 굉장히 큰 문제였다. 절대로 성공하지 못할 것이다. 빔이 당장에 눈치채고 의심할 것이다.

우리가 만나기로 한 날은 일요일이었지만, 빔 오빠에게는 주말이라는 게 없었다. 오빠는 규칙적인 직업을 가져본 적이 없기 때문에 요일을 구분하지 않았다. 토요일이든 일요일이든 오빠는 주중의 다른 날과 마찬가지로 이른 시간에 우리 집에 나타났다.

그래서 나는 미헬러와 마논이 우리를 데리러 오기로 한 약속 장소로 가는 길에 오빠와 마주칠 가능성을 배제할 수가 없었다. 오빠에게 루르몬트에 있는 고객에게 급한 연락을 받아서 두 시간 안에 가야 하기 때문에 '산책'을 하거나 커피를 마실 시간이 없다고 말하기로 했다.

그런 다음 오빠가 스쿠터를 타고 따라올 경우에 대비해 고속도로로 올라갔다가 방향을 바꿔 언니를 데리러 갈 것이다.

나는 이런 식으로 그나마 쉽게 빠져나올 수 있었다. 내 직업 덕택에 약간 자유가 있기 때문이다. 하지만 소냐 언니의 경우에는 상황이 더 복잡했다. 언니는 내세울 만한 직업이 없고, 오빠는 기묘한 시간에 언니네 집에 가곤 했다. 특히 나에게 연락이 닿지 않으면 언니네 집에 들렀다. 언니에게는 집에 없는 것을 설명할 그럴듯한 이유가 없었다. 이렇게 이른 시간에 언니가 어디를 가겠는가?

우리는 프란시스의 집에서 언니를 태우기로 했다. 빔 오빠는 프란시스가 어디 사는지 모르기 때문이다.

언니는 아침 7시 반에 거기로 가서 차를 세워둘 것이다. 집에 차를 남겨두면 오빠가 이상하게 여길 테니까. 언니가 차를 놓고 어딜 가? 누구랑, 왜?

그 이른 시간에 언니가 빔 오빠와 마주친다면, 그 전날 그랬던 것처럼 프란시스를 도와주러 간다고 말하기로 했다. 그 애의 딸, 소냐 언니의 손녀인 노라가 바이러스성 질환으로 아프기 때문이었다. 그러면 오빠는 혹시라도 감염될까 봐 겁이 나서 보내줄 것이다. 오빠는 자신의 심장 상태 때문에 병에 걸리는 걸 굉장히 무서워했다. 오빠가 평소처럼 급한 일 때문에 즉시 언니한테 오라고 한다면, 언니는 나한테 전화하고 나는 언니가 말을 할 필요가 없도록 그냥 전화가 울리게 놔둘 것이다. 그 신호를 받은 후에 프란시스에게 전화해서 제 엄마에게 노

　　　　　　　　　　　　　　　　나의 살인자에게

라가 정말 많이 아프니까 빨리 와달라고 연락하라고 시킬 것이다. 프란시스는 아무것도 묻지 않고 곧장 그렇게 할 것이다.

우리 아이들은 질문을 하지 않았다. "그 사람"이라는 말만으로 심각한 일이라는 걸 다 아니까. 그 애들은 우리가 전화상으로 오빠 이름을 절대로 언급하지 않는다는 걸 잘 알았다.

오빠가 프란시스의 집이나 거기 가는 길에 나와 마주친다면, 나는 고객과의 급한 일을 벌써 다 끝냈고 이제 서두를 필요가 없으니까 프란시스의 딸을 보러 가는 길이라고 말할 것이다. 그 애가 아기를 굉장히 걱정하고 있어서 말이다. 이것은 소냐의 상황 설명과도 맞아떨어질 것이다.

그렇지만 우리가 미헬러나 마논과 한 차에 있는 것을 오빠가 볼 경우에 대비해서 설명할 거리를 준비해둬야 했다. 나는 내 농구팀 친구들 두 명이고 나와 함께 경기를 보러 가는 길이라고 말하기로 했다. 소냐 언니는 그냥 따라가는 것이다. 어차피 언니에게는 자기만의 사교 생활이라는 게 전혀 없으니까.

나는 종종 오빠가 하는 것과 똑같은 방식으로 오빠 앞에서 언니를 깎아내리곤 했다. 오빠는 그런 얘기를 좋아했다. 그러면 내가 언니가 아니라 오빠에게 충성하는 것처럼 느껴지니까. 그런 식으로 나는 오빠가 호의를 베풀 만한 사람으로 남았다.

우리가 짠 시나리오는 우리가 오빠를 볼 경우가 아니라 오빠가 우리를 볼 경우에만 유효할 것이다. 가끔 이런 일도 생겼다. 자신이 목격한 것과 우리 대답이 일치하는지 확인하기 위해서 오빠가 별 관심 없는 투로 하루에 대해서 물을 때가 있었다. 대답이 일치하지 않으면, 뭔가를 숨기고 있는 것이다.

우리는 면담 장소에서 하룻밤을 보낼 예정이었다. 오빠가 한밤중에 들른다면 이게 문제가 될 수도 있다. 나는 종종 현관 벨을 꺼놓았고 오빠도 거기 익숙했지만, 언니네 아파트에서는 이렇게 할 수가 없었다. 벨 소리에 나오지 않은 것을 언니가 어떻게 설명해야 할까?

운 좋게도 집에 돌아가면 입구에 있는 보안 카메라 시스템을 통해서 우리가 없었던 밤에 오빠가 들렀는지 확인할 수 있다. 만약 들렀다면 언니는 수면제를 먹고 완전히 정신을 잃었다고 말하면 된다. 오빠는 그걸 받아들일 것이다.

다음으로 해야 할 일은 우리 전화를 어떻게 처리하느냐였다. 오빠가 전화하면 어떻게 해야 되지? 우리에게 연락이 닿지 않으면 오빠는 한 번이 아니라 열 번, 또는 열다섯 번쯤 연속으로 전화를 걸어댈 것이다.

나는 일하는 중이었다고 변명하면 비교적 가볍게 빠져나갈 수 있지만, 언니의 전화가 주말 내내 꺼져 있으면 언니는 곤란한 상황이 된다.

언니가 집에 없으면 오빠는 전화를 걸 것이다.

"어디 있는 거야? 뭘 하고 있어? 이리로 와, 당장!"

언제나 '당장'이어야 했다!

"오빠, 지금은 못 가. 바빠."

"바빠? 조금 있다가 보자!"

그리고 오빠는 전화를 끊고 다시 전화하지 못하도록 전원을 꺼버릴 것이다. 그런 다음엔 오빠가 말한 곳으로 가지 않으면 난리를 치며 사방으로 찾아다니고 소란을 떨 게 뻔하기 때문에 어쩔 수 없이 가야만 했다.

그러니까 오빠가 우리에게 오라고 하지 못하게 어떤 형태의 연락이

든 피하는 게 가장 좋은 방법일 것이다. 우리는 전화기 전원을 꺼두기로 했다. 면담 사이사이에 상황을 확인하고, 상황이 걷잡을 수 없이 악화되어 오빠가 의심을 품을 정도로 자주 전화를 했으면 집으로 돌아가기로 했다.

그렇게밖에는 할 수 없는 일이었다.

사무실 사람들에게 내가 법무부에 오빠에 대한 진술을 하기로 했다고 말할 수는 없었다. 형사 변호사로서 우리는 항상 검찰과는 반대편에 있을 뿐만 아니라 이런 종류의 비밀로 다른 사람들에게 짐을 지우고 싶지 않았기 때문이다. 물론 누군가가 무심코, 또는 선의로 다른 사람에게 우리가 하는 일에 대해서 말할 위험을 무릅쓸 수도 없었다. 그냥 말만 하는 게 우리에게 얼마나 치명적일 수 있는지 아무도 이해하지 못한다. 보통 사람이라면 상상조차 할 수 없을 것이다.

그래서 주말이 나에게 가장 안전한 시기였다. 주중에는 주의를 요구하는 위기 상황이 종종 발생했고, 회사 사람들은 나와 연락이 되지 않으면 당황하며 모두들 내가 어디 있고 왜 사무실과 연락이 안 되는지 의아하게 여길 것이다. 주말에도 일은 계속하겠지만, 그래도 최소한 사무실 전화는 울리지 않을 것이다.

하지만 미헬러와 마논은 일요일과 월요일이어야 한다고 말했다. 그건 어떻게 바꿀 수가 없다고 했다. 이건 나로서는 이해할 수 없는 일이었다. 내가 그들의 일정에 맞추는 쪽이 되어서는 안 되는 거 아닌가? 그들이 내 일정에 맞춰야지. 내가 그들에게 뭔가를 주는 거고, 가능한 한 안전하게, 사무실에서 온갖 질문을 받지 않고서 하고 싶었다.

이것은 내가 공무원과 사업가 들 사이의 차이를 상대하는 최초의 경험이었고, 마지막이 아닐 것이다. 주말에 만나는 것은 대체로 말도 안 되는 일이고, 주중 저녁도 마찬가지였다. 항상 업무 시간 중이어야 했다. 오후 5시가 되는 순간 내부에서 알람 시계가 울리는 것처럼 사람들은 집으로 가고 싶어 했다.

계획이 확정되었다. 우리는 일요일 아침 8시에 지정된 장소에서 떠나기로 했다. 나는 사무실 사람들이 내가 어디 있는지 묻지 않도록 동료에게 월요일에 급한 고객의 연락을 대신 받아달라고 부탁했다.

암스텔베인, 베스트 지구 쇼핑몰 건너편. 우리가 도착했을 때 그들은 이미 와 있었다. 나는 눈에 띄지 않도록 거주자 자리에 차를 댔다. 어쨌든 차가 주말 내내 여기 있을 텐데, 빔 오빠가 바이크를 타고 지나가지는 않을지 누가 알겠는가. 오빠는 그걸 타고 사방을 돌아다녔고, 항상 전혀 예상치 못한 곳에서 나타났다.

"안녕하세요, 아침 일찍 일어나는 새들이군요! 우리가 진술을 받을 곳까지 가려면 한참 걸리니까 편안하게 있어요."

미헬러가 유쾌하게 말했다.

맙소사, 이게 무슨 소풍이라도 되는 것처럼 참 즐겁네. 그들은 우리가 여기까지 눈에 띄지 않게 나오는 게 얼마나 고통스러운 일이었는지, 이 여행이 우리에게 얼마나 어려운 일인지 눈곱만큼도 이해하지 못했다.

나는 갑자기 굉장히 기분이 나빠졌다. 이런 일은 일 년에 최대 세 번 정도 일어나는데, 한 번 일어나면 굉장히 안 좋았다. 나는 소냐 언니를 보았고, 언니는 내 눈에서 그 표정을 즉시 읽었다.

"얌전히 행동해. 내 말 알겠지?"

언니가 날카롭게 말했다.

하지만 쉽지 않을 것이다. 나는 한번 이런 기분이 되면 쉽게 떨쳐내지 못했다. 나는 이런 기분이 갑작스럽게 어디서 비롯된 걸까 분석하려고 노력했다. 어쩌면 이 일을 끝까지 해내지 못할 거라는 예감 같은 걸지도 모른다.

나는 언니에게 돌아가자는 눈길을 던졌다. 언니는 고개를 저었고 나는 그 말을 이해했다. 아니, 우리는 계속할 거야. 그러니까 얌전히 행동해.

언니가 옳았다. 그러니까 진정하려고 노력해야 했다.

이런 때에 내 불쾌한 기분을 나아지게 할 수 있는 유일한 것은 음식뿐이었다.

음식에 대한 사랑이 빔 오빠와 나의 공통점 중 가장 큰 부분이었다. 우리에게는 모든 먹을거리에 관한 특별한 장소가 있었고, 거기 가기 위해 1, 2킬로미터쯤 더 가야 하는 것에 신경 쓰지 않았다. 우리는 도시를 가로질러 가장 맛있는 페이스트리를 사기 위해서 리비렌부르트 지구까지 가고, 가장 맛있는 소시지 롤을 사러 요르단에 가고, 질 좋은 과일을 사기 위해서 헬데르란트 광장 쇼핑센터까지 갔다.

나는 내가 싸온 버터 바른 치즈 샌드위치를 꺼냈다.

그동안 소녀 언니는 두 여자와 이야기를 나누며 나에게서 그들의 주의를 돌렸다. 나는 나와 이야기를 하려는 그들의 친근한 시도를 거절하고 입이 꽉 차서 말할 수가 없다는 손짓을 했다. 아직은 잡담을 할 마음이 나지 않았다.

한 시간 반이 지나고, 우리는 면담을 하게 될 장소에 도착했다. 놀랍게도 특수 증인 보호 프로그램에서 나온 공무원 두 명이 더 있었다. 나는 이런 일이 생길 줄 몰랐다. 남자 두 명으로 이루어진 또 다른 면담자라니. 그들은 자기소개를 했고, 나는 즉시 그들에게 콜롬보와 브리스코라는 별명을 붙였다.

진술이 진행되는 방법에 대해서는 생각을 해본 적이 없었다. 생각을 해봤으면 이걸 예상했을지도 모르겠다. 하지만 또 다른 면담자 한 쌍을 맞이할 마음의 준비가 되어 있지 않았다. 이 낯선 사람들이 여기서 뭘 하는 거지?

우리는 미헬러와 마논에게는 익숙했다. 두 사람은 젊고 상냥하니까. 하지만 두 남자는 전형적인 경찰관으로 암스테르담에서 왔다. 나는 이미 이들이 밤에 술을 마시러 나가 베스터르 거리의 카페 놀에서 정보를 흘리는 모습을 상상하고 있었다.

이 일을 하고 싶은 기분이 들지 않았다. 언니 역시 같은 반응인 걸 알 수 있었다. 언니가 나를 보고 안 되겠다고 고개를 저었다. 언니는 이 사람들과 절대로 이야기하지 않을 것이다.

나는 언니를 옆으로 데리고 갔다.

"아스, 난 저 두 남자랑 같이 앉아서 얘기하지 않을 거야. 난 저 사람들을 몰라. 못 하겠어."

나도 정확히 같은 기분이었다. 치즈 샌드위치 덕택에 조금 나아졌던 내 기분은 다시금 바닥까지 뚝 떨어졌다.

"화장실은 어디죠?"

내가 물었다.

"저 문을 지나가세요."

콜롬보가 가리켰다. 언니는 생각에 잠겨서 내 뒤에서 천천히 걸어왔다.

"이건 우리가 동의했던 게 아니잖아, 그렇지? 두 명이 더 오다니. 이렇게 되어야 하는 게 아니야."

"응. 나도 별로 달갑지는 않지만, 상황이 벌써 안 좋아졌어. 그 사람들이 이미 우리를 봤잖아."

내가 말했다.

"그건 상관없어. 난 그 두 남자랑은 이야기 안 할 거야. 옳지 않게 느껴져. 그 사람들은 진짜 경찰 같아. 난 입 다물 거야."

"알겠어."

나는 그렇게 대답하고, 마지못해 덧붙였다.

"그럼 내가 그 사람들이랑 이야기할게. 이 시점에서 그냥 항복할 수는 없잖아. 내 기분이 정말로 안 좋은 징조였는지도 모르겠지만, 언니가 나한테 계속하자고 그랬으니까 이제는 돌이킬 수 없어. 그만둘 거면 처음에 그랬어야 했어. 저 사람들한테 우린 이야기하지 않을 거니까 암스테르담까지 150킬로미터를 도로 데려다달라고 할 수는 없잖아. 저 사람들은 방을 예약했고, 장치를 설치했고, 우리를 위해서 시간을 냈어. 그만두는 건 굉장히 무례한 일이 될 거야, 언니. 어차피 그런다고 정보가 새는 걸 막을 수도 없고. 그저 그런 일이 일어나지 않기만을 바라는 수밖에."

소냐 언니의 말도 일리가 있었다. 나는 왜 베티가 이런 식으로 일을 계획했는지 이해할 수가 없었다. 평생토록 침묵을 지켜왔던 두 사람이 어떻게 자신들의 인생 이야기를 완전히 낯선 사람들에게 할 거라고 생각한 거지? 이건 우리 인생에서 처음으로 우리의 고통에 대해서 이야기하는 시간이 될 텐데.

우리는 다시 돌아갔다.

"소냐 언니는 화장실에 갔고, 내가 이야기할게요."

내가 남자들에게 말했다.

"좋아요. 그럼 시작합시다."

콜롬보가 말했고, 소냐 언니와 나는 각기 다른 면담실로 들어갔다.

면담에 앞서서 우리는 우리가 진술을 했다는 사실이나 그 내용에 대해서 다른 사람들과 이야기하지 않을 거라는 동의서에 서명해야 했다. 만약 다른 사람에게 이야기를 하면 모든 동의는 무효가 되고, 검찰은 우리의 진술과 그 내용을 우리 동의 없이 사용할 권리를 얻게 된다. 그 말은 우리가 이 절차를 아무하고도 의논할 수 없다는 뜻이었다. 심지어는 인생을 바꿔놓을 이 일에 대해서 우리 아이들이나 엄마에게도 이야기할 수 없다는 거였다. '모르는 것은 남에게 말할 수 없다'라는 방침으로 살아온 우리가 이 시점에서 그런 일을 할 거라는 건 아니지만, 언젠가는 아이들이 우리의 행동에 대해서 어떻게 생각하는지 의견을 들어야 했다. 그 애들이 동의하지 않으면 우리도 끝까지 하지 않을 거니까.

그런 생각이 내 머릿속을 스치고 있을 때 브리스코가 목을 가다듬었다.

"아스트리드, 이제 면담을 녹음하기 위해서 테이프를 넣을 겁니다. 준비됐어요? 이제 녹음을 시작합니다."

나의 살인자에게

페터르에 대한 위협

진술서를 작성한 후 소냐 언니와 나는 완전히 진이 빠졌다.

이틀 동안 우리는 추억의 지옥 속을 지나왔다. 지난 10년 동안 두려움 때문에 억누르고 살았던 코르에 대한 슬픔이 실은 그가 죽던 날만큼이나 강렬하게 남아 있었다. 우리 오빠가 형부의 살해자라는 사실을 부인하느라 우리의 애도 과정이 가로막혀 있었던 것이다. 매일같이 우리는 오빠가 코르에게 한 일이 반복될까 봐 두려워서 우리 태도나 행동, 우리가 한 말로 오빠를 배신하지 않도록 애를 써야 했다.

이틀이 지나고 나니 그냥 지치고 텅 빈 기분만 드는 건 아니었다. 마침내 진실을 말해서 기쁘기도 했다.

우리는 베티가 바로 당일에 직원들의 손에서 진술서를 낚아채서 즉시 읽기 시작할 거라고 생각했었다. 그래서 이틀 후에 전화를 걸어 진술서가 빔 오빠를 상대로 쓸 만한 적절한 증거가 되는지 어떤지 물어보았다. 그걸 알아야 했다. 만약 쓸모가 없다면 우리는 이 감정적 롤러

코스터에서 최대한 빨리 뛰어내리고 싶었다.

베티는 직접 만나서 의논하고 싶다고 말했고, 우리는 2013년 5월 1일로 약속을 잡았다.

하지만 거기 가기 전에 다음번 재난이 벌어졌다.

2013년 4월 25일

나는 바깥에 있었고 오빠가 나를 괴롭히는 게 싫어서 저녁 내내 휴대전화를 꺼두고 있었다. 화면에 오빠 전화번호만 떠도 온몸이 긴장되곤 했다.

집으로 돌아오는 길에 나는 뭔가 난리가 나지는 않았는지 확인하기 위해서 휴대전화를 켰다. 부재중 전화가 우르르 떠 있었다. 빔 오빠가 몇 번이나 전화를 했다. 나는 뭔가 일이 생겼다는 걸 깨달았다. 소냐 언니도 전화를 했다는 사실이 내 의심을 입증해주었다.

당장 어디론가 가야 할 걸 알기 때문에 나는 빔 오빠에게 다시 전화를 하지 않았다.

대신에 소냐 언니에게 전화했다. 언니는 무슨 일인지 아마 알 것이다.

언니는 전화를 받아서 빔 오빠가 난리를 쳤다고 말했다.

"이번에는 또 왜?"

내가 물었다.

"처음에는 나한테 전화해서 위협하더니 그다음에는 페터르의 집으로 그 사람을 협박하러 갔어."

소냐 언니가 빔 오빠에 대해서 부정적으로 말하는 건 드문 일이었다. 우리는 대체로 전화로 오빠에 대해 안 좋은 이야기를 하지 않았다. 그래서 곧장 걱정이 됐다.

"좋아, 그래서?"

"페터르가 경찰에 신고했어."

"맙소사, 그거 영리한 행동이 아닌데. 빔 오빠도 알아?"

"아마 모를걸."

언니가 대답했다.

"상황이 안 좋아질 거야."

오빠가 이걸 그냥 넘겨줄 리 없었다. 오빠에게 경찰과 이야기한다는 건 사형감이었다. 페터르는 자신이 무슨 일을 벌인 건지 몰랐다.

이 문제를 어떻게 해결하지?

2013년 4월 26일

다음 날 아침, 빔 오빠가 이른 시간에 나에게 전화해서 평소 같은 어조로 말했다.

"마위던에 있는 막시스 상점에서 만나."

오빠는 내가 이미 어젯밤에 일어난 일에 대해 들었다는 걸 몰랐고, 내가 오빠와 만나는 게 페터르에게 대단히 중요하다는 것을 나는 잘 알고 있었다. 나는 차를 타고 마위던으로 향했다.

도착하니 오빠는 이미 나를 기다리고 있었다. 오빠는 소냐 언니랑 문제가 생길 때마다 나에게 전화한다는 걸 알았기에 나는 곧장 말했다.

아스: "소냐 언니랑 싸웠어?"

빔: "그리고 페터르하고. 어젯밤에 그 친구 집에 갔었어."

아스: "알아."

빔: "그 자식이 스테인 프란컨에게 연락해서 온갖 얘기를 늘어놨어. 협박당한 기분이라면서."

아스: "그랬구나."

빔: "어젯밤에 그 자식 집에 가서 내가 얘기를 했지. 잘 들어, 내 이름을 사용하지 말고, 내 캐릭터도 쓰지 말고, 당장 그걸 중단시키지 않으면 내가 무슨 짓을 할지 알게 될 거야, 라고. 그 자식 계집도 거기 있더라고. 그 자식이 '이거 협박인가요?'라고 묻더라고. 그래서 내가 그랬지. 난 협박 같은 건 안 하니까 그냥 내가 말한 대로 하라고. 나랑은 끝이고, 내 이름이나 내 캐릭터를 당장에 빼라고. 내가 그 망할 영화를 조져버릴 거야. 그 망할 것을 끝장내버릴 거라고."

빔 오빠는 페터르의 책을 바탕으로 만든 미국 영화 때문에 페터르를 쫓아갔다. 오빠는 이용당했다. 어떻게 아무도 오빠한테 먼저 말하지 않고 오빠를 영화에 등장시키고 이익을 볼 수가 있지? 오빠도 거기서 돈을 받아 마땅하다는 거였다. 나는 오빠를 진정시켜보려고 했다.

아스: "다시 페터르랑 얘기를 해보는 게 어때?"

빔: "내가 거기 가서 그 자식이 안 된다고 말하면, 난 그놈을 그냥 쏴 죽일 거야. 그놈은 죽게 될 거라고."

나는 겁이 나기 시작했다. 페터르가 경찰과 얘기했고 신고한 걸 알게 되면 페터르를 죽여야 할 이유 목록이 늘어날 것이다.

정말로 페터르가 걱정이 됐다. 페터르가 신고를 할 수도 있다는 얘기를 흘려서 오빠가 그 생각에 익숙해지게 해야 했다. 진짜로 이야기를 들었을 때 완전히 폭발하지 않게 만들어야 했다.

아스: "그 사람이 신고하면 어떡해?"

빔: "흠, 어디 한번 해보라지."

오빠는 페터르에게 진짜 그런 일을 할 만한 배짱이 없다고 확신했다. 오빠는 자신이 얼마나 사람들을 두렵게 만드는지 잘 알았다. 아무도 경찰에 가서 오빠에 대해서 말하지 못하고, 그렇게 한 사람들은 후회하게 된다.

신고를 하다니, 페터르는 무슨 생각을 한 거야?

물론 나도 벌써 한참이나 경찰과 이야기를 하고 있긴 하다. 다시금 나는 내 얼굴 전체에서 오빠가 그 사실을 읽을까 봐 두려웠다.

지금 오빠의 관심은 오로지 페터르에게 쏠려 있어서 나에게는 거의 관심이 없었다. 아니, 나를 전혀 신경 쓰지 않았다. 나는 적극적으로 이 상황을 오빠에게 가장 유리한 방향으로 해결하려고 노력하고 있으니까.

나는 오빠가 페터르와 대화를 하도록 애를 썼다. 오빠는 거부했다. 이건 다 페터르 탓이고, 경찰이 면담을 하러 오면 오빠는 그렇게 말할 생각이었다.

빔: "난 경찰에게 그 자식이 내 여동생이랑 놀아났다고 말할 거야. 그

러면 내가 화를 내는 게 당연한 일이잖아, 안 그래? 정말로 경찰이
그걸 이해 못 하겠어?"

빔에게 남자와 여자 사이의 모든 상호 행동은 섹스뿐이었다. 오빠
가 아빠와 닮은 또 한 가지 부분이었다.

아스: "오빠, 그렇게 말하면 경찰은 오빠를 정신병원에 보낼걸."
빔: "왜?"
아스: "몰라서 물어? 둘 다 성인이고, 누구랑 놀아날지 마음대로 결정
　　할 수 있는 나이야, 안 그래? 오빠가 쉰세 살 먹은 여동생 대신
　　에 그런 걸 결정할 수는 없는 거라고. 오빤 남편도 아니고 그냥
　　오빠일 뿐이야. 그걸 이유라고 드는 건 완전히 미친 소리 같을
　　거야. 오빠가 이길 수 없어. 게다가 그게 사실이 아니라는 거 알
　　잖아."
빔: "그래? 토마스도 그렇게 주장하지 않았던가?"
아스: "아, 오빠, 정말로 지금 꼭 토마스 이야기를 꺼내야겠어? 제발
　　좀."

불쌍한 토마스. 빔에 대한 진술을 했다가 목숨을 대가로 치렀다.
　빔 오빠는 종종 그 진술서에 대해서, 그게 오빠의 유죄 판결을 이끄
는 증거 자료로 사용된 것에 대해서 투덜거리곤 했다. 이제 오빠는 그
걸 자기에게 유리한 대로 이용했다. 그 사실이 혐오스러웠다.
　나는 페터르의 신고에 대해 오빠가 마음의 준비를 하도록 애를
썼다.

　　　　　　　　　　　　　　　　　　　　　나의 살인자에게

아스: "그 사람이 신고하면 어떡할 거야?"

빔: "그러라지! 그래서 뭐?"

아스: "그러면 오빠가 더 귀찮아지잖아."

빔: "그 자식이 뭘 할 수 있겠어? 난 그냥, '네, 그 친구 집에 갔었어요. 나를 그 영화에서 빼달라고 부탁했죠. 난 파산해서 변호사를 쓸 수가 없고, 그래서 그 친구를 고소할 수 없고, 그래서 직접 얘기하러 간 겁니다'라고 할 거야. 끝이지. 그 자식이 '당신이 날 협박했어'라고 하면 난 그냥 그 자식이 그런 식으로 받아들인 것뿐이라고 할 거야."

아스: "진짜로는 뭐라고 했는데?"

빔: "그건 중요하지 않아! 난 소냐에 관해서 그 자식이 나한테 가한 모든 지랄을 해결할 거야. 잘 들어, 내 쪽이 옳다고. 아스, 나와 다른 사람들에 관한 영화를 만들어놓고서 자기들이 돈을 갖고 그 영화의 주인공에게 한 푼도 내놓지 않을 수는 없는 거야."

아스: "흠."

빔: "그건 옳지 않다고!"

아스: "그래, 그 얘기를 좀 해볼래?"

빔: "아니! 아스트리드, 일이 잘못될 거라고 내가 너한테 몇 번을 말했어?"

아스: "흠."

빔: "아시, 이거 하나 말해둘게. 난 이걸 감당할 수 없어. 정신이 나갈 것 같다고. 이 난장판은……. (알아들을 수 없음) 난 용납하지 않을 거야, 알겠어? (다시 총 쏘는 시늉) 그래!"

아스: "제발 좀 진정해! 그렇게 난리 칠 필요는 없잖아. 뭔가 꾸미고 있는 것도 아니고, 다들 좋은 뜻으로 그런 거야."

빔 오빠는 실내에서 말할 수 없는 걸 말하려는 것처럼 나에게 바깥으로 나오라고 손짓했다.

빔: "내가 그 자식한테 가서 '이봐, 이 문제를 어떻게 해결할까?'라고 했는데 그 자식이 '난 상관없어, 난 이미 내 돈을 받았어'라고 말을 하면…… 내가 이 방법을 쓴다면 말이야……."
아스: "그러면?"
빔: "난 절대로 꼬리를 늘어뜨리고 도망치지 않을 거야. (속삭임) 그 자식을 쏴 죽일 거야."
아스: "그래, 하지만—"
빔: "이건 중단되어야 한다고. 난 질렸어!"
아스: "안 돼!"
빔: "아스트리드, 난 질렸어!"

막시스 상점에서 대화를 나눈 뒤에 나는 페터르의 집으로 갔다.
다시금 빔은 나에게 이 일에 억지로 연루될 수밖에 없는 정보를 떠넘겼다. 나는 페터르에게 빔 오빠가 그를 죽이겠다고 어떤 식으로 협박했는지 말했다. 최악에 대비해야 하겠지만, 내가 경고해줬다는 말은 절대로 해서는 안 된다고 덧붙였다.
페터르는 내 이야기를 듣고 굉장히 불안해하면서도 신고에 대해서는 단호했다. 빔 오빠가 지나쳤고, 페터르는 두고 볼 것이다. 달리 뭘 할 수 있겠는가? 피해는 이미 일어났는데.

배 속이 뭉치는 기분으로 나는 사무실로 돌아가서 일을 좀 했다. 망할 페터르와 그의 원칙 같으니. 왜 이번 한 번만 좀 물러설 수 없는 거야? 그는 정말이지 고집쟁이였다. 그가 현명하지 않은 행동을 한다고 생각했지만, 동시에 오빠에게 확실하게 선을 긋는 그의 태도가 존경스러웠다.

나는 15년이 넘게 그런 행동을 하는 걸 두려워하며 살았다. 그런데 페터르는 그냥 해냈다. 왜 난 못 하는 거지? 오빠가 나를 이렇게 완전히 세뇌시켰나? 오빠의 공포가 어린 시절 아빠의 공포와 닮아 있어서 이렇게까지 오빠를 두려워하는 걸까?

어느 쪽이든, 사실을 직시해야만 했다. 코르, 엔드스트라, 토마스. 그들은 빔 오빠가 뭘 할 수 있는지를 보여주었다. 오빠를 상대하는 내 방식이 용감한 방법은 아닐지 몰라도, 최소한 자살 행위도 아니었다.

같은 날에, 내가 사무실에 한 시간도 채 머물지 않았는데 빔 오빠가 다시 전화해서 만나자고 말했다.

"마지막으로 만났던 곳으로 와."

나는 막시스 상점 주차장으로 돌아갔다.

"그 망할 변태 놈이 경찰에 신고를 했어."

오빠는 무시무시한 어조로 말했다.

"아스, 그 자식이 경찰에 정확하게 뭐라고 했는지 알아야겠어. 네가 가서 듣고 와."

오빠의 변호사인 스테인 프란컨이 페터르의 신고 때문에 유죄 판결을 받는다면 가석방 상태에 문제가 생길 거라고 말했고, 그 말은 오빠가 3년간 집행 유예된 형을 전부 다 살아야 한다는 뜻이었다.

전부 다 페터르 때문이었다.

오빠는 자신이 형을 살게 되면, 들어가기 전에 청부업자를 고용할 거라고 내 귀에 속삭였다. 토마스처럼 페터르도 없어질 것이다.

나는 페터르에게 경고를 하고서 내가 뭘 할 수 있는지 알아봐야 했다.

"지금 갈 거야?"

오빠가 물었다.

"응, 차에서 그 사람한테 전화해서 집에 있는지 물어보고, 아니면 다른 곳에서 찾아볼게. 다 괜찮을 거야. 그 사람이랑 얘기한 다음에 오빠한테 알려줄게."

"좋아, 나중에 얘기하자."

페터르가 집에 있다고 해서 나는 그의 집으로 향했다. 그에게 뭐라고 말할까 곰곰이 생각했다. 그를 보호해주고 싶지만, 내 입도 조심해야 했다.

물론 우리가 이미 오래전에 페터르에게 다 고백했기 때문에 그는 빔이 뭘 했고 또다시 무슨 일을 할지 잘 알았다. 그저 이 긴장된 상황에 대해 페터르의 반응을 가늠할 수가 없었고, 그가 겁에 질려 예측 불가능한 행동을 하지 않길 바랐다. 어쩌면 그가 너무 겁을 먹은 나머지 경찰에 달려가서 우리가 비밀 진술을 했다고 털어놓을 수도 있는 노릇이다. 나를 편집증 환자라고 해도 좋지만, 그런 위험은 감수할 수가 없었다. 나는 이미 페터르에게 고백했던 것까지 후회하는 중이었다. 너무 걱정스러웠다.

내가 페터르의 집 앞에 차를 세우자, 그가 문밖으로 나왔다.

"미안해요, 페터르. 또 나예요."

나는 그에게 빔이 자신의 가석방 상태에 굉장히 불안해하고 있으며 그래서 협박을 하고 있다고 말했다. 페터르에게 경찰에 정확히 뭐라고 말했냐고 곧장 묻는 건 좀 부적절한 행동 같았지만, 그와 그의 아내 야크벨리너가 뭐라고 말했는지 대충은 알게 되었다. 나는 빔 오빠가 페터르를 상대로 청부업자를 고용하는 것을 막기 위해 오빠에게는 그들의 진술을 약간 줄여 말하기로 했다.

그날 저녁, 나는 빔 오빠에게 보고를 했다. 오빠는 마이커의 집에 있었고, 나는 그녀의 집 앞 길모퉁이에서 오빠에게 이야기를 했다. 오빠는 다음 날 아침 10시에 힐베르쉼에서 경찰에 보고를 해야 했다. 관할서에서 면담을 받으라는 소환을 받았지만, 오빠는 여전히 그 사이에 체포될까 봐 두려워하고 있었다.

"내가 내일 어디에 있게 될지 한번 보자고. 나랑 드라이브 좀 하자."

우리는 관할서를 지나쳐 갔고 그 후에 마이커의 집에서 잠시 시간을 보냈다. 오빠는 여전히 화가 풀리지 않았고 초조한 모습이었다. 오빠는 페터르가 경찰에 간 게 부끄러워할 일이라고 생각했다. 오빠의 이중 잣대는 놀라웠다. 자신이 무슨 일을 당하거나 그쪽으로 조금이라도 의심을 하게 되면 오빠는 곧장 경찰에게 달려갔다. 엄마와 함께 베스터르 거리에 서 있는데 총을 든 남자가 나타나 오빠를 죽이려고 했던 때처럼 말이다. 오빠는 엄마를 거기 놔두고 곧장 주 관할서로 가서 신고를 했다. 하지만 오빠가 모두에게 강요하는 규칙은 오빠 자신에게는 적용되지 않았다.

당연히 이 모든 건 소냐 언니의 탓이었다. 오빠의 결론을 뒷받침하는 논리는 전혀 이해할 수가 없었다. 하지만 오빠의 목적은 논리적으로 해결하는 게 아니었다. 그저 다른 사람 탓을 하고 싶은 거였다. 오빠가 남에게 어떤 고통을 가하든, 그건 절대로 오빠 탓이 아니었다. 그런 면에서 오빠는 아빠랑 똑같았다. 아빠는 언제나 다른 사람 때문에 협박을 하고 학대를 하게 되는 거였고, 빔 오빠의 경우에는 다른 사람 때문에 갈취하고 살해하게 되는 거였다.

"좋아, 내일 행운이 있길 바랄게."

그러고서 나는 작별 인사를 했다.

다음 날 아침, 오빠는 아침 7시라는 이른 시간에 나에게 전화를 했다. 나를 보고 싶다면서 8시까지 마위던의 막시스로 오라고 했다. 가석방이 중단되고 거기서 바로 갇히게 될까 봐 오빠는 굉장히 겁이 난다고 나에게 말했다. 오빠는 수감되지 않기 위해서 경찰에게 뭐라고 말해야 할지 이미 결정해둔 상태였다. 오빠는 여전히 그들에게 소냐 언니가 페터르와 섹스를 했기 때문에 그의 집에 간 거라고 말할 계획이었다. 오빠는 그게 얼마나 기묘한 인상을 줄지 전혀 이해하지 못했다.

내가 지금 가서 오빠를 도와주면 오빠는 풀려날 게 분명했다. 겨우 나흘 전에 나는 오빠를 집어넣겠다는 목적으로 비밀 진술서를 작성했다. 하지만 오빠가 다시 교도소에 갇히게 되면 페터르가 굉장히 곤란한 입장이 될 것이다. 오빠가 페터르에게 벌써 조치를 취했는지 어떤지 모르지만, 그러지 않았을 거라고 단순히 믿을 수는 없었다. 오빠를 돕는 수밖에 없었다.

"거기서 걸어 나오고 싶으면 그냥 페터르의 이야기를 인정하고, 그걸 좀 깎아내리고, 무슨 일이 있었는지를 오빠 시각에서 설명을 해."

바로 전날까지 "인정"이라는 단어만 들어도 오빠는 분노를 터뜨렸

나의 살인자에게

지만, 면담 직전의 스트레스 상태에서 오빠는 내 아이디어에 귀를 기울이는 것 같았다. 면담이 시작되기 전에 페터르와의 싸움을 해결해야 한다고 나는 생각했다.

"페터르에게 연락해서 이야기를 나눠. 그러면 면담할 때 전부 다 해결됐다고 말할 수 있잖아."

내가 부추겼다.

"네가 전화해서 그 자식이 뭘 원하는지 알아봐."

면담 한 시간 전에 나는 페터르에게 연락할 수 있었고, 그에게 빔이 차에 나와 함께 있고 두 사람이 정말로 이 문제를 해결했으면 좋겠다고 말했다.

"그냥 내가 전화를 바꿔주면 어떻겠어요?"

나는 손바닥에 땀이 밴 상태로 말하면서 제발 거절하지 말아달라고 속으로 빌었다.

대단히 다행스럽게도 그가 말했다.

"그럼 바꿔줘요."

빔 오빠는 전화로 정말로 얌전하게 행동하고 자신을 비하하는 투로 말했다. 이렇게 하면 사람들에게 오빠가 자기 자신을 잘 안다는 인상을 주기 때문이다. 오빠는 페터르에게 그런 의도가 아니었다고 말했다.

그걸로 문제가 정리되었다.

오빠는 경찰에 자기 이야기를 하고 당사자끼리 문제를 해결했다고 언급했다. 경찰은 페터르 본인에게 이야기를 듣고 싶어서 그에게 전화를 했다. 페터르는 이를 뒷받침했고, 오빠는 집에 갈 수 있었다.

풀려나자마자 오빠는 나에게 전화를 했다.

"같은 장소로 올 수 있어?"

나는 마위던으로 갔고, 우리는 하루 종일 함께 있었다. 내 조언은 오빠에게 큰 도움이 되었다. 지금으로서는 가석방 문제가 해결되었다. 나로서는 결과가 달랐다면 더 좋았겠지만, 이게 모두를 위해서 가장 안전한 해결책으로 보였다. 우리는 마이커의 집에서 그날을 마무리했다.

"이제 집에 갈게."

내가 말했다.

"차까지 데려다줄게."

오빠는 교도소에 들어가지 않으려고 애를 썼고, 다시 들어갈지도 모른다는 두려움이 이제 우쭐함으로 바뀌었다.

바깥에서 오빠가 말했다.

"자, 일은 이런 식으로 하는 거야. 우선 겁을 주고, 그다음에 이야기를 나누는 거지. 이제 페터르한테 가서 이 영화 판권에 대해서 얘기를 좀 해야겠어."

나는 내 귀를 믿을 수가 없었다. 오빠는 계속 페터르를 갈취할 생각이었다. 그리고 그 일에 나까지 끌어들였다. 오빠는 페터르에 대한 내 보호 본능을 불러일으켜 나를 꼼짝 못 하게 만들었다. 이제 나는 페터르에게 접근해 오빠의 메시지를 전달할 수 있는 사람이 되었다. 페터르에게 빔 오빠는 영화에 자기 캐릭터가 나오는 걸 바라지 않고, 이게 오빠가 화를 낸 진짜 이유라고 말해야 했다. 오빠는 이게 돈에 관한 문제라는 얘기는 하지 말라고 명령했다. 그러면 갈취가 되어버리니까.

나의 살인자에게

오빠가 나를 이런 입장으로 밀어 넣은 데에도 약간의 이득은 있었다. 나는 이 갈취를 녹음해볼 것이다. 기회주의적인 말처럼 들릴 수도 있지만, 평생 동안 불리한 입장으로 살아왔다면, 거기서 최대한 유리한 기회를 찾는 법을 배우게 된다.

2013년 4월 29일

다음 날 아침에도 괴로움은 계속되었다. 오빠는 나한테 연락해서 핀케베인에 있는 피르스프롱으로 오라고 말했다. 나는 오빠가 걸어오는 것을 보고 화가 났다는 걸 알아챘다. 가석방에 대한 초반의 긴장이 사라진 뒤 오빠는 연기가 되었다는 게 꼭 취소된 건 아니라는 걸 깨달은 모양이었다.

빔: "스테인이랑 아직 얘기 안 했어?"

아스: "안 했는데 왜?"

빔: "가석방 때문이야. 내가 유죄 판결을 받으면 이 가석방 상황에도 문제가 생기나 보더라고. 그 쓰레기 같은 자식이 나를 완전히 골탕을 먹이려고 하고 있어. 그 자식은 게임을 하고 있다고. 왜 그냥 주둥이를 다물지 못하는 건데! 그 자식이 잘난 척 하면서 실은 정보를 다 떠벌린 거 아닌지 모르겠어."

아스: "내가 가서 그 사람을 다시 만나볼까?"

빔: "그 자식이 이 범죄 사건을 철저하게 조사하고 싶은 것 같아. 그 망할 영화 때문에 모두가 염병할 돈을 벌고 있는 걸로도 모자라서, 나보고 그것 때문에 또 3년을 안에서 썩으라고? 그건 그 영화에 최

고의 광고가 되겠지. 내가 뭘 할지 넌 알지? 그냥 협박 정도가 아니야. 내가 3년 동안 들어가야 된다면, 그 자식도 대가를 치르게 될 거야. 내 아이들이 상처를 받으면 그 자식도 상처를 받게 될 거라고! 아스트리드, 내가 말하는데, 난 해야 하는 일을 할 거야. 해버릴 거라고! (속삭임) 아시, 내가 3년을 썩어야 한다면 말이야⋯⋯. (총 쏘는 시늉)"

아스: "안 돼."

빔: "돼!"

아스: "아니, 안 돼! 그냥 해결책을 찾아봐."

빔: "난 페터르와 문제를 해결하기 위해서 노력해볼 거야. 양쪽 모두가 아무 상처도 입지 않는 편이 그 자식에게도 좋겠지. 그 자식이 정말로 싸움을 원한다면, 나도 상관없어. 속도를 높여서 오늘 밤 안에 처리할 거야."

나는 즉시 페터르의 집으로 달려가서 빔 오빠가 어떤 문제도 겪지 않도록 진술을 바꾸라고 설득하려고 했다.

하지만 페터르는 상대하기 쉬운 사람이 아니었고, 전혀 겁을 먹지도 않았다. 나는 강한 두 자아 사이에 끼었다. 페터르는 어떤 진술도 취소하지 않을 것이다. 나는 그의 반응에 초조해지기 시작했다. 페터르가 꼼짝도 하지 않으면 나는 그 메시지를 오빠에게 전해야 하고, 그러면 오빠는 그를 죽일 것이다.

페터르가 상황이 얼마나 심각한지 모르는 게 아닌가, 빔 오빠가 정말로 협박을 실행할 거라는 걸 모르는 게 아닌가 걱정스러웠다. 하지만 빔 오빠가 어떤 사람인지 아는 사람이 있다면, 그건 페터르였다. 그

나의 살인자에게

렇다고 해서 그가 진술을 수정하지는 않을 것 같았다.

페터르와 이야기를 하고서 나는 그가 기꺼이 화해를 할 마음이 있지만, 사건에 대한 자신의 입장을 철회할 마음은 없다는 걸 알 수 있었다. 나는 그들에게 만나서 이야기하라고 제안했다. 페터르는 동의했고, 오빠의 변호사인 스테인이 다음 날로 약속을 잡았다.

나는 페터르에게 빔 오빠가 바라는 걸 들어주라고 애걸했다. 그는 중간 정도로 합의할 수 있도록 최선을 다하겠지만, 그 이상은 안 할 거라고 대답했다. 그는 차분하게 접근해서 기꺼이 얘기를 나눌 것이다. 나는 오빠에게 돌아가서 전부 다 괜찮을 거라고 말했다.

2013년 4월 30일

만남이 끝난 후 오빠는 나에게 어떻게 되었는지 말하기 위해서 오라고 했다.

나는 산드라의 집에 도착했고, 오빠는 소파에 누워 있었다.

"별로 기분이 좋지 않은가 보죠?"

내가 그녀에게 물었다.

"나 때문이라고 생각해요?"

그녀가 물었다.

"그럴 리가요. 당신은 늘 사랑스럽죠."

오빠가 투덜거렸다.

"음, 나 좀 따라와."

언제나처럼 우리는 이야기를 하러 밖으로 나갔다.

빔: "그 자식한테 어제 전화를 했어. 아니, 그 자식이 나한테 했지. 그 자식은 그렇게 나쁘지 않았다고 생각하나 봐. 최소한 편안한 대화였다고 생각하는 모양이야."

아스: "그렇구나."

빔: "그러니까, 그 자식은 우리가 이렇게 한 게 기쁜가 보더라고."

아스: "그래?"

빔: "그래."

아스: "음, 페터르가 스테인한테 대화를 잘 끝냈고 자기도 괜찮다고 써준 모양이던데."

빔: "그건 좋은 거지, 그렇지?"

아스: "그리고 스테인도 오빠를 위해서 편지를 썼어."

빔: "그리고 나는 사과를 했고. 이 사과라는 게 말이야, 이게 빌어먹게 내 신경을 건드려."

아스: "그래, 음⋯⋯."

빔: "내 신경을 건드린다고. 왜냐하면 자꾸 이 생각을 하게 된단 말이야. 그 머저리 자식이 아무 이유도 없이 신고를 했는데 그 망할 놈들이 나한테 사과를 하게 만들어?"

아스: "저기, 오빠, 그렇게 해서 3년 동안 교도소에 가지 않아도 된다면 뭐가 문제야? 뭐가 그렇게 신경에 거슬리는데?"

빔: "그게 맞긴 하지. 그래, 스테인이 그러더라. '그쪽에서 그 3년 형을 다 살게 한다는 건 거의 불가능해요. 문제가 사라지면 3년 형에 처할 수가 없겠죠.'"

그게 오빠가 사과를 한 유일한 이유였다. 아주아주 마지못해서 한 거지만. 오빠는 여전히 거기에 화가 나 있었지만, 그럴 가치가 있었다. 스테인의 말에 따르면 그들은 오빠를 3년 형에 다시 처할 수 없었고, 그러니 오빠는 한동안은 안전할 것이다.

빔이 체포되다

"빔 오빠가 체포됐어!"

소냐 언니가 외쳤다.

"우리 진술서 때문일까?"

"나도 모르지. 그쪽에서 말은 안 해줬지만, 어차피 우리한테 미리 얘기해주지는 않을 테니까."

나는 그렇게 대답하고 CIU의 여자들 중 한 명에게 전화를 해서 왜 빔이 체포되었느냐고 물었다.

"우리 때문에 체포된 거예요?"

기묘하게도 그녀는 자신도 모른다고 말했다.

"어떻게 모를 수가 있어요? 당신도 조사부의 일원이잖아요, 안 그래요?"

"아뇨. 그쪽에선 우리한테도 절대로 미리 알려주지 않아요."

그녀가 알아보기로 했다.

나는 우리 때문인지 꼭 알아야 한다고 말했다. 그래야 내 입장을 재고해볼 수 있으니까. 예를 들어 사무실 사람들에게 뭐라고 말을 해야 되지? 우리가 말한 모든 것이 갑자기 뉴스에 나온다고 상상해보자. 내 일자리와는 작별해야 할 것이다.

긴장감은 견딜 수 없을 정도였다. 이건 우리 삶을 엄청나게 바꿔놓는 순간이, 우리가 예상했던 모든 위험이 실제로 일어나는 순간이 될 수도 있었다.

나는 신경쇠약 직전이었다. 오빠가 왜 체포된 건지 당장 알아야 했다. 그 사이에 스테인이 나에게 연락을 했다. 이게 내가 직접 증언한 사건들 때문이라면 나는 그와 이야기할 수 없었다. 옳은 일로 느껴지지도 않았고, 그랬다가는 우리 사건에 해가 될 수도 있기 때문이다.

나는 오빠의 여자친구 산드라가 뭔가 들었는지 확인해보았다. 현재로서 그녀는 우리가 법무부에 진술한 사실은 몰랐다.

산드라는 빔 오빠가 잡혀간 차고에 있었고 함께 경찰서까지 오라는 요청을 받았던 얀과 이야기를 했다. 체포 부대는 나타나지 않았다. 산드라의 집에도 아무 일도 일어나지 않았다. 문을 박차고 들어오는 경찰도 없고, 기습 수색도 없고, 아무 일도 없었다.

아무래도 이 작전이 오빠에게 초점을 맞춘 건 아닌 것 같았고, 그렇다면 체포가 우리가 진술한 사건들과는 관계가 없다는 뜻이었다.

CIU의 연락책들이 이 사실을 확인해주었다. 아직 그 순간이 오지 않았고 우리 삶이 아직은 뒤집히지 않는다는 사실에 솟구친 안도감은 동시에 실망으로 바뀌었다. 왜 그들은 아직까지 오빠를 살인 혐의로 체포하지 않는 걸까?

알고 보니 빔 오빠는 갈취 혐의로 다른 사람들과 함께 체포된 거였다. 오빠의 체포는 우리 진술과는 관련이 없었고, 우리는 최대한 평범하게 행동해야 했다.

그 말은 우리가 평소 패턴에서 벗어나서는 안 된다는 거였다. 면회, 교도소로 옷 가져가기, 오빠가 안에서 물건을 살 수 있도록 교도소 계좌로 돈 넣어주기 등등. 우리는 아무 일도 없는 척, 오빠가 체포된 날 마침내 코르의 살인 혐의로 기소되기를 바란 적이 없는 척 행동해야 했다. 우리가 경찰과 얘기하지 않은 척해야 했다.

우리의 유일한 이점은 한동안 평화롭고 조용한 시간을 누릴 수 있다는 것이고, 우리에게는 그게 절실히 필요했다. 긴장감으로 우리는 완전히 지쳤다.

오빠가 교도소에 있었기 때문에 나는 내 비밀 진술서를 마무리할 수 있었다. 약속 장소로 가는 동안 그렇게까지 경계할 필요가 없다는 건 정말 좋았다.

우리는 작은 기쁨에 감사하며 살게 되었다.

차에 오르는데 산드라의 전화가 왔다. 44일 만에 오빠는 벌써 석방되었다. 다시금 오빠는 자유인이 되었다.

모든 것이 다시 시작되었다.

나의 살인자에게

4부

증인의 일기

2014

명령을 내리다

빔 오빠가 산드라를 시켜 나에게 전화해서 자기를 보러 올 수 있느냐고 물었다. 오빠를 보러 오라는 뜻이었다. 내가 도착하자마자 오빠는 나를 데리고 밖으로 나갔다. 내가 소냐 언니에게 전달해야 했던 두 메시지에 언니가 어떻게 반응했는지 오빠는 알고 싶어 했다.

첫 번째는 비가 오고 시야도 나쁜데 스쿠터를 타고 다니느라 오빠가 사고 날 위험을 무릅쓰고 있다는 내용이었다. 그건 언니가 오빠에게 리히의 차를 주지 않았기 때문에 언니 잘못이었다. 메시지는 이거였다.

"내가 스쿠터에서 떨어져 다치면, 프란시스와 아들놈을 죽여버릴 거야, 이 망할 걸레년. 내가 이런 식으로 돌아다녀야 돼? 네가 가서 말해. 가서 내가 정말로 화가 났다고 말하라고. 난 신경 안 쓰니까 어디 한번 두고 보라고. 하지만 내가 떨어지면, 그년의 애들 중 하나를 죽여버릴 거야."

같은 대화에서 오빠는 반복적으로 언니까지 죽여버리겠다고 협박했다. 나는 메시지를 전달했다.

"그래서?"

오빠가 물었다.

"언니는 차를 넘겨줄 수 없어. 팔았거든."

이 말에 오빠는 정말로 흥분했다. 언니가 오빠가 말한 대로 하지 않는다고? 그것도 애들을 두고 협박했는데? 오빠는 깜짝 놀랐다. 오빠는 아이들이 관련되면 소냐 언니가 위험을 감수하지 않을 거라고 생각했다. 그게 보통의 패턴이고 오빠는 거기에 익숙했다. 언니는 오빠가 시키는 대로 한다는 것에 말이다. 소냐 언니와 내가 오빠의 반응을 녹음하기 위해서 항복하지 않기로 합의하지 않았다면 이번에도 그렇게 되었을 것이다.

"누구한테 팔았대?"

나는 언니가 말해주지 않을 거라고 했다.

"오빠가 가서 그 사람을 만날 거잖아."

오빠는 생각에 잠겼다. 소냐가 더욱 반항을 한다? 뭘 꾸미고 있는 거지?

나는 언니와 언니 애들을 죽일 거라는 오빠의 메시지를 전달했고, 언니는 평생을 겁에 질린 채 살아서 더 이상은 신경 쓰지 않는다고 대답했다고 오빠에게 전했다.

그러고서 프란시스가 예전에 했던 말 때문에 오빠가 코르의 살인죄로 교도소에 갇히면 소냐 언니도 함께 끌고 갈 거라고, 법무부에 언니가 코르를 죽이라고 시킨 거라고 말할 거라고 한 두 번째 메시지에 대

나의 살인자에게

한 언니의 반응도 전했다.

"코르가 어떻게 그렇게 오래 살아남았을 것 같아? 내가 항상 경고해 줬기 때문이야."

오빠는 이건 예상치 못했었다. 오빠는 한참 동안 조용했다.

"망할 걸레년, 안 그래?"

오빠는 놀란 투로 말했다.

"아니, 하지만 이제 알겠어. 언니는 그동안 내내 양다리를 걸치고 있었던 거야."

내가 말했다. 오빠는 그 말을 믿지 못하고서 중얼거렸다.

"그럴 리가?!"

나는 오빠의 눈에 어린 회의감을 보았다. 오빠는 그동안 소냐 언니의 겉과 속이 다른 행동을 꿰뚫어 보지 못했다. 오빠는 완전히 당황했다. 오빠는 소냐 언니에게 내내 숨겨진 의도가 있었다는 사실, 항상 오빠의 규칙을 따르며 산 게 아니라는 사실을 믿을 수가 없었다. 그러면서 동시에 오빠는 양다리 걸치는 행동에 대해서 누구보다도 잘 알았다.

"이 망할 년을 믿을 수 있겠어?"

오빠는 갑자기 자신이 주도권을 쥔 게 아니었고 지금도 아닐지 모른다는 사실을 깨달았다. 언니가 오빠 모르게 코르에게 오빠에 대해 이야기했다면, 또 누구에게 이야기를 하진 않았을까? 오빠는 전에도 이런 일을 겪어봤다. 희생자들에 대한 협박이 너무 과해져서 그들이 다급한 해결책을 강구하다가 법무부로 가는 것이다. 그게 가능할까? 내내 침묵을 지켜왔던 소냐가?

오빠는 통제력을 잃고 있다는 기분을 느끼고 앞으로는 소냐 언니에게 이용당할 기회를 완전히 없애고 싶어 했다.

"그 애한테 가서 한 가지 더 전해. 우리 가족 근처에도 오지 말라고…… 그리고 걔는 이제 내 친애하는 동생 헤라르트랑 같은 수준이라고 전해."

빔 오빠와 헤라르트 오빠는 몇 년이나 서로 만나지 않았다. 빔 오빠는 헤라르트와 연을 끊었다. 오빠는 헤라르트의 차례가 되는 건(총 쏘는 시늉) 돈과 시간의 문제라고 말했다.

그러니까 이제 오빠는 소냐 언니와도 연을 끊었고, 나는 언니의 운명을 알아챘다.

"걔한테 이제 끝이라고 말해."

그 말은 어깨 너머를 잘 살피고 목숨을 걱정하라는 뜻이었다.

언니가 수년 동안 자신만의 게임을 하고 있었다는 사실을 알게 되자 오빠는 불안감을 느꼈다. 그 말은 언니가 자신만의 입지를 구축하기 위해서 경찰에 오빠 이야기를 할 수도 있다는 뜻이었다.

오빠의 얼굴에 고통스러운 표정이 떠올랐다. 오빠는 우뚝 서서 꼼짝도 하지 않고 있다가 몸을 구부려 내 귀에 속삭였다.

"걔가 코르 이야기를 하면, 걘 좀 곤란해질 거야."

그때가 오빠가 코르의 이름을 말하는 걸 들은 유일한 때였다. 오빠가 계속 이야기를 하는 동안 나는 내 장치가 이걸 녹음했기만을 바랐다.

하지만 나는 테이프에 이런 반응 이상이 녹음되길 바랐다. 오빠와 나는 오빠가 무슨 말을 하는 건지 정확히 알지만, 테이프를 듣는 다른 사람들은 모를 것이다. 듣는 사람들이 우리가 뭘 의논하는 건지, 무슨 이야기를 하는 건지 정확하게 알 수 있어야 했다. 하지만 내가 그걸 분

나의 살인자에게

명하게 말하고 싶지는 않았다. 오빠가 나중에 내가 자신을 부추겼고, 테이프에 녹음된 자신의 진술은 아무 의미도 없다고 주장할 수 있으니까. 그래서 오빠가 소냐 언니가 망할 년이라고 말했을 때 나는 그냥 짧게 대꾸했다.

"언니 때문에 오빠가 더욱 곤란해질 수도 있어."

오빠와 나는 "곤란해진다"라는 게 무슨 뜻인지 알았다. 코르의 죽음으로 유죄 판결을 받을 수도 있다는 얘기였다.

내 그 몇 마디만으로 오빠는 다시 경찰에 밀고한 사람들을 어떻게 다루는지에 관해 떠들기 시작했다.

"내가 말해두는데, 아스, 이 문제를 즉시 처리해야겠어."

오빠는 손으로 권총 모양을 만들었다. 그것은 법무부가 오빠를 건드리지 못한다는 신호였다. 오빠의 속삭임은 도청 장치로 해결할 수 있었지만, 동작을 녹음할 수는 없는 노릇이다. 그리고 우리가 동작으로 표시하는 내용도 녹음할 수가 없다. 나는 말로 그 의미를 전달해야 했다.

"아니, 그럴 수는 없어, 오빠. 오빠도 그러고는 절대로 살 수 없을 거야."

오빠의 반응은 전형적이었다.

"아니, 살 수 있어. 그러지 않으면 살 수 없을 거야."

나에게는 그 이상이 필요했다. 그래야만 법무부 앞에서 또 다른 살인의 위험성을 지적할 수 있다.

"그렇게 되면 마무리 안 된 또 다른 문제를 만드는 셈이라는 거 알잖아."

내가 말했다.

"상관없어."

오빠는 "'마무리 안 된 문제'라는 게 무슨 뜻이야?"라든지 "무슨 이야기를 하는 거야?"라고 묻지 않았다. 아니, 마무리 안 된 문제는 오빠에게 아무 관심도 불러일으키지 못했고 오빠는 청부업자를 고용하는 위험을 기꺼이 감수할 생각이었다. 그렇게 해서 오빠의 행동을 증언할 사람이 또 생긴다고 해도 말이다. 오빠의 단호함에 나는 두려워져서 언니에 대한 위협을 줄여보기 위해 노력했다. 오빠가 원하던 대로 차를 얻으면 언니를 그렇게 냉혹하게 판단하지 않을지도 모른다. 언니에게 좀 더 관대해질지도 모른다.

하지만 그건 헛된 희망이었다.

"걔한테 그럴 수 없다고, 더 이상은 용납해주지 않을 거라고 전해! 그건 이제 더 이상 상관없어. 그리고 걔가 차를 팔지 않았다는 거 안다고도 전해."

나는 겁에 질렸다. "용납하지 않는다"라는 표현을 전에도 들은 적이 있기 때문이다. 그것은 2004년 1월, 엔드스트라가 제거된 해에 오빠가 했던 말이었다. 엔드스트라는 "더 이상 돈을 지불하는 것이 용납되지 않았다".

메시지는 뚜렷하고 분명했지만, 빔 오빠는 한 걸음 더 나아가서 엔드스트라와 유사한 상황을 만들었다. 오빠는 언니가 이미 경찰과 이야기를 나눴다고 생각했다.

"내 말 믿어. 그런 식으로 행동하는 사람들은 경찰에 이야기를 해."

"음, 그랬다면 난 정말 깜짝 놀랄 거야, 오빠. 언니가 어떻게 그럴 수가 있겠어? 말도 안 돼. 난 안 믿어."

오빠는 내 앞에 서서 나를 막고는 내 귓가로 몸을 기울였다.

나의 살인자에게

"난 상관 안 한다는 거 알잖아. (속삭임) 난 이미 명령을 내렸어."

내 맥박이 빨라졌다.

"그렇구나."

"나는 상관없어. 걔가 그렇게 할 거라면 말이야. 잘 가라지(총 쏘는 시늉)."

나는 즉시 집으로 돌아와서 오빠 목소리가 녹음됐는지, 운이 좋아서 속삭이는 것도 다 녹음이 됐는지를 확인했다. 나는 종종 그랬듯 코르 형부에게 도와달라고 빌었다. 형부는 형부의 살인으로 빔 오빠가 형을 받도록 우리가 모든 것을 다 하는 동안 언제나 거기에, 배경에 있었다. 형부는 언제나 신호를 보내서 우리에게 계속할 힘을 주었다. 미신이라고 불러도 좋고 우리가 미쳤다고 해도 좋지만, 우리가 용기를 잃거나 갈피를 못 잡을 때면 항상 무슨 일인가 일어나서 우리에게 형부가 거기에 있고 우리를 지지하기 위해서 최선을 다하고 있다고 생각하게 만들었다. 가끔은 끔찍하게 스트레스를 겪고 있을 때 기묘하게도 소냐 언니의 집 앞에 놓여 있는 장미 한 송이이기도 했고, 어떤 때는 특정 음악이나 방 안으로 불어오는 한 줄기 바람, 깜박거리는 전등 같은 거였다. 그게 형부가 여전히 여기 있다는 사실을 납득하게 했다.

그리고 지금 나에게는 형부가 또다시 절실하게 필요했다.

"제발 성공했기를, 제발 성공하게 해주세요."

내 기도는 응답을 받았다. 나는 속삭임을 들을 수 있었다. 심지어 오빠가 코르의 이름을 말하는 것도 들렸다. 마침내, 오빠가 이름을 언급했다. 이걸로 코르의 죽음에 대한 유죄 판결을 받아내기에 충분할까?

나는 녹음이 잘 되어서 행복했지만, 동시에 그 내용 때문에 굉장히 걱정이 됐다. 오빠가 이미 소냐 언니에 대한 명령을 내렸다고?

오빠가 내 앞에 서 있던 자세, 오빠의 눈빛, 그 차가운 목소리, 속삭임.

언니를 즉시 만나야 했다.

하지만 우선은 나한테 굉장히 중요한 이 녹음을 아무도 찾아낼 수 없게 숨길 만한 장소를 찾아야 했다.

결국에 나는 녹음을 소냐 언니의 집으로 가져가서 오빠가 한 말을 언니에게 들려주기로 했다.

"언니, 이제부터는 정말로 조심해야 돼."

나는 언니 집에 도착해서 말했다.

"오빠가 이미 언니에 대한 명령을 내려놨다고 그랬어."

"농담이겠지. 왜?"

소냐 언니가 물었다.

"오빤 언니가 경찰에 얘기했을까 봐 겁을 먹었어."

"오빠가 알아?"

언니가 충격을 받아서 물었다.

"아니, 그건 아니라고 생각하지만, 오빠는 두려워해. 경찰에 얘기하는 거랑 영화 판권 갈취를 연결 지어서 생각해. 아니면 우리가 이야기한 걸 이미 잘 알면서 일부러 나를 헷갈리게 하려고 그렇게 말한 거든지."

"아니, 그랬으면 너한테 그런 이야기는 아예 하지도 않았을 거야."

언니가 말했다.

나의 살인자에게

"이제 어쩌지? 내가 뭘 해야 되지?"

언니가 겁에 질려서 물었다.

"오빠가 우리가 경찰과 얘기했다는 인상을 받으면 절대로 안 돼. 하지만 오빠가 어떤지 알잖아. 그렇게 생각하면 머릿속에서 자기 혼자 증거를 찾아낼 거야."

"난 어떻게 해야 돼?"

"최대한 평범하게 행동해. 언니가 갑자기 다르게 행동하기 시작하면 오빠는 그걸 언니가 경찰에 얘기했다는 증거로 여길 거야."

"아스, 난 더 이상 이걸 견딜 수가 없어."

언니가 나직하게 울었다.

"나도 알아. 그래도 좋은 소식이 있어."

나는 가볍게, 농담조로 말하려고 노력했다.

"뭔데?"

"그걸 다 테이프에 녹음했으니까 언니한테 무슨 일이 생기면 오빠가 명령을 내렸다는 걸 그 사람들에게 들려줄 수 있을 거야."

"그래, 최소한 그건 다행이네."

언니가 냉랭하게 말했다.

구덩이

몇 달 동안 공포에 사로잡혀 지내던 소냐 언니와 나는 같이 빔 오빠
를 만나기로 했다. 우리는 상호 합의하에 정한 약속 장소로 왔다. 여기
서 오빠의 차를 따라갈 것이다. 오빠는 우리 앞에서 어두운 공원으로
차를 몰았다.

언니는 겁을 먹었다. 그 직전에 오빠는 엄마한테 언니의 현재 주소
를 물었다. 언니는 안전상의 이유로 집에서 잠을 자지 않았다. 엄마는
오빠가 언니에게 무슨 짓을 할까 봐 겁이 나서 오빠에게 주소를 알려
주지 않았다. 오빠는 "노인네"에게 격분했고, 엄마를 망할 년이라고 불
렀다. 얼마 전에는 산드라를 찾아갔다. 산드라가 자고 있다가 깨어 보
니 헬멧을 쓴 남자가 침대 가장자리에 앉아서 자신을 처다보고 있었
다. 오빠는 그녀를 완전히 겁먹게 만들고 소냐 언니의 주소를 물었다.
그녀는 즉시 우리에게 연락했다.

엄마를 만나고 나서 오빠는 나에게 왔다. 나 역시 주소를 몰랐다. 나

는 절대로 번지수를 보지 않았다. 우리 모두 완전히 경계 태세였다.

빔 오빠는 영화 판권에 대한 분쟁을 해결하고 싶으니 언니에게 전화를 하라고 했다. 언니와 나는 라런에 있는 약속 장소에서 오빠를 만났고, 오빠는 우리에게 따라오라고 손짓했다. 오빠는 황무지 가장자리에 있는 동네에 차를 세웠다.

소냐: "오빠가 우릴 어디로 데려가는 거야? 저 으스스한 숲으로 가는
       건 아니겠지, 응?"

오빠는 우리에게 어디에 차를 댈지 알려주었다. 우리는 차를 세우고 내려서 오빠 쪽으로 걸어갔다. 오빠는 평소처럼 길가에서 소변을 보고 있었다. 대화는 8만 유로를 갖고 있다가 체포된 친구와 그 사건이 오빠에게 어떤 영향을 미칠지에 관한 것으로 이어졌다. 언니는 빔과 내가 하는 이야기가 무슨 이야기인지 모르기 때문에 뒤에서 따라왔다.

빔: "여기 나오니까 좋지, 안 그래?"

나는 전혀 좋지 않았다. 여기가 굉장히 무시무시하고 안전하지 않은 장소로 느껴졌지만, 분위기를 편안하게 만들기 위해서 노력했다.

아스: "근사해! 잘 골랐어! 멋진 곳이야."

오빠는 자기가 언니에게 오라고 고집했던 주제에, 소냐 언니가 노

예처럼 우리 뒤를 따라오고 있는 걸 모른다는 듯 언니 쪽으로 물었다.

빔: "여기 어떻게 왔어?"
아스: "하하, 허공에서 갑자기 뿅 나타났어."
빔: "그게 어떻게 가능해? 갑자기 네가 다시 보이는데."
소냐: "맞아, 또 나야. 골칫덩어리."

그리고 오빠가 물었다.

빔: "네가 사는 집 번지수가 어떻게 되지?"
소냐: "226번지. 지금쯤이면 외울 때도 되지 않았어?"
빔: "자꾸 잊어버려. 226번지."
소냐: "또 우리 집에 올 생각이야?"

그러고는 갑자기 유쾌한 척했다.

빔: "아니…… 그건 내가 널 데리러 갈 경우에 대비한 거야."
소냐: "오빠가 날 데리러 올 마음이 든다면 말이지."
아스: "하하."

나는 여전히 분위기를 가볍게 해보려고 애를 썼지만, 그 분위기를 믿지는 않았다. 여기서 무슨 일이 벌어질까?

소냐: "그래, 그거지."

빔: "난 알아야 했어."

소냐: "그래, 나도 그렇게 생각했던 것 같아. 저기, 여기서 뭘 하려는
거야?"

나는 하도 긴장해서 계속 커다랗게 웃었다. 우리는 이제 고립된 장
소에 있었다. 이 숲의 환경이 나한테는 전혀 편안하게 느껴지지 않았
다. 오빠는 먹잇감을 갖고 놀 듯이 언니의 두려움을 갖고 놀고 있었다.
갑자기 상황이 굉장히 심각해질 수도 있다. 나는 언제나 그런 일이 일
어나는 걸 알아채지 못할까 봐 두려웠다. 그때 오빠가 미소를 지으며
언니에게 말했다.

빔: "이리 와. 여기에 보여줄 게 있어."

소냐: "응."

아스: "하하."

소냐: "오빠 행동에 놀라지 않았어. 오빠가 화난 거 아니까……."

밝은 척하는 태도 아래로 언니의 목소리가 겁에 질린 걸 알 수 있
었다.

아스: "하하."

소냐: "그래, 정말로 알아. 저기……."

빔: "파."

아스: "제발 내가 지금 게임을 하고 있다고 생각하지 마, 언니."

언니가 내가 언니를 함정에 빠뜨린 거라고 생각할까 봐 겁이 났다. 언니는 잠깐 동안 정말 그렇게 생각했다.

소냐: "아니, 그래, 내가—"

빔: "너희 둘 모두, 파."

소냐: "나 진짜로 겁이 나려고 해. 둘이서……."

빔: "그럴 거 없어, 넌 아무것도 느끼지 못할 거야. 2초면 돼."

아스: "농담이겠지. 언닌 내가 사랑하는 형제라고."

소냐: "난 더 이상 신경 안 써……."

빔: "그래, 더 이상 상관없는 일이지. 하지만 가까이 다가오면 모든 게 달라져."

또 다른 협박. 나는 계속 웃었다. 우리는 계속 걸었다. 칠흑처럼 어두웠고, 나는 여기에 와본 적이 없었다. 오빠는 길을 알았다. 오빠가 다시 영화에 대해서 투덜거리기 시작했다. 나는 여기가 마음에 들지 않았다. 그래서 방정맞게 행동하려고 했다.

아스: "아얏, 나 오빠가 판 구멍에 빠질 뻔했어."

소냐: "하하."

빔: "아니, 그건 더 멀리 있어."

아마 농담이겠지만, 이런 상황에서는…… 오빠가 대체 뭘 하려는 거지?

나의 살인자에게

아스: "영화 판권에 대한 얘기 좀 그만하면 안 돼?"

빔: "왜 그만해야 되는데? 왜 늘 그만해야 되는 거야? 너희들 잘못이
　　면서."

아스: "이봐. (그리고 소냐와 함께) '너희들 잘못'이라니. 우리 둘 다라고?
　　하하."

나는 계속 웃었지만, 생각나는 건 하나뿐이었다. 나는 들켰다. 오빠
는 이제 내가 한 일을 알고 있다. 내가 언니에게 무조건적으로 충성한
다는 걸 깨달은 것이다. 오빠는 나를 이제 적으로 간주했다. 나는 더
이상 환영받지 못하는 거다. 빠져나가야겠다는 다급한 마음으로 내가
말했다.

아스: "이제 그만해. 난 차로 돌아갈래. 두 사람이 이걸로 싸우든지 말
　　든지."

소냐: 안 돼, 나만 여기 오빠하고 단둘이 남겨놓고 갈 순 없어, 알
　　겠어?"

빔: (농담조로) "그러지 마. 난 구덩이를 하나밖에 안 파놨다고. 딱
　　하나."

다시 안도감이 들었다. 나는 아직 오빠의 동료 쪽에 있었다. 오빠는
계속 이야기를 했다. 페터르가 오빠를 갈취했으니까 이제 그를 신고
하겠다는 거였다.

빔: "반대쪽 신발 끈을 매야겠어."

오빠가 무릎을 꿇었다. 나는 기묘한 공포감에 휩싸였다. 나는 주위를 둘러보았다.

아스: "이걸 물어봐야 할 거 같은데, 이거 일종의 신호 같은 거야?"

오빠는 그저 웃었다…….

빔: "난 이 구덩이를 찾는 중이야…… 그냥 찾아보는 중이야……."

휴. 나는 안도했다.

아스: "조명이 더 필요해? 나한테 작은 손전등이 어디 있을 거야. 오빠가 아무래도 다른 숲으로 온 것 같아. 여기는 난쟁이 요정의 숲이라고."
빔: "음, 구덩이를 또 파지는 않을 거야. 다음 주에 다시 와야겠어."
소냐: "난 여기 다시 안 올 거야. 절대로."
빔: "이 일은 그냥 잊어버리자. 하지만 네가 영리하다고 생각하지는 마, 알겠어?"
아스: "이제 해결된 거야?"
빔: "그만할 거야. 보통 때처럼 행동해보자. 더 이상 거짓말은 안 돼, 복서. 그리고 내가 뭔가 하라고 하면, 하는 거야. 내일 시간 있어?"

이제야 비밀이 드러났다. 언니가 오빠를 위해서 뭔가 해줘야 하는 것이다. 오빠가 직접 하고 싶지 않은 뭔가를. 이 공포 극장은 언니가 오빠를 거부하지 못하도록 확실하게 하기 위해서 만들어진 거였다. 오빠는 한동안 다시 언니를 이용할 것이다.

그곳을 떠나는 참에 오빠가 우리 차 옆을 지나갔다. 나는 창문을 내렸고 오빠가 이 끔찍한 저녁의 대미를 장식하듯이 외쳤다.

"복서, 난 구덩이를 덮지 않고 그냥 놔둘 거야. 구덩이를 그냥 놔둘 거라고, 알겠어?"

반격

소냐 언니에 대한 위협은 2014년 3월에 절정에 달했다. 언니는 다시 프란시스의 집에 숨었다.

우리는 빔 오빠에게 언니의 목숨에 대한 보험으로 모든 대화를 다 녹음했다고 말하는 것 말고는 뭘 어떻게 해야 할지 알 수가 없었다. 언니나 아이들에게, 혹은 페터르에게 무슨 일이 생기면 그 녹음 테이프가 경찰에게 전달될 거라고 말이다.

그러면 오빠는 종신형을 받게 될 것이다.

나는 그 이야기를 전달했다. 오빠는 잠깐 동요했다. 이런 일이 생길 줄은 몰랐으니까. 오빠는 소냐 언니는 너무 멍청하니까 다른 사람과 함께 이런 일을 했을 거라는 결론을 내렸다. 언니가 이런 걸 생각했을 리 없고, 제대로 된 장비가 있을 리도 없다고.

대체로는 누군가가 오빠가 좋아하지 않는 일을 하면, 오빠는 폭발했다. 하지만 오빠를 진짜로 곤란하게 만들 수 있는 문제의 경우는 달

나의 살인자에게

랐다. 그러면 오빠는 침착하고 차분해지며, 상황을 즉시 분석하고, 전략을 떠올렸다. 반격하는 것이다.

내가 이야기를 한 뒤에 오빠는 내 바로 앞에 멈춰 가만히 서 있었다. 오빠의 눈은 내가 없는 것처럼 나를 넘어 내 뒤쪽 어딘가를 보는 것 같았다.

목에서 심장이 뛰는 느낌이었다. 맙소사, 오빠가 내가 그랬다는 걸 알아챘어! 나는 이 게임을 너무 심하게 몰아붙였다. 오빠는 지금 여기서 내 몸을 수색해 녹음 장치를 찾아낼 것이다.

토할 것만 같았다.

이런 상황에서 오빠에게 반박해봤자 아무 소용이 없다는 걸 알면서도 나는 말을 했다. 물론이지, 언니는 너무 멍청해서 혼자서 그럴 수 없을 거야, 기계 장치를 만지는 건 고사하고 컴퓨터로 돈을 보낼 줄도 모르는걸, 다른 사람하고 같이 이런 일을 꾸몄겠지, 하지만 누굴까?

빔: "페터르일 거야. 둘이서 이 일을 같이 생각한 거야. 그것들이 나와 게임을 하고 있어."

아, 맙소사. 오빠가 나를 의심하게 놔둘 수는 없지만, 페터르가 비난을 뒤집어쓰는 것도 바라지 않았다. 죄책감이 들었다. 불쌍한 페터르는 우리가 얼마나 깊이 빠져 있는지 몰랐다. 소냐 언니와 내가 이 전략을 선택했지만, 초기의 접촉을 도와준 것 말고 페터르는 이 일과 아무 관련이 없는데 이제 그가 비난을 받게 생겼다.

아스: "아니, 난 그렇게 생각하지 않아. 페터르가 그러진 않았을 거야."

빔: "프란시스는 어때?"

아스: "절대 아니야."

이렇게 부인함으로써 오빠가 나를 더욱 믿게 되었다는 느낌이 들었다. 그 둘을 제외하면 내가 언니를 도와줄 수 있는 유일한 사람인데도 나는 나 자신에게서 주의를 돌리려고 미끼를 물지 않았기 때문이다.

오빠는 긴장을 풀었다.

빔: "이 테이프들을 가져올 수 있을지 좀 알아봐. 오늘 밤에 보자."

하느님 감사합니다, 나는 안전했다. 최소한 지금은. 오빠가 나를 이용할 수 있는 한 나도 안전했다.

그날 아침이 하도 내 신경을 너덜너덜하게 만들어서 그날 저녁에 테이프에 관해 의논하기 위해서 빔 오빠를 다시 만나러 나갈 때에는 도청 장치를 착용할 수조차 없었다. 하지만 그 대화는 내 기억 속에 새겨놓은 것처럼 남았다.

우리는 산드라의 집을 나와서 동부 암스테르담을 가로질러 걸었다.

아스: "아니, 언니는 그걸(테이프) 안전한 곳에 놔뒀대. 그리고 나한테도 어디 뒀는지 말하지 않을 거래. 상황이 급박해지면 난 오빠 편에 설 거니까."

빔: "망할 년 같으니라고. 그럴 줄 알았어. 경찰에 까발렸대?"

아스: "그걸 내가 어떻게 알아? 이미 경찰이랑 얘기를 했으면 왜 그 테이프를 숨겼겠어?"

　　　　　　　　　　　　　　　　　나의 살인자에게

빔: "걔는 경찰에 다 까발렸어. 알 게 뭐야. 내가 경찰에 까발리는 사람들을 어떻게 하는지 알지? 하지만 걔한테는 다른 방법을 취할 거야. 아주 천천히 죽도록 만들겠어. 진짜 고통을 겪게 해주지. 우선 그년의 애들, 손자, 그다음에 그년이야. 총으로 쏴 죽이지 않을 거야. 고문할 거야. 며칠에 걸쳐서."

아스: "음, 언니나 언니 애들한테 무슨 일이 생기면 테이프가 경찰에 전달될 거라고 그랬어. 그러니까 그건 별로 현명한 행동이 아니야. 오빠한테 좋을 게 없어."

빔: "상관없어. 걔 해외에 있어?"

아스: "언니가 왜 해외에 있겠어?"

빔: "걔가 뭘 꾸미는지 나는 모르지. 페터르랑 같이 이런 짓을 한 거야."

아스: "아니, 난 그렇게 생각하지 않아. 그 사람은 그럴 배짱이 없어."

나 자신에 대한 의심도 좀 떨쳐내야 했다. 나는 오빠에게 언니가 나까지 배신했다고 말했다.

아스: "언니가 그러더라. '난 너도 녹음했어. 우리 애들을 쏴 죽일 거라고 오빠가 말하고 네가 전달한 메시지를 전부 다 녹음했어. 페터르하고 내가. 나한테 다 있어. 그거 말고도 더 있어. 난 꽤 오랫동안 녹음을 해왔으니까.'"

빔: "그러니까 걔가 너까지 잡고 늘어질 거라는 거지. 망할 년. 걔가 너까지 잡고 늘어질 거야."

아스: "어떻게? 난 그냥 메시지만 전한 건데. 난 그냥 도왔을 뿐이야.

오빠가 나한테 말한 걸 부인하면 그만이야. 그러면 내 선에서 끝
나겠지."

빔: "걔가 너까지 끌고 들어갈 거야. 더러운 배신자 같으니. 얼마나 오
랫동안 녹음을 해온 거야?"

아스: "나도 몰라. 그 얘기는 안 했어. 하지만 앞으로는 차분하게 생각
해야 돼. 언니한테 무슨 말을 했는지, 언니가 그걸로 뭘 할 수 있
을지 생각을 해봐. 절대로 말실수를 하면 안 돼."

빔: "그냥 좀 화가 나서 그런 거야. 하지만 당연히 걔가 얼마나 오랫동
안 녹음을 했고 경찰에 까발렸는지 어떤지 전혀 모르니까 그랬지.
경찰에 뭐라고 말할 건지도 모르고. 난 그 테이프가 필요해. 그리고
그걸 찾아낼 거야. 확실하게. 그년이 그게 어디 있는지 말할 때까지
길거리를 끌고 다니면서 고문할 거야. 온몸의 뼈를 다 부러뜨려버
릴 거야. 토막을 쳐버릴 거고."

아스: "정신 좀 차려!"

빔: "정신 차리라고? 그럴 거야! 개도 이렇게 될 줄 알 테지. 이걸 예상
했어야 했어."

아스: "내가 가서 언니 집을 뒤져서 찾아낼 수 있는지 볼게."

빔: "그래, 찾아봐. 망할 년 같으니. 이 문제를 해결해야 돼."

나와 언니가 우리 깜냥을 벗어났다는 기분이 들었다. 오빠는 무시
무시할 정도로 편안해 보였다. 이건 우리가 바라던 방향이 아니었다.
상황을 되돌려야 하는데, 어떻게 하지?

나는 다시 오빠에게 갔다.

아스: "언니랑 몇 시간 같이 있었는데, 아무래도 허풍을 치는 것 같아. 언니한텐 아무것도 없어. 상태가 안 좋아. 그냥 협박하는 거야."

빔: "그렇게 생각해?"

아스: "응, 내가 언니를 제일 잘 알잖아. 언니는 아무 일도 못 해. 심지어는 컴퓨터를 켤 줄도 모르는걸. 언니는 멍청이야."

오빠가 나를 믿음직하다고 생각하도록 만들려면 언니를 바닥걸레처럼 완전히 무시해야만 했다.

아스: "하지만 내가 다 알아냈어. 언니는 오빠를 두려워하고, 오빠가 애들을 살해할까 봐 두려워해. 이제 어떻게 해야 할지 감도 못 잡고 있어. 그냥 무모한 짓을 했던 거야."

빔: "걔가 두려워한다고? 당연히 그래야지."

아스: "언니가 그런 말을 한 걸 진짜 후회하는 거 같아. 완전히 바싹 긴장했어."

빔: "그렇겠지. 걘 내가 어떤 사람인지 아니까. 아니면 걔가 페터르랑 이런 짓을 꾸몄고, 테이프를 갖고 있고, 그 둘이 게임을 하고 있는 걸 수도 있어."

아스: "음, 난 그럴 이유를 모르겠어."

빔: "넌 모르는 거지? 그 둘이 뭘 꾸미고 있는지 모르지?"

아스: "음, 난 그 둘이 허풍을 친다고 생각해."

빔: "정말로?"

아스: "장담해."

빔: "좋아, 두고 보자고."

무효화

이 무렵 우리가 법무부에 진술서를 작성해 제출한 지 1년이 되었으나 아무 일도 일어나지 않았다. 모든 게 똑같았다. 그 사이에 나는 빔 오빠와의 관계를 더욱 돈독하게 만들어야 했고, 그것은 내 목에 걸린 밧줄을 옥죄는 느낌이었다. 거의 숨을 쉴 수가 없었다. 지금까지 내내 법무부에서 조만간 행동을 취할 거라고 스스로에게 말했지만, 이제는 더 이상 믿을 수가 없었다.

온갖 협박으로 고통을 받아야 했던 소냐 언니 역시 좌절감을 느꼈다.

"아스, 우린 바보처럼 놀아난 거야. 오빠가 누군가를, 법무부에 있는 누군가를 아는 게 분명해. 그 사람이 보호해주는 거야. 망할 놈들. 난 그만둘래. 그 사람들에게 협력하는 게 협력하지 않는 것보다 더 나빠. 매일같이 그 사람들이 뭔가 하기를 바라고, 매일같이 실망해. 스트레스 받아 죽겠어."

나의 살인자에게

언니 말이 완벽하게 옳았다. 그들은 아무것도 하지 않았고, 왜 이렇게 오래 걸리는지 설명도 해주지 못했다. 우리는 1년이 넘게 위험에 노출된 채 살았는데, 그들은 우리를 거짓말로 유혹할 뿐이었다. 어쩌면 이제 물러나서 피해를 수습하는 데 집중해야 할 때인지도 모른다.

우리는 페터르와 이야기를 나눴고, 그도 우리에게 동의했다. 법무부가 지금까지 단호한 행동을 보이지 않았고, 우리 진술이 새어 나갈 위험이 대단히 커졌다는 것이다. 그는 진술을 무효화하겠다는 우리 결정을 지지했다. 진지하게 받아들여지지 않을 거라면 차라리 우리끼리 하는 편이 낫다.

우리는 소위 '퇴장 논의'를 할 약속을 잡았다. 베티는 왜 모든 게 이렇게 오래 걸리는지 우리에게 말해줄 수 없고, 우리가 "함께 해주기를" 바라지만 믿음을 잃은 것도 이해한다고 말했다. 그녀는 우리의 초기 진술을 무효화하라는 지시를 내릴 것이다.

나는 즉시 우리 결정에 확신을 잃었다. 우리가 진술을 무효화하는 순간 진술이 새어 나갈 위험이 더 커지는 건 아닐까? 법무부에서 우리가 아직 협조한다고 생각하면, 진술이 새어 나갈 경우 확실하게 그쪽에 책임이 있을 것이다.

게다가 이 진술서는 내가 오빠와 그렇게 많이 만나는 걸 정당화해서 나를 보호해주는 역할도 했다. 나는 법무부의 눈에 오빠의 종범으로 보이지 않으면서도 오빠가 나에게 하는 말을 계속 녹음하고 싶었다.

결국에 나는 초기 진술과 CIU와의 접촉을 그냥 유지하는 편이 낫겠다고 생각했다. 그렇게 하면 최소한 사법부 한 곳은 내가 계속 오빠를 만나는 진짜 이유를 알 테니까. 오빠 때문에 내가 체포되면, 최소한 내 편이 될 증인이 있을 것이다.

　퇴장 논의를 하고 이틀 후에 나는 진술서를 무효화했는지 물어보기 위해서 전화했다.

　"아직 안 했다고요? 좋아요. 하지 말아요. 언젠가는 그게 유용하게 쓰일 수도 있겠죠."

　나는 마논에게 그렇게 말했다.

그를 죽일 거야

벨이 울렸다. 그리고 또 오빠가 서 있었다.

온몸에서 에너지가 쭉 빠져나가는 기분이었다. 정말로 피곤했다. 빠져나가고 싶었지만, 이미 너무 깊이 들어와 있었다. 이건 절대로 끝나지 않을 것이다.

우리는 마스 거리를 따라 걸었고, 오빠는 혼잣말 중간중간에 자신이 어떻게 다시 소냐 언니에게 겁을 주었는지 이야기하며 웃었다.

"걔는 완전히 겁먹었어. 진짜 겁먹었다니까."

나는 오빠 옆에서 걸으면서 오빠의 얼굴에 퍼지는 웃음을 보았다. 다른 사람에게 상처를 주는 걸 이렇게나 즐기는 사람은 계속 살 자격이 없다고 생각했다.

이만하면 이제 됐다.

오빠를 죽여버릴 거다.

소냐 언니는 운동센터에 있었다. 거기서는 물리치료도 병행해서, 나는 거기에 첫 번째 예약을 잡아두었다.

언니는 커피를 마시고 있다가 나와 합류했다.

"오늘 오빠를 조각조각 날려버릴 거야. 나중에 무기를 가져올 거야."

내가 언니에게 말했다.

"그런 소리 하지 마. 넌 그런 짓 하지 않을 거야. 밀이나 애들한테 그럴 순 없어. 그 애들이 널 잃게 될 거야."

하지만 그 사실조차 이 모든 일을 끝내라고 외치는 내 기분을 앞서지는 못했다. 더 이상 다른 사람들에게 의존하고 싶지 않고, 오빠를 막을 또 다른 방법을 계속 찾고 싶지도 않았다.

"내가 직접 할 거야. 훨씬 일찍 이렇게 했어야 했어."

제거하거나 제거당하는 건 우리 삶에서 핵심적인 부분이었다. 코르는 빔 오빠의 목표물이었다. 빔 오빠는 미레멋, 엔드스트라, 토마스 판 데르 베일을 비롯한 여러 사람들의 목표물이었다. 우리는 그런 긴박함 속에서 살았고, 그것은 나에게 제거당하는 걸 피하려면 어떻게 해야 하고 누군가를 제거하려면 어떻게 해야 하는지 가르쳐주었다.

상대가 어디에 갈지, 언제 갈지를 알아야 한다. 상대가 집에 올 때까지 몇 시간씩 길모퉁이에서 기다리는 건 불가능했다. 그건 너무 눈에 띈다. 그리고 눈에 띈다는 건 경찰이나 경계심 많은 시민의 주의를 끌 위험이 있고, 나중에 그들이 알아볼 가능성이 있다는 뜻이었다. 이런 일은 재빠르게 해치워야 했다. 도착해서, 처리하고, 떠나는 것이다.

빔의 말처럼 재빨리 들어갔다 나와야 한다.

목표물이 언제 어디 있는지 알아야 한다는 건 당연한 이야기 같다. 하지만 그렇게 쉽지는 않다. 그래서 수많은 제거가 배신을 바탕으로 이루어지는 것이다. 종종 가까운 사람들이 이런 식의 배신을 한다. 누군가가 목표물이 어디에 살고, 어디로 가고, 습관이 어떻고, 정기적으로 방문하는 장소는 어디고, 언제 거기에 가는지를 알려주는 것이다.

언제 어디서라는 건 나에게 전혀 문제가 아니었다. 나는 오빠가 원하는 때에 만났다. 매일 나에게는 기회가 있었다. 내가 할 일은 오로지 약속 장소에 나타나 오빠 곁으로 가서 방심하게 만드는 것뿐이었다. 나처럼 총 쏘는 훈련이 되지 않은 사람에게는 마지막 부분이 가장 중요했다.

나는 무기 다루는 법은 알지만 5미터 떨어진 곳에서 누구를 쏘아죽일 수는 없었다. 가능한 한 오빠에게 가까이 다가가야 하고, 오빠가 눈치채지 못하게 총을 배에 대고 방아쇠를 당겨야 한다.

오빠가 저항할 기회가 없도록 기습을 해야 했다. 복부의 총상은 확실한 죽음을 보장하지는 않지만, 오빠를 아주 놀라게 만들어서 치명적인 부상을 입힐 시간을 벌어줄 것이다. 그게 내가 상상한 방법이고, 연습을 통해서 눈앞에 선명하게 그려볼 수도 있었다.

"그러면 안 돼."

소냐 언니가 말했다.

"왜 안 되는데?"

내가 대꾸했다.

정말로 그러지 말아야 할 이유가 없었다. 마치 나에게 도덕적 잣대가 없는 것 같은 기분이었다. 딱 오빠처럼.

그렇게 생각해도 혐오감이나 두려움이 치솟지 않았다. 아무것도 느껴지지 않았다. 나는 그게 자명하다고 생각했다. 오빠는 제거해야만 하는 악성 종양이었다. 오빠에게도 도덕적 잣대라는 게 없기 때문에 사람을 죽일 수 있다는 걸 나는 잘 알았다. 지금까지 나를 막았던 유일한 것은 내 딸의 말뿐이었다.

"엄마, 난 살인자 엄마는 원하지 않아요."

그 애한테는 확실하게 도덕적 잣대가 있었고, 절대로 이런 걸 원하지 않았다. 나는 그 애를 이해해보려고 했지만 솔직히 이성적으로도, 상식적으로도 잘 이해가 되지 않았다. 소냐 언니는 밀류스카를 잘 이해했다. 언니도 그걸 원하지 않고, 하지도 못 했다. 언니가 그렇게 하는 게 훨씬 더 합리적인데도 말이다. 언니의 남편, 언니의 아이들에 관한 거니까.

이건 전에도 의논한 적 있는 이야기였다. 나는 언니가 어떤 대가를 치르든 자기 아이들을 위해서 나설 거라고 생각했다. 하지만 언니는 그러지 못했다.

"난 할 거야."

나는 우리 대화를 마무리했다.

"내가 경찰서에 가면 나한테 갖다줄 옷가방을 집에다 싸놨어."

나는 도망치지 않을 것이다. 나는 오빠와 달랐다. 책임지고 자수할 것이다. 교도소에 가게 되겠지만, 그 생각도 계속 오빠와 함께 사는 것보다 훨씬 더 매력적으로 느껴졌다.

나는 물리치료사와의 약속 때문에 계단을 올라갔다. 그것은 내 머릿속에서 전혀 우선순위에 있는 일이 아니었지만, 치료사는 항상 예약이 넘쳤고 나는 소냐 언니 덕택에 여기 있는 거였다. 언니가 치료사에게 내한테는 치료가 절실하게 필요하다고 말했고, 그는 바쁜 일정에 특별히 나를 끼워주었다. 이걸 취소할 수는 없었다.

치료를 마친 다음에 나한테 딱 맞는 소형 리볼버를 가지러 갈 것이다. 경찰의 불심 검문은 피해야 할 것이다. 써보기도 전에 경찰이 총을 발견하면 안 되니까.

나는 물리치료사의 방문을 두드렸다.

"안녕하세요. 아스트리드인가요?"

가무잡잡한 근육질 남자가 물었다.

"네."

"전 빈센트예요. 앉으세요."

그가 치료용 탁자를 가리켰다.

탁자에 앉자 그가 어디가 아프냐고 나에게 물었다.

"종아리요."

"종아리는 두 번째 심장이죠."

그는 그렇게 말하며 그 부분을 만졌다.

"왜 아프신지 알겠네요. 여기가 엄청나게 뭉쳐 있어요."

그가 치료를 시작했고 나는 고통을 참을 수 없을 지경이었다.

"아스트리드, 환자분께선 지금 인생의 기로에 서 계세요. 종아리 때문에 특정한 방향으로 가지 못하고, 그 긴장 때문에 고통이 유발되는 거예요. 어쩌면 전혀 다른 길을 가시는 게 맞을 수도 있어요."

이 사람 대체 무슨 소리를 하는 거지? 이 사람이 내가 무슨 계획을 갖고 있는지 알 리가 없다, 안 그런가?

"무슨 뜻이죠?"

내가 물었다.

"환자분의 삶에서 지금 일어나고 있는 모든 일을 놓아버리고 다른 관점으로 봐야 할 수도 있다는 얘기예요. 우리는 모두 에너지랍니다. 가끔 이 에너지가 다른 사람들의 에너지 때문에 교란되죠."

자신의 에너지를 유지해라, 그는 그렇게 말했다. 에너지가 일그러지도록 놔두지 마라.

나는 그에게 사로잡힌 기분이었다. 왜 이런 이야기를 하는 거지? 내가 뭘 꾸미는지 알고 있고 그만둬야 한다고 에둘러서 말하려는 건가? 신경이 곤두섰다.

"난 그냥 좀 피곤한 것뿐이에요. 그리고 굉장히 바쁘고요."

내가 말했다.

"다른 사람들이 환자분의 에너지를 빼앗아가서 피곤한 거예요. 모든 사람의 문제를 환자분께서 풀어줄 필요는 없어요."

와! 그 말이 나를 쾅 때렸다. 내가 미친 게 분명하다. 내가 왜 다른 사람들을 돕기 위해서 이렇게까지 노력을 기울여야 되지? 소냐 언니와 페터르를 돕기 위해서 왜 이렇게까지 해야 되는데? 모두가 각자의 문제를 알아서 풀게 놔두면 되는데.

돌이킬 수 없는 순간에 이르기 직전에 빈센트가 내 마음을 돌렸다.

언니는 아래층에서 나를 기다리고 있었다. 나는 언니에게 갔다.

"나 안 할 거야. 모두를 위해서 필사적으로 상황을 해결하고 싶다고 해서 내가 교도소에 가지는 않을 거야. 언니도 아무것도 안 하고, 법무부도 아무것도 안 하지. 그건 내 문제가 아니야. 형부는 언니 남편이야. 애들도 언니 애들이고. 언니가 해결해. 오빠가 내 아이를 협박하면 내가 즉각 처리하겠지만, 이건 언니가 결정할 일이야."

"다행이구나. 네가 안 하기로 해서 정말 기뻐."

소냐 언니는 진심으로 기뻐했다. 언니는 공포를 끝내기 위해 꼭 필요한 일을 하기보다는 공포가 계속되는 편을 택했다. 나는 언니를 이해할 수가 없었다. 언니는 빔 오빠나 나와 정말로 달랐다.

나는 집으로 돌아갔다. 나는 오빠를 죽이기 직전까지 갔었고, 그건 두려워해야 할 만한 일이었다. 하지만 정당하게 느껴졌다. 눈에는 눈, 이에는 이. 네가 나를 때리면, 나도 마주 때릴 거야.

지금 와서 돌이켜보면, 그렇게 해버렸다면 좋았을 것 같다. 그랬다면 더 빨리 자유로워졌을 거고, 9년형쯤 받은 다음에 모범적인 행동으로 6년 만에 나올 수 있었을 것이다. 새로운 삶을 시작할 수 있을 정도로 젊은 나이에.

이제 나는 오빠가 기소되든 안 되든 종신형을 받은 상태다. 후회는 영원할 것이다.

산드라와 여자들

여자들은 빔 오빠의 삶에서 중요한 역할을 했다. 엄마, 여동생들, 여자친구들, 오빠의 삶에서는 모든 여자에게 각자의 기능이 있었다.

나는 오빠의 상담 상대였고, 소냐 언니는 잡다한 시중꾼이었고, 엄마는, 음, 엄마였다. 오빠가 원할 때면 엄마는 오빠를 어린애처럼 보살펴야 했다. 오빠의 여자친구들이 맡은 역할은 그때그때 오빠가 필요로 하는 것에 달려 있었다. 차, 스쿠터, 집, 또는 물주.

빔 오빠에게는 여자가 최소한 넷은 있었고, 모두 자기가 유일한 상대라고 믿고 싶어 했다. 오빠는 계속해서 그들 사이를 번갈아 오갔다. 오빠는 그들에게 자신이 살해당할 위험 속에 살고 있으며 한 장소에 오래 머물 수 없다고 말했다. 안전을 위해서 떠나야만 한다고. 나를 사랑하는 여자로서 문제를 일으키진 않을 테지, 안 그래? 내가 다치는 걸 원하지는 않잖아, 그렇지?

그들은 오빠에게 다른 여자가 있을 거라는 생각을 전혀 하지 않았

나의 살인자에게

다. 옆에서 보고 있으면 참 처량했다. 오빠가 속인 이 모든 여자가 다들 오빠를 이해하고 연민을 느끼고 싶어 하는 모습이 말이다. 종종 매력적인 여자들이 오빠에게 완전히 세뇌당하곤 했다.

설령 오빠가 바람피우는 걸 목격하고 현실을 있는 그대로 알게 된다고 해도 오빠는 어떻게든 이 여자들에게 애초에 오빠를 의심하면 안 되는 거였다고 믿게 만들었다.

어떻게 그들이 빔에게 그렇게 형편없이 행동할 수가 있지? 아직 그에게 사과할 기회가 있는 것을 감사하게 여겨야 한다.

우리는 오빠의 수많은 여자들과 함께 살았다. 오빠는 자신의 일부다처제적 생활 방식을 유지하기 위해서 오랫동안 우리를 이용했다.

엄마는 아빠의 질투심을 부추기는 행동을 하지 않도록 교육받았다. 각 관계의 초반에 빔 오빠의 여자친구들은 오빠가 자신들에게 뭘 기대하는지 몰랐지만, 오빠는 그들에게 빠르게 가르쳤다.

그들이 배우는 첫 번째 교훈은 오빠가 질투심이 많다는 거였다. 별 이유가 없어도, 그들이 종종 반박을 해도, 빔 오빠는 그렇게 생각하지 않았다. 오빠가 질투를 하는 게 아니었다. 그들이 창녀처럼 행동하는 거고, 오빠는 그것을 용납하지 않는 거였다.

두 번째 교훈은 빔 오빠가 질투하면 공격성을 통제하지 못할 지경에 이른다는 거였다. 오빠는 소리치고 때렸다. 그들은 그런 걸 받아들이지 않을 것이다! 하지만…… 어쩌면 빔의 말이 맞고, 다 그들의 잘못인지도 모른다. 그래서 그들은 오빠 곁에 남았다.

세 번째 교훈은 오빠의 분노를 통제하기 위해서 오빠가 질투할 수 있는 어떤 상황도 만들지 말아야 한다는 거였다. 그러니까 오빠가 있을 때면 세상을 잘 아는 자연스러운 여자들이 아니라 오로지 오빠만 바라보는 불안에 찬 여자로 변했다. 오빠 옆에서 걸을 때면 그들은 다른 곳을 둘러보지 않았다. 땅만 쳐다봤다. 저녁을 먹거나 한잔하러 나가면, 오빠 말고 다른 사람은 쳐다보지 않는다는 것을 오빠가 확실히 알 수 있도록 오빠 맞은편에 앉았다. 아니, 다른 남자랑 얘기하는 것은 고사하고 쳐다보는 것조차 용납되지 않았다.

여자들이 용납되는 것과 용납되지 않는 것을 빨리 구별할수록 좋았다. 이 여자들이 뭔가를 잘못했고 이제 그 결과를 감수해야 한다는 걸 깨닫고서 겁에 질리는 걸 보는 건 항상 가슴 아픈 일이었다.

우리는 그들이 빔 오빠를 다루는 법을 최대한 빨리 배울 수 있게 도왔다.

"그 블라우스는 입지 않는 게 좋겠어요. 오빠가 좋아하지 않을 거예요."

"그 스웨터는 너무 딱 붙어요. 전부 다 드러나잖아요."

"저 남자들이 당신을 쳐다보고 있어요. 우린 여기서 나가야 돼요."

그들은 우리가 도와준다는 것을 깨닫고 우리에게는 솔직하게 말하기 시작했다.

"빔에게는 말하지 말아요."

그들은 우연히 아는 남자와 마주치면 그렇게 말했다.

"물론 절대로 말 안 하죠!"

우리는 그렇게 대답했다.

문제가 생기면 그들은 우리에게 쌓인 것을 쏟아놓았다.

"빔과 통화를 하던 중에 내 가랑이 쪽으로 기어가는 조그만 벌레들을 본 거예요."

나의 살인자에게

어느 날 마르티너가 부엌 식탁에 앉아서 소냐 언니에게 말했다. 나도 거기 앉아 듣고 있었다.

"내가 맹세해요, 소냐! 내 눈앞에서 우글우글하더라니까요."

"말도 안 돼. 정말로요? 벌레가?"

소냐 언니가 말했다.

"그래요, 벌레가!"

마르티너는 여전히 충격을 받은 상태로 말을 이었다.

"그래서 의사에게 전화를 했어요. 그게 뭔지 알아요? 사면발니래요!"

"사면발니요?"

소냐 언니는 그 이름이 낯설어서 다시 물었다.

"음슬(陰蝨)요!"

마르티너가 말했다.

"음슬? 그게 뭐예요?"

두 단어를 합쳐도 여전히 언니는 이해가 가지 않는 모양이었다.

"하체에, 음모에 생기는 작은 벌레예요."

마르티너가 가랑이를 가리키며 설명했다. 언니는 갑자기 깨닫고서 소리를 질렀다.

"우웩! 벌레요? 어디서 그런 게 옮았어요?"

"당신 오빠한테서요!"

"정말로요? 오빠 어디서 그런 걸 옮았대요?"

"바람을 피우고 다니는 거예요!"

마르티너가 분개해서 말했다.

빔 오빠의 여자친구들은 오빠가 여자들이 바람피우는 걸 원치 않으니 오빠도 그러지 않을 거라고 생각하는 모양이었다. 그리고 오빠는 결백한 척 눈을 커다랗게 뜨고 허공에 손을 휘두르며 바람피우지 않는다고 말할 것이다. 마르티너의 무릎 위에 부인할 수 없는 증거가 기어다니는데도 오빠는 그게 그녀에게서 나온 게 분명하다고 소리를 질러댔다. 오빠는 그녀를 위해서 그녀가 오빠에게 옮기지 않았기를 바란다고, 안 그러면 문제가 생길 거라고 말했다. 오빠는 검진을 하러 의사에게 갈 거고, 한동안 그녀를 만나고 싶지 않다고 했다.

오빠의 여자친구들은 오빠가 다른 여자를 만난다는 걸 증명할 수가 없었다. 자신들의 관찰 결과를 확신하지 못한 그들은 제각기 스스로를 의심했고 결국에는 오빠에게 기꺼이 조종당할 준비가 된 이상적인 파트너가 되었다.

2003년에 오빠는 산드라 덴 하르토흐를 우리 삶에 데려왔다. 그녀는 2000년 10월에 살해당한 삼 클레퍼르의 미망인이었다.

1999년에 빔 오빠가 방문했을 때 로프 흐리프호르스트는 판 레이엔베르 길에 있는 고급 아파트를 빌릴 계획이었다. 하지만 오빠 친구 클레퍼르와 미레멋이 거기로 이사올 예정이었기 때문에 아파트를 포기해야 했다. 오빠는 이미 그 건물에 살고 있었다. 베피와 헤어진 후 오빠는 거기서 마이커와 함께 살았다. 아파트는 경찰서 맞은편에 있었다.

"아주 안전하지."

오빠는 그렇게 농담을 했다.

클레퍼르와 미레멋이 이사를 왔고, 그들의 아내들은 벨기에에 살았다. 빔 오빠는 새로운 친구들에게 코르에게 했던 것처럼 아침으로 신선한 빵과 양질의 고기와 치즈를 사다 날랐다. 아침을 먹고 나서 오빠는 미레멋과 함께 나가서 빌럼 엔드스트라를 통해 클레퍼르와 미레멋 이인조가 수백만 유로를 투자한 부동산들을 보여주었다.

빔 오빠는 미레멋과 굉장히 가까워졌지만, 클레퍼르는 점점 더 '지옥의 천사들'과 관계를 맺었다. 이것은 코르와 빔 사이를 갈라놓았던 분열과 비슷했다. 미레멋과 빔이 위쪽 세계에 좀 더 집중했던 반면에 클레퍼르는 코르처럼 지하세계에서 시간을 보내는 것을 더 좋아했다.

2000년 10월 10일, 클레퍼르는 대낮에 아파트 건물에서 나오다가 살해되었다. 빔과 미레멋은 그 일이 일어났을 때 새로운 RAI 컨벤션 센터 근처에서 샌드위치를 먹고 있었다.

소냐 언니와 코르 형부는 두바이에 있었다. 우리 엄마가 소냐 언니의 집에서 프란시스와 리히를 돌봤다. 클레퍼르에 관한 소식을 듣고 나는 즉시 미레멋 일당이 코르가 자신의 목숨을 노린 데 대한 복수로 이 일을 꾸몄다고 생각할 거라는 사실을 알아차렸다. 특히 형부가 '우연히도' 해외에 있으니까 말이다. 일이 벌어졌을 때 거기 있지 않는 게 최상의 알리바이인 법이다.

하지만 코르가 이 일과 연관이 있을 거라고 내가 생각한 이유는 또 있었다. 소냐 언니는 코르와 함께 살해되어 아이들만 남겨놓게 될까 봐 두려움 속에 살았다. 코르의 목숨을 노린 첫 번째 시도가 있은 뒤로 언니는 다른 가족들이 나서는 일을 막기 위해서 내가 프란시스와 리히를 돌보도록 공식화해두고 싶어 했다.

하지만 코르에게는 유언장이 없었다. 형부는 그런 걸 전혀 만들고 싶어 하지 않았다. 유언장을 만드는 게 죽음을 불러들이는 행동이라고 믿었다.

하지만 그들이 두바이로 휴가를 가기 직전에 이런 태도가 변했다. 형부는 유언장을 작성했다. 형부와 소냐 언니가 더 이상 아이들 곁에 있을 수 없으면, 아이들을 나에게 맡기겠다는 내용이었다.

"이렇게 해도 괜찮지, 응?"

언니가 물었다.

"당연하지. 언니도 알잖아."

형부가 미신을 극복했다는 사실에 나는 깜짝 놀랐다. 당시에는 형부가 좀 현명해져서 이렇게 한 거라고 생각했다. 하지만 클레퍼르가 살해된 후에 나는 즉시 형부가 무슨 일이 생길지 알고 있었고, 복수를 예상하고서 아이들의 친권을 정리해두기 위해 그랬던 게 아닐까 하는 의심을 품었다. 이 모든 것이 합쳐져서 나는 코르 형부가 이 일에 연관되었을지 모른다고 생각하게 되었다.

나는 복수가 두려웠다. 미레멋 일당이 원하는 대로 되지 않으면 우리 가족 모두를 죽일 거라던 빔 오빠의 이야기가 선명하게 떠올랐다. 아이들이 다칠까 봐 죽도록 겁이 났고, 소냐 언니도 무슨 일이 일어났는지 듣고 나만큼 겁을 먹었을 거라는 걸 알았다.

언니에게 이제 어떻게 해야 하느냐고 묻고 싶었지만 연락이 닿지 않았다. 그러나 아이들의 안전에 관해서는 언니가 나에게 의지한다는 걸 잘 알았다. 나는 이 문제를 의논하기 위해서 엄마에게로 갔다.

"무슨 소식 들은 거 있으세요?"

내가 물었다.

"아니, 왜?"

엄마가 대답했다.

"그 클레퍼르라는 사람이 살해됐어요."

나의 살인자에게

즉시 엄마도 겁을 먹었다는 걸 알 수 있었다. 엄마도 지난 2년 동안 일어난 모든 일을 겪었기 때문에 이 일로 아이들이 위험해질 수 있다는 걸 잘 알았다.

"네, 그래서 엄마랑 애들이 다른 데로 옮겼으면 좋겠어요. 그 사람들이 코르 형부가 꾸민 일이라고 의심할지도 모르고, 그럼 소냐 언니네 집으로 올 수도 있어요. 엄마 집에서 애들을 보살피는 게 나을 것 같아요. 빔 오빠는 자기네 편이니까 그 사람들이 엄마 집으로 가지는 않을 거예요. 저도 밀류스카를 데리고 엄마 집으로 갈게요."

나는 이런 상황에 밀류스카를 베이비시터에게 맡겨두고 싶지 않아서 아이를 데리고 다시 엄마 집으로 향했다. 엄마는 프란시스와 리히를 데리고 기다리고 있었다.

"여기는 안전할 거라고 확신하니? 빔이 들러서 아이들이 여기 있는 걸 볼지도 몰라. 여기 나랑 같이 있지 않는 편이 나을 것 같구나."

"하지만 애들을 우리 집으로 데리고 갈 수도 없어요. 오빠가 거기도 올 수 있으니까요. 상황이 어떤지 알 때까지 호텔로 데리고 갈게요."

나는 아이들에게 가자고 말했다.

"우리 어디로 가요, 이모?"

프란시스가 물었다.

"휴가를 가는 거야."

나는 농담을 했고 아이들은 질문을 해도 답을 들을 수 없을 거라는 사실을 깨달았다. 떠난다, 그걸로 끝이었다.

나는 안전한 곳을 찾아 우리 동네인 바트후버 마을에서 약간 떨어진 호텔부터 들렀지만, 방이 없었다. 다음 호텔에서도 같은 답을 들었고, 다음 호텔에서도 마찬가지였다. 나는 아이들을 데리고 여기저기로 움직였다. 호텔에 미리 연락을 하고 싶지 않았다. 경찰이 우리가 도망치고 있다는 이야기를 듣는 걸 바라지 않았기 때문이다. 그러면 수상해 보일 테니까. 하지만 어디를 가든 전부 다 방이 없었다. 그날 무슨 일이 있었던 건지 모르겠지만, 들르는 호텔마다 예약이 꽉꽉 차 있었다.

날이 어두워지기 시작했고 내가 최후의 선택으로 개도 데리고 싶지 않은 쉬리나머 광장의 흉측하고 지저분한 호텔 벨포트에 들렀을 때 아이들은 죽도록 피곤한 상태였다. 암스테르담에서는 아이들만 차에 놔두면 안 되어서 나는 애들을 데리고 호텔로 들어갔다.

"네 사람이 묵을 방 있나요?"

나는 호텔만큼이나 지저분한 데스크 뒤의 남자에게 물었다.

"아뇨, 부인. 싱글룸 하나만 남았어요."

"아, 그래도 괜찮아요!"

마침내 방이 있다는 사실에 안도해서 내가 말했다.

"아뇨, 부인. 숫자에 나와 있잖아요. 거긴 1인용이지 4인용이 아니에요."

남자가 냉정하게 말했다.

나는 아이들을 데리고 차에서 밤을 보내는 모습을 상상했다.

"하지만 제발요. 애들이 셋인데 다른 데는 남은 방이 단 하나도 없어요. 하룻밤만 좀 쓰면 안 될까요?"

내가 애걸했다.

"거기서 어떻게 잘 생각이에요, 부인? 침대가 하나뿐인데. 숫자에 나와 있잖아요. 1인용 방이라고요."

나의 살인자에게

그가 다시 말했다.

동정심이라곤 눈곱만치도 없는 태도에 난 눈물이 났고, 이내 걷잡을 수 없이 눈물이 쏟아졌다. 나는 지치고 겁을 먹었고, 자제력을 잃었다.

"저기요, 이제 어디로 가야 할지 모르겠어요."

나는 울었다. 마찬가지로 지치고 긴장한 리히 역시 나와 함께 울기 시작했다.

이런 모습에 둔감한 머저리가 항복하고서 소리를 질렀다.

"알았어요, 알았어. 하지만 4인치 돈을 지불해야 할 거예요."

"알겠어요."

나는 4백 길더를 세서 데스크에 내려놓았다.

"1층 끝방이에요. 열쇠는 여기 있고요."

그가 돈을 자기 주머니에 쑤셔 넣으면서 말했다.

나는 아이들을 데리고 가서 문을 잠그고 개집 같은 방 한가운데 섰다. 지저분하고, 고작 가로 2미터 세로 3미터 크기에, 샤워실도 없고, 더럽고 작은 세면대만 있었다.

리히는 1인용 침대에 몸을 던지고 거기서 내려오지 않았다. 밀류스카는 리히와 함께 누우려다가 결국에 프란시스와 나와 함께 바닥에서 잠들었다. 우리 셋은 침대와 문 사이에 나란히 끼어서 잤다.

그 사이에 나는 코르 형부가 이 일을 꾸몄는지 알아보기 위해서 소냐 언니에게 계속 연락을 했지만 닿지 않았다. 마침내 언니가 나에게 전화한 것은 한밤중이 다 되어서였다.

"언니가 전화해서 다행이야. 하루 종일 연락이 안 되더라."

내가 말했다.

"우린 지프 사파리에 있었거든."

언니가 대답했다. 나는 목소리에 짜증이 배지 않도록 꾹 억눌러야 했다. 나는 신경쇠약 직전인데 언니는 사파리에 있었다니.

"즐거운 시간 보냈어?"

내가 물었다.

"응, 정말 멋진 하루였어!"

말투로 보아 언니도 이미 아는 게 분명했다. 확실히 하기 위해서 나는 코르 역시 좋은 하루를 보냈느냐고 물었다.

"그이는 특히 더했지!"

"나도 여기서 아이들이랑 즐거운 시간 보내고 있어."

나는 내가 아이들을 안전한 곳으로 데려왔다는 걸 알려주기 위해서 그렇게 말했다.

"그래, 엄마가 그러시더라."

"내가 뭐 해줄 건 없을까?"

"아니, 특별한 건 없어. 내일 그 애들을 다시 엄마 집으로 데려다 줄래?"

언니는 내가 평소와 다른 걸 특별히 할 필요는 없다고 말하는 거였다.

"알았어. 정말 괜찮겠어?"

내가 언니에게 물었다.

"확실해."

언니가 대답했다.

"형부도?"

"그래, 그이도."

나의 살인자에게

"알았어, 잘 자. 내일 이야기해."

클레퍼르 살인에 대해서 언급하지 않고서도 언니는 나에게 코르가 그 일과 아무 관련도 없고 아이들을 엄마와 놔둬도 안전할 거라고 생각한다고 전했다.

"엄마였어요?"

이야기를 듣고 있던 프란시스가 물었다.

"그래. 다 괜찮으니까 도로 자렴. 우린 일찍 일어나야 되고, 넌 다시 학교에 가야 돼."

우리는 다시 밀류스카를 가운데 두고 나란히 누웠다. 프란시스가 밀류스카 쪽으로 몸을 구부리고 리히가 듣지 못하도록 내 귀에 속삭였다.

"집에 가고 싶지 않아요, 이모. 이모랑 같이 있고 싶어요. 그 사람들이 우리를 쫓아올까 봐 너무 무서워요."

"나도요."

프란시스의 말을 엿들은 밀류스카가 말했다.

코르가 클레퍼르의 죽음과 아무 연관이 없는 게 미레멋 일당이 형부에게 책임을 돌리지 않는다는 뜻은 아니었다. 미레멋은 제일 친한 친구를 잃었고 살인자에 관해 철저하게 조사도 하지 않을 것이다. 코르에 대한 의심만으로도 미레멋에게는 코르와 가까운 누군가에게 복수할 이유가 충분할 것이다.

아이들에 대한 온갖 협박 이후로 나는 그 애들이 안전하다고 백 퍼센트 확신할 수가 없었고, 그래서 애들을 예측 가능한 장소에 가지 못하게 했다. 하지만 리히의 경우엔 불가능했다.

그 애는 끊임없이 긴장해 다루기가 너무 힘들어서 엄마 집으로 데려다주었다. 프란시스와 밀류스카는 내가 데리고 있었다. 나는 휘르힐란에서 다른 호텔을 찾아냈다.

빔을 다시 봐야 하는 순간이 끔찍하게 두려웠다. 하지만 그 순간은 어쩔 수 없이 다가왔다. 오빠가 전화했을 때 나는 프란시스와 밀류스카를 데리고 호텔 방에 있었다.

"난 잠깐 나갔다 와야 돼. 너희는 여기 있으렴. 문은 잠가두고 아무한테도 열어주지 마. 금방 돌아올게."

나는 아이들에게 그렇게 말하고 빔 오빠를 만나러 갔다.

오빠가 코르 탓을 하며 친구의 죽음을 코르의 책임으로 돌릴 거라고 예상했다. 그 '망할 사시 놈'에 대해서 공격적으로 마구 소리를 질러대며 아이들은 물론 관련된 모든 사람을 위협할 거라고 예상했다.

나는 오빠의 분노를 누그러뜨리기 위해서 즉시 친구를 잃은 것에 대한 조의를 표했다.

"정말로 유감이야, 오빠."

나는 최대한 진심으로 말했다.

오빠는 내가 예상했던 것처럼 반응하지 않았다. 완전히 무관심했다. 오빠 말에 따르면 클레퍼르는 망할 개자식이었고, 다른 많은 사람들을 "끝냈기" 때문에 그런 일을 당할 만했다. 나는 어안이 벙벙했다. 늘 빔 오빠가 이 새 친구들 때문에 우리를 배신한 거라고 생각했었는데. 이제는 이런 식으로 말하는 건가? 오빠는 클레퍼르가 살해당했다는 사실에 눈곱만큼도 신경 쓰지 않았다.

"내가 소냐 언니네 애들을 걱정해야 돼?"

나는 오빠에게 물었다. 오빠는 깜짝 놀란 얼굴로 걱정할 필요가 전

나의 살인자에게

혀 없다고, 이건 "우리 쪽"에서 생긴 일이라고 말했다.

우리 쪽? 오빠는 클레퍼르와 미레멋 쪽에 있는 거 아니었나? 나는 빔 오빠의 말을 오빠와 미레멋이 클레퍼르의 죽음에 연관이 있다는 뜻이라고밖에는 해석할 수가 없었다.

빔 오빠는 코르에게 길길이 날뛰지 않았고 협박하지도 않았다. 심지어 코르 이름을 꺼내지도 않았다. 오빠가 클레퍼르의 죽음과 코르의 복수 가능성을 연관 짓지 않는다는 게 분명했다.

오빠는 이후에도 몇 달 동안이나 형부 이야기를 하지 않았다. 오빠는 여전히 형부가 죽길 바랐지만, 이유는 달라지지 않았다. 어떤 순간에도 클레퍼르 살인에 대한 복수 이야기는 전혀 나오지 않았다. 여전히 오빠에게서 "모든 것을 빼앗아갔다"라는 얘기뿐이었다.

그리고 얼마 지나지 않아서 나는 알스메이르의 세차장에서 오빠를 만났다. 오빠에게는 시간이 잠깐뿐이었고, 오빠는 유쾌하게 말했다. 클레퍼르의 부인에게서 돈을 받느라 바쁘다고 말이다. 오빠가 '그녀를 보호해줄' 거니까.

2003년에 코르 형부가 죽은 뒤 어느 시점에 빔 오빠는 나에게 스헬더 거리에 있는 살 메이예르에서 샌드위치를 먹자고 했고, 거기서 산드라를 만나게 되었다. 그녀에게는 다른 회계사가 필요했고, 나와 같은 회계사를 고용했다. 나는 그녀가 혼자 가지 않도록 동행해야만 했다. 2004년에 오빠는 그녀의 아이들을 나에게 소개했다. 그들은 한 푼도 만져보지 못한 아빠의 유산을 놓고서 세무부와 법무부와 문제가 좀 있었다.

산드라는 빔의 '협상자 역할'의 전형적인 희생자였다. 오빠는 산드라에게 남편이 예전 유고슬라비아 출신인 심각한 범죄자 스레턴 "요차" 요치치에게 제거되었고, 자신이 그녀를 도와주겠다고 말했다. 오빠가 그녀와 그녀의 아이들 목숨을 보호해주고 이 분쟁을 해결하기 위해 노력할 것이다. 분쟁은 상당량의 돈을 지불해야만 해결이 가능하다, 오빠는 이렇게 말했다. 하지만 산드라는 돈에 관심이 없었다. 아이들을 구할 수만 있다면 뭐든 지불할 것이다. 남편의 죽음 이후 약해지고 완전히 감정적으로 변한 그녀는, 이 끔찍하게 위험한 유고슬라비아인을 상대로 그녀와 아이들을 지키기 위해서 이타적으로 자신의 목숨을 걸고 있다고 주장하는 남자의 먹이가 되었다.

이것은 빔 오빠의 꿈의 시나리오였다. 오빠는 그녀와 그녀의 자산을 돌봐줄 것이다. 그녀의 돈이 오빠 돈이 되고, 그녀의 목숨은 오빠의 재산이 될 것이다.

처음에 산드라는 빔 오빠가 남편의 죽음을 사주했다고 생각했다. 미디어도 똑같은 방향으로 생각했다. 하지만 얼마 지나지 않아서 빔에게 매일같이 세뇌당하고 다른 관점을 제시할 수 있는 사람들로부터 완전히 고립된 산드라는 이 빛나는 갑옷의 기사에게 완전히 경탄했고, 오빠는 그녀의 남편 자리를 꿰찼다. 그녀는 자신이 집 안에 트로이 목마를 들여놨다는 것을 전혀 몰랐다.

빔 오빠가 각종 갈취 죄로 6년 형을 사는 동안 그녀도 나름의 6년 형을 살았다. 빔 오빠는 교도소에 있는 동안 자신의 여자들에게도 가택 연금을 요구하기 때문이다. 교도소에서 오빠는 그녀의 일상 생활, 연락하는 사람들, 하는 일 전부를 통제했다. 그녀는 오로지 오빠에게만 시간을 내야 했다. 그녀에게는 오빠가 지정한 소수의 연락책밖에 없었고, 그건 기본적으로 우리뿐이었다. 우리는 그녀가 가끔 사람을 만날 수 있게 집에 들르라는 지시를 받았다. 오빠는 우리가 절대로 산드라의 눈을 뜨게 만들지 못할 것임을 잘 알았다. 우리는 그녀의 감시역이었다.

나는 그녀를 좋아하게 될 거라고 생각하지 못했지만, 얼마 지나지 않아서 그녀에게 부여했던 '클레퍼르-미레멋이라는 오명'을 머리에서 지우게 되었다. 산드라는 순진했지만 사실 굉장히 상냥했다. 그녀의 아이들도 상냥하고 예의 바르게 행동했다.

"산드라가 클레퍼르와 미레멋이 한 일을 막을 수는 없었을 거야."

소냐 언니는 한때 나에게 그렇게 말했다. 그리고 언니가 옳았다. 그녀도 어쩔 수 없었을 것이다. 우리가 빔 오빠가 하는 일을 막을 수 없는 것처럼 말이다.

이 모든 일이 클레퍼르와 미레멋, 홀레이더르 팀에 총격을 받았던 우리 리히가 클레퍼르 집 아이들의 생일 파티에 가는 것 같은 어이없는 상황을 만들어냈다. 빔이 죽인 바로 그 클레퍼르 말이다. 나는 이런 일에 휘말리는 데에 진력이 났다. 제 아빠를 잃은 이 순진한 아이들 넷을 보는 게 괴로웠다. 빔 오빠가 유일한 생존자고 두 가족을 모두 지배했다.

산드라의 집에는 죽은 남편의 사진이 한 장도 없었다. 빔 오빠가 그것을 참아주지 않았다. 유일한 사진은 창고로 옮겨놓았다. 마치 그 사람이 존재한 적도 없는 것만 같았다. 나는 이 점을 언급하면 그녀가 어떻게 반응할까 궁금했다. 하지만 그녀는 그게 정상적인 일인 것처럼 행동했다. 그녀는 절대로 이상한 행동을 하지 않았다. 이 무렵에 내가 몰랐던 것은 그녀가 빔 오빠에 대해서 부정적인 말을 한 마디도 하지 않는 이유가 오빠가 그녀를 취조하기 위해서 나를 보낸 거라고 생각해서였다는 사실이었다. 그리고 그녀가 완전히 틀린 것도 아니었다.

빔 오빠가 교도소에 있는 동안에 산드라는 세무부와 문제가 생겼다. 삼 클레퍼가 엔드스트라와 함께 투자했던 수백만 유로에 대해서 추가 세금을 내야 했다. 엔드스트라는 그 돈을 산드라에게 돌려줘야 했지만, 실제로는 빔 오빠가 그 돈을 가져갔다. 그녀에게는 한 푼도 없었는데, 그래도 세금에 대한 책임은 그녀에게 있었다. 그녀는 빛나는 갑옷의 기사를 방문했다가 끔찍한 현실을 자각했다. 오빠는 자신이 그녀의 문제를 해결해줄 여유가 없다고 분명하게 밝혔다. 한편으로 빔 오빠는 자신에 관해서 "잘못된 이야기"를 하는 여자를 감수할 상황이 아니었다. 그래서 나에게 그녀 옆에 딱 붙어서 그녀를 감시하고, 회계사와의 모든 약속에 함께 가고, 오빠 이름이 언급되지 않도록 확실히 해두라는 지시를 내렸다.

나는 산드라가 자기 입장을 정확히 아는 게 나을 거라고 생각하고서 빔 오빠가 이 모든 일에 연관되지 않도록 나는 그저 "돕는" 것뿐이라고 말했다.

"나한테 이 문제에 관해 실제로 선택권이 있는 것 같진 않은데요. 내가 그 사람에 대해서 한 마디라도 할 수 있을 것 같아요?"

그녀의 대답에 나는 깜짝 놀랐다. 그녀가 빔 오빠에 대해 약간이라도 부정적인 말을 하는 걸 처음 들었기 때문이었다.

2012년 1월, 빔 오빠가 석방되었을 때 오빠는 더 이상 산드라에게 관심이 없었고 그녀에게 시간도 거의 내주지 않았다. 그녀는 파산 직전이었다. 지금까지 해온 행동에 대한 대가였다. 오빠는 더 많은 시간을 마이커와 보내기 시작했다. 오빠에게는 아직 그녀와의 미래가 있었다. 게다가 오빠 나름의 보안과 다른 여자들 때문에 바빴다. 그중 한 명은 오빠를 6년 동안 기다려준 위트레흐트의 만디였다.

남쪽을 바라보는 정원이 딸린 산드라의 집이 오빠가 그녀를 붙들고 있는 주된 이유였다. 자신의 연락책들과 가까운 암스테르담에 있는 집은 오빠에게 유용했다. 오빠는 하위젠의 아파트까지 왔다 갔다 하는 대신에 그들을 만나야 할 때면 거기서 머물렀다.

2012년 3월에 산드라가 나에게 만디라는 사람을 아느냐고 물었다. 그것은 내가 솔직하게 대답할 수 없는 질문이었다. 우리는 빔 오빠의 하렘에 폭동을 일으키는 게 아니라 그걸 조용하게 유지하기 위해서 옆에 있는 거였다.

하지만 수년 동안 산드라는 나의 연민뿐만 아니라 존경심도 얻었다. 산드라는 평생 조직폭력배의 여자친구였고 한 번도 돈을 벌 필요가 없었다. 그저 수많은 돈을 쓰기만 하면 됐다. 지금까지는. 빔이 강요했던 가택 연금으로 삼이 죽은 이후 그녀는 고립된 채 완전히 빔의 지배하에 살아야만 했다. 동시에 오빠가 교도소에 있기 때문에 오빠의 영향력에서 조금 벗어났고, 그래서 자신이 처한 상황을 분명하게 깨달았다. 그녀의 재산이 빔의 재산이 되었고, 그녀에게는 아무것도 남지 않았고, 그 결과 그에게 아무것도 기대할 수 없게 되었다는 사실이다. 그녀는 일자리를 찾아야 했다. 하지만 어디서, 어떻게? 그녀는 은밀하게 네일 스타일리스트가 되는 교육을 받았다. 교육이 거의 끝날 무렵 그녀는 자신이 한 일을 빔에게 이야기하고 일할 준비가 되었다고 말했다. 오빠는 분노했지만 그녀는 자신에게 정기적인 수입이 필요하다고 오빠를 달랬다. 오빠에게는 법적 수입이 없는데 어떻게 그녀를 부양할 수 있겠는가?

어차피 그녀를 부양할 마음이 별로 없었던 빔 오빠는 그녀에게 동의했다. 일을 한다고 해도 하루 24시간 오빠에게 시간을 내야 한다는 사실만 이해한다면 말이다. 그리고 전화로 직장 외의 다른 곳 소리가 들리면, 또는 전화를 받지 않으면, 또는 다른 남자를 만나면 그녀의 인생을 지옥으로 만들어주겠다고 말했다. 하지만 그녀는 자신의 입장을 고수했다.

나는 산드라가 어떻게 학대받고 버림받았는지 보는 게 굉장히 서글펐다. 그녀 나름의 삶이 있었다면 훨씬 나았겠지만, 빔은 여자들을 그런 식으로 다루지 않았다. 한번 오빠 것이 되면 오빠가 먼저 버리고 싶어 하지 않는 한 절대로 오빠를 떠날 수 없다.

나는 그녀에게 만디에 관해 사실을 말해주기로 했지만, 빔 오빠에게 절대로 말하거나 안다는 티를 내지 않는다고 약속하는 경우에만이었다. 싸우거나 화해하는 감정적인 순간조차도 안 된다. 산드라는 아이들을 걸고 절대로 그러지 않겠다고 맹세했다. 나는 위험을 무릅쓰고 그녀에게 사실을 말했다. 배신당한 여자들 중 침묵을 지킬 수 있는 사람은 많지 않지만, 산드라는 약속을 지켰다. 이 사건이 서로에 대한 우리의 신뢰를 더욱 키워주었다.

나중에, 산드라는 나에게 빔이 홧김에 내뱉은 말에 대해서 확인해 달라고 말했다. 오빠가 삼을 죽였다는 내용이었다.

"거기에 대해서 뭔가 아는 거 있어요?"

그녀는 격해진 감정으로 떨리는 어조로 물었다.

그녀가 나에게 솔직하게 물었기 때문에 나도 침묵을 지킬 수 없다고, 더 이상은 그녀에게 그럴 수 없다고 생각했다. 하지만 어떤 경우에

나의 살인자에게

도 집 안에서, 큰 소리로 그 이야기를 할 수는 없었다. 그것도 그녀가 도청 장치를 지니고 있는지 찾아보기 전에는 말이다. 그녀를 믿을 수 있다고 생각은 했지만, 그래도 여전히 그녀가 빔 오빠와 공모하고 있거나 약해진 한순간 오빠에게 뭔가를 해주고 싶어 할 수도 있었다.

"우선 스웨터랑 브라 좀 벗어봐요."

나는 그녀의 몸에서 장치를 수색했다. 바지 안도 찾아보았지만 아무것도 없었다.

"이리 와요. 산책을 좀 하죠."

나는 그녀를 데리고 밖으로 나갔다.

"그래서요?"

그녀가 물었다.

나는 그녀의 앞에 서서 고개를 끄덕였다. 그게 내 대답의 전부였다.

산드라가 나에게 연락했다. 빔 오빠가 그녀의 막내아들 미트리 때문에 열 받았다는 거였다. 오빠는 펄펄 뛰는 상태로 그녀의 집을 떠났고 심지어 열쇠도 놓고 갔다. 그녀는 굉장히 당황한 목소리였다.

"카페 데 옴발에서 당신 오빠를 만나기로 했어요. 당신도 거기 와줄 수 있어요?"

"오빠가 나한테도 연락했어요. 가는 중이에요. 당신은 좀 나중에 와요. 우선 내가 오빠랑 이야기를 좀 해볼게요."

내가 말했다.

몇 달 전에 빔 오빠는 그녀를 떠났다.

"전부 다 그 망할 꼬맹이 때문이야."

오빠는 그렇게 말했다.

"낮에 계란 프라이를 해서 온 집 안에 냄새를 퍼뜨리는데 나는 거기 앉아 있어야 한다고. 매번 내가 갈 때마다 그 녀석이 거실에 앉아서 플레이스테이션을 하고 있어. 그 망할 꼬맹이 때문에 짜증나서 돌아버리겠어. 딱 제 아빠 같아."

하지만 다시는 돌아오지 않을 거라는 맹세와는 달리 오빠는 늘 며칠 안에 그녀의 집으로 돌아가서 소파에 누워 그녀가 일을 마치기를 기다렸다가 아무 일도 없었던 것처럼 그녀에게 발 마사지를 하라고 시켰다. 그녀는 절대로 오빠를 떼어낼 수가 없었다.

오빠는 카페에 서서 나를 기다리고 있었다. 자신의 스쿠터 옆에서, 공격적인 표정으로. 그리고 내가 도착하자마자 분노를 쏟아내기 시작했다.
"그 쥐새끼 같은 놈이 뭘 했는지 알아? 내 목숨을 위태롭게 만들었어! 그 조그만 거짓말쟁이 놈은 항상 거짓말을 해."
"무슨 일인데?"
"그 자식이 거실에 무슨 왕처럼 앉아 있더란 말이야. 그리고 엑스칼리버 티셔츠를 입고 있었어. 나는 그 녀석을 보고 생각했지. 엑스칼리버라, 새 셔츠네. 그게 무슨 뜻인지 알아? 그 녀석이 지옥의 천사들 주위를 얼쩡거렸다는 거야! 그리고 그게 무슨 뜻인지 알아? 그놈들이 내가 어디 있는지, 그 녀석에게서 나에 대한 정보를 알아낼 수 있다는 뜻이야. 그게 얼마나 위험한 일인지 알아? 그 망할 꼬맹이를 통해서 말이야! 쥐새끼 같은 놈. 정말로 끝이야. 그놈은 끝났어."
"오빠, 좀 진정해봐. 걔는 그냥 어린애야. 정말로 걔를 쫓아내려는

나의 살인자에게

건 아니지, 응? 걔가 어디로 가겠어?"

"내가 알 바 아니야. 제 이모네로 가든지. 길거리에서 자든지. 어쨌든 걘 없어져야 돼."

"아니, 그건 불가능해. 그리고 걔는 오빠에 대해서 아무 말도 안 할 거야. 그 꼬마도 말을 하면 안 된다는 건 알아."

"내 말 잘 들어, 그놈들이 개한테 질문을 할 거야. 걔는 눈치도 못 챌 테지. 그 꼬맹이는 그놈들 편이야. 정말이지 없어져야 돼. 제가 똑똑한 줄 알겠지."

"좋아, 그래서 이제 어쩔 건데?"

"이제 산드라를 불러서 그 꼬맹이는 집에서 나가야 한다고 말할 거야."

"애 엄마한테 그런 걸 요구할 수는 없어. 그 애는 산드라의 어린 자식이야."

"밖에 늦게까지 나가 있을 때는 어린애가 아니라더니, 갑자기 이제 와서 어린애라고? 그놈은 꼬맹이가 아니야. 아니, 그 녀석은 나가야 돼. 난 거기서 떠나지 않을 거고, 그 조그만 애새끼 때문에 쫓겨나지도 않을 거야. 아스, 거긴 근사한 집이라고. 하루 온종일 정원에 앉아 있을 수도 있어. 난 모든 것의 중심에 있다고. 난 안 떠날 거야. 산드라가 그놈을 쫓아내지 않으면, 다른 데서 그놈이랑 같이 살아야 할 거야. 난 그 집을 갖고 싶으니까."

"음, 오빠, 그건 쉽지 않을 거야. 어떻게 그 집을 빌릴 건데?"

"산드라가 자기 이름으로 갖고 있어야지!"

"그건 불가능해."

"아, 그래서 그놈이 이겼다고? 아니, 그럴 순 없어. 너도 내가 뭘 할지 알잖아."

산드라가 도착했고, 빔 오빠는 즉시 그녀에게 소리를 질러대기 시작했다. 그녀는 오빠의 언어폭력에 완전히 짓눌려서 한 마디도 하지 못했다. 그녀는 세 번이나 떠나려고 했지만 빔 오빠가 소리를 지르며 돌아오게 만들었다.

"쉿, 오빠. 진정 좀 해. 경찰이 지나가고 있잖아. 저 사람들이 서길 바라는 거야?"

내가 말했다.

"상관없어. 서라지! 난 질렸어, 아시. 그러니까 내가 그 망할 애새끼 때문에 길거리로 쫓겨나야 된다 이거지. 두고 보라고. 그놈 차례가 올 거야. 그러면 제 아빠한테 한 것처럼 그놈도 처리할 거야."

나는 얼어붙어서 산드라를 쳐다보았다.

나는 빔 오빠에게 산드라의 집으로 돌아가지 않는 게 최선이라는 생각을 불어넣기 위해서 애를 썼다. 그들은 다시는 커플로 돌아가서는 안 된다고.

"그거 알아, 아스? 산드라는 내가 나온 이래로 진짜 변했어. 전에는 범죄자처럼 생각할 줄 알았는데, 일을 하기 시작하면서부터 그런 게 싹 없어졌어. 그 여자는 미쳤어. 그 집을 완전히 낭비하는 거야. 이제 난 낮에 정원에서 시간을 보낼 수 있을 만한 다른 계집년을 찾아야 한다고."

빔 오빠는 더 이상 산드라와 함께 살 수 없다는 사실은 쉽게 받아들였지만, 미트리가 "자신에게 한 일"에 대해서는 잊지 않았다. 그 꼬마

나의 살인자에게

는 대가를 치르게 될 거라고 말했다.

산드라는 빔 오빠를 잘 알았기 때문에 겁을 먹었다.

"이제 그 사람이 나랑 같이 있지 않으니까 뭘 꾸미고 있는지조차 모르겠어요."

그녀가 나에게 말했다.

"매일 그 사람을 볼 때는 최소한 기분을 확인하고 뭘 꾸미는지 예측할 수 있었는데. 그 사람은 정말로 미트리에게 해를 입힐 거고, 그러고는 눈물 가득한 얼굴로 우리 집에 와서 얼마나 유감인지 모르겠다고 그러면서 자기가 도울 일이 없냐고 묻겠죠. 난 확신해요!"

나는 그녀를 달래려고 노력했다.

"내가 대신 오빠를 잘 지켜볼게요. 오빠가 미트리에게 뭔가 하려고 하면 나한테 말을 할 거고, 그럼 당신한테도 알려줄게요."

물론 산드라가 옳았다. 오빠는 이 일을 그냥 두지 않을 것이다.

"오빠, 산드라의 아들을 죽이면 안 돼."

나는 다음번에 오빠가 "그 망할 애새끼" 이야기를 꺼냈을 때 오빠에게 말했다.

"산드라가 수년 동안 오빠를 위해서 얼마나 많은 일을 해줬는데. 정말로 그러면 안 돼."

"좋아, 산드라 때문에 그러지는 않을 거야. 하지만 이걸 그냥 넘어갈 순 없어. 그럴 수는 없다고. 그놈은 나를 엄청나게 모욕했어. 어쨌든 대가는 치러야 돼. 아직은 아니야. 산드라가 내가 그랬다고 생각할 테니까. 하지만 조만간에. 그 녀석은 동네에서 잘못된 사람을 만날 거고, 그 사람이 그 녀석을 곤죽이 되도록 두들겨 팰 거야."

나는 산드라에게 지금은 오빠가 미트리에게 해를 입히지 않을 거라고 말했다. 너무 뻔하니까. 하지만 그래도 경계하고 있어야 한다고 덧붙였다. 그녀는 무너졌다.

"그 사람은 내 남편을 죽이고, 내 돈을 다 빼앗아가고, 이제 내 아이까지 협박하고 있어요. 이 남자가 얼마나 능숙하게 내 삶에 끼어들어서는 얼마나 큰 피해를 입혔는지!"

"당신만 그런 게 아니에요. 오빠는 기나긴 피해의 흔적을 남기고 살아왔죠. 우린 오빠가 한 일에 대해서 대가를 치러야 한다고 생각해요."

"나도 그래요!"

산드라가 말했다.

"그리고 우린 정말로 그러기 위해서 노력할 거예요."

내가 말했다.

"그게 무슨 뜻이에요?"

나는 그녀에게 말해도 될까 의심스러웠지만, 도박을 해보기로 했다.

"오빠를 상대로 증언을 할 생각이에요."

"그럼 오래 살지 못할 거예요."

그녀가 즉시 말했다.

"아마 당신 말이 맞겠죠."

"밀고자들이 두렵지 않아요?"

"밀고자들은 두렵지만, 그쪽 사람들이랑 약간 이야기를 하고 알아가기 시작했는데 괜찮은 것 같아요. 난 오랫동안 이 작업을 하고 있고, 아직까지는 새어 나가지 않았으니까……."

나는 아주 신중하게 그녀에게 물었다.

"당신은 어떻게 생각해요?"

나의 살인자에게

"그러니까 나도 자살행위를 하고 싶냐고요?"

"네, 뭐 그 비슷해요."

나는 미소를 지었다.

"뭐, 안 될 것도 없죠. 난 늘 젊고 예쁜 상태로 죽고 싶었거든요."

산드라는 기묘한 여자였지만, 굉장히 강한 사람이었다. 그녀는 뭔가 하겠다고 말하면, 해냈다.

그날 밤, 우리는 소냐 언니까지 함께 보스반을 따라 산책을 했다. 우리 셋이서 그 길을 따라 걷고 있는데 어떤 남자가 우리 쪽으로 걸어와서는 우리를 보고 웃으며 말했다.

"삼총사군요!"

우리는 겁에 질려서 서로를 쳐다보았다.

"그거 뭐였지? 경찰인가? 우리 얘기를 도청한 건가?"

내가 말했다.

"아니, 그건 불가능해."

소냐 언니가 대답했다.

"하지만 그 사람 말이 맞아요."

산드라가 검을 든 것처럼 한 팔을 들고서 소리쳤다.

"하나는 모두를 위해, 모두는 하나를 위해!"

"하나는 모두를 위해, 모두는 하나를 위해!"

언니와 나도 그녀의 말을 따라 했다. 우리가 마지막으로 웃어본 건 굉장히 오래전 일이었다. 그녀의 시니컬한 유머 감각은 반가운 추가 요소였다.

프레드 로스

미헬러에게 전화를 받았다. 그녀는 베티와 이야기할 시간이 있느냐고 물었다. 내일 당장 만나고 싶다고 말했으나 나에게는 할 일이 있었고 그들의 편의에 따라 만나러 가고 싶은 기분도 아니었다. 나는 수도 없이 그들을 위해서 시간을 내고 내 일정을 완전히 조정했지만, 지금까지 얻은 결과는 아무것도 없었다.

"아뇨, 금요일은 안 되겠어요. 다음 주쯤으로 하죠."

그럼 월요일에 올 수 있겠냐, 정말로 우리를 꼭 봐야 된다고 그녀가 말했다. 왜 갑자기 이렇게 서두르는 걸까 궁금했다. 이제 18개월이 지났고, 전에는 한 번도 이렇게 다급한 연락을 받은 적이 없었다.

그래서 우리는 2014년 9월 15일 월요일에 만나기로 약속을 잡았다.

나의 살인자에게

<u>2014년 9월 12일</u>

금요일 아침에 우리는 토마스 판 데르 베일을 살해한 죄로 기소된 프레드 로스가 다른 것들과 더불어 살인에 관해 진술을 했다는 사실을 알게 되었다. 그는 직접적인 계약자로 디노 수럴을 지목했지만, 그 뒤에 빌럼 홀레이더르가 있다고 덧붙였다.

이제야 베티가 왜 우리를 보고 싶어 하는지 알 수 있었고, 급한 이유도 알게 되었다.

이건 엄청난 뉴스였지만, 빔 오빠에게서는 아무 연락도 없었다.

오빠는 정오가 되어서야 나에게 연락을 해서 핀케베인의 피르스프롱에서 만나자고 했다. 나는 오빠가 로스의 진술에 대해서 당연히 알고 있을 거라고 생각했다. 나는 차를 타고 오빠를 만나러 갔다. 내 장치는 옷 안에 숨겼다. 오빠가 이 일에 대해서 뭐라고 하는지 녹음하고 싶었다.

오빠는 굉장히 기분이 좋은 상태였고, 나는 오빠에게 물었다.

아스: "아직 몰라?"
빔: "뭘?"

오빠는 몰랐다.

아스: "로스가 증언을 했어."
빔: "아, 젠장. 이런 제기랄. 그거 안 좋은데. 난 그놈을 알지도 못한다고."

나는 오빠가 로스와 한 번도 이야기해본 적이 없다고 말해서 실망했다. 뭔가 유용한 걸 녹음하고 싶었다. 하지만 동시에 오빠가 로스에 관한 소식을 기뻐하지 않는다는 건 분명했다. 오빠는 내가 어디서 그 소식을 들었는지 알고 싶어 했다.

아스: "인터넷에 전부 다 올라와 있어."

빔: "뭐?"

아스: "그 사람이 오빠를 상대로 증언할 검찰 측 증인이래. 수렴, 악균에 대해서 증언을 했어. 살인에 대해서도 이야기했고. 코르, 네믹, 그리고 어⋯⋯ 그 사람 이름이 뭐더라, 토마스에 대해서."

빔: "코르, 네믹, 토마스란 말이지."

아스: "응."

빔: "나에 대해서는 뭐라고 했어? 난 이 남자랑 말도 해본 적이 없다고."

아스: "나도 몰라."

오빠는 인터넷에 뭐라고 올라와 있는지 보고 싶어 했지만, 오빠와 함께 있을 때 언제나 그렇듯 나는 휴대전화를 꺼두고 있었다. 오빠는 다시 켜라고 했고, 나는 화면에 뜬 내용을 읽어주었다.

아스: "그는 또한 파사허 사건 파일의 일부가 아닌 살인에 대해서도 진술했고, 빌럼 홀레이더르라는 이름도 언급했다. 홀레이더르는 2003년 예전 동료였던 코르 판 하우트의 살인에 연관되어 있다

나의 살인자에게

고 알려져 있다. 홀레이데르는 최소한 세 건의 살인과 연관이 있
으나 한 번도 기소되지 않았다."

빔: "그놈이 코르에 관해서 이야기했어? 그걸 갖고 지금 나를 잡으려
고 하는 거야?"

아스: "음, 그런가 본데. 이제 휴대전화 끄게."

빔: "난 그놈이랑 말 한마디 해본 적 없어."

아스: "음, 다행이네."

빔: "교도소에서 난 그놈 옆방에 있고 싶지 않다고도 말했었다고."

빔 오빠가 엔드스트라 갈취죄로 로테르담의 교도소에 있을 때 프레
드 로스가 오빠의 옆 방으로 들어왔다. 로스는 파사허 사건과 관련해
수감된 거였다. 항소 이후 현재 그가 검찰 측 증인이 된 바로 그 사건
이다. 빔 오빠는 즉시 다른 교도소로 이감해달라고 요청했다.

빔: "그놈이 내 옆 방에 들어왔을 때 난 바로 말했어. 그놈이랑 말 한
마디 해본 적 없는 사이라고. 그리고 지금도 그럴 생각 없어."

오빠는 대단히 영리했다. 처음부터 오빠는 로스가 야기할 수 있는
위험을 피했다. 오빠는 당장 그가 법무부의 정보원으로 일하고 있는
게 아닌가 의심했다. 오빠는 모든 수단을 다 동원해서 로스가 오빠와
이야기를 했다고 말할 수 있는 경우를 차단하려 했고, 로스가 옆 방으
로 온 순간부터 자기 방 밖으로 나오지도 않았다.

빔: "스테인이랑 내일 3시에 약속이 있어. 진술의 일부를 받았다나 봐."

오빠는 이제야 왜 스테인이 오라고 했는지 깨닫고서 즉시 이 이야기를 언급하지 않은 데 짜증을 냈다. 스테인은 진술서 한 상자가 들어왔다고 했지만 그게 로스의 것이라고는 말하지 않았다. 이런 문제는 기다릴 수가 없지 않은가! 우리는 당장에 그 사람을 만나야 했다.

우리는 스테인에게 연락해서 빔 오빠가 지금 당장 만나고 싶어 한다고 말하지도 못한 데다 스테인이 이런 늦은 시간까지 사무실에 있을 리도 없는데 어쨌든 사무실로 향했다.

그는 사무실에 없었다.

우리는 그의 동업자인 흐리셔 쥐르에게 연락했다. 그녀는 그가 어디 있을지, 어디로 연락하면 될지 알지도 모른다. 하지만 그녀도 우리를 돕지는 못했다. 기다리는 수밖에 없어진 빔 오빠는 굉장히 초조해했다.

우리는 긴장감을 조금 덜기 위해서 인터넷에서 더 많은 뉴스를 찾아보기 시작했다. 오빠는 로스의 진술서 내용을 더 알고 싶어 했지만, 우리가 찾을 수 있는 것은 일반적인 것들뿐이었다.

우리는 우리 집으로 돌아왔다가 베아트릭스파크로 갔다. 빔 오빠는 체포되는 것을 두려워했다. 우리는 주로 코르의 살해에 대해서 이야기했다. 수년 동안 누가 오토바이를 탄 사람이었는지 추측이 난무했다. 나는 오빠가 로스는 아니라고 했던 것을 기억한다고 말했다. 빔 오빠도 인정했다.

나는 오빠의 긴장을 풀어주기 위해서 노력했다. 로스가 그 오토바이를 타지 않았다면, 어떻게 살인에 대해서 진술을 할 수 있겠는가? 그는 거기 없었던 것 아닌가? 그런데 어떻게 빔의 죄라고 지목할 수 있을까?

빔 오빠는 계속해서 자신이 그와 말을 해본 적이 없다는 이야기만
반복했다.

빔: "결국에 나는 '교도소장과 이야기를 하고 싶다'고 했어. 그래서 그
    사람을 만났고, 내가 그랬지. '당신들이 이 프레드 로스라는 작자를
    여기(그의 바로 옆 방)에 넣어놨는데, 나는 그 사람이랑 한 마디도 해
    본 적이 없고 앞으로도 그렇게 유지하고 싶다'고 말이야."
아스: "그럼 오빠한테는 아무 문제도 없네. 다른 사람들은 오빠에 대
    해서 말하고 싶은 대로 말하라지."

오빠는 나의 법적 판단을 믿고서 진정했지만, 체포 가능성에 대한
불안감은 남아 있는 것 같았다.

2014년 9월 13일

로스 사건은 오빠에게 위험한 문제라서 오빠는 다음 날 다시 왔다.
"오빠 아직 여기 있잖아."
나는 오빠가 아직 체포되지 않았다는 사실을 지적했다.
오빠는 함께 스테인 프란컨을 보러 가자고 말했다. 스테인이 로스
의 진술서 일부를 갖고 있는 모양이었다. 사무실에서 만난 스테인은
빔에게 미칠 영향에 대해서 내가 가장한 것만큼 낙관적이지 않은 얼
굴이었고, 당연하게도 말을 굉장히 조심스럽게 가려서 했다.
그는 진술서를 다시 읽어볼 시간이 필요하다고 했다.

2014년 9월 14일

다음 날 스테인, 흐리셔, 빔 오빠와 나는 호이 지역에 있는 병원에서 만났다. 거기서는 자유롭게 이야기를 할 수 있기 때문이었다.

빔 오빠는 걸어가며 스테인과 이야기를 나눴다. 나는 걸어가며 흐리셔와 이야기를 했다.

"오빠는 이번에도 운이 좋을 거예요. 이 로스 사건은 아무 결과도 내지 못할걸요."

내가 그녀에게 말했다.

진술서를 좀 더 읽고 나서 스테인 역시 그렇게 납득했으나 빔 오빠는 여전히 긴장한 상태였다. 오빠는 다른 여자를 시켜 호텔에 예약을 해두었기 때문에 어디서 잘지 고를 수 있었다. 나는 오빠에게 괜한 위험을 무릅쓰지 말라고 했지만, 오빠가 체포될 거라고는 생각하지 않았다. 그럴 거였으면 벌써 체포되었을 것이다. 그들에게는 기다려야 할 이유가 없었다. 정말로 사건이 확실하다면 말이다.

2014년 9월 15일

빔 오빠는 이제 자신이 빠져나갈 수 있다는 확신을 가졌다.

"신은 내 편이야."

오빠가 말했다. 그리고 오빠는 로스를 오히려 이점으로 여겼다. 초반의 공포가 지나가고 나자 로스는 "정확히 (오빠에게) 필요했던 것"이 되었다.

나는 오빠가 악마와 계약을 맺었다는 확신을 얻었다.

나의 살인자에게

같은 날, 소냐 언니와 나는 베티를 만났다. 베티는 로스가 빔을 상대로 증언하려는 걸 알고 있느냐고 물었다. 물론 우리도 알았다.

"하지만 그걸로는 부족해요. 빔 오빠는 그 사람이랑 이야기를 한 적이 없어서 별 소용이 없을 거예요."

내가 말했다. 그리고 이번 주말에 빔 오빠와 나누었던 모든 이야기와 로스가 검찰 측 증인이 된 이유에 대해서도 베티에게 말해주었다. 로스가 이전 친구들에 대해 침묵을 지키는 대가로 더 이상 돈을 받지 못하기 때문이었다.

베티는 깜짝 놀랐지만 금세 정신을 차렸다.

"당신의 충성심이 다시 빔에게로 돌아간 건 아닌지 좀 알고 싶군요."

"여전히 그대로예요. 빔 오빠에게 충성하지 않아요. 오빠를 교도소에 넣고 싶다면 우리가 필요할 거예요."

내가 대답했다.

"그게 정확히 내 마음에 안 드는 부분이에요. 난 여전히 그게 너무 위험하다고 생각해요."

베티는 언제나처럼 걱정 어린 어조로 말했다.

"우리 둘 다 여전히 할 생각이에요."

내가 말했다.

산드라와 CIU의 첫 만남

빔 오빠가 바깥에 있는 상황에서 산드라가 신문을 받는 건 굉장히 위험한 일이었다. 오빠는 더 이상 그녀와 함께 살지 않았지만, 그 통제력은 여전히 아주 빡빡했다. 오빠는 하루 24시간 그녀가 어디에 있는지 확인했고, 그녀가 두어 시간 정도 자리를 비우면 즉시 알아채고 의심을 품을 것이다. 산드라는 그래도 도박을 해보기로 했다. 오빠가 어디에 있었느냐고 물으면 대답할 적당한 이야기도 준비해두었다.

2014년 9월이었다. 우리는 보스반 레스토랑에서 아침 10시에 만나기로 합의했고, 거기서 베티와 그녀의 동료들을 소개할 장소로 다시 가기로 했다. 소냐 언니와 나는 바깥쪽 자리에서 그녀를 기다렸다. 그녀는 눈에 띄게 긴장한 상태로 도착했다.

"그래도 갈 거예요?"

내가 물었다.

"네, 갈 거예요."

그녀를 우리 쪽 연락책들에게 소개한 다음에 우리는 그녀를 남겨두고 떠났다. 그리고 두 시간 후에 다시 만났다.

보스반 레스토랑으로 돌아온 그녀는 자기 스쿠터로 걸어가더니 머뭇거렸다.

"뭐 하는 거지?"

내가 언니에게 물었다.

"'뭐하는 거'냐니 무슨 뜻이야?"

"왜 저기서 서성거리고 있느냐고. 커피는 여기 있잖아. 혹시 도청 장치를 지니고 있는 건 아니겠지?"

"아스, 너 좀 미친 거 아니니? 그녀는 방금 전까지 경찰들이랑 함께 있었어. 무슨 생각을 하는 거야?"

"그럴 수도 있지만, 코쟁이 오빠가 우리랑 게임을 하고 있는지 절대로 알 수 없는 노릇이라고. 오빠가 그녀를 보냈을지도 몰라. 난 그녀를 완전히 믿지는 않아."

"아니, 산드라는 믿어도 돼. 우린 모두 오빠 때문에 좀 망가졌어. 오빠가 우리를 아무도 못 믿게 만들었어."

언니가 말했다.

산드라가 돌아왔고 내가 물었다.

"거기서 뭐 하고 있었어요?"

"잠깐 혼자 있을 시간이 필요했어요. 오늘 일이 전부 다 굉장히 강렬해서요."

"좋아요. 솔직하게 말할게요, 산드라. 당신이 그런 행동을 할 때면 나는 저 사람 뭐 하는 거지, 저 사람을 믿을 수 있을까, 하고 생각하게 돼요. 그것 때문에 나한테 화내지 않으면 좋겠어요……."

"아뇨, 나도 완벽하게 이해해요. 나도 여전히 당신네 두 사람에 대해서 똑같이 생각하거든요. 내가 항상 아무도 믿을 수 없었기 때문인 것 같아요. 그 사람은 사람들이 서로 반목하게 만들죠."

"나도 같은 기분이에요. 나를 편집증이라고 해도 좋지만, 당신이 아직까지 오빠 편일까 봐 죽도록 겁이 나요."

"아, 내 기분도 똑같아요. 오늘 아침에 여기 왔을 때 내 기분이 어땠는지 아마 알고 싶지도 않을 걸요. 그 사람도 여기 있을까 봐, 당신네 둘이 그 사람이랑 공모했고 그 사람이 여기 있을 것 같아서 정말로 무서웠어요. 만약 그런 일이 일어났으면 난 두려움에 그 자리에서 그냥 죽었을 거예요."

"끔찍하지 않아요? 오빠가 사람들에 대한 우리의 신뢰를 망가뜨려놓은 거 말이에요. 이게 우리 삶일까 봐 두려워요. 어쩔 수 없는 일이죠."

내가 말했다.

산드라는 언제나처럼 정직했다.

　　　　　　　　　　　　나의 살인자에게

암스텔베인에서의 살해 시도

<u>2014년 12월 8일</u>

소냐 언니가 막 떠나고 난 소파에 앉아 졸고 있는데 전화벨이 울렸다. 내 비서는 완전히 흥분해서 계속 울었다.

"당신인 줄 알았어요. 내 동생이 전화해서 아직 뉴스 못 봤냐고, 홀레이더르의 여동생이 살해됐다고 그러는 거예요. 내 기분이 어땠는지 모를걸요. 정말로 순간적으로 당신이 죽은 줄 알았어요. 망할 언론 같으니!"

그녀는 한동안 그렇게 계속 떠들었다.

소냐 언니가 떠나기 전에 프란시스도 전화를 해서 암스텔베인에서 어떤 여자가 살해됐다며 소냐가 어디 있는지 물었다. 하지만 언니는 아직 나랑 같이 있었고 그러니 언니가 아니었다. 프란시스도 아니었고, 나는 즉시 밀류스카도 확인해보았다.

우리는 별거 아닌 일로 서로에게 전화하지 않았다. 이런 일이 언제든 일어날 수 있다는 걸 잘 알기 때문이었다. 사이렌 소리가 들릴 때마다, 응급 헬기를 볼 때마다, TV에서 누군가가 살해됐다는 소식을 들을 때마다 우리는 우리 주변 사람이 아닌지 확인했다. 코르에 대한 첫 번째 살해 시도가 있었던 이래로 항상 그래왔다. 하지만 전에는 남자들 중 한 명에게만 이런 일이 일어날 거라고 예상했던 반면 이제는 여자들 중 한 명에게도 일어날 수 있다는 사실을 유념하고 살았다.

사람들은 굉장히 겁을 먹었고, 나는 아직 살아 있느냐고 묻는 여러 통의 문자와 전화 연락을 받았다. 기묘한 경험이었다. 잠깐 동안 미래를 엿본 것 같은 기분이었다. 나 자신이나 소냐 언니의 죽음을 뉴스로 보고 있는 것 같았다. 내 죽음으로 많은 사람이 슬퍼하는 걸 보는 기분이었다.

소냐 언니와 나에게 이것은 굉장히 기묘한 상황이었다. 우리가 빔 오빠를 상대로 증언을 했다는 사실이 밝혀지면 이게 우리 운명이 될 걸 잘 아는 상황에서 벌어진 일이기 때문이다.

그리고 오빠가 전화를 했다.

오빠는 웃어댔다.

"하하하하. 언론은 그게 소냐라고 생각하지, 안 그래? 뭐, 그럴 수도 있었지."

"그게 웃음이 나와?"

내가 물었다.

"응, 웃기잖아, 안 그래? 걔일 수도 있었다고."

오빠는 정말이지 병신 자식에, 머릿속이 꼬여 있었다. 전화로 그런 소리를 하다니, 뻔뻔하기도 하지.

너무 화가 나서 나머지 대화는 기억도 나지 않는다. 오빠가 소냐 언니에게 전화해서 정말로 살아 있느냐고 물었다는 건 기억이 난다.

이 남자의 악의적인 행동에는 끊임없이 놀라게 된다.

<u>2014년 12월 9일</u>

다음 날 아침, 오빠가 일찍 우리 집에 찾아왔다.

"소냐에게 전화해서 오라고 해."

나는 언니에게 전화해서 커피 한잔 하겠느냐고 물었다.

오빠는 갈취 계획을 좀 더 몰아붙일 생각이었고, 어제의 사건은 굉장히 유용하게 작용했다. 우리는 안에서 언니를 기다렸다.

소냐: "안녕. 이런 이른 시간에도 편안해 보이네."

빔: "너한테 나중에 방탄조끼를 사줄까 해."

소냐: "아, 관둬. 정말로?"

빔: "당연하지."

소냐: "좀 평범하게 행동할 수 없어? 머저리 같으니."

빔: "흠, 넌 어떻게 생각하는데?"

소냐: "뭘?"

빔: "너한테는 이런 일이 안 일어날 거라고 생각해? 이 불라르트라는 놈이, 총을 들고 돌아다니는 사이코패스가…… 어느 날 일진이 나쁘면 널 죽일 거라고 생각 안 해? 그놈은 세관원도 쏘아 죽였다고. 완전히 정신 나간 놈이지, 안 그래? 넌 네 친구 페테르와 있으니 모든 게 편안해 보이는 모양이야. 하지만 이게 내가 너한테 방탄조끼

를 사주려는 이유야. 넌 심각한 위험에 처해 있다고."

오빠는 나는 그냥 도와주고 싶은 것뿐이야, 라는 익숙한 속임수를 썼다.

소냐 언니와 내가 이미 모든 걸 파악했다는 걸 모른 채 오빠는 자신의 동료들인 메이예르와 불라르트를 이용해 우리에게 겁을 주려고 했다. 그들은 영화로 번 돈을 원했고, 우리에게서 그걸 빼앗아가려고 했다. 우리는 코르에게는 빚밖에 없고, 이 빚은 하이네켄 납치 사건으로 인한 거니까 그들이 가져가야 한다고 분명하게 말했다. 나도 정말이지 질렸다. 그들은 무방비한 여자와 아이들에게서 돈을 갈취하려고 하는 동시에 코르와의 단단했던 우정을 들먹이려고 했다. 도대체 무슨 친구가 그 아내와 아이들에게 이런 짓을 한다는 거지? 코르와 함께 돈을 벌던 시절에 생긴 그 사람 빚이나 가져가시지, 진짜 친구, 진짜 남자가 좀 되라고. 그걸로 성공이었다. 두 남자는 계획을 실행하려던 의욕을 잃었다.

소냐: "내가 가서 그 사람을 좀 만나볼게."

빔: "누구?"

소냐: "불라르트."

빔: "뭘 하려고? 너 지금 건방 떠는 거야?"

소냐: "아니, 건방 떠는 거 아니야."

빔: "건방 떨고 있잖아. 그 친구가 거기 넘어갈 것 같아?"

소냐: "건방 떠는 거 아니야. 하지만 그 사람이 왜 나한테 해를 입히려고 하겠어?"

나의 살인자에게

빔: "네가 영화로 돈을 벌었으니까, 복서. 그리고 그 친구들은 자기들
　도 돈을 벌었어야 한다고 생각하고, 영화에는 상관도 하지 않는다
　고. 우리 이 이야기를 백 번도 넘게 했잖아. 그런데도 넌 '가서 그
　사람을 만나볼게' 같은 소리를 지껄이면서 센 척하고 있잖아."

소냐: "난 센 척하는 게 아니야!"

빔: "네가 그렇게 센 척하면, 이건 네 책임이 될 거야. 그리고 그 후에
　일어날 일도 네 책임이 되겠지. 네가 센 척하느라고 나까지 문제에
　끌어들일 생각은 추호도 하지 마."

소냐: "난 센 척하는 게 아니라니까."

빔: "센 척해도 괜찮아. 하지만 어제 넌 그렇게 세지 않았을 텐데."

소냐: "하지만 난 —"

빔: "내일 그 친구들이 널 쫓아와서 네 머리를 날려버리면, 그럼 어쩔
　거야? 난 그 뒤처리를 해야 돼. 너랑 네 페터르 말이야. 내가 말해
　두는데, 그런 일이 일어날 수도 있어. 네가 정말로 그렇게 생각한
　다면…… 봐, 이 친구들은 나를 두려워해…… 정말로 그 친구들이
　뭔가 할 배짱이 없는 머저리들이라고 생각하는 거야? 소냐, 걔네
　는 경찰도 쏘고 뭐든지 다 쏜다고. 세관원도 죽였다니까. 정말로 그
　친구들이 돌은 줄 알아? 네가 하라는 대로 할 거라고 생각해? 네가
　이렇게 말한다고 해서……."

소냐: "내가 뭘 말해?"

빔: "네가…… '꺼져, 난 소냐 홀레이더르야'라고 한다고 해서 괜찮을
　줄 아냐고."

소냐: "그런 거 아니야. 난 그런 말은 하지 않았어."

빔: "그래? 그럼 뭐라고 할 건데?"

소냐: "뭘 뭐라고 해?"

빔: "그래, 넌 상황을 어떻게 생각하는데? 네가 살해되면, 난 행동을 해야 돼."

나는 이 대화를 녹음해놔서 정말로 기뻤다. 이 대화는 오빠가 상황을 어떤 식으로 대하는지를 정확히 보여주고 왜 법무부가 절대로 오빠를 잡지 못하는지 이유를 알려주니까. 오빠는 다른 사람의 이름을 이용해서 자신은 그저 경고를 하려던 것뿐이라고 알리바이를 댔다. 오빠는 자신이 갈취범이나 살인자라고 절대로 말하지 않았다. 아니, 항상 다른 사람, 자신이 오빠의 알리바이로 이용되는 줄도 모르는 사람들 이름을 댔다. 대화는 오빠가 공개적으로 언니를 질타할 수 있는 길거리에서 계속되었다.

빔: "왜 페터르의 목숨 때문에 내 삶을 망가뜨려야 되는 거야? 내가 이런 대접을 받을 일을 뭘 했는데? 난 법정에 가야 한다고. 너랑 네 친구 페터르 때문에 교도소에 가야 할 거야. 네가 나한테 서명을 하게 만들었잖아. 나는 알지도 못 하고 있었는데. 난 정말 몰랐어. 별로 상관은 없지…… 하지만 '내가 가서 그 사람을 만나볼게' 같은 센 척하는 짓거리는 하지 마."

소냐: "아니, 내 말뜻은—"

빔: "아니, 너도 알잖아. 넌 아무것도 못 해."

소냐: "그래, 난 못 해."

빔: "넌 네가 무슨 일을 일으킨 건지 전혀 몰라. 그건 그냥 비활성 조직 같은 거야. 무슨 일이든 일어날 수 있어. 그런데 네가 그렇게 센

나의 살인자에게

척하면서 가면······.”

소냐: “난 센 척하는 게 아니야. 하지만 그 사람들이 나에게 해를 입힐
  거라고도 생각하지 않아.”

빔: “너 그거 알아? 그놈들이 코르의 친구든 아니든, 네 행동 때문에
  완전히 괴로워졌다고. 모두가 속은 기분을 느끼고 있고, 너랑 네 친
  구 페터르가 그 영화를 만든 탓에, 너 때문에 다들 나를 괴롭히고
  있어. 그리고 모두가 그 영화를 기대하고, 그걸로 돈을 좀 벌어보고
  싶어 해. 그런데 네가 새침데기처럼 걸어다니면서······.”

소냐: “난 새침데기처럼 걷지 않아······.”

오빠는 자신을 잘 알았고, 언제 속도를 높여야 하고, 낮춰야 하고,
고삐를 당겨야 하고, 고삐를 풀어야 하는지 잘 알았다. 오빠는 절대로
통제력을 잃지 않았다. 오빠는 자신의 목표를 달성하기 위해서만 사
람들에게 겁을 주었다. 나중에, 심하게 비난을 당한 소냐 언니를 놔두
고 떠난 뒤에 내가 영화 판권의 법적 소유권을 오빠에게 지적하자 오
빠는 이렇게 대답했다.

“하지만 아스, 난 법적인 측면에는 상관하지 않아. 법적으로 그건 완
전히 확고하지. 하지만 사람들은 그게 자기 거였어야 한다고 생각해.”

오빠는 갈취를 하고 있고, 암스텔베인에서 일어난 아이 딸린 여자
의 비극적인 살인 사건을 이용해 자신의 희생자를 협박했다.

로스의 진술로 빔이 체포되다

소냐 언니와 내가 암스텔베인 몰에 있을 때 전화벨이 울렸다.

"로스가 한 진술을 바탕으로 빔이 체포됐어요."

누군가가 말하는 소리가 들렸다.

메시지의 충격이 너무 커서 누가 전화를 했는지, 이 사람이 달리 무슨 이야기를 했는지는 기억나지 않는다. 나는 그저 "빔이 체포되었다"라는 부분만 기억할 뿐이었다.

마침내!

2014년 11월에 마지막으로 만난 이래 우리는 법무부에서 아무 소식도 듣지 못했고 오빠가 체포될 거라는 희망도 잃었다.

하지만 이제 어쩌지?

그 사람들이 우리 진술을 이용할 건가? 그리고 더 중요한 건 우리가 오빠에 대해서 증언했다는 걸 오빠가 알게 됐을까?

미헬러가 전화할 무렵에 우리는 굉장히 불안하고 긴장한 상태였다. CIU는 12월 17일에 만나서 우리 진술을 사용할 수 있을지 의논을 하고 싶어 했다.

우리가 결정을 내려야 하는 순간이었다. 공개적으로 오빠를 상대로 증언할 건가? 그러기로 한다면 다시는 예전으로 돌아갈 수 없다.

이제 모든 것이 완전히 현실이 되자 나는 회의를 품기 시작했다. 오빠에게 내가 이럴 수 있을까 의문이 들었다. 오빠는 더 이상 자유를 되찾을 가능성은 없다. 교도소 벽 안에서 늙어가다가 죽을 것이다. 혼자서, 가족이나 친구도 없이.

나는 상담사에게 조언을 구하기로 했다.

"당신 미쳤어요? 왜 증언 같은 걸 하려고 그래요? 당신은 자기 인생 전체를 망쳐놓는 거예요! 당신이 지금껏 힘들게 일해 온 모든 걸 날리는 거예요. 그러면 안 돼요. 그런 행동을 하면 스스로를 받아들이고 살 수 없을 거예요."

마지막 말이 내 가슴 깊이 박혔다. 오빠를 종신형에 처하게 만들고서 내가 과연 나 자신을 받아들일 수 있을지 잘 모르겠다.

마지막 순간에 나는 약속을 취소했다. 나는 주저하고 있었다. 2년 가까이 이 순간만 기다렸는데, 이제는 확신이 없었다.

그날 오후, 나는 내 인생을 20년 동안 지켜본 산 증인인 가장 친한 친구에게 상담사가 한 말과 그로 인해서 베티와의 약속을 취소한 것에 대해 이야기했다.

"그 여자 정신이 나갔군."

그가 말했다.

"그 여자는 당신이 이렇게 오랫동안 견뎌야만 했던 비참함에 대해서 전혀 이해를 못 해. 말은 쉽지. 당신이 해야 한다 말아야 한다 이야기하려는 게 아니야. 그건 당신이 결정할 일이야. 하지만 난 당신 인생을 알고, 바로 옆에서 봤어. 당신 인생은 완전히 엉망이야. 더 나빠질 수 없을 정도지. 당신 오빠에게 하려는 행동에 죄책감이 느껴진다면, 녹음 테이프를 가끔씩 다시 들어봐. 그러면 왜 그 일을 해야 하는지 정확히 알 수 있을 거야."

나의 살인자에게

5부

여자들이
홀레이더르를 때려눕히다

2015-2016

교도소 방문

2015

페터르가 들렀다. 그는 프레드 로스의 진술서를 갖고 있었다. 진술서를 보니 로스는 코르의 행방을 누가 살인범들에게 말했는지에 관해 들은 모양이었다. 코르가 살해된 직후에 제작된 영상이 인터넷에 올라왔다. 로스 말에 따르면 정보원이 그 영상에 나올 수도 있다고 했다. 정보원은 달려가는 모습이 목격된 두 명 중 한 명인 모양이었다.

소냐 언니와 나는 언제나 정보원이 누구였을까 알고 싶었다. 우리는 이 영상에 대해 알고 있었고 즉시 보기 시작했다. 실제로 두 명이 돌아다니고 있었다. 코르의 이복형제였던 아드여와 친구였던 바시였다. 둘 중 한 명일 수도 있을까? 그렇다면 둘 중 누구일까? 로스는 명확한 답을 하지 않았다. 우리는 누군지 상상하기가 어려웠다.

아드여는 논의의 여지가 없지만, 바시의 경우에는 약간 걸리는 부분이 있었다. 그날 코르를 태우고 다녔던 사람이 바시였다. 그는 코르가 보도에서 총을 맞던 순간에 차를 가지러 갔었다. 바시는 다른 차 두

대가 막고 있어서 차를 빼는 데 시간이 좀 많이 걸렸다고 했었다.

우리는 빔이 미소를 띠고 나에게 바시가 "코르를 배신했기" 때문에 숨을 곳을 내줬다고 공공연하게 말한 이래로 바시를 용의자로 여기는 걸 그만두었다. 이런 과시적 행동은 빔 오빠의 전형적인 주의 분산 행동이었기 때문이다. 공개적으로 그가 "코르를 배신했다"라고 비난해서 오빠는 자신의 무고함을 입증했다. 우리는 바시도 빔 오빠의 조작 기술의 희생자이고 무고하다고 생각했었다.

하지만 이제는 다시 의심이 들기 시작했다.

"정보원이 누군지 알고 싶으면 빔 오빠한테서 알아내야 돼."

내가 말했다. 언니와 페터르도 동의의 뜻으로 고개를 끄덕였다.

빔 오빠가 우리에게 말해준다면, 오빠가 살인범도 알고 있다는 뜻이다. 하지만 그냥 오빠와 말을 하는 것만으로는 충분하지 않을 것이다. 면회를 하는 동안 우리가 그런 이야기를 했다는 걸 어떻게 입증하지? 오빠는 대화 내용을 쉽게 부인할 수 있었다.

유일한 해결책은 대화를 녹음하는 거였다. 하지만 어떻게? 오빠는 경비가 지키는 교도소에 있었다. 도청 장치를 어떻게 몰래 갖고 들어가지? 알펀 a/d 레인의 교도소에 들어가기 위해서는 금속 탐지기를 거쳐야 하고, 녹음 장치에는 아무리 조금이라도 금속이 들어가 있었다.

"어떻게 할 건데?"

소냐 언니가 물었다.

"가능한 한 금속을 벗겨내야지."

나는 대담하고 장치를 벗겨냈다. 남은 금속이 탐지기에 걸리는지 확인하기 위해서 소형 금속 탐지기도 샀다. 하지만 탐지가 됐다. 남은

　　　　　　　　　　　　　　나의 살인자에게

금속 부분을 걸리지 않을 만한 곳에다 숨겨야 했다.

"언니, 콘돔 좀 가져와봐."

소냐 언니가 돌아왔고, 나는 금속을 벗겨낸 장치를 휴지로 둘둘 말아 콘돔 안에 넣었다.

"자, 이걸 언니 질 안에 넣고 그래도 작동이 되는지 한번 보자."

소냐 언니가 화장실로 갔다 돌아오자 나는 언니 가랑이 앞에서 금속 탐지기를 움직이며 어떻게 되는지 보았다. 소리가 나지 않았다! 나는 내가 쓸 용도로 똑같은 탐폰을 만들어서 시험해보았다. 그것 역시 잠잠했다.

"이건 최소한 좋은 징조야. 하지만 교도소에서 금속 탐지기가 어떤 식으로 작동하는지는 모르겠어."

내가 소냐 언니에게 말했다.

형사 변호사로서 내 경험상 조건이 다양할 수 있다는 걸 잘 알았다. 어떤 교도소에서는 주머니에 열쇠를 넣고 탐지기를 지나가도 소리가 울리지 않는 반면에 어떤 곳에서는 브라의 와이어에도 반응했다. 나는 이 교도소를 몇 번 방문한 적이 있지만 스캐너의 성능은 언제든 조절할 수 있기 때문에 뭐라고 말할 수가 없었다. 그들이 우리에게서 금속을 찾아낼 경우 입구에서 일어날 난리법석을 감당할 여유가 우리에게는 없었다.

"다리 사이에 철제 단추가 달린 바지를 입어야 돼. 그렇게 하면 탐지기가 울릴 때 그것 때문이라고 말할 수 있잖아. 하지만 단추가 너무 많으면 안 돼. 바지 때문에 탐지기가 반드시 울릴 테니까. 그러면 아예 못 들어갈 거야. 언니 옷장 좀 보자."

우리는 바지를 전부 입고서 포켓용 금속 탐지기로 시험해보았다.

"난 이거 입을래."

소냐 언니가 말했다.

"그래, 그거 괜찮다. 난 그럼 이거 입을게."

청바지였다. 별로 마음에 드는 건 아니었다. 나는 청바지를 좋아하지 않아서 절대로 입지 않기 때문이다.

"내가 갑자기 청바지를 입은 걸 오빠가 알아챌 것 같아?"

내가 소냐 언니에게 물었다.

"아마도. 하지만 우리한테는 선택지가 별로 없잖아. 그걸 입어야 돼."

좋아, 바지 문제는 됐다. 이제는 장치를 안에 부착할 수 있는 셔츠 차례였다. 장치를 감춰줄 수 있는 셔츠를 찾는 건 쉽지 않았다. 며칠 동안 나는 여러 가지 옷들을 시험해보았다. 오빠와 항상 밖에 나가서 이야기를 했기 때문에 나는 늘 코트를 입었다. 하지만 이번에는 코트를 입고 자리에 앉아 있을 순 없을 것이다. 그건 너무 눈에 띄니까.

여름 동안 나는 가끔 도청 장치를 부착한 원피스를 입었지만, 교도소에 면회를 갈 때 입을 만한 옷은 아니었다. 그리고 오빠는 나를 철저하게 알았다. 오빠는 내가 늘 어떤 옷을 입는지 정확히 알았다. 오빠와 나는 매일 똑같은 옷을 입는 공통된 습관이 있었기 때문이다. 매일 깨끗한 걸로 골라 입지만, 어쨌든 항상 같은 옷이었다. 내가 갑자기 뭔가 다른 옷을 입으면 오빠는 즉시 의심할 것이다.

게다가 이전의 모든 면회로 미루어 보건대 우리는 굉장히 가까이 붙어 앉아서 이야기를 속삭이게 될 것이다. 오빠가 뭔가를 본다 싶을 때 좀 물러나거나 몸을 돌릴 수 없는 상황이었다.

면회실의 밝은 빛 아래서는 조금 이상한 부분까지도 눈에 띄고, 셔츠의 울퉁불퉁한 부분 전부가 더 확대되어 보일 것이다. 오빠가 조금

이라도 "이상한" 것을 찾아내면, 즉시 도청 장치라는 것을 알아챌 것이다.

게다가 속삭인다는 문제도 있었다. 장치를 브라 끈 아래 부착해놓으면 내 귀와 별로 가깝지 않아서 오빠가 속삭이는 소리를 잡아내지 못할 것이다. 어깨 근처에 숨겨야 했다.

나는 여러 가지 셔츠를 입어보고, 자르고, 꿰매 붙이다가 마침내 딱 맞을 것 같은 셔츠를 찾았다. 하지만 속삭이는 소리를 녹음하는 것은 여전히 너무나 힘든 일이라서 대안을 찾기 시작했다. 암스테르담 동남부 쪽에 있는 스파이 가게에서 하나를 찾아냈다. 녹음 가능한 시계였다. 나는 내 것 하나, 소냐 언니 것 하나를 샀다.

그걸 찰 용기만 있으면 아마도 효과가 있을 것이다. 경험상 나는 교도소에서 오빠에게 속삭일 때 대체로 오빠 목에 한 팔을 둘렀다. 내 손목이 오빠 입 근처에 있을 테니까 속삭임을 분명하게 녹음할 수 있을 것이다. 문제는 그런 시계들이 눈에 띄게 크고, 오빠는 내가 시계를 절대로 차지 않는다는 걸 안다는 것이다.

나는 도박을 하기로 했다. 나에 대한 오빠의 믿음에 스트레스 받는 상황까지 더해져서 오빠가 사소한 옷차림의 변화를 알아채지 못할 거라고 말이다. 나를 보면 오빠는 내 도움에 의지할 생각부터 하지, 내가 그날 오빠를 배신할 거라는 가능성을 떠올리지는 못할 것이다.

교도소로 들어가야 하는 순간이 되었다. 빔 오빠의 최근 애인도 거기 있었기에 우리는 그녀부터 먼저 들어가게 했다. 그녀는 이미 안에 들어갔으니 우리가 보안 검색대에서 뭔가 문제를 겪는다 해도 그걸 목격하지는 못할 것이다. 나는 굉장히 긴장했다. 이론은 실제와는 전혀 달랐다. 나도 들킬 만한 여유가 없고, 이미 빔 오빠의 신뢰를 잃고 기니피그 노릇을 하고 있는 소냐 언니 역시 마찬가지였다. 언니는 삑 소리도 내지 않고 보안 검색대를 통과했다. 다행이었다. 시계도 잘 통과했다. 보안팀은 이게 도청 장치라는 것을 전혀 몰랐다. 이제 내 차례였다. 휴우! 소리는 나지 않았다! 우리는 위층의 면회실로 들어갔다.

안에 들어왔다.

면회실 근처 입구 옆에 화장실이 있었다. 거기서 나는 누구의 눈에도 띄지 않고 소냐 언니에게서 장치의 나머지 부분을 받아야 했다. 사방에 카메라가 있고 우리 둘 다 한꺼번에 거기 들어가는 건 너무 눈에 띌 것이다. 그래서 언니가 먼저 들어가 장치를 질 안에서 꺼낸 다음 화장실 물탱크 위쪽에 놔두고 나왔다. 내가 그다음에 들어가서 나머지를 꺼내 최대한 보이지 않게 장치를 조립했다.

물론 빔 오빠는 자기만의 방에서 면회자들을 은밀하게 따로 받았다. 우리는 인사를 했다. 오빠는 그 자리에서 내 목을 조를 수도 있었다.

오빠가 내 어깨를 잡았고, 오빠 손이 떨리는 게 느껴졌다. 내가 오빠에게 전달해야 하는 메시지를 두려워하고 있는 게 느껴졌다. 정말 끔찍했다. 내가 굉장히 비열하게 느껴졌다. 최악의 비참함에 빠진 사람에게 누가 정말로 코르 형부를 함정에 빠뜨렸는지 정보를 알아내려고 하다니. 이건 배반이었다. 내가 어떻게 이렇게 사악할 수가 있지? 토할 것만 같았다.

소냐 언니는 내가 주저하는 것을 알아채고 커다란 눈을 깜박이며 단호한 눈빛으로 나를 쳐다보았다. 그 말은 해, 라는 의미였다. 언니가 옳았다. 우리는 여기까지 왔다.

나는 깊게 숨을 들이켜고 자연스럽게 행동하려고 노력했다.

빔: "어떻게 지냈어?"

아스: "잘 지냈어."

빔: "그래?"

아스: "응. 이제 우리 모두 여기 모였네."

나는 자리에 앉기도 전에 문에서부터 로스의 진술서에 대해서 말하기 시작했다.

아스: (속삭임) "그 로스란 사람, 다른 사람을 지목하고 있어."

빔: "그래."

아스: "영상에 있는 사람을 지목하고, 이제 그쪽에선 정보원을 찾느라 바빠. 드디어 그걸 하려고……."

우리는 서로 나란히 앉았다. 오빠가 나에게 한 팔을 두르고 귀에 속삭였다.

빔: "한 번 더."

아스: "정보원 말이야. 암스텔베인에 있다고…… 알려준 사람."

빔: "그래, 하지만 어떻게?"

아스: "음, 로스가 영상에 있는 남자들이―"

빔: "그래."

아스: "TV에서 말이야, 거기서 볼 수 있다고…… 실제로 길거리 이쪽
　　　저쪽으로 달려가는 남자가…… 그 사람이 정보원이래."
빔: (나직하게) "무슨 정보원?"

빔 오빠는 내가 무슨 정보원 이야기를 하는 건지 전혀 몰랐다. 나는
오빠 목에 팔을 두르고 귀에 속삭였다.

아스: "코르의 살인 말이야."
빔: "말도 안 돼."

나는 이해할 수가 없었다. 나는 로스가 한 말을 반복했다. 의심스러
운 표정도 드러냈지만, 오빠는 고집스러웠다.

빔: "아니야."
아스: "이게 그 사람(로스)의 진술이야. 다니한테 들었대."

빔 오빠가 고개를 저었다.

빔: "난 그 부분엔 아무 문제도 없어."
아스: "난 잘 모르겠는데?"
빔: "없다니까."
아스: "없어? (속삭임) 그 일이 일어났을 때……."
빔: "없어."

　　　　　　　　　　　　　　　　　　　　나의 살인자에게

나는 오빠에게 세 번을 물었지만, 세 번 다 오빠는 문제가 없다고 대답했다. 오빠는 확신했다. 로스의 진술이 아무 문제도 되지 않는다는 거였다.

빔 오빠가 소냐와 여자친구 쪽을 보았다.

빔: "둘이서 좀 더 얘기하고 있지그래?"

언제나처럼 빔 오빠가 면회객들과 방해 없이 대화를 하고 싶을 때에는 다른 사람들이 우리의 대화를 덮고 녹음을 망칠 정도의 주변 소음을 내야 했다.

오빠는 나에게 왜 그게 문제가 안 되는지 설명했다. '유인책'과 오빠 사이에 중간자가 있었기 때문이라는 거였다. 오빠는 유인책이 누군지 몰랐고, 그래서 이름을 말할 수도 없었다. 오빠는 정보원을 유인책이라고 불렀다. 나는 그런 단어를 쓰지 않았었다.

빔: (속삭임) "중간에 사람이 있었는데 나는 그게 누군지 몰라……."
아스: "확실해?"
빔: "확실해."

빔 오빠는 영상에서 달려가는 사람이 몇 명이나 있었는지 알고 싶어 했다.

아스: "두 명뿐이었어."
빔: "음, 그렇군."

아드여도, 바시도 빔 오빠의 말에 따르면 유인책이 아니었다.

오빠는 총격을 받을 때 코르 옆에 있던 남자가 영상에 찍혔는지 궁금해했다.

"아니."

내가 대답했다.

코르 옆에 있던 사람 역시 총에 맞아서 바닥에 쓰러졌기 때문에 영상에는 보이지 않았다. 나는 오빠의 질문에 깜짝 놀랐다.

나는 소냐 언니도 형부의 살인에 관해서 신문을 받게 될 거라고 거짓말을 했다. 우리는 이 부분에 대해서 미리 합의를 했다. 나는 여전히 누가 정보원, 또는 '유인책'인지 몰랐기 때문에 대화를 영상에서 달려가던 남자 중 한 명 쪽으로 돌렸다. 나는 바시가 정보원이고 신문을 받다가 무너질까 봐 걱정이 된다고 은근히 말했다.

아스: (속삭임) "왜냐하면 소냐 언니도 오라는 요청을 받았거든……
바시가…… 그 사람이 입을 열면……."

빔: "아니야."

아스: "아니라고?"

빔이 내 귀에 대고 속삭였다. 바시에 관해서 내가 추측했던 것처럼 그 일이 일어난 게 아니라는 거였다.

그러니까 바시는 아니다. 아드여도 아니고. 하지만 그러면 누가 코르의 행방을 누설한 거지? 나는 다시 바시 쪽으로 대화를 돌렸다.

나의 살인자에게

아스: "그 사람 완전히 정신이 좀 나갔잖아, 안 그래?"

빔: "맞아, 하지만 그 녀석은 그냥 피라미야. 정말로."

하지만 오빠는 여전히 그게 누군지 나에게 말해주지 않았다. 나는 한 번만 더 시도해보기로 했다.

아스: "마지막으로 이것만 묻고 갈게……."

빔 오빠는 다시금 영상에 뭐가 있었는지 알고 싶어 했다.

아스: "나도 그 영상을 봤는데 바시가 뛰어다니고 있었어."

빔: (속삭임, 그리고 나서 크게) "난 정말로 두려웠어."

아스: "그래, 나도 그랬어."

빔: "난 네가 도대체 무슨 소리를 하는 건가 생각했어."

아스: "나도 정말로 두려웠어. 왜냐하면 난, 음, 그게…… 음."

나는 오빠에게 다시금 유인책이 입을 열까 봐 겁이 났다고 설명했다.

아스: "걱정이 됐어……."

그러자 빔이 그런 일은 불가능하다고 대답했다. 유인책은 코르의 옆에 있었고, 죽었으니까. 그것은 터르 하크였다.

이제야 나는 왜 빔 오빠가 처음에 어떤 정보원을 말하는 건지 이해하지 못했는지 깨달았다.

이제야 나는 왜 빔 오빠가 로스가 말한 내용이 불가능하다는 걸 아는지 깨달았다.

이제야 나는 코르 옆에 있던 사람이 영상에 나왔는지 안 나왔는지 오빠가 물어본 이유를 깨달았다.

이제야 나는 왜 오빠가 바시가 무고하다는 걸 그렇게 확신했는지 깨달았다.

이제야 나는 왜 오빠가 뛰어다니던 두 사람 다 유인책이 아니었다는 걸 아는지 깨달았다.

빔 오빠는 죽은 정보원으로는 그들이 오빠에게 해를 입힐 수 없다는 사실이 자랑스러운 것처럼 면회실을 우쭐거리며 둘러보았고, 나는 즉시 터르 하크도 고의로 살해되었다는 사실을 감지했다. 소냐 언니가 의문 어린 표정으로 빔 오빠를, 그다음에 나를 쳐다보았다.

나는 눈에 띄지 않게 고개를 끄덕였다. 누가 했는지 알아.

보안 시스템으로 누군가가 우리 이야기를 녹음할까 봐 두려워서 나는 교도소 안에서는 아무 이야기도 하고 싶지 않았다.

우리는 밖으로 걸어 나왔다.

"그래서?"

소냐 언니가 물었다.

"우리가 생각하던 사람이 아니야. 다른 사람이야."

안전하게 차로 돌아온 다음에 나는 언니가 수년 동안 알고 싶어 했던 것을 말해주었다.

"터르 하크였어."

빔 오빠의 말처럼 로베르트 터르 하크가 유인책이었다는 게 그가 자신의 역할을 알고 있었을 거라는 뜻은 아니다. 빔 오빠에게 그건 물어볼 수가 없었다. 그랬다가는 오빠가 즉시 의심할 테니까. 그도 어쩌면 중간자에 의해서 함정에 빠졌을지 모른다. 한 가지는 확실했다. 그의 비참한 죽음에 대해서 법의 심판이 이루어져야 한다는 것이다. 그는 코르와 같이 대량의 총격을 받고서 코르 형부보다 몇 시간 뒤에 병원에서 죽음을 맞이했다.

그날 밤 소냐 언니가 나에게 말했다.

"아스, 빔 오빠에 대해서 죄책감 느낄 필요 없어. 오빠는 괴물이야. 오빠는 이런 짓을 주저하지 않고 너한테도 할 사람이야."

엄마의 축복

우리는 아이들에게 우리가 뭘 하고 있으며 결국 증언을 하게 될 수도 있다고 아주 일찍부터 이야기했다. 법무부에 아무한테도 이야기하지 않겠다고 약속하긴 했지만, 마지막 순간까지 아이들에게 비밀로 한다는 건 불가능했다. 우리 행동이 아이들의 삶에 엄청난 영향을 미칠 거고, 아이들한테는 갑작스럽게 이런 일에 직면하지 않고 이 일을 잘 생각해볼 권리가 있었다. 아이들이 우리가 하지 않는 편이 낫겠다고 생각한다면, 우리는 즉시 그만둘 것이다.

그 애들은 우리가 주저하는 것, 우리가 그만두기로 결정하던 시기, 계속하기로 결정하던 시기를 모두 다 지켜보았다. 하지만 이제는 확실하게 결정을 내려야 하는 순간이었다.

우리는 이 행동을 하면 목숨을 대가로 치러야 할 가능성이 높다는 사실을 다시금 지적했다.

프란시스가 즉시 말했다.

"하세요! 어차피 외삼촌은 엄마를 죽일 테니까 한 발 앞서 가시는 편이 더 낫죠."

리히도 완벽하게 동의했다. 하지만 그 이유는 나에게는 적용이 되지 않았다. 빔 오빠와 관련해 내 입장은 좀 달랐다. 나는 오빠의 협력자였다. 소냐 언니처럼 확실하게 위험에 처해 있지도 않은 상황에서 내 목숨을 거는 걸 밀류스카에게 어떻게 정당화할 수 있을까?

"내가 이걸 하면 어떤 결과가 생길 수 있는지 알지, 얘야?"

내가 밀류스카한테 물었다.

"네, 알아요, 엄마."

그 애가 부드럽게 대답했다.

"난 지금 결정을 해야 돼."

"네……."

"내가 감당해야 하는 위험을 압도할 만한 이유가 하나도 생각이 나지 않아. 이게 어떻게 끝나게 될지 아니까 하지 말아야 할지도 몰라. 하지만 그래도……."

"이해해요, 엄마. 가끔은 올바른 일을 해야만 하는 거죠."

우리는 이미 이 문제에 관한 헤라르트의 관점을 잘 알았다. 소냐 언니와 나는 작은오빠에게 2011년에, 빔 오빠가 석방되기 전에 우리가 증언하면 작은오빠도 증언할 건지 물어보았다. 하지만 그때 작은오빠의 대답은 이랬다.

"살아남지 못할 텐데 왜 그런 일을 하려고 해? 그럴 이유가 뭐 있어?"

작은오빠의 입장은 여전히 똑같았다.

"우리 셋 다 죽을 필요가 뭐 있어? 둘 다 여기 없으면 최소한 내가 엄마를 돌봐드릴 수 있을 거야."

여전히 우리가 알려야 하는 사람이 한 명 더 있었다.

"엄마한테 말씀드려야 돼."

내가 소냐 언니에게 말했다. 언니도 동의했고, 우리는 즉시 엄마에게 가기로 했다.

"긴장돼?"

언니가 나에게 물었다.

"응, 약간. 우린 2년이 넘게 이 일을 해왔는데, 만약에 엄마가 반대한다면 더 이상 계속할 수 없잖아. 그러면 우리가 이 비참함을 겪은 게 다 허사가 되고, 앞으로도 수년 동안 이렇게 살아야 돼. 하지만 어쨌든 엄마 자식이니까. 엄마가 결정하실 일이지."

"그리고 너도 엄마가 어떤지 알잖아."

"그래서 엄마 반응이 겁이 나는 거야. 엄마는 항상 모래 속에 머리를 묻고 오빠 행동을 정당화하셨잖아."

우리는 엄마 집에 도착했다. 엄마는 문가에서 우리를 기다리다가 언제나처럼 우리를 반겼다.

"너희가 들르다니 참 기쁘구나. 편안하게 있으렴. 차 줄까?"

"네, 엄마."

내가 대답했다.

"저도 마실게요."

언니가 말했다.

나는 즉시 핵심으로 들어갔다.

"엄마, 잠깐 엄마랑 이야기를 좀 하고 싶어요."

"이번에는 뭐니?"

엄마가 물었다.

"음, 그게요, 저희 빔 오빠에 대해서 증언을 하려고 해요."

"무슨 증언을?"

"음, 오빠가 무슨 짓을 했는지 말을 하겠다고요."

엄마는 즉시 걱정스러운 표정을 지었다.

"그건 영리한 행동이 아니야. 그 애는 절대로 용납하지 않을 거야."

"알아요, 하지만 언젠가는 멈춰야 하잖아요. 조만간 소냐 언니 차례가 온다는 거 엄마도 아시죠? 그때까지 기다리고 싶진 않아요."

내가 말했다.

"그러면 해야지."

엄마가 단호하게 말했다.

언니와 나는 놀라서 서로를 쳐다보았다. 엄마가 이렇게 쉽게 포기하는 건가?

"하지만 우리가 증언을 하면 오빠는 종신형을 받을 수도 있다는 거 알아두셔야 해요."

내가 말했다.

"그러기를 빌자꾸나. 안 그러면 그 애가 너희들을 쫓아올 테니까."

언니와 나는 다시금 깜짝 놀라서 서로를 쳐다보았다. 이건 엄마의 아들 이야기였다.

"엄마가 지금 무슨 말씀 하시는지 아시는 거예요?"

나는 확실히 하기 위해서 물었다.

"아시, 어떻게 생각하니? 그 애는 소냐를 위협하고, 내 손주들을 위협하고 있어! 이건 말도 안 되는 일이야! 그 애가 어떤 애인지 내가 모른다고 생각하니? 그 애가 너희들을 건드릴까 봐 난 죽도록 무서워. 그 애가 교도소 철창 안에 들어가 있는 편이 차라리 낫겠다. 너희들한테 무슨 일이 생기면 난 어떻게 해야 할지 모를 거야. 차라리 내 목을 매달고 말지!"

"알겠어요, 엄마가 저희 편을 들어주셔서 기뻐요. 잠깐이나마 엄마가 그러지 않으실까 봐 걱정됐어요."

"편을 안 들어? 아스, 그 애는 모두에게 문제만 일으켰어. 그리고 이제는 내 자식과 손주들까지 건드리려고 해? 그 애도 내 아들이라서 이런 말을 하는 건 괴롭지만, 그 애는 짐승이야! 그 애 때문에 나한테는 삶이라고는 없었어, 안 그러니? 항상 면회를 가고, 항상 그 애의 그 미친 여자들을 돌봐야 했지. 늘 자기 마음대로 일이 안 되면 소리 지르고 욕을 하고. 난 그 애가 로이와 마주치면 그이를 쫓아낼까 봐 그이와 평범한 관계조차 유지할 수가 없었어."

엄마는 이혼하고 2년 후에 로이를 만났다. 그가 내가 일하는 곳에 있는 과일 가게에 들렀고, 엄마는 그와 이야기를 나눴다. 그는 매주 찾아와서 어떻게 지내느냐고 엄마에게 물었다. 그는 키가 크고 잘생긴 수리남인의 후손이었다. 두 사람은 만남을 시작했다.

빔 오빠는 그것을 좋아하지 않았다. 오빠는 엄마가 "깜둥이"와 데이트를 하는 걸 바라지 않았다.

그건 망신스러운 짓이었다. 엄마는 30년 동안 빔 오빠에게 두 사람의 관계를 철저히 비밀로 유지했다. 엄마에게는 정상적인 연애를 할 기회가 없었고, 이제 엄마는 혼자였다.

"빔이 되를로 거리 사건을 꾸몄다는 거 알고 계셨어요?"

나의 살인자에게

내가 물었다.

"아니, 너희는 나한테 그런 얘기를 한 적이 없잖니. 정말이야?"

엄마가 물었다.

"네, 오빠였어요."

"못된 놈 같으니. 지금도 내 눈앞에 그 일이 선명하게 떠올라. 아주 오래됐지만 여전히 가끔 자다가도 벌떡벌떡 일어난단다. 탕, 탕, 탕, 소리가 나고 차 창문이 깨지는 게 보이지. 소녀가 비명을 지르고, 리히가 우는 소리가 들리고. 사방에 코르의 피가 보이고. 절대로 잊을 수 없을 거야. 그 일만으로도 충분해. 어떻게 그런 일이 가능한 거니?"

"엄마, 제가 하는 말 귀 기울여 잘 들으세요. 저희가 증언을 하면, 오빠는 종신형을 받을 가능성이 높아요. 그게 무슨 뜻인지 아세요? 엄마가 절대로 오빠를 면회할 수도 없고, 오빠에게 전화를 걸 수도 없다는 뜻이에요. 오빠는 엄마와의 접촉을 이용해서 어떤 식으로든 우리를 추적할 테니까요. 아시겠어요? 엄마가 동의하시는 건 엄마의 장남과 영원히 작별한다는 뜻이에요. 그러실 수 있겠어요?"

엄마의 눈에 눈물이 고이는 게 보였다.

"봐요. 엄마는 그 생각만 해도 우시잖아요."

나도 울기 시작하며 언니에게 말했다.

"언니, 우린 못 할 거야!"

엄마는 눈물을 참으려고 노력했다.

"하지만 아스, 이 모든 일 때문에 내가 슬퍼지는 게 이상한 건 아니잖니, 응? 너도 슬퍼하고 있잖아. 남은 평생 난 수없이 슬퍼할 거다만, 그래도 이 일을 해야만 돼. 이런 건 멈춰야만 돼."

"확신하세요?"

"확신한단다."

"절 배신자라고 생각하실 거예요?"

"네가 배신자라고? 왜? 네 언니를 도와서? 네 조카들을 위해서 나서서? 너 미쳤니? 넌 배신자가 아니야! 그 애가 배신자지! 그 애는 제 할아버지의 나치 피를 물려받았어."

엄마와 헤어지고 나자 빔을 영원히 교도소에 집어넣는다는 결정에 고려해야 하는 인물이 딱 하나 남았다. 오빠의 아들 니콜라였다.

내가 이 아이한테 제 아빠를 빼앗아가서 상처를 입힐 수도 있다는 생각이 들면, 아마도 하지 못할 것이다. 마이커와 마이커의 어머니가 그 애를 키웠고, 빔은 그 애를 자신의 "돈 찍는 기계"(합법적인 돈의 원천)라고 불렀다. 그 애가 부유한 부동산 재벌인 마이커 아버지의 후계자이기 때문이었다.

빔이 아직도 자신의 하렘의 일원이라고 생각하는 마이커는 빔 오빠가 체포되자 나에게 만나자고 연락을 했다. 아무도 우리의 증인 역할에 대해서 알지 못했다. 그녀와 만나는 동안 그녀는 빔이 니콜라를 만나는 걸 막도록 도와달라고 부탁했다. 그녀는 빔이 석방되면 무슨 일이 생길지 굉장히 걱정했고, 오빠가 영원히 철창 뒤에 갇혀 있기를 바랐다.

나는 빔 오빠가 더 오래 갇혀 있어도 니콜라에게 그리 큰 정신적 상처가 되지 않을 거라고, 내가 제 아빠를 종신형에 처하게 한다고 해서 아이에게서 애정 넘치는 아빠를 빼앗는 게 아니라고 결론을 내렸다.

그들의 관계는 증언을 하지 않을 만한 이유가 못 됐다.

사실이 공개되기 전날에 소냐 언니와 나는 우리가 한 일을 털어놓

나의 살인자에게

기 위해 마이커를 만나러 갔다. 그녀가 미리 알고 아이가 엄마를 필요
로 할 때 옆에 있어주기를 바랐기 때문이었다.

예비 진술의 사용

2014년 12월 중순부터 2015년 3월 19일까지, 우리는 예비 진술서를 사용하는 일에 대해서 입장을 계속 바꿔댔다. 그러다가 드디어 사용하는 쪽으로 결정을 내렸다.

2015년 3월 20일에 진술서를 법원과 지방 검사실, 변호사에게 넘기는 것으로 계획이 세워졌다. 마침내, 대단히 길고 초조한 시간을 지나서 그 순간이 도래했다. 우리는 그날에 대해 완벽하게 마음의 준비를 했는데, 날짜가 미뤄졌다는 메시지를 받았다! 그것은 엄청난 충격이었다. 내 신경계는 더 이상 버틸 수가 없었다.

3월 23일 월요일로 다시 날짜가 잡혔다. 3월 25일 수요일에 사전 공판이 있을 거고, 거기서 스테인 프란컨이 빔의 석방을 요청할 게 분명했다. 그리고 요청이 받아들여질 가능성이 높았다. 로스가 살인에 빔이 관련되었다고 말한 진술서는 기껏해야 제2, 제3의 인물에게 전해들은 간접적인 것일 뿐이었다. 우리 진술서가 3월 23일에 제출된다면 아슬아슬하게 시간을 맞출 수 있을 것이다.

그 사이에 우리는 재판에 관련된 양측 모두가 우리 진술에 대해 알게 될 거라는 추측 하에 언론에 알렸다. 〈텔레흐라프〉와 〈NRC〉가 3월 24일 화요일에 우리와의 인터뷰를 기사로 실을 것이다.

하지만 3월 23일 월요일 12시 8분에 나는 베티로부터 진술서의 제출 날짜가 또 미뤄졌다는 메시지를 받았다. 진술서는 나중에 공표될 것이다.

또 미뤄졌다고? 나는 베티에게 연락해서 이유를 물었다. 그녀는 우리의 안전을 위해서 조치를 취해야 하기 때문에 아직 너무 이르다고 말했다. 나는 그녀에게 우리는 기다릴 수 없다고, 이미 언론에 알렸다고 이야기했다. 그녀는 기사를 취소하라고 요구했다. 예비 진술서가 법원과 변호사들, 지방 검사실로 넘어가기 전에 인터뷰 내용이 기사로 뜨면 끔찍한 결과가 생길 수도 있었다.

하지만 우리는 기사를 취소할 마음이 없었다. 우리는 우리 진술이 합의한 날짜에 공개되기를 바랐다. 진술서가 공개되는 것이 우리의 안전을 더욱 보장해줄 것이다. 지금쯤 수많은 사람들이 이미 증인으로서 우리 역할에 대해 알 거고, 빔 오빠가 그 사실을 알아낼 가능성도 높았다.

지방 검사는 우리 안전을 위태롭게 하고 싶지 않다고 했지만, 우리는 이미 오랫동안 안전하지 않았다. 법무부와 처음 만난 순간부터 안전하지 않았고, 우리가 증언을 했다는 사실을 알면서 계속 빔을 만나야 했던 2년 동안도 절대로 안전하지 않았다.

우리는 스트레스로 완전히 지쳤고 더 이상 불확실한 시간을 보내고 싶지 않았다. 무슨 일이 벌어질지 확인해야만 했다. 3월 24일 화요일,

우리는 지방 검사실이 동의하든 안 하든 오빠에게 맞설 것이다.

나는 베티에게 우리가 뭘 하는지 알고 있고, 그 결과도 잘 안다고 말했다. 이게 우리의 선택이다. 나는 그녀에게 이렇게 말했다.

"우리 안전에 관해서 당신이 진 모든 책임을 면제할게요. 걱정하지 말아요. 우리 결정이고, 당신이 참여하든 안 하든 우린 할 거니까요."

바로 그날, 오후 5시 직전에 나는 진행해도 괜찮고 진술서가 법원과 변호사 쪽에 넘어갔다는 메시지를 받았다. 내일 안에, 아니, 아마도 분명히 오늘 중에 빔 오빠는 우리가 오빠에게 맞섰다는 것을 알게 될 것이다.

나는 2년 동안 이 순간을, 이게 나와 오빠의 관계에 어떤 전환점이 될지 상상했다. 여동생이 몇 년 동안 오빠가 유죄 판결을 받도록 공작을 해왔다는 사실을 오빠가 듣는 순간을 기다렸다. 오빠의 여동생, 오빠가 종신형에 대한 두려움을 믿고 털어놓았던 여동생이 이제 자기 손으로 오빠에게 종신형을 내리려고 하고 있었다. 오빠가 심장에 칼이 꽂히는 기분을 느낄 거라는 생각에 나는 여전히 눈물이 나왔다.

여자들이 홀레이더르를 때려눕히다

2015년 3월 24일 화요일, 우리 이야기가 언론에 퍼졌다. 아침 이른 시각부터 시작되었다.

소냐 언니와 산드라와 한 인터뷰에 관한 〈텔레흐라프〉의 표제는 "여자들이 홀레이더르를 때려눕히다"였다. 그날 저녁, 내 이야기가 〈NRC 한델스블라트〉에 실렸고, 사실상 모든 TV 쇼에서 방송되었다. 그날 공판 때문에 아센에 있었던 나는 우리 이야기가 얼마나 큰 파장을 일으켰는지 전혀 몰랐다.

그날 낮과 밤에, 〈RTL 레이트 나이트〉 쇼에서 음성 녹음 일부가 나간 후에 빌럼 홀레이더르의 정체가 폭로되었다. 그의 진짜 모습이 전부 드러났다.

안도감의 파도가 온 나라를 휩쓰는 듯한 느낌이었다. 모든 사람이 추측은 하고 있었지만, 아무도 오빠에게 손가락질조차 하지 못했었다. 빌럼 홀레이더르는 법무부가 지난 수년 동안 그가 했다고 의심했던 모든 일을 실제로 다 했다.

다행스럽게도 내가 두려워했던 일, 사람들이 분노하며 우리를 배신자라고 부르는 그런 일은 일어나지 않았다. 그 반대였다. 그날 하루 동안 우리는 잘 아는 사람들부터 모르는 사람들에 이르기까지 우리를 지지하는 문자를 3백여 통쯤 받았다. 그리고 정말로, 그 모든 메시지들이 차이를 만들었다. 특히 그중 하나가. 범죄 전문 기자인 욘 판 덴 회벌을 통해서 나에게 이런 메시지가 왔다.

아스트리드와 소냐에게.

이런 식으로 빌럼 홀레이더르에게 작별 인사를 보낸 두 사람의 용기에 감탄을 표하고 싶습니다.

그런 엄청난 압박 속에서도 어쨌든 진술을 하기로 결심한 세 여성에게 깊은 존경심을 느낍니다. 제가 보기에 세 사람은 네덜란드의 중추를 이루는 사람들입니다.

경험상 저는 살해 위협과 이후의 두려움이 사람들에게 어떤 일을 할 수 있는지 압니다. 절망적이고 무력한 기분이 들고, 언제든지 '미지의 인물'이 폭력적으로 달려들 수 있기 때문에 계속해서 압박 속에 살며 끊임없이 경계해야 하죠. 하지만 여러분은 자신의 진가를 발휘해서 차이를 만들어냈습니다.

잠깐 하이네켄-도데러르 납치 사건을 떠올려보십시오. 소통하는 데 사용되었던 암호를 기억하실 겁니다. 독수리(홀레이더르를 지칭)와 토끼(하이네켄을 지칭)였죠.

이제 그 역할이 반대가 되었습니다. 여러분이 두려움에 찬 토끼에서

나의 살인자에게

자유롭게 하늘을 나는 독수리로 변신한 겁니다.

진심으로 여러분과 여러분의 아이들이 근사하고 안전한 비행을 즐길 수 있기를 기원합니다. 여러분에게는 전적으로 그럴 자격이 있으니까요.

감사를 전하며, 케이스 시츠마
이른바 하이네켄 팀의 팀장(1983)

그날 저녁 소냐 언니와 나는 언니네 집 식탁 앞에 서로 마주 보고 앉았다.

"언니도 느껴져?"

내가 물었다.

"응."

언니가 대답했다.

"뭔데?"

"꼭 코르가 죽은 그날 같은 기분이야."

언니가 말했다.

"맞아. 나도 딱 그렇게 느껴져."

우리는 12년 전으로, 우리의 슬픔의 근원으로 돌아갔고, 이제야 겨우 그 슬픔을 상대할 준비가 된 것 같은 느낌이 들었다.

결과

내가 취한 선택, 내가 나이 먹고 늙어가지 못할 거라는 사실이 나를 바꾸어놓았다.

나는 평생 다른 사람의 문제를 해결해주곤 했다. 그게 개인적으로 뿐만 아니라 직업적으로도 나에게 정체성을 부여했다. 하지만 이제 누가 자기 문제에 대해서 이야기하기 시작하면 나는 이렇게 생각한다. 그만 징징거리고 해결을 하라고.

그 정도는 얼마든지 해결할 수 있는 문제니까.

그러나 내 문제는 해결이 되지 않는다. 해결책 같은 것은 절대로 없을 거고, 유혈 낭자한 종말만이 있을 것이다.

오빠가 쉽게 복수할 수 있을 만한 여지를 갖기까지는 그리 오래 걸리지 않을 것이다. 내가 올바르게 한 걸까? 그 질문이 계속해서 떠올랐다. 아니, 난 잘하지 않았다. 하지만 나에게는 선택권이 없었다. 그렇게 할 수밖에 없었다.

나의 살인자에게

산드라와 소냐 언니, 나 세 사람은 삼 클레퍼의 여동생인 리스베트에게서 네잎 클로버 모양으로 만든 팔찌를 각각 하나씩 샀다. 그녀는 우리 모두에게 약간의 운이 더 필요하다는 것을 잘 알았다.

함께 있을 때면 우리는 종종 누가 가장 먼저 갈지 이야기를 했다. 사실 우리 모두 내가 가장 먼저 갈 거라는 데에 동의했다. 오빠는 내 배신에 대해서는 상상도 하지 못했으니까 나를 가장 미워할 것이다.

오빠는 나를 진심으로 대했고, 내 조언을 구했고, 나를 믿었는데 나는 오빠를 배신했다. 오빠는 이걸 절대로 참지 않을 것이다. 나는 방탄조끼가 유용할 것 같다고 생각했지만, 산드라는 그냥 단번에 "가는" 편이 낫다고 생각했다. 우리는 이 문제를 그녀의 집 소파에 앉아서 의논했다. 자살행위 같지만, 그녀의 말에도 일리가 있었다. 방탄조끼를 입어서 살아남아도 평생 휠체어 신세가 된다면 무슨 소용이 있을까?

그냥 단번에 가는 편이 낫다.

그 말은 사실이지만, 그래도 나는 조끼를 구할 생각이었다.

내 눈이 소냐 언니의 팔로 향했고, 언니가 더 이상 팔찌를 차고 있지 않다는 것을 깨달았다.

"언니, 네잎 클로버 어디 갔어?"

내가 물었다.

언니는 겁에 질려 몸이 굳어졌고 얼굴은 새빨개졌다. 언니가 숨을 헐떡였다.

"하느님 맙소사, 어디 간 거지?"

언니가 무슨 생각을 하는지 즉시 알 수 있었다. 우리 둘 다 미신을 믿었고, 언니가 왜 그렇게 겁에 질렸는지 이해가 갔다.

"거기, 소파 위에 있네."

내가 말했다. 언니는 안도하며 기쁜 얼굴로 팔찌를 도로 찼다.

"언니가 먼저 갈 거라고 생각했지, 안 그래?"

내가 물었다.

"응. 이게 내가 먼저 간다는 신호로구나, 운이 나를 저버렸구나, 그렇게 생각했어."

언니가 대답했다.

"나도 딱 그렇게 생각했어."

그리고 일주일도 지나지 않아서 나는 내 네잎 클로버를 잃어버렸다.

세차장

2015년 3월 30일, 〈NRC 한델스블라트〉에 유인책에 대한 기사가 실렸다. 우리가 진술에 대해서 이야기한 후 엄마가 고집한 것처럼 우리가 하는 일을 최대한 엄마에게도 알리기 위해서 나는 신문을 들고 엄마 집으로 갔다. 가는 길에 세차장에 잠깐 들렀다.

나는 차를 세차대에 세우고서 기계에 동전을 넣었다. 돌아오는데 차 한 대가 잘못된 방향에서 세차대 쪽으로 들어오는 게 보였다. 젊은 남자 둘이 타고 있었다. 그들은 나를 지나쳐서는 후진했다. 그러면서 내 정체를 확실히 확인하려는 것처럼 나를 빤히 보았다. 그들은 두 자리 떨어진 곳에 차를 세우고 차 안에 그대로 있었다.

그동안 나는 차에 거품을 칠했다. 남자 한 명이 나를 빤히 보았고, 다른 한 명은 몸을 구부려 바닥에서 뭔가를 주우려고 하는 것 같았다. 뭔가가 잘못되었다. 나는 당장 떠나고 싶었지만 우선은 차에서 거품을 씻어내야 했다. 안 그러면 앞 유리창으로 아무것도 보이지 않을 테니까.

동시에 두 번째 차가 이미 서 있던 차 옆에 멈췄다. 거울처럼 반사되는 선글라스를 낀 마른 남자가 내려서 내 쪽으로 걸어왔다. 나는 속으로 얼어붙은 채 서둘러서 거품을 닦아냈다.

여기서 떠나야 했다.

남자가 나에게 다가와서 물었다.

"당신이 아스트리드인가요?"

그 순간 내 얼굴에서 핏기가 빠져나가는 게 느껴졌다. 나는 즉시 미레멋 살인 때 사용되었던 대사를 떠올렸다.

"당신 요니예요?"

그가 그렇다고 하자 그들은 총격을 퍼부었고, 오빠가 오랫동안 바라던 살인에 성공했다.

나는 뭐라고 해야 할지 알 수가 없었다.

"당신 아스트리드인가요?"

남자가 다시 물었다.

나는 맞는다고 말하고 그 자리에서 내 목숨이 끝날 것을 예상했다.

"난 마칼리예요. 어떻게 지내요?"

"잘 지내고 있어요. 당신은요?"

마칼리, 나는 그 이름을 알았다. 내 동료 중 한 명의 고객이었을 수도 있지만, 나는 그의 얼굴을 알아볼 수가 없었다. 싹싹하게 구는 태도로 보아 나를 해치지는 않을 것 같았지만, 다른 두 남자는 여전히 차에 있었고 그가 그들 쪽으로 걸어갔다. 어쩌면 내가 죽일 사람이 맞는지 확인하려고 다가왔고, 이제 곧 총을 쏘려는 건 아닐까?

나는 호스를 던지고서 재빨리 차에 올라타 거품이 지붕에 아직 남은 상태로 최대한 빠르게 차를 몰았다. 온몸이 부들부들 떨렸다. 이게 늘 오빠가 노리던 거였다.

"그놈은 엄청나게 겁을 먹었어."

오빠는 항상 목표물을 두고 그렇게 이야기했다.

"그놈들은 내가 어떤 사람인지 알고, 내가 뭘 할지 알고, 그걸 든 사람이 자기들 쪽으로 달려오는 걸 보면 다 끝장이라는 걸 알았지. 그러면 그놈들은 그제야 그런 짓을 하지 말걸 그랬어, 하고 생각하는 거야."

그래, 나도 알아. 나도 오빠가 어떤 사람인지 알고 뭘 할 생각인지 알아. 또한 그들이 그걸 들고서 내 쪽으로 달려오는 순간 모든 게 끝장이라는 걸 아주 잘 알지. 하지만 그렇다고 그런 짓을 하지 말걸 그랬다고 생각하지는 않을 거야. 왜냐하면 오빠, 그들이 내 관에 불을 지를 때, 오빠는 유명세를 다 빼앗긴 채로 천천히 교도소 안에서 썩고 있을 테니까. 내가 오빠의 유명세를 다 빼앗아버렸으니까. 오빠가 항상 누리던 특권도 내가 다 빼앗아서 없을 거고, 오빠는 아마도 이보다 더 끔찍한 일이 있을까, 하고 생각하게 될 거야. 나를 불태워 죽여도 나는 귀신이 되어 돌아와서 오빠를 괴롭힐 거라고 맹세해. 오빠의 모든 희생자와 내가 아무 감시도 받지 않고 오빠의 감방으로 오빠를 찾아가게 되면, 오빤 숨도 못 쉬고 헐떡이게 될 거야.

그날 오후에 있었던 일 때문에 나는 딸과 이야기를 해야만 했다. 그날 저녁에 밀류스카를 봐야만 했다.

"얘야, 오늘 오후에 난 잠깐 동안 내가 떠날 때가 됐다고 생각했었어. 언제든지 그런 일이 일어날 수 있다는 거 너도 알지?"

"네, 알아요, 엄마."

밀류스카가 말했다. 그 애는 입술을 깨물었지만, 그래도 눈물이 흘러내렸다.

"그래서 내 장례식이랑 내가 없으면 네가 어떻게 살아야 할지에 대해서 이야기하는 게 중요한 거야."

나도 울음을 참을 수가 없었다. 하지만 오늘 일이 다시금 가능한 한 빨리 딸과 이 이야기를 해야 한다는 사실을 일깨워주었기 때문에 나는 계속해서 밀고 나갔다.

"난 사람들이 영혼이 떠난 내 얼굴을 보는 게 싫으니까 관은 열어두지 마. 닫아놓으렴. 그리고 화장되고 싶어. 근사하고 따뜻하게. 차가운 흙 속에 누워 있다는 건 생각만으로도 참을 수가 없어. 그냥 나를 불에 태우고, 재를 항아리에 담아서 아늑한 실내에 안치하렴. 멋진 꽃이랑 액자에 넣은 사진 두어 개, 근사하고 따뜻하게. 네가 방문해야 하는 무덤 같은 건 만들지 마. 그럴 수도 없을 테니까. 난 이 집에서 너랑 아이들이랑 같이 있고 싶어. 그게 내가 원하는 거야."

"저도요, 엄마."

딸은 울었다.

"좋아, 아가. 그리고 내가 없어도 잘 살아야 돼. 네 지금 모습 그대로 남아야 돼. 넌 언제나 너 자신으로 되돌아갈 수 있다는 걸 알 만큼 여러 가지 경험을 했잖니. 넌 그런 애고, 그래서 난 그건 걱정 안 해. 그리고 네 아이들도 곧 그렇게 하는 법을 알게 될 거야. 별을 가리키며 내가 거기 살고 있다고, 매일 그 애들이랑 함께 있다고 얘기해주렴."

우리 둘 다 계속 울었다.

"하지만 엄마가 정말로 보고 싶을 거예요."

나의 살인자에게

그 애가 흐느낌 사이사이로 속삭였다.

"엄마 목소리, 엄마 냄새가요."

그 애가 일어서서 옷가지를 모으기 시작했다.

"엄마 냄새를 간직해둬야겠어요. 엄마 냄새가 묻어 있는 물건을 가능한 한 많이 모아놔야겠어요. 그러면 최소한 엄마가 더 이상 여기 안 계셔도 냄새를 맡을 수 있잖아요."

내 심장이 부서졌다. 이런 삶이라니. 죽음은 나에게 포상이나 마찬가지였지만, 이런 엄청난 슬픔을 남겨두고 가야 했다.

그래도 딸과 이 문제를 이야기해야만 했다. 시간이 얼마나 많이 남았는지 모르니까. 그리고 당연히 우리가 이런 이야기를 하는 게 처음도 아니었다. 소냐 언니와 내가 우리 증언을 사용하기로 결정하기 전에, 우리는 아이들 모두와 결과에 대해서 의논을 했다. 하지만 증언을 하지 않아도 어차피 똑같은 위험 부담을 지고 있다는 이야기도 했다. 아이들도 위험에 대해 알았다.

나는 아이들에게 어느 쪽이든 나는 죽을 테니까 차라리 내 죽음이 뭔가 의미가 있는 편이 낫겠다고 이야기했다. 오빠가 해친 수많은 희생자들이 있음에도 오빠는 여전히 바깥에서 즐기고 있다면 내 죽음은 아무 의미도 없을 것이다. 이제는 내가 죽어도 최소한 오빠에 대한 진실이 밝혀졌다는 것과 오빠가 코르와 다른 많은 사람들에게 가한 고통에 대해 대가를 치르게 될 거라는 사실에서 오는 만족감을 누릴 수 있을 것이다.

"이제 자러 가렴. 내일이면 상황이 다르게 보일 거야. 나도 한동안은 여기에 있을 거고."

나는 딸에게 말했다.

영원히 함께

내가 소냐 언니랑 같이 차에 타고 있을 때 베티 빈트가 이제 공식화되었다고 이야기했다. 빔 오빠는 코르의 살인 혐의로 기소될 것이다. 이제, 2년이 흐른 뒤에, 우리가 바랐던 일이 마침내 현실이 되었다.

소냐 언니가 나를 보았다. 눈물이 언니의 뺨을 타고 흘렀고, 내 얼굴에서도 흐르는 게 느껴졌다.

"영원히 함께야."

언니가 울면서 말했다.

"영원히 함께야."

내가 대답했다.

그것은 코르 형부의 묘비에 새겨놓은 문장이자 우리 임무의 상징이었다. 코르와 리히, 프란시스를 위한 정의를 세우는 것.

"이제야 마침내 평화롭게 잠들 수 있을 거야, 자기야."

언니가 코르 형부에게 말했다.

사격 연습

"놈들이 나를 쫓아오면 뭔가 할 수 있게 총기 면허를 줘요."

7월에 나는 나의 증인 보호 담당관에게 말했다. 하지만 법에 어긋나는 일이라 그녀는 동의하지 않았다. 다시 말해서 나는 절름발이 양처럼 무참히 도살되어야 하는 것이다.

나는 산드라에게 말했다.

"그럼 우리가 직접 총기 면허를 얻는 수밖에 없겠어요."

"사격 클럽에서 우리를 받아줄 거라고 생각해요?"

"안 그러면 문제를 일으켜야죠. 우리도 다른 사람들과 다를 거 없잖아요. 가만히 앉아서 총에 맞고 싶지는 않아요. 난 두려움이나 슬픔을 느끼지 않고 나에게 닥칠 일을 받아들일 만한 상태가 됐지만, 그렇다고 싸워보지도 않고 항복하는 건 웃기는 노릇이잖아요. 그렇게 수동적으로 살 수는 없어요. 그건 예전에 나에게 휘둘렀던 것과 똑같은 권력을 오빠에게 주는 거예요. 오빠는 법을 지킬 필요가 없는데 나는 지켜야 하니까요. 내가 늘 패자가 되겠죠. 그러니까 무슨 수를 쓰든 살인범을 만났을 때 최소한 그중 한 명은 없애버릴 만한 뭔가를 하고 싶어요. 그냥 얌전히 살해되지는 않을 거예요."

"나도 마찬가지야."

소냐 언니가 말했다.

"그럼 우리도 어떻게든 해야만 돼."

산드라가 우리 몸을 지킬 수 있는 방법을 찾아왔다. 우리는 SPEAR* 방어 훈련과 사격 교육을 받기로 했다. 7월 24일, 우리는 사격 클럽에서 첫 번째 교육을 받게 되었다.

산드라는 우리의 성까지 등록해놓지는 않았지만, 신분증을 보여줘야 하니 이 이야기가 공개적으로 퍼지기까지는 그리 오래 걸리지 않을 것이다. 클럽에 들어가면서 내가 말했다.

"내 성을 보면 그 사람들 아마 완전히 질겁할 거야."

상황이 어떻게 흘러갈지는 언제나 실제로 벌어져봐야만 알 수 있었다. 내가 먼저 상대방과 이야기를 나누고 내가 무서운 사람이 아니라는 것을 보여준 다음에야 내 성을 말하는 식으로 가능한 한 소개를 미루는 건 바로 그 때문이었다. 그리고 그게 오늘의 내 계획이었다.

우리는 안에 들어가서 상냥하고 순진한 여자 두 명과 잡담을 나눴다. 내가 신분증을 보여줄 때가 되기 전에 우리는 굉장히 친해졌다. 이렇게까지 하고 나서 그들이 나를 거부할 가능성은 굉장히 낮다고 생각했지만, 그래도 모르는 일이다.

---

* Spontaneous Protection Enabling Accelerated Response, 빠른 반응을 하게 만드는 자연적 방어법.

나의 살인자에게

강사가 심각한 표정으로 다가왔다.

"입문반 수업을 받으러 오셨나요?"

"네."

우리는 가능한 한 태연하게 대답했다.

"자, 그럼 시작하죠."

며칠 후에 산드라가 나에게 아침 8시 15분에 우리 집으로 올 건데, 자기 차로 갈 건지 내 차로 갈 건지 묻는 메시지를 보냈다. 잠깐 잊어버리고 있었는데 우리는 아침 9시에 SPEAR 강사와 예약이 잡혀 있었다.

나는 우선 우리가 상대하는 사람에 대해서 알고 싶었다. 강사에 대한 느낌이 좋지 않으면 우리가 누구고 왜 이걸 배우려고 하는지 그에게 말하지 않고 그만둘 것이다. 인상이 괜찮으면 우선은 그 사람이 이걸 비밀로 할 마음이 있는지부터 알아보고 싶었다. 우리 이름과 상황을 자신에게 유리하게 이용하고 다닐 사람은 우리에게 도움이 되지 않는다. 우리는 이런 대비 과정들을 반드시 비밀로 해야 했다.

우리는 암스테르담 힐튼에서 만나기로 약속을 잡았다. 산드라는 내가 이미 앉아 있는 자리로 강사를 데려왔다. 강사가 다가와서 자기소개를 했다.

내가 받은 첫인상은 괜찮았다. 자세, 목소리, 에너지, 나는 즉시 그가 마음에 들었다. 짧은 자기소개도 훌륭했다. 자신을 너무 잘났다고 생각하지도, 과대평가하지도 않는 사람이었다. 나는 조금도 짜증을 느끼지 못했다. 그래서 솔직하게 우리가 누구고 우리 목표가 뭔지 말하기로 결심했다.

"우리가 이 훈련에 관심을 갖는 이유는 우리가 빌럼 홀레이더르를 상대로 증언을 하기로 한 사람들이기 때문이에요. 우리는 조만간이든 나중에든 살해될 가능성이 높고, 그걸 그냥 받아들일 마음이 없거든요."

그 불쌍한 남자는 잠시 호흡을 가다듬어야 했다. 그는 이런 일에 마음의 준비가 되어 있지 않았다. 일요일 아침부터 상상도 하지 못했던 선언을 들은 거였다.

"좋습니다, 굉장히 극단적인 일이네요."

그가 그렇게 말하고는 정신을 차렸다.

"하지만 가능해요. 여러분은 상황을 굉장히 가볍게 받아들이시는 것 같네요."

나는 그를 보고 미소를 지으며 말했다.

"그건 우리가 이 단계를 밟던 그 순간부터 받아들인 일이기 때문이에요. 우리는 이 일로 우리 삶이 끝장날 거라는 걸 알고 있었어요. 빌럼 홀레이더르는 이 배신을 절대로 용납하지 않을 거예요. 우리 셋은 그 사람을 살아 있게 만드는 유일한 이유가 복수에 대한 생각이라는 걸 잘 알아요. 항상 자신이 종신형을 받으면 자살할 거라고 그랬거든요. 하지만 우리 모두를 살해할 때까지 기다릴 거예요."

"그러니까 그런 일이 생길 건 아는데, 언제인지는 모른다는 건가요?"

그가 물었다.

"맞아요. 그리고 현재 상황에서는 아직 그쪽의 강의를 들을 만한 시간이 있거든요. 하지만 1년치 강의를 등록하진 않을 거예요. 듣지 못한 강의에 대해 수강료를 되돌려줄 게 아니라면 말이죠!"

내가 웃으면서 말했다.

"강의가 도움이 될 수는 있겠지만, 정말로 누가 여러분을 죽이려고 한다면 분명히 성공할 거고, 이 훈련이 그 사람들을 막지는 못할 거라는 건 알아두셔야 할 것 같은데요."

"우리도 알아요. 우린 환불 보장을 요구하는 게 아니에요. 우리가 그쪽의 훈련 덕분에 살아남게 될 거라는 환상을 갖고 있진 않아요. 다만 맞서 싸울 수 있는 자존감을 갖고 싶은 거예요. 경찰이 범인을 찾아서 범과의 연결 고리를 찾는 데 도움이 되도록 증거를, 예컨대 우리 손톱 아래 DNA라든지 그런 걸 모을 수 있기를 바라는 거죠. 우린 양처럼 얌전히 죽고 싶지 않고, 토마스 판 데르 베일 때처럼 범이 완벽한 알리바이 덕택에 처벌을 피한다는 건 생각만 해도 참을 수가 없어요."

"꽤 힘든 일이긴 하지만, 다음 주에 시작해보죠."

그가 말했다.

"좋아요. 해봐요. 우리 언니도 그때 올 거예요."

내가 대답했다.

우리 셋은 힐튼을 나왔고, 차로 가면서 내가 산드라에게 말했다.

"자, 이게 우리가 할 수 있는 전부군요."

"그래요. 하지만 도움이 될지도 모르죠."

그녀가 대답했다.

죽음 II

소냐 언니와 함께 스헬더 거리를 걷고 있다가 아이스크림 가게 앞에서 네테커를 마주쳤다. 나는 초등학교 때 팔름스쿨에서 영어 수업을 함께 받았던 그녀를 기억했다.

그녀는 반에서 가장 힘이 센 여자아이였고 반 아이들은 그 애가 우리 반의 가장 힘 센 여자아이와 싸워야 한다는 결론을 내렸다. 바로 나였다.

반 친구들이 응원하는 가운데 불쌍한 네테커는 나와 싸워보겠다는 용기를 간신히 냈다. 네테커는 나를 따라 담배 가게로 들어왔다.

나는 그 애의 임무를 알아채지 못하고 그냥 뭘 사러 들어온 거라고 생각했었다.

"안녕."

나는 돌아서서 그 애가 거기 서 있는 것을 보고 말했다.

"안녕."

그 애는 소심하게 대답하고서 가게에서 뛰어나갔다.

"쟤 너랑 싸우려고 따라온 거야!"

당시 나와 함께 있었던 내 친구 하나가 흥분해서 말했다.

"아."

나는 별로 대단하게 생각하지 않고 대답했다.

"그래, 그런데 그럴 배짱이 없었던 거지. 겁쟁이 같으니. 쟤네 아빠가 교도소에 있는 거 알아? 그렇다더라. 영국에서!"

"아."

나는 다시 대답했지만, 이거랑 그게 무슨 상관이 있는지 알 수가 없었다.

네테커는 요르단 출신이었다. 당연히 사람들은 그 애 아빠가 교도소에 있다고 말할 테지만, 거기에는 단순한 판단 이상의 관찰이 담겨 있었다. 요르단은 사회의 밑바닥이었다. 가족을 먹여 살릴 수 있다면 운이 좋은 거였다. 돈을 버는 방법은 전혀 중요하지 않았다. 얼마나 버느냐가 중요했다.

네테커는 내가 집에 데려갈 마음을 먹었던 첫 번째 여자아이였다. 낮에, 아빠가 집에 없을 때, 우리는 엄마의 식탁에서 버터케이크를 먹었다. 그리고 네티는 나머지 가족들도 만났다.

"너희 오빠는 일을 해?"

밖으로 나왔다가 빔이 메르세데스를 몰고 가는 것을 보고서 그 애가 물었다.

"나도 몰라."

내가 대답했다.

"모른다고?"

"응."

나는 정말로 몰랐다.

"우리 아빠가 너희 오빠를 알아."

네테커는 음모를 꾸미는 투로 말했고, 나는 재빨리 앞뒤를 끼워 맞추었다. 오빠는 직업이 있는지 없는지도 모르는데 비싼 차를 몰았고, 오빠와 네테커의 범죄자 아빠는 서로 아는 사이였다.

네테커는 우리 오빠가 사기꾼이라고 말하려던 거였다.

아빠는 한때 빔 오빠에 대해 다른 계획을 갖고 있었다. 아빠는 장남이 존경받고 명예로운 시민이 되기를 바랐고, 그 기준에 경찰관이 딱 맞다고 생각했다. 그러니까 장남은 경찰이 되어야 했다.

아빠는 오빠를 경찰시험에 등록했고, 다음 날 오빠의 면접이 잡혀 있었다. 그날 저녁에 아빠는 나름의 특별한 방식으로 점잖고 예의 바르게 행동하는 법을 오빠에게 '가르치려고' 했다. 하지만 너무 열심히 가르친 나머지 빔 오빠의 한쪽 눈이 시커멓게 멍들고 입술도 부르텄다. 오빠는 그런 꼴로 면접에 가기를 거부했다.

아빠가 그때 딱 한 번만 오빠를 그냥 놔둬서 면접에 갔더라면 오빠의 인생이 완전히 달라졌을지도 모른다.

하지만 오빠가 먹고 살기 위해서 뭘 했는지, 그리고 그게 어떤 불법적인 일이었는지 나는 전혀 알지 못했다. 나는 오빠 인생의 일부만을 보았을 뿐이었다.

빔과 코르가 비싼 차를 타고 운동센터에서 돌아온 후에 엄마가 두 사람을 위해서 빵과 샌드위치 속, 스테이크를 차려놓은 식탁 앞에 앉아서 웃고 있던 모습.

나의 살인자에게

쇼걸이었고 나에게 화장품과 반짝이는 속옷을 전부 보여주었던 수리남인 여자친구의 집에 방문하던 것.

나를 홍등가로 데려가 이탈리안 아이스크림 가게에서 휘핑크림을 올린 밀크셰이크를 사주고 오빠가 돌아올 때까지 기다리게 했던 날.

어린 시절에 오빠가 나에게 보여주었던 갈색 덩어리. 나는 나중에야 학교에서 수많은 아이들이 피우는 걸 보고 그게 마리화나라는 것을 알게 되었다.

이런 조각조각들에서 나는 빔 오빠가 뭔가 굉장히 나쁜 일이나 잘못된 일을 한다는 것을 알지 못했다. 반면에 아빠는 빔이 아무 쓸모도 없다고, 혐오스럽고 잘못된 일을 한다고 매일 저녁마다 소리를 질렀다.

"끔찍한 일이야."

내가 빔 오빠에 대해서, 우리가 증언하는 것에 대해서 말하자 네테커가 아이스크림 가게에서 말했다.

"그래서 이젠 어떻게 되는 거야? 그리고 넌 어떻게 대처하고 있어?"

그녀가 물었다.

그녀는 '죽음'이라는 단어를 사용하지 않았지만, 의미는 명확했다. 실제로 어떻게 대처하고 있는지 내가 간단히 말해주었다. 하루하루 죽음에 다가가고 있을 뿐이다. 나는 신경 쓰지 않는 척했지만, 그러면서도 청부업자를 찾아서 주위를 둘러본다. 이게 내가 대처하는 방식이었다.

"가능한 한 오래 살아남으려고 애를 쓰는 거지, 뭐."

대화는 그 어린 시절 이래로 우리의 삶이 얼마나 다른 방향으로 흘러왔는지를 고통스럽게 상기시켜주었다. 그녀는 삶을 살아온 반면에 나는 그저 살아남았을 뿐이다. 그래도 내가 덜 행복했다고 생각하지는 않는다. 나는 그저 다른 것, 좀 더 작은 것들을 즐기며 살고 있다.

"그래서 너도 멋진 삶을 살았다고? 뭘 하고 있는데?"

네테커가 물었다.

"아침에는 이 주변에서 커피 한잔 마시는 걸 굉장히 좋아해."

그녀는 약간 불쌍하다는 눈빛이었다. 이게 내가 생각하는 멋진 삶이라는 건가? 그녀가 의아해하는 걸 알 수 있었다.

"그다음에는 이 근처에 있는 가게에서 요거트를 먹어. 그리고 저녁에는 가능한 한 자주 일본 음식을 먹고. 난 그게 좋아."

내가 말했다.

"먹는 거 말고 다른 건 안 해?"

그녀가 불쌍한 기색이 역력한 목소리로 물었다.

"아니, 사실 그게 날 행복하게 만드는 유일한 거야. 인생의 작은 것들 말이야."

"왜 그냥 떠나지 않는 건데?"

그녀가 물었다.

"난 해외를 좋아하지 않아. 심지어 해외에서 보내는 휴가도 좋아하지 않는걸. 거기 가서 내가 뭘 하겠어?"

그녀는 이해하지 못했다.

"넌 아직 쉰 살도 안 됐는데 인생이 살 만하다고 생각하지 않는 거야?"

"난 사실 모든 것에 굉장히 지쳤어. 더 이상 도망치고 싶지 않아."

그리고 이 대화도 별로 하고 싶지 않았다. 이 대화는 나를 행복하게

나의 살인자에게

만들지 못했다. 내가 그냥 죽음을 받아들인 것에 대해서 만족스럽게 설명할 방법이 전혀 없다. 심지어는 나 자신도 이해할 수가 없었다. 내가 왜 이런 일을 했는지 나도 모른다. 그저 해야만 했다는 것만 알 뿐이다.

나는 대화의 방향을 다른 쪽으로 돌렸다.

"너희 어머니는 어떠셔?"

"잘 지내셔."

그녀가 대답했다.

"다행이네. 음, 난 가봐야겠어. 나중에 또 봐."

나는 거짓말을 했다.

직장을 떠나다

법원에서 아침 9시에 증인 공판 일정이 있었다. 나는 시간에 맞추기 위해 서둘러 움직였다. 차까지 걸어가야 하는 거리에 존재하는 위험을 언제나 잘 알기 때문에 신중하게 계단을 내려갔다. 이 계단의 끝에서 무슨 일이 일어날지 나는 전혀 알지 못한다. 그래서 언제나 거기서 총을 든 사람이 나를 기다리고 있을 것에 대비했다. 내가 할 수 있는 일은 아무것도 없다. 어쨌든 그 계단을 이용해야만 했다.

총을 든 살인자가 거기 있다면, 어차피 너무 늦었다. 그곳은 피하기 어려운 취약 지점이었다. 차에 타고 나면 모는 차의 종류에 달려 있긴 하지만 그래도 살아남을 가능성이 좀 있다.

모퉁이를 돌아서 주차를 해두었기에 상당히 멀리 떨어져 있는 차까지 나는 서둘러 갔다. 집 앞에는 차를 댈 곳이 없었다.

차까지 더 많은 거리를 걸어야 할수록 나는 더 취약해지고, 내가 감수해야 하는 위험은 더 높아진다. 특히 지금은 내 차를 볼 수 없기 때

나의 살인자에게

문에 더했다. 차가 우리 블록이나 집 앞에 있으면 최소한 누가 나를 기다리고 있는지 볼 수 있다. 차가 모퉁이를 돌아서서 있으면 그게 훨씬 어려워진다. 살인자는 내가 차까지 걸어가야 하는 방향을 알 게 분명하다. 내 차는 집과 마찬가지로 활동의 중심점이었다. 두 지점을 선으로 연결하면 내가 걸어오는 방향을 알 수 있다. 모퉁이를 도는 것은 사람을 더욱 취약하게 만든다. 누가 기다리고 있는지 모르기 때문이다.

나는 서두르고 있었고, 상황에 적응할 시간이 필요할 때에는 그렇게 서두르면 안 된다.

2015년 8월의 이 월요일에는 모든 것이 잘못되어 있었다. 모퉁이 너머에 존재할 수 있는 위험을 의식하며 나는 우선 길 반대편으로 가서 차로 가기 전에 차가 주차되어 있는 블록을 보았다. 내 차는 시야에 들어오지 않았다. 커다란 버스 뒤에 가려져 있었다. 별로 좋지 않았다. 제일 처음 떠오른 생각은 이게 고의적인 게 아닐까 하는 거였다. 누가 일부러 내 차가 안 보이게 막아놓은 거라면? 그리고 뭐가, 혹은 누가 저 버스 안에 있는 걸까?

차로 반쯤 가고 있을 때 길거리에 낯선 사람이 보였다. 그 남자는 거기 그냥 서 있었다. 남자가 내 차를 보고 있는 게 보였다.

나는 속도를 늦추고 주택 쪽으로 걸어갔다. 남자는 내가 가는 것을 아직 보지 못했다. 최소한, 본 것처럼 행동하지 않았다. 나는 수많은 현관 중 한곳에 몸을 숨겼다. 뭔가 잘못된 느낌이 들었다. 그 남자가 거기서 나를 기다리고 있다고 확신했다.

남자가 나를 보고 이쪽으로 올 경우에 대비해서 현관에 너무 오래 있고 싶지 않았다. 현관에 붙어 있는 아파트 중 한 집의 벨을 누르고 몸이 좋지 않은 척하며 의사를 불러달라고 할까 잠시 생각해보았다.

좋은 옷을 차려입고 몸이 안 좋은 여자가 도움을 구하는데 거부할 가능성은 그리 높지 않았다.

하지만 나는 서둘러야 했다. 그것도 아주 급했다. 그 공판에 가야만 했다. 어쩌면 내가 허깨비를 보는 걸 수도 있다. 판사와 서기, 증인에게 내가 지각한 이유를 뭐라고 설명해야 할까? 살해될 줄 알았다고? 총에 맞을 위험을 감수하지 않으려고 신중을 기해야 했다고? 그게 어떻게 보일까? 그렇게 말할 수는 없는 노릇이다, 안 그런가?

어떻게 해야 되지? 내 차로 갈 수는 없었다. 그건 확실했다. 나는 걸어온 모퉁이로 도로 돌아가기로 했다. 그리고 가면서 소냐 언니에게 전화해서 어디 있느냐고 물었다.

"너희 집을 청소하러 가는 중이야."

언니가 말했다.

"나 좀 태우러 올 수 있어? 누가 내 차 근처에 서 있어."

내가 말했다.

"당연하지. 그쪽으로 갈게."

"얼마나 걸려? 나 좀 급해. 법원에 가야 돼."

"10분 걸려."

언니가 말했다.

"알았어, 서둘러줘. 아슬아슬하게 도착할 수 있을지도 몰라. 커피 컴퍼니 입구로 들어와. 여기는 사람들이 많이 왔다 갔다 해서 그냥 내가 차에 타면 곧장 갈 수 있을 거야."

안전을 위해서 나는 산드라에게도 전화를 했다. 뭔가 의심스러운 것을 보면 우리는 항상 서로에게 경고를 했다.

"산드라, 내 차 근처에 웬 남자가 있어요. 난 이 상황이 의심스러워

나의 살인자에게

요. 소냐 언니가 날 태우러 오는 중이에요. 당신도 집에서 나올 때 조심해요."

"그럴게요."

그녀가 말했다.

소냐 언니가 차를 세웠고, 나는 올라탔다.

"이런 식으로 계속 살 수는 없어."

나는 공판 시간에 딱 맞춰 도착했다. 하지만 경찰이 증인을 데려오지 못했기 때문에 도로 집에 가야 했다. 이 모든 스트레스가 괜한 짓이었다니. 나에게 이건 마지막 지푸라기였다.

살아남을 가능성을 높이려면, 나는 오빠가 했던 것처럼 해야 했다. 오빠가 그렇게 오랫동안 살아남은 방식을 택해야 했다.

"놈들은 나를 백 번은 죽이려고 했을 거야."

오빠가 작년에 나에게 말했다. 아마 과장한 거겠지만, 최소한 오빠를 공격하려고 계획을 세운 사람들이 있었다는 건 나도 알았다.

테이번에게 공개적으로 오빠를 도저히 죽일 수가 없었다고 말했던 토마스 판 데르 베일.

케이스 하우트만을 포함해서 2005년 크리스마스에 오빠를 공격했다 실패했지만 여전히 포기하지 않았던 일단의 사람들.

여러 명의 청부업자들을 고용해서 살인을 시도했던 빌럼 엔드스트라. 계획이 아직 계류 중일 때 그가 직접 나에게 말했던 것이다.

세르잔 '세르게' 미라노비치의 아들이 아버지의 죽음을 복수하기 위해서 장전된 총을 들고 코버의 레스토랑으로 오빠를 보러왔던 때.

오빠가 엄마와 함께 있던 베스터르 거리에서 누군가가 (아마도 미레멋 조직이 고용했을) 실제로 오빠를 죽이려고 했던 때. 오빠는 신고를 하려고 했었다.

또는 판 바우 거리의 레스토랑에서 죽은 눈을 한 남자가 주머니에 손을 넣었던 때.

나는 오빠가 수많은 상황에서 죽음을 피했다고 진심으로 믿는다. 하도 자주여서 오빠한테는 백 번쯤 되는 것처럼 느껴졌을 수도 있다.

오빠는 그 모든 시도에서 살아남았다. 정기적인 패턴을 만들지 않고, 정기적으로 가는 곳을 만들지 않고, 정해진 주소 대신 머물 곳을 여러 군데에 만드는 습관에 도움을 받았다. 하우젠에서는 의사 친구가 오빠에게 빌려준 집에 머무르고, 니키와 함께 묵을 때에는 뉴포트 호텔에서, 위트레흐트에서는 만디와 마이커의 집에서, 암스테르담 서부에서는 새로운 젊은 애인인 마리커의 집에서, 요르단에서는 질의 집에서 머물렀다. 그리고 산드라의 집도 있고, 엄마 집도 있었다.

오빠는 한 집에 연결 지을 수가 없었다. 고정된 주소가 필요한 보통의 직업도 갖고 있지 않았다. 오빠는 사람이 하도 많아서 청부업자가 함부로 총을 쏠 수 없는 대중적인 바와 레스토랑에서 사람을 만났다. 절대로 미리 약속을 잡지도 않았다. 느낌이 좋지 않으면 항상 마지막 순간에 계획을 바꾸거나 취소했다.

집 앞에 절대로 차를 세워놓지 않았고, 스쿠터가 필요하면 오빠가 그렇게나 싫어하는 산드라의 아들을 시켜 차고에서 꺼내 가져왔다가 밤에 도로 가져가게 했다. 절대 오빠가 직접 하지 않았다. 그건 너무 위험하니까. 그리고 스쿠터가 차고에 있을 때에는 아무도 오빠가 거기 있는지 어떤지 볼 수 없었다.

나의 살인자에게

그러니까 오빠를 불러 세우는 것은 불가능한 일이었다. 오빠는 전화를 걸기만 하고 받지는 않았다. 누구도 오빠에게 연락할 수 없고, 배터리를 빼고 나면 추적할 수도 없었다.

내 경우에는 상황이 전혀 달랐다. 나는 아파트 한곳에 살면서 항상 거기서 잠을 자고 거기서 나와야 했다. 내 차는 언제나 집이나 사무실 앞 또는 근처에 있었다. 누구든 내가 어디 있는지 알았다. 그리고 무엇보다도 나의 평범한 직업과 고정된 사무실 주소 때문에 하루 어느 때든 아무나 나를 찾을 수 있었다.

내 삶의 바로 이런 측면 때문에 나는 고정된 패턴을 만들 수밖에 없었다. 집에서 자지 않아도 되고 다른 교통수단을 사용하는 것도 별 문제가 안 되겠지만 내 직업, 이게 나를 죽일 수도 있었다. 공판을 마지막 순간에 취소하거나 연기할 수는 없었다. 그것은 몇 달이나 앞서서 계획되고 고정된 거였다. 종종 고객이 억류되는 사례도 있었고, 공판을 연기한다는 건 그들이 불필요하게 더 오래 잡혀 있어야 한다는 거였다. 그것은 변호사로서 내 업무상 책임과 대치되는 행동이었다.

교도소에 방문하는 계획을 마지막 순간에 바꾸거나 고객에게 경고도 없이 방문할 수도 없었다. 일은 그런 식으로 돌아가지 않는다. 그들은 내가 오는 걸 알아야 했다. 나는 고객과 함께 사건을 준비해야 한다. 이건 계획을 짜야 하는 협동 작업이기 때문에 모두가 내가 어디 있는지를 알았다. 내 고객뿐만 아니라 동료 죄수들, 그들의 가족들, 교도소 직원들까지. 이 모든 사람이 나와 일정에 맞춰서 접촉을 했고, 돈에 굶주린 사람 딱 한 명만 있어도 청부업자에게 내 위치를 드러낼 수 있었다.

형사 변호사로서 빔과 거래한 적이 있는 사람과 마주치지 않는다는 것도 불가능했다.

게다가 빔 오빠가 중경비 교도소에서 나와 다른 사람들과 이야기를 나눌 수 있는 일반 교도소로 돌아가면? 오빠가 자신에게 유리하게 이용할 수 있는 사람들이 가득한 곳. 종종 정신적으로 어떤 식으로든 문제가 있어서 말도 안 되는 행동을 하도록 그들의 우상에게 쉽게 설득될 수 있는 사람들이 가득한 곳.

상황은 점점 더 위험해질 것이다. 나는 내 일을 사랑한다. 하지만 이 일은 나를 추적하고 내 위치가 드러날 기회가 다분한 세상으로 나를 연결시켰다. 이미 직장에서 한 번 놀란 적도 있었다.

우리가 증언을 했다는 사실이 막 밝혀졌을 때였고, 나에게 위험할 수 있는 배경을 지닌 고객과 관련된 일이었다. 그날 나는 그 사람과 공판에 함께 있었고, 굉장히 불편한 느낌을 받았다.

안전을 기하기 위해서 나는 차에서 방탄조끼를 입었다. 내가 도착하는 시간은 알려져 있고, 법원 계단에서 나에게 접근하기는 굉장히 쉬울 테니까. 변호사로서 나는 탐지기를 통과할 필요가 없기 때문에 안으로 들어가 화장실에서 조끼를 튜닉으로 갈아입었다. 공판이 끝나고 나는 튜닉을 다시 조끼로 갈아입었다. 최소한 어느 정도 방어된 상태로 차까지 걸어서 돌아갈 수 있도록 옷 안쪽으로 보이지 않게 입었다. 다행히 아무 일도 일어나지 않았다.

하지만 직업상 처하는 상황에서 오는 두려움은 내가 제대로 일을 하기 어렵게 만들었다. 어떤 고객이 내 조언에 동의하지 않아서 공판에 오겠다고 했다가 오지 않으면, 나는 의심을 하게 됐다. 그리고 이렇게 생각했다. 나를 지목해서 공판이 끝난 다음에 손쉬운 목표물로 만들고 싶은 거야?

사무실이나 법원 바깥에서 약속을 잡으면 직전에 장소를 바꾸거나 상황을 복잡하게 만들기 위해서 30분쯤 먼저 갔다. 그리고 항상 경계해야만 했다. 하지만 나는 지쳐가고 있었고, 내 일에서의 즐거움도 전부 잃었다. 그리고 일로 인해 고정된 패턴이 내 목숨을 끝장낼 수도 있다는 걸 잘 알았다. 나는 그만두고 싶지 않았다. 계속 일을 하고 싶었지만, 그건 무책임한 행동이었다.

바로 그날, 내가 차 옆에 서 있는 이상한 남자를 보고 소냐 언니가 나를 법원까지 태워다준 날에 나는 거의 20년 동안 함께 일했던 파트너에게 문자를 보내서 그만두겠다고 말했다.

20년 동안 크리스마스와 한 해의 마지막 날을 함께 축하했던 내 파트너. 코르 형부의 죽음, 기소, 증인으로서의 내 역할 등 모든 것을 함께해주고 항상 내 옆에 있어주었던 내 파트너. 내가 뺨에조차 키스 한 번 해본 적 없고 내 파트너 역시 내 뺨에 키스 한번 해본 적이 없다. 우리는 서로에게 남자처럼 행동했으니까. 그리고 우리 둘 다 불필요한 행동을 싫어하고 원치 않는 육체적 접촉도 싫어했다. 우리 둘 다 사교 생활을 혐오했고, 정말로 거부할 수 없을 때면 파티에 함께 갔다. 나나 다른 사람들에게 절대로 거짓말을 하지 않는 유일한 사람이었던 내 파트너. 그가 선의의 거짓말을 하는 모습조차 볼 수 없을 것이다. 그가 얼마나 믿음직스러운지를 설명하는 건 진부하게 들릴 정도다. 내 파트너, 이 결정을 내린 후에 그의 목소리를 들으면 울어버릴 것 같아서 그와 이야기를 할 수 없다고 문자를 보내야만 했다.

20년을 매일 함께했는데, 이제 아무것도 없다. 혼자 남았다. 다시금 오빠가 내 삶을 좌지우지했다. 우리 가족 다음으로 나에게 가장 소중하고 귀중했던 사람을 이제 잃게 되었다.

같은 날에 나는 동료들과 내 친구가 된 비서에게도 그만둔다고 이야기했다. 불가피한 이별이 두려워서, 우리가 겪는 이 고통의 불공평함에 화가 나서 우리는 함께 울었다.

결정을 내린 뒤에는 심장이 슬픔으로 터질까 봐 차마 파트너를 똑바로 볼 수조차 없었다. 우리가 다시는 함께 앉을 수 없다는 사실을 알면서 사무실에서 그를 보는 것은 내 속을 뒤집어 놓았다.

그날 오후에 나는 사무실을 나왔고 그는 내 옆에서 걸어왔다. 의미 있는 말을 한 마디도 할 수가 없어서 우리 둘 다 침묵을 지키다가 마침내 돌아서서 서로를 껴안았다. 우리 둘 다 울고 있었다.

"당신을 사랑해."

그가 말했다.

"나도 사랑해."

나는 그렇게 말했고, 그렇게 우리는 헤어져서 재빨리 걸어갔다.

슬픔은 건드리거나 가까이 다가갈 수조차 없을 정도로 너무나 거대했다.

슬픔에 완전히 짓눌리기 전에 빨리 떠나야 했다. 어떤 종류의 드라마가 벌어져도 우리는 한 번도 감정적이 된 적이 없었다. 우리 둘 다그건 상황을 너무 복잡하게 만든다고 생각했기 때문이다. 우리가 슬픔을 감당하는 유일한 방법은 고통에 대해서 생각할 수 없을 만큼 아주 열심히 일하는 거였다. 하지만 나는 그럴 단계조차 넘어버렸다.

화요일에 나는 내 모든 사건을 넘겼다. 목요일에는 마지막 공판에 참석했다. 그 주 금요일에 나는 평생 처음으로 무직이 되었다. 토요일

나의 살인자에게

과 일요일에는 사무실을 비웠다.

　이제 나는 방탄 창문과 문으로 둘러싸여서 산다. 나는 내 일만 잃은 게 아니라 내 정체성의 일부를 잃었다.

빔이 우리의 증언을 듣다

오늘은 반드로스라는 이름이 붙은 빔의 재판에서 우리가 처음으로 증인으로서 증언을 하는 날이었다. 우리는 판사에게 빔 오빠가 우리와 실제로 눈을 마주칠 수 없게 해달라고 요청했다. 우리들 누구도 오빠가 눈으로 우리를 조종한다는 생각조차 참을 수가 없었다. 우리는 다른 사람들이 보거나 이해할 수 없는 방식으로 오빠가 비언어적 의사소통법을 사용해 우리를 위협할 수 있다는 걸 잘 안다. 우리는 폭발할까 봐, 얼어붙을까 봐 두려웠다.

첫 번째 공판에서 나는 굉장히 감정적이 되었다. 빔 오빠가 나와 가까운 곳에 앉아 있다는 사실이 끔찍하게 느껴졌고, 우리를 갈라놓은 유리벽도 별 소용이 없었다. 나는 오빠의 존재를 의식했고 그로 인해 억눌리는 느낌이었다. 가까이서 느껴지는 오빠의 존재감이 오빠가 피부 아래를 기어다니는 것 같은 느낌을 주었다.

오빠는 그토록 오래 내 영혼을 소유하고 있었던 것이다.

나의 살인자에게

나는 원하는 말을 차마 다 할 수가 없었다. 겁이 났고, 동시에 오빠한테 이런 일을 한다는 사실이 끔찍하게 느껴졌다. 나는 두려움과 동정 사이에서 오락가락했다. 그래서 대답이 짧아졌고, 그만두고 싶었다. 오빠를 풀어달라고 말하고 싶었다. 이런 식으로 계속하고 싶지 않으니까. 정말로 참을 수가 없었고, 마지막에는 그만하세요, 판사님, 오빠를 데리고 갈래요, 라고 말할 뻔했다.

하지만 그건 불가능했고, 말도 안 되는 행동일 것이다. 내 기분 때문에 나 자신도 헷갈렸다. 이렇게 사악한 사람에게 어떻게 동정심을 느낄 수 있지? 그리고 동시에 나는 오빠에게 공감했다. 오빠의 변호사인 스테인에게도 공감했다. 오빠에게는 끔찍한 충격이었을 것이다. 항상 오빠의 신뢰를 받는 연락책이었던 나. 그런 내가 이제 오빠와 정반대편에 서 있다. 그 사실에 속이 울렁거렸다.

이 모든 상충된 감정이 나를 죽일 것만 같았다. 공판은 하루 온종일 계속될 예정이었지만, 4시쯤 나는 완전히 지쳤다. 눈을 뜨고 있을 수가 없었다. 판사는 이를 눈치채고 공판을 끝내기로 했다. 앞으로도 이런 일이 수도 없이 있을 것이다. 어떻게 끝까지 버티지? 내 상담사가 옳았는지도 모른다. 이런 일을 하고는 살아갈 수 없을지도 모른다.

중경비 교도소

2016

3월 3일, 특별위원회에서 빔 오빠를 중경비 교도소(ESP)에 계속 둘 건지 말 건지를 결정할 예정이었다.

그날이 되기 전에 나는 오빠가 보안 등급이 더 낮은 교도소로 이감 되면 우리가 살아남을 가능성이 더 낮아질 거라고 점점 더 확신하게 되었다. 일반적인 경비 체제에서 죄수들은 서로 자유롭게 접촉할 수 있었다. 대체로 최악의 범죄자들인 부유한 죄수들은 부패한 관리들을 통해 특별한 권리를 즐겼다. 감방 안의 전화, 컴퓨터, 기타 등등. 그들 은 비교적 사치스럽게 지냈고, 그래서 바깥 세계와 아무 방해를 받지 않고 접촉할 수 있었다. 그런 상황에 오빠의 타고난 지배력과 카리스 마를 더하면 오빠는 청부업자로 쓸 만한 사람을, 우리의 살인자로 쓸 만한 사람을 얼마든지 찾을 수 있을 것이다. 오빠가 중경비 교도소에 영원히 갇혀 있지 않을 건 알았지만, 그래도 최대한 오래 갇혀 있기를 바랐다.

범죄 전문 기자인 욘 판 덴 회벌이 전화를 했을 때 나는 소냐 언니와 나란히 소파에 앉아 있었다. 그는 빔 오빠의 건강 상태가 나빠져서 다시 수술을 받아야 할 거라는 소식을 들었다고 말했다.

언니는 즉시 오빠의 오래된 속임수 중 하나고 오빠는 지난번에 중경비 교도소로 이감된 다음에도 거기서 나오기 위해 똑같은 일을 했다고 대답했다.

언니의 말은 사실이었다. 오빠는 의학 및 심리 평가에 동의했지만, 언제나 주도권을 쥐고 있었다. 중경비 교도소의 체계는 오빠의 심장에 좋지 않았다. 오빠는 중경비 교도소 안에서 죽을까 봐 두렵고, 그래서 가능한 한 많은 시간을 가족과, 우리와 보내고 싶다고 주장했었다.

우리의 진술과 녹음, 오빠가 소냐 언니를 갈취하고 죽이겠다고 대단히 명료하게 협박한 내용은 오빠의 주장이 말도 안 된다는 것을 보여주었다. 하지만 오빠는 그 방법으로 여러 번 성공을 거뒀고, 또다시 상황을 통제하기 위해서 건강 상태를 이용하는 것이다. 오빠가 중경비 교도소에서 나오는 데 성공하면 다음 단계는 우리의 죽음을 계획하는 것이리라.

나는 나에게 불리한 이런 변화의 가능성에 저항감이 끓어오르는 것을 느꼈다.

말도 안 나올 만큼 어이없는 일이었다. 오빠는 더 많은 자유를 얻고 나는 내 자유를 빼앗길 것이다. 공공장소를 피해야 하고, 계속해서 경계해야 하고, 한 걸음 한 걸음마다 어깨 너머를 살펴야 할 것이다. 이것은 지금보다 더 내 삶을 제한할 것이다. 왜 그래야 되는데? 왜 오빠는 중경비 교도소에서 나오고 나는 내 자신을 가둘 중경비 교도소에 들어가는 신세가 되어야 하는 건데? 왜 오빠가 우리를 없애는 데 남용할 특권을 얻어야 하는데?

나는 우리의 경비팀 팀장인 피트에게 연락해서 빔 오빠가 정말로 아프냐고 물었다. 그리고 이게 과거의 반복이고 제2의 의학적 견해를 들어봐야 할 거라고도 경고했다. 빔 오빠는 의사가 오빠의 상태에 대해서 말을 하는 것이 의학 윤리에 어긋난다는 걸 잘 알기 때문에 법무부에 자기 마음대로 말을 할 수 있었다.

위원회에서 오빠의 중경비 교도소 수감 연장을 결정하는 날이 되었고, 나는 그들이 속아 넘어가지 않기를 열렬하게 바랐다. 우리는 몇 시간 동안 긴장감 속에서 기다렸다.

오후 4시쯤 결과가 나올 거라고 예상했지만, 4시 반이 되어서야 우리를 자유롭게 만들어주는 메시지를 받았다. 오빠는 앞으로 6개월 더 중경비 교도소에 머무를 것이다.

정말로 다행이었다.

포트녹스

우리가 증언을 할지 말지 결정을 내려야 했던 그 순간부터 우리와 함께했던 변호사 바우트 모라가 전화해서 경비팀이 우리를 만나고 싶어 한다고 말했다. 그들은 소냐와 페터르 데 프리스, 나에게 전할 소식이 있다고 했다.

좋은 것일 리 없었다. 분명히 둘 중 하나일 것이다. 우리를 죽이려는 시도를 저지했거나, 오빠가 그럴 계획을 꾸미고 있다고 의심하고 있는 것이다.

피트는 이 문제를 오랫동안 생각했고 우리에게 어떻게 말할지 고민했다며 입을 열었다. 빔 오빠는 우리를 살해하라는 명령을 내리는 데 성공했다. 오빠는 제일 먼저 나를 없애고 그다음에 페터르, 그다음에 소냐 순서로 지시했다. 내 혈압이 솟구치고 머리가 욱신거리기 시작했다. 나도 이럴 거라고 예상했지만, 이제 정말로 이런 일이 생기자 죽고 싶지 않았다. 예쁜 손주들의 모습이 눈앞에 떠올랐고 눈물을 참을 수가 없었다.

나는 사람들 앞에서 울고 싶지 않았다. 이런 일이 생길 거라고 항상 예상을 하고 있었기 때문에 더더욱 그랬다. 이 모든 일을 피하고 싶었다면 애초에 이런 일을 시작도 하지 말았어야 했다. 하지만 내 친오빠가 나를 죽이고 싶어 한다는 사실이 나를 무너뜨렸다.

위협이 이렇게까지 코앞에서 느껴진 건 처음이었다.

"이 상황의 긍정적인 부분도 지적하고 싶군요."

피트가 말했다.

"제발 그래줘요."

내가 씁쓸하게 말했다.

"이런 행동은 그가 절대로 중경비 교도소에서 나올 수 없을 거라는 뜻입니다."

"나도 백 프로 동의해요. 오빠는 거기 있어야 하는 최상의 이유를 만들어준 거예요. 그리고 오빠가 이런 명령을 내렸다는 사실은 우리가 진술서에서 오빠에 관해 말한 모든 걸 입증해주죠."

그래, 그건 어둠 속의 한 줄기 빛이라고 할 수 있을 것이다. 하지만 그렇다고 해서 이 서글픈 사실이 사라지는 것은 아니다. 이 상황에서 가장 슬픈 것은 오빠의 뻔한 행동, 오빠가 반응하는 유일한 방법이 살인이라는 부분이었다. 지금도 오빠의 행동은 오빠를 통제하고 부주의하게 만드는 복수심에 좌지우지되었다.

내가 오빠의 목록 가장 위에 있는 것도 당연하다. 오빠는 나를 가장 미워하고, 이 상황을 내 탓으로 여길 것이다.

이제야 나는 왜 소냐 언니가 오빠를 절대로 동정하지 않는지 이해

　　　　　　　　　　　　　나의 살인자에게

했다. 나는 오빠가 언니와 다른 사람들에게 살해 위협을 하는 것만 들었을 뿐, 나를 위협하는 건 한 번도 들은 적이 없었다. 이제 오빠가 나를 협박하자 오빠에 대한 내 동정심은 싹 사라졌다.

그것도 긍정적인 부분이었다.

포트녹스, 다시 말해 우리 집 안에서 나는 안전하다고 생각했고 오늘, 3월 12일부로 나는 집 안에만 머물고 밖에 아예 나가지 않기로 결심했다. 현재의 확고한 위협을 고려할 때 계단을 내려가 집에서 차까지 10미터를 걸어가는 동안의 위험이 너무 컸다. 그럴 필요도 없는데 왜 운명을 시험하겠는가? 두어 가지 처리해야 하는 일이 있지만, 사람들이 나를 보러 왔을 때 하면 된다.

산드라가 제일 먼저 왔다. 내가 우리 커피 약속을 취소하자 무슨 일이 있다는 것을 알아채고 즉시 온 거였다. 나는 그녀에게 피트와 나눈 대화에 관해서 이야기하고, 빔의 명령에서 그녀는 언급되지 않았기 때문에 그녀는 포함되지 않았다고 말했다. 하지만 그녀도 알 권리가 있다고 생각했기에 그녀가 와준 게 기뻤다. 오빠가 최고보안등급의 교도소에서도 그런 명령을 내릴 수 있다는 사실은 굉장히 당혹스러웠다. 그녀 역시 경계할 필요가 있었다.

"알겠어요."

그녀는 언제나처럼 냉정하고 무심한 어조로 대답했다.

"당신이 정말로 안됐지만, 이런 일이 생길 거라는 거 우리 모두 알고 있었잖아요. 안 그래요? 그리고 그 사람이 미트리와 나를 없애지 않을 거라고는 꿈도 꾸지 않아요. 당신들 중 한 명이라도 제거하는 데 성공하면 탐욕스러워져서 나까지 목록에 올릴 거예요."

"나도 그렇게 생각해요. 한번 성공하면 오빠는 더 많은 걸 원하겠죠. 오빠도 절대로 나올 수 없다는 걸 알고 있으니까, 이제 더 이상 신경 쓰지 않는 거예요. 종신형을 한 번 받든 두 번 받든 상관없으니까요. 발견될 위험이 높아진다고 해도 상관하지 않고 더 빨리 목적을 이루려고 할 거예요. 오빠가 성공하면 안 되니까 난 한동안 집 안에만 있으려고요."

내가 그녀에게 말했다.

"좋은 생각인 것 같아요. 그 사람들은 이걸 어떻게 알아냈대요?"

산드라가 물었다.

"그 얘기는 안 해줬어요."

그날 저녁, 벨이 울렸다. 밀류스카였다. 나는 그 애한테 내가 볼 신문을 좀 갖고 와달라고 부탁했다. 내가 길거리에서 죽을 경우에 대비해 그 애가 뭘 해야 할지 말해두고 싶었다. 내가 문을 열자 딸의 눈에 눈물이 고여 있었다.

"울지 마. 아무 문제도 없어. 난 이번에도 살아남을 거야. 다만 상황이 어떤지 네가 알길 바랄 뿐이란다. 아무 문제도 없는 척하는 건 말이 안 되잖니. 우린 현실적으로 생각해야 돼. 그러니까 울지 말고 어서 들어오렴."

불쌍한 아이. 나는 강한 척하며 말했지만 속으로는 울고 있었다. 밀류스카와 그 애의 어린 두 자식을 생각하니 심장에 구멍이 뚫리는 기분이었다. 나는 그 아이들을 사랑했고, 그 애들을 인생에서 이렇게 일찍 죽음에 노출시킨다는 사실이 끔찍했다. 정신적으로 충격을 받을까 봐 걱정스러웠다.

"목욕 좀 해도 돼요? 엄마도 같이 하실래요?"

밀류스카가 물었다.

우리는 밀류스카가 앉을 수 있는 나이부터 함께 목욕을 했다. 처음에는 욕조에서 했지만, 덩치가 커진 다음에는 욕조를 두 개 설치했다. 그것은 우리가 함께 보내는 귀중한 시간이었다. 밀류스카는 마치 다섯 살배기처럼 나에게 물었다.

"물론이지."

욕조에서, 다시 눈물이 흐르기 시작했다.

"누가 먼저 나갈까?"

그것은 우리가 언제나 서로에게 묻는 질문이었다.

"전 머리를 감아야 돼요."

그 애가 대답했다.

"좋아, 그럼 내가 먼저 나갈게."

그때 밀류스카가 물었다.

"엄마, 제 머리 좀 감겨주실래요? 예전에 그랬던 것처럼요."

이게 마지막이라도 되는 듯한 말투였다.

"물론이지. 돌아보렴."

그 애가 내 뺨을 타고 흐르는 눈물을 보지 못하게 나는 그렇게 말했다. 나는 그 애가 태어난 이래로 항상 해준 것처럼 그 애의 숱 많은 갈색 머리를 감겨주었다.

2016년 3월 13일

소냐 언니가 저녁을 먹으러 왔다. 나는 언니에게 방탄조끼를 입으라고 말했지만 언니는 입지 않고 그냥 왔다. 나는 이유를 물었다.

"그게 필요하다고 생각하지 않아."

"왜?"

"어쨌든 난 어디든지 갈 거니까."

"상황을 쉽게 만들어주고 싶은 거야?"

"응. 오빠가 너보다는 차라리 나를 죽이는 편이 나으니까. 최소한 넌 애들을 돌봐줄 수 있잖아. 난 별 쓸모가 없고."

언니는 이미 삶에 작별 인사를 한 것처럼 냉정한 어조로 말했다. 언니가 정말로 진지하다는 걸 알 수 있었고, 그 사실에 몸이 떨렸다.

"하지만 언니가 없이는 나도 버틸 수 없어. 누가 우리 집을 청소해주고 화장실 휴지를 갖다줄 건데? 언니가 없으면 난 쓰레기에 빠져 죽을걸."

내 말은 백 퍼센트 솔직했지만, 진짜 내 말뜻은 언니를 사랑하고 언니의 사랑이 없으면 살 수 없다는 거였다.

그리고 그건 사실이었다. 우리는 함께 수많은 일을 겪었고, 너무나 많은 일을 공유하고 견뎠다. 언니는 세상에서 내가 믿는 유일한 사람이고, 나는 언니가 없으면 뭘 해야 할지 모를 것이다.

"언니, 오빠가 이기게 놔둬서는 안 돼. 다음에는 조끼를 입고 와야 돼, 알겠지?"

2016년 3월 14일

이제 집 안에만 있으니까 나는 이 상황을 가장 좋은 쪽으로 활용하기로 하고 프란시스에게 전화해서 우리 외할머니를 데리고 우리 집으로 오라고, 스테이크와 샌드위치 속, 빵과 과일을 가져와서 우리 집에서 다 함께 점심을 먹자고 했다. 소냐 언니와 리히도 왔다. 소냐 언니의 조언에 따라 밀류스카는 더 이상 집에 오지 못하게 했다. 그들이 그 애를 나로 착각할 수 있기 때문이었다.

행동하고 움직이는 방식을 빼면 우리는 서로 전혀 닮지 않았지만, 그것만으로도 그들은 그 애를 나로 착각할 수 있었다. 나는 내 딸이나 손주들은 만나지 않을 것이다.

엄마에게는 위협에 대해서 아무것도 이야기하지 않았다. 엄마는 여든 살이고 그 생각을 견디지 못할 것이다. 모르면 상처받지도 않는다. 엄마는 자식들과 손주들, 증손주들과 있는 시간을 순수하게 즐겼다. 우리는 함께 음식을 먹고 음료를 마셨고, 즐거운 시간을 보냈다. 엄마가 즐거워하는 걸 보니 나도 기뻤다.

다들 떠날 준비를 하고 있을 때 엄마가 나에게 다가와서 말했다.

"프란시스가 평소와 좀 다르더구나. 이상하게 행동하고 있어. 뭐가 문제인지 넌 아니?"

나의 사랑스러운 엄마. 엄마는 프란시스를 속속들이 알았다. 둘 사이에는 특별한 연결 관계가 있었고, 엄마는 즉시 그 애한테 뭔가 문제가 있다는 걸 알아챘다.

"아뇨. 소냐 언니랑 문제가 좀 있는데, 금방 지나갈 거예요. 걱정하지 마세요, 엄마."

나는 거짓말을 했다.

모두가 나갔고, 프란이 문 앞에서 나를 껴안았다. 그 애는 나직하게 울고 있었다.

"먼저 출발하지 그러세요, 엄마? 한 시간은 걸리잖아요."

나는 프란이 우는 것을 보지 못하도록 엄마를 먼저 보냈다.

"울지 마, 아가. 다 괜찮을 거야."

나는 그 애를 달래려고 노력했다. 불쌍한 아이, 프란시스도 뭔가 알 만한 나이부터 평생 사랑하는 사람들의 죽음이 코앞에 있는 상태로 살아왔다. 아이에게는 끔찍하게 무거운 짐이었으리라.

"내가 네 외삼촌 손에 죽을 거라고 생각하는 건 아니겠지? 난 그럴 생각이 없어!"

내가 다시 말했다.

"아빠의 경우에는 성공했잖아요. 이모까지 잃고 싶지는 않아요."

그 애가 울었다.

"그런 일은 없을 거야. 믿음을 좀 가지렴. 자, 할머니한테 얼른 가지 않으면 무슨 일이 있다는 걸 알아채실 거야."

"사랑해요."

그 애가 흐느끼며 말했다.

"나도 사랑한단다, 아가."

목에 덩어리가 걸린 느낌으로 내가 대답하고서 눈물이 다시 고이기 전에 그 애를 밀어냈다. 그 애를 위해서 강해지고 싶었다.

이렇게 끔찍한 고통이라니.

<u>2016년 3월 15일</u>

빔이 나를 제일 먼저 없애라고 명령했다는 사실을 알게 된 이래로 나는 집에만 머물렀지만, 남은 평생을 이런 식으로 살 수는 없었다. 안전하게 나갈 수 있는 방법을 찾아야 했고, 유일하게 내가 떠올릴 수 있

는 건 오빠가 나를 상대로 전쟁을 선포했으니까 나도 전투복을 입고 길을 걸어야 한다는 거였다. 내 몸의 가장 중요한 부분을 보호하기 위해서 이미 방탄조끼를 입고 있지만, 머리와 목도 보호하려고 인터넷을 검색하기 시작했다. 얼마 안 돼서 원하는 물건을 찾았다. 나는 헬멧과 목 보호대를 골랐다.

리히와 소냐도 그날 나와 함께 있었고, 리히는 나에게 뭘 하는 거냐고 물었다.

"총알이 튕겨 나가게 방탄 헬멧을 사는 중이야."

나는 대화를 가볍게 해보려고 농담조로 말했다.

"그리고 목 보호대도 사려고. 하나로 두 가지를 해결하는 거지."

청소년과 의논하기에는 부적절한 주제였지만, 아이들은 무슨 일이 생길 수 있는지 잘 알았다. 내 이름으로 헬멧을 주문하는 것은 현명하지 않은 일일 것이다. 내가 수사를 망칠 수도 있기 때문이다. 누가 누구를 아는지 절대로 알 수 없고, 아스트리드 홀레이더르가 공격에 대비해서 방어하고 있다는 정보가 길거리에 퍼지면 청부업자에게도 경고가 될 수 있었다. 다른 사람에게 헬멧과 목 보호대를 가져오라고 시켜야 했다. 사람들이 전혀 의심하지 않을 만한 아주 건실한 청년. 그날 오후 5시에 그 애가 벨을 눌렀다.

"별 문제 없었니?"

"네. 헬멧이랑 목 보호대랑 둘 다 가져왔어요."

그 애가 커다란 파란색 봉투를 나에게 내밀었다.

"완벽해!"

나는 봉투에서 헬멧과 목 보호대 둘 다 꺼냈다.

"잘 맞길 바라자꾸나."

나는 그렇게 말했다. 헬멧이 L 사이즈밖에 없었기 때문이다.

헬멧을 머리에 꽉 눌러 쓰자 불룩 튀어나와 보였다.

익숙해지는 데 시간이 걸릴 것이다. 연습과 조정을 좀 하고 나서야 나는 헬멧 끈을 제대로 끼울 수 있었다.

목 보호대는 착용하기가 좀 더 쉬웠다. 딱 맞았지만 굉장히 우스꽝스러워 보였다. 나는 딸기밭의 코끼리처럼 눈에 띄었다. 이러고 돌아다닐 수는 없을 것 같지만, 상황을 고려하면 그래야만 했다.

나는 커다란 스카프를 가져와서 머릿수건처럼 헬멧과 목 보호대 위로 둘러 그것들을 가렸다.

"자. 좀 낫네."

나는 스스로에게 말했다.

2016년 3월 17일

집 앞길 쪽 CCTV가 깜박거린다는 전화를 받았다. 보안팀 사람들은 전선이 잘린 게 분명하다고 말했다. 나는 바짝 겁을 먹었다. 정말로 전선이 잘렸다면 카메라에 찍히고 싶지 않은 누군가가 나를 감시하고 있을 가능성이 높기 때문이다.

나는 기술 보안팀 사람들이 한 말을 포함해서 피트에게 메시지를 보냈다. 지금 집으로 가고 있기 때문에 그가 알아두길 바랐다. 무슨 일이 생기면 그 사실도 조사할 때 포함시켜야 하니까.

나는 이미 조끼를 입고 있었다. 집으로 가는 길에 내 차가 털털거리기 시작했다. 그야말로 나한테 꼭 필요한 일이로군! 그들이 설마 내 차까지 건드렸을 리는 없겠지? 처음에는 CCTV, 그다음엔 차라니. 두려

나의 살인자에게

움이 배 속에서 매듭처럼 꽉 뭉쳤다. 하지만 지금 와서 멈출 수도 없었다.

나는 목 보호대를 차고 헬멧을 꺼내놓았다. 차가 계속 가주기만 바라는 수밖에. 나는 경찰서를 지나가는 길을 골랐다. 만약 차가 멈추면 가까운 곳에서 도움을 받을 수 있을 테니까. 나는 차를 놔두고 뛰어갈 생각이었다.

이제는 차 한 대가 나를 따라왔다. 머리에서 땀이 줄줄 흘렀다. 심장이 목까지 올라와서 쿵쿵 뛰었다. 나는 연신 백미러를 확인했다.

차는 계속 기어갔다. 로터리가 나왔고 나는 차가 정말 나를 따라오는지 확인하기 위해서 두 번을 빙빙 돌았다.

털털거리는 차로 계속 운전을 하는 것엔 위험이 따랐지만, 확실히 해둬야 했다. 나는 로터리의 모든 출구를 지나쳤고 다행히 내 뒤의 차는 출구로 빠져나갔다.

편집증이 도지고 있었다.

나는 짜증날 정도로 천천히 우리 집 블록으로 들어섰다. 여기는 차가 적었고 기분도 좀 나아졌다. 차를 주차하고, 헬멧을 쓰고, 집으로 걸어갔다.

나는 항상 이렇게 말했다. 오빠에게 삶이 있지만, 나한테도 삶이 있다고. 하지만 내 삶은 아마 오빠 삶만큼 길지는 못할 것이다.

대립

밤새도록 이리저리 뒤척거리며 진땀을 흘렸다. 열이 나는 것 같아서 좀 나아지기를 바라며 아스피린을 먹었다.

내가 아픈 이유가 긴장 탓이라는 건 알았다. 몇 시간 뒤에는 내 살인을 사주한 사람과 같은 공간에 있어야 한다. 어떻게 그걸 견디지?

일반적으로 격심한 위기 상황에서 사람은 도망치거나 싸운다. 하지만 피고 측에서도 나를 신문할 권리가 있기 때문에 나는 도망칠 수 없었다. 그러니까 판사 앞에 나서야만 했다. 싸우는 것도 불가능했다. 유리와 여러 명의 서기들로 가로막혀 있으니까.

지난 2년 동안 했던 것처럼 진정하고, 내 분노를 통제하고, 소냐 언니에 대한 갈취와 협박, 살인, 코르에 대한 명예 훼손, 엄마에 대한 무시, 아이들에 대한 협박에 관한 오빠의 이야기를 들어야 했다. 그 모든 대화가 내 피를 끓게 만들었으나 증거를 모으기 위해서 나는 오빠의 행동들이 정상적인 것처럼 가장해야만 했다.

지난 2년 동안 나는 미래를 생각하고 법무부가 행동을 취할 때까지 기다리라고 말하는 내 지성과 오빠의 목을 그 자리에서 그어버리고 싶은 다급한 욕망 사이에서 여러 번 흔들렸다.

수년 동안 나는 오빠가 다른 사람들에게 한 행동과 하려는 행동에 대해 들었고, 그것만으로도 화가 솟구쳤다.

이제는 나에 대해서였다.

내가 어떻게 오빠가 이미 우리의 살인을 사주한 일이 없는 것처럼 그 쓸모없는 증언대에 조용히 앉아서 질문에 대답할 수 있을까? 그리고 어떻게 오빠가 우리를 상대로 뭘 꾸미고 있는지 안다는 걸 드러내 예심을 망치지 않을 수 있을까? 정말이지 유리벽을 깨고 들어가서 오빠의 목을 조르고 싶었다. 어떻게 차분하게 이 일을 견딜 힘을 끌어모으지?

데 분커르 법원까지 나를 데리고 갈 호송 차량에 타기 전에 나는 마음을 진정시켜야 했다. 흥분하지 않는 유일한 방법은 어린 시절의 생존 기제를 일깨우고 압도적인 상황에서 어릴 때 내가 하던 행동을 하는 것뿐이었다. 나는 '내 눈 뒤쪽에' 앉았다. 물리적으로는 여기에 있지만 정신적으로는 내 몸을 떠나 먼 곳에서 쳐다보는 것처럼 하는 것이다. 이렇게 하면 내 몸 안의 감정이 약화되고 안전한 기분이 들었다.

이 상태로 나는 바우트와 함께 데 분커르에 도착했고, 처음으로 지방 검사들을 만났다. 그들은 나에게 힘을 내라고 말해주고 내가 증언해야만 하는 이 말도 안 되는 상황에 동정을 표했다.

나는 증인 공판을 하는 판사가 빔이 중경비 교도소에서 내린 명령에 대해 아느냐고 물었다. 판사도 알았다. 나는 안도했다. 판사도 내가 여기에 오빠와 함께 있는 게 얼마나 힘들지 이해할 테니까.

판사가 나왔다.

"어떻게 견디고 있어요?"

그녀가 물었다. 그 단순하고 개인적인 질문이 내 방어벽을 부수었다. 나는 울기 시작했다.

"별로 좋지 않아요. 특히 애들한테 힘들죠."

"그렇겠죠. 하지만 이렇게 될 줄 알았죠, 안 그래요?"

"네. 이런 일이 일어날 줄은 알았지만—"

"그렇다고 그게 더 쉬워지는 건 아니죠!"

바우트가 말을 자르며 끼어들었다.

판사는 사무적인 목소리로 대답했다.

"자, 내가 여기에 온 이유는 프란컨 씨가 하는 질문에만 답을 하라고 말하기 위해서예요. 그렇게 하면 최대한 빠르게 진행할 수 있으니까요."

그것은 내 다른 공판들과 똑같았다. 시작도 하기 전에 입을 틀어 막히는 거다. 나는 내 스스로 나서고 싶었다. 아주 오랫동안 침묵을 지켰으니 이제 내가 원하는 대로 답할 수 있어야 했다. 하지만 이런 상황에서는, 이런 취급을 받고서는 그걸 견딜 수가 없었다. 남은 에너지마저 몸에서 빠져나가는 느낌이었다. 그들의 말도 안 되는 제한을 거부할 수 없을 정도로 지쳤다. 나는 네, 아니오로만 답하고 이 비참함이 끝나기를 기다렸다가 집으로 갈 것이다.

나는 위층의 증인석으로 느릿느릿 걸어갔다. 유리 뒤쪽으로 오빠의 존재가 느껴졌다.

나는 내 감정을 밀어내고 로봇처럼 최대한 짧게 대답했다. 마침내 판사는 만족한 것 같았지만, 이제는 스테인 프란컨이 불만스러워 보

　　　　　　　　　　　　　　　나의 살인자에게

였다. 지난 공판들에서처럼 우리는 녹음에 대해서 이야기를 했다.

녹음 일부가 토크쇼 〈파우프〉에 방송된 모양이었다. 피고 측은 갖고 있지 않은 내용이었다.

"그럴 수도 있죠. 페터르나 소냐 언니가 한 걸 수도 있으니까요."

내가 대답했다.

"하지만 당신에게 여러 번 질문을 했는데 늘 모든 걸 다 제출했다고 증언하지 않았던가요?"

"네, 맞아요. 그쪽에서 물어봤고, 난 전부 다 제출했다고 증언했어요. 하지만 그 질문은 오로지 나에게 한 거지, 소냐 언니한테 한 건 아니었으니까요."

그 대답은 스테인 프란컨이 판사에게 내 공판을 연기해달라고 요청할 이유가 되어주었다.

바우트와 나는 아래층으로 가라는 지시를 받았고, 거기 앉아서 기다렸다. 거의 두 시간 반이 지나고서 문이 열렸다.

"잠깐 따라와주시겠습니까, 모라 씨?"

서기가 말했다. 바우트는 깜짝 놀라 일어서서 문으로 향했다.

"저는요?"

내가 물었다.

"그쪽은 아닙니다."

"왜 난 아닌데요? 내 공판이잖아요, 안 그래요? 난 여기 두 시간이나 있었는데, 나는 오지 말라고요? 이봐요, 나도 내 입장을 알고 싶어요. 더 이상 기다리지 않을 거예요! 바우트, 나도 무슨 상황인지 들을 수 있게 처리 좀 해줘요."

하지만 아무도 나에게 얘기를 해주지 않았다. 다시금 나는 잠긴 방

안에서 기다려야 했다. 아무도 얘기하러 오지 않고 누구 하나 보러 오지도 않았다. 911에 전화를 할까 하고 있는데 복도에서 발소리가 들렸다. 언니의 발소리 같았다. 다른 발소리도 들렸다. 문이 열리고 판사가 들어왔다.

오빠가 나를 죽이려 한다는 것, 몇 달 동안 집 안에만 앉아 있었던 것, 아이들의 슬픔, 엄마에 대한 걱정, 두 시간이 넘게 이 방 안에 갇혀 있었다는 사실로 인해 쌓인 감정이 전부 다 폭발해서 판사에게로 향했다.

"도대체 무슨 일이에요?"

내가 성난 어조로 물었다.

"두 시간 반 동안 나한테는 무슨 일인지 알려주지도 않고 가둬놔요? 이건 완전히 부당한 짓이에요. 무슨 상황인지 나한테 알려주는 게 그렇게도 힘든 일이에요?"

"미안합니다."

판사가 말했다.

"미안해요? 다시는 나한테 이런 짓 하지 말아요. 난 자발적인 증인이고, 다시는 잠긴 방 안에 앉아 있지 않을 거예요. 난 이제 갈 거예요."

내가 화를 내며 말했다.

"조금만 더 기다려요. 옆방에서 당신 언니한테 질문을 좀 더 해야 돼요."

"10분 주죠. 그때까지 이 문이 안 열리면 걷어차고 나갈 줄 알아요!"

나는 완전히 자제력을 잃고 소리를 질렀다.

판사가 방을 나가고 문이 잠겼다. 잠시 후에 소냐 언니의 고함 소리

　　　　　　　　　　　　　　　　나의 살인자에게

가 들렸다.

이제 내 피가 정말로 끓어오르기 시작했다. 옆방에서 무슨 일이 일어나고 있는 거지? 문은 여전히 잠겨 있었다. 나는 아무 데도 갈 수 없었고, 문을 뻥뻥 걷어차서 주의를 끄는 방법밖에는 떠오르지 않았다. 효과가 있었다. 3분 안에 세 명의 경비가 문으로 달려왔다. 나는 그들을 모두 알았다.

"진정해요, 아스트리드."

한 명이 말했다.

"우리 언니가 비명을 지르는 소리가 들리잖아요. 언니 어디 있어요? 우린 여기서 나갈 거예요. 당신들은 언니에게 겁을 줄 수 없어요. 처음에는 오빠 때문에 평생 겁을 먹고 살았는데, 이제는 법무부와 사법부가 겁을 줘요? 이런 일은 있을 수 없어! 복서, 우리 여기서 나갈 거야. 관둘 거야!"

"안 돼요, 그럴 수는 없어요. 안전한 호송 차량을 불러야 돼요."

"차량 같은 건 필요 없어요. 문만 열어주면 우리가 알아서 집까지 갈 거예요!"

소냐 언니가 완전히 화가 난 상태로 내가 있는 방으로 들어왔다.

"그들이 내 집을 봉쇄하고 수색을 하겠대. 마치 내가 용의자인 것처럼. 스테인 프란컨은 그들이 우리 집에서 녹음을 찾아보길 원해. 하지만 난 그걸 잃어버렸다고 백만 번쯤 말했어."

"뭐?"

나는 판사를 보았다.

"당신들 정신이 나갔어요?"

"아스, 난 여기서 나갈 거고 다시는 안 올 거야! 오빠가 또 그랬어.

또 주도권을 쥐었어. 오빠 우리가 죽길 바라는데, 우린 용의자 취급을 받고 있다고."

우리 상황에 별로 동정의 여지가 없다는 걸 우리도 이해했다. 나는 테이프 일부를 법무부에 제출했지만 일부는 소냐에게 주었고, 언니가 그것을 잃어버렸다. 빔 오빠와 변호사는 판사가 소냐 언니의 집을 수색하라는 명령을 내릴 것을 요구했지만 우리는 오빠가 그저 시간을 끌려고 그런다는 걸 잘 알았다. 설령 우리가 그걸 갖고 있다고 해도 당연히 집 안에 숨겨놓지는 않았을 것이다. 그게 빔 오빠가 우리에게 가르친 거였다! 오빠도 그걸 알았다. 다른 뭔가가 진행되고 있는 것이다.
나는 지난 몇 달 동안의 모든 공판을 머릿속으로 떠올려보았다. 지금까지 빔 오빠에게 혐의가 있는 범죄들에 관한 질문은 단 한 번도 나오지 않았다. 전부 다 살인 이전의 시기와 테이프에 관한 것들뿐이었다. 그들은 공판을 이보다 더 느릴 수 없을 정도로 진행하고 있었다. 여러 번의 공판이 취소되고, 한 번의 공판은 피고 측의 요청으로 중간에 끝났고, 이번 공판도 테이프에 관해 다섯 개의 질문도 채 넘어가지 못했다.
오빠는 시간을 끌고 있었다!
오빠는 정말이지 뛰어난 전략가였다! 나를 포함한 모두가 잠이 들 정도로 느긋하게 다독이고, 실제로 일어나는 일로부터 주의를 돌리고 사건의 진척 속도를 느리게 만들어서 우리가 판사 앞에서 증언하기 전에 우리를 없앨 시간을 확보하고 있는 거였다. 이 말은 꼭 해야겠다. 오빠에게 경의를 표해! 오빠 진짜 대단한 사람이야.

다음 날 나는 〈파우프〉 쇼의 그 꼭지에 나왔던 페터르 데 프리스에게 연락을 했다. 우리는 함께 그 특정한 녹음이 담긴 USB가 어디에 있고, 거기로 어떻게 넘어갔는지에 대해서 재구성해보았다.

지치다

나는 정말이지 지쳤다. 힘을 내려고 애를 써보았지만 지난 며칠이 나에게서 생명력을 다 짜내버린 것 같았다. 이 모든 일이 내 하루, 내 삶, 내 기분을 좌지우지하는 데 진력이 났다. 아무도 고마워하지 않는 이런 일을 하느라 포기한 예전 내 삶이 그리웠다. 나는 모든 사람에게 짜증스럽게 반응했지만, 주위의 아무도 도와줄 수 없었고 나는 점점 더 축 처졌다. 잠자리에 들며 내일 아침에는 다른 기분으로 깰 수 있기만을 바랐다.

꿈에서 전화를 받았는데 빔 오빠의 목소리가 들렸다. 오빠는 알아들을 수 없는, 거의 말도 안 되는 소리를 했지만 나에게 아무것도 요구하지 않았다. 나가는 걸 도와달라고도 하지 않고, 아무것도 해달라고 하지 않았다.

나는 깜짝 놀라서 잠에서 깼다. 유일하게 머릿속에 떠오르는 건 오

나의 살인자에게

빠가 여기 있고 모든 게 정상적으로 되돌아갔으면 좋겠다는 생각뿐이었다. 난 이 모든 일을 바라지 않았다. 오빠에게 이런 일을 한다는 걸 참을 수가 없었다.

어떻게 이런 게 가능한 걸까? 오빠는 나를 죽이고 싶어 하는데 나는 오빠가 풀려나는 걸 보고 싶다니.

내가 죽음을 갈망하는 듯한 느낌이었다. 이건 사는 게 아니었다. 어깨의 짐이 너무 무거웠다. 그게 모든 것에 영향을 미쳤다. 밖에 나갈 때마다 나는 이번이 마지막일 수도 있다고 생각했다. 그리고 동시에 오빠는 다시는 바깥에 나오지 못할 거라는 생각을 했다.

근본적으로 우린 둘 다 이미 죽은 셈이었다.

죽음이 가져올 평화는 굉장히 유혹적이었다.

나는 인생을 살 만하게 해주는 사소한 것들을 찾아보려고 노력했지만, 오늘은 어떤 것도 찾을 수가 없었다.

2016년 3월 29일

우리는 공판 도중의 난리법석에 대해서 경찰과 이야기를 했고, 나는 판사에게 준 녹음 테이프를 그들에게도 건넸다. 녹음 내용에 대해서 설명하고 몇 부분을 들려주었다. 테이프는 오빠의 갈취 방법에 대한 전형적인 예시였다.

하지만 내가 정말로 바란 것, 정말로 기다린 것은 그들이 나를 노리는 암살자에 대해서 좀 더 이야기를 해주는 거였다. 내가 직접 행동을 취할 수 있도록 어느 쪽을 보면 될지 알고 싶었다. 하지만 그들은 어떤 얘기도 하고 싶어 하지 않았다. 나도 그것을 존중했다.

우리는 공판이 취소되었다는 이야기를 들었고, 나는 지방 검사에게 무엇 때문인지 물었다. 몇 분 후에 답을 들을 수 있었다. 피고 측이 연기를 원한다는 거였다.

얼굴을 철썩 얻어맞는 느낌이었다. 나는 지난번의 악몽 같은 사건 이후 소냐 언니와 내가 좀 쉬기를 바라고 이번 공판을 연기한 거라고 생각했지만, 이 연기는 그저 피고 측의 교사로 인한 또 다른 전략일 뿐이었다.

마치 이것이 시간과의 싸움처럼 느껴졌다. 그들이 이게 빔의 전략이라는 걸 알아채지도 못하고 알아챌 마음도 없다는 사실이 나를 죽이는 것 같았다. 나는 완전히 지쳤다.

2016년 3월 30일

내 휴대전화가 페터르의 문자 메시지로 웅 하고 울렸다.

"3년 4개월."

나는 막 잠에서 깬 터라 즉시 이해할 수가 없었다. 무슨 이야기를 하는 거지?

그러다가 동료로부터 샴페인 잔을 부딪치는 이미지가 담긴 또 다른 메시지를 받았다. 이제야 이해가 가기 시작했다. 오늘은 빔 오빠가 페터르 데 프리스를 위협한 형사 사건에 대한 항소심 판결이 나오는 날이었다. 처음에는 3개월 형을 받았지만, 이제는 3년 4개월 형을 받았다. 4개월은 페터르를 협박한 죄에 대한 벌이고, 거기에 집행 유예를 받았던 3년 형을 더 채워야 했다.

법원은 정당한 판결을 내렸다. 오빠는 집행 유예를 받을 자격이 없

나의 살인자에게

으니까. 오빠는 그 자유를 또다시, 더욱 격심하게 남들을 갈취하는 데 이용할 것이다. 이것은 이 힘든 시기에 큰 힘이 되었다. 법원이 마침내 빔이 얼마나 교활하게 남들을 조종하는지, 사법 체계를 얼마나 은근하게 갖고 노는지, 모든 것을 결국에 얼마나 잘 조종하는지 이해하기 시작한 것처럼 보였다.

노 리미트 솔저

아침 8시 15분에 나는 문자메시지를 받았다. 나에게 전화를 해도 되느냐고 묻는 경찰의 메시지였다.

나는 무슨 일일까 생각하며 답문을 보냈다.

"물론이죠."

"안녕하세요, 아스트리드."

나는 형사 중 한 명인 그의 목소리를 알아들을 수 있었다.

"안녕하세요."

내가 대답했다.

"오늘 아침에 당신 오빠를 당신과 소냐, 페터르의 살인을 지시한 혐의로 기소했다는 사실을 알려드리려고요."

나는 눈물이 흘러내리는 것을 느꼈지만 삼킬 수가 없었다.

"알겠어요."

나는 간신히 말했다.

나의 살인자에게

"혹시 정보가 샐 경우에 대비해서 말을 해줘야 할 것 같았습니다."

"미안해요. 하지만 정말로 좀 괴로워서요. 이제야 이 모든 것이 현실이라는 걸 깨달은 것 같은 기분이에요. 너무 드라마틱해서 말이죠. 내 친오빠가……."

나는 눈물 속에서 말했다.

"그래요, 압니다."

반대편의 목소리가 말했다.

"얘기해줘서 고마워요."

내가 말했다.

"천만에요."

그는 그렇게 말하고 전화를 끊었다.

눈물이 뺨을 타고 흘러내렸다.

왜 체포되는지 들었을 때 오빠가 어떤 얼굴을 할지 상상하자 나는 갑자기 오빠가 굉장히 불쌍해졌다. 오빠는 나의 배신에, 오빠의 전능함이 모든 방식으로 갈가리 찢어진 것에 굉장히 놀랄 게 분명했다. 오빠가 아무도 알아채지 못하게 늘 하던 모든 것이 이제 모두의 눈에 보이게 되었다. 우리에게는 잘된 일이지만, 동시에 오빠에게는 안된 일이었다. 오빠는 점점 더 몰락하고 있었고, 어떻게 회복할 수 있을지 상상도 가지 않았다.

빔 오빠는 모든 혐의를 부인하고, 자신이 결정할 수 있는 일이라면 가족에게는 절대로 해가 미치지 않게 할 거라고 주장할 것이다.

"내가 그런 이야기를 들었다면 당연히 경고를 해줬을 겁니다."

자, 이 이야기를 전에 어디서 들었더라?

소냐 언니와 내가 소위 '우리 순서가 되기' 전에 두 번 정도 사건이 있었다. 이번이 세 번째지만 이번에는 이전과 다른 모양새였다. 법무부가 수사에 나설 정도로 확실한 증거가 있는 거겠지.

지방 검사들은 빔 오빠가 NLS의 조직원 두 명과 접촉을 했다고 설명했다. NLS는 노 리미트 솔저(No Limit Soldiers)의 머리글자다. 마약 밀매와 살인으로 악명 높은 국제 조직으로 네덜란드에도 지부를 두고 있다고 했다. 그들은 퀴라소(푸에블로 소베라노) 섬의 가장 큰 정당 당수였던 헬민 빌스를 살해한 범인으로 여겨졌다.

빔 오빠가 접근한 두 조직원은 둘 다 살인죄로 유죄 판결을 받았다. 리오마르 W.는 네덜란드인 부부를 죽인 죄로 24년 형을 살고 있었고, 에드빈 V.는 한 명이 죽은 총격으로 형을 선고받았다. 그들은 국내에서 가장 삼엄한 경비를 받는 교도소에 빔 오빠와 함께 갇혀 있었다. 퀴라소의 교도소에서 탈옥을 하려고 했었기 때문이다.

소냐 언니와 나는 어리둥절해서 서로를 쳐다보았다. 이런 건 예상도 못 했다. 빔 오빠가 우리는 전혀 모르는 조직과 접촉을 하다니. 하지만 이건 절대로 사소한 일이 아니었다. 어떻게 당국에서 오빠가 그들과 함께 교도소 마당 내에서 운동을 하고 요리를 하고 시간을 보내게 놔둘 수 있는 거지?

리오마르 W.에 따르면 빔 오빠는 교도소 마당 구석, 카메라에 잡히지 않는 곳에서 그들을 만나 아무도 보지도, 듣지도 못하게 그들에게 말했다.

딱 오빠다운 일이라고 나는 생각했고, 이 NLS 조직원들도 아마추어는 아니었다. 그들 역시 들키지 않고 소통하는 법을 잘 알았다.

다행스럽게도 법무부에서 경계를 하고 있었고, 빔 오빠의 계획을

　　　　　　　　　　　　나의 살인자에게

암시해주는 두 가지 핵심 정보를 알아냈다. 첫 번째로 에드빈 V.가 별다른 이유 없이 이감을 신청했다는 사실이 그들의 주의를 끌었다. 그들은 빔이 동료 죄수와 거리를 두고 싶어 하는 걸지도 모른다고 의심했다. 그럴 만도 했다. 그게 오빠가 작업하는 방식이니까. 무슨 일이 일어날 것 같을 때 절대로 옆에 있지 않음으로써 그 일과 연관시킬 수 없게 만드는 것이다.

두 번째로 법무부는 빔이 최근에 굉장히 명랑하다는 사실을 눈치챘다. 나는 그 이유를 알 수 있었다. 우리가 죽자마자 오빠는 우리에 관한 통제력을 되찾을 수 있고, 그 생각만으로도 신이 나는 거였다.

조사가 시작되었고, 에드빈 V.는 전화번호를 넘기다가 붙잡혔다. 그는 전화번호에 대해서 별로 말하고 싶어 하지 않았다. 경찰이 홀레이더르가 여동생들에게 무슨 일이 생기길 바란다는 얘기를 하는 걸 들은 적이 있는지 묻자 그는 부인하지 않았으나 어물쩍하게 대답했다.

에드: "그건 내가 상관할 일이 아니에요. 난 아무 말도 하지 않을 겁니다. 난 그의 여동생들에 대해서 증언하려고 여기 있는 게 아니에요. 그건 내 문제가 아니라고요."

반면 리오마르 W.는 빔이 뭘 요구했는지에 대해서 좀 더 상세하게 말했다.

리오: "나랑 또 다른 앤틸리스 출신에게 자기 여동생들에게 화가 났다고 그러더군요. 그 친구는 그들이 죽길 바라요. 그거 압니까? 그 친구는 자신을 상대로 증언을 한 사람들, 특히 여동생들에게 그

러고 싶어 해요…… 최대한 빨리 처리하라고 하더군요. 죽이라
고요. 그렇게 말했어요."

빔 오빠는 그들이 청부업자를 찾기를 바랐고 많은 돈을 약속했다.

리오: "어느 쪽이든 돈은 문제가 안 된다고 그 친구가 그랬어요. 6만,
7만, 그건 엄청난 돈이잖아요, 안 그래요? 그게 그 친구가 사람을
죽이는 대가로 지불하는 돈이에요."

빔은 여동생 한 명당 3만 5천 유로를 지불할 생각이었다.

리오: "3만 5천이라고 그러더군요. 그래서 7만인 거죠. 꽤 괜찮은 금액
이에요. 그게 그 친구가 흔히 지불하던 금액이고요."

리오마르 W.가 말을 이었다. 빔은 직접 살인을 처리할 만한 수단이
없었다. 그래서 동료 죄수 두 명에게 그들의 외부 연락책을 통해서 살
인을 처리해달라고 부탁했다.

리오: "맞아요, 우리가 사람을 좀 찾아주기만 바랐을 뿐이에요. 필요한
일을 해줄 사람요. 음, 그냥, 어…… 그 친구가 바란 건…… 청부
업자였죠. 그게 그 친구가 원한 거예요."

리오마르 W.의 말에 따르면 그런 일을 할 수 있는 사람을 찾아놓았
다고 했다. 그는 NLS의 리더니까.

나의 살인자에게

이미 우리가 들은 것처럼 빔에게는 우선순위 목록이 있었다. 오빠의 목록에서 1순위는 나였다. 당연한 일이다. 내가 오빠에게 한 것 같은 일을 오빠가 나에게 했다면, 나 역시 오빠를 죽이고 싶었을 테니까. 하지만 목록에는 여동생들만 있는 게 아니었다.

리오: "내가 아는 한, 그 여동생들이 제일 중요했어요. 그리고 페터르 R. 데 프리스도요. 그 사람도 없어지길 바란다고 그러더군요. 그 사람이 자기 일에 엄청난 압박을 줬다면서. 그 개자식이…… 그 친구가 이렇게 말했어요…… 그냥, 그들 전부 다 죽기를 바란다고. 내가 아는 한 그 세 명이 가장 중요한 사람들이었어요. 그게 그 친구가 나와 내 파트너에게 말한 내용이에요."

불쌍한 페터르. 빔 오빠는 이미 말한 적이 있었다.
"내가 단 하루라도 교도소에 들어가야 한다면 그 자식에게 토마스에게 일어났던 거랑 똑같은 일이 생기게 만들어줄 거야."
오빠의 동료 죄수들은 그 문제를 처리해주겠다고 약속했고, 선금이 지불되고 이체되었다.

리오: "솔직히 말하자면, 맞아요. 우린 그 친구한테 가능하다고 말했죠. 그리고 돈도 받았고요. 하지만 많지는 않았어요. 5천 유로를 둘로 나눠서 받았죠. 중개인을 통해서요."

우리가 죽어야만 하는 이유에 관해서는 이렇게 말했다.

리오: "그 친구는 그들이 죽어서 더 이상 존재하지 않길 바랐어요……
아마 그 친구를 상대로 증언할 수 없길 바란 거겠죠."

우리도 이 모든 일을 예상했었다. 우리의 친오빠가 낯선 사람을 이
용하는 위험을 무릅쓰고 우리가 판사 앞에서 진술을 입증하기 전에
입을 막으려고 한 것에 놀라지 말아야 했다. 하지만 다른 사람이 예비
살인, 그것도 당신의 살인에 대해서 냉정하게 이야기하는 것을 듣는
건 굉장히 가혹한 일이다. 마치 무슨 카펫을 까는 일을 주문받은 것처
럼 말이다.

오빠는 네덜란드에서 가장 경비가 삼엄한 교도소에서도 우리의 죽
음을 사주하는 데 거의 성공할 뻔했다. 오빠가 완화경비시설로 이감
되면 어떤 일이 우리를 기다리고 있을까?

나의 살인자에게

스쿠터 사건

나는 여전히 빔 오빠가 찾아와서 나를 태워가거나 산책을 하며 함께 이야기를 나누고, 항상 "새로운 소식은?"이라고 묻던 그 거리의 집에 살고 있었다. 여기는 바와 레스토랑이 많기로 유명한 곳이었고, 그래서 범죄자들에게도 인기가 좋았다.

법무부는 종종 나에게 이사할 것을 권했지만, 나는 여기서 21년 동안 행복하게 살았고 빔 오빠를 상대로 증언을 한다고 해서 그걸 포기할 마음은 없었다. 내 집에서 이사를 간다고 해서 더 안전해질 거라고는 생각하지 않았다. 나는 이 거리의 가게 주인들을 다 알고, 그런 사회적 안전망이 나에게 유리하다고 생각했다. 다른 것과 더불어 내 이웃까지 잃고 싶지는 않았다.

설령 내가 원한다고 해도 이사를 갈 수도 없었다. 증인이 되는 바람에 나는 많은 돈을 잃었다. 내가 집세가 같거나 더 싼 곳을 찾지 못하는 한 이사를 간다는 게 경제적으로 불가능했고, 그런 집을 찾을 가능성은 지극히 낮았다. 그래서 암스테르담 범죄 세계의 절반이 알고 있는 주소지에서 계속 살았다.

모두가 내가 어디 사는지 알기 때문에 생기는 위험, 그리고 집을 나갈 때면 걸어 내려가야 하는 계단에 대해서 잘 인지하고 있기 때문에 나는 굉장히 신중했다. 낮에 나가기 전에 의심스러운 사람이 있는지 길거리를 살펴보고, 방탄조끼를 입고, 용기를 끌어모아서 내 방탄차에 탔다. 그리고 우선 차 문을 잠그고(문이 열리면 방탄유리가 무슨 소용이 있겠는가) 출발했다.

누가 따라오지 않는지 계속 확인하고, 확신이 들지 않을 때면 로터리에서 빙빙 돌거나 즉시 차를 돌려 반대편으로 갔다. 나는 스쿠터나 오토바이가 바로 내 옆에 설 경우에 대비해서 항상 앞차와 6미터 정도의 공간을 유지했다. 차간 거리를 유지하는 건 필요하면 속도를 내서 바이크를 떨치고 갈 수 있는 기회를 주었다. 물론 그런 상황이면 더 이상 신경도 안 쓰겠지만.

집으로 돌아오는 일은 좀 더 복잡했다. 주차 공간을 찾아서 길을 따라가는 건 현명한 행동이 아니었다. 바나 레스토랑에서 누구든 쉽게 나를 볼 수 있으니까. 위치를 고르고, 우리 집 골목으로 들어설 때까지 기다렸다가, 펑. 내가 집 앞 길로 차를 몰고 들어올 수 있는 것은 자정 넘어서, 바와 레스토랑들이 거의 텅 비고 집 가까운 곳에 주차 공간을 찾을 수 있다고 확신할 수 있을 때뿐이었다. 그래서 내가 종종 12시까지 기다렸다가 집으로 가는 거였다. 단점은 어두워지면 차에서 집까지 가는 그 몇 걸음 사이에도 사람들이 다가오는 걸 잘 볼 수 없다는 점이다. 느낌이 안 좋을 때면 나는 단순히 조끼만 입는 게 아니라 방탄 헬멧을 쓰고 목 보호대를 하고 계단통에서 누가 나를 기다리고 있지

나의 살인자에게

않은지 휴대전화로 카메라 시스템을 열어 확인했다. 그런 다음 위로 달려 올라갔다.

가끔은 집에 돌아가서 문 앞에 차를 댈 수 없을지도 모른다는 생각에 늦게까지 밖에 있는 게 두려웠다. 그래서 집에 일찍 들어왔다.

오늘 밤이 그런 밤이었다. 8시 반이었고, 나는 집에 가야 했다. 차에서 조끼를 입었다. 누가 따라오는지 신중하게 확인을 해보았지만 뒤쪽으로 아무도 보이지 않았다. 우리 집 골목으로 들어가는 바람에 불필요하게 거기 있는 모습을 보이지 않으려고 집 주변을 차로 빙 돌았다. 우리 집 골목과 수직으로 난 길인 휘르힐-란에서 제일 처음 발견한 빈자리에 차를 대기로 했다. 그러면 빙 돌다가 누군가의 눈에 띌 위험이 없기 때문이었다.

나에게 필요한 모든 것은 차 안에 있었다. 트렁크를 열 필요는 없었다. 나는 항상 빨리 내려서 가능한 한 빨리 차에서 멀어지기 위해 주의를 기울였다.

나는 차를 세우고 휘르힐-란을 따라 걸었다. 백 미터쯤 떨어진 곳에 이중 주차된 새로운 모델의 차가 보였다. 차로 다가가며 나는 뒤쪽 창문을 통해 차 안에 운전자는 없고 승객만 있는 것을 발견했다.

운전자는 어디 갔지? 그 질문이 즉시 내 머릿속에 떠올랐고, 나는 거리를 살폈다. 느낌이 이상했다. 길에는 아무도 없었다. 사라진 운전자가 주택 현관 한곳에서 나를 기다리고 있을지도 모른다는 생각이 들었다. 나는 차를 지나치며 안을 보았다.

앤틸리스 출신 같은 외모의 젊은 남자가 내 반대편으로 고개를 돌리고 전화기를 쳐다보았다. 나는 즉시 생각했다. 지금 신호를 보내는 건가? 어쩌면 그냥 집 안에 있는 누군가를 기다리고 있는 건지도 모른다. 그것도 가능한 일이다. 하지만 아닐 수도 있다. 나는 더 빨리 걷기 시작했다. 최대한 빨리 이 길에서 벗어나야 했다. 백 미터만 더 가면 교차로가 나올 것이다.

나는 모퉁이를 돌았다가 스케이트보드를 타는 아이들 한 무리가 신호등에 서 있는 것을 발견했다. 휴. 안도감이 들었다. 제정신이라면 이렇게 사람이 많은 데서 절대로 누군가를 죽이려고 하지 않을 것이다. 그래도 확실하게 안심이 되지는 않아서 계속해서 빠르게 걸었다.

신발 가게를 지나는데 눈가로 스쿠터가 보였다. 나는 겁에 질려서 돌아보았다. 스쿠터를 타고 있는 남자는 짙은 색 옷을 입고 헬멧을 쓰고 있었다. 눈은 검고 가느다란 콧수염을 길렀다. 우리의 눈이 서로 마주쳤고, 나는 이게 내 인생의 끝이라는 기분을 느꼈다. 아주 강력한 감각이었다.

나는 재빨리 내 승산을 계산했다. 그는 나에게서 한 집 정도 떨어져 있는 곳에서 스쿠터를 타고 있고, 나는 걷고 있으니 도망칠 방법이 없었다. 그가 뭔가를 집으려는 것처럼 몸을 구부렸고 나는 그냥 포기하는 편이 낫지 않을까, 하고 생각했다.

나는 본능적으로 남자에게서 물러났다. 남자는 나를 잡으려는 것처럼 소리를 질렀다.

"저기요, 뭐 좀 물어봐도 될까요?"

처음에 나는 예의상 멈춰야 한다고 생각했다. 어쩌면 길을 물으려고 그러는 건지도 모른다. 내 상식은 그렇게 말했다. 하지만 갑자기 본능이 주도권을 쥐었다.

나는 마주 소리쳤다.

"아뇨, 아무것도 묻지 말아요!"

그리고 달리기 시작했다. 최대한 빠르게 달렸지만 그래도 그 자리에 가만히 서 있는 기분이었다. 속도가 느려질까 봐 어깨 너머를 돌아볼 수조차 없었다. 남자와 거리를 두는 데에 영원 같은 시간이 걸리는 느낌이었고, 나는 생각했다. 그가 오고 있어, 그가 오고 있어, 그리고 난 너무 느려. 그가 오고 있어.

나는 위로 올라가서 자물쇠에 열쇠를 꽂았다. 손이 떨렸다. 간신히 문을 열고 안전한 철제 문 뒤에 섰다. 심장이 쿵쾅쿵쾅 울리고 목에서 호흡이 거칠게 느껴졌다.

나는 창문으로 가서 남자가 아직 거기 있는지 확인해보았지만, 아무것도 없었다. 남자는 사라졌다. 나는 보안팀에 전화해서 이 사건을 이야기했다.

"거기서 나오셔야 됩니다."

그들이 말했다.

나는 다음 날 떠났다. 나는 거의 모든 것을 잃었다. 내 일, 내 집, 전부 다 잃었다.

그래도 아직은 살아 있다.

코르의 생일을 축하하다

2016년 8월 18일, 우리는 매년 그랬던 것처럼 코르 형부가 마지막으로 식사했던 레스토랑인 로얄 산스에서 형부의 생일을 축하했다. 2년 전에 맞은편에 새 카페가 문을 열었다. 허트 바펜(무기)이라는 곳이었다. 형부는 아마 그걸 굉장히 재미있어했을 것이다. 형부가 생의 마지막 몇 초를 보냈던 자리에 이제는 테라스가 있고 사람들이 꽉꽉 들어차 맥주를 마시고 있다. 형부는 이보다 더 나은 추도식을 떠올리지 못했을 것이다.

죽기 얼마 전에 형부는 아침 11시에 냉장고에서 맥주를 꺼냈다.

"프레디 하이네켄이 날 괴롭혀서 말이지."

형부는 프란시스에게 그렇게 농담을 했다.

그건 사실이었다. 프레디 하이네켄은 형부를 괴롭혔다. 그가 만든 맥주를 통해서가 아니라 하이네켄 몸값에 따라붙은 저주를 통해서 말이다. 그 사라진 6백만 길더는 형부가 모르는 사이에 빔 오빠와의 관계를 오염시켰다. 그리고 그게 첫 번째, 두 번째, 그리고 마침내 형부의 목숨을 앗아가는 데 성공한 마지막 살해 시도의 원인이었다. 저주는 직접적으로든 간접적으로든 몸값과 연관된 모든 것과 모든 사람에게 퍼졌다.

몸값을 땅에서 파냈고, 어느 정도는 그 일 때문에 영원히 침묵하게 된 토마스 판 데르 베일.

빌럼 오빠가 망할 도박장을 계속 소유할 수 있게 해주었고, 살아서 빠져나갈 수 없는 거미줄에 사로잡혔던 빌럼 엔드스트라.

그리고 빔 오빠 본인도. 저주는 오빠가 말도 안 되는 범죄를 저지르도록 만들었다.

우리는 배불뚝이 남자 두 명이 굉장히 즐거운 시간을 보내는 것을 보았다.

"배 나온 사람들과 함께 있으면 재미있다고 아빠는 늘 그러셨죠."

프란시스가 말했다.

"그래, 하지만 그이는 항상 몸무게를 줄이려고 했었어."

소냐 언니가 대답했다.

"그이가 그 살 빼는 약, 제니칼을 먹던 거 기억나? 햄버거를 한두 개 더 먹고 싶으면 그냥 약을 몇 알 더 먹었지. 아니면 친구 카이랑 테니스를 시작했을 때처럼 미친 듯이 운동을 하든지."

매년 우리는 똑같은 추억을 이야기했다. 새로운 추억은 생길 수가 없기 때문이다.

"둘이 테니스를 다 치고 나오니까 어떤 질투에 찬 여자가 카이의 차에 HOER(창녀)라고 긁어서 써놓았던 일 기억해?"

내가 말했다.

"그럼. 카이는 너무 창피해서 그걸 몰 수가 없었는데 코르가 자기 열쇠로 HOER 앞에 A(AHOER, 만세)라고 쓰고서 '문제 해결!'이라고 그랬었지."

소냐 언니가 말을 이었다.

"오늘 당신을 위해 만세를 부를게, 코르. 생일 축하해!"

우리는 잔을 들어 올렸다.

영원히 함께야!

오빠.

오빠를 가둬놔야 했다는 사실에 내 마음도 무너지지만, 오빠와 함께 거기 있다고 말하는 나를 믿어줘. 나 때문에 오빠는 종신형을 받겠지만, 나도 마찬가지일 거야. 내가 가는 날까지 두려움으로 가득한 삶을 살겠지. 아니면 오빠가 말한 것처럼, "놈이 그걸 들고 너에게 달려오는 걸 봐도, 아직 시간이 있어. '그런 짓을 하지 말걸 그랬어'라고 생각할 시간이 말이야." 하지만 난 했어. 상황이 달랐더라면 좋았겠지만, 오빠는 나에게 선택권을 남겨주지 않았어.

1996년에 오빠는 코르를 쫓기 시작했지. 그들의 집 앞에서, 오빠가 알려준 바로 그 집 앞에서 코르와 소냐 언니, 리히가 총격을 당하게 만들었어. 2003년 영안실에서 생명을 잃은 형부의 시체 옆에 서서 나는 사냥이 끝났다는 걸 깨달았지. 두 번의 실패를 겪고서 오빠는 산드라에게 마침내 성공했다고 말했어. 코르가 죽었다고.

나의 살인자에게

이후 수년 동안 오빠는 가까운 사람 모두에게 죽음과 파괴의 고통을 가했어. 2006년에 오빠는 빌럼 엔드스트라와 케이스 하우트만을 포함해서 여러 명을 갈취한 죄로 체포됐지. 엔드스트라나 하우트만의 살해 혐의가 아니라 그들을 갈취한 죄로. 그건 잘못된 일이었어.

그래도 오빠가 교도소에 간 사이에는 최소한 우리에게 숨 쉴 여유가 있었어. 하지만 2012년에 오빠가 석방되자마자 모든 일이 다시 시작됐지. 그게 내가 증언을 한 이유야. 교도소 안에서 첫날 오빠가 처리했던 토마스처럼 페터르도 없어져야 했지. 산드라의 아들, 그 애도 오빠와 문제가 있는 사람들을 알기 때문에 없어져야 했고. 오빠의 여동생도 페터르 R. 데프리스가 하이네켄 납치 사건에 관해서 쓴 책으로 번 돈을 오빠에게 주지 않았기 때문에 없어져야 했어. 아이들 중 누구부터 먼저 보낼지 결정하기 위해서 동전을 던져야 했던 오빠의 여동생 말이야.

난 증언을 해야만 했어. 오빠가 협박을 실행할 거라는 걸 알았으니까. 혹은 오빠 말처럼, "난 위협하지 않아. 그저 네가 뭘 조심해야 할지 알려주는 것뿐이야." 거기 담긴 메시지는 명확하지. 오빠는 협박하지 않고 정말로 실행한다는 거. 정확히 말하자면, 다른 사람들이 하도록 만들지. 절대로 직접 하지는 않아.

"너도 내가 뭘 할지 알잖아, 그렇지?"

그래, 우린 오빠가 뭘 할지 알고, 뭘 했는지도 알아. 트로피를 간직하는 연쇄 살인범처럼, 오빠는 절대로 우리가 잊게 놔두지 않지.

내가 이런 일을 할 거라고 오빠는 상상조차 안 했다는 거 알아. 나도 내 오빠가 우리 가족에게 그렇게 심각하게 해를 입힐 거라고는 절대로 믿지 않았어.

"우린 똑같아."

오빤 종종 나한테 그렇게 말했어. 그리고 그건 어느 정도는 사실이야. 난 오빠처럼 생각할 수 있고, 오빠처럼 합리화할 수 있고, 오빠처럼 행동할 수 있어. 그게 오빠가 교도소에 있는 이유야.

하지만 그 유사성이 나와 오빠를 같은 사람으로 만드는 건 아니야. 오빠가 한 모든 일은 다른 사람들을 상처 입히는 거였어. 그리고 그게 바로 내가 피하려고 노력한 일이야.

오빠가 날 믿었다는 거 알아. 난 그 믿음을 배신했어. 나도 그런 내가 싫지만, 난 일부러 그랬어. 오빠가 코르를, 다른 많은 사람들을 배신했으니까 나도 정당하다고 생각해.

오빠의 희생자들은 아무 의심 없이 오빠를 자기들 집과 자기들 인생에 받아들이고, 오빠가 자기 아이들과 가족들 옆에서 시간을 보내게 놔뒀지. 그러는 내내 오빠는 늘 오빠만의 계획을 갖고 있었어. 지난 2년 동안 나도 나만의 계획을 갖고 있었지. 난 수년 동안 오로지 한 가지 목적으로 오빠와 이야기를 나눴어. 오빠가 실제로 오빠의 범죄에 대해서 나에게 말했다는 걸 입증하기 위해 오빠가 말한 모든 걸 녹음하려고 말이야.

오빠와의 대화를 꼭 녹음해야만 했냐고? 응. 안 그랬으면 아무도 내 말을 믿지 않았을 테니까. 오빠가 혐의를 부인하면 나에게는 뒷받침할 근거가 없을 거라고 모두가 말했지. 그래서 난 수년 동안 엔드스트라가 하려고 했지만 자신의 범죄 행각이 드러날까 봐 차마 하지 못했던 일을 했어. 오빠의 이야기를 녹음했지.

오빠도 이제 다 알지? 오빠가 나에게 말한 모든 것 때문에 이제 다 끝났다는 걸 알 거야.

평생 교도소에 있어야 한다는 것도.

나의 살인자에게

다른 사람들에게는 여전히 왜 오빠가 이런 일을 당할 만한지 설명을 해야 돼. 난 오빠를 상대로 증언을 하면서 이걸 다 설명하려고 했지만, 이런 증언에는 앞뒤 상황에 관한 설명이 없거든. 오빠가 누구고 나에게, 오빠 자신에게, 우리 모두에게 어떤 짓을 했는지 이해하게 하려면 내 인생 이야기를 설명해야만 돼.

그리고 내 인생 전체는 증언 몇 개로 축약하기에는 너무 복잡하거든. 수십 번의 경찰 신문으로도 우리 관계, 오빠의 복잡함, 우리의 공통된 현실을 다 담아낼 수는 없을 거야.

완전히 엉망진창인 현실이니까.

오빠의 경우에, 어떤 것도 보이는 그대로가 아니지. 오빠가 전화를 하지 않거나 교도소로 방문객을 받지 않으면 경찰은 이걸로 우리가 안심할 거라고 생각해. 하지만 우리는 굉장히 겁에 질리지. 우리는 그게 무슨 뜻인지 알거든. 오빠는 바깥 세계와의 접촉을 끊고 지내서 우리가 제거되었을 때 무고한 척하려는 거야.

"하지만 판사님, 저는 아무한테도 연락하지 않았고 교도소에서 누굴 만나지도 않았습니다. 제가 어떻게 그들을 살해하라는 지시를 내릴 수 있었겠어요?"

빔 오빠, 내가 왜 오빠에게 이런 일을 했는지 궁금하다면, 이게 내 답이야. 코르를 위해서. 소냐 언니를 위해서. 리히를 위해서. 프란시스를 위해서. 오빠 때문에 아빠를 잃은 모든 아이를 위해서. 그리고 그 고통에서 구해주고 싶은 모든 아이를 위해서.

이제 살인을 멈출 때야.

소냐 언니와 산드라, 나는 오빠를 상대로 증언을 했고 우리 목숨으로 대가를 치러야 하겠지. 오빠도 알고, 우리도 알아. 오빠가 아직까지 살아 있는 유일한 이유는 우리 목숨을 빼앗고 싶기 때문이라는 것도 알아.

하지만 그런 확실한 사실에도 불구하고, 난 여전히 오빠를 사랑해.

특히 페터르 R. 데 프리스에게 감사를 표하고 싶다. 그는 언니와 나뿐만 아니라 나머지 가족들까지 처음으로 신뢰하게 된 사람이고 우리의 모든 이야기를 처음으로 들은 상대다. 그는 그 신뢰를 절대로 배반하지 않았다. 그는 코르가 죽은 순간부터 우리 곁에 있어주었고, 우리가 진술서를 작성하고 발표하는 기나긴 여정 동안 우리를 지탱해주었다. 페터르, 당신의 우정과 믿음, 진실성, 당신의 지지와 용기에 대해, 우리 엄마의 인사까지 포함해서 감사를 전합니다.

홀레이터르 가족
사진

———————————————————————

엄마 스틴과 빌럼 1세. 1956

스틴, 빌럼 1세, 아스트리드. 1966

왼쪽에서 오른쪽으로: 스틴, 소냐, 헤라르트,
빌럼 1세, 아스트리드, 빙. 1966

왼쪽에서 오른쪽으로: 빔, 헤라르트, 아스트리드, 소냐. 1966

아스트리드, 1970

초등학교에서의 아스트리드, 1973

갓 태어난 프란시스와 함께 있는 아스트리드. 1983

페인하위전 교도소에서 코르 판 하우트. 1991

잔트보르트의 소냐, 코르, 프란시스. 1992

추천의 말

"폭력은 세대에서 세대로 이어졌다……."

가정폭력 피해자들에게 집은 최소한의 안전도 보장되지 않는 위험한 곳으로 지각된다. 그러나 많은 피해자들이 폭력에서 벗어나고자 시도하기보다 폭력에 길들여진 채 살아간다. 더욱 심각한 문제는 가정폭력이 어린 아이들의 뇌, 특히 애착과 공감, 자기조절, 충동통제 등과 관련된 뇌 영역의 발달을 저해한다는 점이다. 결국 시간이 지나면서 가엾은 피해자는 사라지고 사이코패스처럼 공감 능력과 죄책감이 없는 가해자가 그 자리를 대신한다. 즉 폭력이 대물림되는 것이다.

이 책은 가정폭력 피해자의 자서전적 기록이다. 저자는 가정폭력 피해자로서의 경험과 폭력의 대물림, 그리고 대물림의 종식을 위한 자신의 지난한 분투 과정을 서늘하다 싶을 정도로 진솔하고 담백한 언어로 서술하고 있다. 뿐만 아니라 아동기에 가정폭력의 '피해자'였으나 성장하면서 사이코패스가 된 오빠 빔의 생각과 감정, 행동 역시 놀라울 정도로 구체적이고 정확하게 묘사하고 있다. 그래서인지 책을

나의 살인자에게

읽는 도중 어느 순간 범에게 매료되어 있는 자신을 발견하고 화들짝 놀라곤 했다. 이것이 사이코패스의 마력적 매력이다. 이 책을 읽기 위해서는 용기가 필요하다. 날것 그대로의 폭력을 체험해야 하기 때문이다. 하지만 이것은 충분히 가치 있는 투자이다.

김태경 우석대학교 교수
(강력범죄피해자통합지원 서울동부스마일센터장)

옮긴이 김지원

서울대학교 화학생물공학부와 동 대학원을 졸업하고 서울대학교 언어교육원 강사로 재직했으며 전문 번역가로 활동하고 있다.
옮긴 책으로『티어링 3부작』『산책자를 위한 자연수업』『지구 100 1·2』『비하인드 허 아이즈』『7번째 내가 죽던 날』『루미너리스 1·2』『리허설』『잘못은 우리 별에 있어』등이 있고, 엮은 책으로는『바다기담』과『세계사를 움직인 100인』등이 있다.

나의 살인자에게

초판 1쇄 발행 2019년 2월 26일
초판 3쇄 발행 2019년 4월 16일

지은이 아스트리드 홀레이더르
옮긴이 김지원
펴낸이 김선식

경영총괄 김은영
책임편집 정지혜 **디자인** 문성미 **크로스교정** 조세현, 김정현 **책임마케터** 이고은
콘텐츠개발2팀장 김정현 **콘텐츠개발2팀** 문성미, 정지혜, 이상화
마케팅본부 이주화, 정명찬, 최혜령, 이고은, 이유진, 허윤선, 김은지, 박태준, 배시영, 기명리, 박지수
저작권팀 이시은
경영관리팀 허대우, 박상민, 윤이경, 김민아, 권송이, 김재경, 최완규, 손영은, 이우철, 이정현

펴낸곳 다산북스 **출판등록** 2005년 12월 23일 제313-2005-00277호
주소 경기도 파주시 회동길 357 2, 3층
대표전화 02-704-1724 **팩스** 02-703-2219 **이메일** dasanbooks@dasanbooks.com
홈페이지 www.dasanbooks.com **블로그** blog.naver.com/dasan_books
종이 한솔피앤에스 **인쇄** 민언프린텍 **제본** 정문바인텍 **후가공** 평창P&G

ISBN 979-11-306-2093-0 (03850)

· 책값은 뒤표지에 있습니다.
· 파본은 구입하신 서점에서 교환해드립니다.
· 이 책은 저작권법에 의하여 보호를 받는 저작물이므로 무단 전재와 복제를 금합니다.
· 이 도서의 국립중앙도서관 출판시도서목록(CIP)은 서지정보유통지원시스템 홈페이지(http://seoji.nl.go.kr)와
  국가자료공동목록시스템(http://www.nl.go.kr/kolisnet)에서 이용하실 수 있습니다.
  (CIP제어번호 : CIP2019005946)